T. C. Rypel schrieb seine GONJI-Romane in den Achtzigerjahren,
und sie drohten bereits dem Vergessen anheimzufallen,
als sie seinem Autorenkollegen Kai Meyer in die Hände fielen.
Durch einen glücklichen Zufall gelang es ihm,
mit dem Autor Kontakt aufzunehmen, und dies führte letztlich
zu ihrer Veröffentlichung in Deutschland.
T. C. Rypel lebt heute in Middleburg Heights, Ohio,
am Ufer des Erie-Sees.

Weitere Titel des Autors:

20 603 GONJI – Der Wind des Todes

T. C. Rypel

GONJI
DIE SEELE DES STAHLS

Fantasy-Roman

Aus dem Amerikanischen von
Thomas Schichtel

BASTEI LÜBBE

BASTEI LÜBBE TASCHENBUCH
Band 20608

1. Auflage: November 2009

Vollständige Taschenbuchausgabe
Bastei Lübbe Taschenbücher in der Verlagsgruppe Lübbe

Deutsche Erstausgabe

Titel der Originalausgabe: »Gonji – Samurai Steel«
Originalverlag: Zebra Books, Kensington Booc Corp., New York

Redaktionelle Bearbeitung: Michael Kubiak/Helmut W. Pesch
Kartenzeichnung: Helmut W. Pesch
Titelillustration: Guter Punkt unter Verwendung einer Illustration
von © Oliver Wetter / www.fantasio.info
Umschlaggestaltung: Guter Punkt, München
Autorenfoto: © Christine Rypel
Satz: Urban SatzKonzept, Düsseldorf
Gesetzt aus der Goudy Old Style
Druck und Verarbeitung: CPI – Ebner & Spiegel, Ulm
Printed in Germany
ISBN 978-3-404-20608-7

In liebevoller Erinnerung an
meine höchst ehrenwerten Eltern
Chester und Genevieve Rypel.
domo arigato

WAS BISHER GESCHAH

In Mitteleuropa schreiben wir das sechzehnte Jahrhundert. Eine Zeit, in der Magie und Hexenkunst und die Furcht vor den Mächten der Finsternis an Bedeutung verlieren, da die Menschen zunehmend in Städten leben und aufgeklärter werden. Der Glaube an übernatürliche Erscheinungen schwindet, aber wie ein sterbendes Tier, das zu einem letzten Aufbäumen gegen seinen Bezwinger das Haupt hebt, sammeln sich die Dunklen Mächte zu einem letzten Angriff auf einen Mikrokosmos der Menschheit.

Ein Halb-Samurai namens Gonji Sabataké, Sohn eines mächtigen japanischen Daimyo und einer europäischen Mutter, der von den Umständen in die Rolle eines Ronin, eines landlosen Wanderers, gezwungen wurde, hat sich auf den Weg nach Europa gemacht. Er sucht nach dem legendären Wind des Todes, dem Tier mit der Seele eines Menschen. In den gefürchteten Karpaten trifft er auf urweltliche Schreckensgestalten, rettet eine Söldnerkompanie, die im Dienst eines mysteriösen Königs namens Klann, genannt der Unbezwingbare, steht, und schließt sich ihr an. Herkunft und Absicht Klanns bleiben im Dunkel halb verstandener Erzählungen und Legenden verborgen; nur wenige können behaupten, sie wären ihm einmal begegnet, obwohl sie sich ihm mit unverbrüchlicher Treue verschworen haben.

Während Gonji ein paar Tage lang mit der Dritten Königstreuen Freien Kompanie reitet, erfährt er viel von der seltsamen wandernden Armee und ihrem unberechenbaren und bösen Zauberer Mort. Gonji empfindet schon bald tiefe Abscheu vor den scheinbar sinnlosen Gräueltaten, die er zu begehen hilft, und fällt in Ungnade. Am Ende sieht er sich nach einem tödlichen Konflikt gezwungen, aus der Kompanie zu desertieren.

Er kehrt zum Schauplatz eines zuvor begangenen Blutbads zurück, wo ihn ein entsetzlich entstellter Priester beauftragt, eine Nachricht an einen gewissen Simon Sardonis zu überbringen, den er in der Stadt Vedun finden wird. Attackiert von einem Wyvern, einem grausigen geflügelten Drachenwesen, versinkt Gonji in unsäglicher Scham ob seiner panischen Flucht. Er schwört sich, dieses Untier irgendwann zu erlegen.

Als der Samurai die uralte ummauerte Stadt Vedun, eine Zitadelle auf einer Hochebene in den Südkarpaten, betritt, bringt er die Leiche eines Jungen mit, der im Wald von Söldnern in Klanns Diensten zu Tode geprügelt wurde. Gonji muss feststellen, dass Klanns Soldaten die Stadt besetzt und die prachtvolle Burg Baron Rorkas, des Fürstprotektors der Provinz, in einer einzigen Nacht erobert haben.

Gonji findet heraus, dass der tote Junge der Bruder eines wichtigen Ratsherrn namens Michael Benedetto war, und sieht sich so von Anfang an in politische Intrigen verstrickt. Obwohl zunächst unparteiisch, schlägt er sich mehr und mehr auf die Seite der Bürger, die jedoch über ihr weiteres Vorgehen uneins sind. Die Partei der Friedliebenden wird angeführt vom Ratsältesten Flavio, die der Militanten von dem aufbrausenden Gildenmeister Phlegor und Tralayn, einer hitzigen Prophetin mit eisernem Willen.

Während sich die Feindschaft zwischen Gonji und Klanns menschlichen und nichtmenschlichen Handlangern vertieft, entwickelt der Samurai Zuneigung zu der Stadt und einigen ihrer Bewohner, insbesondere dem Grobschmied Garth Gundersen und Wilfred, einem seiner Söhne, der vom Verlangen verzehrt wird, seine Geliebte Genya aus der besetzten Burg zu retten. Ein reizendes taubstummes Mädchen namens Helena verliebt sich in Gonji – und Gonji sich seinerseits in Lydia, die Ehefrau Michael Benedettos.

Durch eine Folge wilder Abenteuer und seltsamer Umstände steigt der europäisch-asiatische Mischling schnell in eine einflussreiche Stellung auf, auch wenn es ohne Zweifel eine unsichere Position ist, die durch Misstrauen und religiösen Fanatismus geschwächt wird. Dem Diktat seiner Natur wie auch dem Ruf seiner leeren Geldbörse folgend, lässt sich Gonji in einer Aufwallung von Zorn von Hauptmann Julian Kel'Tekeli als Spion für Klann einstellen, obgleich er den Hauptmann hassen gelernt hat, reiben sich doch beider Persönlichkeiten heftig aneinander. Stets auf der Suche nach Tätigkeit in adligem Dienst, heckt Gonji zugleich den Plan aus, sich eine Anstellung als Flavios persönlicher Leibwächter zu verschaffen. Nachdem er so seinem Streben nach Kontrolle, Aufmerksamkeit und militärischen Spielchen gefrönt hat – und während er zugleich typischerweise glückliche Zufälle mit Schicksal verwechselt –, sieht er sich auf seine kompromittierende, halbwestliche Art und Weise durch den Kodex des Bushido verpflichtet, dem gewählten Weg bis zu einem Konflikt zu folgen, den er für unausweichlich hält. Außerdem wird ihm anscheinend der Schlüssel zu seiner Suche nach dem Wind des Todes – sowie dem inzwischen weitaus interessanteren Geheimnis des Simon Sardonis – von bestimmten ängstlichen Stadtoberen vorenthalten.

Während sich die Handlung von *GONJI – Der Wind des Todes* dem Ende zuneigt, verschafft sich Gonji durch seine Manipulationen einen Platz in der städtischen Delegation, die zu einem Fest auf der Burg eingeladen wurde. Veranstaltet wird es vom legendären König Klann dem Unbezwingbaren, der sich unvermittelt entschieden hat, mit seiner Gewohnheit zu brechen, sich stets von seinen Untertanen fernzuhalten.

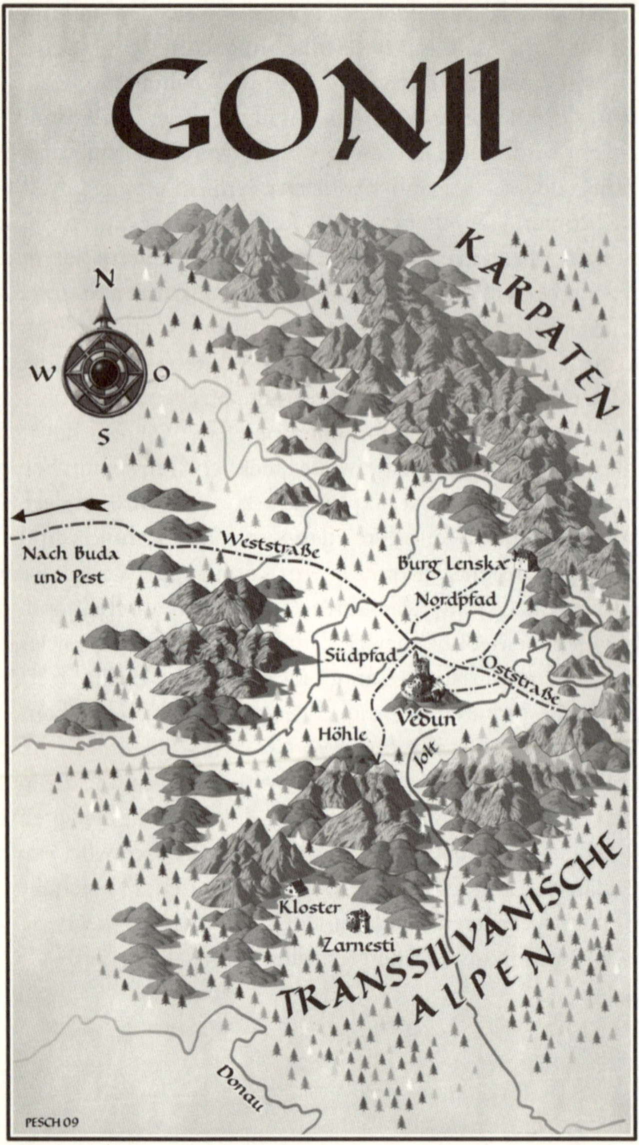
GONJI
KARPATEN
N
W
O
S
Nach Buda
und Pest
Weststraße
Burg Lenska
Nordpfad
Südpfad
Oststraße
Vedun
Höhle
Jolt
Kloster
Zarnesti
TRANSSILVANISCHE
ALPEN
Donau
PESCH 09

Gibt es wohl einen Mann mit toter Seele,
Der niemals zu sich sagte: Ach, ich fühle,
Dies ist mein eigen Land, mein Heimatland!
Des Herz in seinem Innern niemals brannte,
Wenn er die Schritte endlich heimwärts wandte
Von Wanderschaft an einem fremden Strand?

Sir Walter Scott, *The Lay of the Last Minstrel*

Blickend auf des Herbstes frohe Felder,
Gedenk ich jener Zeiten, die einst waren ...
... O Tod im Leben, Zeiten, die einst waren.

Alfred Lord Tennyson, *The Princess*

ERSTER TEIL

»VIVE LE ROI!«

ERSTES KAPITEL

General Gorkin, der Burgvogt, marschierte durch die feuchten Korridore zum Gemach des Königs. Den Helm trug er unterm muskulösen Arm. Sein Blick war besorgt, die Kiefermuskeln straff gespannt.

Der General durchschritt einen Türbogen, der Zugang auf eine schattige Steintreppe gewährte, und die riesige Gestalt sprang ihn von hinten an und stieß dabei einen wilden Kampfruf aus. Gorkin entfuhr ein erstickter Aufschrei, als er zu Boden gerungen wurde. Starke Arme drückten ihn gewaltig und raubten ihm den Atem. Er knirschte mit den Zähnen und bemühte sich, den Griff der verschränkten Fäuste auf seinem Bauch zu brechen. Dann erkannte er das gepresste Lachen an seinem Ohr.

Er spannte sich an, drehte sich verwirrt um und blickte ins Gesicht König Klanns.

»Sire?«, fragte Gorkin mit gerötetem Gesicht.

»Früher hätten Wir Euch nicht so einfach überrumpeln können. Nun ja, es ist auch schon ganz schön lange her, dass Wir zuletzt gekämpft haben.« Der König wischte sich die Stirn mit dem Ärmel ab. »Aber Schluss damit! Hier wird sich die Lage ändern. Ja, wahrhaftig! Wir fühlen uns heute Morgen wundervoll, Gorkin! Und wie geht es Unserem Burgvogt?«

»Gut, Sire«, sagte der General schwer atmend, »aber in Sorge. Ich war gerade draußen auf dem Übungsgelände. Ich musste feststellen, dass ...«

»Ihr saht die freien Gefährten, die sich dort amüsierten? Ist es das, was Euch Kummer bereitet, ja?« Klann lächelte. »Nun, es geschah auf meinen Befehl. Die Söldner bedürfen ebenso gelegentlicher Übungsstunden wie die Llorm. Zweifellos noch mehr. Und es trägt dazu bei, dass sie sich nicht in Schwierigkeiten bringen. Sie dürfen das Übungsgelände frei nutzen, aber Feuerwaffen sind dort nicht gestattet.«

»In Ordnung, mein Lehnsherr, falls das Euer Wunsch ist.«

»Es ist Unser Wunsch, alter Freund. Es wird Zeit für ein paar Veränderungen. Zeit, Unser einsiedlerisches Gebaren abzulegen. Hei, ich fühle mich heute Morgen einfach großartig! Heute Abend ist das Bankett, wisst Ihr?« Klann versetzte Gorkin einen freundschaftlichen Klaps auf den Rücken.

(Geh nicht so vertraut mit Untergebenen um – das passt nicht zu Unserem Status!)

Zwei Küchenjungen, vom Geklapper im Korridor hervorgelockt, blickten forschend um die Ecke auf die beiden Männer. Sie glotzten, als sie König und Burgvogt in diesem ungepflegten, schmuddeligen Zustand erblickten, und kehrten eilig an ihre Arbeit zurück.

Klann und Gorkin folgten dem Labyrinth der Flure zu den ausgedehnten Höfen von Burg Lenska. Sie kamen an Räumen vorbei, in denen sich gemeines Volk drängte, dünne, blasse, dunkelhaarige Menschen, die alles waren, was vom einst stolzen Inselvolk Akryllons noch übrig war. Kinder mit hohlen Augen, der Nachwuchs von Klanns regulären Llorm-Soldaten, ausgemergelt und müde von den Mühen des Nomadenlebens, wanderten durch die Gänge. Teilnahmslos zumeist. In jüngster Zeit schien ihre Verfassung noch schlechter zu sein. Sie verbeugten sich oder knieten nieder, wenn der König vorüberschritt. Manchmal zerrten schimpfende Mütter ihre Kinder zur Seite, nur um dann selbst von Klann ermahnt zu werden, sie sollten sie doch gewähren lassen. Er tätschelte liebevoll Kinderhäupter, und es wärmte ihm das Herz, sie lächeln zu sehen.

»Schaut sie Euch nur an, Gorkin«, sagte Klann. »Sie sehen schon besser aus, denke ich, da sie jetzt vom Leben auf der Straße erlöst sind.« Er seufzte. »Sie sind es, auf die es ankommt. Sie sind Wir ... Unsere Hoffnung und Unser Erbe ... alles, was vom vergangenen Glanz Akryllons geblieben ist.«

»Akryllon wird erneut im Glanz erstrahlen, mein Lehnsherr.«

»Ich hege Zweifel«, wandte Klann ernst ein. »Wie lange liegt die jüngste Geburt in der Armee zurück?«

»Wieso – das war just im vergangenen Monat, Sire, nicht wahr?«

»Es liegt *vier* Monate zurück. Überlegt doch mal! Es geschah während des heftigen Frühlingssturms in Österreich. Fällt es Euch wieder ein?«

Der General ließ die Schultern hängen. »Ja. Ja, ich denke, Ihr habt recht, Sire. Die Zeit raubt einem Menschen die Tage seines Lebens.« Seine Miene hellte sich auf. »Ananka Kel'Gana ist hochschwanger! Vielleicht bekommt sie ihr Kind noch im laufenden Monat ...«

»Und es wird ohne Vater aufwachsen.«

Gorkin schluckte, als er sich an den Dragoner erinnerte, der in einer kürzlichen Reiterschlacht zertrampelt worden war. »Ihr habt recht, Sire. Ich hatte es vergessen.«

Eine Zeit lang folgten sie schweigend ihrem Weg zum Innenhof hinter dem zentralen Bergfried. Der General hielt sich respektvoll einen halben Schritt hinter seinem König, der die Hände auf dem Rücken verschränkt hatte. Diener hasteten unter der erhöhten Wachsamkeit von Kämmerern vorbei, wo ihr König entlangschlenderte. Die beiden Männer durchquerten einen Teil der Anlage, der wie eine Bienenwabe von unzähligen Gemächern und Unterkünften durchsetzt war, überfüllt mit den Familien der Armeesoldaten. Kinder huschten zwischen den Erwachsenen herum und rempelten schimpfende Diener an. Kläffende Hunde schossen durch die Gegend und schnüffelten überall herum. Die Burg summte von den Vorbereitungen auf das Bankett.

Gorkin beförderte einen jaulenden Hund mit einem Fußtritt

aus dem Weg des Königs, nur um von einem leise lachenden Klann dafür getadelt zu werden. Ihr Auftritt lockerte die starren Blicke zahlreicher versteinert dastehender Wachtposten, und der General kommandierte zwei davon als persönliche Leibwache ab, während der König auf den Innenhof hinaustrat. Unweit eines sonnendurchfluteten Torbogens betrat Klann eine Latrine und erleichterte sich.

Dann waren sie auf dem zentralen Innenhof. Die Sonne brannte auf Pflastersteinen, die noch glitschig waren vom letzten Regen. Hier herrschte lärmende Emsigkeit. An einer Seite übten Soldaten auf dem Ausbildungsplatz vor den langen, niedrigen Unterkünften, in denen man sie untergebracht hatte. Stahl und Holz krachten bei Übungskämpfen aufeinander; das Quietschen und Knarren von Seilzügen und Stechpuppen markierte den Abschnitt, wo sich Männer in Kraft und Wendigkeit übten, sich drehende Holzpuppen angriffen und Seilgerüste erkletterten.

Die Arme vor der Brust verschränkt, verfolgte König Klann die Übungen mit kundigem Interesse. General Gorkins Besorgnis zeigte sich in den engen Runzeln rings um seine dunklen Augen; dass die freien Gefährten in solcher Nähe zum König geduldet wurden, war eine neue Erfahrung. Diese Männer kampierten zwischen den äußeren und mittleren Wallanlagen und außerhalb des Vorwerks, aber jetzt hatte ihnen der König Zutritt zum Übungsplatz und den Burghallen gewährt, wobei nur wenige Ausnahmen galten. Und das war eine gefährliche Entscheidung. Was vor allem Klann hätte wissen müssen.

Tief atmete der König die verlockenden Düfte ein, die von den Küchen und der Bäckerei hinter dem Hof herübertrieben. Heute Abend stand ein Festschmaus an, wie ihn die Monarchen alter Zeiten genossen hatten. Und dieses Land, dieses Transsilvanien, würde den Anfang vom Ende der langen, beschwerlichen Suche bezeichnen. Die Luft roch nach Heimat. Ja, bald würden sie die Heimat erreichen!

»Ja, Gorkin«, sagte Klann mit einer Stimme, in der Entschlossenheit mitschwang, »ein letzter Vorstoß, das wird es sein. Noch ein Versuch, Akryllon zu erreichen; mehr benötigen wir nicht, und diese armen Menschen sind wieder zu Hause. Zu Hause in dem Land, das niemand von ihnen je erblickt hat. Es ist ziemlich absurd, nicht wahr, Gorkin?«

»Wie meint Ihr, Sire?«

»Ein Land Heimat zu nennen, das man nie gesehen hat – wirklich gesehen und dort gelebt –, oder nicht?«

»Nein, natürlich nicht, Sire. Heimat ist Heimat.«

»Seht Ihr diese Berge?«, fragte Klann und deutete mit schwungvoller Geste auf die Gipfel der Südkarpaten. »Was für eine Schönheit! Eine wahre Insel der Behaglichkeit! Wir haben ein gutes Gefühl, was diesen Ort anbetrifft, Gorkin. Ja, es wird eine nette, erfreuliche Pause für die Truppen sein, für die Familien. Wir werden hier überwintern, Kraft sammeln und dann …« Er lächelte und kniff die Augen zu funkelnden Schlitzen zusammen. »Ich denke, wir werden Taten vollbringen, die an alten Glanz erinnern, falls unsere Spione recht behalten.«

Ein kleiner Junge flitzte hinter ihnen vorbei. Klann bemerkte ihn und rief ihm auf Kunan, der Sprache Akryllons, zu, er möge stehen bleiben.

»Komm her, kleiner Bursche. Dein König befiehlt es!«

Die Junge war ungefähr fünf und dunkelhaarig, und er litt wie alle anderen an Blutarmut. Mit offenem Mund und großen, glänzenden Augen voller Schuldbewusstsein näherte er sich zögernd seinem Herrscher, die Hände hinter dem Rücken versteckt.

»Was hast du denn da?«, fragte Klann. »Komm schon, zeig mal her.«

Der Junge streckte die Hände nach vorne. In jeder von beiden hielt er ein großes, frisch gebackenes Stück Kuchen.

»Die hast du aus der Bäckerei stibitzt, nicht wahr? Komm her, und Wir überlegen uns, welche Strafe du verdient hast.« Klann nahm ihn ächzend auf die Arme. »Ja, solch ein feiner Kuchen könnte sogar die Rechtschaffenheit eines heiligen Einsiedlers erschüttern, denken Wir uns. Aber deinem König ist heute nach Großmut. Wir vergeben dir dein Vergehen, wenn du Uns im Gegenzug eines von jenen Stücken abgibst.« Und er nahm sich seinen Preis, lächelte und nickte dem kleinen Kerlchen zu, das nur stumm glotzen konnte.

Klann setzte den Jungen ab und schickte ihn mit einem Klaps aufs Hinterteil davon. Er wedelte noch tadelnd mit dem Finger, als der Kleine ihn mit Stielaugen ansah und dann verschwand.

»Diesen Kindern wird es bald an nichts mehr fehlen, Gorkin, da könnt Ihr sicher sein!«, sagte Klann gepresst. »Dieses Land gibt reichlich und ist sicher ...«

Pulver zischte, und ein Krachen ertönte auf den Wällen zur Rechten, gefolgt von einem dröhnenden Einschlag auf den Berghängen unterhalb der Außenmauer. Die Burgbesatzung hatte begonnen, den Gebrauch der Mörser zu üben, die auf den Mauergängen aufgereiht waren.

Klann nahm die Verteidigungsanlagen der Burg in Augenschein: die eindrucksvollen Kanonen; die Wurfmaschinen, die Steine auf Belagerer schleuderten; die gewaltigen Kessel, aus denen man kochendes Öl und geschmolzenes Blei auf ganze Kompanien hinabgießen konnte. Der König durchquerte, gefolgt von den Wachleuten, das Torhaus der mittleren Mauer und warf einen prüfenden Blick auf die dicken Steinquader der mächtigen Mauern, auf denen jetzt sein Banner flatterte. Er verfolgte die Llorm-Bogenschützen, die ihre Patrouillengänge absolvierten – hinter den Zinnenkränzen und Schießscharten und hölzernen Brustwehren, die hier und dort mit Schlitzen versehen waren, durch die man auf Belagerer schießen konnte. Er betrachtete die stabilen Kasematten, die wie Bunker in das Fundament der Wälle eingebaut waren, sowie die nahezu abgeschlossene Reparatur der Zugbrücke, die bei den Kämpfen zur Eroberung der Burg aus den Zugketten gerissen worden war.

Die Kanone auf der Mauer gegenüber schleuderte donnernd ihre Ladung in hohem Bogen über die Berge. Von außerhalb der Mauern ertönte das laute Brüllen des schwachsinnigen Riesen Tumo, den die Detonation erschreckt hatte. Soldaten auf den Wällen lachten und zeigten auf ihn. Klann betrachtete die Wachleute, und Gorkin gluckste nervös. Ehe jedoch ein Wort gesprochen wurde, breitete sich ein tiefer Schatten über den Burghof: Sie alle blickten mit stockendem Atem zu dem geflügelten Lindwurm auf, der seine gewaltigen Schwingen auf dem Zinnenkranz eines Turms entfaltete.

»Kein Feind wird uns hier jemals bezwingen«, sagte Klann schließlich. Seine Stimme bebte jedoch ganz leicht bei diesen Worten.

(Sei dir deiner Sache nicht so sicher!)

(Lasse niemals in deiner Wachsamkeit nach, niemals!)

Klann schloss die Augen, und ein Zittern ließ ihn erbeben. Es verging gleich wieder.

»Was haltet Ihr von unseren Aussichten, Gorkin?«, fragte er, ohne seinen nervösen Burgvogt anzusehen.

»Ich glaube, Ihr hattet recht, Sire. Nächstes Mal werden wir ...«

»Hört auf, Uns ständig zuzustimmen, weil Ihr denkt, dass Wir das hören möchten. Sagt Uns, was Ihr denkt.«

Gorkin schlug die Augen nieder. »Die Astrologen haben die Sterne befragt, und die Aussichten, im kommenden Frühling Akryllon zu finden, stehen gut ...«

»Die Pest über die Astrologen!«, tobte Klann. »Sagt Uns, was Ihr von Unserer Entscheidung haltet hierzubleiben!«

Der General sank sichtlich in sich zusammen. »Ich – ich muss eine gewisse Besorgnis eingestehen, königlicher Herr. Mir gefällt es hier nicht. Der Ort verbirgt etwas – Drohendes. Schon jetzt treten Schwierigkeiten auf – der Mord am Feldkommandeur, die Stadt in Unruhe … Habt Ihr den Pfeilstumpf gesehen? Im Fell des fliegenden Monsters?« Er flüsterte jetzt nur noch.

Klann lachte. »Ja – und das ist gut! Seht Uns nicht so an … Wir sind durchaus bei Verstand. Wir haben gehört, dass die Schuldigen bestraft wurden. Aber dieses Land müsste großartige Möglichkeiten bieten, um die Art Menschen anzuwerben, die wir brauchen, nicht wahr? Menschen, die sich Monstern zum Kampf stellen? Nein, Ihr irrt Euch, Gorkin. Hier ist ein guter Ort, um zu verweilen, und hier wird sich für uns alles zum Guten wenden.«

Er wurde nachdenklich. Ein Schatten verdüsterte seine Züge und löste bei den Soldaten, die ihn begleiteten, Unruhe aus.

»Noch ein Vorstoß – und wir sind zu Hause. Und nichts, *nichts* darf uns dabei im Weg stehen …«

(Schenk dir alle Lippenbekenntnisse, tue es, strebe es an!)

(Was kann man noch tun?)

(Nichts, es ist für immer vorbei.)

Klann erschauerte auf eine Art, dass Gorkin die Hand ausstreckte, um zu verhindern, dass der König stürzte, aber dieser winkte ab.

Ein Bediensteter erschien und ersuchte den König um Teilnahme an einer Besprechung mit seinen Ratgebern. Klann jedoch schickte ihn weg. Er wollte allein sein – jedenfalls soweit dieser Begriff bei ihm anwendbar war. General Gorkin entließ die Wachleute zurück zu ihrem Dienst und wandte sich selbst nur zögernd zum Gehen.

»*Gen-kori!*«, rief Klann ihm nach.

Der Burgvogt drehte sich langsam um, die Brauen hochgezogen. Das Kunanwort, das Klann benutzt hatte, bedeutete »altes Haus« oder auch »alter Kamerad«. Es war ein Ausdruck der Zuneigung.

»Mein Lehnsherr?«

»War *er* es, dort beim Boxkampf?«

»So hat Hauptmann Sianno es berichtet.«

Klann nickte und ließ ihn gehen. Ein warmes Gefühl der Sehnsucht nach längst Vergangenem erfüllte den König, dem Geschehnisse und Legende den Beinamen »der Unbezwingbare« eingetragen hatten.

Da tauchte wie aus dem Nichts der Zauberer Mort an seiner Seite auf.

Sie starrten einander an, sprachen kein Wort, begrüßten sich nicht einmal. Morts schwarze Marmoraugen glänzten ausdruckslos hinter der mit Gold verzierten Maske.

»Entfernt diesen Pfeil aus dem Fell Eures Untiers«, sagte Klann dann ohne Umschweife. »Sein Anblick wirkt sich nachteilig auf die Moral der Soldaten aus.«

Er ging in Richtung Torhaus, um auf den zentralen Innenhof zurückzukehren, als wäre die Audienz beendet, aber Mort heftete sich an seine Fersen.

»Das ist gar nicht so einfach zu bewerkstelligen«, erklang die düstere Stimme des Zauberers. »Ich werde es jedoch tun, sobald ich die Zeit dafür erübrigen kann. Ich trage ja die entsprechende Gedächtnisstütze mit mir herum.« Er tätschelte sich den Unterleib, die gleiche Körperstelle, wo bei dem Lindwurm der Pfeilstumpf steckte.

Schweigend durchquerten sie das Torhaus und betraten außer Hörweite der Soldaten den Hof. Der Lärm der Waffenübungen dauerte an. Eine kleine Gruppe Männer drängte sich um einen verletzten Söldner, der sich bei einem Fechtkampf das Schlüsselbein gebrochen hatte.

»Warum könnt Ihr Eure Macht nicht nutzen, um solche Verletzungen zu heilen?«, fragte Klann und deutete auf die Gruppe. »So viele Schmerzen könnten gelindert werden!«

»Es ist keine leichte Aufgabe, bestimmte Beschwerden des Fleisches zu beheben. Zerstörungszauber sind viel leichter anzuwenden und kosten den Anwender so viel weniger.« Morts böses Lächeln hinter der Maske war deutlich zu spüren, obwohl man durch die winzigen Atemlöcher nichts erkennen konnte.

Klanns Miene verfinsterte sich, und der Zauberer hob die Hände zu einer beschwichtigenden Geste. »Aber natürlich, königlicher Herr, ist es möglich, wenn der Glaube eines Menschen stark genug ist, daraus das für eine Heilung nötige Mana zu gewinnen. Allerdings haben nur wenige Menschen einen solch starken Glauben.«

»Glaube«, sagte Klann resigniert. Er entfernte sich von der Szene und seine auf dem Rücken verschränkten Hände täuschten königliche Gelassenheit vor. Mort folgte ihm mit einem Schritt Abstand, die behandschuhten Fäuste in den Falten seiner Ärmel verbergend.

»So viele Männer sind in Österreich gefallen«, sagte Klann und schüttelte traurig den Kopf. »Nach all dem, was sie in den ›Glauben‹ an Euren Gott steckten, erwies sich der Gott der anderen als stärker. Ihr enttäuscht Uns manchmal, Mort.«

»Königlicher Herr«, entgegnete Mort geziert, »haben wir dies nicht oft genug besprochen? Habe ich nicht alles getan, was Ihr mir befahlt? Wobei alle Unzulänglichkeiten dem mangelnden Glauben Eurer Untertanen zuzuschreiben waren. Mein Meister ist in dieser Hinsicht unerbittlich. Er fordert unbedingten Glauben und vorbehaltlose Hingabe. Dies beides vorausgesetzt, kann er mir eine Macht verleihen, die grenzenlos ist. Falls Ihr mir nur das rituelle Menschenopfer gestatten würdet, das ich vorgeschlagen habe …«

»Nein!«, rief Klann, gewann aber rasch die Fassung zurück und wurde wieder leiser. »Sprecht dieses Thema nicht mehr an! Das wäre reinste, tierische Grausamkeit. Indem er solche finsteren Machenschaften gestattete, verlor Unser Vater den Thron von Akryllon. Von Euch fordern Wir nur, dass Ihr Uns helft, ihn zurückzuerlangen. Schon bald werdet Ihr Gelegenheit erhalten,

Euch zu beweisen. Nächsten Frühling ... ja, im Frühling ...« Klann wurde nachdenklich und knirschte mit den Zähnen.

»Ich *werde* mich beweisen, habt keine Furcht«, sagte Mort leichthin. »Ich verstehe jedoch Eure Haltung zu einer Opferung wirklich nicht. Nie habt Ihr mir Untertanen für meine Experimente mit dem Zauber der Teilung versagt.«

Der König machte ein Gesicht, als hätte er ein Brechmittel geschluckt. »Das ist ... etwas anderes. Wie läuft es?«

»Sehr gut. Bald werde ich Euch das Ergebnis meiner jüngsten Fortschritte zeigen können. Aber derzeit bereitet mir etwas anderes Sorgen. Dieses Bankett – ich muss Einspruch dagegen einlegen! Diese Leute sind voller Tücke und Verrat. Sie sind sturköpfig und gefährlich. Sie haben bereits Euren Feldkommandeur ermordet und auf meinen Vertrauten geschossen. Sie werden Euch auf Schritt und Tritt Widerstand leisten und Eure Absichten zu untergraben suchen. Warum möchtet Ihr sie auf diese Weise verhätscheln? Und die Familien von Rorkas Männern freizulassen, die uns als Geiseln hätten gute Dienste leisten können, um die Einwohner unserem Willen zu unterwerfen, das war ...«

»Genug!«, donnerte Klann. Mehrere Köpfe wurden auf dem Innenhof gedreht, aber die Zuschauer wandten sich fast sofort wieder verlegen ihren Aufgaben zu. Diesen Tag würde niemand so schnell vergessen, denn es geschah wahrhaftig selten genug, dass der König unter ihnen auftauchte, und noch seltener, dass er öffentlich Zorn zur Schau stellte. »Genug«, wiederholte er in ruhigerem Ton, als seine Stimmung geradezu gespenstisch umschwang. »Wir erinnern Euch an Eure Pflichten. Wir haben mehr als genug verweichlichte Ratgeber, welche die königliche Befehlsgewalt in Frage stellen. Wir haben Gründe für das, was Wir tun, und sie sind ausreichend. Verlasst Uns jetzt! Eure Arbeit wartet.«

Klanns Gesicht verwandelte sich in eine ausdruckslose Maske, als er zum zentralen Bergfried zurückging. Mort verneigte sich kriecherisch hinter seinem Rücken.

»Ich bitte um Eure Vergebung, mein Lehnsherr. Ich nehme mir Freiheiten heraus, die mir nicht zustehen. Aber darf ich Euch, um Euren Zorn zu beschwichtigen, daran erinnern, dass ich es war, der von diesem Ort hier erfuhr, der die nötigen Informationen lieferte, um diese Invasion zu planen, und der die dafür erforderliche Macht bereitstellte?« Morts Stimme spiegelte seine Überzeugung wider, dass er zu Unrecht eine Kränkung hatte hinnehmen müssen. »Alles mit Eurer damaligen Zustimmung«, fügte er hinzu.

Klann zeigte eine verdrossene Miene, als er stehen blieb und dem Blick zurückwandte. »Stimmt, zum größten Teil, und selbst dieser Teil bietet Anlass zu Traurigkeit.«

Mort legte ob dieser rätselhaften Worte den Kopf schief.

»Geht jetzt.«

Mort verneigte sich würdevoll und entfernte sich.

Und in seiner Schwermut hörte Klann die Stimmen der Brüder in sich aufbranden. Sie fühlten sich zu wütenden, verworrenen Ratschlägen aufgestachelt. Und dann entdeckte er die Dame Thorvald, die ihn von der Veranda der drückend heißen Bäckerei aus anblickte. Er warf ihr einen hasserfüllten Blick zu. Er fühlte sich unvermittelt an den starken und kühnen Mann erinnert, den sie alle geliebt und respektiert hatten, den aber nur der Bruder wirklich gekannt hatte – jener Bruder, dessen wankelmütiges Herz den Ratschlag seines Geistes und seiner Familie in den Wind schlug.

(Töte sie, töte das Miststück)

(Vergiss es, lasse es hinter dir, strebe weiter dem Ziel nach – nur das hat jetzt noch Bedeutung)

Da ertönte schließlich der mörderische, primitive Schrei des Schimpflichen, des unreinen Bruders, und Klann spürte, wie ihm der Blutrausch zu Kopfe stieg. Er schloss die Augen und drohte ohnmächtig zu werden, während er darum rang, im Vollbesitz seiner geistigen Fähigkeiten zu bleiben. Und als er sich aufs Neue im Griff hatte, unterdrückte er sie. Sacht. Wie es nur jemand tat, der die mit solcher Unterdrückung einhergehende Verzweiflung kannte. Denn diese Stimmen waren er.

Und er war Klann. Und *sie* waren Klann.

Und Klann war fünf.

Mit gesenktem Haupt, die Hände auf dem Rücken schlaff ineinandergelegt, schlurfte der König, den man den Unbezwingbaren nannte, schweren Schrittes in den Bergfried, in dessen Innerem ihn die stechenden Gerüche von Schimmel und feuchter Fäulnis empfingen.

»Lottie Kovacs – und *Richard* – was sucht ihr denn hier drin!?«

Genya wurde leiser, noch während sie den Satz sprach, denn sie wollte keine unerwünschte Aufmerksamkeit auf die enge Speisekammer lenken, die direkt an die gewaltige Burgküche grenzte; hier hatte sie das Paar aneinandergedrängt hinter den Kisten gefunden. Richard hockte an der Wand und hatte die Arme um Lottie gelegt, die ihrerseits den Kopf an seiner Schulter vergrub. Genya ragte über ihnen auf, die Hände in die Hüften gestemmt, und legte eine strenge Haltung an den Tag.

»Habt ihr beide denn überhaupt keinen Verstand? Was, falls der Oberkämmerer des Königs die Küchen besichtigt? Der Herrgott weiß, dass ich schon genug Schwierigkeiten mit ihm hatte! *Hanba na vy!* Schande über euch!« Sie drohte mahnend mit dem Finger. »Ihr könnt von Glück sagen, dass ich hier die Verantwortung trage und nicht jemand anders, oder ihr würdet ... Lottie? Was ist denn, Liebes?«

Sie kniete sich hin und legte dem schluchzenden Mädchen eine Hand auf die Schulter.

»Ihr Vater ist tot, Genya«, flüsterte Richard. »Von Soldaten erschlagen. Ferenc hat es gehört.«

»Du lieber Gott!«, keuchte Genya. »Lottie – Lottie, es tut mir so leid!«

Lottie hob den Kopf. Die Augen in ihrem tränennassen Gesicht waren rot und verquollen. »Oh, Genya!«, stöhnte das Mädchen. »Es stand so schlecht zwischen uns! Ich ... mir war nie klar, wie sehr ich ihn liebte. Und jetzt ist er nicht mehr da. Daran habe ich ebenso viel Schuld wie nur irgendjemand.«

»Lottie, sag das nicht!«

Genya blickte sie hilflos an und fand in diesem Augenblick keine Worte mehr. Lotties traurige, porzellanblaue Augen starrten ausdruckslos ins Leere. Die kleinen, ständig schmollenden Lippen waren verzogen und bebten. Die Trauer schien zu Lottie zu passen, die Genyas beste Freundin war und zugleich ihr genaues Gegenteil. Ihre Freundschaft war so überraschend wie die zwischen einer stolzen Stute und einer bescheidenen Schildkröte. Lottie war gegen den Protest ihres Vaters als Dienerin auf die Burg gegangen, vor allem, um in Richards Nähe zu sein. Richard war Bäcker; einen »Tortenkopf« hatte ihn Papa Kovacs genannt. Mehr brauchte über die angespannte Lage ihrer romantischen Beziehung nicht gesagt zu werden.

Genya richtete sich auf. »Jetzt hört mir zu. Richard, du bleibst hier und tröstest Lottie«, sagte sie und hob warnend den Finger. »Aber nur für eine kleine Weile. Ich halte alle anderen von der Speisekammer fern, solange ich kann. Falls jemand aus der Bäckerei kommt, schicke ich ihn weg. Ich hoffe nur, dass der Oberkämmerer hier nicht seine Hakennase hineinsteckt, oder ich muss ihm noch ein Tablett über den Schädel ziehen! Sobald ihr geht, tut es getrennt und *leise!*« Sie schenkte ihnen ein warmherziges Lächeln und tätschelte Lotties aschblonde Locken. »Sei stark, Liebes. Bald können wir die Burg verlassen, und ihr beide könnt ein gemeinsames Leben beginnen.«

Sie nickte Richard knapp zu, schüttelte ihr feuchtes Haar aus und kehrte leise in die dampfende, laute Küche zurück. Sofort legte sie wieder los und erteilte Anweisungen in einem Ton, der befehlend und freundlich zugleich war.

»*Nahlit sa! Nahlit sa!* Beeilt euch! Heute Abend kommt Papa Flavio, und falls alles gut geht, seid ihr bald zurück bei euren Familien. Der König ist gut und großherzig, und er hat mir das mit seinen leibhaftigen königlichen Lippen zugesichert!«

Ringsherum wurde gelacht und gejubelt, ungeachtet der heißen und mühseligen Arbeit, ein Bankett für Hunderte Gäste vorzubereiten. Und Genya stürzte sich selbst mit Elan in diese Arbeit und leistete überall, wo es nötig war, ihren Beitrag. Zuerst half sie dem Aufseher der Vorratskammern dabei, die silbernen Teller mit Goldrand und andere Utensilien heranzukarren und zu zählen und die Tranchierbretter zu verteilen, auf denen das Fleisch seinen Platz finden sollte.

Die Küche war riesig: zwanzig mal zehn Meter mit einem hohen Deckengewölbe. An einer Seite loderten die mächtigen Feuerstellen – zweieinhalb Meter hoch und sieben Meter breit –, über denen ganze Ochsen gebraten werden konnten. Als Nächstes sprang Genya einer Gruppe bei, die sich abmühte, dort eine Rinderhälfte hineinzubugsieren. Sie zog sich eine blutbespritzte Schürze an und gab den entscheidenden Schubs, der die Rinderseite in die gewünschte Position brachte, und als das geschafft war, hatte sie alle Beteiligten mit ihrer ansteckenden guten Laune aufgeheitert.

Jetzt wandte sie sich der zentralen Herdplatte zu, wo man die Kochfeuer für das kleinere Wild entfachte, das dort auf Spießen gebraten wurde, welche von Hunden in Laufrädern gedreht wurden.

»*Nahlit sa!*«, mahnte sie, während sie den Köchen und ihren Zuarbeitern dabei half, Fasane, Gänse und Kapaune auf die Bratspieße zu schieben. »Und wo stecken unsere winselnden Spießdreher?« Und tatsächlich: Als die Hunde die Kochfeuer entfacht sahen, versuchten sie sich zu verkriechen, denn sie kannten die

Arbeit, die nun auf sie zukam, nur zu gut. Genya schickte Küchenjungen los, um die Hunde zu den Laufrädern zu zerren.

Schwere Speisedüfte durchdrangen inzwischen die ohnehin schon drückende Küchenhitze. Als Nächstes holte Genya den großen Salznapf, der direkt vor dem König seinen Platz finden würde, aus der Vorratskammer. Sie füllte ihn sorgfältig und schob ihn dann auf einem Karren zum großen Saal, wo an diesem Abend das Bankett stattfinden sollte.

Der Salznapf bestand aus Elfenbein und war mit einer Emaillearbeit verziert, die Löwen darstellte. Auf geschnitzten Beinen ruhte in drei Handbreit Höhe die schmale Schüssel mit dem kostbaren Salz. Darauf lag der Golddeckel, der dieses von allen als Kostbarkeit geschätzte Gewürz schützte. Und während Genya den Napf vor sich herschob, entdeckte sie darauf auf einmal ihr Spiegelbild. Sie blieb stehen und blickte sich forschend um: niemand zu sehen.

Mit geübten Fingern strich sie sich durchs dunkle Haar und ordnete es, sodass sein lockerer Wurf ihren natürlichen Liebreiz unterstrich. Sie kniff sich in die Wangen, um ihrem Engelsgesicht zu etwas mehr Farbe zu verhelfen, spitzte die roten Lippen – was wenig änderte, zog sie doch fast von Natur aus eine Schnute – und übte eine Reihe von Gesichtsausdrücken: von geziert verführerisch bis tief verletzt, bis ihr Mienenspiel überzeugend *un*gekünstelt erschien.

Herr, vergib mir, aber ich bin ja so schlau, dachte sie und zog die Schultern hoch, um zu verhindern, dass ihr ein selbstgefälliges Kichern entfuhr. *Aber gelobt seist Du dafür, denn irgendjemand muss es ja sein.*

Zu Anfang war alles schwierig und furchterregend gewesen: der gewaltsame Sturz Baron Rorkas und die Machtergreifung König Klanns in jener grauenhaften Nacht; Monster und Riesen, die auf den Mauern umherstreiften; Soldaten, die überall in der Burg paradierten. Die Diener hatten alle so viel Angst, dass sie sich eine Nacht und einen Tag lang in ihren Zimmern verkrochen. Wer in irgendeiner Weise Widerstand leistete, wurde zusammen mit den Männern des Barons niedergemetzelt, darunter der frühere Oberkämmerer. Und Klanns neu ernannter Oberkämmerer war eine gemeine, gehässige, geiergesichtige alte Viper. Zwischen ihm und den herumstolzierenden regulären Llorm-Soldaten und den pompös anspruchsvollen Hofdamen und diesem Mistkerl von Hauptmann, der Genya gepackt hatte, na, da ...

Aber letztlich war Genyas Zorn entfacht, und obgleich sie eine bescheidene Küchenmagd war, wagte sie es, sich im Namen aller Dienstboten an König Klann persönlich zu wenden und ihm von ihrer aller Furcht zu erzählen. Sie bot dabei eine Vorstellung, die ihre ganze beträchtliche Schläue erforderte, und es kam zumindest für sie nicht überraschend, als sie Klann mit ihrem Charme gewinnen konnte. Er sagte ihr zu, dass der Dienerschaft kein Haar gekrümmt werden solle, und wies den Oberkämmerer an, mehr Zurückhaltung an den Tag zu legen. Der König versprach außerdem, dass es den Dienstboten freigestellt werden sollte, in die Stadt hinabzugehen, sobald die Sicherheitsquarantäne aufgehoben werden konnte. Und das Beste war: Er ernannte Genya zum Oberhaupt der Bediensteten und zu seiner persönlichen Vertreterin dem Dienstpersonal gegenüber!

Sein väterliches Interesse an ihr beruhigte sie sehr, obwohl damit zugleich auch die Eifersucht der Hofdamen geweckt wurde. Einige davon hatten Genyas sinnliche Jugendlichkeit und Lebhaftigkeit von vornherein zum Anlass genommen, sie mit Bosheit zu strafen: Noch vor der Audienz bei Klann hatte zum Beispiel die Dame Gorkin, Gemahlin des Burgvogts, Genya der Säumigkeit beschuldigt und sie in die dampfende Küche geschickt, um dort zur Strafe Eier zu pellen. Genya verkniff es sich mit knapper Not, ein paar davon nach der hochmütigen alten Schachtel zu werfen, nur um mal zu sehen, wie so eine feine Dame darauf reagieren würde.

Dann war da noch der rothaarige Zankteufel, die Dame Thorvald. Genya hielt sie zunächst für die Königin, so sehr zeigte sich die Dame in den König vernarrt und schwirrte um ihn herum. Sie erwies sich jedoch als Konkubine, an der der König das Interesse verloren hatte. Ihre Aufmerksamkeit für Seine Hoheit schien umso ausgeprägter zu sein, je mehr er sie leid wurde. In ihren weniger menschenfreundlichen Augenblicken schätzte Genya die Dame Thorvald als vertrocknete alte Xanthippe ein, die sich mit einer unechten Zurschaustellung von Schminke und Federn gegen das fortschreitende Alter zur Wehr zu setzen versuchte. Sie war der Inbegriff schäbigen Gepränges.

»Was für eine verwöhnte alte Katze!«, hatte Genya heute Morgen zum Zimmermädchen gesagt, das gehört hatte, die Dame Thorvald würde nicht am Bankett teilnehmen, denn sie klage über einen ihrer so häufigen Anfälle von »Kopfschmerzen«.

Ah, na ja, dachte Genya, bleib auf Distanz, und alles ist gut. Mal abgesehen von diesem schrecklichen Zauberer Mort und seinen lüsternen Blicken …

Es schauderte sie, nur an ihn zu denken, und sie verscheuchte den Gedanken. Da kam ihr jedoch erneut Lotties ermordeter Vater in den Sinn, und sie fragte sich sofort, wie es um die Sicherheit der eigenen Eltern in Vedun bestellt war.

Nein, nein, Vater würde sich im Traum nicht an Gewalttätigkeiten beteiligen. Ihr Vater war ein klar denkender und vernünftiger Mann und stets auf Sicherheit bedacht. Er und Mutter würden Genya bereits erwarten, wenn sie nach Hause zurückkehrte, dessen war sie gewiss. Sie bekreuzigte sich und sprach ein kurzes Gebet, um ihre Zuversicht zu stärken.

Ihr abschließender, warmer Gedanke galt Wilf. Der liebe Wilf! So stark, so dickköpfig, so unbeugsam in seinem Stolz. Der einzige Mann, der für Genya je Anlass gewesen war, nicht mehr an andere Männer zu denken. Wie ich dich vermisse, mein Liebster! Seit einer ganzen Woche sind wir jetzt getrennt! Bald jedoch werden wir wieder zusammen sein und dieses ganze Elend hinter uns lassen – und sein Vater Garth wird nichts dagegen unternehmen können. Nein, das ist falsch. Ich möchte nicht, dass es so kommt. Ich wünsche mir so sehr Herrn Gundersens Zustimmung und Liebe. Man findet sie tatsächlich, diese seltenen Männer wie ihn, deren offen geäußertes Misstrauen gegenüber weiblichen Listen echt ist. Sie sind am schwierigsten zu erobern. Aber ...

Schritte ertönten auf dem Flur. Genya beugte sich über den Deckel des Salznapfs und betrachtete forschend ihr Mieder im Spiegelbild. Sie justierte die Schnüre aufs Genaueste, um die richtige Andeutung erregender Kurven zu präsentieren. Einen Moment lang überkam sie ein Anflug von Schuldgefühl wegen ihrer Schamlosigkeit. Sie schloss die Augen und spitzte kurz die Lippen; dann bekreuzigte sie sich und schob den Karren weiter zum großen Saal.

Es tut mir leid, lieber Gott, aber so bin ich nun mal. Ich brauche einfach das Gefühl, alles zu steuern. Alles muss laufen wie gewünscht – das muss es einfach! Das wird es! Und wie üblich kriege ich, was ich will.

ZWEITES KAPITEL

Gonji Sabataké verließ den Schneiderladen und trat hinaus auf die vom Regen nasse, kopfsteingepflasterte Straße und verkniff sich dabei ein selbstzufriedenes Grinsen. Er war frisch gewaschen und rasiert. Den Haarknoten hatte er sorgfältig gebunden, und er trug das neue ärmellose Hemd und die Hose, die er beide kürzlich in Auftrag gegeben hatte, dazu dicke Wollsocken an den sandalenbewehrten Füßen, im Austausch für die abgenutzten *Tabi*.

Er rückte die Schwerter im *Obi* zurecht, der breiten Schärpe um die Taille, sodass sie fast waagrecht darin steckten, eng anliegend und zugleich bequem, wie es sein musste. Er rieb sich nachdenklich das brennende Gesicht und blickte sich in der feuchten Morgenluft um. Der Tag versprach heiß und stickig zu werden; düstere, tief hängende Wolken bedeckten den ganzen Himmel. Ein guter Tag für ein Bankett unter einem festen Dach.

Gonji lächelte und folgte mit Tora am Zügel der Straße auf der kurzen Strecke zum Gerber. Die bestellten Lederwaren – Kürass, Schulterstücke, Armschützer und Reitstiefel – waren noch nicht fertig. Also stieg er in den Sattel und ritt Richtung Marktplatz, wobei er Tora nur eine leichte Gangart abverlangte. Keine Eile. Bis zum Bankett hatte er heute kaum etwas zu tun. Aber *dann* – ha! Ein Blick aus erster Hand auf die viel gepriesene Burg Lenska! Und endlich eine Begegnung mit dem geheimnisvollen König und seinem Hexenmeister.

Dieser Tag würde ihm immer in Erinnerung bleiben; davon war der Samurai überzeugt.

Er war früh aufgestanden und hatte festgestellt, dass Garth Gundersen schon mit einem geschäftlichen Anliegen zur Gießerei gegangen war. Wilf hatte die Arbeit an der Esse übernehmen müssen. Gonjis engster Freund unter den Gundersens war mürrisch und reizbar, da er sich Sorgen über das Schicksal seiner Genya auf der Burg machte. Also entschied der Samurai, dass er heute genauso gut auf Wilfs Gesellschaft verzichten konnte. Strom der Hirte und Lorenz der Stadtkämmerer luden Gonji nicht gerade überschwänglich zum Frühstück ein, und so sagte er dankend ab und ritt lieber für eine kurze Übungsstunde in die Berge.

Angesichts der verhaltenen Gastfreundschaft bei den Gundersens entschied er, sich lieber bald eine andere Bleibe zu suchen.

Der Marktplatz war belebt und erwies sich trotz des nebeligen Morgens als angenehme Umgebung. Die feuchte Luft trug die vielfältigen Geräusche des Lebens mit sich. Eine Atmosphäre der Normalität lag über Vedun, und sogar die Soldaten fügten sich in die alltägliche Ordnung der Dinge ein.

Gonji nahm auf einer Steinbank unweit der Marktstände Platz und füllte sich den hungrigen Magen mit Fisch und Bier. Er ließ sich Zeit dabei. Im Glockenturm wurde die zehnte Stunde geschlagen, und der flachere Klang der Kapellenglocke rief den einen oder anderen zum Gottesdienst.

Einige wenige Menschen, die Gonji am Abend nach den denkwürdigen Boxkämpfen in Michael Benedettos Haus kennengelernt hatte, kamen vorbei und grüßten ihn. Unter ihnen waren Stefan Berenyi und Nikolai Nagy – wobei er sich nicht erinnern konnte, wer von beiden wer war –, und wenig später folgten Monetto der Axtmacher und Gerhard der Jäger und Pfeilmacher, der einen Langbogen auf dem Rücken trug. Gemeinsam schleppten sie einen großen Sack mit Kleinwild, der von Gerhards Fertigkeit mit dem Bogen kündete. Monetto steuerte auf Gonji zu und plauderte mit ihm, aber Gerhard bestand darauf, dass sie ihren Weg zu den Marktständen fortsetzten. Seine Sorge um die Frische des Wildbrets löste den üblichen Zank zwischen den beiden aus, der noch lange zu hören war, als sie schon weitergegangen waren.

Dann glaubte Gonji, einen blonden Kopf zu sehen, der vielleicht Lydia Benedetto gehörte. Er reckte den Hals und blickte forschend in die Menge, aber an der Stelle, die er im Auge hatte, tauchten zwei Llorm-Infanteristen auf und erwiderten argwöhnisch seinen Blick. Er stand auf, und seine Gedanken wandten sich aufs Neue militärischen Fragen zu ... wenn man es so nennen wollte.

Sehen wir doch mal, was ihnen so durch den Kopf geht!

Er packte Toras Zügel und ging eine Gasse hinab. An der ersten Abzweigung versteckte er sich und wartete.

Die Bande, die ihm folgte, erreichte diese Stelle eine Minute später, und sie flüsterten untereinander und dämpften die schleichenden Schritte.

»Hijah!«, schrie Gonji und sprang ihnen entgegen, und der Knauf des in der Scheide steckenden Sagami deutete mitten zwischen seine Verfolger.

Die Kinder schrien im Chor auf und stolperten rückwärts. Dann lachten sie erleichtert, und ihr Anführer Eduardo trat vor und streckte die Hand zum Gruß aus.

»Also, ihr Schlingel«, sagte Gonji streng, »was wollt ihr von mir?«

Ein winziges Mädchen klammerte sich von hinten an Eduardos Beine und betrachtete den Samurai mit großen, erschrockenen Augen, während der Junge antwortete.

»Wir wollten nur sehen, was du im Schilde führst. Mein Papa sagt, dass dir Schwierigkeiten auf dem Fuße folgen. Ich wollte nichts verpassen.«

»Ach so?«, fragte Gonji und tat verdrossen. »Und er hatte recht, *neh?* Sieh nur, wer mich verfolgt.« Er deutete auf ihre Meute, und sie kicherten.

»Du siehst *molto buono* aus mit deinen neuen Sachen«, meinte

Eduardo und machte eine Handbewegung, die Gonji als Ausdruck jugendlicher Zustimmung deutete.

»*Domo*«, antwortete Gonji. »Jetzt, wo ich deinen Beifall gefunden habe, kann ich zuversichtlich weiter meinem Weg folgen.« Er sah mit hochgezogenen Brauen und verschränkten Armen zu, wie der Junge ihn umrundete und abschätzend musterte, wobei ihm das kleine Mädchen wie ein Schatten hinterhertappte.

»Ist das deine Schwester?«

»Nein, das ist Tiva. Sie hat keine Mutter, und ich bekomme Geld, wenn ich auf sie aufpasse.«

»Leistest du gute Arbeit?« Gonji bückte sich zu dem Mädchen hinab und fragte sanft: »Passt Eduardo gut auf dich auf?«

Die Jungen lachten alle. »Sie spricht kein Italienisch«, sagte einer von ihnen.

Sie war das entzückendste Kind in Gonjis jüngerer Erinnerung. Die Kleine konnte kaum älter als vier sein. Als er sie hochhob, riss sie die großen braunen Augen so weit auf, dass sie das ganze Gesicht zu umfassen schienen. Sie hielt ein halb verzehrtes Brötchen in einer verklebten Faust.

Eduardo übersetzte Gonjis Frage.

»Nee!«, sagte sie mit einer dünnen Piepsstimme. Die Jungen lachten erneut.

»Das tut er nicht, hm?«, sagte Gonji. »Na ja, sehen wir mal, was wir da machen können.«

»Sie sagt zu allem nee«, erklärte Eduardo.

Tiva bot Gonji an, etwas von ihrem Brötchen abzubeißen, und er gab ihr mit Gesten zu verstehen, dass er den Bauch längst voll hatte. Sie blieb jedoch hartnäckig, und so verbeugte er sich lächelnd und gönnte sich einen kleinen Bissen. »*Domo*, kleine Blume.«

Er setzte das Kind wieder ab. »Ihr Jungs solltet gut auf sie Acht geben!« Er hob drohend die Faust. »Jetzt aber fort mit euch.«

»Wann bringst du mir bei, wie man mit dem Schwert umgeht? Du hast es versprochen!«, sagte Eduardo flehentlich.

»Ich habe nichts dergleichen getan«, entgegnete Gonji. »Ich sagte, wir müssten bei Gelegenheit deinen Vater fragen. Was möchte ein Dreckspatz wie du überhaupt mit einem Schwert anfangen?«

»Die Soldaten umbringen, die Signor Koski erschlagen haben«, antwortete Eduardo einfach und bückte sich, um einen Schuh zuzubinden.

Die schlichte Eindringlichkeit dieser Äußerung versetzte Gonji einen Stich. »Und warum?«

»Weil Signora Koski nur noch weint, seit er tot ist.«

Gonjis Kiefermuskeln arbeiteten, während er daran zurückdachte, wie die Söldner den Mann, noch am selben Tag, als sie die Stadt besetzten, niedergemacht hatten. »Lehrt dich dein Vater nicht, dass Töten schlecht ist?«

»Normalerweise schon. Er ist sich aber nicht mehr sicher.«

Gonji schnippte mit den Fingern. »Fort mit euch! Und passt auf die Kleine auf, verstanden?«

Eduardo verbeugte sich – zu schnell und zu tief jedoch, wie ein Vogel, der nach einem Korn pickte, und die übrigen Jungen kicherten. Gonji schüttelte den Kopf und scheuchte die Kinder weg, wobei er Tiva zublinzelte und sie mit den Fingern wackelte.

Er dachte über die Worte des Jungen nach, während er der Kinderschar durch die Gasse nachblickte. *Er ist sich nicht mehr sicher* ... Unsicherheit und mangelnde Entschlusskraft wären das größte Problem, wenn diese Leute einen bewaffneten Aufstand wagen wollten. Klann ließ sich nicht von christlichen Grundsätzen einschränken. Gonji schüttelte den Kopf. Ah, na ja, die Söldner hielten sich deutlich zurück, seit Ben-Draba erschlagen worden war von diesem – *hai* ... Gonji lächelte dünn. *Unserem zweiten geheimnisvollen Mann* ...

Er schwang sich auf Toras Rücken und ritt zur Hauptstraße zurück. Er musste mit Flavio sprechen.

Gonji war entschlossen, seine Stellung als Leibwächter des Ratsältesten mit Würde und Ernsthaftigkeit auszufüllen, obwohl er wusste, dass er sie ausschließlich seiner Überredungskunst und der Tatsache zu verdanken hatte, dass Flavio damit die Schuld der Stadt bei dem Samurai begleichen wollte, weil dieser die Leiche Mark Benedettos geborgen hatte. Trotzdem war Gonji jetzt Leibwächter, und er gedachte, sich entsprechend zu verhalten. Er hatte versprochen, dem Ältesten nicht auf Schritt und Tritt im Weg zu stehen, legte jedoch Wert darauf, sich von Zeit zu Zeit von dessen Wohlergehen zu überzeugen.

Er trabte gerade lässig zum Amtsgebäude an der Straße der Hoffnung, als er vom Ruf eines Fußgängers zu seiner Linken angehalten wurde.

»Hallo dort! Auf ein Wort, *Monsieur!*«, ertönte eine Stentorstimme in singendem Französisch.

Gonji zügelte das Pferd und blickte hinüber. Es war Alain Paille, der extravagante und exzentrische Künstler und Poet, dessen revolutionäre Verkündigungen seit Klanns Ankunft der Stadt grenzenloses Unbehagen bereiteten und den Besatzungstruppen nicht wenig Erheiterung boten. Der Mann war dunkel und gertenschlank, hatte durchdringende blaue Augen, einen lückenhaften Bartschatten und eine widerspenstige Mähne, die seit Tagen nicht mehr von einem Kamm gebändigt worden war. Die Schürze voller Farbkleckser gab Hinweis auf seine derzeitige Arbeit: die Ausführung einer Deckenmalerei in Veduns Kapelle. In der Hand trug er ein zusammengerolltes Papier.

»Seht den Befreier!«, schrie er mit großen Augen und blieb vor Tora stehen. »Ihn, von dem die Bänkelsänger künden werden!«

Gonji blickte sich verlegen um. Nur wenige Passanten schenkten Paille Beachtung, waren sie doch schon seit langem solche

Ausbrüche von ihm gewöhnt. Er war schließlich Veduns bekanntester Trunkenbold. Diejenigen, die jetzt zusahen, warteten auf Gonjis Reaktion.

Der Samurai räusperte sich. »Ja, nun – was kann ich für dich tun?« Er ignorierte das Französisch und sprach stattdessen Hochdeutsch.

»Ich war schon auf der Suche nach dir. Wir müssen reden. Ich glaube, dass wir einen gemeinsamen Traum haben. Du sprichst Französisch, nicht wahr?«

»Ich spreche Französisch – halbwegs«, antwortete Gonji. »Es bereitet mir Schwierigkeiten. Es ist eine Sprache, die ich ...« Er suchte nach einem treffenden Wort und fand auch eines.

»›Verabscheue‹?«, wiederholte Paille überrascht. »Aber das darfst du nicht! Alle Menschen von Geist und guter Erziehung sprechen Französisch. Ich habe mich nach dir erkundigt, und ich glaube, dass du ein solcher Mann bist. Du hast nur Schwierigkeiten mit der Aussprache. Aber sei beruhigt, das werden wir beheben. Sprich Französisch, *s'il vous plait.*«

»Ich mag es nicht«, entgegnete Gonji mit schiefem Lächeln, »aber ich werde es sprechen. Was möchtest du?«

»Ich denke, zuerst wäre ein Umtrunk angebracht. Sollen wir uns in die *Auberge* begeben?« Paille deutete mit seinem Papier zur nächsten Gastwirtschaft, Wojciks Stube.

»Jetzt nicht. Ich habe Angelegenheiten auf dem Amt zu erledigen.«

»Wundervoll! Ich ebenfalls!«, sagte Paille und fuchtelte mit dem Handzettel. »Wir können unterwegs reden, *oui?*«

»*Oui* – wundervoll«, sagte Gonji leise mit einem Blick auf die Passanten, die das Gespräch verfolgten.

Er stieg wieder ab und nahm Tora am Zügel. Er hatte Lust auf einen einsamen Ritt gehabt und gehofft, dem prahlerischen Hauptmann Julian Kel'Tekeli zu begegnen und ihm zu zeigen, dass Gonji ebenso gut wie er ein Bild der Sauberkeit, perfekten

Schliffs und tadelloser Haltung abgeben konnte. Doch als Samurai akzeptierte er schicksalsergeben die Art und Weise, wie des Karma die Hochmütigen zurechtstutzte ...

»Ich bin Alain Paille«, dröhnte der Künstler, »ein Maler, Dichter und Balladensänger, ein Chronist des Auf und Ab der Menschen und ein Kämpfer für die Freiheit *par excellence*. Und du bist – nein, nein, erzähle es mir nicht! – Gonji Sabataké, Meister der Kampfkunst aus dem sagenumwobenen Asien, enterbter Sohn von Japans mächtigstem Kriegsherrn ...«

Gonji zuckte zusammen, rieb sich ein juckendes Auge und stieß ungeduldig die Luft aus. Hinter ihm wieherte Tora und fuhr mit dem Kopf auf und ab.

»... Held der *Egalité* und Freiheit, auserwählter Teilnehmer an dem bevorstehenden Kampf, der dafür sorgen wird, dass aus dem Würgegriff von Monarchie und Aristokratie eine Demokratie entsteht ...«

»Langsam, langsam!«, stöhnte Gonji. Sie folgten gerade einer Gasse zwischen steilen Wänden, und Pailles Worte hallten von einem Ende zum anderen. »Halte mal die Luft an, *Monsieur* Poet. Tut mir sehr leid, aber das ist eine fürchterliche Mixtur aus Tatsachen und Fantasien. Und hör mal, sprichst du eigentlich jemals mit einer anderen Stimme als diesem schmetternden Ausruferorgan?«

Paille wirkte verletzt. »Zorn, Schmerz, Enttäuschung, Demütigung – solche Dinge finden niemals Ausdruck durch eine ruhige und sanfte Stimme! Aber du hast natürlich recht: Wir müssen uns vorsehen. Die Augen und Ohren des Feindes sind überall.«

Er beugte sich dicht an Gonji heran und legte mit Verschwörermiene einen Finger auf die Lippen. Gonji bekam einen vollen Atemhauch von des Künstlers morgendlichem Muntermacher ab. Wein. Und ein bescheidener Jahrgang dazu.

»*Oui*, so ist es besser«, pflichtete er Paille erleichtert bei.

»Nun – ich weiß nicht recht, ob ich auch alles verstanden habe ... Können wir vielleicht auf Spanisch weiter... – ah, weitergeredet haben?« Gonji stolperte über die Worte.

»Können wir weiterreden, nicht ›können wir weitergeredet haben‹«, korrigierte ihn Paille. Er seufzte. »Aber *si*, also Spanisch, die Sprache der Halsabschneider ... Was für eine Schande! Französisch ist so elegant. Mein Bruder Guy sagte immer, dass diese Sprache für das Ohr wie Musik ist, und Guy müsste es wissen – er hat nur ein Ohr, oder zumindest war es so, als ich zuletzt von ihm hörte. Aber egal ...«

»Dein Bruder Guy hat nur ein Ohr ...?«, wiederholte Gonji verständnislos. Paille hatte jedoch schon mit einer Wiederholung dessen losgelegt, was er eben schon von sich gegeben hatte.

Gonji schüttelte den Kopf. »Gleichheit? Demokratie? Bauern sind nicht in der Lage, sich selbst zu regieren. Man braucht immer eine herrschende Klasse, die ihnen Anleitung gibt. Und Soldaten, die die Ordnung aufrechterhalten.«

»Hm. Du lässt zu, dass sich deine Politik und deine Ausbildung deiner Bestimmung in den Weg stellen. Es ist jedoch eine Tatsache, *Señor*, dass das göttliche Recht der Könige und die Regierungsgewalt durch die Gunst der Geburt als überlebte Gedankengebäude betrachtet werden müssen. Und eine weitere erwiesene Tatsache ist, dass Menschen von Geburt an gleich sind und somit die Freiheit genießen müssen, sich eine politische Ordnung frei zu wählen.«

Gonji beförderte mit einem Fußtritt einen Stein aus dem Weg. »Wirklich? Und wer hat diese ›Tatsachen‹ erkannt?«

Paille wirkte überrascht. »Wieso, *ich* natürlich!«

Gonji lächelte. »Ah, du bist also auch ein Prophet wie diese Tralayn?«

»*Oye!* Ich bin Visionär, kein Wahrsager!«, korrigierte ihn Paille. »Meine Vision ist irdischer, zeitlicher Natur, kein durch Beimischung vager religiöser Glaubenssätze verworrenes Ideal ...

Oh, Gott sei Dank, dass mein Bruder mich nicht so reden hört!«

»Dein Bruder Guy, der mit dem einem Ohr?«

»Nein, nein, mein Bruder David, der wie ein mümmelndes Kaninchen lächelt ... Er ist Schriftsteller und ein Verteidiger der Heiligen Mutter Kirche ...«

Gonji blickte verwirrt drein. »Dein Bruder David mümmelt ...?«

»Nein, ich bin kein verschlafener Christ wie die meisten, die hier leben«, fuhr der Künstler fort, ohne auf Gonjis Worte zu hören. »Sie haben beschlossen, sich zu ducken und auf einen göttlichen Erlöser zu warten, und den würden sie gar nicht erkennen, es sei denn, er tauchte in blendendem Licht und mit den Schwingen einer Taube auf. Ich denke, sie erwarten, dass Christus seine Wiederkunft für die Not Veduns aufspart.«

»Du glaubst also nicht an *Iasu* – den Christus, den Gott des Westens?«, fragte Gonji.

»Oh doch, Er existiert – irgendwo, schätze ich«, entgegnete Paille. »Er scheint Verstecken mit der Menschheit zu spielen, und derzeit ist Er an der Reihe, sich zu verstecken. Deshalb ist es meine Pflicht als Visionär, die Menschen hier aus ihrer Apathie und ihrem Fatalismus zu reißen. Ich fürchte jedoch, dass mein *Esprit* und *Panache* missverstanden werden. Sie halten mich für einen ...« Er zuckte die Achseln.

»Einen Verrückten«, beendete Gonji den Satz.

Paille machte ein finsteres Gesicht. »Das grausame Schicksal des Genies«, knurrte er. »Kennst du die Lehren des Christentums? Jene, die einem gebieten, nach einem Schlag ins Gesicht auch die andere Wange hinzuhalten?«

»Es fällt mir schwer, das zu begreifen«, antwortete Gonji nachdenklich. »Aber ich reise schon lange durch den Westen, und zuvor war ich Schüler christlicher Priester in *Dai Nihon* – in Japan. Ich habe festgestellt, dass ihre Glaubenslehren so vernünftig sind wie alle anderen, was die Erklärung für einige der Schrecknisse angeht, denen ich begegnet bin – die übernatürlichen Dinge ...«

»Ha! Ich muss erst noch einem Phänomen begegnen, das nicht durch die Vernunft erklärbar wäre!«, behauptete Paille. »Natürliches, auf abartige Weise eingesetzt, Illusionen, die Leichtgläubigkeit der Ungebildeten – das sind mögliche Erklärungen für ...«

Gonji schüttelte den Kopf. »Tut mir sehr leid, *Señor*, aber dem kann ich nur in Teilen zustimmen. Man trifft auf der Welt Dinge, die zwar nach moralischen Erklärungen schreien, sich diesen jedoch entziehen. Ich glaube, dass nichts Natürliches falsch sein kann – obwohl wir beide wissen, dass das Natürliche gewiss falsch eingesetzt werden kann. Ich halte es jedoch nicht für nötig, die Wunder und Geheimnisse der Natur zu erklären, ah ...« Er rieb sich die Stirn und versuchte, sich an etwas zu erinnern. Dann lächelte er, als es ihm wieder einfiel, und übersetzte das Gedicht ins Lateinische, eine Sprache, die die Schönheit des Japanischen am besten bewahrte:

»Nicht wissend, was hier lebt,
vergieße ich Tränen der Unwürdigkeit
und Dankbarkeit.

Das drückt am besten meine Haltung zu den unergründlichen Wundern der Natur aus«, sagte Gonji.

»Es ist wirklich schön«, stellte Paille fest. »Hast du es verfasst?«

»Nein, ich bin kein solch tiefsinniger Dichter. Es ist uralt. Mein Vater hat es mir beigebracht, und er hatte es wiederum von seinem Vater ...«

»Aber ...«, begann Paille.

»Aber«, unterband Gonji seinen Widerspruch, ehe Paille ihn

über die Lippen brachte, »es existieren auch Dinge, die durch ihre, ah, *Unnatur* nach einer Erklärung schreien.«

»Du meinst, durch ihre widernatürliche Art.«

»*Hai, domo* – ja, danke. Was hältst du von diesem Drachen, dem geflügelten Lindwurm? Welchem denkbaren Zweck könnte er in der natürlichen Ordnung dienen?«

»Er existiert«, sagte Paille, »und daraus müssen wir den Schluss ziehen, dass er in der Ordnung des Kosmos eine derzeit noch unbekannte Funktion hat. Oder er ist, was durchaus möglich erscheint, zumindest teilweise eine Illusion oder das Produkt einer natürlichen Kraft, auf deren Beherrschung sich bislang nur die wenigen Adepten unter uns verstehen. Eine natürliche Erklärung muss existieren, ansonsten zerfiele jede vernünftige Ordnung, und es bliebe nur Chaos. Auf nichts Vernünftiges und Irdisches könnte man sich noch verlassen, obschon dies seit ungezählten Äonen möglich ist.«

Gonji dachte darüber nach. Eine Illusion ... Er dachte an die fantastischen Ereignisse zurück, die er erlebt hatte. An Vampire und Drachen und Fabeltiere, die seinen Weg gekreuzt hatten. Habe ich mir nur eingebildet, dass es Dinge dieser Art waren? Unterlag ich einer Selbsttäuschung, hat trügerische Erinnerung jeden Zwerg zum Riesen aufgeblasen, während Schatten auf Gestalten hindeuteten, die gar nicht von solcher Art waren?

Iyé. Nein, ich habe Dinge erblickt, die wirklich waren. Selbst wenn ich allein es bin, der die Wahrheit gesehen hat – was immer Wahrheit letztlich bedeuten mag.

Der Gedanke bot seinem Gefühl unerfüllter Bestimmung eine vage Befriedigung.

Gonji lachte verhalten und nahm Toras Zügel in die andere Hand. »Entschuldige mich, *por favor*, aber – allein nach dem zu urteilen, was ich von dem Lindwurm weiß, muss ich sagen: Ihn eine Illusion zu nennen ist das Lächerlichste, was ich diese Woche gehört habe.«

Paille machte ein beleidigtes Gesicht, sagte aber nichts. Der Samurai erinnerte sich an Lydia Benedettos ähnliche Worte, als sie das Übernatürliche auf das unerklärte Natürliche reduziert hatte. Was für einen Unterschied hier doch die Sprecher machten!

Sie näherten sich jetzt der Llorm-Garnison, und vorbeikommende Soldaten grinsten höhnisch, als sie den bekannten Künstler sahen, und manche verspotteten ihn ganz offen.

»Fang jetzt bloß keinen Ärger an!«, mahnte ihn Gonji in seltsamer Umkehrung seiner üblichen Position. Er stoppte Paille bei einer obszönen Geste, ehe der Künstler sie vollends ausführen konnte. »Du glaubst also nicht an die Existenz von Dingen, die grundsätzlich böse sind, und doch übst du deine Kunst in Kirchen aus … Nebenbei, ich habe deine Arbeit gesehen, und sie ist sehr gut.«

Pailles Miene hellte sich auf. »Findest du? *Merci, monsieur le samurai!* Oh, aber seit diese Deckenmalereien in Kirchen so in Mode gekommen sind, haben sie den Künstlern nur steife Hälse und schmerzende Schultern und Arme eingetragen. Man muss bei schlechtem Licht und mit unzulänglichem Werkzeug arbeiten … Ah, wie ich feststelle, bin ich wieder ins Französische gerutscht. Hm, darf ich fortfahren?«

»*Mais oui*«, sagte Gonji geduldig. »Wie Guys Ohr es wünscht.«

»*Merci beaucoup*. Was ich jedoch gerade sagen wollte: Ich muss mich derzeit um wichtigere Dinge kümmern als um Kirchendecken. Oh ja, denn in dieser Stadt und zum jetzigen Zeitpunkt beginnt der Kampf, der die Menschen für immer vom Joch der Monarchie befreien wird. Und *du* wirst es sein, der ihn anführt.«

»Jetzt *warte* mal eine Minute, Paille!«, verlangte Gonji, blieb stehen und drehte sich zu dem Franzosen um. Tora stupste gegen seine Schulter, während er sprach. »Halte mich gefälligst aus deinen Träumereien heraus! Ich habe doch schon erklärt, was ich von deinen … politischen …«

»Politischen Ansichten.«

»Was auch immer. Ich entscheide selbst, woran ich mich beteilige. Außerdem ist dieses Gerede hier draußen in der Öffentlichkeit ein Irrsinn. Du bist in jeder Hinsicht so verrückt, wie die Leute sagen.«

Pailles Augen leuchteten. »*Oui*, verrückt genug, um den Lockruf des Schicksals zu vernehmen, die kommende *jacquerie* zu erkennen – den Bauernaufstand –, der an diesem unbedeutenden Ort, zwischen diesen bescheidenen Bergen seinen Ausgang nehmen und in den Zeitläuften widerhallen wird. Und Menschen werden diese Tage preisen, denn ich werde ihren großen Augenblick festhalten, und sie sollen nicht vergessen werden.«

Gonji rieb sich den Nacken, und ein dumpfes Räuspern entrang sich in seiner Kehle. Die beiden Männer setzten ihren Weg fort.

»Du hast bereits deinen vorbestimmten Platz eingenommen, weißt du«, sagte Paille leise.

»Wie das?«

»Na ja, nehmen wir beispielsweise diesen Kampf auf dem Marktplatz. Eine starke Inspiration für die Menschen. Und jetzt bist du Flavios Leibwächter. Ein Fremder als Leibwächter des Obersten Magistrats! Und ich habe noch von anderen Dingen ... flüstern hören.«

Gonjis Haut kribbelte. »Zum Beispiel?«

Paille rückte näher heran und sagte aus dem Mundwinkel: »Es heißt, du hättest eigenhändig mehrere Banditen erschlagen, als du Michaels Bruder retten wolltest. Innerhalb weniger Tage bist du ein Held der Massen geworden.«

Gonji wurde böse. »Das ist einfach nicht wahr!«, log er. »Unfug, den Leute ausgeheckt haben, um genau so eine Wirkung zu erzielen. Diese Banditen habe ich schon tot vorgefunden. Und ich wäre dir dankbar, wenn du dies das nächstes Mal den Gerüchteköchen zuflüstern könntest, *neh?*«

Er bedauerte zutiefst den Anflug von Stolz, der ihn hatte verraten lassen, wie er die Mörder des Jungen erschlagen hatte. Zur Hölle mit diesem geschwätzigen Strom Gundersen!

»Zu spät«, entgegnete Paille lächelnd, »denn ich habe deine Taten schon sowohl in meiner Chronik als auch in meinem in Arbeit befindlichen Epos behandelt! Epische Dichtkunst – das ist meine derzeitige Leidenschaft. Ah, der Glanz vergangener Tage!«

»Mach dir keine Sorgen. Ich werde mir das bald einmal ansehen und dafür meine Schwerter mitbringen«, erklärte ihm Gonji und klopfte dabei auf den Griff des todbringenden Sagami.

»Deine Schwerter werden in meinem Epos eine herausragende Rolle spielen; dessen bin ich gewiss. Ich wünschte, ich hätte die Manuskripte bei mir – oh! Ich habe ja etwas dabei, das Werk eines Freundes ...« Er griff unter sein Hemd und brachte ein zerknittertes Pergament zum Vorschein. »Es ist vergangene Woche eingetroffen – hat den ganzen Weg von England bis hierher zurückgelegt. Du bist ein Mann von Verstand. Du verfügst über die Gabe scharfsinniger Kritik. Sag mir, was du davon hältst ...«

»Na ja, ich bin kein großer Kenner der Dichtkunst ...«

»Hör einfach zu!«, verlangte Paille und hielt Gonji eine Hand vors Gesicht. »Es ist ein Sonett – eine geschmacklose, schlampig sentimentale Form – die gnädigerweise im Aussterben begriffen ist ... Es lautet so:

No longer mourn for me when I am dead
Than you shall hear the surly sullen bell
Giving warning to the world that I am fled
From this vile world, with vilest worms to dwell ...

Was ist denn los?«, fragte Paille verärgert, als er schließlich bemerkte, wie Gonji den Kopf schüttelte.

»Ich verstehe kein Englisch«, sagte dieser.

»Oh, nun – mal sehen ...« Paille übersetzte das Sonett eilig ins Französische, und Gonji versuchte ihm zu folgen.

»Bin ich einst tot, so traure länger nicht
Als bis zum finstern, düstern Glockentone,
Der kündet aller Welt, dass ich, entfleucht
Der üblen Welt, bei üblern Würmern wohne ...«

Nach einem zweiten Vortrag massierte sich Gonji nachdenklich das Kinn und sagte dann: »Nun – ich finde es sehr gut, obwohl ich überzeugt bin, dass die Sprache bei der Übersetzung leidet.« Paille gab ein leises Quieken von sich. »Aber heißt es dort wirklich, dass er vergessen werden sollte, sobald sein derzeitiges Leben endet? Kein Mensch sollte vergessen werden.«

»Nein, natürlich nicht! Der gute Will sollte lieber Sonette vergessen und sich ganz der Bühne verschreiben. Mein Bruder hat mir gesagt, dass der Mann ein sehr versierter Schauspieler ist.«

»Dein Bruder Guy, der mit nur einem Ohr, oder David, der wie ein Kaninchen lächelt?«

»Nein nein, Gaston, der große Kräftige, der sich gegen alle Ratschläge für die Bühne entschieden hat.«

»Gaston«, wiederholte Gonji und verdrehte die Augen.

Da fiel ihm etwas ein, woran er seit Jahren nicht mehr gedacht hatte: in seinem zwölften Sommer – das Lied einer Lerche, eine Unbesonnenheit – die Gewissheit eines frühen Todes ...

Er lächelte. »Hör dir mal das an:

Die zarte weiße Blüte –
Ihre Augen schauen auf mein Grab.
Mein Herz verlangt nach Zeit
Da lange Schatten ziehn:
Gedenkt die Lerche meiner Pflicht.«

»Das ist sehr interessant«, erklärte Paille. »Was bedeutet es?«

»Es ist ein Beispiel für *Waka*-Dichtkunst«, antwortete Gonji stolz. »Und das war mein Todesgedicht – etwas voreilig verfasst, wie sich zeigte.«

Als sie sich dem Amtsgebäude näherten, stellte Paille Gonji Fragen nach seiner Herkunft. Der Samurai erzählte wehmütig von Japan; von seinem Vater, dem *Daimyo* Sabataké Todohiro noh Sadowara; vom *Bushido* und dessen sieben Grundprinzipien: Gerechtigkeit, Mut, Güte, Höflichkeit, Aufrichtigkeit, Ehre und Treue; vom tiefgehenden Pflichtgefühl eines Samurai; von Gonjis geraubtem Erbe – jedoch nicht von den Einzelheiten des Duells um eine unheilvolle Liebe gegen seinen Rivalen und Halbbruder ...

»Dieser Kodex des *Bushido* ist wunderbar klar und einfach«, sagte Paille, »könnte jedoch hier im vielschichtigen Europa niemals durchgesetzt werden. Nein, wirklich nicht. Ich fürchte, du wirst dich hier von diesen Lehrsätzen freimachen müssen, falls du bei Verstand bleiben willst. Und was Pflichterfüllung angeht ...« Er gluckste. »Wie ich schon sagte: Du hast deine Aufgabe gefunden. Du bist zum großen Krieger und Befreier bestimmt, der helfen wird, die monarchistische Tyrannei zu beenden. Deine westliche Hälfte hat dich hergeführt, damit du diese Bestimmung erfüllst.«

»Nein, *Monsieur* Poet mit dem irren Blick, ich bin nicht gekommen, um den Tod zu finden bei einem radikalen gesellschaftlichen ... Umsturz ...«

»Oh, guter Begriff, *oui*, dein Französisch wird schon besser!«

»... sondern«, fuhr Gonji fort und übertönte ihn, »um einer Legende nachzugehen, der Legende vom Wind des Todes.« Er erläuterte die Suche, die ihm ein sterbender Shintopriester aufgetragen hatte.

»Hmm«, überlegte Paille, »der Wind des Todes ...«

»Du hast davon gehört?«

»Das habe ich; ich kenne die Legende gut. Sieh dich um! Der Wind des Todes begleitet uns hier überall. Er ist die flüsternde Brise, die uns, wenn wir in den stillen Nachtstunden allein sind, ein Ständchen bringt und uns an unsere hilflose, zähneklappernde Sterblichkeit erinnert.« Paille schloss seine Ausführungen mit großer theatralischer Geste.

Gonji seufzte. »Was ich brauche, ist eine konkrete Erklärung, etwas, worauf ich die Hand legen kann. Nicht noch mehr von deiner luftigen Lyrik!«

»Falls du fragen musst, was der Wind des Todes ist, wirst du es vielleicht nie herausfinden – *au!*« Paille fasste an seinen wunden Unterkiefer, der noch den blauen Fleck von Gonjis Hieb zeigte, eingesteckt in der Nacht des Kampfes gegen den geflügelten Lindwurm, als der flüchtende Samurai über den betrunkenen Künstler gestolpert war.

»Wie ist das passiert?«, fragte Gonji erheitert.

»Oh, die Briganten haben mich letzte Nacht angegriffen. Es müssen drei oder vier gewesen sein, aber ich bin ihnen entflohen und habe lediglich dieses Souvenir abbekommen.«

Gonji verkniff sich ein Lachen. »Also bist du ein kämpfender Dichter?«

»Ich bin bestrebt, andere zum Kampf für die Freiheit zu inspirieren, aber wenn es die Gelegenheit erfordert, kann ich auch für mich selbst sorgen.« Er blickte sich vorsichtig um. Dann zog er unter seinem Hemd einen Dolch hervor und blinzelte Gonji zu.

Sie blieben vor dem Stadthaus stehen, einem imposanten Steingebäude, dessen Türen von mächtigen Granitsäulen flankiert wurden. Neben dem Amt des Stadtkämmerers waren hier unterschiedliche Verwaltungsbüros untergebracht. Kinder spielten auf der Außentreppe und warteten auf ihre Eltern, die hier ihre Anliegen vortrugen. Dieses Haus bildete den Mittelpunkt des Handels in Vedun, und von hier aus war es nicht weit zum

Marktplatz, zum Glockenturm und zur Kapelle, deren beide Turmspitzen in den stahlgrauen Himmel aufragten. Ein großes Banner mit Klanns Wappen hing schlaff an der Vorderseite des Amtsgebäudes.

Gonji staunte über die seltsamen Elemente des Wappens: das Fabeltier und die sieben Ringe im Kreis, zwei davon dunkler als die anderen. Und wie von diesen Gedanken angespornt, legte Paille los und beschrieb das Wappen:

»Schräglinksgeteilt von Azur und Silber; vorn ein steigender rückblickender Basilisk – oder vielleicht etwas noch weniger Bekömmliches – in Gold, hinten sieben ineinandergreifende Ringe, zwei davon in Purpur gefüllt; der Wahlspruch – unverständlich.«

»Du verstehst dich auf solche Darstellungen, hm?«, fragte Gonji, in dessen Augen Interesse aufblitzte. Er erinnerte sich an das andere Wappen, das er vor mehreren Tagen gesehen hatte. »Hör mal, Paille, kennst du noch ein anderes Wappen aus dieser Gegend, oben grün und unten rot, im unteren Teil ein goldenes Kreuz ...«

»Das kenne ich tatsächlich«, antwortete der Dichter mit hochgezogenen Brauen, »wie alle Einheimischen. Kürzlich hing es noch genau hier an dieser Stelle. Es ist das Rorka-Wappen ...« Er stellte den Fuß auf ein Geländer, an dem Pferde angebunden wurden, blähte die Brust auf und rezitierte mit geschlossenen Augen schnell: »Geteilt von Grün und Rot mit gerändeltem Querbalken; oben ein silberner Löwe, schreitend mit gewendetem Kopf, eine Pranke erhoben, unten in Gold ein Kreuz – was für eine scheußlich grelle Farbgebung! – und ein Wahlspruch: ›In Vita Sicut in Morte‹ – im Leben wie im Tod. So steht es vermutlich auf der Brust des Fürsten. Im Leben wie im Tod, wahrhaftig ...« Paille blickte finster drein.

Gonji schüttelte traurig den Kopf, denn er hatte nichts anderes erwartet: Es war tatsächlich eine Patrouille Baron Rorkas gewesen, die er niederzumachen geholfen hatte, als er noch im Dienst der Dritten Freien Kompanie Klanns stand.

»Was, denkst du, bedeuten wohl diese geschwärzten oder mit Purpur gefüllten Ringe auf Klanns Wappen?«

»Schwer zu sagen«, antwortete Paille. »Purpur ist die Farbe der Könige, sodass sie zweifellos Klann repräsentiert. Aber zwei der sieben Ringe, die übrigen nicht?« Er zuckte die Achseln und hob die Hände.

Ein kleiner Junge strich an ihnen vorbei, als Gonji Tora festband, und ein weiteres Kind lief dem ersten laut schreiend nach.

»Die *enfants perdus*«, brummte Paille und blickte ihnen nach.

»Hm?«

»Die Kinder der Hoffnungslosigkeit«, erläuterte der Künstler. »Sie sind es, die unter den Hufen königlichen Ehrgeizes zertrampelt werden. Sie erhoffen von dir Befreiung, *Monsieur le samurai* – wirst du sie enttäuschen?«

Gonji runzelte die Stirn, aber tief im Herzen wärmte ihn der Stolz auf die Rolle des Helden. Sein Spitzname kam ihm in den Sinn, dieser Name, den er sich weiter westlich erworben hatte.

»Hör mal, Paille, du kennst dich mit Wissenschaften und Legenden aus. Jemals vom Roten Schwert des Ostens gehört?«

»Hmm, mal überlegen – *oui*, ich kenne es! Die Geschichte handelt von einem legendären Krieger – einem Kosaken, denke ich –, der einen Säbel aus rötlichem Metall trägt. Wurde nie im Kampf bezwungen. Manche sagen, die Klinge wäre rot geworden von den vielen ... Was ist denn los?«

»Vergiss es.« Gonjis Stirn lag in Falten, als er die Treppe zum Amtsgebäude erstieg, fest entschlossen, erst sorgfältig nachzudenken, ehe er irgendetwas glaubte, das ihm der zungenfertige Franzose in Zukunft erzählte.

Paille starrte ihm kurz nach und fragte sich, womit er dem Asiaten so die Laune verdorben hatte. Das waren ganz gewiss empfindliche Leute. Er zuckte die Achseln und sprang hinter Gonji die Treppe hinauf.

Phlegor, der Gildenmeister, unterschrieb den letzten Frachtbrief und bestätigte so den Empfang der Lieferung für die Gilde.

»Bist du sicher, dass alles dabei ist?«

»Völlig sicher, Phlegor«, antwortete Lorenz Gundersen mit müder Nachsicht.

»Erinnerst du dich, was letztes Mal passiert ist, als der Jude die Bestellung aus Wien brachte?«

»Du hast eine Gutschrift erhalten und anlässlich der Ausgleichslieferung noch einen Bonus«, antwortete Lorenz, ohne von den Dokumenten aufzublicken, die seine Aufmerksamkeit beanspruchten. Er hoffte sehnsüchtig, den resoluten Gildenmeister mit seiner Unhöflichkeit in die Flucht zu schlagen.

Auf dem Amt war derzeit die lebhafteste Geschäftsstunde. Schemel und Tische standen kreuz und quer in der Eingangshalle. Unaufhörlich schwatzten Menschen. Der aufdringliche Geruch abgestandener Nahrung und schalen Biers unterstrich die ungezwungene Atmosphäre, wie sie typisch war für die spätsommerliche Spitzenzeit der Handelskarawanen. Überarbeitete Sekretäre stritten in kleinen Kabinen entlang den Wänden mit fahrenden Händlern und Einheimischen gleichermaßen. Flavio, den würdevollen Ratsältesten, und seinen weißbärtigen Ratgeber Milorad Vargo sah man durch die offene Tür eines Hinterzimmers an einem Tisch die Köpfe zusammenstecken. Boris Kamarovsky, der frettchenhafte Holzschnitzer, lehnte an einem Foyerfenster, blickte ins Leere und wartete darauf, dass sein Boss damit fertig wurde, die Empfangsquittungen für die jüngsten Handelswaren zu unterschreiben. Die Luft war feucht nach den letzten Regenfällen, und diese Atmosphäre trug allerorten zu erhöhter Reizbarkeit und Kopfschmerzen bei.

Phlegor schien unter solch angespannten Bedingungen jedoch aufzublühen.

»Hör mal, Lorenz«, sagte er und beugte sich über den Tisch. »Wohnt dieser Japs immer noch bei euch Gundersens?«

»Ja, fürs Erste«, antwortete Lorenz lässig und setzte das Siegel des Stadtkämmerers an einen Stoß Dokumente.

»Mir gefällt nicht, wie er hier herumstolziert.«

Lorenz zog eine Braue hoch. »Oh? Soweit ich gehört habe, warst du am Abend dieser albernen Schlägerei auf dem Podium sehr von ihm eingenommen.«

»Das war neulich. Sicher, ich fand es amüsant zu sehen, wie Klanns Banditen Prügel bezogen. Und er hat gezeigt, dass er kämpfen kann, wenn auch nur mit den Füßen wie ein Kampfhahn. Aber was tut er seitdem, außer herumstolzieren und die Frauen angaffen? Ihr habt ihm doch nichts von der Ratsversammlung erzählt, oder?«

Lorenz unterbrach seine Arbeit. Er spitzte die Lippen und musterte den Handwerker von der Seite. »Ich tue jetzt mal einfach so, als hättest du das nie gesagt.«

»He, ich wollte niemanden beleidigen! Ich traue nur Fremden nicht über den Weg, das ist alles. Vor allem Heiden und Ungläubigen nicht.«

»Das steht dir frei.«

»Ich habe gehört, dass Flavio ihn als Leibwächter eingestellt hat«, sagte Phlegor laut genug, sodass Menschen an Nachbartischen zu ihm herüberblickten.

»Das steht *ihm* frei«, sagte Lorenz schließlich.

»Ganz schön voreilig, wenn du mich fragst.«

Lorenz biss sich auf die Zunge. Dann sagte er: »Hattest du dich nicht dafür ausgesprochen?«

Phlegor überlegte kurz. »Ja, ich schätze schon – aber das war an einem anderen Tag. Inzwischen hatte ich Zeit, darüber nachzudenken. Geht er wirklich mit zum Bankett auf der Burg?«

»So habe ich es gehört.«

Phlegor schüttelte den Kopf. Erneut beugte er sich vor. »Was ist mit diesem Wilden, der den großen Soldaten umgebracht hat und dann über die Stadtmauer gesprungen ist? Weiß schon irgendjemand, wer das war? Gott, das war vielleicht etwas!«, flüsterte Phlegor ehrfürchtig.

Der Stadtkämmerer atmete tief aus und knallte das Siegel auf den Tisch. Er lehnte sich zurück, strich die Falten aus seinem Wams und blickte forschend zu dem hartnäckigen Gildenmeister hinauf.

»Nein, Phlegor, das weiß niemand. Ich bin jedoch überzeugt, dass du es als Erster herausfinden wirst. Dann kannst du es uns allen erzählen.« Lorenz' Stimme troff von dem hochmütigen Sarkasmus, der sein Markenzeichen war.

»Na, zehn zu eins, dass es ein Freund des Affenmanns ist, und ich wüsste zu gern, was sie im Schilde führen! Soweit es mich angeht, sind es nur zwei weitere Invasoren, die sich auf Kosten Veduns einen Namen machen möchten.«

Boris richtete sich am Fenster auf. »Phlegor – da kommt er!«

»Der Japs?«

»*Da.*« Boris grinste süffisant. »Trägt immer noch diesen Haarknoten, wie eine Steckrübe. Und rate mal, wer bei ihm ist!«

»Wer?«

»Dieser verrückte Franzose!«

»Oh, *Jesu Christe!*«

Lorenz schlug eine Hand vors Gesicht, den Ellbogen auf der Armlehne. »Oh nein!«, knirschte er leise.

Als Gonji die Vorhalle betrat und sich vor den Anwesenden verbeugte, lief Boris herüber und stellte sich neben Phlegor, ohne einen Blick auf den Samurai zu werfen. Mehrere Leute erwiderten Gonjis Verbeugung nervös, und das Stimmengewirr verstummte und machte gelegentlichem Flüstern Platz.

Gonji entdeckte Flavio im Hinterzimmer, und der Älteste

winkte ihn herbei. Gonji zog die Schwerter in den Scheiden mit langsamer, eleganter Bewegung aus der Gürtelschärpe und trug sie mit der Rechten in Flavios Büro.

Dann trat Paille ein.

»Gundersen! Meine Farben! Sind sie mit Neriahs Karawane eingetroffen?« Der Künstler wedelte mit seinem Bestellformular über dem Kopf.

Lorenz wappnete sich gegen den heraufziehenden Sturm. »Diesmal nicht, Paille. Kannst du nicht erst mal mit den vorhandenen Farben einen neuen Abschnitt beginnen ...?«

Dann brach der Sturm in seiner ganzen künstlerischen Wut über ihn los.

DRITTES KAPITEL

Örtliche Musiker hatten sich auf dem Marktplatz versammelt, und Trommelschläge bildeten einen Kontrapunkt zu ihrem beschwingten Refrain, während die Eskorte fürs Bankett die Pferde bestieg.

Eine kurze Kolonne Llorm-Dragoner mit Lanzen und munter flatternden Wimpeln in Klanns Farben erwartete die Delegation vor dem Podium. Der Ratsälteste Flavio war schon zugegen und saß auf einem sechzehn Hand hohen Rotschimmel, den man sorgfältig gestriegelt und geschmückt hatte. Flavio hielt sich aufrecht im Sattel und lächelte. Bekleidet war er mit einem langen bunten Mantel, der zu dick für die Tageshitze wirkte, den er aber bei der Rückkehr am Abend benötigen würde. Flavio erwiderte die guten Wünsche der versammelten Bevölkerung, indem er wiederholt nickte und winkte.

Neben dem Ältesten saß auf einem grauen Wallach Milorad, der dickbäuchige ehemalige Staatsmann, und legte mit glücklich strahlender Miene die höfische Würde an den Tag, die zu zeigen er heutzutage nur noch selten Gelegenheit fand.

Zu Flavios Rechter saß Gonji aufrecht und würdevoll, ruhig aber gespannt, während er Toras Widerrist streichelte und sich bemühte, Aufregung und Neugier zu verbergen, jetzt, wo er endlich Gelegenheit erhielt, Burg Lenska zu besuchen. Von Kopf bis Fuß war er sauber und gepflegt und hatte sogar die Schwertscheiden eingeölt, sodass sie eindrucksvoll glänzten.

Frauen und Kinder streuten Blumen auf die Straße zur Ausfallpforte. Die gemeinschaftliche Hoffnung der Stadt auf ein friedliches Nebeneinander mit den Invasoren und die Wiedergutmachung des erlittenen Unrechts begleitete die Delegierten. Die Musiker spielten weiter, auch wenn sie in der Mittagshitze allmählich schlappmachten. Eine schwüle Brise fuhr über die Stadt. Noch mehr Regen schien im Anzug.

Donnernd und klirrend sprengten berittene Soldaten über die Alwinstraße im deutschen Viertel heran, und die Söldnerkolonne stürmte aus der Straße heraus und trabte zum Marktplatz, an der Spitze der reich geschmückte Hauptmann Julian Kel'Tekeli. Es war die Erste Freie Kompanie, und die Männer grinsten und plapperten voller Vorfreude auf das Bankett.

Julian kam dicht an Gonji vorbei, bedachte ihn aber nur mit einem kurzen Blick aus den Augenwinkeln. Es war ihre engste Begegnung, seit Gonji beim Hauptmann um Einstellung als Agent für Klann nachgesucht hatte. Gonji verkniff sich ein Grinsen, während er die stolze Haltung des Hauptmanns betrachtete und die Präzision jeder seiner Bewegungen verfolgte. Julian sprach kurz zu den Freien Gefährten, ermahnte sie zu gutem Benehmen und wies seinen Stellvertreter an, die Kolonne zu führen, während er selbst zur Spitze des Llorm-Trupps trabte, der die Führung der Eskorte übernahm.

Gonji musterte die Söldner. Sie führten ihr übliches Arsenal aus kunterbunt zusammengestellten Waffen mit – Schwerter, Äxte und ein paar Kurzbögen –, aber er brauchte eine Zeit lang, um einen Unterschied zu bemerken: Nirgendwo in ihren Reihen erblickte er eine Feuerwaffe. Nicht eine einzige Pistole war zu sehen.

Dann entdeckte er Luba, den großen hässlichen Soldaten mit der kahlen Kugel von einem Schädel. Gonji hatte den Mann beim Boxkampf bewusstlos geschlagen. Luba spuckte aus und formte mit dem Mund einen lautlosen Fluch, als sich ihre Blicke trafen. Der Samurai verzog in trockener Sorglosigkeit die Lippen und wandte sich gelangweilt ab.

Sie würden sich erneut begegnen, das wusste er, und wenn das geschah, geschah es nun einmal. Er verbannte alle Gedanken an Luba, entspannte sich und weckte sein Gefühl für innere Harmonie. Er benötigte heute Selbstbeherrschung und einen scharfen Verstand.

Als Letzter der Delegierten traf Garth Gundersen ein und entschuldigte sich leise bei Flavio für die Verspätung. An seiner Seite ritt Wilf, der besorgt aus glänzenden Augen blickte und eher nach einem Delegierten aussah als sein Vater, der Hufschmied. Der junge Schmied war gewaschen und parfümiert und trug saubere Reitstiefel, eine fleckenlose Reithose und ein frisches Hemd. Er musterte die Delegierten – besonders Flavio – atemlos, als hoffte er immer noch, dass man ihn einladen würde mitzukommen.

Garth andererseits zeigte sich zwar einigermaßen präsentabel, abgesehen vom blauen Auge und ein oder zwei blauen Flecken von seinem Boxkampf mit dem unglücklichen Ben-Draba, trug jedoch nur ein Handwerkerwams und eine verblichene Weste sowie seine bevorzugte weiche Mütze; er wirkte mürrisch und in sich gekehrt und gab sich einsilbig.

Wilf lenkte sein Pferd zu Gonji, verbeugte sich und streckte die Hand aus, die der Samurai widerstrebend ergriff. Der junge Schmied drückte ihm die Blüte einer Wildblume in die Hand.

»Gib das Genya«, flüsterte Wilf angespannt. »Sag ihr ... Sag ihr, dass ich sie bald holen komme.«

Und damit riss er das weiße Ross herum und trabte durch die Menge davon, die sich vor ihm teilte. Gonji lächelte leise, nickte und steckte das Zeichen in die Tasche. Er rückte die Schwerter in eine bequemere Position und wartete.

Julian erteilte großspurig einen Befehl, den der Untergebene hinter ihm wiederholte, und die Delegierten schlossen sich den Soldaten an und bildeten mit ihnen eine lange Doppelreihe, die über die Pflastersteine zum Tor klapperte. Jubel stieg dabei von der Menge auf, und Gonji entdeckte unter den Zuschauern mehrere bekannte Gesichter: Paolo Sauvini, Aldo Monetto und

Karl Gerhard, Lorenz Gundersen auf der Außentreppe des Amtsgebäudes; schließlich erblickte der Samurai auch Lydia Benedetto und spürte ein Lächeln auf seinem Gesicht. Erst jetzt, als er auch den düsteren Blick ihres Gatten Michael über Lydias Schulter auffing, fiel Gonji auf, dass er die Frau angeglotzt hatte. Er reckte die Schultern und legte einen Ausdruck grimmiger Würde an den Tag. Er schnaubte, um die leichte Verlegenheit zu vertreiben, und nickte der winkenden Menschenmenge zu beiden Seiten zu.

Und um sich die positive Energie der Menge zunutze zu machen, stellte er sich einfach vor, dass sie ihm zujubelten, ihrem Helden.

Der Bauer Vlad Dobroczy starrte Gonji scharf an, als die Delegation mit Hufgetrappel und klirrender Ausrüstung und Bewaffnung vorbeizog.

»Ich kann immer noch nicht glauben, dass Flavio ihn mitnimmt. Als ob er für Vedun von irgendeiner Bedeutung wäre! Wahrscheinlich hat dieser Pferdearsch Wilf Gundersen über seinen alten Herrn was damit zu tun.« Dobroczy blickte der langen Kolonne finster nach, als sie das Torhaus durchquerte, wo der alte Gort sie hindurchwinkte und ihr dabei sein zahnloses Lächeln schenkte.

Peter Foristek ragte hoch neben Vlad auf und verlagerte die Sense von einer Schulter auf die andere. Nach den schweren Prügeln, die er von Ben-Draba eingesteckt hatte, kehrte sein Gesicht langsam in den Normalzustand zurück. Die Schwellungen schrumpften, die blauen Flecken verblassten.

»Denkst du immer noch, dass er zu ihnen gehört, Falke? Er ist ein guter Kämpfer, das ist mal sicher.«

»Er ist ein Fremder!«, knurrte der hakennasige Dobroczy. »Und Fremden kann man nicht trauen – heutzutage nicht mehr.

Vergiss das nicht! Denk nur, was sie deiner Schwester antun wollten.«

Foristeks Miene wurde düster. Er wechselte die Sense erneut auf die andere Schulter und nickte ernst.

»Nun sag schon!«, flüsterte Michael Lydia ins Ohr, während er über ihre Schulter hinweg der davonreitenden Kolonne nachblickte.

Sie drehte den Kopf ein Stück weit zu ihm. »Was denn sagen, Michael?«

»Was immer dir durch den Kopf geht.«

Einstudierte Gelassenheit breitete sich in ihren großen blauen Augen aus, und sie lächelte nett. »Derzeit geht mir gar nichts durch den Kopf – wirklich.«

Michael spitzte die Lippen und schob sich durch die Menge davon. Lydia blickte ihm einen Augenblick lang nach und drehte sich wieder zur Ausfallpforte um, und ein verwirrtes Stirnrunzeln kerbte ihre sanften Züge.

Die Prophetin Tralayn stand auf der Nordmauer, und ein Llorm-Wachtposten warf ihr im Vorbeigehen einen Seitenblick zu. Sie hatte die Arme verschränkt, sodass die Hände in den weiten Ärmeln des langen jadegrünen Gewands verschwanden. Die grünen Augen hatte sie zu verdrossenen Schlitzen zusammengekniffen. Die Lider hingen schwer und verträumt, als würde Tralayn gleich an Ort und Stelle einnicken. Ihre Gedanken folgten jedoch Fantasien, die niemals wahr werden konnten, der eitlen und unangebrachten Hoffnung auf ein friedliches Nebeneinander mit den Handlangern des Bösen.

Strom Gundersen und Boris Kamarovsky saßen bei der Herde des Erstgenannten auf einer Hügelkuppe nordwestlich von Vedun und blickten auf die Delegation und ihre militärische Eskorte hinab.

»Da reitet Papa. Und er ist nicht sehr glücklich«, stellte Strom fest. »Wie miesepetrig er heute Morgen aussieht!«

»Sieh dir mal diesen Affenmann an!«, spottete Boris. »Sitzt im Sattel und reckt den Kopf wie ein Hahn inmitten seiner Hühnerherde.«

Sie lachten gemeinsam, und Strom blies eine fröhliche kleine Melodie auf seiner Rohrblattflöte und begleitete so den Rhythmus der Hufschläge.

»›Affenmann‹«, sagte er daraufhin. »Woher hast du denn dieses Wort?«

»Phlegor nennt ihn so.«

»Na ja, er sollte lieber Acht geben, dass Gonji es nicht hört.«

»Gonji!«, fauchte Boris. »Was zum Teufel ist das denn für ein Name?«

»Er ist ein ganz schön zäher Bursche.«

»Ach, Mist, doch nur, wenn er wie ein Kampfhahn mit den Füßen um sich tritt. Weißt du, was die Soldaten mit ihm anstellen, falls er weiteren Ärger macht?«

Strom blickte ihn fragend an.

Boris visierte über seine Hand, mit der er eine Pistole imitierte.

»Peng.«

Die Straße, die von Vedun aus nach Norden führte, war nur bis zur alten Römerstraße befestigt, die sie etwa einen halben Kilometer außerhalb der Mauern schnitt. An dieser Stelle ging die Hochebene in die Vorberge der Karpaten über, und die Nordstraße setzte sich als breiter Weg aus festgetretener Erde fort, während sie sich zwischen den bewaldeten Höhen zur Burg Lenska schlängelte, deren höchste Spitzen und Türme vom Tiefland aus kaum zu erkennen waren.

Die Bankettdelegation ritt an dem kleinen Hügel vorbei, wo Stroms Schafe wie vom Wind aufgewirbelte Daunenfedern durcheinanderliefen. Rechter Hand nahm das Schachbrettmuster aus bebauten Feldern und Obstgärten seinen Anfang, das die Provinz ernährte. Dahinter tobte schäumend der Fluss an der Stadt vorbei und rauschte als Wasserfall ins südliche Tal hinab.

Die Straße schwenkte nach links in die Vorberge, und eine Zeit lang verschwanden die Turmspitzen der Burg hinter den Forsten aus dem Blickfeld der Reiter. Die Straße verlief stetig bergan und machte den Pferden zunehmend Mühe. Schließlich kam die Kolonne aus einem Einschnitt zwischen den Höhen hervor, und die Fassade von Burg Lenska ragte vor ihnen auf.

Gonji verschlug es für einen Augenblick den Atem. Noch nie war er der geschichtenumwobenen Festung so nahe gekommen, und die Legenden erschienen ihm gerechtfertigt. Sie erhob sich eindrucksvoll auf dem Gipfel eines Berges, dessen Hänge mit Kiefern bewachsen waren, und schimmerte im Nebel vor den schroffen, grauweißen Spitzen der nördlichen Berge. Reiter schrumpften schon vor der äußersten Mauer zur Bedeutungslosigkeit, und diese, auf der sich Soldaten drängten, duckte sich vor einem noch höheren inneren Mauerring, der ebenfalls von umherlaufenden Gestalten gesprenkelt war.

»Puuh«, flüsterte Gonji. »Wundervoll!« Die Burg war keine so weitläufige Anlage wie Japans unglaublich verwinkelte Festungen, die viele Morgen voll labyrinthisch angelegter Mauern umfassten. In Europa hatte er jedoch noch keine derart beeindruckende Feste gefunden wie diese hier. Ihm ging der Gedanke durch den Kopf, dass sich Lenska für eine so kleine Truppe wie die Klanns als unüberwindlich hätte erweisen *müssen*. Und er war begierig darauf, sich das Innere der Burg anzusehen.

Der Ruf einer Lerche stieg von den Bäumen in der Nähe auf, und dieser Vogelruf vermischte sich mit Gonjis Erinnerungen an Japan, um die schon lange verschüttet liegenden Einzelheiten eines Vorfalls heraufzubeschwören, an den er heute schon einmal gedacht hatte.

Der Lerchengesang und sein Todesgedicht. Das *Waka*, das er für Paille rezitiert hatte und das seit vielen Jahren nicht über seine Lippen gekommen war ...

Er war damals zwölf gewesen und hatte den Auftrag, einen Garten beim Teehaus eines Vetters zu pflegen. Die Gattin des Vetters, eine lebhafte, sinnliche Frau von etwa siebzehn Jahren, war an diesem Nachmittag allein im Teehaus. Gonjis erwachende Sexualität und seine Schwäche für allerlei Unfug trieben ihn dazu, sie heimlich durch einen *Shoji*-Schirm zu betrachten, als sie sich gerade entkleidete. Sie bemerkte ihn jedoch. Und lächelte. Ihn ergriff die Angst, entdeckt zu werden, und er war überzeugt, dass sein Vetter ihn bestimmt töten würde, sobald er später am Tag zurückkehrte. In dem Augenblick, als die Frau Gonji erblickte, begann eine Lerche auf einem nahen Baum zu singen. Dieses Lied begleitete Gonji für den Rest des Nachmittags unaufhörlich, während er sein Todesgedicht verfasste und seine Arbeit im Garten abschloss, was – davon war er überzeugt – die letzte Pflichterfüllung seines kurzen Lebens darstellte. Sein Vetter kam nach Hause, aber als er Gonji hereinrief, geschah dies nur, um ihn für seine gute Arbeit zu loben. Die Frage des Spionierens kam nie zur Sprache ...

Ein verträumtes Lächeln spielte lausbübisch um Gonjis Lippen.

Der rauschende Schlag riesiger Fledermausflügel näherte sich den Reitern von hinten und riss Gonji aus seinen Tagträumen. Alle in der Gruppe reckten die Hälse und hatten Mühe, ihre panischen Pferde zu beherrschen, als der geflügelte Lindwurm an ihnen vorbeizog. Sein schriller Schrei hallte als Echo zwischen den Vorbergen wider, während er auf den monströsen ledrigen Schwingen die Burg ansteuerte und sie dann in einem bedächtigen, weiten Bogen umflog.

»Willkommen, Abgesandte«, sagte Gonji zu den anderen und grinste nervös. Die alte Furcht war neu entfacht, der Hass auf das Untier und die Angst vor dem grausigen Tod, den es in Drüsen und Eingeweiden trug. Gonji knirschte mit den Zähnen, als er sich flüchtig an den irren Ritt erinnerte, mit dem er nach dem ersten Angriff des Monsters beim Kloster geflohen war.

Dann fiel ihm auf, dass der abgebrochene Pfeil noch immer im Bauch des Lindwurms steckte, und er kniff die Augen zusammen. Er nickte und tätschelte Tora, um ihn zu beruhigen. Runde eins war an den Lindwurm gegangen, Runde zwei an Gonji. Er fragte sich erneut, warum ihn das Monster nicht verbrannt hatte, als es sich in jener Nacht mit teuflischer Verstohlenheit von hinten genähert hatte, und konnte nur hoffen, dass es ihn heute nicht erkannte und das Werk vollendete.

»In Ordnung, der König wartet!«, rief Julian über die Schulter. »Weiter!«

Das Gefälle nahm zu, und die Landschaft der Umgebung wurde steiniger, als die Kolonne der Burg näher kam. Die Reiter folgten weiterhin einem gewundenen Weg mal nach links und mal nach rechts, der zwischen Hügeln und Einschnitten und zerklüfteten Vorsprüngen von Granit oder Schiefer dahinführte. Zuweilen verloren die Männer die Burg dabei fast aus dem Blick, abgesehen von den höchsten Türmen.

Dann erreichten sie ein flaches Stück Land, sahen die Burg aber noch immer einen Kilometer weit entfernt. Sie fanden sich mit einem Anblick konfrontiert, der ihnen die Mägen umstülpte.

»*Misericordia!*«, schrie Milorad.

»Allmächtiger Gott im Himmel!«, keuchte Flavio und zügelte sein Pferd.

Der Gestank war grässlich.

Leichen von Verteidigern der Burg, den Soldaten Baron Rorkas, waren in einem flachen Massengrab östlich der Straße aufgehäuft. Gesäumt wurde das Grab von Gekreuzigten, die an schiefen Balken hingen. Eine Gruppe Söldner, die Gesichter mit Tüchern umwickelt, sodass man nur die zusammengekniffenen Augen unter Schlapphüten und Helmen hervorblicken sah, kippten die gekreuzigten Gestalten gerade in das Grab. Sie schleppten eimerweise Öl zur Grube und schütteten es über die aufgestapelten Leichen, während einer die Fackel vorbereitete, die das Feuer entzünden sollte. Nach dem Zustand der Leichen zu urteilen – aus einigen platzten bereits Fäulnisgase hervor –, nahmen die Söldner ihr grausiges Vorhaben gerade noch rechtzeitig in Angriff.

Die Kolonne setzte ihren Weg fort, und jeder warf noch einen letzten unbehaglichen Blick auf die traurige Szene.

Unmittelbar vor dem letzten Anstieg zur Außenmauer begann erneut ein mit Kopfsteinpflaster befestigter Abschnitt der Burgstraße, und die Kolonne klapperte einen felsigen und nur spärlich mit Bäumen bewachsenen Hügel hinauf zur Ehrfurcht gebietenden Front der Burg Lenska.

Gonjis Augen leuchteten vor freudiger Erwartung, und er biss die Zähne zusammen, um die würdelose Erregung zu unterdrücken. Einen »Horst auf windumtoster Höhe« hatte er die Festung nennen gehört, und sie wurde ihrem Ruf gerecht. Rings um den zerklüfteten Gipfel, den die Reiter erklommen hatten, peitschten kreisende Bergwinde, zerrten an ihrer Kleidung und ließen die Wimpel flattern. Auf den Spitzen des zentralen Bergfrieds knatterten Klanns Banner. Von der Straße abgesehen, der die Kolonne gefolgt war, war die Burg unzugänglich für Pferde und Belagerungsmaschinen. Im Süden und Westen ragte sie aus einer Mulde im Felsmassiv auf, und gegenüber, im Norden und Osten, grenzte sie an einen Steilhang. Ein Angriff aus den beiden zuletzt genannten Richtungen war völlig unmöglich: Die Hänge waren durchsetzt mit glatten Schieferplatten und Dornengestrüpp und fielen an ihrer Basis steil zu Stromschnellen ab, und falls Fußsoldaten sich auf dieses unsichere Gelände wagten und es zu ersteigen versuchten, waren sie leichte Ziele für Bogenschützen auf den Wällen. Im Süden und Westen hatte man Steinhaufen aufgeschüttet, auf denen die Belagerer wiederum leichte Ziele gebildet hätten. Der Preis fürs Überleben war hier ein Sprung in den breiten Burggraben, der von der Südost- bis zur Nordwestecke mit ölig glänzendem Schlamm gefüllt war.

Sie ritten an Wagenreihen und gaffenden Soldaten vorbei und polterten schließlich über die Zugbrücke und unter dem hochgezogenen Fallgitter des äußeren Torhauses hindurch. Ein Trupp Llorm salutierte vor Julian und dem Llorm-Hauptmann an der Spitze der Kolonne. Gonji war bereits dabei, Truppenstärken abzuschätzen und sich die Verteidigungsaufstellung der Burg einzuprägen, da ertönte hinter der Ecke links von den Reitern ein lautes Brüllen.

Gonjis Hand zuckte zum Griff des Sagami, eine spontane Reaktion auf den Schrecken. Hinter dem südwestlichen Trommelturm im Außenhof ertönte ein erneuter Wutschrei, diesmal durchsetzt mit Hufschlägen und klatschenden Schritten – dann gefolgt von Gelächter, das sowohl von den näher kommenden Gestalten als auch von der Eskorte aufstieg.

Drei Söldner mit Stangenwaffen, nur einer von ihnen beritten, stürmten um den Turm herum auf die Kolonne zu und blickten dabei mit einer merkwürdigen Mischung aus Grauen und Heiterkeit hinter sich. Der riesige Schatten folgte ihnen flink auf dem Fuße; dann torkelte die mächtige Gestalt um die Ecke und stürzte mit lautem Getöse, das dumpf auf dem Hof widerhallte. Die Soldaten auf den Wällen lachten und deuteten auf das Geschehen, aber die Delegation aus Vedun konnte nur erschrocken die Erscheinung anstarren. Zum ersten Mal erblickten Sie Tumo, Morts schwachsinnigen Riesen.

»*Choléra*«, flüsterte Gonji heiser und hielt den Griff des Sagami weiter fest umklammert.

Der Riese rappelte sich wieder auf und erhob sich auf die Stummelbeine, deren Oberschenkel dick wie Fässer waren. Voll aufgerichtet maß er wohl eine Rute, aber das war aufgrund seiner affenartig gebückten Haltung nur schwer abzuschätzen. Haarige Arme hingen ihm wie Kanonenläufe bis zu den knorrigen Knien, die rauh und schwielig waren wie die Knöchel seiner Bierfassfäuste.

Er stützte sich auf eine dieser Fäuste und sah sich mit trübem Blick um. Sein Gesicht hätte dem Albtraum eines Kindes entsprungen sein können. Dann ging er auf allen vieren wie ein Gorilla auf die berittene Gruppe los. Die Pferde, die an eine derart viehische Erscheinung nicht gewöhnt waren, begannen zu bocken und nervös hin und her zu trippeln, wobei sie ängstlich wieherten und schnaubten. Die drei Söldner, die den Riesen gequält hatten, hatten sich inzwischen getrennt: Ein Reiter und ein Infanterist näherten sich ernst und reuig Julian, während der zweite Fußsoldat an der mittleren Verteidigungsmauer entlang davonkroch. Tumo entdeckte ihn und stieß einen idiotischen, jammernden Schrei aus, ehe er ihm entschlossen nachsetzte.

Der Söldner schrie, als Tumo ihn in die Ecke trieb und ihn aus seinem weit aufklaffenden, schlaffen Maul anbrüllte. Der Mann versuchte von der Mauer zu entkommen, aber der Riese wischte ihn mit einer knotigen Hand zurück. Der Söldner krachte gegen die Mauer; der Aufprall trieb ihm die Luft aus den Lungen. Tumo tippte ihn erneut mit der offenen Hand an und schleuderte ihn auf die Seite.

»Tumo!«, schrie Julian und sagte dann in einer unbekannten Sprache etwas zu dem Riesen. Das mächtige Ungeheuer blickte den Hauptmann an, brüllte erneut auf den Söldner ein und trottete dann zur Delegation herüber.

Das Pferd eines freien Gefährten machte einen Buckel und

warf seinen Reiter ab. Die Gruppe aus Vedun war vollauf damit beschäftigt, ihre Reittiere zu beherrschen. Sogar Tora, der mit unnatürlichen Erscheinungen vertraut war, bewegte sich unruhig unter Gonjis Schenkeln.

Tumo blieb auf Julians Kommando ein kurzes Stück von der Gruppe entfernt stehen. Der schwachsinnige Riese stand aufrecht auf den mächtigen, krummen Beinen und stierte die Neuankömmlinge an.

»Das ist Tumo«, stellte ihn Julian erheitert vor und übertönte dabei die wiehernden Pferde. »Er gehört zu unseren – Abschreckungsmitteln.«

Gonji löste seinen Griff vom Schwert, als der Hauptmann die Soldaten zurechtwies, die den Riesen in Rage gebracht hatten. Der Samurai erkannte, wie verzagt seine Begleiter auf Tumo reagierten. Die Saite, die der Riese im menschlichen Herzen anschlug, war in ihrer ganzen erschreckenden Vielfalt nur schwer zu beschreiben, denn seine Gestalt war von welcher dunklen Macht auch immer mit Bedacht geformt worden: Eine überlange rote Zunge leckte ständig über die sabbernden Lippen und die knirschenden schiefen Zähne. Das Gesicht war an der Unterseite breit und gedrungen, der Schädel so klein, dass er beinahe spitz wirkte. Die flache Stirn lag schwer über stumpfen, schräg stehenden Augen. Die Nase war nicht mehr als ein winziger Stummel mit Löchern, so klein wie Nadelspitzen, während der Mund praktisch den Schwerpunkt des ganzen Gesichts bildete. Der Rumpf war eine gewaltige Masse aus wabbelnden Fettschichten, und das Gewicht spottete jeder Vorstellungskraft. Tumo war nackt und unbehaart, abgesehen von zerzausten Haarbüscheln an Kopf und Armen und Genitalien. All dies zusammen erzeugte den Eindruck eines riesenhaften schwachsinnigen Kindes, eine perverse Verhöhnung des Menschentums, die den Betrachter vor Entsetzen und Abscheu erschauern ließ.

Gonji erinnerte sich daran, wie sowohl Jocko als auch Jakob

Neriah davon sprachen, dass ein Riese diese Armee begleitete. Der Samurai hatte gehofft, dass diese Geschichten übertrieben wären. Dann musste er an die Worte des betrunkenen Soldaten im Gasthaus zurückdenken: *He, Hauptmann, er erinnert mich an Tumo ...* Er spürte, wie Zorn über diese Beleidigung in ihm aufstieg.

»Tumo hat heute Abend auch einen Festschmaus, nur mag er sein Fleisch roh, nicht wahr, Tumo?«, sagte Julian unheilvoll. Der Riese stieß knurrend ein paar nicht ganz menschliche Silben hervor, die sich anhörten, als imitierte er die Worte des Hauptmanns. Milorad schauderte es, und er flüsterte Flavio etwas zu.

Auf Julians Befehl hin wandte sich der schwachsinnige Riese ab und watschelte wieder zum Trommelturm hinüber, wobei er noch ein abschließendes warnendes Bellen für den ausgestreckt am Boden liegenden Soldaten übrig hatte.

»Eine mitleiderregende Kreatur«, fand Flavio, während sie zum Torhaus der mittleren Mauer trabten.

»Wahrhaftig«, pflichtete Milorad ihm bei.

»Ich hoffe, er ist nicht des Königs Bruder«, scherzte Gonji, während er sich zu ihnen hinüberbeugte. Niemand fand das jedoch komisch, abgesehen von Garth, der *ts-ts* machte und dem Samurai einen Seitenblick zuwarf. Gonji zuckte die Achseln und blickte noch einmal zu dem sich entfernenden Riesen zurück, und er fragte sich, welche Wunderwerke, seltsame wie bedrohliche, dieser Tag noch bereithalten würde.

Das Torhaus war ein schwer bewachter Kontrollposten und stellte den Eingang zu einem langen Tunnel dar, der sich durch das ganze Untergeschoss des zentralen Bergfrieds zog. Die flankierenden Türme bildeten die mächtigen Abwehranlagen der mittleren Mauer, die aufragte wie ein gewaltiger Vorhang aus Stein, doppelt so hoch wie die äußere Mauer. Diese Anlage machte den Zwischenraum der beiden Mauerringe zu einer Todesfalle für jeden Belagerer, der womöglich den äußeren Wall überwand. Die

Türme zeigten sich mit Schießscharten durchsetzt. Bogenschützen, die dahinter Wache hielten oder an den Zinnen entlangschlenderten, blickten träge herab. Am südöstlichen Trommelturm, ein gutes Stück weit an dieser Mauer entfernt, entdeckte Gonji den Lauf einer Kanone oder eines Mörsers.

Die Wachtposten am Torhaus salutierten vor den Hauptleuten und gewährten der Gruppe Zutritt. Gonji hatte den Durchgang beinahe passiert, als ihn ein lautes Kommando von links aufhielt. Er zügelte sein Pferd.

»Leg deine Waffen ab, und lass sie hier zurück!«

Der Llorm-Wachtposten hatte Deutsch gesprochen. Den Griff seines in der Scheide steckenden Breitschwerts hielt er so fest umklammert, dass die Knöchel weiß hervortraten. Ein hitziger Blick funkelte unter der Sturmhaube zu Gonji hinauf.

»Ich bin Leibwächter des Ratsältesten«, entgegnete Gonji gelassen. »Ich nehme meine Waffen mit.«

»Du hast gehört, was der Kommandant der Wache gesagt hat!«

Eine Pike kam Gonjis Rippen gefährlich nahe.

Gonji drehte sich langsam zu dem Soldaten rechts von ihm um und kniff drohend die Augen zusammen. Der Llorm-Lanzenträger war ein hässlicher Kerl, dessen Knollennase aussah, als hätten jede Menge andere Soldaten sie gerade erst zum Üben benutzt.

»Vorsichtig mit dieser Pike, Feigennase«, mahnte ihn der Samurai.

Flavio spürte, dass eine Auseinandersetzung drohte, und traf Anstalten, sich einzumischen. Gonji und der Pikenier funkelten sich gegenseitig an. Der Samurai erinnerte sich an das Versprechen, das er Flavio gegeben hatte, und spürte den dumpfen Schmerz hilfloser Kapitulation aufkeimen.

Jetzt stieg jedoch Hauptmann Kel'Tekeli vom Pferd und kehrte zu der Blockadestelle zurück. Nach einer kurzen Erklärung sagte er zum Wachtposten: »Ich denke, wir können darauf vertrauen, dass sich der Leibwächter des Ältesten angemessen benimmt, nicht wahr?«

Gonji war wütend über Julians herablassenden Ton, zeigte aber ein dünnes Lächeln und nickte.

Sie setzten ihren Weg durch den zentralen Innenhof fort, wo hektische Aktivität herrschte. Herumeilende Dienstboten und Küchenhelfer kündeten von letzten Vorbereitungen. Der Innenhof war groß genug, um Übungen der Kavallerie, der Bogenschützen und der Schwertkämpfer gleichzeitig abzuhalten, und Gonji nahm die Ausbildungseinrichtungen bewundernd in Augenschein. Derzeit übten sich nur eine Handvoll Soldaten, zumeist Llorm, mit ihren Waffen, und der Samurai verfolgte mit großem Interesse, welcher Techniken sie sich bedienten.

Die Besucher stiegen ab, und Stallknechte kümmerten sich sofort um ihre Pferde. Garth blieb zurück, um sich eine Zeit lang mit ihnen zu unterhalten. Flavio näherte sich Gonji mit mahnend geschürzten Lippen.

»Denke jetzt an dein Versprechen – keinen Ärger!«, sagte der Älteste freundlich, wobei er lächelte und eifrigen Dienern zuwinkte, die in Wahrnehmung ihrer verschiedenen Aufgaben vorbeiliefen.

»Gewiss, solange mich niemand provoziert.«

Flavio runzelte besorgt die Stirn. »Gonji, mir wäre wohler, wenn du mir versprächst, die Grenzen deiner Geduld etwas flexibler zu gestalten ... zumindest für die Dauer dieses wichtigen Anlasses.«

Sie überquerten den Hof, gefolgt von Milorad und Garth.

Gonji seufzte. »Ich lasse mich gelegentlich zu leicht von Unverschämtheiten provozieren, das ist wahr. Und du *bist* mein Dienstherr.« Er lächelte den Ältesten an. »Wie du möchtest.«

»Gut!« Flavio lächelte auch und beschleunigte seine Schritte zum großen Saal auf der anderen Seite des Innenhofs. »Jetzt wollen wir mit unserem neuen Lehnsherrn zusammentreffen und genau herausfinden, wo wir stehen … Hallo, Frantisek!« Er begrüßte einen aufgeregten Bediensteten, der mit einer schweren Kanne auf den Armen rückwärts ging, den Gruß mit einem Kopfnicken erwiderte und dabei fast gestolpert wäre.

Gonji war nicht überrascht, als er feststellte, dass er hier eine beliebte Attraktion war. Soldaten und Zivilisten gleichermaßen betrachteten ihn forschend, wo immer er auftauchte. Er fragte sich, was sie am meisten faszinierte: Seine Reputation als Kämpfer? Oder hatte Julian so schnell die Information verbreitet, dass Gonji inzwischen sein Geheimagent war?

Der Samurai achtete besonders auf die regulären Soldaten der Llorm und ihre Familien. Die Menschen Akryllons waren dunkelhaarig und bleich, und sie wirkten abgespannt, ausgezehrt von ihrer nomadischen Lebensweise. Hager und hungrig. Verzweifelt. Solche Eigenschaften konnten sich in heftige Kampfeswut verwandeln, wie Gonji sehr wohl wusste. Besonders die Kinder gaben ein Bild des Jammers ab: dürr, mit hohlen Augen, kränklich und schwach. Die Männer jedoch, die Llorm-Soldaten, wirkten recht zäh, und falls ihr Überlebenswille und ihr Wunsch, ihr Volk zu retten und die Bürde ihrer Familien zu lindern, tief genug reichte, würden sie die Provinz nicht verlassen, wenn der Winter zu Ende war. Nicht nach dem kommenden Winter und nicht nach vielen weiteren.

Es war alles absurd. Konnten das hier wirklich die Reste eines verlorenen Inselkönigreichs sein und nicht einfach nur der Tross eines Räuberhauptmanns? Vielleicht erhielt man ja bald eine Antwort darauf.

Die Delegierten wurden durch die Portale des großen Saals und in ein gewaltiges Kreuzgewölbe mit Ausgängen zu drei Korridoren geführt. Begleitet von bewaffneten Wachen vor und hinter ihnen, wandten sie sich nach links, kamen an Gemächern und Vorzimmern vorbei, in denen lautes Treiben herrschte, und betraten durch einen breiten Torbogen den eigentlichen Saal.

Es war ein großer Raum und reich geschmückt, erfüllt mit dem Geplauder und Gelächter von Soldaten, Zivilisten und Dienstboten sowie gelegentlichen Tierlauten. Hunde bellten und bettelten, huschten zwischen den Beinen der Menschen herum und warteten darauf, dass ihnen Essenshappen vorgeworfen wurden. Lärmende Söldner brüllten, rasselten mit ihren Waffen und erzählten lautstark schlüpfrige Witze; einige, die schon betrunken waren, grapschten nach davoneilenden, quietschenden Dienstmägden.

Gonji rümpfte angewidert die Nase. Er hatte eine ruhigere und eher majestätische Veranstaltung erwartet, etwas, das an höfische Umgangsformen erinnerte. Das hier jedoch war der Gipfel der Dekadenz, eine Szene wie den Gemälden vom Tag des Jüngsten Gerichts entnommen, wie er sie schon mehrfach gesehen hatte.

Öllampen und Pechpfannen loderten im Saal. Die einzigen Fenster waren schmale Öffnungen hoch oben in den Mauern, welche einem Netz aus düsterem grauem Zwielicht, in dem Rauch und Staubflocken wirbelten, den Zutritt gewährten. Auf halber Höhe der Wände zog sich eine überdachte Galerie, gestützt von kunstvoll gestalteten Elfenbeinsäulen, rings um den ganzen Saal. Dutzende Türen führten von der Galerie in angrenzende Räume, und auf einer Seite des Saals saß dort oben eine Gruppe Musiker. Laute und Blockflöte, Querflöte und Becken kämpften wacker gegen den Lärm an.

Imposante heraldische Wandbehänge blickten ernst auf das Trinkgelage herab. Auf den langen Eichentischen herrschte bereits das Chaos, und der Parkettboden war ein Sumpf aus Matsch und verschütteten Getränken. Dabei musste das Bankett erst noch aufgetragen werden.

Die Delegation der Stadt wurde zu einem abseits stehenden Tisch vor dem Podium geführt, wo mehrere von Klanns Ratgebern bereits Platz genommen hatten. Die vier Vertreter Veduns erhielten Plätze am Ende der Tafel direkt vor dem Podium zugewiesen, wobei Flavio und Gonji Milorad und Garth gegenübersaßen. Mehrere weitere Plätze am Tisch waren gedeckt, aber noch unbesetzt. Dienstboten liefen mit Kannen und Fässern kreuz und quer durch den Saal, um Krüge und Kelche nachzufüllen. Es stank nach Met und Bier, Wein und Kwas. Einige Bedienstete stolperten nahezu übereinander in ihrem überschwänglichen Eifer, die lächelnden Vertreter Veduns, Flavio, Milorad und Garth, zu begrüßen. Eine Küchenmagd kniete nieder und küsste Flavio die Hand und flehte ihn an, für ihre Freilassung zu sorgen.

Die vier Männer lehnten sich zurück und verfolgten die orgiastischen Vorgänge, während ihnen die Getränke serviert wurden. Gonji und Flavio entschieden sich für Wein, Garth für Bier und Milorad für Met. Eine Zeit lang sagte niemand etwas, und jeder der drei gab sich damit zufrieden, zuzusehen und über die Aussichten der heutigen Begegnung nachzusinnen sowie in dieser Umgebung eine behagliche Nische für sich zu finden.

Gonji sah, dass die benachbarten Tische für die Frauen und Kinder der Llorm reserviert waren, und entschied, dass das gut so war. Allmählich gewöhnte er sich an dieses prachtvolle Bauwerk aus gewaltigen Steinblöcken und robusten Stützbalken, die womöglich sogar dem geballten Ansturm von Lasttieren standgehalten hätten. Er bemühte sich um stoische Gleichgültigkeit gegenüber den taktlosen Soldaten, die mit den Köpfen auf ihn deuteten und kicherten. Deren kindische Drohung war wirkungslos und traf ihn nicht; sie konnte seine innere Harmonie nicht erschüttern. Er erwiderte sogar Julians gelegentliche hochmütige Blicke unbewegt und unbeteiligt und unterbrach den Blickkontakt nach eigenem Gutdünken. *Heute Abend ist die Würde mein*, dachte er mit einem Gefühl höchster Selbstzufriedenheit.

Da pirschte sich eine Deutsche Dogge an Gonji und Flavio heran und schnupperte an den Schwertern des Samurai.

»*Zur Hölle* mit dir, räudiger Köter!«, knurrte Gonji und verscheuchte das Tier auf nicht gänzlich würdevolle Art und Weise. »Wenn du das Bein an meinen Schwertern hebst, wird jemand heute Abend von *deinem* Kadaver schmausen!«

Als das Gelächter seiner Begleiter nachgelassen hatte, beschwor er aufs Neue die verlorene Harmonie und rieb sich das gerötete Gesicht. Er konnte sich jedoch nicht verkneifen, selbst zu lachen, und es freute ihn zu sehen, dass er die Gefährten damit aus ihrer Befangenheit wachgerüttelt hatte und sie jetzt kräftiger ihren Getränken zusprachen. Er zog die *Daisho* – das zueinander passende Schwerterpaar – aus dem *Obi* und lehnte sie zu seiner Rechten an die Sitzbank. Er schob die Hände unter die Gürtelschärpe, wo die abgelegten Schwerter Spiel gelassen hatten.

»Jetzt habe ich Platz!«, stellte er fest und atmete bei geschlossenen Augen tief die verführerischen Fleischdüfte ein, die aus der Küche drangen. »Sieht jedenfalls so aus, als wären heute Abend keine Monster eingeladen«, ergänzte er.

Das Kichern der anderen legte sich schnell wieder, erinnerten sie sich doch nur zu gut an den schwachsinnigen Riesen.

»Ich frage mich, wer noch an unserer Tafel Platz nehmen wird«, dachte Gonji laut nach. »Oh, Garth – konnten dir die Stallknechte verraten, warum du eingeladen wurdest?«

Garth schüttelte betrübt den Kopf. »Nein, ich weiß es nicht ... Jedenfalls nicht aufgrund meiner Schmiedearbeiten«, setzte er stockend hinzu.

Tumo hat heute Abend auch einen Festschmaus ... Gonji schüttelte den Kopf, räusperte sich und wollte gerade etwas Freundliches sagen, als von einem nahen Tisch, an dem Söldner zechten, ein schriller Schrei ertönte.

»Wie kannst du es wagen!«, rief eine Frau. »Ich bin eine persönliche Dienerin des Königs!« Sie hob ein silbernes Tablett wie einen Prügel über den Kopf.

Der Mann, der ihr zu nahe getreten war, zog die Brauen hoch

und lehnte sich überrascht zurück, und seine Gefährten brüllten vor Lachen.

»Die hat aber Feuer, wie?«

»Mach dich an sie ran, Merwyn!«

Die Frau ließ eine Tirade vom Stapel und schimpfte über die Ungehörigkeit des Soldaten, wobei sie die ganze Zeit ihre winzige Faust schüttelte. Ein regulärer Llorm-Soldat stand schließlich von seinem Tisch auf, trat zwischen die beiden, schickte das Mädchen weg und beugte sich hinab, um den betrunkenen Taugenichts zu ermahnen.

»Da ist der Wildfang«, sagte Garth missmutig.

Gonji blickte ihn fragend an.

»Wilfreds Genya«, erklärte Flavio.

»*Ah, so desu* – das ist also die geliebte Dame!«, sagte Gonji erheitert.

Und da kam sie auf seinen Tisch zu und ordnete pedantisch Frisur und Kleidung, während sie mit wiederhergestellter Würde herübertrippelte. Alle standen auf, um sie zu begrüßen. Sie schien noch nicht ganz zwanzig zu sein, und ihre geringe Körpergröße unterstrich eine üppige Figur. Das Haar war lockig, weich und dunkel; es hüpfte bei den kecken Schritten munter um die Schultern und lenkte die Aufmerksamkeit auf ein Engelsgesicht und funkelnde dunkle Augen. Babyspeckgrübchen säumten die Lippen, die eine verführerische Schnute zogen. Es konnte nicht überraschen, dass die jungen Männer Veduns ihr ständig nachstiegen, denn die Natur hatte dieses Mädchen verführerisch ausgestattet. Als die Männer vom Tisch aufstanden, um sie zu begrüßen, fand Gonji, dass ihr Charme nicht frei von List und Tücke war.

»Ach, diese Soldaten sind ja solche Tiere!«, beklagte sie sich geziert. Dann riss sie in einem Ausdruck personifizierter Unschuld die Augen auf. »Oh, Papa Flavio, *Gott* sei es gedankt, dass du hier bist! Wir sterben schon alle vor Neugier, was mit Vedun geschehen ist.«

Sie verbeugte sich und küsste ihm leicht die Hand, und die eigene kleine weiße Hand legte sich sittsam auf ihr Mieder. »Wie geht es meinen Eltern?« Sie sprach den Ältesten in seiner italienischen Muttersprache an.

»Sie sind bei guter Gesundheit«, antwortete Flavio mit einem wohlwollenden Lächeln, »und sie haben mich gebeten, dir ihre Liebe auszurichten, wie es alle Familien der Bediensteten getan haben. Mir ist allerdings schwer ums Herz für Lottie Kovacs. Ich fürchte, ihr Vater ...«

»Ja, wir haben es gehört – oh heilige Mutter Maria, was für ein schrecklicher Vorfall! Lottie ist am Boden zerstört. Wenigstens ist Richard hier und kann sie trösten. Aber lieber Flavio, du *wirst* heute Abend doch versuchen, unsere Freilassung zu erreichen, nicht wahr?«

Und Flavio gab ihr seine vorsichtig optimistische Zusicherung, dass er um die Freilassung der Geiseln bitten werde. Aber er hatte seinen Satz noch nicht beendet, da wandte sich Genya schon an Garth.

»Herr Gundersen, wie geht es Wilfred? Ich vermisse ihn so sehr ... ach, du meine Güte!« Das Erschrecken über seine blauen Flecken dauerte nur kurz, und sie stellte sich auf Zehenspitzen, um ihm einen Kuss auf die Wange zu geben, und nach kurzem Zögern beugte sich der stämmige Schmied verlegen vor und bot ihr seine Wange dar.

»Es geht ihm gut«, sagte Garth. »Sturköpfig wie immer.« Er wandte den Blick von ihren Augen ab, ziemlich unhöflich, wie es den anderen erschien.

»*Bitte* sag ihm, er soll auf sich Acht geben! Es ist hier so schrecklich! Die Burg ist voller Gefahren. Überall sind Soldaten. Monster und Riesen treiben sich frei in der Anlage herum. Habt ihr sie gesehen?« Ihre Stimme war mittlerweile zu einem Flüstern herabgesunken.

Die Delegierten murmelten allesamt bejahend. Und dann,

noch ehe ihre beifälligen Bemerkungen verstummten, wandte sich Genya schon an Milorad und erkundigte sich mit übertriebenem Interesse nach seinem und Annas Wohlergehen unter den neuen Verhältnissen.

Die ganze Zeit lang spürte Gonji die verzehrende Neugier, die das Mädchen ihm entgegenbrachte, obwohl sie ihn niemals direkt anblickte.

Sie war eine gerissene Person, davon war Gonji überzeugt. Viel Glück mit ihr, Freund Wilfred ... Er verfolgte mit ausgeprägtem Interesse, wie geschickt sie zwischen Würde und Respekt, Zuneigung und Besorgnis wechselte und alles mit gespielter Unschuld überdeckte.

Schließlich war sie mit Milorad fertig und blickte knapp an Gonji vorbei, die Augen schüchtern niedergeschlagen. Er beschloss, die versteckte Einladung anzunehmen.

»Ich bin Gonji Sabataké, ein Freund Wilfreds.« Er verbeugte sich leicht, und sie machte einen Knicks, wobei sie mit den Lidern flatterte. »Er hat mich gebeten, dir dieses Zeichen seiner unsterblichen Liebe zu geben.« Er reichte ihr Wilfs Blüte.

Sie öffnete lautlos die Lippen, und zum ersten Mal schien sie ein echtes Gefühl zu zeigen.

»*Danke* – ich danke dir«, flüsterte sie.

Und auf einmal stockte ihr der Atem, und sie riss die Augen so weit auf, dass sie über das Gesicht hinauszuwachsen schienen. Furcht schimmerte darin, während sie über Gonjis Schulter blickte. Die anderen glotzten ebenfalls.

Gonji drehte sich um, und ein kalter Schauer rieselte ihm über den Rücken. Er blickte in das maskierte Gesicht Morts. Heimliche Erheiterung schien in den diamantharten Augen des Zauberers zu schimmern.

Gonji verneigte sich, und einen langen Augenblick später erwiderte der Magier die Geste und beugte sich langsam und verträumt vor wie ein Schilfrohr unter Wasser.

»Sind wir uns schon begegnet?«, fragte Mort mit seiner düsteren Basso-profondo-Stimme.

Gonjis Anspannung machte sich durch ein Prickeln wie von Nadelstichen in seinem Nacken bemerkbar. Seine Handflächen waren kalt und feucht geworden, aber sein Gesicht verriet nichts davon.

»Nur, sofern du einmal in Honshu warst«, antwortete er ruhig.

Die glänzende, goldverzierte Maske des Zauberers neigte sich fast unmerklich, als hätte ihn die verschmitzte Antwort überrascht. Dann wechselte der Ausdruck in den durchdringenden Schlangenaugen, die sich mit einem matten Film überzogen und scheußlich pulsierten, als wollten sie aus den Höhlen hervorplatzen.

Und einen Augenblick später blickte Gonji mit kaum unterdrücktem Schrecken in die feurigen roten Augen des geflügelten Lindwurms.

Choléra!

Hitze stieg dem Samurai ins Gesicht; seine Sinne taumelten in einem Augenblick der Unschlüssigkeit. Er spürte die atemlose Spannung seiner Gefährten. Am Bein – der massive Trost, den ihm die Griffe seiner Schwerter schenkten, die dort lehnten. Dann ...

»Alle auf die Knie!«

Gonji schloss sich langsam der drängelnden, klirrenden Menge an, als alle das Knie beugten, und er mühte sich, die Verwirrung zu beherrschen, kühlen Kopf zu behalten, sein *Wa* wiederherzustellen, die Harmonie des Geistes ...

»Seht den rechtmäßigen Lehnsherrn der Insel Akryllon und all ihrer Besitzungen, Erbe ihres Throns, Bewahrer ihres Erbes, Oberster Befehlshaber der Akryllonischen Königstreuen Streitkräfte ... Seht König Klann, den man den Unbezwingbaren nennt!«

Und in der ehrfürchtigen Stille, die sich während dieser lautstarken Ankündigung ausgebreitet hatte, schien es, als ob sich nichts rührte und sich nicht mal ein Staubkorn in der Luft bewegte.

Und dann weilte der legendäre König Klann unter ihnen, und aller Augen ruhten auf ihm. Außer den Augen Gonjis.

Der Samurai blickte verstohlen über die Schulter.

Aber Mort war verschwunden.

In dem stillen Haus saßen sie beim Abendessen allein, und Michael Benedetto vermisste das fröhliche Plaudern seines ermordeten Bruders mehr denn je. Zwei Wachskerzen spendeten dem Mahl kaltes Licht. Die Stille wurde unerträglich, und Lydias selbstgefällige Nachsichtigkeit war nicht zu ertragen, während sie ihrem Gatten auftrug.

»Nur heraus damit, Drachen!«, knurrte Michael. »Sie wollten mich wegen meines Temperaments nicht mitnehmen, und ich habe auf dem eingemeißelten Abbild deiner hochtrabenden Ziele herumgetrampelt!« Er spuckte diese Worte mehr aus, als dass er sie sprach.

Lydia blinzelte, blieb aber ansonsten gefasst.

»Eine gebrochene Nase und blau geschlagene Augen stehen einem Staatsmann nicht.«

»Wirklich? Mir fallen einige Staatsmänner ein, deren Nasen eine Neugestaltung vertragen könnten.«

»Hör auf, dich wie ein Kind zu benehmen. Die ruinierst deine Karriere …«

»Ich bin noch dasselbe Kind, das du im Dienst des Grafen Faluso in *Mailand* halten wolltest«, sagte er schleppend und mit sarkastischem Unterton.

»Du hättest dort nicht ausscheiden müssen. Hätte deine Mutter an ein paar Fäden gezogen, dann hätten die de'Medici vielleicht …«

»Die de'Medici – die *korrupten* de'Medici – *pfui!«*

»Still. Du hast dich für deine Stellung entschieden. Du möchtest lieber Menschen vom Lande regieren. Das ist jedoch kein Grund, die de'Medici zu verleumden.«

»Und später, nach Florenz, wohin hätte es dann gehen sollen, meine Liebe?«, spottete Michael. »Zurück in dein Heimatland? Die triumphale Rückkehr nach Krakau?«

»Dein Polnisch reicht dafür nicht.«

»Wie sehr du meiner höfischen Mutter ähnelst! So gänzlich verführbar durch den äußeren Pomp von Rang und Namen und den Firlefanz des Lebens bei Hofe!«

Lydia sagte leise: »Du verstehst mich immer noch nicht, Michael. Ich bin nicht deine Mutter, ich bin deine Gemahlin. Ich glaube, dass Gott Anführer und Gefolgsleute bestimmt hat. Du verfügst über die Begabung und Bildung, die man für eine führende Stellung benötigt, aber dein Hauptsaft ist Galle, und du bemühst dich nicht im Mindesten, dem zu widerstehen. Dabei ist es eine große Sünde, sein Potenzial zu unterdrücken.«

Das Mahl war halb verzehrt, aber Michael hatte keinen Appetit mehr; er verfiel ins Brüten. Lydia trat mit einem feuchten Lappen an ihn heran und fasste ihn sacht an der Schulter.

»Leg dich hin, damit ich dir das aufs verletzte Gesicht legen kann.«

Er schüttelte ihre Hand ab. »Lass mich in Ruhe.«

Ein leises Rauschen verriet, dass sie aus dem Zimmer ging, wobei ein Hauch ihres Parfüms zurückblieb. Einen Augenblick später kam eine Dienerin und räumte den Tisch ab, sorgsam bedacht, ihren Arbeitgeber nicht in seiner missmutigen Nachdenklichkeit zu stören. Und dann blieb Michael mit dem hypnotischen Flackern der Kerzen allein zurück.

Lydia hatte recht. Er versagte kläglich in seiner Aufgabe. Sogar den ihm zustehenden Platz in der Delegation, die zur Burg ritt, hatte ein Fremder an sich gerissen – und auch noch ein

Ungläubiger! Und aus einem zornigen Winkel in den Verliesen seines Verstandes ertönte die schrille Warnung, dass dieser kühne Söldner große Schwierigkeiten bringen konnte, wenn man nicht Acht gab. In mehr als nur einer Hinsicht …

Denn Michael hatte gesehen, wie der Asiate seine Gattin angeblickt hatte.

Michael erhob sich und zog Regenumhang und Barett an. Lydia hielt ihn auf, als er im Begriff stand, durch das schmale Eingangsgewölbe zu verschwinden.

»Wohin gehst du zu dieser Stunde?«, fragte sie, und in ihren Augen blitzte eine Spur Argwohn oder Furcht auf.

»Hinaus«, antwortete er, ohne sich umzudrehen. »Um nachzudenken.«

Sie blickte ihm durchs Fenstergitter nach, wickelte sich dann in einen Schal und trat hinaus in eine frische Brise, die von der Bergfeste herabwehte.

VIERTES KAPITEL

Zwei Sorgen ließen Flavio nicht los. Eine galt der bedeutsamen Begegnung mit dem Kriegerkönig, bis zu der es jetzt nur noch Sekunden waren. Und dann war da natürlich die Furcht wegen Gonji: seine ungezügelte Art; sein Talent, in Konflikte zu geraten; und am bedrohlichsten die Erkenntnis, dass der Hexenmeister ihn anscheinend kannte.

Hatte Mort womöglich schon durch irgendeine abscheuliche Zauberkunst herausgefunden, dass der Samurai es war, der seinen Vertrauten, den geflügelten Lindwurm, mit Pfeil und Bogen angegriffen hatte?

Gonji zog Schwierigkeiten an, und ihn mitzubringen – ja, ihn auch noch als Leibwächter einzustellen – war ein schwerer Fehler gewesen.

Aber jetzt ergriff Klann das Wort.

»Willkommen, ihr alle – Unser Volk, Unsere Soldaten, freie Gefährten, die in Unseren Dienst getreten sind, Gesandte der Stadt Vedun –, willkommen ihr alle! Und jetzt erhebt euch.« Klann reckte die Arme hoch. »Erhebt euch, und fahrt fort zu feiern!«

Gewaltiger Jubel brauste durch den Saal, und Krüge wurden gehoben und Trinksprüche auf die Großzügigkeit des Königs ausgebracht.

Klann und sein Gefolge schritten zwischen den Tischen hindurch und näherten sich der Tafel auf dem Podium, wobei der König mit Soldaten und Zivilisten auf beiden Seiten launige Bemerkungen austauschte. Erkennbar hatte man hier einen Herrscher vor sich, der wenig auf Prunk und Protokoll gab.

Flavio betrachtete ihn eingehend und versuchte sich ein Bild vom neuen Fürstprotektor der Provinz zu machen – wie Milorad, das wusste er, es ebenfalls tat. Klann ähnelte seinen dunklen akrylonischen Untertanen kaum. Außerdem erkannte der Älteste mit einer gewissen Enttäuschung, die ihn selbst ein wenig überraschte, dass Klann der mystischen Aura kaum gerecht wurde, in die man ihn hüllte. Er war ein großer, direkter, rotbärtiger Mann. Er lachte gern und hatte schmale, eng stehende Augen, die auf eine Art hin und her fuhren und funkelten, die Vorsicht oder Zynismus verriet. Ein breites Grinsen stand in seinem Gesicht geschrieben, und die ausgeprägten Wangenknochen waren vielleicht noch sein königlichster Zug. Er beherrschte mehrere Sprachen und bediente sich im Vorbeigehen aus den Bechern der einfachen Menschen.

Er vermied es, die Gruppe aus Vedun anzusehen, bis er an der opulenten Tafel ihr gegenüber Platz genommen hatte. Er saß auf einem prunkvollen, hochlehnigen Stuhl, der kürzlich noch für Baron Rorka reserviert gewesen war, und Klanns gemischtes Gefolge aus Kurtisanen, Ratgebern und Offizieren setzte sich ebenfalls. Flavio erkannte nur Hauptmann Sianno wieder, den Befehlshaber der Llorm-Garnison in Vedun, und Hauptmann Kel'Tekeli, den Befehlshaber der freien Gefährten. Der Stuhl rechts von Klann blieb leer und war zweifellos für seine Königin oder Lieblingskurtisane reserviert. Mort war erneut aufgetaucht und saß inzwischen ein paar Plätze links vom König und musterte die Delegierten ernst. Weder Krug noch Teller stand vor ihm.

Flavio blickte Gonji an, aber der Samurai wahrte würdevolles Schweigen und beobachtete den König gespannt. Was für ein Glück! Milorad saß gelassen da und blinzelte Flavio aufmunternd zu, als sich ihre Blicke begegneten. Der gute alte Mil! Garth wirkte besorgt. Kein Wunder angesichts seiner merkwürdigen Einladung.

Genya leitete unter Aufsicht eines finster blickenden Oberkämmerers einen Strom von Bediensteten, die an der königlichen Tafel aufwarteten.

Dann nickte Klann Flavio zu und schenkte ihm ein Lächeln, und der Älteste betete um Führung. *Herrgott, schicke mir Deinen Geist, auf dass ich die richtigen Worte finde ...*

»Das Festmahl soll aufgetragen werden!«, rief Klann dem Oberkämmerer zu, und sofort kam aus der dampfenden Küche eine Prozession von Speisen zum Vorschein, auf riesigen, hoch erhobenen Tabletts getragen oder auf silbernen Wagen in den Saal gefahren. Tosend stiegen beifällige Rufe und Applaus von der lärmenden Menge auf.

Rehrücken wurden aufgeschnitten, Gänse tranchiert, Forellen filetiert – das Fleisch und der Fisch und das Geflügel hübsch ordentlich zerlegt. Unter der Aufsicht des Kellermeisters strömten die Getränke. Das wilde Schmausen nahm seinen Anfang, und herumspazierende Sänger und die Musiker auf der Galerie spielten festlich auf, um die Verdauung zu fördern.

»Und jetzt«, sagte Klann in sehr kultiviertem Italienisch und deutete auf den Ältesten, »denken Wir, dass du, Unser Freund, nur der Flavio sein kannst, von dem Wir gehört haben, der Ratsälteste von Vedun. Nach allen Berichten ein kluger und vernünftiger Mann – nein, nein, *setz* dich! Iss weiter, während Wir reden. Heute Abend soll sich die Förmlichkeit zum Teufel scheren. Trink! Iss! Stelle Uns deine Begleiter vor.«

Klann nahm einen tiefen Schluck aus seinem Pokal. Flavio holte Luft, um sich zu entspannen, und setzte sich wieder auf die Bank.

»Ich bin Flavio, Sire, wie Ihr sagtet, aber ich fürchte, was man Euch von mir berichtet hat, das schmeichelt mir zu sehr.« Er verneigte sich tief. »Das hier ist mein enger Freund und Ratgeber Milorad Vargo. Und das ist unser oberster Schmied Garth Gundersen, der uns auf Euer königliches Edikt hin hierher begleitet hat. Und ...« Er stammelte ein wenig, als er auf Gonji zu sprechen kam, dessen Gesicht nichts von dem verriet, was er dachte.

»... hier haben wir Gonji Sabataké, einen Soldaten aus dem Fernen Osten, meinen ... Leibwächter.« Das Wort blieb ihm fast im Hals stecken, und er wünschte sich sehnlichst, er könnte es zurückholen. Diese ganze Leibwächtergeschichte war absurd.

»Tatsächlich!«, sagte Klann. »Denkst du, dass du heute Abend einen Leibwächter brauchst?«

Gonji schien im Begriff, etwas zu sagen, und Flavio winkte ab. Er zwang sich zu einem gelassenen, leisen Lachen, in das Milorad einfiel.

»Wie es scheint, wohl kaum, Eure Königliche Majestät.«

»Gut. Jetzt möchte ich dir erklären, was zu hören du gekommen bist, und das Verhältnis zwischen uns bereinigen.«

Und so machte sich Klann daran, seine Geschichte mit einer Direktheit und Aufrichtigkeit zu erzählen, die Flavio einfach bewundern musste. Klann aß, während er sprach, und unterbrach sich hin und wieder, um sich mit einem Lappen in einem Krug, der von zwei Dienstboten für ihn bereitgehalten wurde, die Hände zu waschen. Er warf den Hunden, die sonst die Spieße drehen mussten und jetzt durch den Saal streunten, Essenshappen zu. Flavio hörte ihm aufmerksam zu, und es schien, dass der Erobererkönig gelegentlich abschweifte, mit den Gedanken woanders weilte, als suchte er in der gegenüberliegenden Wand nach eingemeißelten Worten oder lauschte einer fernen Stimme. Er war süchtig nach dem Gebrauch des königlichen »Wir«, verlor sich fast darin.

»*Signor* Flavio, wir Menschen von Akryllon sind der Rest eines einst stolzen Inselvolks, begabt in Kunst und Handwerk und, denke ich, mit einem Talent für Kräfte versehen, die Menschen des Festlands wohl unergründlich fänden. Unsere geehrten Eltern waren die Herrscher Akryllons. Unser Vater war ein gerechter und mitfühlender Monarch, aber letztlich musste er feststellen, dass sich die Diener jener erwähnten Kräfte – ein Bund aus Zauberkünstlern und Magiern – gegen ihn wandten. Sie rissen Thron und Zepter Akryllons an sich und jagten Unsere Eltern in die Flucht. Sie starben verbittert und verzweifelt im Exil, und sie erlegten Uns und Unseren treuen Gefolgsleuten die Pflicht auf, Uns der Rückerlangung dessen zu widmen, was Uns rechtmäßig gehört. Also fordern Wir als Erstes von dir, dass du verstehst: Wir handeln so, wie es Uns die Pflicht gebietet, und nicht immer so, wie Wir es gern täten. Wir sind von einer unerschütterlichen Pflicht getrieben, Unsere Bestimmung zu erfüllen und ein Königreich zurückzuerlangen. Denn Wir sind die königliche Blutlinie Akryllons. Und Wir sind Klann. *Ich* ... bin Klann ... und Wir sind fünf ...«

Bei diesen abschließenden Worten war Klanns Ton zu einem kratzenden Flüstern abgesunken und hatte sich ein glasiger Ausdruck in seinen Augen ausgebreitet. Der König schien um Selbstbeherrschung zu ringen. Flavio spürte Unruhe in sich aufsteigen, während er dem König zuhörte. War Klann verrückt, oder ...

»Aber verzeih Uns«, fuhr Klann freundlich lächelnd fort, jetzt wieder vernünftig wirkend. »Diese Dinge betreffen dich nicht. Wir möchten, dass du dich umsiehst, nicht unter den Soldaten, sondern den Frauen und Kindern ... und den wenigen Alten des Volks von Akryllon. Kannst du an ihren Gesichtern und gebrechlichen Körpern erkennen, wie sie in den vielen Jahren des Wanderlebens gelitten haben? Falls Wir dir verrieten, wie lange das schon dauert, hieltest du Uns, möchten Wir meinen, für verrückt. Wir wünschen jedoch, dass du Verständnis hast, also schweigen Wir darüber. Aussprechen möchten Wir jedoch, dass die Nationen der Welt uns zumeist mit Ablehnung begegneten. Wie Wölfe, die die Witterung des Todes aufgenommen haben, jagten sie uns. Empfingen uns in unserer Not mit Schwert und Bogen und Kanonenkugel ...

Und so wehrten wir uns, um zu überleben. Was uns mangelndes Mitgefühl verweigerte, das nahmen wir uns durch Krieg und

Zauberkunst. Wir suchten euren Baron Rorka auf und baten um Zuflucht und Schutz vor dem anrückenden Winter, damit wir an Kraft und Zahl zunehmen und im kommenden Frühjahr erneut einen Angriff auf die führen könnten, die Unseres Vaters Thron raubten. Der Baron schlug uns diese Bitte jedoch ab. Unsere Lage war verzweifelt, und so geschah – was nun mal geschah. Wir sahen uns gezwungen zu nehmen, was wir zum Überleben benötigten.

Jetzt sind wir hier, und die Lage ist nun mal so, wie sie ist. Die Bürger Veduns braucht nichts anderes zu sorgen als die Fortführung der Beziehung auf Gegenseitigkeit, wie sie zwischen der Stadt und dem Baron bestand. Seid versichert, dass Eure Interessen in guten Händen ruhen und es für uns von größter Wichtigkeit ist, diese Beziehung friedlich zu gestalten. Habe ich mich ausreichend klar ausgedrückt?«

Flavio sammelte seine zerstreuten Gedanken, räusperte sich und wischte sich das bärtige Kinn mit einem Leinentuch ab. Ein Junge lief mit einem Lederschlauch voll Wasser herbei, aber der Älteste winkte ab.

»Sire«, leitete er seine Antwort bedächtig ein, »wir danken Euch für Eure Offenheit und Aufrichtigkeit, und ich hoffe jetzt, dass Ihr mir meine Dreistigkeit vergebt, falls auch ich zu offenen Worten greife.« Er sprach mit sanftem Ton, wusste sehr gut, auf welch trügerischem Grund er sich bewegte. »War dieser gewaltsame Umsturz wirklich nötig? So viel Blutvergießen auf beiden Seiten! Wir haben in Vedun viel Platz, und unsere Kornspeicher sind so voll, dass ...«

»Ja, viel Blut wurde vergossen«, ertönte Morts dröhnende Stimme, »und das setzt sich fort. Soldaten auf Patrouille werden kaltblütig hingemetzelt. König Klanns eigener *Feldkommandeur* wurde auf der Straße zu Tode geprügelt. Und Aufständische haben es gewagt, meinen geflügelten Lindwurm anzugreifen, als ob ihre kümmerlichen Pfeile ein solch machtvolles Wesen zu Fall bringen könnten ... all dies haben Rebellen angerichtet! Wer steht hinter diesem Vorgehen, Ältester?«

Mort stand inzwischen auf den Beinen und schrie geradezu. An den näher stehenden Tischen war Stille eingekehrt, und die Gäste dort verfolgten das Geschehen, während sie weiteraßen und tranken.

Milorad meldete sich vor Flavio zu Wort. »Bei allem gebührenden Respekt, aber der ehrwürdige Ratgeber ignoriert gewisse Tatsachen: Zunächst sei deutlich ausgesprochen, dass der Rat von Vedun keinerlei rebellische Aktivität gutheißt und ganz gewiss keinen Mord. Wir sind eine christliche Gemeinde, und Mord ist nach den Lehrsätzen unseres Glaubens strikt verboten. Kommandeur Ben-Draba wurde von einem Fremden umgebracht. Niemand in der Stadt hat diesen zuvor je gesehen ...«

»Lügen!«, entgegnete Mort kategorisch.

»Und darf ich hinzufügen«, mischte sich Flavio ein, »dass der Boxkampf auf dem Marktplatz auf Anordnung des Kommandeurs selbst stattfand? Gegen die Menschen wurden Drohungen ausgesprochen, falls sie nicht teilnähmen ...«

»Und der Rat war nicht am Angriff auf den Lindwurm beteiligt ...«, fuhr Milorad fort, aber Mort unterbrach ihn.

»Lügen – alles Lügen!«

»... wohingegen der bloße Anblick des fliegenden Ungeheuers ausreicht, um anständige Menschen ...«

»Du lügst!«, schäumte Mort. »Es ist Eure Absicht, Euch dem Willen des Königs zu widersetzen und Kampfhandlungen vom Zaun zu brechen, die seiner Bestimmung ein Ende ...«

»Genug!«

Klann hatte dem Wortwechsel ungeduldig zugehört und dabei mit den Fingern auf den Tisch getrommelt. Jetzt hob er eine riesige rote Hand, und unbehagliche Stille legte sich über den Saal.

»Es genügt, wenn Wir sagen, dass beide Seiten schon genug Gewalt erlebt haben und dass Wir dem hier und jetzt ein Ende bereiten. Es stimmt, Wir haben einen großartigen Feldkommandeur verloren, den Wir vermissen werden. Es kam jedoch nicht ganz unerwartet. Ben-Drabas hitzige Wesensart und Dickköpfigkeit mussten früher oder später dazu führen, dass es mit ihm ein solches Ende nimmt. Und was den Lindwurm angeht ...«, Klann lachte glucksend, »so müssen Wir gestehen, dass auch Wir womöglich auf ihn geschossen hätten, wenn er zum ersten Mal über Unser Haus hinwegflöge.«

Eine Welle von Gelächter lief durchs Publikum, und Morts Augen blitzten wütend auf. Flavio spürte eine Spannung zwischen König und Hofzauberer, und er erinnerte sich daran, dass Baron Rorka so etwas erwähnt hatte.

»Damit soll jetzt jedoch Schluss sein«, sagte Klann, als das Gelächter verklang. »Wir vertrauen darauf, dass die kühnen Abenteurer, die an dem Vorfall beteiligt waren, Zeugen der ziemlich schrecklichen und – das soll jetzt kein Wortspiel sein – ungeheuerlichen Angriffe des Lindwurms wurden. Es wird keine weiteren rebellischen Zwischenfälle geben.«

»Ich bin völlig sicher, dass Ihr recht habt, Sire«, pflichtete ihm Flavio bei. »Ich wurde jedoch von der Stadt beauftragt, bestimmte Klagen vorzubringen. Ich bitte Euch um Nachsicht. Zuerst sind da die Drohungen gegen unsere Anbetung des Herrgotts. Besonders der Umstand, dass das Kreuz auf dem zentralen Platz der Stadt umgerissen wurde ...«

»Wir haben nicht den Befehl dazu erteilt. Wir machen Uns nichts aus Eurer Religion, fühlen Uns aber auch nicht durch sie beleidigt. Sianno – was sagst du zu dieser Anschuldigung?«

Der Hauptmann hob verwirrt die Hände und betrachtete die übrigen Offiziere an seinem Tisch.

Da erhob Mort die Stimme. »Mein König, Ihr habt den Befehl unterzeichnet. Es handelt sich dabei nur um eine Warnung vor möglichen Widerstandshandlungen, die zu den üblichen Sicherheitsvorkehrungen auf besetztem Gebiet gehört.«

Klann nickte knapp. »Ja, ja, das haben Wir wohl. Nun, die christliche Religion bedroht uns nicht – sofern es nicht dazu kommt, dass eine weitere papistische Armee aufmarschiert wie die, die Uns in Österreich solche Schwierigkeiten bereitet hat! Ihr könnt Eure Religion ungehindert weiter ausüben.«

Flavio und Milorad wechselten erleichterte und triumphierende Blicke. Mort funkelte sie wortlos an.

Ermuntert durch diesen frühen Sieg sprach der Ratsälteste behutsam weitere Sorgen der Bürger Veduns an: Entschädigung für die Familien von Soldaten und Bürgern, die durch Klanns Truppen umgebracht worden waren; Aggressionen seitens der Söldner; Freiheit für Bedienstete, die gegen ihren Willen auf der Burg festgehalten wurden ...

Klann täuschte geduldige Nachsicht mit dem bärtigen Ältesten vor, während dieser weiterschwafelte. Der König wusste nur zu gut, wie wichtig es war, den Mann zumindest ausreden zu lassen. Eine Zeit der Ruhe und Erholung in dieser Provinz war unabdingbar. Dazu mussten die Bewohner beschwichtigt werden. Sie konnten sich als äußerst lästig erweisen, falls sie beschlossen, die Zähne zu zeigen, während Klanns Armee noch ihre Wunden leckte.

(hänge nicht solch schwachen Gedanken nach)

(zeige ihnen die harte Hand, du bist ein König)

Es war jedoch einfach ärgerlich, sich die kleinlichen Sorgen des Ratsältesten anzuhören ...

Wiedergutmachung und zwangsverpflichtete Dienstboten, Schikanen auf den Straßen – was interessieren Uns diese Dinge? Wir sind König und als solcher über die Sorgen dieser kleinen Leute erhaben! *(sei gerecht und gnädig, Weisheit geht Hand in Hand mit Gnade)* Und was ist mit den Leuten, die Mort für seine üblen Zwecke benutzt? Was sollen Wir ihnen davon erzählen? Sicherlich werden sie bald eine Antwort darauf hören wollen. Aber was bedeutet Uns das? Was können sie schon unternehmen? Wir sind König; Wir haben Unser eigenes Volk, um das Wir Uns sorgen müssen. Die Schwierigkeiten dieser Provinzler sind für Uns nicht von Belang. *(recht so, sei bestimmt, halte sie hin, sag ihnen, was sie hören möchten) (nein, sei gerecht und zeige Anteilnahme)*

Seid still, meine Brüder, seid still ...

Und dann erblickte Klann den dreisten Kerl.

Der König fuhr mit einem Ruck hoch und deutete an den Abgesandten Veduns vorbei zum angrenzenden Tisch.

»Du da! Du in dem schmutzigen Gehrock! Wie kannst du es *wagen?* Wachen, ergreift diesen Mann!«

Die Festversammlung verstummte wie jemand, um dessen Hals sich die Garrotte schloss.

Als zwei Llorm-Wachtposten herbeieilten, erhob sich der angesprochene Söldner schwankend, der Blick trübe vom Wein, und hob in stummer Bitte die Hände.

»Sire?«, fragte er lallend.

»Hat man dir nicht gesagt, dass Feuerwaffen in diesen Hallen verboten sind?«, donnerte Klann.

Der Soldat ließ eine Hand sinken und legte sie auf die Anstoß erregende Pistole an seiner Seite, und ein schiefes Lächeln legte sich auf seine Lippen. In den feuchten Augen leuchteten Erinnerung und Schuldgefühl.

»Ich – ich hatte es vergessen, königlicher Herr, das ist alles«, stotterte er auf Spanisch. »Aber sie ist weder geladen noch gespannt und – und ...«

»Werft ihn hinaus!«, befahl Klann. »Und falls Wir dich jemals wieder innerhalb der Zwischenmauer dieser Burg erblicken, wird dein Kopf einen Turm schmücken!«

Dann beruhigte sich Klann wieder und rieb sich verlegen die

Oberschenkel, während er sich hinsetzte. Das Stimmengewirr und die fröhlichen Weisen der Musikanten kehrten allmählich zu ihrer normalen Lautstärke zurück.

Hiyaii, der ist aber launisch, *neh?*, dachte Gonji, und Erleichterung durchflutete ihn, als der Zwischenfall vorüber war. Und das ist bei einem König sehr schlecht. *Hai*, sehr schlecht.

Als Klann aufgestanden war und an Gonjis Tisch entlanggezeigt hatte, hatte der Samurai einen Augenblick lang befürchtet, der König meinte ihn.

Aber was hatte diese Obsession mit Feuerwaffen zu bedeuten? Besonders bei einem König, dessen Truppen so stark auf sie angewiesen waren. Und war das überhaupt wirklich ein König? Gonjis ursprünglicher Argwohn, dass Klann womöglich nichts weiter als ein Banditenhauptmann war, schien durch Klanns Auftritt und Gebaren gerechtfertigt. Nur wenig erweckte den Anschein, dass dieser Mann von königlichem Geblüt war.

Gonji hörte sich an, wie Klann Flavios Bitten um Wiedergutmachung und die Freilassung zwangsverpflichteter Bediensteter auswich. Flavio und Milorad wirkten offensichtlich ganz und gar nicht begeistert über Klanns Erklärung, er würde über diese Fragen sorgfältig nachdenken. Garth stocherte die ganze Zeit in seinem Essen herum, als wäre es seine Henkersmahlzeit.

Der Samurai seinerseits kostete von fast allem, das des Weges kam. Der Fasan erwies sich als besonders saftig, und die Forelle war ein seltener, wunderbarer Genuss. Gonji trank einen leichten Weißwein und genoss ihn in mit kluger Zurückhaltung, denn er wollte möglichst uneingeschränkt im Besitz seiner Fähigkeiten bleiben. Obgleich er die Schwerter zum Zeichen des Friedens und Respekts an der rechten Seite abgelegt hatte, musste er weiter davon ausgehen, dass er sich in feindlicher Umgebung aufhielt.

Klann hatte das Gespräch inzwischen von militärischen und politischen Fragen zu Themen unbeschwerterer, freundlicherer Natur gelenkt, und zuweilen schien es, als blitzte bei ihm eine verborgene innere Quelle der Heiterkeit auf. Gonjis Neugier wandte sich gerade dem unbesetzten Ehrenplatz neben dem König zu, als sich die feiernden Söldner von einem Tisch in der Nähe erhoben und ihn für eine neue Truppe freimachten, die sich wenig später hereindrängte und die freien Plätze einnahm, wobei sie anwesende Kameraden lautstark begrüßte.

Ein beunruhigender Gedanke: Erstreckte sich Klanns Freigebigkeit letztlich auf seine gesamte Söldnertruppe? War damit zu rechnen, dass die Dritte Freie Kompanie, aus der Gonji nach dem gewaltsamen Zusammenstoß mit den Mongolen desertiert war, ebenfalls dienstfrei erhielt, um am Festschmaus des heutigen Abends teilzunehmen?

Sein Blick wanderte zu den eigenen Schwertern, die neben ihm an der Sitzbank lehnten, dann wieder zu der neuen Meute Abenteurer, die seinen Haarknoten und die asiatischen Gesichtszüge bereits verwirrt betrachteten. Mühelos in Griffweite war sein *Katana*, das Sagami, dessen edler Stahl schon das Blut vieler Gegner gekostet hatte. Daneben lehnte das *Ko-dachi*, das Kurzschwert, das, falls es die Ehre verlangte, zum *Seppuku* diente, dem rituellen Selbstmord, um sich dem Gegner nicht unterwerfen zu müssen.

Falls die Stunden dieser Nacht seine letzten sein sollten, so war das sein Karma. Dann sollte es so sein. Er verbannte den Gedanken daran, jedoch nicht ehe er ein kurzes Gebet zum *Kami* des Schicksals gesprochen hatte, wobei er darum bat, es möge ihm vergönnt sein, seine Suche zu Ende zu führen, ehe er starb.

Dann wurde seine Aufmerksamkeit unvermittelt auf den König gelenkt, denn dieser sprach ihn persönlich an.

»Und du, Leibwächter«, sagte Klann gerade auf Italienisch, »du heißt also Gonji?«

»Sabataké Gonji noh Sadowara, Sire«, erklärte Gonji, erhob sich stolz und verneigte sich tief vor Klann. »Gonji ist mein Rufname.«

»Wir haben von deiner fernöstlichen Kampfkraft gehört. Warst nicht du es, der vortrat, um gegen Unseren unglücklichen Feldkommandeur zu kämpfen?«

Gonji bemerkte Julians verächtlichen Blick, als sich der Hauptmann mit einem Ellbogen auf die königliche Tafel stützte.

»*Hai*, mein König – ja«, antwortete Gonji mit der Andeutung eines Lächelns. »Aber es tut mir leid, sagen zu müssen, dass mir die Ehre versagt blieb, gegen den großen Boxer zu kämpfen. Stattdessen musste ich gegen einen Untergebenen antreten, einen Mann mit etwas geringeren Fertigkeiten.«

Er konnte sich den spöttischen Seitenhieb nicht verkneifen und entnahm dem Johlen und Lachen, dass seine Worte bis zum Tisch Lubas vorgedrungen waren. Gonji konnte Hitzewellen, die von dort ausgingen, beinahe körperlich spüren.

Klann lachte in sich hinein. »Es heißt, du benutzt die Füße so gewandt, wie jemand die Fäuste schwingt. Wir würden das gern einmal sehen. Was Wir jedoch wirklich gern wüssten: Wer war dein Freund?« Unter unschuldig gewölbten Brauen wurden Klanns Augen schmaler.

Gonji schluckte und legte unsicher den Kopf schief. »Sire?«

»Der Mann, der Ben-Draba so mühelos umgebracht hat.«

In der Nähe legten sich die Gespräche, wurde flüsternd Stille verlangt. Gonji wählte seine Worte mit Bedacht.

»Es tut mir leid, königlicher Herr, aber – Ihr schreibt mir einen Einfluss zu, den dieser schlichte Krieger weder besitzt noch verdient.« Er lächelte und verbeugte sich aufs Neue, diesmal nicht mehr so tief.

»Wir verstehen«, sagte Klann herablassend. »Nun, dann belassen wir es dabei. Dieser ›blitzschnelle‹ Mörder – oder wie immer die Soldaten ihn nennen – sollte lieber nicht wieder in dieser Provinz auftauchen. Es sei denn, dass er das auf ihn ausgesetzte Kopfgeld selbst beanspruchen möchte. Wir schaffen in unserem Söldnerkommando vielleicht Platz für einen Kämpfer mit derart verblüffenden Gaben, hm?«

Klann blickte nach rechts und links den Tisch entlang und musterte seine Offiziere, die empört aufstöhnten oder heiser knurrten.

»Ich schaffe vielleicht Platz für ihn auf der Spitze meines Säbels«, bot Julian überheblich an. Einige wenige Menschen am Tisch lachten nervös, aber ihr Lachen klang unecht, denn man erinnerte sich noch zu gut an die Hilflosigkeit des riesigen Befehlshabers gegenüber dem wütenden Angriff des Fremden und dessen anschließende blitzartige Flucht, die in einem unvergleichlichen und erstaunlichen Sprung über eine fünf Meter hohe Mauer und seinem Untertauchen im Wald gipfelte – mit einem Kriegspfeil im Fleisch.

»Er ist wahrscheinlich inzwischen seinen Wunden erlegen«, sagte einer der Hauptleute Klanns hinter den verschränkten Händen, die sein Kinn stützten, während die Ellbogen auf dem Tisch ruhten. Brummend brachten andere ihre Hoffnung zum Ausdruck, dass er recht hatte.

»Da bin ich nicht so sicher.«

Es war die unheimliche Bassstimme Morts, die am Kopfende der Tafel erklang. Der Zauberer erhob sich und deutete mit der behandschuhten Hand auf Gonji.

»Erzähle mir, was du vom Wind des Todes weißt, Barbar, von ihm, den man Grejkill nennt.« Wie eine Welle verstummten nacheinander alle Gespräche auf dieser Seite des Saals.

Gonji ärgerte sich über die Beleidigung des Magiers, war aber zugleich fasziniert von der Tatsache, dass das Thema seiner eigenen Suche plötzlich angesprochen wurde. Tatsächlich geschah es zum ersten Mal, dass ein anderer die geheimnisvollen Namen *ihm* gegenüber erwähnte. Sein Herz schlug sofort schneller.

»So lautet – einer der Namen des Wesens, das zu suchen ich in den Westen gekommen bin. Man hat mir viel über diese Namen erzählt. Zum Teil Widersprüchliches. Manche behaupten, die Namen bezögen sich auf nichts weiter als eine europäische Legende. Andere erklären jedoch, sie sprächen von einem Tier – einem Ding, das nicht zur Gänze ein Mensch ist, oder vielleicht ist es auch andersherum. Meine Suche nach ihm hat mich hierher in diese Provinz geführt. In den hiesigen Bergen bezeichnen die Gelehrten den Wind des Todes als den Rachegeist ihres Gottes, als einen Schutzdämon, der ihre Unterdrücker stürzen wird …«

Bei diesen Worten verschlug es den Zuhörern ringsherum den Atem, und sie begannen untereinander aufgeregt zu flüstern, denn es konnte kaum ein Zweifel bestehen, dass sich Gonji damit auf die Besatzungstruppen Klanns bezog.

»… was natürlich wohl nur das Gerede von Bauern ist, das Geschwätz Ungebildeter. Wer weiß das schon?«, schloss er und lächelte verschmitzt.

»Ich denke, dass du vielleicht mehr weißt als das, was die Leute am heimischen Herd plappern«, klagte Mort ihn an, und Gonjis Arme spannten sich. Auf einmal tat es ihm leid, dass er die Schwerter abgelegt hatte.

»Was weißt du *hierüber?*« Aus einer verborgenen Tasche zog Mort einen großen, kunstvoll bearbeiteten Gegenstand aus Metall hervor. Einen riesigen Schlüssel. Dieser entlockte den Gefährten Gonjis sofort eine Reaktion: Ihr Schaudern war förmlich zu sehen. Gonji selbst konnte sich jedoch nicht erinnern, den Schlüssel je zu Gesicht bekommen zu haben, obwohl der Anblick eine frische Erinnerung wachrief.

»Nichts. Ich kenne ihn nicht.« Er legte eine leise Drohung in seinen Tonfall, da er Morts unfreundlichen Tonfalls überdrüssig war.

»Ich denke, du lügst.«

»Mort, das reicht jetzt«, sagte Klann, und es klang fast gelangweilt.

»Ich denke, ihr alle lügt«, beharrte Mort, »und verschweigt Informationen, die für den König von Interesse sind.«

Gonjis bissige Zunge, eines der Erbstücke seiner nordeuropäischen Mutter, hatte jeden Geschmack an Diplomatie verloren.

»Tut mir sehr leid, *Maho-tsukai*-san – Herr Magier –, aber ich glaube, deine gewaltigen Kräfte sind bei diesem Versuch einer Einschüchterung vergeudet. Warum probierst du es nicht lieber mit Wahrsagerei?«

»Gonji!«, mahnte ihn Flavio barsch.

»Ich denke, das wäre nicht zu schwierig für jemanden, der Riesen und widerwärtige Aasvögel herbeirufen kann.«

Mort hob unheilverkündend die Arme.

An allen umstehenden Tischen scharrten Stühle und Bänke, und ein paar erstickte Schreie ertönten, als die Leute davonhasteten. Gonji riss das Sagami an sich, und die Klinge fuhr winselnd aus der Scheide, während er vom Tisch wegsprang.

»Gonji – nein!«, schrien die Delegierten.

»Mort, Schluss damit!«, brüllte der König.

Der Zauberer formte mit den Händen eine Gestalt vor sich, etwas Langes, sich Schlängelndes, das aus bläulichem Rauch bestand und die Luft zwischen ihm und dem Samurai erfüllte.

Gonji stand reglos wie Marmor, das *Katana* in beidhändigem Griff in einer Abwehrhaltung auf mittlerer Höhe, den Knauf vor dem Nabel, die Spitze auf Mort gerichtet.

»Löse es auf, Mort!«

Die Gestalt stieß in einer schlangenhaften Welle herab. Gonji trat einen Schritt zurück und holte mit der Klinge über dem Kopf aus. Er spürte Hände auf seinen Schultern, ignorierte sie aber.

»Schicke es weg!«

Mort fuhr mit einer Hand vor sich hin und her, als wollte er etwas wegwischen, und die Gestalt verwandelte sich in strahlende blaue Fünkchen, die einen bezaubernden Augenblick lang leuchteten und dann als Staub zu Boden regneten.

»Vergebt mir, Sire«, sagte Mort, den Kopf gesenkt, während die missmutigen Augen aus den Sehschlitzen der goldenen Maske hervorleuchteten, »aber dieser Barbar – der nur von Dingen spricht, die er nicht versteht – hat meinen Zorn entfacht. Es war jedoch zu keinem Zeitpunkt etwas zu befürchten. Das war lediglich eine Warnung für respektlose Reden. Bitte entschuldigt mich jetzt, falls es Euch genehm ist.«

»Ja, ja, geht nur«, sagte Klann.

Der Zauberer machte sich auf den Weg, blieb aber am Kopfende der Tafel noch einmal stehen und bedachte Gonji mit einem spöttischen Blick.

»Die Gestalt, die du gesehen hast, war nur eine Illusion. Diese Kreatur existiert jedoch auch in festem Zustand. Es würde mich freuen, dich ihr eines Tages vorzustellen.«

Gonji hielt das Sagami mit einer Hand an der Seite. Er zog eine Braue hoch. »Ich freue mich schon darauf.«

Und mit raschelnden Gewändern verließ Mort den Saal.

Gonji holte tief Luft und stellte seine innere Harmonie wieder her. Er fröstelte auf einmal, als er die Rinnsale kalten Schweißes spürte, die unter dem Hemd an ihm herabsickerten. Die aufgerichteten Nackenhaare verlangten dringend nach energischem Kratzen, aber er zwang sich zu einer gelassenen Miene, während er das Sagami blitzschnell in die Scheide zurücksteckte und beide Schwerter wieder unter die Gürtelschärpe schob.

Das Summen gedämpfter Stimmen füllte schon den Saal, als die Gäste einander schilderten, wie sie den Zwischenfall erlebt hatten. Bis zum Morgen würden hundert Versionen von diesem Vorfall existieren, eine fantastischer als die andere.

»In Ordnung, ihr alle – esst, trinkt! Spielt auf, ihr Musiker! Wir befehlen es!«, donnerte Klanns Stimme. »Jetzt ist Zeit für

Fröhlichkeit. Nein, nicht diesen Grabgesang!«, rief er zur Galerie hinauf. »Spielt uns eine heitere Melodie!«

Gonji blickte über die Schulter zu Garth und nickte. Es war der Schmied, der ihn an den Schultern gepackt und ihn zu bändigen versucht hatte.

Die Delegierten waren dabei, sich nach dem unerfreulichen Zwischenfall wieder zu fassen und ihre Würde zurückzuerlangen. Da traf sie ein Schock, der alle anderen an diesem eindrucksvollen Tag in den Schatten stellte.

»Und wie geht es dir nach all diesen Jahren, gewaltiger und kühner Recke?«, dröhnte jetzt nämlich Klann. »Wie ich sehe, muss ich es wohl sein, der dein eisiges Schweigen beendet!«

Es war Garth, an den diese Worte gerichtet waren.

FÜNFTES KAPITEL

Gonji blickte hilfesuchend zu Flavio und Milorad hinüber, aber auch die beiden schienen völlig verwirrt zu sein. Flavio schüttelte unmerklich den Kopf und hob hilflos die Hand, während er zusah, wie Garth schwerfällig zum Tisch des Königs ging.

»Nun, Garth«, sagte Klann, dessen Augen erregt glühten. »*Gundersen* heißt du heute, nicht wahr? Gundersen, wahrhaftig! Denkst du wirklich, dieser Bart und eine Fettschicht könnten dich vor Uns verstecken, Garth? Hast du wirklich geglaubt, Wir hätten dich und all deine Heldentaten vergessen? Immer noch ein Kämpfer, wie ich sehe, wenn ich deinen Blick richtig deute! Wir hatten schon Gerüchte gehört, dass du womöglich in dieser Gegend wohnst, und jetzt ist Unser Glück perfekt. Und ja – Dinge *haben* sich verändert, nicht wahr, *Gen-kori?*

Ihr alle, hört mal her! Erhebt eure Becher und trinkt auf den Mann, den ihr vor Uns seht. Das ist der einstige General Garth Iorgens, früher unser Feldkommandeur, ein großer und edler Krieger, falls es je einen gab, der Uns zweimal – *zweimal!* – unter Gefahr für das eigene Leben vor dem Tod gerettet hat. Preist ihn!«

Jubel stieg von der Menge auf, und Becher wurden zur Ehre Garths gehoben und geleert.

Gonji musterte Flavio und Milorad argwöhnisch.

»Schwört ihr beide«, fragte er, »dass ihr davon nichts wusstet?«

»Ich schwöre es«, antwortete Flavio, und Milorad nickte energisch. »Ich kenne Garth seit fünfundzwanzig Jahren. Er hat immer wieder mal von seinem früheren Soldatenleben gesprochen, aber nicht ein einziges Mal erwähnt, wem er damals diente. Das ist alles völlig unglaublich!«

Gonji kratzte sich nachdenklich am Kinn, während Garth von Llorm-Offizieren auf Klanns Seite der Tafel geführt wurde. Einer der Offiziere salutierte dabei vor dem Schmied und drückte ihm freundlich die Hand. Klann umarmte Garth und hieß ihn, auf dem freien Stuhl zu seiner Rechten Platz zu nehmen, und die beiden begannen in der Kunansprache der Akryllonier ein Gespräch.

Garths Stimmung schwenkte fast sofort um. Er lächelte verlegen, während er mit Klann redete, und er wurde rot, als Klann ihm auf die Schulter klopfte und Garth zweifellos das Thema der leisen Unterhaltungen bildete, die überall im Saal geführt wurden. Er wich dem Blickkontakt mit der Gruppe aus Vedun aus, denn er wusste sehr gut, dass er auf dem Heimritt von der Burg Rechenschaft würde ablegen müssen.

Gonji betrachtete die beiden an der königlichen Tafel und erkannte, dass sie einander aufrichtige nostalgische Zuneigung entgegenbrachten, und alle Gedanken an Mort waren vergessen. Dem Samurai entgingen auch nicht die vorsichtigen Blicke, die zwischen manchen Offizieren gewechselt wurden, besonders zwischen General Gorkin und Hauptmann Sianno. Etwas bereitete ihnen Sorgen.

»Das wird ein interessanter Ritt nach Hause.«

»Wohl wahr«, pflichtete ihm Flavio bei.

Die Festlichkeiten kamen erneut in Schwung. Akrobaten turnten den Mittelgang zwischen den Tischen entlang, gefolgt von einer Gruppe maskierter und kostümierter Schauspieler, die eine unpassende ernste Pantomime ausführten und dafür von den betrunkenen Soldaten ausgebuht wurden. Die meisten Familien der Llorm waren inzwischen gegangen, und neue Söldnergruppen hatten die Plätze an leeren Tischen eingenommen. Gonji musste erneut daran denken, dass die Dritte Freie Kompanie womöglich auftauchte. In seiner Erinnerung erschienen die Bilder des knurrenden Hauptmanns Navarez, dessen speichelleckenden Stellvertreters Esteban mit dem Pferdegesicht und dem vernarbten Auge und Jockos – dieses bärbeißigen, ergrauten alten Halunken, der Gonjis Haut gerettet hatte.

Gonji lächelte, kippte sich den restlichen Wein in den Mund und ließ ihn dort kreisen. Sollten sie nur kommen! Das versprach eine richtig tolle Wiedervereinigung zu werden, *neh?*

Aus Küche und Speisekammern ergoss sich weiterhin eine Parade von Speisen und Getränken. Die Luft schwirrte von lärmend vorgetragenen unanständigen Witzen. Söldner sangen und brüllten und rülpsten und neckten einander, und manche wälzten sich in spielerischen Ringkämpfen auf dem Fußboden, wo ihnen ausgelassen herumspringende Hunde Gesellschaft leisteten.

Gonji, Flavio und Milorad wuschen sich in einer Schüssel mit Wasser aus einem Krug, hereingebracht von zwei Bediensteten im Kindesalter, und der Samurai verfolgte mit Abscheu, dass viele Söldner sich die fettigen Hände einfach am Fell der herumtobenden, bellenden Hunde abwischten.

Als Genya den drei Vertretern Veduns gerade die Becher auffüllte, marschierte Julian Kel'Tekeli auf Gonji zu und rückte sich dabei mit geckenhaftem Schwung die Spangen des Umhangs und der Teilrüstung zurecht.

»Du scheinst es kaum erwarten zu können, die da zu benutzen, Leibwächter«, sagte Julian und deutete auf die Schwerter unter Gonjis Schärpe. Flavio und Milorad wurden nervös. »Ich habe sie noch nicht im Kampf gesehen. Möchtest du mit mir einen Schaukampf aufführen? Eine Darbietung für dieses – erlauchte Publikum?«

»Was schwebt dir vor?« Gonjis Kopf wurde unvermittelt wieder klar, als der Argwohn die Spinnweben der Sättigung zerriss.

»Eine Demonstration«, antwortete Julian und lächelte falsch,

»zum Gaudium des Königs und seiner Gesellschaft. König Klann hegt ein leidenschaftliches Interesse für kämpferisches Können, und man sagt, die Fechtmethode deiner Heimat unterscheide sich erheblich vom konventionellen Fechtstil mit Säbel, Rapier und Breitschwert. Darüber würden wir uns sehr gerne ein eigenes Urteil bilden können.«

Gonji dachte einen Augenblick lang über die Herausforderung nach und trommelte dabei mit den Fingern auf die Eichenplanken vor ihm. Zwei weise *Kami* und ein heulender Dämon hetzten einander durch seine Gedanken: Als Erstes machte sich der weise Ratschlag vernehmbar, dass der arrogante Hauptmann im Nachteil blieb, solange Gonji eine offene Demonstration seiner Fähigkeiten im Schwertkampf vermied; Julian wurde offenkundig verzehrt von dem leidenschaftlichen Wunsch zu erfahren, wie gut jemand zu kämpfen vermochte, der Selbstmord dem Ehrverlust vorzog. Dazu ertönte die strenge Stimme des *Bushido*, die Gonji ermahnte, keine Fertigkeiten zur Schau zu stellen, die bescheiden im Verborgenen gehalten werden sollten, bis sie in einem echten Kampf benötigt wurden. Bei Hofe in *Dai Nihon* wäre an einen Samurai niemals eine derart beleidigende Aufforderung, sein Können zur Schau zu stellen, gerichtet worden.

Aber auch der Dämon des Hasses trat auf und schrie jeden weisen Rat nieder. Ein Teil Gonjis verlangte lautstark nach Genugtuung, nach einer Darbietung der *Ken-jutsu*-Technik, um diesem arroganten Soldaten, der in Gonjis derzeitigem Leben eine so bedeutsame Gestalt geworden war, Respekt und Furcht einzuflößen. Julian war zugleich sein Auftraggeber und das Paradebeispiel eines Menschen, für den Gonji nur Abscheu und Rachsucht empfinden konnte. Tatsächlich würde Gonji die Sache eines Tages mit Julian austragen müssen, sobald der richtige Zeitpunkt gekommen war – denn hatte ihn der Hauptmann nicht in dem Gasthaus gedemütigt, indem er das zeremonielle Kurzschwert zerbrach, das Gonji von seiner Mutter erhalten hatte? Der Gedanke ließ eine Flamme des Zorns in seiner Brust auflodern. *Verdammt, was bin ich doch für ein stets zum Einlenken bereiter Bettler ...*

Und dann hörte er, wie sich Flavio vielsagend räusperte, und erinnerte sich an sein Versprechen.

»Es tut mir leid, Hauptmann, aber ich habe dem Ältesten versprochen, von Schaukämpfen Abstand zu nehmen. Es scheint, als hätte ich bereits gegen diese Zusage verstoßen.« Er verbeugte sich vor Julian.

Julian schlenderte zu Flavio hinüber, führte kleine kreisende Bewegungen des Säbelknaufs aus, wobei die Waffe in der Scheide blieb, und bleckte sein weißes Raubtiergebiss. Zu ihrer Rechten wurde die Mitte des Saals von Tischen freigeräumt.

»Ach, komm schon, Meister Flavio. Niemand hier denkt an Gewalttätigkeiten. Nur ein Vergleich schierer Fertigkeit. Der König wird der Sache vorstehen. Es ist gewiss nichts Schlimmes zu befürchten. Du *wünschst* doch, dem König zu gefallen und seine Gunst zu erlangen, nicht wahr?«

Julian beugte sich vor, versuchte Flavio einzuschüchtern. Der weise alte Magistrat hielt ihm bewundernswert gut stand und blickte dem Hauptmann bei seiner Antwort in die Augen.

»In Ordnung«, sagte er mit wohlüberlegter Gelassenheit. »In Anbetracht deiner Zusicherung, dass es sich nur um eine Darbietung handelt ...«

»Gut. Sobald also die Hanswurste ihren Auftritt beendet haben.« Er grinste und zeigte Gonji die Zähne, die Lippen von einem grausamen Zug gezeichnet.

Die letzten Schauspieler und ein Jongleur wurden aus dem Saal gescheucht, und Klann gebot den Musikanten, ihre inzwischen übertrieben süßlichen Melodien zu beenden. Nur noch wenige Frauen und Kinder hielten sich im großen Saal auf, aber sämtliche Kurtisanen blieben auf ihren Plätzen an der ausgedehnten königlichen Tafel und beugten sich entweder mit verquollenen Augen vor, um die Waffendarbietung mit anzüglichen Blicken zu verfolgen, oder schmiegten sich an ihre Begleiter.

Klann verfolgte gespannt das Geschehen, leckte sich die bärtigen Lippen und gab dem großen Schmied voller Vorfreude einen Klaps auf den Rücken.

In aller Eile schaffte man eine Zielscheibe vom Übungsplatz herein. Soldaten standen in Gruppen herum, und manche saßen auf den Schultern eines Kameraden. Sie johlten und jubelten und sprachen reichlich ihren berauschenden Getränken zu, als ein kurzer Wettkampf im Bogenschießen mit dem überzeugenden Sieg eines Trupps Llorm-Schützen über die Herausforderer aus den Reihen der Söldner endete.

Die freien Gefährten glichen in einem schwerfälligen Stockkampf aus; ihr riesiger Champion – fast so groß wie der verstorbene Ben-Draba – schlug seinen Llorm-Gegner mit einem Schlag bewusstlos, und dessen verbeulte Sturmhaube rollte klappernd durch den halben Saal.

In der Menge brach die nackte Blutgier aus, angeheizt von Ale und Wein. Es würde nicht leicht werden, sie zufriedenzustellen.

Der Samurai kratzte sich dort, wo die gespannte Kopfhaut unter dem straffen Haarknoten juckte, und atmete tief und gleichmäßig, um Ruhe in seinem Inneren einkehren zu lassen. Derweil fragte er sich, welche Absicht Julian mit all dem verfolgte. Gonji verlor den Vorteil der Überraschung, wenn er jetzt seine Fechtkunst demonstrierte. Darüber hatte Julian zweifellos gründlicher nachgedacht als der Samurai selbst. Er fluchte darüber, dass er so leicht in diese Falle getappt war. Dann zuckte er die Achseln.

Zeig ihnen, was sie deiner Meinung nach sehen sollen . . .

Flavio trat an ihn heran. »Ich weiß – es ist jetzt zu spät für dich, ehrenhaft zurückzuweichen«, sagte der Älteste leise aus dem Mundwinkel. »Aber ich weiß auch, dass dein geschickter Umgang mit der Situation mich nicht enttäuschen wird.«

Gonji blickte ihn bewundernd an. Lächelte liebenswürdig und verneigte sich. Damit hatte er nicht gerechnet, und das stille Vertrauen, das Flavio ihm letztlich entgegenbrachte, stärkte den Samurai und erfüllte ihn zugleich mit Respekt und Liebe für den geplagten Meister Veduns.

Ohne sich um einen auf begeisterte Zustimmung stoßenden Ringkampf zwischen fetten Hanswursten zu scheren, bei dem jeder würdige *Sumo-ringer* Verdauungsstörungen bekommen hätte, begann Gonji mit gelassenen Dehn- und Lockerungsübungen, und er fragte sich, wozu er wohl aufgefordert werden würde. Die jüngst verletzte Schulter tat immer noch weh, würde ihm aber keine Schwierigkeiten bereiten, jedenfalls nicht bei einem Schaukampf. Karma. Wichtiger war es, wachsam und listig zu sein; der unausstehliche Kommandeur der freien Gefährten hatte ihn in eine heikle Lage manövriert.

Jetzt trat Julian in die freie Mitte des Saals, begleitet von Jubelrufen und wieherndem Gelächter. Kurtisanen äußerten sich anerkennend über den gut aussehenden Hauptmann, während er zeremoniell Umhang und Brustpanzer und schließlich das Hemd ablegte, worunter ein ärmelloses, unter den Achselhöhlen schweißnasses Unterhemd zum Vorschein kam.

Vier Leuchter wurden aufgestellt und markierten dort, wo man die Tische entfernt hatte, eine Fläche von etwa zweieinhalb Metern Seitenlänge. Julian suchte sich zwei glänzende Säbel aus und trat ins Zentrum des Kampfplatzes. Auf seinen Befehl hin wurden von Dienstboten alle Kerzen entfernt, abgesehen von den höchsten in der Saalmitte, und er streckte seine schmalen Klingen vorsichtig aus, um seinen Abstand zu den vier übrig gebliebenen, brennenden Leuchtern abzumessen.

Er hob ein Schwert und forderte so das Publikum auf, still zu sein. Dann verneigte er sich tief vor Klann.

»Mein königlicher Herr, jetzt eine Demonstration der Schnelligkeit, der Schwertschärfe und ökonomischer Bewegungen, wie sie die Merkmale des modernen Fechters sind.« Er verbeugte sich erneut und tat einen Schritt rückwärts.

Eine kalkulierte Pause. Dann …

Eine heftige, nur verschwommen zu verfolgende Reihe von Säbelhieben, rechts links, rechts links – und die vier Kerzendochte waren gelöscht.

Ein kurzes Zucken der schimmernden Klinge in der Rechten – wobei fast jede Bewegung nur vom Handgelenk ausging –, und wie von einer präzise arbeitenden Maschine zerteilt regnete eine Kerze in wurstscheibengroßen Stücken zu Boden. Noch ehe das letzte Stück aufschlug, zerteilte Julian die Kerze zu seiner Linken auf ähnliche Weise. Und als beifälliger Jubel von der Menge aufstieg, führte der Hauptmann eine forsche Vierteldrehung aus und attackierte mit beiden Säbeln die beiden letzten Kerzen. Die zunehmende Anstrengung zeigte sich in weiträumigeren Armbewegungen, als er sie zu prasselnden Talgtropfen reduzierte.

Beifall und brüllende Begeisterung. Ungläubige Blicke und respektvolles Geplapper.

»Wunderbar, Julian!«, rief Klann von der königlichen Tafel herab, wo sogar Garth beifällig klatschte.

Genya, die rechts neben Gonji stand, spitzte verdrossen die Lippen. »Angeber«, sagte sie. »Ich kann ihn nicht leiden. Ich hoffe, dass du es ihm *richtig* zeigst!«

Gonji gluckste und warf den Kopf in den Nacken, aber niemand konnte Julians brillante Körperbeherrschung bagatellisieren.

Julian deutete auf Gonji und nickte ihm auffordernd zu. Gonji verneigte sich.

Der Samurai schlenderte stolz und mit der Eleganz eines Leoparden auf den Gegner zu. Die Wettkampfstimmung hatte ihn angesteckt, und er saugte förmlich die Energie und die Aufmerksamkeit der Menge auf. Sogar das Gelächter und die beleidigenden Buhrufe, die er zu hören bekam, schickte er in Form harter, bedrohlicher, selbstsicherer Blicke zu ihren Urhebern zurück. Er fühlte sich in Harmonie mit dem Zentrum seiner eigenen Kraft, und seine Schwerter waren bei ihm.

Er zog das Hemd aus und legte damit die muskulöse, drahtige Gestalt und den festen, flachen Bauch frei, jetzt bedeckt von einem dünnen Schweißfilm. Sarkastisches Kichern und die zu erwartenden Beleidigungen zogen durch den Saal. Er hörte Anspielungen auf seine Narben, besonders die an der linken Schulter – diese lange, weiße Mahnung an die ernste Pflicht der einst geliebten Reiko – und den noch nicht verheilten Dolchschnitt, die Trophäe eines Mongolen, der zuletzt in König Klanns Dienst gestanden hatte. Der hässliche, glatzköpfige Krieger Luba, den Gonji im Boxkampf besiegt hatte, sagte etwas von der anderen Seite des Saals her zu ihm, aber es war im allgemeinen Lärm nicht zu verstehen.

Während Gonji sich den *Obi* erneut fest um die Taille band, forderte er ungeschnittene Melonen aus der Küche an. Diese ließ er auf die Leuchter spießen. Dann verschob er die Schwerter im Gürtel so, dass sie quer zueinander lagen, und trat auf den König zu.

Er verbeugte sich tief zuerst vor Klann, dann vor den johlenden Soldaten. Erneut Klann zugewandt, sagte er:

»Eine sehr wirkungsvolle Demonstration, *hai* – wenn der Feind durch die Dicke von Wachskerzen verkörpert wird, Sire ...«

Brüllendes Gelächter erschallte. Julian bekam rote Ohren.

»Tut mir leid, ich wollte den Hauptmann nicht kränken. Aber ich möchte die Demonstration jetzt an Objekten von mehr Substanz wiederholen.«

Gonji trat in die Mitte des freien Platzes, die Schwerter nach wie vor unter der Schärpe. Er stand eine Sekunde lang reglos, und den Zuschauern stockte der Atem. Dann fuhren die Schwerter in einem Überkreuzgriff blitzschnell zischend aus den Scheiden. Die Klingen bewegten sich wie ein Wirbelwind mit tödlichen, hackenden Lauten ...

Oh und *Ah* kam von den Frauen und Kindern, ein sporadischer Chor aus *He! He!* von den Kämpfern.

Dann schlug Gonji mit einem durchdringenden *Kiyai* nach den Melonen ...

Ein Überkreuzschlag beider Klingen, und die erste Melone fiel in keilförmigen Vierteln aufs Parkett. Der doppelte Schlag in Gegenrichtung durchtrennte die Melonen links und rechts sauber. Die obere Hälfte der linken Melone rutschte seitlich weg und fiel zu Boden, aber die rechte schien sich nicht bewegt zu haben. Gonji sprang hoch und drehte sich in der Luft, wandte sich dabei der letzten Melone zu. Kaum berührten die Füße den Boden, da fuhren beide Arme horizontal vor der Brust entlang, und die Schwerter zerteilten die Melone in saubere Drittel, die sich jedoch nicht bewegten.

Er endete in einer doppelten Abwehrhaltung, die den Anschein erweckte, er wäre aus Stein gemeißelt. Er hielt sowohl Haltung als auch Atem und spürte vage Unzufriedenheit über die Darbietung, aber ...

Jubelrufe und Applaus stiegen auf, und als er den Platz verließ und sich vor Klann und der Menge verneigte, registrierte er mit Dankbarkeit und Stolz, dass seine Leistung besser aufgenommen worden war als Julians.

Mit einem dünnen Lächeln, das, wie er wusste, als unerträglich empfunden würde, verbeugte er sich vor dem Hauptmann.

Julians Kiefermuskeln pulsierten vor Anstrengung, während er seine Wut zu bezähmen versuchte und für Runde zwei einen Assistenten aus der Menge holte. Dieser Mann war ein grün gekleideter Söldner von durchschnittlicher Körpergröße, hatte ein flaches Gesicht, grotesk überdimensionierte Segelohren und ein breites Katzengrinsen, das sein Unbehagen über die unverhoffte Aufmerksamkeit verriet. Er rieb sich unbehaglich die Seiten und kaute weiter auf einem großen Bissen von irgendetwas, der von einer Wange in die andere wanderte. Er trug einen Schlapphut mit gebogener Krempe; Julian nahm ihm diesen vom Kopf und steckte ihn unter den Arm des Soldaten.

Dem Söldner verging das Grinsen, und seine Augen weiteten sich entsetzt, als er begriff, worauf der Hauptmann hinauswollte, der ihm jetzt ein Stück Oka-Käse auf jede Schulter legte und ein drittes auf den Kopf.

Ein ratloses Murmeln war durch die Menge gelaufen, aber jetzt platzte lautes Gelächter über den Söldner hervor, der so stark zitterte, dass ihm das Stück Käse vom Kopf fiel und über den Boden hüpfte. Julian hob es auf und ermahnte den Soldaten, er solle stillhalten, falls er auf seinen Schädel Wert legte. Der Mann hörte auf zu kauen, und auch das Zittern legte sich.

Julian forderte mit erhobener Hand Ruhe. Dann schnippte er mit den Fingern, und auf dieses vorher vereinbarte Signal hin begann ein Trommler auf der Galerie mit einem langen, dramatischen Wirbel. Julian nahm die »auffordernde« *En-garde*-Haltung ein – den linken Arm an der Hüfte gebeugt, während die Spitze des blanken Säbels vor dem nun wieder zitternden Söldner auf den Boden wies.

Dann sprang Julian vor, jede seiner Aktionen unterstrichen von lauten Trommelschlägen.

Er hieb rechts, links, und die halbierten Käsestücke fielen von den Schultern des Assistenten.

Ein Schritt rückwärts – ein heftiger Ausfall wie der Schuss aus einer Armbrust – der Söldner riss den Mund auf – und Julian spießte ihm das dritte Stück Käse vom Kopf. Der Hauptmann wich zurück und hob den durchbohrten Käse hoch, um ihn dann mit einem kurzen Zucken des Handgelenks und einem vernehmlichen *twack!* auf dem Kopf des Söldners zu zerschlagen, ohne dass er diesen dabei auch nur ritzte.

Des Söldners Beine wurden zu Brei, und er sank totenbleich auf die Knie. Ein feuchtes Schnalzen ertönte aus seinem Hals, als er den Priem verschluckte, auf dem er gekaut hatte.

Heulendes Gelächter und donnernder Applaus erschütterten den Saal. Einige Leute zeigten schon auf Gonji und tauschten ihre Spekulationen darüber aus, wie der Samurai diese Darbietung wohl zu übertrumpfen gedachte.

Julian lächelte kalt, und Gonji verbeugte sich und zeigte eine gelangweilte Miene. Dann verbeugte er sich auf würdevollere Weise erneut vor dem König, während der Hauptmann vor seinem Lehnsherrn salutierte.

Julian setzte sich zu zwei liebedienernden Kurtisanen, während Gonji vortrat. Dienstboten säuberten den Platz eilig von Melonen, Kerzenstücken und Käse.

»Auch ich benötige einen Freiwilligen, der mir assistiert!«, verkündete der Samurai, während seine Hände lässig auf den in den Gürtel zurückgesteckten Schwertern ruhten.

»Wie wäre es mit Smyschlew?«, schrie jemand, und Gelächter brandete auf und galt dem aletrinkenden Söldner, der Julian als Helfer gedient hatte.

»Njet!«, schrie der Soldat. »Ich habe für diesen Abend von Auftritten genug!« Noch mehr wieherndes Lachen ertönte.

Gonji gluckste. »Also jemand anderes?« Er hatte zuerst Italienisch gesprochen und versuchte es auf Spanisch und Deutsch erneut.

»Ich mache es!«

Ein Jaulen gehässiger Freude und ein Strom zweideutiger Kommentare begleiteten Genyas kühnes Angebot.

Gonji zuckte zusammen, kratzte sich am Kopf und betrachtete sie aus den Augenwinkeln, als sie zuversichtlich herantrat, die Hände in die wohlgerundeten Hüften gestemmt.

»Ich vertraue auf deine Kunstfertigkeit – und hattest du nicht gesagt, du wärst Wilfs Freund?«, fragte sie kokett.

Gonji musste ihren Schneid bewundern. Er drehte sich um und erblickte Gesichter, in denen ernste Vorbehalte gegenüber der Mitwirkung des Mädchens zu lesen waren. Flavio hatte das

Kinn auf die Hand gestützt. Als er Gonjis Blick begegnete, kniff der Älteste die Lider entschieden zu. Milorad rieb sich eine Schläfe und trank Met wie ein fast ertrunkener Mann, der nach Luft schnappt. Klann blickte unentschlossen unter den buschigen Brauen hervor, als stünde er kurz davor, dem Geschehen Einhalt zu gebieten, ehe seine bevorzugte Dienerin in Gefahr geriet. Sogar Garth beugte sich vor und hielt in besorgter Haltung die Tischkante umklammert, obwohl man unmöglich erkennen konnte, ob seine Hoffnung Genyas Wohlergehen galt oder eher dem Gegenteil.

Oh, na ja, falls ich das jetzt nicht zu Ende bringe, wird keiner von ihnen schlafen können und sich nur fragen ...

»Erkläre mir etwas«, sagte Gonji leise auf Deutsch. »Warum bist du so besessen davon, mir dabei zu helfen, dass ich diesen Hauptmann blamiere?«

»Er ist ein *Svina* – ein Schwein!«, fauchte sie und kräuselte die Lippen. »Er hat mir schon am ersten Tag nach der Belagerung der Burg ins Hinterteil gekniffen. Hat einige Bemerkungen gemacht ... Du weißt schon, was ich damit sagen möchte.«

»Du meinst, dass du ihn nicht unwiderstehlich findest?«, fragte Gonji, der nicht der Versuchung widerstehen konnte, sie aufzuziehen. »So wie die meisten Frauen, die ihn lüstern anstarren, wenn er vorbeigeht?«

»Wenn ich keine Dame wäre, würde ich bei dieser Anspielung ausspucken!«

Und da trat der Gegenstand ihres Gesprächs auch schon zu ihnen.

»Hältst du es für besonders galant, eine Dame als Objekt einer solch vulgären Darbietung zu benutzen?«, fragte Julian herablassend.

Genya antwortete als Erste. »Ich beurteile selbst, welches Verhalten ich für galant erachte.« Sie hatte die kleinen Hände an den Seiten zu Fäusten geballt.

Julian zuckte die Achseln. »Vielleicht hatte ich Unrecht, was die – Dame angeht.« Er wandte sich auf den Fersen um und marschierte zu seinem Tisch zurück.

»*Svina!*«, flüsterte ihm Genya nach. »*Jesus, Maria* – vergebt mir!«

»Dann sollten wir lieber anfangen«, sagte Gonji. »Leg dich dort auf den Rücken und versuche, das ›Interesse‹ dieses vornehmen Herrn zu ignorieren.«

Sie nickte, sprang auf den Tisch, den er ihr zeigte, und legte sich auf den Rücken, begleitet von einigem Gejohle. Gonji wies einen Dienstboten an, die größte Melone zu bringen, in diesem Fall eine, die dicker war als Genyas schmale Taille. Dann wischte sich der Samurai mit dem Lappen einer Küchenmagd ab, wobei er besonders darauf achtete, die schwitzenden Handflächen zu trocknen.

Die Melone wurde auf Genyas Bauch platziert, und die Menge tobte jetzt richtig. Betrunkene Soldaten drängten heran und kämpften um die besten Zuschauerplätze.

Gonji trat an den Tisch heran und beugte sich zu dem Mädchen hinab.

»Weißt du«, sagte er mit hochgezogener Braue, »das funktioniert am besten, wenn jemand die Melone auf der Brust liegen hat.«

»Nun, offensichtlich ist das eine schlechte Idee – in unserem Fall.« Sie starrte direkt nach oben.

»Offensichtlich.«

Er kratzte sich am Hals und war sich vage der Tatsache bewusst, dass ihm widerstrebte, diesen Trick auszuprobieren, mit dem er keine praktischen Erfahrungen mehr gemacht hatte, so weit er zurückdenken konnte.

»Ich muss den Schwung des Bauches einkalkulieren. Warum isst du nächstes Mal nicht ein wenig mehr?«

»Du hast gut ein Daumenbreit Korsett als Spielraum.« Sie

wandte ihm die Augen zu und klapperte züchtig mit den Wimpern.

Das hier, entschied Gonji, war eine verdammt willensstarke Frau, wie er ihr in Europa nur selten begegnet war. Ihm kam der Gedanke: Sollte Wilf jemals wieder mit ihr vereint sein, würden seine Probleme erst richtig anfangen.

Er lächelte und wandte sich von Genya ab und der Menge zu, deren Jubelrufe inzwischen von fiebriger Intensität waren. Respektvolle Stille wäre schön gewesen, aber ...

Konzentriere dich. Verbanne die Leute aus deinen Gedanken. Spüre den vertrauten Griff des Sagami. Erinnere dich an das Gefühl, wie weit du gehen kannst, so wie du auch in der Dunkelheit genau weißt, wohin deine Fingerspitzen reichen ...

Er zog das *Katana*, führte es in kraftvollem beidhändigem Griff mit einem einzigen Schwung aus der Scheide und über den Kopf. Das Publikum schnappte nach Luft und wurde still, als Gonji einen kraftvollen *Kiyai* ausstieß und herumwirbelte ...

Jeder Zuschauer hätte schwören können, das Mädchen wäre durch die Wucht des grausamen, heulenden Hiebes zerteilt worden, als die Klinge die Luft und die Melone zerteilte und – stoppte. Wie auf ein unvermitteltes Geheiß der Götter.

Gonji holte Luft, hielt die Stellung. Zu kurz. Er hatte das Schwert nicht tief genug durchgezogen. Genyas Augen waren hervorgetreten. Sie ließ die Luft abgehackt und bebend hinaus und bog den Rücken durch.

Die Melone fiel in zwei perfekt durchtrennten Hälften von ihrem Bauch.

Die Festgäste brüllten beifällig und jubelten wie verrückt, und Ale und Wein schwappten über Köpfe und Tische und den besudelten Fußboden.

Gonji verbeugte sich vor König und Menge und half der erschrockenen, aber gefassten Genya vom Tisch. Dann machte er sich auf die Suche nach dem saubersten Leinen- oder Seidentuch, das er nur finden konnte, um damit das Schwert abzuwischen.

»In Ordnung, Samurai!«, ertönte Julians durchdringende Stimme hinter ihm. »Jetzt ist es an der Zeit für die wahre Erprobung der Fechtkunst – ein Zweikampf! Meine Herausforderung – deine Waffen.«

Gonji wandte sich ganz langsam zu ihm um, und seine Augen wurden schmal. *Was möchte dieser Mistkerl eigentlich beweisen?* Der Lärm der Menge sank zu angespanntem Murmeln und erwartungsvollen Rempeleien herab. Nichts hätten die Menschen hier lieber gesehen.

»Ich muss protestieren, Sire!«, sagte Flavio. »Das ist gänzlich unnötig ...«

»Warte noch, Ältester«, befahl der König, in dessen Augen die Neugier aufblitzte. »Hören wir uns erst an, was er zu sagen hat.«

»Ich schlage einen Fechtkampf vor, der nach drei blutigen Treffern – jedoch nur *angeritzt* – an den besseren Streiter geht, Meister Flavio, also kein Grund zur Besorgnis. Eine ernste Verletzung soll zur Disqualifikation des Verursachers führen. Ein simpler Wettkampf, wie ihn der Samurai, da bin ich sicher, schon oft aufgeführt hat, *n'est-ce pas?*« Julian sprach jetzt Französisch, die Sprache des Landes, wo er das tödliche kleine Spiel der Duelle gelernt hatte. Nur ein weiterer dekadenter Zug an den Franzosen, denen Gonji keine große Liebe entgegenbrachte.

Gonji nickte missmutig. *Choléra!* Was *jetzt*, zum Teufel? Was führte Julian im Schilde? Versuchte er einfach, auf Kosten Gonjis an Reputation zu gewinnen? Dazu war die Gelegenheit sicher günstig. *Kein Wunder, dass es mir so schwerfällt, in Europa ehrenvolle Pflichterfüllung zu finden – bei Dienstherren wie Julian ...*

Aber Gonji musste die Herausforderung annehmen. Jetzt würden die Zuschauer sehen, wer hier der bessere Fechter war. Keiner von beiden hatte den anderen je im Zweikampf gesehen, nur bei Darbietungen, aber in Anbetracht dessen, was Gonji heute Abend von der Körperbeherrschung des prahlerischen Hauptmanns gesehen hatte, musste der Samurai die Herausforderung als Ehre betrachten. Auch der frühere Zwischenfall mit der gespaltenen Lippe im Gasthaus Futterkorb und das bedrohliche Summen, das jetzt im Saal herrschte, sprachen dafür.

Die Gedanken des Samurai wirbelten durcheinander. Er musste das Bewusstsein leeren, den freien Fluss seines Wesens zulassen, der vom *Wa* ausging. Gedanken waren nur eine Last, und am gefährlichsten unter ihnen war der leidenschaftliche Wunsch, sich an dem Mann zu rächen, der ihn schwer beleidigt hatte.

Gonji legte das *Ko-dachi* und die Scheide des Sagami ab. Die beiden Kämpfer bauten sich voreinander auf, Oberkörper und Klingen entblößt. Keiner von beiden zuckte mit einer Wimper, und sie verneigten sich voreinander. Wiederholten diese Geste vor dem König und dem Publikum. Dann starrten sie einander eine Zeit lang an.

»Einzelnes Schwert oder zwei?«, fragte Julian schließlich.

»Einzelnes«, antwortete Gonji sofort. »Dein Wunsch ist es schließlich, die reine Fechtkunst zu zeigen. Zwei Schwerter sind im echten Kampf die bessere Lösung.«

»Das einzelne Schwert ist meine Stärke, und meine Klinge ist schmaler, leichter, wendiger. Ich fürchte, dass ich alle Vorteile auf meiner Seite habe.«

»Vorteile«, entgegnete Gonji gelassen und wechselte gewandt in eine Abwehrhaltung, bei der das Sagami von beiden Händen auf halber Höhe gehalten wurde, »sind nur selten eine Eigenschaft des Stahls. *En garde!*«

Julian blickte verächtlich und begegnete Gonjis Schwert mit dem eigenen. »Ein beidhändiger Griff? *Also wirklich*, Herr Leibwächter!«, sagte er schleppend.

Der Hauptmann leitete eine Folge simpler Angriffe von mittlerer Geschwindigkeit ein; Rücknahme der Waffe, geradliniger Stoß, ein Hieb quer. Jedes Mal wehrte Gonji mit forschem Schwung aus dem Handgelenk ab. Die Bewegungen waren kaum sichtbar. Beide Klingen klirrten scharf aufeinander, als die Auseinandersetzung auf disziplinierte und kraftschonende Art ihren Fortgang nahm.

Julian legte jetzt Tempo zu. Ein Ausfall. Eine Finte, gefolgt von einem Rückzugsmanöver. Ein von schnellen Schritten begleiteter *Pattinando*-Angriff, wobei die Säbelspitze auf Gonjis nackte Brust zielte. Gonji parierte jeden Hieb mühelos. Immer wieder krachten die Schwerter aufeinander. Das Publikum wurde hitziger und feuerte die Kämpfer lautstark an.

Gonji wich einen Schritt zurück, dann noch einen, behielt den Gegner im Blick, wartete, kalkulierte unterbewusst und reagierte mit geübten Reflexen. Er schätzte die immer schneller vorgetragenen Angriffe des Hauptmanns ab und merkte sich die jeweilige Stoßrichtung.

Julian weitete seine Offensive aus, erhöhte die Komplexität seiner Bewegungen, hieb nach rechts, nach links, fintete einen Querschlag, schnell und geradlinig vorgetragen, verdoppelte die Wucht seiner Angriffe immer wieder, während sich Gonji zumeist damit begnügte, nur passiv zu agieren und gelegentlich eine symbolische Riposte zu wagen.

Als Julian dann von falscher Zuversicht eingelullt war, sich in der Offensive sah, zog Gonji mit dem Sagami einen schnellen Kreis rings um die Klinge des Hauptmanns und verwirrte ihn so für einen Augenblick. Beim blitzschnellen Ausfall des Samurai und seinem scharfen *Kiyai* schnappte das Publikum nach Luft; die Schwertspitze fuhr pfeifend an Julians linkem Ohr vorbei und provozierte ihn zu einer wilden Parade, die wirkungslos geblieben wäre, hätte Gonji nach dem Gesicht seines Gegners gezielt. Gonji hatte Eindruck gemacht. Keiner der Zuschauer hätte geglaubt, dass sein kraftvoller beidhändiger Griff einen so schnellen und tiefen Ausfall ermöglichte. Julians Augen blitzten in zornigem Blau, als die Kämpfer wieder die Ausgangsposition einnahmen. Zum ersten Mal hatte er seine Haltung aus schierer Verzweiflung vernachlässigt.

Jetzt wurde der Kampf hitziger.

Hauen, Stechen, eine immer schnellere Abfolge von Bewegungen, so führten die beiden Kombattanten eine fabelhafte Folge von Angriff, Parade, Riposte und Gegenriposte aus ... Beide behielten bewundernswert standhaft und mutig des Gegners Mitte im Blick und ignorierten dessen tanzende, nahezu unsichtbare Schwertspitze. Jeder Zeuge dieses Zweikampfs wusste, dass sich hier etwas Besonderes zutrug: die klassische Begegnung von östlicher und westlicher Technik, wobei Gonjis exotischer *Iai-jutsu*-Stil das Publikum mehr ansprach als der Stil des tyrannischen Hauptmanns, der nichtsdestoweniger den Gipfelpunkt europäischer Fechtkunst darstellte.

Julian drängte Gonji an einen Tisch mit drängelnden, brüllenden Söldnern, und stampfende Füße wetteiferten mit klirrendem Stahl und tosendem Geschrei. Gonji bemerkte die Gefahr, noch ehe er den Ruf hörte:

»Achte auf den Tisch!«

Julian führte seinen tief angesetzten Ausfall durch, noch ehe der Ruf verklungen war. Gonji schlug steif mit der flachen Seite der eigenen Klinge die gegnerische Waffe zur Seite und führte trotz schwieriger Ausgangsposition einen cleveren Schnitt unter Julians Kinn aus. Der Hauptmann blinzelte und parierte, den Schwertarm eng an der Brust.

Und dann hechtete Gonji über den Tisch, wobei er sich mit einer Hand abstützte, und landete mitten in einer Bande stolpernder, lachender Briganten, die sofort vor dem schimmernden *Katana* auseinanderwichen. Sie flüchteten zwischen die Tische, um den Fechtern Platz zu machen.

Die Kontrahenten musterten einander über den Tisch hinweg und näherten sich, elegant wie pirschende Raubtiere, dem Kopfende der Tafel, und ihre Schwerter kreisten dabei auf engen Bahnen.

Am Kopfende eingetroffen, griff Julian sofort an – tief, hoch – tief, hoch – in breiten, dann engen Bahnen. Dann ein dämonisch schneller Ausfall, pariert von Gonji, sofort gefolgt von einem weiteren Angriff auf eine höher gelegene Körperstelle.

Gonji verfehlte seine Parade, wurde getäuscht, riss den Kopf nach rechts und sah die Säbelklinge tückisch daran vorbeistoßen.

Er knirschte mit den Zähnen und sprang rückwärts, und Wut brodelte in seinen Innereien – der Stoß hatte ihn ein Auge kosten sollen. Julian betrieb hier ein hartes Spiel.

Was hat er nur vor?

Sie prallten erneut aufeinander. Julian spürte die Wendung des Kampfgeschicks, spürte Gonjis Verwirrung. In den Gedanken des Samurai herrschte Aufruhr, und dieser war ein Feind der Reaktion. Die Klingen klirrten aufeinander, taten es erneut, schneller als jemand mit dem Blick folgen konnte. Gonji spürte Schmerzen in der noch immer heilenden Schulter ...

Und dann einen rotglühenden Schmerz im Handgelenk. Die *Phrase d'armes*, die Angriffsfolge, war vorüber. Blut lief Gonji am linken Arm entlang und tropfte zu Boden.

»*Touché*«, sagte er mürrisch, die Kiefer zusammengepresst, so sehr rang er mit der Selbstbeherrschung. Durch die Schmerzen hatte er einmal kurz die Zähne gebleckt, ehe die Miene sofort wieder gefasst wirkte. Genya lief schon herbei, um ihm das Handgelenk mit einem dunklen Tuch zu verbinden.

In Ordnung, also diese Phase ist vorüber. Vergiss sie! Jetzt die nächste – Choléra! Dieser Mistkerl ist gut ...

Murmeln und Rufe und herumlaufende Gestalten belebten den Saal. Festgäste beeilten sich, ihre Krüge neu zu füllen, ehe die Fechter sich erneut gegenübertraten.

Sie gingen wieder aufeinander zu. Julian salutierte: Gonji verbeugte sich. Beide atmeten schwer, erholten sich allmählich. Der Schweiß floss in Strömen, und sein scharfer Geruch lag rings um sie schwer in der Luft. Er brannte in Gonjis verbundener Wunde, und die dichten Haare hingen ihm in nassen Strähnen herab. Julians Brust und Hals waren rot vor Erschöpfung.

»Deine Abwehr ist bewundernswert, aber deine Angriffe lassen Wünsche offen«, urteilte Julian, übermütig durch seine Führung um einen Treffer.

»So desu?«, hielt ihm Gonji entgegen. »Tut mir leid, aber man sollte nicht zu ungestüm angreifen, ehe man den Gegner richtig kennengelernt hat.«

Julian zeigte die makellosen weißen Zähne und brachte das Schwert zuversichtlich in Position für einen Schlagwechsel auf geringer Höhe. Und in dem Augenblick, ehe Gonji aufs Neue mit diesem zum Wahnsinn treibenden Gegner zusammenstieß, wurde ihm klar, wie schlecht es um ihn stand, was für ein Narr er gewesen war, als er die Herausforderung angenommen hatte – getrieben von einem aufgeblähten Stolz, von seinem Abscheu vor Julian und aus strikter Befolgung des *Bushido*-Kodex, an den sich unter den gegebenen Umständen streng zu halten bestenfalls unklug war. Paille hatte wenigstens zum Teil recht gehabt: In diesem Land war es unausweichlich, dass man Prinzipien kompromittierte. Dieser Wettkampf war absurd. Er leugnete die wichtigste Aufgabe des *Katana*, das ein tötendes Schwert war, gedacht für schwungvolle Hiebe. Solche Übungskämpfe trug man in Japan mit hölzernen *Bokken* aus. Ein Duell um leichte Schnittwunden mit einem so brillanten Schwertkämpfer wie Julian stellte unglaubliche Anforderungen an Gonjis Können.

Und was hoffst du zu erreichen, du Narr? Ihn zu entwaffnen wie so viele andere Fechter? Seinen schmalen, biegsamen Säbel zu zerschlagen, wie du es sogar mit einer schwereren Klinge getan hättest? Noch nie habe ich eine Gewandtheit wie seine erlebt . . .

Jetzt erneuerte Julian seine Angriffe mit voller Kraft, spürte den psychologischen Vorteil, setzte zum entscheidenden Schlag an. Die Söldner johlten vor Erregung; berauschende Getränke mischten sich mit der Hitze des Wettkampfs und ließen so den Berserker in jedem von ihnen offen zu Tage treten.

Gonji knirschte mit den Zähnen und weckte tief in sich frische Energie und gesteigerte Aggressivität. Die Schwerter sangen und blitzten; blaue und weiße Funken sprühten, während der Samurai Stöße und Hiebe abwehrte, die auf jeden seiner Körperteile zielten; er setzte nach, bedrängte Julian, schlug zurück, bis es an dem Hauptmann war zurückzuweichen.

Die Kämpfer ächzten und keuchten vor Anstrengung, während sie das Duell fortsetzten und ihnen die Leidenschaft zu siegen in den Augen brannte.

Julian sprang rückwärts und senkte die Säbelspitze, lud förmlich zum Angriff ein. Gonji fintete, provozierte eine Parade, schlug Julians Säbel zur Seite, fintete wieder, durchbrach die erneute, überstürzte Parade des Hauptmanns und brachte diesen ums Gleichgewicht. *Dann* machte Gonji einen Ausfall und verfehlte mit diesem ernst gemeinten Angriff nur knapp eine exponierte Schulter.

Julian quollen die Augen aus dem Kopf, als er zurückwich und direkt vor sich eine enge Parade ausführte, aber Gonji konnte das gegnerische Schwert bannen, es zweimal im Kreis drehen ...

Eine schnelle *croisé*, wobei Gonjis *Katana* kreischend am starken Drittel der Säbelklinge entlangfuhr und die gegnerische Waffe heftig nach unten drückte. Ein rascher, leichter Schritt nach vorn und ein aufwärts gerichtetes Zucken aus Gonjis Handgelenken ...

Julian stolperte rückwärts.

Ein weiterer langer Ausfallschritt, eine Drehung der Handgelenke, die das Sagami von links nach rechts führte ...

Gonji erstarrte. Die Menge brüllte und stampfte, warf die

Becher in die Luft und applaudierte heftig. Eine dünne rote Linie zog sich über Julians nackte Brust, direkt oberhalb der Brustwarzen.

Gonji drehte sich inmitten des Tumults forsch um die eigene Achse, und seine Nervenenden kribbelten wie die Stacheln eines Stachelschweins, als er drei Schritte weit von Julian zurückwich. Das Blut trommelte in den Schläfen des Samurai, und Adrenalin rauschte durch seine Adern. Er drehte sich wieder zu Julian um, verbeugte sich und registrierte dabei vage das Stechen im linken Handgelenk und die Schmerzen in der linken Schulter. Er unterdrückte das Grinsen, das sich auf seine Lippen stehlen wollte, und verbeugte sich vor dem Hauptmann, wobei Schweißtropfen auf den Boden spritzten.

»*Touché*«, knirschte Julian erstickt. Das Wort kratzte ihm auf der Zunge und rann über sein vorgestrecktes Kinn. Es auszusprechen war ungewohnt für ihn.

Die zweite *phrase d'armes* hatte zum Gleichstand geführt. Jetzt ging es um den entscheidenden Treffer. Julian wischte das Blut ab, das ihm aus der flachen Wunde sickerte.

Sie verbeugten sich und salutierten vor König und Publikum und voreinander. Gonji prüfte die linke Hand durch festen Griff um das Sagami. Sie wurde taub, aber die Schmerzen waren zurückgegangen. Für die Belastung der Schulter würde er morgen bezahlen müssen. *Jetzt, Gonji-san, sehen wir mal, aus welchem Holz du geschnitzt bist . . .*

Beide Männer attackierten; die Schwerter glitten bis zum Griffschutz aneinander entlang und endeten in der Haltung *corps-á-corps*, wobei die Spitzen zum Deckengewölbe wiesen und die Gesichter der Kontrahenten nur noch Zentimeter voneinander entfernt waren. Ächzend stießen sie sich voneinander ab, und Gonji leitete sofort einen neuen Angriff ein.

Die Rollen waren nun komplett vertauscht; der Samurai übernahm die Offensive gegen den zurückweichenden, dabei jedoch gewandt parierenden Gegner. Stahl jaulte und kreischte immer stärker, und die Klingen bogen sich bis an die Belastungsgrenze. Julian spielte auf Zeit und attackierte dabei hin und wieder mit tief angesetzten, gefährlichen Vorstößen. Gonji schlug alle Vorsicht in den Wind, denn er durchschaute Julians neue Taktik sofort. Mit dem diagonalen Blockieren der gegnerischen Klinge oder einem Sondierungsschlag konnte er keine neue Lücke in der gegnerischen Deckung schaffen, denn Julian wich jedem derartigen Versuch mit einem Zurücknehmen der Klinge oder passivem Rückzug aus. Der Hauptmann warf die größere Reichweite in die Waagschale. Gonji musste also dicht herangehen, um durch schiere Heftigkeit seiner Angriffe eine Öffnung zu erzwingen, dabei den Hauptmann erschöpfen und innerhalb seiner Reichweite kämpfen, sobald der richtige Zeitpunkt gekommen war.

Dann wagte sich Julian unvermittelt mit einem täuschenden Ausfall vor, der in geringer Höhe begann und mitten im Stoß auf unglaubliche Art und Weise die Richtung wechselte und auf Gonjis Gesicht zielte. Der Samurai wurde davon mitten im eigenen Schritt überrascht und stolperte rückwärts, schaffte dabei im letzten Augenblick noch eine Parade, die ihm die Luft raubte. Die Menge hielt gleichzeitig den Atem an – Julian hatte tatsächlich versucht, den Schädel des Gegners zu durchbohren.

Erneut fragte sich Gonji, was der Mann eigentlich im Schilde führte, und fand darauf keine andere Antwort, als dass Julian seinen Ruf auf Gonjis Kosten um jeden Preis aufbessern wollte. Der Samurai knurrte, attackierte mit der Kraft des Zorns und ließ dabei die Klinge rotieren, obwohl sein Arm allmählich den Dienst versagte, da jetzt die langwierige Belastung ihren Tribut forderte. Mehrere Kräfte stritten sich in ihm: Erschöpfung und ein Gefühl der Sinnlosigkeit dieses Schaukampfes schwächten seine Entschlossenheit, drängten ihn aufzuhören, was wiederum Zorn über seine vergeblichen Bemühungen erzeugte und ihn mit dem Wunsch erfüllte, sich an dem Hauptmann zu rächen. Bei all dem flüsterte sein Gedächtnis von dem Versprechen, das er Flavio gegeben hatte – nämlich keine Schwierigkeiten und keinerlei Gewalt zu provozieren, unter denen das unterdrückte Vedun zu leiden haben würde ...

Julian verspottete ihn, zunächst mit arroganten Drehungen der Schwertspitze, dann mit Worten:

»Komm schon, Samurai! Bringe es hinter dich! Greif mich an. Versuch es!«

Gonji hob das Sagami an seiner Rechten hoch über den Kopf, wobei der rechte Ellbogen parallel zum Erdboden wies – bereit zu einem verheerenden Schlag. Langsam und elegant pirschte er sich an. Julian zog sich mit gleicher Gewandtheit zurück, wartete, spottete. Ein Tanz des Todes, wobei in den Augen der Kontrahenten der Hass aufeinander schwelte, während das Publikum herandrängte und jeder dem anderen über die Schulter blickte, Augen und Münder weit aufgesperrt vor Spannung. Niemand trank mehr aus seinem Becher, um nicht zu versäumen, wenn letztlich das Versprechen des Blutvergießens erfüllt wurde.

Wie ein Skorpion mit aufgerichtetem Stachel, den ganzen Körper scheinbar für einen Gegenangriff geöffnet, näherte sich Gonji dem Gegner. Da machte Julian einen Ausfall.

Der Säbel zuckte vor, und Gonjis Schwert fuhr in einem blendenden Blitz herab, der singend vom Stahl des Hauptmanns abprallte und diesen weit nach rechts stieß, sodass Julian für den tödlichen Hieb schutzlos blieb ...

»Neiiin!«

Gonji registrierte Flavios Aufschrei nur von ferne, und in diesem Augenblick war ihm klar, dass er Julian in zwei Teile hätte spalten können. Stattdessen zog er den Schwertgriff nahe heran und stieß die Waffe dann zu einem beidhändigen Ausfall vor, der jedoch nicht weit genug reichte, um den rasch ausweichenden Hauptmann zu treffen, und zu flach ausfiel, um ihn auch nur zu einer knappen Parade zu zwingen. Die Säbelparade erfolgte schnell und sauber, und der folgende Hieb aus dem Handgelenk heraus kam noch schneller.

Gonji schwenkte die Hüften zu einem Ausweichmanöver, aber die spaltende Klinge fand trotzdem ein Ziel. Und der Samurai zuckte unter einem sengenden Schmerz an den Rippen zusammen.

Menschen schnappten nach Luft und schrien, dann – allgemeiner Aufruhr. Der Wettkampf war vorüber. Julian hatte gesiegt.

Gonji starrte ungläubig auf die tropfende rote Linie an der eigenen Körperseite. Seine Augen wurden schmal, als er die linke Hand auf die Wunde drückte und die Finger glitschig wurden vom Blut, das ihm auf den Hüftbund der Hose lief.

Genya lief mit einem Leinentuch herbei, um das Blut abzuwischen, aber Gonji schob sie sachte weg und blickte Julian an. Der Hauptmann salutierte vor ihm in der Haltung eines Kavaliers; sein arrogantes Lächeln verbreitete eine Aura des Endgültigen, als wäre die Sache zwischen ihnen geregelt. Gonji verbeugte sich, zwang die Gesichtsmuskeln dabei zu einem Ausdruck regloser Leere. Beide Männer atmeten schwer; die Haut beider glänzte vom kühlenden Schweiß, der in Gonjis Wunden lief und dabei heftig brannte.

Die Wunden schmerzten jedoch weniger heftig als der Stolz. Der Geist seiner Mutter schrie nach Satisfaktion, aber der Schrei blieb gedämpft, denn jetzt etwas zu unternehmen, das hätte den Gesichtsverlust noch um einen Verstoß gegen die äußere Form bereichert. Und Gonjis Selbstbewusstsein war erschüttert. Er brauchte Zeit zum Nachdenken, musste sich von dieser lärmenden Menschenmenge entfernen, die morgen schon die Einzelheiten dieses Duells in hundert Varianten weitererzählen würde.

Die Kontrahenten verneigten sich vor König und Zuschauern und kehrten an ihre Tische zurück.

»Das war ein wundervolles Duell, ihr beiden!«, rief König Klann, aber Gonji hörte ihn kaum.

Flavio bedankte sich bei ihm für die Selbstbeherrschung, und auch Milorad und Genya redeten, aber Gonji hatte nur Augen für den verhassten Hauptmann, der an seinem Tisch saß, versorgt von den Kurtisanen, die einen Becher für ihn füllten und den dunkelroten Schnitt auf seiner Brust verbanden. Der Söldner Luba, der unweit von Julian saß, grinste zu Gonji herüber.

Der Samurai trank missmutig von seinem Wein, während seine Wunden verbunden wurden, und gab auf Fragen nur lakonische Antworten.

»Lasst uns jetzt mit den Feierlichkeiten fortfahren!«, verlangte Klann. »Esst und trinkt – Musikanten, spielt eine fröhliche Weise! Bringt Fleisch und Obst und Brot aus der Küche herbei – hier draußen ist noch mancher Appetit ungestillt! Der Jongleur und die Hanswurste – wo steckt diese fröhliche Gesellschaft? Lasst uns feiern. Heute Nacht grüßt Transsilvanien den Gott der Nichtsnutze!« Klann knallte den Trinkpokal auf den Tisch, um seinen Scherz zu unterstreichen.

»Der König hat recht, Gonji«, sagte Genya, ehe sie davoneilte, um sich erneut ihren Pflichten zuzuwenden. »Du warst wundervoll!«

Gonji lächelte schmal. Seine Wunden brannten, und die Schulter kündete schon von einem elenden Tag morgen. *Karma*. Alles Karma. In seinem Kopf drehte sich ein Kaleidoskop höhnischer Gesichter und perlweißer Zähne und des zerbrochenen Zeremonienschwerts. Und auf einmal wurde ihm klar, warum er sich bei Julian als Spion verdingt hatte. Neulich waren ihm die eigenen Motive noch unklar gewesen. Natürlich gefiel ihm die Idee, das Geld des Hauptmanns zu nehmen, aber Gonji hatte geglaubt, dass ihn zum Teil auch der Zorn auf die Stadt motivierte, die ihn und seinen Kodex und seine Handlungen nicht verstand. Aber hatte er zu irgendeinem Zeitpunkt wirklich vorgehabt, die Geheimnisse der Stadt an diese Schakale von Invasoren zu verraten? *Iyé*. Nein! Keinesfalls. Er hatte es getan, um den Mistkerl von Hauptmann verwirren zu können, in seiner Nähe zu bleiben, damit Julian stets daran erinnert würde, den Tag vorzubereiten, an dem sie beide die Sache austragen würden. Jetzt war das geschehen, und die erste Runde war an Julian gegangen. Es würde jedoch zu einer weiteren kommen. Oh, auf jeden Fall!

Dann machte sich Gonji daran, seine Niederlage zu rationalisieren. Die Übungsduelle, die er im Leben verloren hatte, konnte er an einer Hand abzählen. In Europa war ihm das in zehn Jahren seiner Wanderungen nie widerfahren. Irgendein *Kami* hatte die heutige Niederlage herbeigeführt, vielleicht, um ihn, der sonst so stolz war, Demut zu lehren. Seine Körperbeherrschung war schlecht gewesen, und ein *Katana* diente nicht für Spiele. Die kürzliche Krankheit hatte ihn mehr Kraft und Ausdauer gekostet, als ihm bewusst gewesen war. Die im Kampf gegen die Mongolen erlittene Schulterverletzung hatte die linke Körperhälfte geschwächt. Und letztlich musste er auch einräumen, dass Julian der beste Fechter war, den er in all den Ländern des Westens jemals kennengelernt hatte.

Trotzdem hätte Gonji siegen müssen. Er hätte als der Bessere abschneiden müssen. Morgen gedachte er, aufs Neue mit Übungen zu beginnen. Er plante, Fertigkeit und Konditionierung zu vervollkommnen. Das war ihm eine ernste Pflicht sich selbst gegenüber, seinem Vater, dem meisterhaften Kriegsherrn, seinem Clan und dem Land der Götter. *Hai* . . .

Hoch über den Köpfen trugen Bedienstete Servierteller aus der Küche herein. Frische Fässer mit Wein und Bier gaben ihren Inhalt her.

Gonji ließ zu, dass sein Weinkrug neu gefüllt wurde, lehnte sich zurück, trank und seufzte schwer. Wiederholt nickte er entschlossen. Trinke heute, denn morgen beginnt das lange vernachlässigte Training von Neuem.

Musik wehte durch den Saal, und die trunkenen Festlichkeiten erreichten eine fiebrige Intensität. Gonji wurde die dekadente Umgebung leid. Er wusch sich aus Krug und Lederschlauch, kleidete sich wieder vollständig an und steckte die Schwerter in den Gürtel. Die volle Blase entleerte er in einer Latrine direkt außerhalb des Saals. Zurück im Saal, bat er Flavio, ihm Burg Lenska zu zeigen. Flavio, den die Feier ebenfalls anödete, ging gern auf den Vorschlag ein. Milorad erinnerte ihn daran, dass hier viele Menschen zwangsweise Dienst taten, die sie bislang nicht gesehen hatten.

Sie erhielten Klanns Erlaubnis, und für jeden von ihnen wurden Wachsoldaten abgestellt. Klann und Garth nutzten die Gelegenheit, um sich in Begleitung einiger Offiziere in die Privatgemächer des Königs zurückzuziehen, die zuvor von dem abgesetzten Baron Rorka genutzt worden waren. Garth wirkte verlegen und lächelte schief, denn er hatte schon tief in den Becher geblickt.

Die beiden Gruppen verließen den Saal gleichzeitig, aber in verschiedene Richtungen, und Gonji nahm sich vor, sich die Anlage der legendären Festung und die Verteilung der Truppen darin einzuprägen.

Ehe er den Saal verließ, wurde er auf eine verstohlene Bewegung auf der Galerie aufmerksam. Jemand hatte dort eine Tür einen Spaltbreit geöffnet, und eine schattenhafte Gestalt blickte durch die schmale Öffnung. Als sich Gonji jedoch bemühte, durch den rauchigen Dunst und das grelle Licht der Kaminfeuer etwas Genaueres zu erkennen, wurde diese Tür unvermittelt wieder geschlossen.

Einen Augenblick lang fragte er sich, wer diese verstohlene Person wohl gewesen war. Und wem ihr heimliches Interesse gegolten hatte.

Vor den schwer bewachten Privatgemächern nahm Klann Julian beiseite, nachdem die anderen ihnen in das Vorzimmer vorausgegangen waren.

»Dieser Gonji also – er ist es, hm?«, fragte Klann.

»Ja, Sire«, antwortete Julian mit leicht finsterer Miene. »Er ist der Barbar, der seinen Meister für Gold verkauft.«

»Eine Schande«, klagte der König kopfschüttelnd. »All diese Fäulnis von Verrat und Intrigen! Wie Wir das hassen! Vorbei ist die Zeit, Julian, als Kriege noch nobel ausgefochten wurden. Jetzt gehorcht das Schlachtenglück dem Gejammer spionierender Kanaillen und – schlimmerer Leute. *Hexenmeistern!* Und ihren schmutzigen Zaubertricks und Ungeheuern.«

»Wir führen hier keinen Krieg, königlicher Herr«, sagte Julian, darauf bedacht zu verhindern, dass sich die Laune seines Lehnsherrn verdüsterte. Er dachte an die freie Stelle des Feldkommandeurs, nach der er selbst lechzte. »Wir sind jedoch klug beraten, wenn wir ein solides Netz von Informanten unterhalten, um über das im Bilde zu bleiben, was die Menschen dort denken.«

»Das denken Wir auch.« Klann seufzte. »Was für ein brillanter Schwertkämpfer er jedoch ist! Warum nur lässt er sich dazu herab ... des Profits willen in dunklen Winkeln herumzuschleichen?«

Julians Eifersucht war geweckt. »Oh, er ist im Grunde nicht so gut, wie er aussieht, königlicher Herr! Er ist nur ein Tänzer oder Akrobat, ein Schausteller, der die Schwerter in seine Nummer eingebaut hat.«

Klann zog die Brauen hoch und gluckste. »Nur ein Akrobat? Du hast eine Zeit lang gebraucht, um ihn zu besiegen. Wir haben noch nie jemanden gesehen, der im Zweikampf gegen dich so lange durchgehalten hat.«

Julian spürte, wie ihm die Ohren rot anliefen. »Ja, ich fürchte, ich habe es übertrieben. Seht Ihr, ich fühlte mich genötigt, ihm eine Weile Raum zu geben ... dem Publikum zuliebe. Die Leute hätten sich betrogen gefühlt, falls ...«

»Ha!« Klann packte ihn an den Schultern. »Oh, Julian, wie sehr du deinem tapferen Vater ähnelst! Seine eitle Art findet in dir ihren perfekten Ausdruck. Ihm *Raum zu geben*, wahrhaftig! Seit wann verzichtet ein Kel'Tekeli jemals auf die Gelegenheit zum schnellen, wirkungsvollen Töten? Komm, es ist Zeit, weiterzutrinken und in Erinnerungen zu schwelgen ... Oh, und vergiss nicht, Uns zu unterbrechen, falls Wir irgendein – verbotenes Thema ansprechen, hm?« Klann ließ die Hand auf Julians Schulter liegen, als sie zur Tür seiner Gemächer gingen, die von zwei Llorm-Pikenieren flankiert wurde. »Und wissen die, welches ihre Pflicht ist?«

»Natürlich, Sire. Niemand betritt diese Gemächer, solange wir uns hier aufhalten.«

»Es sind die ruhmreichen Tage, über die Wir heute Abend zu sprechen wünschen, Julian. Keine Kränkungen, keine – Schuld; nichts, was diese großartige Wiedervereinigung stört. Verstehst du, was Wir damit sagen möchten?«

»Alles wird gut werden, Sire. Ihr werdet schon sehen. Jedenfalls weiß ich noch, was Ihr und mein Vater oft gesagt habt: Iorgens bleibt nicht lange klar im Kopf, sobald er zu den ernsthaften Trinksprüchen übergeht.«

»Oh, was für eine schöne Zeit! Du erinnerst dich bestimmt an etwas aus deiner Kindheit, Julian – wie du immer darum gebettelt hast, bis tief in die Nacht bei uns zu sitzen, wie du von den Knien eines Offiziers zu denen des nächsten weitergereicht wurdest ...«

Aber wiewohl Julian zu den Worten seines Königs freundlich nickte und lächelte, kochte er innerlich. Er dachte an den Samurai. Sogar in der Niederlage hatte der Barbar etwas von dem Ruhm an sich gerissen, der ihm, Julian, zustand.

Weit unterhalb der Festlichkeiten und des Schmausens und des Zurückdenkens an alte Zeiten in den Gängen und Räumen der Burg, noch unterhalb sogar der Verliese und Keller, saß der Verräter aus Vedun in einer Zelle, die von Felsrippen durchzogen war, und blickte über ein uraltes, blutverkrustetes Foltergestell den maskierten Hexenmeister an.

»Noch einmal!«, donnerte hohl Morts Stimme. »Und lasse keinerlei Einzelheiten aus!«

Der Verräter wiederholte, was er an Informationen gesammelt hatte: Rorka lebte noch, und er und seine Soldaten waren von der Prophetin Tralayn irgendwo versteckt worden; der Barbar aus dem Fernen Osten war es gewesen, der die Leiche des Schlüsselträgers Mark gebracht und behauptet hatte, mehrere von Klanns Männern getötet zu haben; Gonji hatte darüber hinaus vorgeschlagen, sich gegen die Besatzungsarmee zu erheben, ging dabei aber nicht so aggressiv vor wie bestimmte militante Bürger; die offizielle Haltung des Rats war es, nach und nach Kämpfer zu rekrutieren und eine Miliz auszubilden, die sich später einmal Rorka und möglichen Bundesgenossen des Barons anschließen sollte; und es war tatsächlich Gonji gewesen, der die schiere Dreistigkeit aufgebracht und auf den tödlichen Lindwurm geschossen hatte. Nach wie vor unbekannt blieb die Identität des geheimnisvollen Verrückten mit den übermenschlichen Fähigkeiten, der Feldkommandeur Ben-Draba umgebracht hatte und dann zu Fuß einer ganzen Kompanie Llorm-Dragoner und freier Gefährten entkommen war.

»Hmm. Wie du schon sagtest: Rorka wird sich womöglich noch als lästig erweisen, und wir müssen uns um ihn kümmern«, dachte Mort laut nach. »Jeder Bundesgenosse, den er gegen uns aufbringen könnte, würde meine Aufgabe nur erschweren – und ich werde einfach nicht noch mal scheitern! Vertue dich nicht: Sie lügen, was die Bedeutung dieses Schlüssels angeht. Sie wissen etwas. *Jemand* aus ihren Reihen weiß etwas – aber *wer ist es?*

Klann ist zu weich und sentimental, um dieser Frage mit den Methoden nachzugehen, die auch wirklich Antworten brächten. Dieser Schlüssel ist jedoch *wichtig!* Er war in Kontakt mit jemandem oder mit *etwas* von entsetzlichem Potenzial. Etwas, womit wir uns befassen, das wir *vernichten* müssen. Und doch – irgendwie – ist es etwas, dem ich mich seltsam verwandt fühle. Ich wünschte, ich wäre dort gewesen und hätte diesen Wilden selbst gesehen, den sie alle fürchten.

Und dieser schlitzäugige Barbar – wie kann er es *wagen*, meinen Drachen anzugreifen, als wäre dieser eine Zielscheibe für einen Wettkampf betrunkener Bogenschützen!« Mort spürte die Stelle in seinem Unterleib, wo der Lindwurm von Gonjis Pfeil getroffen worden war. Die Obsidianaugen des Zauberers funkelten hinter der goldenen Maske. »Jetzt jedoch, wo er dessen Macht und Bedeutung erkannt hat, bezweifle ich, dass er noch einmal eine solche Torheit begehen wird. Und wenn ich mit ihm fertig bin, werde ich dafür sorgen, dass sein Fleisch zentimeterweise gebraten wird. Bis dahin wird er meinen Zwecken jedoch gute Dienste leisten. Soll er diese Kreuzanbeter ruhig zum Aufstand anstacheln! Sollen ihn seine Eitelkeit und Unverschämtheit ruhig in den Untergang führen!«

Mort lachte in sich hinein, ein Keuchen, dem es jeder Heiterkeit ermangelte, während es durch die Atemlöcher der Maske sickerte wie die Fäulnis aus einer eiternden Wunde.

»Weißt du, mir ist gerade klar geworden, dass er mir nicht entrinnen kann – *niemals!* Ich habe die Mittel, ihn zu beherrschen.« Seine Stimme dröhnte, dass es im Zellengewölbe widerhallte. »Aber jetzt – wartet jemand auf dich ...«

Und Mort führte den Verräter durch eine eisenverstärkte Tür aus der Zelle und durch einen aus dem Felsgestein gehauenen Korridor zu einem ähnlichen Verlies, das jedoch nicht von antiken Folterknechten eingerichtet, sondern für die Bequemlichkeit ihrer Vorgesetzten ausgelegt war.

Dann ließ Mort die Männer allein und eilte zurück ins Erdgeschoss der Burg und in den großen Saal, wo nach wie vor betrunkene Söldner sangen und scherzten, doch die Hälfte der Feiernden schon bewusstlos über Tischen und Bänken und auf dem glitschigen, verfärbten Parkettboden lag. Niemand war hier noch nüchtern genug, um den seltsamen Handlungen des Zauberers irgendeine Beachtung zu schenken.

Mit einem Fußtritt verscheuchte er einen im Weg liegenden Hund und schob dann eine Sitzbank zur Seite, die umgestürzt in der Mitte des Saals lag.

Noch immer waren darauf dunkler werdende rote Flecken zu erkennen, wo Gonji beim Duell Blutstropfen verspritzt hatte. Mort kratzte alles, was er noch finden konnte, mit einem scharfen, furchterregend gekrümmten Messer sorgfältig in eine kleine Phiole. Dann nickte er selbstgefällig und näherte sich dem Torbogen des Hauptportals. Ein Söldner lehnte an einem Türflügel und versperrte ihm den Weg.

»Du bist der Zauberer, was?«, lallte der Mann trunken. »Wie läuft's denn so, Hexer?«

Mort musterte ihn bedrohlich. »Glaubst du an den Dunklen?«

»Sicher, wieso nicht?«, krächzte der Mann grinsend.

»Nein, du lügst! Wenn du an ihn glaubtest, dann hättest du auch Respekt vor seinem Diener.«

Mort sprach einen seltsamen Satz, wobei die behandschuhte Hand auf seinem Herzen ruhte, streckte dann einen Stiefel aus und trat mit den Zehen nacheinander auf jeden Fuß des Söldners. Dem Taugenichts verging das Grinsen. Er rutschte auf den Boden und blickte zum Zauberer hinauf, Unsicherheit und Angst in den verquollenen Augen.

»Morgen kannst du auf Knien zu mir rutschen, hinunter in die Verliese, und dann reden wir – über die Wiederherstellung dessen, was du verloren hast.«

Und der Söldner lag da und starrte zur rauchverhangenen Decke hinauf, zu betrunken, um zu würgen oder zu schreien oder zu weinen, wie er es am Morgen tun würde, wenn er sich die Stiefel auszog und die sich schlängelnden Dinge erblickte, die den Platz seiner Zehen einnahmen.

SECHSTES KAPITEL

In der Düsternis vor der Morgendämmerung ritten sie unter einem bedeckten Himmel nach Vedun zurück, und das Klirren und Quietschen der Sättel und des Zaumzeugs vermischte sich mit dem Hufgetrappel auf den Pflastersteinen. Es war kühl und feucht.

Hinter ihnen erklang etwas, worin Gonji den bedrohlichen »Glaubensgesang« Morts erkannte, wie er unrhythmisch und disharmonisch aus den Räumen und Höfen der Burg aufstieg.

Sie folgten der Straße bis zum Ende der befestigten Wegstrecke und darüber hinaus, wo sie zur Hochebene hin abfiel. Dort warteten sie auf die Eskorte, da sie sich dazu verpflichtet fühlten. Der Söldnertrupp wurde jedoch langsamer und gab ihnen winkend zu verstehen, sie sollten weiterreiten.

Die Delegierten blickten sich achselzuckend an und standen im Begriff, ihren Weg fortzusetzen, als Gonji sie aufhielt, denn er hatte etwas auf den Wällen der Burg entdeckt.

Dort stand Mort wie ein schwarz-goldener Wasserspeier und starrte ihnen nach. Er hob die Arme seitwärts empor, und hoch über ihm auf dem zinnenbewehrten Trommelturm spiegelte sich diese Geste wider.

Der entsetzliche Lindwurm breitete die Fledermausflügel aus, als er aus seinem Dämonenschlaf erwachte. Träge drehte er den geweihbewehrten Kopf, öffnete das Maul, entrollte eine lange, gegabelte Zunge und stieß einen einzelnen Schrei aus, ein irrer Morgengruß aus der Hölle an die Welt des Verständigen und Normalen. Dann erhob sich das Untier von seinem Ruheplatz und legte dabei eine Eleganz an den Tag, die seine Masse Lügen strafte, als bewegte es sich in einem unsichtbaren Zuggeschirr. Langsame, selbstsichere Flügelschläge führten es hinab zu der Reitergruppe.

»*Choléra und Syphilis!*«, flüsterte Gonji mit zusammengepressten Zähnen und griff nach dem Sagami. Er hatte keinen Bogen dabei und auch sonst keinerlei Fernwaffe.

Nicht jetzt! Nicht auf diese Art ...

»*Jesu Christe!*«, wimmerte Milorad.

»Haltet die Stellung!«, kommandierte Gonji.

Der geflügelte Lindwurm schwebte über ihnen, und Gonji erwiderte trotzig seinen durchdringenden feurigen Blick. Das Monster wurde auf unglaubliche Art langsamer und wirkte hohl wie ein Flugdrache aus Papier, während es den Schakalschädel zu der Reitergruppe hinabwendete. Und dann sah Gonji es: Der Pfeilstumpf war aus dem Bauch entfernt worden. Einen Moment lang verwandelten sich die Augen des Lindwurms in die Morts; dann schlug er heftig mit den Flügeln und erzeugte damit einen stürmischen Wind, der an den Hüten Flavios, Milorads und Garths zerrte. Schließlich brauste er auf der Suche nach morgendlichem Futter über das Tiefland davon, wobei er den stacheligen Schweif nachzog und die Klauen eng an die Flanken gezogen hielt.

Gonji stieß die Luft aus und entspannte sich. Was für ein Spiel betrieb Mort da? Falls der Hexenmeister sicher war, dass Gonji das Untier angegriffen hatte, warum machte er dem Samurai dann nicht ein Ende, wenn sich doch die Gelegenheit bot? Ah – der *König*, das war der Grund! Jetzt, wo Gonji Klanns Spion war ...

Die Erinnerung an die verstümmelten Mönche des Klosters vom Heiligen Wort meldete sich zurück, und er fragte sich, was diese Kreatur fraß, das sich anschließend in sengenden Speichel und ätzende, alles zerfressende Exkremente verwandelte.

Sie ritten weiter, wobei die Truppe der Söldner, die noch immer von der Orgie der zurückliegenden Nacht schwankend im Sattel saß, lachend und schwatzend immer weiter zurückblieb. Bald folgte die Eskorte den Delegierten überhaupt nicht mehr weiter, sondern kehrte zur Burg zurück, wie Rausschmeißer, die nur unerwünschte Personen hinausgeworfen hatten.

»Garth!«, rief Gonji, während er im Handgalopp neben dem großen Schmied herritt. »Warum hattest du uns nicht alles erzählt, was du von Klann wusstest? Was hat es damit auf sich, dass du sein Leben gerettet hast?«

»Ja, Garth«, hieb Milorad in die gleiche Kerbe, wobei die Stimme von der Gangart des Pferds erschüttert wurde. »Du warst einmal *General* in seiner Armee?«

»Sein Feldkommandeur«, antwortete Garth und zog zur Betonung die Brauen hoch, ein leichtes, albernes Grinsen im Gesicht. Seine Augen war rot und verquollen. Sie alle hatten blutunterlaufene Augen und waren noch reizbar von Schlaflosigkeit, Wein und Bier und der erschöpfenden Feier, aber Garths Blick wirkte besonders mitgenommen. Er sah aus wie von tränenreicher Rührseligkeit übermannt.

»Wie Ben-Draba?«, hakte Gonji nach, und als Garth nickte, fuhr er fort: »Aber warum hast du es die ganze Zeit verschwiegen?«

»Was hätte es gebracht, wenn ich es euch erzählt hätte? Ich hielt es einfach nicht für wichtig genug. Und ich habe gute Gründe dafür, dass ich keine alten Erinnerungen wachrufen möchte.«

»Der Tod deiner Frau?«, probierte es Gonji.

Garth warf ihm einen Blick zu, fragte ihn aber nicht, woher er davon wusste. »Ja, das ist einer«, antwortete er mit belegter Stimme. »Meine schöne Frau – die Mutter meiner Söhne ...« Er geriet ins Schwadronieren, als seine Gedanken auf Wanderschaft gingen. »In ihrer Blütezeit von der Pest dahingerafft – verbrannt, zusammen mit all den anderen Opfern ...«

Lippen und Augen zitterten, als würde er gleich in Tränen ausbrechen. Gonji wandte sich ab und blickte nach vorn, die Straße entlang.

»Und das hat dir den Willen zu kämpfen geraubt und auch den Wunsch, deine Laufbahn als Soldat fortzusetzen?«, fragte Flavio.

»So ist es», sagte Garth, und sein Atem ging dabei stockend.

Er nahm einen mit Bier gefüllten Wasserschlauch vom Sattel und trank den halben Inhalt. Als hätte er damit ein Signal gegeben, griff auch Milorad nach einem Schlauch, in seinem Fall mit Met gefüllt. Mit einem verschmitzten Grinsen schüttete der weißbärtige frühere Staatsmann das süße Gebräu in sich hinein.

»Muss mir noch was gönnen, ehe ich zu Hause bin und Mama erfährt, wie viel ich letzte Nacht gesoffen hab«, sagte Milorad und gackerte ganz untypisch. Flavio musste lächeln.

Gonji konnte angesichts des Genusses, mit dem der Alte das süßliche Zeug kostete, nur das Gesicht verziehen.

Müde und wund, übersättigt vom Schmausen und verwirrt von den vielfältigen Eindrücken des Geschehens auf der Burg, die für ihn einfach keinen Sinn ergaben, verlegte sich Gonji auf nachdenkliches Schweigen. Schlaf! Das war es, was er brauchte. Erholsamen Schlaf. Dann musste er mit den Oberhäuptern der Stadt besprechen, was jetzt zu tun war, nachdem man diesen unzugänglichen König endlich kennengelernt hatte. Danach diesen Grobschmied auskundschaften, der nie alles offenlegte, was er wusste. Das behielt sich Gonji für später vor. Schließlich trainieren. Seine Fertigkeiten schulen. *Julian!* Vergiss ihn. Bekümmere dich nicht um dieses törichte Duell. Jetzt ist Wichtigeres zu bedenken.

Was tue ich als Nächstes? Was möchte ich in Erfahrung bringen?

»Nun, meine Freunde«, sagte Flavio und riss damit Gonji aus seinen Gedanken, »sagt mir, was ihr von unserer Zukunft denkt. Jetzt, nachdem wir Klann kennengelernt haben – das heißt, diejenigen von uns, die ihn nicht schon kannten.« Sein verlegenes Lächeln galt Garth.

»Oh, die Zukunft erscheint mir sehr verheißungsvoll«, erklärte Milorad, der leicht im Sattel schwankte. »Er ist ein sehr liebenswerter Bursche. Ich denke, er war uns gegenüber ehrlich.«

»Das war er«, pflichtete ihm Garth kurz angebunden bei.

»Seid euch nicht zu sicher!«, mahnte Gonji zur Vorsicht. »Tut mir leid, aber allzu große Vertrauensseligkeit wäre derzeit ein gefährlicher Feind. Der König hat sich nicht eindeutig zu euren Klagen geäußert.«

»Das wird er noch«, entgegnete Garth. »Er war stets ... gerecht.«

Eine Spur Ironie schwang in den Worten des Schmieds mit, wie Gonji meinte.

»Das glaube ich ja auch«, pflichtete Flavio bei. »Er hat Wiedergutmachung zugesagt, die Unterstützung der Hinterbliebenen, Besuchsprivilegien für die, die gegen ihren Willen festgehalten werden ...«

»*Hai*, eine Menge leerer Versprechungen. Typische politische Wolkigkeit.« Gonji blickte finster drein, entschlossen, den Advokaten des Teufels zu spielen, so sehr hatten ihn Klanns Handlanger auf persönlicher Ebene verletzt. Im eigenen Herzen fand er jedoch keinen zwingenden Grund für Misstrauen gegen Klann selbst, abgesehen von einem Aspekt, der ihn an dem legendären König besorgt stimmte: »Und vergesst bitte nicht seine verstörende Gewohnheit, immer wieder die Meinung zu ändern. Für mich ist das ein gefährliches Zeichen. Ihr habt gesehen, wie feindselig Mort der Stadt weiterhin gesinnt ist. Er scheint viel Einfluss auf Klann zu haben. Auch das verspricht nichts Gutes. Selbst wenn Klann es ernst damit meint, im Frühjahr wieder fortziehen zu wollen – würdet *ihr* es an seiner Stelle tun, wenn ihr es gerade so bequem hättet? Und selbst, wenn er das Versprechen wahr macht, was geschieht bis dahin?«

»Bis dahin«, sagte Flavio, der immer ärgerlicher wurde, »machen wir weiter, wie wir es auch unter Baron Rorkas Schutz taten.«

»*Hai*, und erwartet ihr von Klann den gleichen Schutz? Was ist mit den Söldnerkompanien? Könnt ihr mehr als ein halbes Jahr lang friedlich mit Briganten zusammenleben? Es sah danach aus, als wären nur wenige von ihnen auf der Burg stationiert – nicht mal ihr *König* vertraut ihnen! Wollt ihr Seite an Seite mit ihnen leben?«

»Wenn es sein muss«, antwortete Flavio schroff.

»Tut mir leid, aber das wird schwierig, denke ich«, beharrte Gonji. »Er wird neue Söldner anwerben, um seine Truppen zu verstärken. Eure Stadt wird von Gaunern überrannt werden. Der ganze ausgestoßene Abschaum in tausend Kilometer Umkreis wird sich bald auf den Weg nach Vedun machen. Es wird hier von diesen Leuten wimmeln. Wo finden sie Unterkunft, sobald die Kasernen und Gasthäuser voll belegt sind?«

»Wir haben reichlich Platz. Leer stehende Häuser …«

»Ah – also hat mein Dienstherr vor, ihnen die Stadt zu überlassen! Klar, gebt ihnen alles. Und sobald alles verbraucht ist, was dann? Was, falls Klann zu viele anwirbt und sein Goldvorrat dahinschmilzt? Mal angenommen, ihnen gefällt nicht, was man ihnen an Sold zahlt …«

Milorad verschluckte sich am Met. Er lief ihm in den Bart. »Haha! Das ist wohl ein Witz! Sie haben Bratislava geplündert, und jetzt haben sie die Schatzkammern des guten Barons, übervoll mit den Steuereinnahmen aus den üppigen Jahren des Handels in Transsilvanien! Hiieh …!«

Alle lachten leise, selbst Garth, denn Milorad so untypisch zu erleben, das befreite sie von einem großen Teil der Anspannung.

»Mann, sind wir eine tolle Truppe!«, fand Gonji und rieb sich die schmerzhafte Rippenverletzung. »Vier Betrunkene, die die Zukunft einer besetzten Stadt planen!«

Sie teilten das herzhafte Lachen guter Kameradschaft, dort auf der Straße nach Vedun in der dunklen Stunde vor der Morgendämmerung, und das Zaumzeug klirrte fröhlich zur Begleitung.

»Du bist nicht betrunken genug«, fand Garth freundlich und hielt ihm den Bierschlauch hin. »Hier, trink!«

Gonji nahm den Schlauch mit einer Verbeugung entgegen und trank daraus.

»In Ordnung«, sagte der Samurai dann in weniger streitlustigem Tonfall, »gehen wir also mal davon aus, dass Klanns Truppen sowohl genug Gold als auch genug Platz haben, um die Söldner bei Laune zu halten. Aber da sind noch andere Aspekte zu bedenken.«

»Und was soll das heißen?«, wollte Flavio wissen.

»Söldner führen ein gefährliches Leben. Da geht leicht etwas schief. Sie sind gut für das Schlachtfeld, nicht für den Dienst bei einer Besatzungsmacht. Die meisten sind im Kampf am glücklichsten. Wenn sie nicht kämpfen können, werden sie nervös. Sie suchen Streit. Das habt ihr in Vedun schon erlebt. Glaubt mir, ich war schon bei genug Söldnerarmeen, um zu wissen, wovon ich rede. Und sie sind lüstern. Sie sind ganz und gar nicht mehr umgänglich, wenn sie mit ihrem Gold nicht alle ihre Gelüste befriedigen können. Wie viele Freudenmädchen habt ihr in Vedun?«

Milorad schnappte nach Luft. »Was für eine Frage!«

»Wir hoffen doch, dass es gar keine gibt«, sagte Flavio unsicher.

»Kommt schon – ich war selbst in den Gasthäusern!«

»Ein paar vielleicht.«

»Inzwischen eine ganze Menge, denke ich«, korrigierte ihn Gonji. »Und noch mehr werden in der Stadt auftauchen, wenn die Zahl der Rekruten steigt. Solche Frauen gehören zu jedem Tross.«

»Wir haben eine Vorschrift dagegen …«

»Ihr lebt jetzt in einer neuen Ordnung«, erinnerte ihn Gonji nachdrücklich. »Denk bitte darüber nach.«

Flavio seufzte klangvoll, und die Sorgen lagen düster auf seinem Gesicht. »Du malst da ein trostloses Bild, *Signor* Samurai.«

»Tut mir sehr leid, aber ich denke, dass es ein zutreffendes Bild ist.« Sie ritten um eine Wegbiegung. »Der *Riese!*«, erinnerte sich Gonji unvermittelt. »Was erzählt ihr in Vedun von ihm?«

Der Gedanke an die Kreatur und ihre verstörende Mischung aus grausigen und mitleiderregenden Zügen erfüllte sie alle mit Unbehagen.

»Ich denke«, sagte Flavio schließlich langsam, »dass es vorläufig am besten wäre, gar nicht von ihm zu reden.«

Gonji verzog die Lippen und schüttelte bedauernd den Kopf über das fortwährende Bestreben des Ältesten, militärische Überlegungen auf die lange Bank zu schieben.

»Er ist sicher das Monster, das in die Schatzkammer von Bratislava eingebrochen ist und von dem Jakob Neriah und ...« Milorad unterbrach sich, noch ehe er Flavios warnenden Blick bemerkte. Beinahe hätte er davon gesprochen, dass Baron Rorka noch lebte und sich versteckt hielt.

Das verschwörerische Schweigen, das jetzt einsetzte, ließ Gonji erneut das drückende Los des Außenseiters verspüren. *Allein zu sein unter Gefährten ...*

»Wo wir gerade über Gefahren für Vedun sprechen, Freund Gonji«, sagte Flavio mit einem Anflug von Humor, »warum hast du dich auf dieses Duell mit Hauptmann Kel'Tekeli eingelassen? Du hättest ihn umbringen können, und wer weiß, was dann geschehen wäre?«

»Oder vielleicht hätte er mich umgebracht, und du wärst von meinen pessimistischen Ratschlägen künftig verschont geblieben, *neh?*«, entgegnete Gonji zynisch.

Flavio machte *ts-ts.* »Mein Freund, denkst du wirklich, dass ich mir das wünsche? Tatsächlich finde ich allmählich Gefallen an deiner Gesellschaft. Deine schützende Begleitung vermittelt einem alten Mann das Gefühl, wichtig zu sein.«

»*Domo arigato*, Ältester-san, aber du bist tatsächlich wichtig. Die Menschen hier brauchen deine Führung. Jeder kann sehen, dass sie großen Respekt vor dir haben und deinen Fähigkeiten als Verwalter Vertrauen schenken.«

»Heute jedoch nicht mehr so, wie man denken könnte«, entgegnete Flavio wehmütig.

Gonji lächelte und entschied, dass es an der Zeit war, sich zu offenbaren. »Du hättest dir jedoch keine Sorgen wegen des Duells machen müssen. Das Versprechen, das ich dir gegeben habe, war mir stets gegenwärtig. Das Duell war eine persönliche Angelegenheit zwischen mir und dem arroganten Hauptmann. Ich konnte seine Herausforderung einfach nicht ablehnen. Es gab jedoch nichts zu fürchten. Schließlich ist auch er – mein Dienstherr ...«

»Wa-a-as?«

Alle blickten Gonji an und warteten auf eine Erklärung.

»Was sagst du da?«

»Ich habe mich von ihm als Spion anwerben lassen, um ihm alle eure aufsässigen Geheimnisse zu verraten. *Bislang* hatte ich für all sein Geld jedoch nicht viel zu erzählen ...«

»Ich verstehe nicht ...«

»Aber *wieso?*«

Gonji dachte über die Gründe nach. »Um ihn irrezuführen. Um ihn um einen Teil seines Geldes zu erleichtern ... Ich kann euch gar nicht sagen, wie gut sich das anfühlt! Ihn zum Narren zu halten! Er hat mich persönlich tief gekränkt, und bis zur Abrechnung zwischen uns beiden wollte ich ihn mir als Gegenstand des Abscheus deutlich vor Augen halten ...«

»Das gefällt mir überhaupt nicht«, sagte Flavio mit finsterer Miene und schüttelte den Kopf. »Spielst du beide Seiten zu eigenem Gewinn gegeneinander aus?«

»Natürlich nicht!«

»Du kannst mit solcher Einmischung unüberschaubaren Schaden anrichten«, ergänzte Milorad.

»Tut mir sehr leid, aber ich muss auf die andere Seite der Medaille hinweisen. Denkt nur an das Potenzial politischer Kontrolle, das in dieser Aktion steckt. Ich kann ihm jede Information zukommen lassen, die ihr für eure Sache als hilfreich erachtet. Es hat auch schon geholfen. Wie, denkt ihr, kam das Bankett zustande? *Ich* hatte Julian vorgeschlagen, mit Klann darüber zu reden. Er stellt eine direkte Verbindung zu Klann dar.«

»Aber wir haben jetzt selbst Verbindung zum König«, stellte Garth fest.

»Wirklich?«, zweifelte Gonji. »Wir werden sehen. Und falls es so ist, dann geschieht es – tut mir leid – nicht durch dein Zutun, mein Freund. Ich habe den Verdacht, dass du nicht alles erzählst, was du über Klann und seine Absichten weißt, und ich kann deine schlichte Erklärung nicht akzeptieren, warum du deine Verbindung zu ihm verschwiegen hast. Verzeih mir, und möge der Seele deiner Frau jede gebührende Ehre zuteil werden.«

Garth starrte ihn mit leerem Blick an, verlegen darüber, dass sich das Gespräch so abrupt wieder seiner früheren Beziehung zum Unbezwingbaren zugewandt hatte.

»Das war unnötig, Gonji«, meinte Flavio. »Ich vertraue Garth bedingungslos, wie es alle in der Stadt tun. Seine Motive sind untadelig.«

Garth schien mit etwas zu ringen. »Ich denke ... dass vielleicht die Zeit gekommen ist, um Rechenschaft abzulegen. Gonji hat recht. Heute Abend werde ich euch allen in meinem Haus ein Dokument vorlesen, das vieles über Klann klarstellt. Seid jedoch bereit, euch eine höchst seltsame und erschreckende Geschichte anzuhören. Also dann heute Abend!«

Ungeachtet seiner schmerzhaften Verletzungen und der quälenden Kälte, die sich in seinen müden Muskeln festsetzte, empfand Gonji ein Triumphgefühl, während sie weiter die Straße entlangritten. Mit seiner Beharrlichkeit hatte er die Schale der Verschwiegenheit aufgebrochen, in die sich der Schmied hüllte. Jetzt erhielten sie alle vielleicht einige klare Antworten auf die Fragen, die den wandernden König umgaben.

Aber was war es noch gleich, das er Garth wegen des Banketts hatte fragen wollen? Irgendeine nagende Erinnerung, vergraben unter dem Wirbelwind der Ereignisse und den Erkenntnissen der Nacht …

»*Iorgens* war der Name, nicht wahr?«, fragte Flavio Garth munter. »Gerade als wir dachten, die Jahre hätten uns alles über jemanden gelehrt, das es von ihm zu wissen gibt!«

»*Ja*, das ist mein richtiger Nachname. Gundersen war der meiner Mutter. Heute Abend kommt alles ans Licht – alles, von dem ich sagen kann, dass ich es wirklich und wahrhaftig weiß. Nachdem wir geschlafen haben – und nachdem ich Gelegenheit hatte, zuerst unter vier Augen mit meinen Söhnen zu reden.«

»Natürlich«, sagte Flavio bereitwillig.

Milorad rülpste. »Auf Iorgens!«, brachte er einen Trinkspruch aus und trank von seinem Met. Die anderen lachten und schlossen sich ihm an, wobei Garth erneut das Bier mit Gonji teilte und dieser die Wärme genoss, die sich dabei in seinem Bauch ausbreitete.

»Aber warum deinen Namen entehren, indem du seiner entsagst?«, wollte der Samurai wissen.

»Ich wollte, dass nichts aus meinem alten Leben das neue belastet. Das ist die schlichte Wahrheit.«

Sie ritten über einen sanft gewölbten Hügel, und die mächtigen Wälle Veduns tauchten im Süden auf.

»Hast du wirklich geglaubt, Klann würde sich nicht mehr an dich erinnern, Garth?«, fragte Milorad und grinste immer noch schief.

»*Hai*«, fiel Gonji ein. »Nach der Bedeutung, die du offenkundig früher für ihn hattest? Du hast ihm *zweimal* das Leben gerettet?«

»Das Leben, aber nicht seines«, antwortete Garth kryptisch. »Seht ihr, das ist nicht der Klann, dem ich diente. Ich habe ihn heute zum ersten Mal gesehen, genau wie ihr alle.«

Als seine Gefährten erschrocken und verwirrt blickten, lachte Garth leise. »Später«, sagte er. »Heute Abend erzähle ich euch alles, und wenn ich damit fertig bin, könnt ihr entscheiden, was ihr davon glaubt.«

Die Straße fiel zum linker Hand gelegenen landwirtschaftlich genutzten Flachland der Hochebene ab. Rechts ragten die elegant geschwungenen Vorberge der Karpaten auf, bedeckt von grünen Matten, auf denen schon die Herden grasten, darunter die von Garths Sohn Strom. Hinter ihnen stieg der Bergwald auf und verlor sich am westlichen Horizont, düstere Kiefernwälder, deren Bewohner gerade den Mantel des Schlafs ablegten und angesichts des Überlebenskampfes an einem neuen Tag in Geschrei und Gezwitscher ausbrachen. Direkt voraus an der Straße lag tief am südlichen Horizont Vedun. Dunst aus dem Flachland und dem Tal hinter der Stadt hing dick und verträumt um die Mauern und verbarg den Steilhang, auf dem die Stadt verankert war. Sie schien fast auf einem Kissen aus ätherischem Nebel zu schweben. Eine sagenumwobene Stadt aus dem Reich der Träume.

Aus den wirbelnden Nebelschwaden weiter vorn an der Straße tauchten Hirten mit ihren Herden auf. Ihnen folgten auf klappernden Gespannen Bauern mit ihren Gerätschaften. Einige von ihnen deuteten auf die Delegierten.

»Zeit, die Weinschläuche wegzulegen, denke ich, und so etwas wie eine schickliche Haltung zu zeigen, meine Herren«, mahnte Flavio. »Mil, ich brauche gleich deine Unterstützung.«

»Natürlich, alter Freund«, versicherte ihm Milorad. Er hatte einen Schluckauf und rieb sich verlegen das rote Gesicht.

Gonji lächelte und beugte sich über Toras Widerrist, um die

Gruppen von Mensch und Tier zu betrachten, die dort vorn der Straße folgten. Die Klänge von Stroms Rohrblattflöte trieben mit den empfänglichen morgendlichen Luftströmungen zu ihnen herab.

Die Gruppe der Delegierten wendete scharf nach rechts, und Gonji riss der Zügel. »*Choléra!*«, fluchte er und warf das abgerissene Stück weg. »Jetzt muss ich den Wucherpreis eines Sattlers entrichten.«

Garth lachte leise. »Wir haben einen guten Sattler.«

»Musst du denn dieses schreckliche Wort benutzen?«, fragte Milorad, der zusammengezuckt war.

»*Choléra?*«, wiederholte Gonji. Es war sein bevorzugter Kraftausdruck aus den slawischen Sprachen und stand für eine üble Verdauungskrankheit, deren epidemische Ausbrüche von abstoßenden Symptomen begleitet wurden. Tatsächlich war das eines der wenigen slawischen Worte, die Gonji überhaupt kannte. »Ich mag es.«

»Es ist ein widerliches, bäuerisches Wort«, beklagte sich Milorad. »Und außerdem beraubt dein Akzent es ohnehin seiner ganzen – kraftvollen Vulgarität!« Der Ratgeber lachte schrill, auf eine beschwipste Art und Weise vom Klang der eigenen Worte beglückt.

»Ahh!«, knurrte Gonji ihn an.

Flavio verkniff sich ein Lächeln. »Gonji«, bat der Älteste, »erkläre mir etwas: Was von all deinen Ambitionen, von der Bezahlung mal abgesehen, ist es, das dich hier festhält?«

Der Samurai überlegte kurz, und ein gewisser warmer Überschwang erfüllte ihn und brachte ihn dazu, ganz offen zu sprechen. »Ich mag eure Stadt sehr, falls du es wirklich wissen möchtest. Ich denke, ich habe hier einige Freunde gefunden, ein seltenes und besonderes Vorkommnis für einen einsamen Mischling. Und heutzutage muss man schon etwas dafür tun, das Leben der eigenen Freunde zu schützen. Ich jedenfalls halte es so. Aber verzeih mir, das ist alles sentimentales Gerede und beantwortet deine Frage wohl nicht.«

»Ah, aber das tut es sehr wohl! Bitte fahre fort.«

»Da ist nichts weiter zu sagen. Was immer du glaubst, über Klanns Absichten zu wissen, ich sage, dass ihr ernste Schwierigkeiten habt. Ich spreche aus Erfahrung. Da sind noch andere Dinge, die ich …« Er unterbrach sich noch rechtzeitig, ehe er verraten konnte, zu welchen Gräueltaten er beigetragen hatte, während er mit Klanns Dritter Freier Kompanie geritten war. Er zuckte die Achseln. »Und ich hatte euch schon von meiner Suche nach dem Wind des Todes erzählt. Ich denke, dass dieses Geheimnis hier darauf wartet, von mir aufgedeckt zu werden. Vielleicht könnt ihr mir helfen, die fehlenden Erkenntnisse zu gewinnen, sobald ihr euch entschließt – *doso jurusu*, verzeiht bitte –, etwas offener zu werden.«

Er warf einen anklagenden Seitenblick auf den Ältesten. Flavios Blick ruhte jedoch ganz unschuldig auf der Straße vor ihnen.

»Und was war das mit diesem Schlüssel gestern Abend?«, wollte Gonji wissen, als er daran zurückdachte, wie seltsam vertraut ihm dieser Gegenstand erschienen war.

»Ich weiß es nicht«, log Flavio. »Etwas, worüber uns Mort in einem fort ausfragt und das niemand kennt.«

»Ich erinnere mich, dass ich den Schlüssel schon mal in dieser Gegend gesehen habe«, wagte sich Gonji vor und sah, wie die Schultern des Ältesten steif wurden. *Verdammte Sturköpfe!*

Schafe und Rinder trampelten jetzt überall ringsherum an ihnen vorbei und muhten und blökten lautstark. Die ersten Bauern und Hirten hatten die Reiter fast erreicht, beschleunigten ihre Schritte und riefen Grüße, die jedoch im Lärm untergingen.

Garth blickte bergauf zu der Stelle, wo Strom bei seiner Herde saß. »Ich denke, ich reite mal dorthinauf und rede kurz mit meinem Sohn, wenn du erlaubst.«

»Natürlich, Garth«, sagte Flavio.

Und da fiel es Gonji wieder ein.

»Garth!«, rief er dem ehemaligen Kommandeur nach.

Garth drehte sich um. »*Ja?*«

»Dieser Zwischenfall gestern Abend mit der Pistole ... Woher stammt diese Besessenheit Klanns, keine Feuerwaffen in seiner Nähe zu dulden?«

Garth blickte auf den Hals seines Rotschimmels hinab und lächelte matt.

»Na ja, siehst du«, antwortete er zögernd und wählte seine Worte mit Bedacht, »es ginge dir auch nicht anders ... Er wurde schon einmal mit einer Pistole umgebracht. Alles Weitere heute Abend, ja?« Und er riss den Rotschimmel herum und trabte bergan, ohne sich um die erstaunten Blicke zu kümmern, die ihm folgten.

Und dann waren die übrigen Delegierten schon von aufgeregten Stadtbewohnern umgeben, als deren Sprecher die Bauern Vlad Dobroczy und Peter Foristek auftraten. Mehrere Leute redeten durcheinander und stellten dabei überwiegend Fragen nach dem Wohlergehen ihrer Lieben auf der Burg.

»Und wie geht es der Stadt?«, fragte Flavio.

»Nun, Meister Flavio, letzte Nacht hatten wir keine Schwierigkeiten!«

»Die meisten Soldaten waren zur Burg gezogen ...«

»Wir hätten den Rest überwältigen und uns ihre Waffen nehmen sollen!«

»Ja! – *Si!* – *Nyet*, das wäre verrückt gewesen!«

»Wie ist Klann denn so?«

»Habt ihr meine Tochter gesehen? Bitte!«

»*Si*, sie war da, es geht ihr gut, sie lässt dir ihre Liebe ausrichten und versichert dir, dass ...«

»Wie geht es meinem Bruder?«

»... Anina?«

»Nein, ich fürchte, ich ... Mil, weißt du etwas?«

»Ja, ja, in der Küche, da bin ich sicher ...«

»Habt ihr den *Riesen* gesehen?«

Gonji verstand nur wenig, denn die meisten hier verwendeten slawische Sprachen, in denen er, wenn ihm besonders zynisch zumute war, feindselige, eifernde und argwöhnische Bemerkungen vermutete, die ihm galten. Er war es jedoch gewöhnt und sah ohnehin nichts von den vorsichtigen oder düsteren Blicken, mit denen er bedacht wurde, denn er blickte gerade Garth nach.

Was für ein Abend heute zu erwarten war! Gonji schlug sich auf den Schenkel und packte fest den Griff des Sagami, erneut überwältigt von einem quälenden Gefühl der Bestimmung, davon, hier genau an der richtigen Stelle zu sein, genau zum richtigen Zeitpunkt.

(Julian)

Die Syphilis über Julian! Vergiss ihn!

»Auf einer Ratsversammlung wird das alles umfassend besprochen und offengelegt werden«, sagte Flavio gerade. »Ihr alle erhaltet Nachricht davon.« Lächelnd formulierte er Aufmunterungen und löste sich gewandt aus dem Druck der Umstehenden.

Sie setzten den Weg zur Stadt fort, und ein sehr ernster Garth gesellte sich ein Stück weiter wieder zu ihnen. Gonji, der auf einmal Mitgefühl für die Probleme seines Dienstherrn als Verwalter empfand, trabte auf Tora lächelnd neben Flavio her.

Keiner sagte mehr etwas Zusammenhängendes, denn alle verbliebene Energie galt dem Kampf gegen die Müdigkeit, bis die klappernden Hufe ihrer Pferde sie in den Schatten der mächtigen Mauern Veduns führten. Vor dem Torhaus nötigte Flavio seine Begleiter, eine gesetzte Haltung anzunehmen und das an Schicklichkeit zu zeigen, was sie noch aufzubringen vermochten.

Der alte Gort, der Torhüter, begrüßte sie freundlich in seinem gackernden Tonfall. Die braune, unbehaarte Brust hatte er schon vom Hemd befreit, obwohl sich die Sonne gerade erst als ein Rand aus Glut über den östlichen Gipfeln der Karpaten abzeichnete, und die ausgemergelte Gestalt und das große Gewächs an Gorts Hals erinnerten an einen Jungvogel, der aus dem Nest gefallen war. Nicht ganz tot, aber nur noch mit wenig Hoffnung.

Ein paar Söldner, die das Torhaus bewachten, standen in der Nähe. Gonji schätzte sie träge ab. Zumindest einen von ihnen hatte er noch nie gesehen, einen Fremden mit Schallerhelm und Pelzschuhen, der Gonji vom Rücken eines schwarzen türkischen Wallachs aus finster musterte. Der schnurrbärtige Brigant führte eine kleine Waffensammlung mit: ein Breitschwert an der Hüfte, eine kleinere Klinge am Rücken, die über der Schulter aufragte. Eine Pistole und ein Dolch hingen am Gürtel; kleinere Wurfdolche steckten in den Stiefeln und an beiden Seiten des Helms, wobei die beiden letztgenannten Waffen wie Hörner über die Schaller aufragten. Am Sattel hing eine bösartig aussehende Hakenbüchse. Der Mann bot eine formidable Erscheinung.

Man kann sich jeweils nur auf eine Waffe konzentrieren, meldete sich die weise Stimme der Erfahrung in Gonjis Kopf.

Gonji ignorierte den stechenden Blick des Banditen, denn er war an ein derart mürrisches Taxieren schon lange gewöhnt. Jeder auf den eigenen Ruf erpichte Neuling würde sich gezwungen fühlen, den Samurai derartig zu mustern, besonders jetzt, wo sich Erzählungen von seinen Kampffertigkeiten verbreiteten.

Sie ritten in die Stadt und sahen die Frühaufsteher – und vielleicht manche, die gar nicht erst im Bett gewesen waren – um das Podium und unter den Putten am Springbrunnen versammelt. Auf dem Platz stank es nach Tieren und Essensresten, und die Geräusche von Mensch und Tier hallten von den umstehenden Häusern wider. Als die Menschen Flavio entdeckten, liefen sie herbei und fragten nach dem Ausgang des schicksalhaften Treffens.

Flavio sprach kurz mit ihnen und legte dabei einen Takt und

eine Würde an den Tag, die Gonji bemerkenswert fand, wenn er daran dachte, wie müde der alte Mann sein musste.

Gonji zitterte in der taufeuchten Kälte und zog den Kimono am Hals fest zu, als sie auf die Via Fidei und Flavios Haus zuritten. Garth entbot ihnen einen guten Tag und verabschiedete sich mit der Zusage, dass er am Abend nach ihnen schicken würde.

Als sie an der Kapelle vorbeikamen, vernahmen sie dort einen lautstarken Tumult, und um eine Ecke herum kamen drei betrunkene Freie Gefährten zum Vorschein, die die Schweineherde eines wütenden Bauern mit einem Stab auseinandergescheucht hatten. Sie trieben gerade zwei trächtige Säue auf die Eingangstreppe der Kapelle zu, als sie die Delegation erblickten. Milorad machte *ts-ts*, bekreuzigte sich und verzog vor Abscheu die Lippen. Flavio betrachtete verdrossen die gut gelaunten Söldner, sagte aber nichts.

Gonji lenkte Tora bedächtig auf sie zu. Mit der linken Hand hielt er drohend den Griff des Sagami umklammert, und er musterte die Männer aus seinen wunden, rot unterlaufenen Augen.

Die drei Söldner hörten auf zu lachen, als sie ihn näher kommen sahen. Ob es nun an Julians Befehl lag, den Samurai nicht zu provozieren, oder an dessen bedrohlichem Anblick – sie sahen einander an und einigten sich stumm darauf, ihren lustigen Streich aufzugeben. Sie warfen den Stock hin und stolperten die Straße entlang, und ihr wieherndes Gelächter war erst wieder zu hören, als sie außer Gonjis Sicht waren.

Gonji warf Flavio einen vielsagenden Blick zu, aber der Älteste wandte die Augen ab und trieb seine Stute weiter, aufrecht und würdevoll im Sattel sitzend.

SIEBTES KAPITEL

»Mehr wollte er nicht sagen?«, übertönte Phlegor wütend die übrigen Gegenstimmen.

»Ich denke, er war sehr konziliant, wenn man bedenkt, wie viel Macht er über uns hat«, hielt ihm Flavio entgegen. Der Älteste legte in der Eingangshalle seiner Residenz, die jetzt an eine Versammlungshalle erinnerte, den Kapuzenmantel ab. Dutzende Menschen drängten herein, um von den Ergebnissen der lang erwarteten Begegnung mit Klann zu erfahren. Stufen und Säulengang draußen hatten ausgesehen wie der Eingang zu einer Flüchtlingsunterkunft. Einige Leute hatten über Nacht hier das Lager aufgeschlagen, und bei Anbruch des Morgens hatten sich ihnen neugierige Frühaufsteher angeschlossen.

Gonji stand zusammen mit Paille in einer Ecke der Empfangshalle, und der Maler konnte seine Schadenfreude über die allgemeine Unzufriedenheit mit Klanns Konzessionen kaum verhehlen. Seine Augen blitzten, und sein Grinsen erinnerte an einen schiefen Riss, was auf eine durchzechte Nacht hindeutete.

Der Samurai war zu gleichen Teilen müde, reizbar und gelangweilt. Mit einem zunehmenden Gefühl der Distanz betrachtete er die rempelnden, kopfschüttelnden Meckerer. Er unterdrückte ein gewaltiges Gähnen und fragte sich die ganze Zeit lang, wo die alten Staatsmänner Flavio und Milorad nur die Quelle ihrer unerschütterlichen diplomatischen Haltung fanden. Sogar Milorad hatte inzwischen die Nachwirkungen der nächtlichen Exzesse abgeschüttelt und unterstützte den Ältesten beim Umgang mit den unzufriedenen Stadtbewohnern, von denen nicht einer in der Lage gewesen wäre, einen Plan für die Zukunft Veduns zu entwickeln.

Gonji stellte fest, dass er auf den Beinen schwankte. Er reckte die Schultern, hielt aber die Knie locker. Sein Gesicht fühlte sich abgespannt und erschöpft an, und seine Gedanken zerfaserten auf jene typische Art, wenn das Bewusstsein nach Schlaf verlangt und sogar die dringlichsten Besorgnisse an Bedeutung verlieren. Die brennenden Schmerzen in Handgelenk und Seite halfen ihm jedoch, in der stickigen Empfangshalle wach zu bleiben.

Die Prophetin Tralayn lehnte an einem Gewölbebogen. Sie hatte die Hände auf den Rücken gelegt, und ihre Miene verriet weise Traurigkeit. Die Kapuze des Mantels bedeckte das glänzend schwarze Haar. Als sie bemerkte, dass Gonji sie ansah, blitzte ein leises Lächeln in den Smaragdaugen auf. Die selbstbewusste Löwin. Es lag nicht lange zurück, dass sie eine gut aussehende Frau gewesen war. Verdammt, sie war es immer noch!

Gonji riss sich zusammen und machte ein finsteres Gesicht. *Choléra*, woher nahm Flavio nur seine Geduld?

»... die Handwerksgilden werden diese Briganten nicht mit Waren beliefern ...«

»Phlegor ...«

»... wir müssen entschiedene Schritte unternehmen, um ...«

»Phlegor, warum nur bleibst du in Vedun?«, fragte Flavio, dem allmählich doch die Geduld ausging. »In Österreich herrscht stets Bedarf an militanten Kirchenmännern, weißt du?«

»Der Älteste fürchtet sich, beim kommenden großen Aufstand seine Standesprivilegien zu verlieren«, flüsterte Paille Gonji zu, der keine Reaktion zeigte. »So also wohnt die Aristokratie!«, fuhr der Künstler fort, diesmal im Gesprächston, während er zugleich ein sardonisches Grinsen über die reichhaltige Ausstattung des Herrenhauses zeigte.

»Halt die Klappe, Paille«, sagte Gonji, und es war kaum mehr als ein Flüstern.

»*Mon frère!*«

»Der Mann verdient Respekt, und er ist außerdem mein Dienstherr.«

»Wohl wahr. Aber wie schneidet der eigene Aufseher im Vergleich zum Chronisten der eigenen glanzvollen Leistungen ab? Ich bin tief verletzt, *Monsieur!*«

Aber als Gonji keinerlei Anstalten traf, sein Getue mit einer Entschuldigung zu ehren, wechselte Pailles tiefe Verletztheit, die er so theatralisch vorgetragen hatte, rasch zu bloß oberflächlicher Verärgerung. Sekunden später war alles vergessen.

»Ich neige dazu, ein Frühstück zu mir zu nehmen. Schließt du dich mir an?«

Gonji brummte zustimmend.

Im Zuge der wütenden Diskussion in der Empfangshalle, die zum größten Teil in provinziellen Dialekten ausgetragen wurde, plante man inzwischen eine Ratsversammlung für den morgigen Abend. Gonji, der nur die Hälfte von allem verstand, trat von hinten an Flavio heran und räusperte sich.

»Benötigst du heute Morgen deinen Leibwächter, Meister Flavio?«

Flavio gab ihm einen freundschaftlichen Klaps auf die Schulter, und Gonji nahm das reglos hin. »Nein, mein Freund, ruhe dich aus. Wir reden später.«

»Mit deiner Erlaubnis also.« Gonji verneigte sich und verließ die Empfangshalle. Er ignorierte gereizt Tralayns lächelnde Gefasstheit, während er hinaus unter den Säulenvorbau trat. Niemand hatte es verdient, so ausgeruht auszusehen, während Gonji selbst sich wie ein Maulvoll wiedergekäutes Futter fühlte.

»Dekadent!«, kritisierte Paille, drückte sich eine gefiederte Mütze auf den Schädel und betrachtete forschend die Putten an beiden Portalen und die Madonna und das Jesuskind in *mezzo rilievo*, einem Halbrelief, auf einer Steinsäule. »Dekadenz. Kostbarer Protz und religiöser Bombast.«

Michael Benedetto stapfte schwerfällig die Treppe herauf und wirkte zerzaust und unausgeschlafen. Er schien etwas sagen zu wollen, reagierte aber nur mit einem Nicken auf Gonjis knappe Verbeugung, als er vorbeiging. Michaels blau geschlagene Augen bildeten inzwischen hässliche grüne und purpurne Flecken.

»Ich dachte, er hätte sich gestern Abend vielleicht letztlich doch eurem Festmahl angeschlossen«, sagte Paille. »Ich habe ihn zu Pferd gesehen. Gott weiß, dass der arme Teufel jüngst seine Sorgen hatte.«

»Nun, wenigstens bietet ihm seine Gattin Trost«, stellte Gonji fest und dachte an die strahlende, beeindruckende Lydia.

»Was – die polnische Herzogin?«, fragte Paille ätzend. »Und können wir an diesem schönen Morgen vielleicht Französisch sprechen, *s'il vous plait?*«

»Bleiben wir lieber beim Deutschen. Ich bin zu müde.«

Paille seufzte. »Deutsch – die prahlerische Barbarensprache – *ist recht*, wie du möchtest.«

»Und keine Erwähnung deiner Brüder, hm? Deine Eltern müssen einen Kaninchenbau betrieben haben ...«

Sie stiegen auf und ritten los, Gonji auf Tora, während Alain auf einer Stute mit durchhängendem Rücken seltsam auf und nieder hüpfte.

»Ah, was für eine Nacht das in Vedun war ohne all diese Briganten!«, plapperte der Künstler, wechselte planlos zum nächsten Thema und gönnte Gonji nicht einen einzigen Augenblick des Friedens. »All die regulären Soldaten haben sich zum ersten Mal seit einer Woche im Gasthaus versammelt. Ich denke mir jedoch, dass auch ihr eine denkwürdige Nacht erlebt habt. Was für ein Mensch ist dieser Kriegsherr Klann? Was haben die Mistkerle dort mit euch gemacht?« Er deutete auf Genyas blutdurchtränktes Tuch, das noch immer fest um Gonjis Handgelenk gewickelt war.

»Nichts Nennenswertes.«

»Konnten dich nicht kleinkriegen, was?«

Gonji dachte an Julian und fragte sich allmählich, warum er gerade, schon im Halbschlaf begriffen, in Gesellschaft dieses Schwadronierers zu Wojciks Stube ritt. Ah – der zerrissene Zügel. Der Sattler. Dann schlafen ...

Die grelle Morgensonne leuchtete wie ein feindlicher Eroberer mit gehässiger Freude herab, und Gonji zuckte zusammen. Über dem linken Auge meldeten sich pulsierende Kopfschmerzen.

Sie erreichten das Gasthaus. Pailles Frühstück bestand aus einem Brötchen, belegt mit Pökelfleisch, und Bier. Gonji bestellte Hafermehlkuchen und Milch, gefolgt von einem großen Pokal mit Gebirgswasser. Er erleichterte sich in einer Latrine, und dann stiegen die beiden Männer wieder zu Pferde.

»Hör mal, Paille«, sagte Gonji, der sich gerade an etwas erinnerte. »Wie lautete noch mal dieses Todesgedicht deines Freundes in England?«

Paille dachte kurz nach. »Oh ...

No longer mourn for me when I am dead
Than you shall hear the surly sullen bell ...

... du meinst dieses?«

»*Hai.*«

Paille übersetzte das Sonett ins Französische, während Gonji neben ihm nickte und es sich einprägte.

»Wie hieß doch gleich der Dichter?«, fragte der Samurai.

»Shakespeare.«

»*Schäk-spier*«, wiederholte der Samurai, nickte im Takt mit Toras Schritt und gähnte weit. »Wer ist dieser Sattler, den Garth so lobend erwähnt hat?«

»Er hat wahrscheinlich Radetzky gemeint, aber gehe lieber zu Anton Torok. Er ist billiger.«

»Ist seine Arbeit denn genauso gut?«

»Vielleicht nicht, aber er hat zwei heiratsfähige Töchter, die im Laden arbeiten.«

Gonji musterte ihn aus zusammengekniffenen Augen und sah Pailles spitzbübisches Grinsen.

»Ein Zügel ist ein Zügel. Hübsche Frauen sind jedoch etwas anderes.«

Gonji zuckte die Achseln. Als sie jedoch Radetzkys Werkstatt erreicht hatten, stieg Pailles brüllendes Gelächter zum Himmel auf, denn Gonji ritt vorbei und hielt vor Anton Toroks offener Sattlerei. Gonji kaufte neues Zaumzeug für Tora und kam sich ziemlich albern vor, weil er sich so leicht hatte überreden lassen. Er spürte Pailles anzügliches Grinsen, als eines von Toroks Mädchen die Waren vor ihm ausbreitete und ihm Zaumzeug verkaufte, das er vielleicht nicht erworben hätte, hätte er es nicht so eilig gehabt, mit dem spöttisch grinsenden Paille von hier zu verschwinden. Eine zweite Tochter verfolgte das Geschehen von einer Werkbank an der Rückseite des Geschäfts. In ihr erkannte der Samurai Genyas Freundin wieder, die vor einiger Zeit Wilf gegrüßt hatte, als dieser und Gonji gemeinsam ausritten. Beide Mädchen waren auf eine natürliche, ungezwungene Art attraktiv, aber ihr Vater trieb sich argwöhnisch in der Nähe herum und verstärkte nur Gonjis Wunsch, schnellstens von hier zu verschwinden.

Als Gonji seinen Einkauf beim Sattler erledigt hatte, lockte ihn eine unvermittelte Eingebung zu einem Stand in der Nähe, an dem Gürtel und Riemen vom Handwerk des Ledermachers kündeten. Gonji fand den Geruch frisch gegerbten Leders und des Tierfetts angenehm und belebend. Dieser Stand hatte ursprünglich Lottie Kovacs' verstorbenem Vater gehört. Jetzt führten sein Partner und ein Lehrling das Geschäft und blickten argwöhnisch und nervös auf, als Gonji und Paille unter das Zeltvordach traten.

Gonji musste an ein Stück Ausrüstung denken, das ihm vor langer Zeit gestohlen worden war: ein Kreuzbandgeschirr, um darin die Schwerter bequem auf dem Rücken zu tragen. Seine Versuche, die Vorrichtung zu improvisieren, hatten sich stets als unzulänglich erwiesen. Er versuchte jetzt, etwas Derartiges bei dem neuen Geschäftsinhaber zu bestellen, der jedoch Unwissenheit vortäuschte und von Paille in ein slawisches Streitgespräch verwickelt wurde, dessen Inhalt Gonji nicht entging – war er doch schon lange an die Feindseligkeit und die Vorurteile gewöhnt, die sein ungewöhnliches Aussehen weckte. In Vedun ärgerte ihn das allmählich, in Anbetracht dessen, was ihm die Stadt seiner Überzeugung nach schuldete. Er blieb jedoch geduldig stehen und verfolgte, wie der unbezähmbare Künstler den Ledermacher mit der geballten Faust bedrohte.

Der Lehrling, der bislang interessiert zugesehen hatte, trat plötzlich an Gonji heran und bat ihn lächelnd, die Vorrichtung zu beschreiben, die er hergestellt haben wollte. Der junge Mann war Österreicher, und mit Hilfe der gemeinsamen Deutschkenntnisse konnten sie sich verständigen. Der Lehrling gab schließlich durch ein Nicken zu verstehen, dass er begriffen habe, und freute sich sichtlich über die Aufgabe, es mit einem solch ungewöhnlichen Stück zu versuchen.

Paille lud Gonji ein, den Tag in seiner Dachstube über dem Modewarengeschäft zu verschlafen, und der Samurai willigte ein. Dann lockte jedoch das Badehaus, als sie dort vorbeikamen. Sie banden ihre Rösser an, traten ein und sahen sich dem entsetzten Knaben gegenüber, der die Bäder versorgte. Gonjis Auftauchen in dem Haus schien den Jungen immer zu überraschen, und beim Anblick der Schwerter verschlug es ihm zudem die Sprache. Heute versuchte er jedoch, etwas auf Polnisch hervorzustottern, aber Paille schnitt ihm das Wort ab und befahl ihm, an die Arbeit zu gehen. Der Junge lief los, um nach den Kohlen im Dampfraum zu sehen.

Die beiden Männer zogen sich aus und wuschen sich, wobei sich Paille zu Gonjis Erheiterung vor sich hin maulend nur von der Oberbekleidung befreite. Für den Samurai war Veduns Badehaus ein Wunder; für den Japaner galt Sauberkeit als Frage der persönlichen Ehre, während viele Europäer das Baden nach wie vor als lästig oder sogar schädlich für den Leib betrachteten.

Im Dampfraum ließen sie sich auf die Bänke plumpsen und gruben sich die Fingerknöchel in schläfrige Augen, und nur die starke Hitze der Steinwand verhinderte, dass sie dort im feuchten, heißen Mutterleib an Ort und Stelle einschliefen. Gonji hatte Kleidung und Schwerter direkt draußen vor der Tür zurückgelassen, leicht greifbar und in seinem Blickfeld, denn er war stets vorsichtig.

Während er sich die Wunden mit frischen Leinenstreifen verband, die ihm der polnische Junge mit großen Augen überreichte, wurde Gonji von einer wehmütigen Stimmung erfasst, und seine Gedanken wanderten heimwärts ins Land der Götter. Die stechenden Schmerzen der Schnittwunden erinnerten ihn an den lindernden Breiumschlag aus Wurzeln und Kräutern, wie sie in einem heiligen Hain weit entfernt im Osten wuchsen.

Gonji war fast schon eingeschlafen, als ihm auffiel, dass der Junge zur Tür des Dampfraums hinausblickte und erneut die Augen weit aufriss.

Der Samurai sprang auf und hastete durch die Tür zu den dort an der Wand lehnenden Schwertern. Ehe er das Sagami halb aus der Scheide gezogen hatte, ertönten schrille Schreie, bei denen sich ihm die Nackenhaare sträubten …

Etliche Frauen im Empfangsraum schrien und gafften, als sie ihn nackt auf allen vieren erblickten. Sie behinderten sich gegenseitig in dem Bemühen, wieder ins Freie zu gelangen, und jede versuchte die andere an Sittsamkeit zu überbieten. Gonji lag auf den Knien, das gezückte *Katana* in der Hand, und blickte ihnen matt nach. Er hörte ihr gedämpftes Lachen und versuchte, die Bedeutung der geäußerten Worte durch den Weindunst zu verstehen.

»Verdammt!«, schrie er. »Verdammt, Paille, derzeit sind die Badestunden für die *Frauen!* Dumme Barbarenregeln – warum hast du mich nicht darauf hingewiesen?«

»Woher sollte *ich* es denn wissen? Wie oft besuche ich schon dieses verflixte Haus? *Du – Mähsolava!* Schwachkopf! Warum hast du es uns nicht gesagt?«, schalt Paille den Badeknecht.

Die Junge stotterte irgendeine Antwort.

»Er sagt, er hätte es versucht«, übersetzte Paille und verpasste dem Jungen einen Klaps auf den Kopf.

»Nun, warum hast du nicht auf ihn gehört?« Gonji wandte sich lächelnd an den Jungen: »Ist schon in Ordnung, *Kiku*-san – kleiner Herr.« Er fischte eine Münze hervor und warf sie dem Burschen zu, der große Augen machte und das Geschenk ungläubig in der Hand hin und her drehte. Die Münze war mehr wert, als er für einen Monat Arbeit im Badehaus erhielt.

»Komm, Paille, sehen wir zu, dass wir uns anziehen und von hier verschwinden. Ich brauche Schlaf.«

Sie kleideten sich an und marschierten hinaus. Die Frauen warteten draußen, und ihre Zahl hatte zugenommen, da sich der schockierende Vorfall rasch verbreitete. Die jüngeren Frauen kicherten und flüsterten hinter vorgehaltener Hand. Die Neuankömmlinge waren nur neugierig oder verwirrt, während einige der älteren Damen *ts-ts* machten und die jüngeren aufforderten, still zu sein, oder sie bedachten die beiden Männer, die hier den Stein des Anstoßes bildeten, mit Blicken des Abscheus oder Tadels.

»Oh Scheiße!«, flüsterte Paille. »Das wird noch Folgen haben. Die alten Hühner bringen mich um meine Zulassung für die Kapelle!«

Anstatt in Schande davonzulaufen, schritt Gonji forsch auf die überraschte Gruppe der hoffnungsvollen Badegäste zu, deren Flüstern und Gackern sofort aufhörte.

»*Ohayo*, meine Damen – guten Morgen.« Er fuhr auf Deutsch fort: »Es tut mir so leid. Wir befanden uns im Irrtum, was die Badezeiten anging ...«

Und dann sah er Helena durch die Menge nach vorn schweben, und ihre großen, feuchten Augen glänzten dunkel. Verwirrung und Furcht überschatteten ihr reizendes Gesicht in gleichem Maße. Niemand hatte dem taubstummen Mädchen, das Gonjis Flucht in jener Nacht vor gar nicht langer Zeit gedeckt hatte, bislang in Zeichensprache zu verstehen gegeben, was hier geschah.

Gonji verneigte sich vor den Frauen insgesamt und dann ein zweites Mal lächelnd noch tiefer vor Helena, und er überließ es den Frauen, die neugierig nach Luft schnappten, sich einen Reim darauf zu machen. Helena zeigte ihm ein unsicheres Lächeln und nickte verwirrt.

Dann machten sich Gonji und Paille zur Dachwohnung des Künstlers auf den Weg und ließen den wohl am häufigsten kolportierten Zwischenfall dieses Tages hinter sich zurück.

Sie erreichten Alains kleines, muffiges Zimmer, das kaum mehr war als ein Erker, der aus der obersten Dachschräge des Kleidergeschäfts ragte. Jahrhunderte der Düsterkeit schienen sich in der Dachstube eingenistet zu haben; Staub und allerlei Gerümpel vom Handwerk des Künstlers lagen dicht an dicht; es stank nach Farbe und Leinöl, nach Schimmel und trockener Fäule von abgenutzten Schindeln auf den dicht stehenden Dachsparren. Gemälde lehnten und lagen überall. Die Wände waren bedeckt mit den grimmigen Gestalten, die Pailles düstere Visionen – die Kinder seiner Ängste – offenbarten.

Paille stieß die Fensterläden auf, damit die stickige Luft abziehen konnte, und die rauen Balken blauen Lichts wimmelten von Staubkörnern. Tief unter ihnen streckte sich gähnend die Stadt, und Geruch und Geräusche des alltäglichen Lebens stiegen zur Dachstube herauf. Ein Marktschreier verkündete seine banalen

Neuigkeiten und übertönte dabei Mensch und Tier. Der Glockenturm schlug zur achten Stunde.

Gonji und Paille manövrierten in dem engen Raum umeinander und lachten über ihr absurdes Ballett. Paille bot dem Samurai das einzelne Bett an, aber Gonji lehnte ab, legte seine Kleidung bis auf die Leinenunterwäsche ab, breitete Genyas Tuch, das er im Badehaus notdürftig ausgewaschen hatte, auf dem Fenstersims zum Trocknen aus und machte es sich auf einer Decke bequem. Die Bodenplanken unter ihm waren verzogen, vermutlich hervorgerufen durch die Lecks im Dach, die sich als scharfe Lichtpunkte abzeichneten.

»Die Leute mögen dich hier aber wirklich, Paille.«

Das gackernde Lachen des Künstlers drang vom Bett herüber.

»*Hai*, eines Tages wird jemand diese Dachstube entdecken – sie vielleicht zu einem Schrein umgestalten ...«

»Einem Denkmal!«

»Hmm.« Während sich die Betäubung durch den Alkohol allmählich verflüchtigte, zählte Gonji die schmerzenden Stellen, und jede einzelne davon erwiderte den Gruß. Er atmete tief, spürte, wie der Körper mit jedem Ausatmen mehr entspannte, genoss die müde Zufriedenheit über einen weiteren hemmungslos ausgelebten Tag, die Genugtuung, alles gegeben zu haben, wozu er fähig war. Vor seinem inneren Auge drehten sich die Bilder ...

Helenas Gesicht. Lydias. Das Verlangen nach einer Frau. Die Töchter Toroks. Reiko ...

»Aus welcher Gegend Frankreichs stammst du, Paille?« Die Stimme stieg müde von seiner ruhenden Gestalt auf, nahezu losgelöst von seinem Denken.

»Gascogne.«

»Gascogne. Das hätte ich mir denken können.« Paille knurrte kehlig, und Gonji lächelte heiter, als er an die legendäre Überheblichkeit dachte, wie sie für diese Gegend Frankreichs typisch war.

Ohayo, *Oguni-sama. Guten Morgen. – Mäßigung, Gonji-san, Mäßigung und Selbstbeschränkung sind ihr eigener Lohn. Wer hat das gesagt? Oguni?* Iyé, *nicht Oguni; es war der Priester, Bruder Johannes ...*

Die beruhigende Präsenz von *Katana* und *Ko-dachi* an der linken Körperseite ...

»Diese Stadt ... muss überleben, Paille ...«

Leises, tönendes Schnarchen kam vom Bett.

Diese Stadt muss überleben ...

»Überleben, Gonji-san.«

»*Hai*, Meister Oguni.«

»Tritt vor, Tatsuya-san. Greife an! *Shiai* – kämpfe!«

Tatsuya. Mistkerl! Das Aufeinanderprallen der sich kreuzenden *Bokken.* Erkennst du den Hass in meinem Blick, teuflischer Bruder? Oh ...! Die Schmerzen! *Iyé!* Zeige sie nicht. Das hätte er nicht tun müssen. Mein Hals brennt vor Schmerzen. Nein! Keine Tränen ...

Nein, Mama-san, ich habe nicht geweint. Das ist gut, mein Sohn. Komm her, Gonji-Gunnar, und vergiss nicht, dass du ein *Wikinger* bist! Du bist stark. Das rotgoldene Haar, die feste Umarmung durch die Mutter, ihre Augen aus blauem Feuer und nördlichem Eis. Aber ich bin so einsam in dieser Gesellschaft ...

Helena und Lydia, die gemeinsam hinter vorgehaltener Hand leise lachten. Was? Was ist denn so komisch? Helenas Flüstern – *iyé*, unmöglich! –, Betrüger! *(Wieso verschont Mort dein Leben?)*

Mama-san. Gonji-Gunnar, du bist ein Bär – streng, zielbewusst – ganz Zähne und Krallen. Ich habe Angst, Mama-san ...

Zeig mir dein Bestes, *Samurai!* Stürze dich nicht in den Tod, ehe ich das Beste gesehen habe, das du zu bieten hast. Julian. Julian ...

Reiko. Weinend – während sie das Schwert schwingt – *iyé*, meine Liebe – ihr Katana in weitem, bedächtigem Bogen ...

Heute Abend. Heute Abend wird alles offengelegt. Garth, der

sich umdrehte, hoch aufragte, entfaltete, zu ... Zeig mir das Beste, was du ... *Hie, hie!* Jeder ist hier ein großer Hauptmann; wir haben hier nix als Häuptlinge! Ein Reiter kommt von Klann; ein Reiter kommt von Mort, von Klann von Mort von *(klopft)* Mort – *Wind des Todes! Was ist der Wind des Todes?* (klopft – *schießt!*). Klopfen, Schlagen, Schwitzen – atme langsam! Zeige nichts! *Du hast gute Arbeit geleistet, Vetter; der Garten ist ein Tribut an dein Tun. Meine Frau möchte dir sagen* – ssss – ssss – Siii – Saaar – *klopft* – flüsterndes Zischen durch die Honigwabe eines Traums – Simon – Simon – Simon Sardonis – du hast wohlgetan – Ich werde dich umbringen, barbarischer Abschaum – Lubas Lippen – kein Laut, aber ...

Das Dröhnen von Holzplanken.

In glücklichen Kindertagen bekamen die Gundersen-Jungs gesagt, die muffige, bedrohliche alte Kiste sei als eine Schatztruhe zu betrachten, deren Inhalt nicht für sie bestimmt war. Wilfred und Strom schlichen gern in den Keller, Holzschwerter im Gürtel und mit Herzklopfen angesichts dieser Unterwelt mit ihren klammen, moos- und schleimbedeckten Wänden. Sie umkreisten dann die Beute, befingerten die Eisenbänder und den Eichendeckel und zerrten zum tausendsten Mal vergebens an dem mächtigen Vorhängeschloss. Zum kühnsten Vorstoß dieser Art nahm Wilfried das Hohlbeil des Vaters mit. Damit versuchte er das Schloss aufzustemmen, während Strom plärrte und bettelte, er möge damit aufhören, und die Kerze in der zitternden kleinen Faust flackerte. Die Tür zur Speisekammer über ihnen flog auf. Strom brüllte. Dort oben stand nicht Papa, sondern der irgendwie bedrohlichere Bruder Lorenz, dessen Augen im Kerzenschein leuchteten. Lorenz stürmte die unebenen Stufen herab und beschimpfte sie heftig, wobei es um das Recht des Ältesten ging, darum, dass der Inhalt der Kiste an den Erstgeborenen fiel, sobald er volljährig wurde. Dann hob er die Hand, um Strom zu schlagen, der sich vor der ungewohnten Wut des ältesten Bruders an die Wand kauerte. Wilfred trat jedoch dazwischen, das Hohlbeil erhoben, als wollte er Lorenz damit über den Schädel schlagen, und die Blicke der beiden bohrten sich ineinander, brennend mit jenem irrationalen Geschwisterhass, an den sich der Erwachsene später nur mit verlegenem Lachen erinnert, aus Angst, zu lange oder zu tief darüber nachzudenken. Und Lorenz spuckte Wilfred an und flüchtete die kalte Steintreppe hinauf, und später am Abend lächelte er süffisant, während er mit verschränkten Armen danebenstand, als Wilfried seine Schläge einsteckte. Er erzählte allen Freunden Wilfreds, dieser habe wie ein Baby geheult, aber das stimmte gar nicht ...

Wilf erinnerte sich jetzt an all diese Dinge, als die Eichentruhe aufgestemmt wurde und ihre geheimnisvollen Schätze freigab, und einen Augenblick lang fragte er sich, wieso diese Gegenstände eigentlich letztendlich enttäuschend waren, ungeachtet der erstaunlichen Geschichte, die sie erzählten.

Garth hob das schimmelige Banner von Klanns Akryllon hoch. Darunter lagen zusammengefaltet der dunkle Überwurf mit dem Wappen Klanns und die restlichen Stücke von Garths früherer Kleidung und Bewaffnung als Feldkommandeur der königstreuen Streitkräfte Akryllons. Auf dem Grund der Truhe lag ein langer Kasten aus Teakholz, verschlossen mit einem goldenen Schloss. Diesen holte Garth als Letztes heraus.

»Iorgens«, sagte Wilf mit dumpfer Stimme, und er sah, wie sich die Halsmuskeln des Vaters spannten.

»Der Nachname deines Großvaters.«

»Der Schatz«, brummte Strom mürrisch auf Deutsch, denn die Wunder der Schatztruhe hatten auch für ihn jetzt an Glanz verloren. Der Nebel der Jugenderinnerungen verzog sich vor seinen Augen. »Papa, müssen wir unseren Namen jetzt ändern?«

Lorenz machte *ts-ts*. »Natürlich nicht, Schwachkopf.«

»Die Menschen kennen uns als Gundersens, und das ist der gute Name eurer Großmutter. Ich sehe keinen Sinn darin, ihn jetzt zu ändern. Ihr seid allesamt erwachsene Männer und könnt tun, was ihr für richtig haltet …« Garths Worte schwebten davon in die unbeleuchteten Winkel des Kellers. Sein Gesicht wirkte noch schläfrig, und das Haar war verfilzt vom unruhigen, ungewohnten Tagschlaf.

Lorenz schnitt einen Pfirsich und schnupperte bei geschlossenen Augen an jedem der keilförmigen Stücke, ehe er es verspeiste.

»Was bedeutet schon ein Name, wenn manche Menschen nicht mal den eigenen Vater kennen? Ihr solltet euch glücklich schätzen«, sagte er.

»Das ist alles Wahnsinn«, meinte Wilf, der verdrossen dahockte, das Kinn auf einen Unterarm gestützt. »Müssten wir uns nicht an irgendwas davon erinnern? Wie *du* diese – *Banditen* geführt hast?«

»Sie sind heute nicht mehr das, was sie einst waren«, entgegnete Garth streng. »Nichts ist mehr so, wie es einst war.« Er seufzte bebend. »Du warst kaum ein Jahr alt. Dein Bruder war noch ein Säugling, als eure Mutter starb. Lorenz – du erinnerst dich vielleicht daran, wie dich König Klann mehr als einmal gepackt hat. Er hielt dich gern mit dem Kopf nach unten …«

»Ich erinnere mich an einen Mann mit gewaltigen Händen und einem kurz geschnittenen schwarzen Bart. Ich hatte Albträume von ihm.«

»*Ja*, das war Klann.«

»Hat er dich aufgefordert, wieder in seine Dienste zu treten?«, fragte Wilf.

Die Frage ließ Garth einlenken. »Natürlich nicht. Sei nicht albern. Warum sollte ich – er hatte Verständnis für meine Gefühle, als ich das Soldatenleben aufgab.«

»Hast du vielleicht gehofft, dein Vater würde wieder in Klanns

Dienste treten, damit du leichter Offizier seiner Armee werden kannst, Wilfred?«, neckte Lorenz seinen Bruder. »Wünschst du dir so sehr, Soldat zu werden, dass du dich sogar der Bande anschließen würdest, die unsere Stadt überfallen hat?«

»Halt die Klappe, Lorenz. So hatte ich es nicht gemeint.«

»Oder ist es deine Leidenschaft, die zerbrechliche Blume Genya wiederzusehen, was dich so dafür begeistert ...«

»Ich sagte: *Halt die Klappe!*«

»Wie kommt es, dass die beiden Ringe nicht geschwärzt sind, Papa?«, fragte Strom und deutete auf das Wappen des Überwurfs.

»Ah«, antwortete der alte Schmied und überlegte einen Augenblick lang. »Darauf müsst ihr warten, bis unsere Gäste eingetroffen sind. Heute Abend werden wir alles über Klann erfahren.« Er strich mit der Hand über den Teakholzkasten und setzte dann geheimnisvoll hinzu: »Für diejenigen, die glauben können ...«

Die Söhne blickten sich gegenseitig fragend an, äußerten sich jedoch nicht weiter zur bevorstehenden Enthüllung. Wilf stand auf und streckte sich.

»Du bist dir sicher, dass mit Genya alles in Ordnung ist«, sagte er, und es war keine Frage, sondern ein Versuch, sich noch einmal der beruhigenden Angaben zu versichern, die er schon erhalten hatte.

»Ja, ja«, antwortete Garth nachsichtig. »Wie ich schon sagte, kann dir Gonji mehr dazu erzählen.«

»Sie schlägt sich schon durch, ebenso wie er«, bemerkte Lorenz, und seine Miene erhellte sich, als er daran denken musste. »Das klingt, als passten sie perfekt zueinander!«

Wilfs Miene verdüsterte sich, aber er verzichtete auf einen Kommentar und blickte nur finster zu Boden.

»Ich habe gehört, dass Gonji auf der Burg einen Kampf verloren hat – stimmt das, Lorenz?« Strom strich sich den weichen Rand des gelbbraunen Bartes und grinste leer.

»Das erzählen die Soldaten. Das Ansehen deines schlitzäugigen Freundes hat etwas gelitten, Wilfred. Es heißt, er wäre im Zweikampf vom selben Hauptmann besiegt worden, gegen den er schon am Tag der Besetzung im Futterkorb den Kürzeren gezogen hat.« Lorenz wischte sorgfältig das Messer ab, das er für den Pfirsich benutzt hatte, und lächelte wie eine Katze. »Und Genya hat ihm seine Wunde verbunden.«

Aber Wilf war keinesfalls erfreut. Er rang mit einem seltsamen Konflikt in sich. Es störte ihn ein wenig, dass Genya bei Gonjis Schaukampf Hilfestellung geleistet hatte. Er fühlte sich verraten und war wütend darüber, dass er nicht dort gewesen war. Trotzdem wollte er Gonji gegenüber loyal bleiben, war jedoch nicht gänzlich blind, was Genyas unüberlegtes Verhalten betraf.

»Gonji sagt …«, begann er langsam und wählte seine Worte mit Bedacht, »dass ein weiser Krieger selten mehr zeigt als eine Andeutung seiner Kraft. Und stets hält er einige Tricks zurück.«

Lorenz schnaubte und schüttelte den Kopf.

Garth reagierte besorgt auf das Interesse, das Wilf für militärische Dinge aufbrachte, seit die Invasion erfolgt war. Zugleich empfand er ein wenig Stolz auf die zunehmende Klugheit seines mittleren Sohnes.

»In dem Duell geschah einiges, wodurch Gonji übervorteilt wurde, denke ich. Aber genug davon«, sagte Garth und winkte ab. »Wir müssen jetzt an andere Dinge denken. Zunächst ans Abendessen. Dann muss ich mich für meine Gäste bereitmachen. Wilfred, du kannst Gonji suchen und ihn herbringen. Lorenz – die Benedettos, bitte. Und Strom …«

Garths Stirn legte sich in Falten, als er sah, wie Strom zurückwich und hoffte, er könnte der Aufgabe entgehen, die er auf sich zukommen sah.

»Wann warst du zuletzt in der Kapelle, junger Hirte?«

»Der *Kapelle?* Ah …« Strom rieb sich den Hals. »Was meinst

du damit? Ich glaube, als Pater Dobret letzten Monat hier war. Wieso?«

»Weil ich denke, dass die Prophetin derzeit dort die Abendandacht besucht. Und Meister Flavio begleitet sie gewöhnlich. Du wirst sie beide herbringen, wenn die Andacht vorbei ist.«

Strom zuckte zusammen. »Meister Flavio? Und *Tralayn?* Wieso kann nicht Lorenz …«

»Ab mit dir!«

ACHTES KAPITEL

Gonji fuhr auf die Knie hoch und riss das Sagami aus der Scheide. Sein Blick klärte sich noch rechtzeitig, um zu erkennen, dass Paille den Türriegel öffnete und Wilf hereinließ.

»Du hast dich gut versteckt«, sagte Wilf.

Gonji ächzte, senkte das Schwert und rieb sich das angespannte, taube Gesicht. Dumpfe Kopfschmerzen plagten ihn, und der Körper erinnerte ihn an die Belastungen von allerlei Muskeln, an die er schon lange nicht mehr gedacht hatte. Er ertrug das alles stoisch.

»*Konnichi wa.* Guten Nachmittag, Wilfred-san«, sagte er und steckte das Sagami zurück.

»*Guten Tag.* Du hast wieder Wilfred gesagt – dein Akzent wird schlimmer anstatt besser.«

»Sei kein Klugscheißer. Paille, hast du hier irgendwo eine Schüssel?«

Der Künstler war erneut ins Bett geplumpst. Gonji weckte ihn und wiederholte seine Frage. Paille knurrte zusammenhangloses Zeug und schlurfte die Treppe hinab in das Kleidergeschäft. Wilf setzte sich, und Gonji streckte sich leicht und beugte sich dann aus dem Fenster, um zu sehen, wie der Tag so war. Graues Licht füllte das Zimmer; der Himmel war mit Wolken bedeckt, die sich zum Zenit hin auftürmten.

»Erkennst du das wieder?«, fragte Gonji und hielt Wilfred Genyas Tuch hin. Wilf nahm es schweigend in die Hand. »Sie ist eine unglaubliche Frau. Viel Glück, mein Freund.«

Das Eis war gebrochen, und Wilf fühlte sich erneut wohl in der Gesellschaft seines japanischen Freundes und Mentors. Hier in seiner Nähe, die ihm erneut den Samurai-Kodex der Ehre und Treue ins Gedächtnis rief, schämte er sich der Unreife seines vorangegangenen Argwohns, verraten worden zu sein. Bald lauschte er gebannt, während ihm Gonji jede Einzelheit von Genyas derzeitigen Lebensumständen und von den Ereignissen beim Bankett auf der Burg schilderte. Nur vor einem Bericht von dem blutigen Duell mit Julian schreckte der Samurai zurück.

Gonji fuhr, während er erzählte, mit seinen Streckübungen in dem engen Raum fort. Paille kehrte mit einem Wasserschlauch und einer leeren Schüssel zurück. Er war jetzt hellwach und stotterte und fuhrwerkte lautstark herum wie ein frisch entlaufener Irrer. Gonji wusch sich, kämmte sich die Haare und band sie erneut zum Knoten. Er schrubbte die Blutflecken aus dem ärmellosen Hemd und hängte es zum Trocknen auf. Ein dunkelroter Fleck verfärbte den Verband an der linken Körperflanke.

»Das sieht nicht gut aus«, stellte Wilf fest.

»Könnte schlimmer sein, aber vielleicht brauche ich Hilfe, um nicht auszulaufen.« Gonji seufzte und schnitt ein finsteres Gesicht. Er zog den Kimono an und wickelte sich den *Obi* fest um die Körpermitte. Danach schob er die Schwerter unter die Schärpe und stellte dabei fest, dass die flache Wunde viel stärker schmerzte als am Morgen. Ohne Hilfe würde sie nie richtig heilen.

»Genya sagt also, dass sie gut behandelt wird?«, hakte Wilf nach.

»*Hai.*«

»Die dralle Küchenmagd, meinst du?«, fragte Paille.

»Achte auf das, was du sagst, Paille!«

»Beleidige diese Frau, und du handelst dir seinen Zorn ein«, spöttelte Gonji.

»*Ich, Monsieur?* Also wirklich! Eine Franzose kann einer so besonderen Frau nur Respekt entgegenbringen!«

»Oh, Wilf«, sagte Gonji. »Hat dir dein Vater … alles erzählt?«

Die Miene des Schmieds verdüsterte sich. »*Ja.* Was soll ich sagen? Meine Brüder und ich waren ...« Er stand da und schüttelte den Kopf, wusste nicht, was er sagen sollte.

»Ihr wusstet nichts davon? Keiner von euch?«

»Ich schwöre es!«, beteuerte Wilf.

»Moment mal, *Monsieurs* – worum geht es da?«

Gonji erzählte Paille von der Offenbarung der zurückliegenden Nacht.

»Puuh!«, flüsterte der Künstler, dem schier die Augen hervorquollen. »*Sacre bleu!* Also hat Veduns *Herr Wunderbar* eine dunkle Vergangenheit. Aber – ein General beim Kriegsherrn *Klann?* Warum hat er nie davon erzählt?«

»Nach heute Abend wird noch mehr zu erzählen sein, denke ich«, sagte Gonji.

Sie verließen Pailles Dachstube, und der Maler wechselte scharfe Worte mit seiner Vermieterin, die Gonji und Wilf freundlich grüßte, unterbrochen von Beschimpfungen, die an Paille gerichtet waren. Draußen angekommen, schlug Alain vor, das Abendessen im Futterkorb einzunehmen, Veduns größerem Gasthaus, aber Gonji lehnte ab, denn er wollte seiner Nemesis Julian nicht so schnell erneut begegnen. Paille verabschiedete sich daraufhin von den beiden anderen, denn er war begierig, im Futterkorb die neuesten Gerüchte aufzuschnappen.

Als er gegangen war, ritten Gonji und Wilf eine Zeit lang wortlos dahin, und der Samurai spürte einen inneren Kampf in seinem jungen Freund.

»Was geht dir gerade durch den Kopf?«, fragte er schließlich.

»Nichts – nur – es heißt, du hättest gestern Abend ein Duell gegen diesen Hauptmann Julian verloren«, platzte Wilf auf einmal hervor. »Ich wollte nur – es ist ...«

»Und falls es so war, was folgerst du daraus?«

Wilf dachte eine Zeit lang darüber nach und verfolgte, wie stolz sich Gonji auf Tora hielt. »Na ja, du bist noch am Leben – also vermute ich, dass an der Sache mehr dran ist, als die Leute sagen.«

»Sehr klug. Reden wir vorläufig nicht weiter darüber. Der eingebildete Hauptmann und ich sind noch nicht miteinander fertig.«

»Ist er gut?«, hakte Wilf nach, der es einfach nicht vergessen konnte.

»Er ist sehr gut«, antwortete Gonji sofort. »Suchen wir jetzt den Arzt auf.«

Sie hielten bei Dr. Verrico und mussten feststellen, dass der Doktor einen Hausbesuch machte. Eine Assistentin, eine seiner Hebammen, bot jedoch an, Gonjis Wunde in seiner Seite zu säubern und zu nähen. Sobald diese schmerzhafte Prozedur beendet war, aßen sie in Wojciks Stube zu Abend und brauchten sich dabei nicht eine einzige Beleidigung von dem Trupp Llorm-Dragoner anzuhören, die ebenfalls dort speisten. Gonji stellte sogar erstaunt fest, dass zwei der Llorm ihn von sich aus grüßten, wenn auch recht knapp.

Auf dem weiteren Ritt zum Haus der Gundersens plauderte Gonji mit dem jetzt wieder beruhigten und überschwänglichen Wilf, und er stellte zu seiner großen Freude fest, dass das verlorene Duell womöglich Julians Reputation gesteigert hatte, jedoch nicht auf Kosten von Gonjis Ruf: Soldaten wichen ihm weiträumig aus, und mehr Stadtbewohner als je zuvor grüßten ihn ohne die verdrossenen Blicke, an die er so gewöhnt war.

Garth saß allein an einer Längsseite der Tafel, und die anderen hatten sich in einem Halbkreis rings um den Tisch gruppiert und nippten nachdenklich an ihren Getränken. Der Halbkreis begann links von Garths mit dem trägen und entspannten Lorenz; neben diesem saß Strom, die Hände unter die Oberschenkel geschoben und nervös mit dem Fuß wippend. Sein Unbehagen darüber, die eisige Tralayn zur Nachbarin zu haben, war unverkennbar. Wilfred und Gonji hatten Garth gegenüber Platz genommen; Wilf leicht besorgt vorgebeugt, Gonjis Gesicht eine ausdruckslose Maske. Neben dem Asiaten stand das Sofa, auf dem Lydia und Michael saßen. Beide wirkten kühl und würdevoll, und sie hatten sich in einer seltenen öffentlichen Geste der Zuneigung bei den Händen gefasst. Schließlich waren da noch Flavio und Milorad, die den Halbkreis zur Rechten Garths schlossen, und beide machten nach dem Burgfest der vergangenen Nacht weder einen besonders ausgeschlafenen noch einen erholten Eindruck.

Garths Hände zitterten leicht vor Lampenfieber, und ein vages Gefühl der Nostalgie ließ ihn erschauern, als er daran dachte, dass er gleich zum ersten Mal seit zwanzig Jahren aus der Schriftrolle vorlesen würde. Er entrollte ein Stück davon, und das verblasste, modrige Pergament knisterte und verbreitete den scharfen Geruch des Alters. Er las etliche Zeilen und übersetzte das Kunan-Manuskript im Voraus, um es leichter vorlesen zu können. Dabei füllten sich die eigenen Erinnerungslücken rasch.

»Chronik von Tikah Vos, Kanta 16, Rolle 27 – eine Fortführung der Geschichte des Hauses Bel durch die Blutlinie Durda' Klanns …«

Er überflog den Text und öffnete dabei die Rolle entsprechend weiter, bis er die Stelle gefunden hatte, bei der er blass wurde. Er leckte sich die trockenen Lippen und las vor.

»… und so riet in den Tagen Sarkanahs der weise Hofmagier Zaratakis zur Flucht aus Akryllon. Der Bund der Nekromanten hatte durch üble Taten und heimtückischen Verrat die königstreue Allianz der Zauberer besiegt und viele von ihnen hingemetzelt; manche brachen des Nachts, während sie schliefen, in Flammen aus, sodass diese wohlgesinnten Geister künftig von den Menschen geschieden waren. So scheiterte das Leben der Menschen auf dieser schwindenden Insel, die einst das Kronjuwel der Meere war, heute ein von Ungeziefer zerfressenes Paradies. Nichts wuchs dort mehr, und auch die dem Menschen freundlich gesinnten Tiere siechten dahin; Menschen fielen leblos auf den Straßen um wie Gestein, verzehrt vom Mana böser Hexerei.

König Jari sah sich schwer bedrängt, war doch Königin Sarna hochschwanger, und die Astrologen murmelten seit vielen Monaten furchtsam von den Geburtsomen. Jari bewegte Zaratakis, einen Plan zu schmieden, wie der Thron Akryllons zu retten sei, denn eine Flucht war für den Nachfahren aus dem Hause Bel undenkbar. Und Zaratakis kettete sich selbst im Turm des Urtümlichen Wissens an, und er weinte und schlug um sich und erlitt drei Tage und drei Nächte lang die Unaussprechlichkeit des Vorauswissens, und als Soldaten ihn aus seinen Banden befreiten und sich, als sie ihn packten, die Hände verbrannten, verzehrten schwarze Flammen den Turm, und er zerfiel zu Staub. Und der gute Magier war gealtert und verdorrt von seiner Prüfung, und doch war trotz alldem nichts mehr zu retten. Sein Mana war verausgabt, und dagegen wusste niemand Abhilfe, wolle er nicht auf die unaussprechlichen Wirkungen der Nekromantie zurückgreifen ...

Und als so die schützenden Abgründe der Leere und des Wahnsinns durchbrochen waren, ergriffen der König und die Königin Akryllons doch die Flucht, begleitet von denen aus dem Volk der Llorm, die flink waren und von standhaftem Glauben ...

Sie schifften sich ein und stellten sich wütenden Fluten, verfolgt von den Heerscharen des Feindes, und als ... und als die Zeit der Königin kam, da schrie sie vor Schmerz und Pein. Und die Hebammen versagten in ihrem Werk und – stürzten sich ins Meer ...

Und Zaratakis und König Jari versorgten die Königin bei der Geburt, unterstützt von der letzten standhaften Hebamme, der blinden Anka. Und es waren sieben ... Sieben Kinder waren es, alle furchtbar zerbrechlich und vom Tode bedroht. Der König und sein treuer Magier fürchteten die Bedeutsamkeit der mehrfachen Geburt, aber Anka schalt ihre schwachen Herzen und half nacheinander allen diesen Kindern auf die Welt, bis schließlich eine unheimliche Veränderung an ihr erkennbar wurde, als das Böse von Akryllon sie erreichte und sogar hier berührte, und ehe Zaratakis die Hebamme mit seiner Zauberei überwältigen konnte, hatte sie … dem Unreinen zur Geburt verholfen. Und er zappelte auf ihren Armen, obwohl sie selbst dem Tode gleich daniederlag. Und König Jari wollte den Seltsamen auf die Planken schmettern, bis jeder Atem aus ihm wich, aber Königin Sarna klagte und flehte ihn an, keinem ihrer Kinder ein Leid zuzufügen …

Und kurz vor dem Tode flehte die Königin Zaratakis an, er möge ihre Kinder mit seinen Kräften retten, denn sie drohten in ihrer Hinfälligkeit gewisslich zu sterben. Und der Magier sann nach und entdeckte in all der althergebrachten Zauberkunst nur einen Bannspruch, der sie womöglich zu retten vermochte. Es war jedoch ein entsetzlicher Zauber, dessen Preis alle Beteiligten würden entrichten müssen. König Jari verwarf seine Anwendung, entsetzt darüber, dass eine solche Macht jemals den Launen von Menschen unterworfen worden war. Am Ende jedoch rührten die mitleiderregenden Klagen der Königin sein Herz, und der König willigte doch in die furchtbare Zauberei ein, die Zaratakis vorschlug …

Und die …«

Die Worte blieben Garth im Hals stecken. Sein Blick fuhr hoch, richtete sich auf das gebannt lauschende Publikum.

»Und die sieben wurden zu *einem* gemacht – und es ward ein kräftiger, weinender Junge, der Klann genannt wurde, Erbe des Hauses Bel. Und *sie* waren Klann, und sie waren einer von sieben und sieben in einem. Zaratakis legte fest, dass jeder von ihnen sein Leben beginnen sollte, sobald sein Vorgänger gestorben war, und die natürliche Lebenszeit von ihnen allen betrug, so hieß es, die siebenfache Lebenszeit eines Menschen …

Und Königin Sarna, die ihre Lebenskraft geopfert hatte, damit ihre Kinder leben konnten, verschied in den Armen König Jaris. Und der edle Zaratakis, dessen Werk im Lande der Lebenden zur Vollendung gelangt war, folgte ihr in die dunklen Lande.

Und der König betrachtete das Kind, das ihm geblieben war, und weinte ...«

Garth blickte auf. Seine Zuhörer waren wie vom Donner gerührt.

Flavios Sorgen zeichnete feine Linien in seine Schläfen. »Ein – ein *Phönix*-König?«

»Das ist das Lebewesen, mit dem ihr es zu tun habt«, bestätigte Garth. Niemand sonst sagte etwas; Ungläubigkeit und Verwirrung lähmten die Zungen. »Ich werde nicht weiter vorlesen«, fuhr der Schmied vorsichtig und bedachtsam fort. »Vielleicht sollte ich mit eigenen Worten von den Dingen erzählen, die, wie ich glaube, für Klann gelten.

Dieses verzauberte Kind, von dem die Schriftrolle berichtet, wuchs zum Mann heran, im Exil aufgezogen von der königstreuen Armee des Vaters, die von Generation zu Generation nur dem Erbe Akryllons diente. Diese Menschen wanderten durch die Welt, blieben am Leben, so gut sie konnten – und hier sitze ich und bitte euch, Mitgefühl mit Klann zu haben, ihn nicht zu hart zu beurteilen aufgrund dessen, was er aus seinem qualvollen Dasein heraus getan hat. Jeder von uns hätte genauso handeln können – aber die Menschen Akryllons reisten durch die Welt, eroberten, stahlen notfalls, um nicht auszusterben. Und wenn sie sich stark genug fühlten, stachen sie in See, mit allem, was sie an militärischen Kräften aufbieten konnten, und versuchten Akryllon zu finden. Und *ja*, das war an sich schon schwierig, denn die Hexenmeister, die die Insel dem Hause Bel geraubt hatten, rissen, wie man mir erzählt hat, ihre Anker aus dem Grund des Meeres. Ich weiß nur, dass ich einmal mit Klann losgesegelt bin, um Akryllon zu finden, und wir es nie schafften, während ein ganzes Drittel unserer Leute unterwegs an den Schrecknissen und Strapazen der

Reise starb. Klann ist davon besessen, sein Heimatland wiederzufinden und es den Thronräubern zu entreißen ...«

Die anderen betrachteten ihn unverwandt, warteten auf weitere Ausführungen, auf irgendeine Äußerung, die diese Erzählung für sie glaubhaft machte.

»Ich weiß nicht, was ich euch sonst erzählen könnte ... Vielleicht ... habt ihr Fragen?«

Und der Bann war plötzlich gebrochen. Sie atmeten wieder normal und bewegten sich und fanden den Mut zu sprechen.

»Tut mir sehr leid, mein Freund, aber ... glaubst du das wirklich alles?«, fragte Gonji und musterte ihn argwöhnisch.

Garth dachte an all das, was er vor so vielen Jahren erlebt hatte. »*Ja*, Gonji, das tue ich.«

»Ich habe selbst Grund, an diese Fahrten auf der Suche nach Akryllon zu glauben. Ich bin schon anderen begegnet, die Klanns Weg gekreuzt haben«, wagte sich Gonji vor, der sich an die Erzählungen des alten Jocko erinnerte. »Aber ich denke, hinter Klanns Legende steckt noch mehr, was ...«

»Klann stirbt und erwacht dann erneut zum Leben?«, fragte Wilf. Er saß neben Gonji und spiegelte die skeptische Haltung des Samurai perfekt wider.

»Es sind nicht sieben Leben – sondern sieben *Personen*, mein Sohn«, antwortete Garth geduldig. »Ich habe dieses Phänomen eines der Transmutation nennen gehört. Eine Person stirbt und wird sofort durch eine andere ersetzt ...« Er fuchtelte mit den Händen, als wollte er aus der leeren Luft ein erklärendes Modell basteln. »Wie – wie der sagenumwobene Phönix, den Flavio erwähnt hat.«

»Lächerlich!«, ereiferte sich Milorad leise. Seine Augenlider hingen herab, als würde er gleich einschlafen. Er trank von seinem Met. »Und das in unserer aufgeklärten Zeit!«

»In genau unserer Zeit«, hielt ihm Gonji entgegen, »wandeln Riesen auf den Höfen der Burg Lenska.«

»Was?«, mischte sich Strom ein, auf einmal ganz wachsam. *»Riesen?«*

»Mort hat einen verbündeten Riesen oben auf der Burg«, sagte Gonji und lächelte dünn.

»Davon hattest du mir noch gar nichts erzählt«, sagte Wilf, der verletzt wirkte. »Ist es – ist es ...«

»Mach dir darüber erst mal keine Sorgen«, mahnte ihn Garth.

»Deine Genya ist noch jedem Riesen gewachsen«, neckte ihn Lorenz. Hier und dort wurde gegluckst, und die Spannung legte sich.

Garth stellte erleichtert fest, dass ihm seine Zuhörer allmählich Glauben schenkten.

»Hast du je eine dieser ... Veränderungen miterlebt?«, erkundigte sich Gonji.

»Nein«, antwortete Garth bedächtig und verlagerte seine Haltung auf dem Stuhl, »aber ich glaube an sie. Lorenz, erinnerst du dich, dass ich dich gefragt hatte, ob du noch weißt, wie Klann dich als Säugling gehalten hat, und du hast es bejaht und gesagt, du entsännest dich eines schwarzbärtigen Mannes, der dir Angst einjagte? Das war Klann. Es war der Klann, mit dem ich geritten bin. Er war der *zweite*. Vom ersten hieß es, er sei in Italien im Kampf gefallen, nicht lange, bevor ich der Armee beitrat. Der Klann, den ich kannte, wurde vor mehreren Jahren von einem verrückten Söldner aus den eigenen Reihen erschossen. Ihr erinnert euch bestimmt an gestern Abend, meine Herren – an den Soldaten, den Klann aus dem Bankettsaal warf, weil der Mann verbotswidrig eine Pistole trug. Klann erzählte mir von der Schießerei, als wir in seinen Gemächern tranken. Ich bin überzeugt, dass er Klann *ist*. Er erzählte mir Dinge von unserem einstigen Bündnis, die nur Klann bekannt sein konnten.«

Gonji schüttelte ernst den Kopf. »Ich bin überzeugt, dass Mort etwas mit dieser Legende von Klann zu tun hat, und zwar mehr, als du weißt oder ...«

»Unmöglich«, entgegnete Garth. »Mort ist erst kürzlich zur Armee gestoßen. Und mir ist eine gewisse feindselige Spannung zwischen den beiden aufgefallen. Sie klang unüberhörbar in jedem Wort durch, das Klann an den Zauberer richtete.«

»Mort ist trotzdem unser Hauptfeind«, mischte sich Tralayn schließlich in das Gespräch ein. »Klann hat sich für die Macht des Bösen entschieden.« Sie wirkte irgendwie selbstgefällig; irgendein kleiner, heimlicher Triumph spiegelte sich in ihren Mundwinkeln.

»Hat Klann keine Schwestern?«, fragte Lydia sarkastisch.

Garth blickte sie an, und ihr Ton gefiel ihm überhaupt nicht. Seit er die Benedettos kannte, war Lydia in ihn, Garth, vernarrt und hielt ihn ihrem Gatten als Beispiel vor. Jetzt schien sich ihre ganze Haltung auf einmal verändert zu haben. Seit sie die bislang verschwiegenen und zuvor auch nicht bedrohlichen Einzelheiten seiner soldatischen Vorgeschichte vernommen hatte – jetzt gefolgt von der verwirrenden Geschichte Klanns –, tat sie, als hätte er ihr Vertrauen verraten. Sie lehnte sich zurück und kniff die Lippen zusammen, um ein spöttisches Lächeln zu unterdrücken, und hielt Michaels Hand, als sei diese ein Anker für ihre erschütterte Welt. Wenn du doch nur, dachte der Schmied, die Hand des Jungen hin und wieder mal hieltest, um ihn zu stützen …

»Ja«, sagte Garth und lächelte freundlich. »Klann hat mir gegenüber tatsächlich erwähnt, dass er auch Schwestern unter seinen Brüdern hat, wie er sie nennt.«

»Oh, Garth«, seufzte Lydia gereizt, »das klingt aus deinem Mund alles so unglaublich!«

»Wir alle haben jüngst unseren Anteil an unglaublichen Dingen gesehen, Lydia«, warf Lorenz ein. »Falls mein Vater an das glaubt, was er sagt, tue ich es auch.«

»Himmel!«, flüsterte Strom, der erleben musste, wie die Sicherheit und Normalität seiner kleinen, vorhersehbaren Welt endgültig in Trümmern lagen.

»Das ist alles absurd«, meldete sich Michael zu Wort, die letzte Person im Zimmer, die eine Bemerkung abgab. Er hatte etwas von seiner früheren Würde zurückerlangt und strahlte ruhige Gewissheit aus. Er wirkte nicht mehr entwürdigt durch die blauen Augen und die gebrochene Nase, die langsam heilte. »Völlig absurd …«

»Michael«, mahnte ihn Tralayn sacht, »*denk nach!* Denk an die unnatürlichen Dinge, die wir erlebt haben, an die böse Hexerei, die mehr als ein Menschenleben beeinflusst hat …«

»Du hast mich nicht ausreden lassen, gute Tralayn«, unterbrach Michael sie. »Ich sage, dass alles völlig absurd ist, und doch, was bleibt uns übrig, als es so zu nehmen, wie es sich uns darstellt? *Si*, aus genau dem Grund, den du genannt hast. Und Garths Wort hat für mich so viel Gewicht wie das Flavios.«

Tralayn nickte ernst.

»Was hat es mit dieser Wendung auf sich, ›Mana‹ wäre verausgabt worden?«, erkundigte sich Gonji.

Garth dachte über das nach, was er vor vielen Jahren gehört hatte. Er räusperte sich. »Das ist – eine Art Kraft, die Zauberer aus den Dingen in ihrer Umgebung beziehen, denke ich.«

»Erdmagie, die den Anhängern Satans verliehen wird!«, erklärte Tralayn kategorisch. Alle starrten sie an, und einer oder zwei zitterten ein wenig über die Offenheit, mit der sie vom Bösen sprach. »Aber im Gegensatz zu den Gaben der Vorsehung entstammt Mana den Dingen, welche die Handlanger des Bösen auswringen können. Lebenden Dingen, die leblos zurückbleiben … seelenlos …«

»Wisst ihr, ihr habt hier eine hübsche Stadt«, sagte Gonji ausdruckslos, und mit schmalen Augen musterte er die Versammlung gönnerhaft. »Ich habe sie sehr schätzen gelernt. Erstaunlich, dass ihr hier überlebt habt – wenn ich an das denke, was ich in diesem Land gesehen habe, an die Mächte, die in den hiesigen Bergen um die Vorherrschaft ringen. Und jetzt noch diese Invasion durch

Klann und das, was er mitgebracht hat. Falls nur ein Bruchteil dessen stimmt, was Garth berichtet hat – und die Gattin des Ratsherrn wird, *doso*, an den geflügelten Lindwurm und an den Riesen denken, den wir auf Burg Lenska gesehen haben. Da müsst ihr hier doch allmählich an eure künftige Sicherheit denken.«

Lydia beugte sich vor, und obwohl sie über den Tisch hinweg Strom anblickte, der dort zusammengesunken auf seinem Schemel hockte, galten ihre Worte Gonji. »Was die Gattin des Ratsherrn denkt, ist von geringer Bedeutung für die Zukunft der Stadt. Der Leibwächter des Ältesten denkt jedoch vielleicht daran, die gesellschaftlichen Umgangsformen der Stadt zu ehren. Ich habe gehört, dass du heute Morgen im Badehaus großen Eindruck gemacht hast.«

Gelächter brach aus und einige Fragen wurden gestellt, und eine leichte Röte der Wangen erschütterte Gonjis Gleichmut, als der Zwischenfall für diejenigen nacherzählt wurde, die noch nichts davon wussten.

»Alles passt zusammen«, sagte Tralayn, die sich unvermittelt erhoben hatte. »Hört mir alle zu: Die Zeit epochaler Umwälzungen ist gekommen und findet in Vedun ihren Brennpunkt. Die Dunklen Mächte schließen sich zu einem letzten Angriff zusammen, um die Welt der Menschen zu unterwerfen. Menschen, die vom Schicksal auserwählt wurden, haben sich hier versammelt als Akteure in dem Drama, das sich entfaltet, und die gesamte spirituelle Sphäre bildet dabei ihr Publikum. Ich hatte eine Vision, die ich bis heute Abend nicht umfassend zu deuten vermochte: die Vision vom Zusammenprall ungewöhnlicher Männer, Männer von *seltsamer Geburt* ...« Sie blickte Gonji an, und die Glut des Fanatismus funkelte in ihren Smaragdaugen. »Gonji, hast du nicht erzählt, dass du von gemischter Herkunft bist und man von der Verbindung verschiedener Völker, wie sie bei deinen Eltern eintrat, bis dahin noch nie vernommen hatte?«

»*Hai*, aber ...«

»Dann muss es wahr sein! Aber ist es möglich, dass ich auch falsch gedeutet habe, wer der Befreier ist?«, dachte sie laut nach. Ihre Augen trübten sich, erfüllt von Bildern, die dem Rest der Versammlung unzugänglich blieben. »Kannst du – für unsere Begriffe ein Ungläubiger – der versprochene Befreier sein?«

»Hoppla, meine Dame!«, sagte Gonji ernst. »Halte mich aus deinen Visionen heraus! Falls auch nur die Hälfte all dessen stimmt, was zur Sprache gekommen ist, habt ihr hier mehr Schwierigkeiten, als ihr ahnt. Ich bin nicht sicher, ob es mein Karma ist, mich noch stärker einzumischen, als ich es bislang getan habe. Jedenfalls muss ich meine *eigenen* Visionen deuten, tut mir sehr leid! Und an meiner Geburt war nichts seltsam«, schloss er, und eine vage Drohung klang in seinen Worten an.

Ein resoluter Ausdruck legte sich über die harten Linien von Tralayns Gesicht. »Garth, ich muss deine Söhne und den guten Milorad bitten zu gehen. Bitte! Es geht um einen Schwur.«

Alle im Zimmer waren erschrocken. Milorad knurrte missmutig und richtete sich kerzengerade auf, war jetzt hellwach. Flavio erhob sich ein Stück von seinem Sitz, als wollte er protestieren, setzte sich aber mit grimmiger Resignation wieder, als ihm Tralayns gebieterische Entschlossenheit klar wurde. Er nickte seinem Freund und Ratgeber traurig zu und gab ihm so zu verstehen, er solle gehen. Garth hielt ein paar besorgte Sekunden lang die Luft an und befahl dann seinen Söhnen leise, den Raum zu verlassen, bis sie wieder hereingerufen würden. Milorad schlurfte ihnen nach, in seiner Würde verletzt.

Türen und Fensterläden wurden fest geschlossen. Tralayn stand im Zentrum der Versammlung. Flavio, Garth, Michael und Lydia blickten sie wie erschrockene Waldtiere an. Gonji wirkte gespannt, die Hände auf den Knien.

»Ich fürchte, wir haben die Hilfe von Simon Sardonis verloren.«

Nicht mal ein Atemhauch war in der Wohnstube des Schmieds zu vernehmen. Gonji rutschte auf seinem Schemel nach hinten, und eine listige und zugleich anklagende Miene trat langsam in seine kantigen Züge. Anspannung und entsetzte Mienen beherrschten den Raum.

NEUNTES KAPITEL

Mort saß vor dem blutbefleckten Altar und suchte in dem Zauberbuch, das vor ihm lag, nach einem komplexen Zauberspruch der sympathetisch-imitativen Magie. Hinter ihm hing die Dienerin kopfunter an der Decke, und ihr Klagen erfüllte ihn mit einer bösen Hitze. Seine Lenden gerieten in Wallung, während er dem langsamen Tropfen ihrer Lebenssäfte lauschte.

Der Zauberspruch verlangte nach einem geschwächten Opfer, das unter den derzeitigen Bedingungen leicht zu finden war. Ein schwieriges Ritual, aber er wurde immer besser darin, je weiter er mit dem Großen Plan kam. Er spürte den Zustrom dunkler Macht, wurde von ihrem schwindelerregenden Kitzel schier überwältigt. Er setzte die Maske ab und führte die Inkantation aus, übertönte damit die qualvollen Schreie der Frau.

Auf dem Altar lagen Früchte von den Feldern und Obstgärten des Tieflands. Mort begann rhythmisch über ihnen zu atmen, und ein dichter, brodelnder schwarzer Rauch drang ihm aus dem Mund, legte sich um den Altar, entzog die Gegenstände jedem Blick, verzehrte sie …

Mürrische graue Augen, brennend vor Hass, verfolgten aus der Deckung heraus den brodelnden Dampf, der über das nächtliche Ackerland vor den Mauern Veduns sank. Verwirrt runzelte der Mann die Stirn, als er sah, wie sich der Nebel trennte, wie er aufbrach, dem Anschein nach von einer unheimlichen Absicht beseelt, wie er dann über bestimmte Felder und Furchen hinwegwogte und andere unberührt ließ.

Ein fernes Geräusch. Hufgetrappel. Zwei Söldner, die sich im Flüsterton unterhielten, ritten auf ihn zu und betrachteten den Nebel von der Straße aus. Ihr Geflüster durchdrang scharf die Stille; alle Tiere hatten sich tief in den Wald zurückgezogen.

Der Mann griff hinter sich und berührte die Stelle, wo der Pfeil sich in sein Gesäß gebohrt hatte. Die Wunde war fast verheilt. Sie war jedoch schmerzhaft gewesen, und diese Leute dort waren dafür verantwortlich. Wie sie auch den Jungen umgebracht hatten. Und dann das Unaussprechliche vollbracht hatten, die Gräueltat im Kloster. Finster blickte er zu den fernen Turmspitzen der Burg empor.

Die Handlanger Satans hatten es getan. Und die Hölle würde ihnen die Rechnung präsentieren.

Das Tier ihn ihm verspottete ihn, und mit Flüchen jagte er es zurück in seinen Winkel, wo es sich zusammenrollte, an jener Stelle, die er sich mit eigener Hand wie eine Pfeilspitze herausgeschnitten hätte, wenn er gewusst hätte, wo sie zu finden war.

Er rannte am Waldrand entlang, und der Todeswunsch brannte in ihm.

»Glaubst du an ihn? Ich habe nie an ihn geglaubt. Nicht bis heute Abend. Nicht mal angesichts des großen Vogels oder Tumos.« Der Söldner schüttelte den Kopf. Er setzte die Schaller ab und fuhr sich mit einem Arm über die schwitzende Stirn. Ein kalter Schauer schüttelte ihn. »Aber sieh dir das mal an. Er sagte, er würde es tun, und er hat es getan.« Er setzte die Schaller erneut auf.

»Halt die Klappe!«, verlangte sein Kamerad. »Du redest zu viel.«

»Klar.« Eine Wolke verdeckte den Mond, und eine düstere Stille senkte sich über die Hochebene. »Na, genau das, was wir jetzt brauchen! Uns im Dunkeln verirren und in diesen – Nebel hineinstolpern.« Sein Atem ging in kurzen Stößen, denn die Furcht griff nach seinem Herzen. »Falls Klann etwas davon wüsste, was Mort im Schilde führt ...«

»Warum brüllst du es nicht einfach laut heraus?«

»In Ordnung, in Ordnung, ich weiß. Wir haben es geschworen. Ich komme ihm nicht in die Quere. Nicht, nachdem ich gesehen habe, was er mit Lonzos Füßen angestellt hat. *Öh-öh!* Du machst bei diesem Beschwörungsgesang mit? Sprichst es aus und meinst es ernst?« Er wiegte skeptisch den Kopf, sah in der Dunkelheit nicht die Hand des Kameraden, die ihn mahnte, still zu sein. »Ich habe noch nie mitgemacht. Hatte es auch nie ernsthaft vor. Jetzt mache ich es aber, das sage ich dir! Weil ...«

»Ssst! Halt die Klappe! Hör mal! Hast du das gehört?«

Die Pferde schnaubten und bockten jetzt und stampften ängstlich mit den Hufen.

»Was? Was? Ich hab gar nix gehört!«

»Halt die Klappe, du verdammter Idiot!«

»Was *ist* denn? Was hörst du?«, schrie er.

Und dann ging sein Pferd durch und wieherte panisch. Die Schaller flog dem Mann vom Kopf, und die Füße glitten aus den Steigbügeln. Er hielt mit einer rutschigen Hand den Zügel und versuchte sich verzweifelt an den Flanken des Tiers festzuhalten. Das panische Pferd warf ihn jedoch ab, und er stürzte schwer auf den Rücken und blieb benommen und atemlos liegen.

Sein Kamerad heulte wie verrückt, und mit seltsamer albtraumhafter Distanz starrte der Soldat auf den Arm, der nass vom Blut war: am Ellbogen abgetrennt, sodass der Unterarm feucht neben ihm zu Boden klatschte. Ein hohles Stöhnen wurde durch ein heftiges Splittern und klirrendes Krachen abgeschnitten, als Ross und Reiter gemeinsam stürzten.

Er wollte sich aufrappeln, plapperte Flüche und halb vergessene Gebete um Schutz. Dann kippte das lauthals schreiende, panische Pferd auf ihn und war nur noch ein zuckender Kadaver.

Er brüllte, denn sein Bein war gebrochen, aber in seinem Grauen kämpfte er gegen den Übelkeit erregenden Schmerz und versuchte panisch, unter dem Pferd hervorzukommen, das ihn zu Boden drückte.

Und dann erblickte er die hochgewachsene Gestalt, sah das Weiße in ihren Augen und den matten Schimmer der zusammengebissenen Zähne. Sah das von dunklen Rinnsalen gezeichnete Schwert, das seinem Kameraden gehört hatte.

Sein Mund klaffte unnatürlich auf, während er würgte und dem weiten, grausigen Schwung des Stahls folgte. Und dann sah er gar nichts mehr.

Gonji empfand eine berauschende Mischung aus Triumph und Entrüstung, die ihn herrisch hin und her marschieren ließ, die Hände hinter dem *Obi* verschränkt.

»So viele Verschwörer«, sagte er trocken. »Das hätte ich gar nicht vermutet.«

Nur Tralayn erwiderte seinen Blick. »Du nimmst das viel zu persönlich. Wir sind durch einen feierlichen Schwur gebunden, was Simon angeht.«

»Der furchteinflößende Mann der Geheimnisse«, spekulierte Gonji laut und spürte diesen intensiven Kitzel im Rücken, der die Erfüllung seiner Bestimmung andeutete. »Der Mann, der Ben-Draba umgebracht und auf der Flucht eine ganze Kompanie von Klanns Soldaten in Angst und Schrecken versetzt hat.«

»Genau der«, bestätigte Tralayn.

»Er ist sicher schwer verletzt.«

»Das ... wird wohl nicht lange so bleiben.« Tralayn holte tief Luft. »Selbst jetzt bin ich noch nicht sicher, wie viel ich dir von ihm erzählen darf. Welche Verbindung hattest du zu Pater Dobret?«

Er wollte schon abstreiten zu wissen, von wem sie da sprach, aber dann stockte er. Er kannte diesen Namen von früher. Es war der Priester, der jeden Monat aus dem inzwischen verwüsteten Kloster nach Vedun kam. Aber warum sollte er ihn kennen? Ah … es gab nur einen denkbaren Grund …

»Der weißhaarige Priester im Kloster? Der Mann, der mir die Nachricht übermittelte?«

»*Si.*«

»Ich … hatte einmal versucht, ihm einen Gefallen zu tun.«

Tralayn rätselte über Gonjis ausweichende Worte.

»Was geschieht in dem Kloster, Gonji?«, wollte Flavio wissen. »Niemandem wird gestattet, über den Borgopass zu reisen. Dort sind Soldaten postiert und weisen jeden ab.«

»Ich sage dazu erst dann etwas, wenn ihr mir mehr von Simon erzählt habt.« Gonji gab sich arrogant und unnachgiebig. Die anderen warfen sich unbehagliche Blicke zu.

»Wir haben einen Eid geleistet«, erinnerte ihn Lydia, die ins Leere blickte.

»Den zu bewahren mein Bruder gestorben ist«, ergänzte Michael streng.

Gonji dachte daran, wie der Junge zusammengeschlagen worden war, und seine Miene verdüsterte sich. »Der Schlüssel – *dort* war es, wo ich ihn zuerst sah! Also wisst ihr, wozu der Schlüssel dient, der Mort so zu beunruhigen scheint.«

Michael und Lydia rutschten auf ihren Plätzen herum. Garth blickte missmutig zu Boden. Flavio schien kurz davor, etwas zu sagen, und blickte Tralayn beinahe flehend an, suchte Hilfe bei ihr.

»Er hat nach Simon Sardonis gefragt, lieber Flavio. Er wurde von einem fernen Ort unfehlbar hierher geführt. Der Zeitpunkt – seine Beharrlichkeit – sein Einsatz für Menschen, die ihm fremd sind – das kann nur bedeuten: Der Herrgott hat ihn dazu bestimmt, an unserem rechtschaffenen Kampf teilzunehmen. Sabataké Gonji-noh-Sadowara – ich habe Grund, dir zu trauen, an deine guten Absichten Vedun gegenüber zu glauben. Wir planen, eine Miliz aufzustellen, eine Armee im Untergrund einsatzbereit zu machen, damit sie sich, wenn der richtige Zeitpunkt gekommen ist, gegen die Invasoren und Morts Kreaturen aus der Hölle wendet. Wir brauchen deine Fähigkeiten im Kampf, deine unerschrockene Haltung, um uns sowohl bei der Ausbildung der Streiter als auch im Kampf selbst beizustehen. Im Gegenzug zahlen wir dir, was du verlangst. Und ... mit der Zeit werde ich dir alles über Simon Sardonis erzählen, was du wissen möchtest. Nimmst du diese Aufgabe an?«

Von dem Augenblick an, als sie ihn mit seinem vollständigen Namen anredete, war sein Interesse geweckt. Sein Herzschlag beschleunigte sich, als sie ihm den kühnen Vorschlag unterbreitete, wiewohl sein Gesicht nichts davon verriet. Er atmete geräuschvoll ein. Seine Stirn lag nachdenklich in Falten, was dem Anstand geschuldet war, den eine so ernste Bitte verdiente. Die ganze Zeit überschlugen sich seine Gedanken, und die eigene Antwort erschreckte ihn noch mehr:

»*Iyé* – nein, tut mir sehr leid, aber ich denke, lieber nicht.«

Noch während er das sagte, staunte er über den distanzierten Klang dieser Worte, und erst nachdem ihm die Ablehnung über die Lippen gekommen war, wurde ihm der Grund dafür richtig klar: Es war das Spiel, die ewige psychologische Kriegsführung, das zwischenmenschliche Taktieren, das er sich mittlerweile angeeignet hatte. Tatsächlich diente es oft dem Überleben, wenn man diesen Vorteil behielt, diese Kunst, der anderen Partei immer eine Nasenlänge voraus zu sein und sie aus dem Konzept zu bringen. In Wirklichkeit war er erpicht darauf, die herausragende Stellung anzunehmen, die man ihm hier angeboten hatte und die er mit dem Rang eines Generals gleichsetzte.

Der *Kami* des Glücks lächelt auf dich herab, Gonji-san. Aber warum möchte ich es, fragte er sich. Worum geht es mir in diesem Spiel? Um das Geld? Zur Hölle mit dem Geld! Um die Freundschaft, die Zuneigung? *Hai*, das gehört dazu. Diese Menschen haben in mir Gefühle geweckt, die ich schon lange nicht mehr empfunden hatte. Es geht jedoch auch ... um *Bedeutung* im sonst so wertlosen Dasein als *Ronin*. Der landlose, pflichtlose Wanderer steht unter dem geringsten Totengräber. Der bedeutsamen Pflicht halber werde ich annehmen. Und nachdem ich sie angenommen habe, werde ich danach streben, selbst *angenommen* zu werden ...

»Ich denke, ein Zusammenstoß ist unvermeidlich. Und falls ich mich dieser Sache verpflichte, werde ich wahrscheinlich hier sterben, und meine Suche wird gescheitert sein.«

Er genoss ihre Reaktionen, während er im Zimmer auf und ab schritt. Tralayn betrachtete ihn forschend, den Kopf verwirrt auf die Seite gelegt. »Ich verstehe dich nicht«, sagte sie.

Garth und Flavio, die nebeneinandersaßen, zeigten eine ähnliche Enttäuschung und leichtes Erstaunen, was Gonji freute. Von Seiten der Benedettos flackerte Interesse auf. Michael zeigte eine stille, atemlose Zufriedenheit, während Lydias kultivierte Patrizierhaltung ihr kaum erlaubte, ihre Gefühle zu zeigen. Erleichterung, entschied Gonji, war ihren gepressten Lippen und der trägen Ruhe in ihren blauen Augen noch am ehesten zu entnehmen.

»Ich denke jedoch darüber nach und wäge die Konsequenzen ab«, schloss der Samurai und drehte so das Messer in der Wunde noch.

»Richtest du mir jetzt wenigstens die Nachricht aus, die du Simon überbringen solltest?«, fragte Tralayn ernst.

Gonji blieb stehen. »Oh nein, schlaue Dame, das ist meine Trumpfkarte! Warum erzählst du mir nicht etwas von ihm, das ich noch nicht weiß?« Eine kalte Erinnerung stieg in ihm auf. Hatte nicht Julian vor gar nicht langer Zeit das Gleiche gefordert? *Erzähle mir etwas, das ich noch nicht weiß* ...

Tralayn seufzte und blickte die anderen an.

»Die Entscheidung liegt bei ihm, Tralayn«, mahnte Michael sie.

»Und bei mir lag die Entscheidung, die Leiche deines Bruders zu überbringen«, erinnerte ihn Gonji, den Michaels Feindseligkeit ein wenig wurmte. »Falls ich so gefühllos sein darf, daran zu erinnern.«

Michael schlug die blauen Augen vor Scham nieder.

»Wir haben einen feierlichen Eid geleistet«, sagte Tralayn resigniert.

»Ich dachte, du hättest gesagt, Simon wäre fortgegangen. Worin bestünde also der Schaden?«

»Ich weiß es im Grunde nicht. Er *sagte*, er würde fortgehen ...«

»Was ist der Wind des Todes, Tralayn?«, fragte Gonji gebieterisch. Es wurde still im Zimmer. »Ist Simon Sardonis der geheimnisvolle Todeswind, den ich im Verlauf all dieser schrecklichen Jahre in Europa gesucht habe?« Er bemühte sich, sein unvermittelt einsetzendes Zittern und das Herzklopfen zu beherrschen.

Tralayn blickte ihm tief in die Augen. »Darüber weiß ich nichts. Beim Kreuz Christi schwöre ich, dass ich es nicht mit Bestimmtheit sagen kann. Simon entspricht gewissen Aspekten der Legende, aber er gibt keine Antwort auf die Frage, ob er derjenige ist, von dem gesprochen wird.« Ihr Unterkiefer verriet plötzlich Entschlossenheit, und ihre Augen zeigten eine schwelende grüne Glut. »Ich spreche jetzt nicht weiter von ihm. *Du* musst deine Verpflichtung gegenüber der Stadt kundtun. Ich sage dir eins: Vedun ist entschlossen, sich vorzubereiten. Die Menschen hier sind gewillt, für ihren Glauben und für ihre Stadt zu sterben. Krieger, Taktiker, Anführer werden gebraucht. Du wärst nicht allein ...« Sie machte ein unschuldiges Gesicht. »Baron Rorka lebt.«

Sie stellte diese Äußerung in den Raum, und ihre Begleiter schnappten erschrocken nach Luft. Die eigene Überraschung erschütterte Gonjis würdevolle Haltung. Er lachte leise in sich hinein und schüttelte den Kopf.

»Tralayn, du verrätst zu viel!«, wandte Michael ein.

»Hier wimmelt es wirklich von heimlichen Intrigen«, bemerkte Gonji. »Das klingt wie die Erzählung eines Bänkelsängers am Lagerfeuer.«

»Und da ist noch mehr zu erzählen«, versicherte Tralayn, »viel mehr. Dinge, die nur ich weiß. Wirst – du – uns – helfen?« Sie betonte jedes einzelne Wort, stand jetzt direkt vor dem Samurai.

Gonji blickte sie voller Bewunderung für ihre Entschlossenheit an. »Du hast die Instinkte eines Raubtiers. Du wärst ein tödlicher Feind, da wette ich – und das darfst du als Lob verstehen.« An ihrem kurzen Nicken erkannte er, dass sie das auch tat. »Du sagst, der Junge – Mark – wäre *gestorben*, um dieses Geheimnis des Simon Sardonis zu bewahren?«

Sie verbeugte sich ernst, und die anderen zogen sich verdrossen in ihre Gedanken zurück. Gonji runzelte die Stirn und rieb sich nachdenklich das Kinn.

»Gib mir die Nacht Zeit, um darüber nachzudenken. Morgen gebe ich dir Antwort. Ich muss jetzt meine Fertigkeiten üben. Das wird mir helfen, den Kopf freizubekommen und somit zu einer klügeren Entscheidung zu gelangen, als ich sie heute Abend finden könnte. – Garth«, wechselte er unvermittelt das Thema und wandte den Blick, »etwas bereitet mir Kopfzerbrechen. Tut mir sehr leid, aber ich muss den Zyniker spielen. Du hast Klann früher mal die Treue geschworen. Wonach stünde dir jetzt der Sinn, falls – falls es zum Schlimmsten kommt?«

Garth wirkte verletzt. »Die Vergangenheit habe ich zurückgelassen. Meine Treue gilt heute der Stadt. Du hättest diese Frage nicht zu stellen brauchen!« Eine düstere Stimmung bemächtigte sich des kräftigen Schmieds. »Aber ich könnte nie das Schwert gegen Klann erheben.«

Gonji nickte, nicht sehr erfreut über die Haltung seines Freundes. »Du kannst der Stadt einen Gefallen tun, *doso*, und Strom in diesen Dingen einen Maulkorb verpassen. Ich glaube, ich brauche euch nicht zu erklären, dass jede Erwähnung des Riesen auf der Burg und dieser Geschichte von den sieben Leben Klanns nur dazu beitragen würde, die Moral der Menschen zu untergraben. Behaltet das alles für euch. Eine positive Einstellung ist das, was ihr braucht. Ich vermute, alle Welt weiß inzwischen, dass der illustre Rorka bei guter Verfassung ist – alle Welt außer dem ungläubigen Samurai, *neh?*« Er lächelte ironisch und entlockte damit auch Tralayn ein unterdrücktes Lächeln.

»Eine Frage stelle ich mir allerdings«, sagte Gonji, als sich die anderen erhoben und streckten. »Ihr alle schützt diesen Superkrieger Simon, und doch spüre ich in eurem Gebaren eindeutig Angst vor ihm. Warum helft ihr ihm? Was hat er gegen euch in der Hand? Und am interessantesten überhaupt: Warum lässt er euch jetzt in der Stunde eurer Not im Stich?«

Sie alle blickten ihn an, und er bemerkte das leichte Zittern Lydias, während Michael ihr in den Umhang half.

»Später, Gonji«, antwortete Tralayn. »Alles zu seiner Zeit.«

Man öffnete die Tür, und Lorenz und Wilf spazierten wieder herein. Sie waren erkennbar gekränkt, weil man sie ausgeschlossen hatte. Milorad war eingeschnappt nach Hause gegangen, und Strom sattelte gerade ein Pferd, um loszureiten. Garth rief ihn herein und gab Gonjis Mahnung an ihn weiter. Lorenz fasste seine Entrüstung in ätzenden Humor, während Wilf eher rüpelhaft reagierte. Der Nachtwind, der zur Tür hereinwehte, war ungewöhnlich warm, und die Berge schienen ruhig.

Flavio trat an Gonji heran und wandte sich leise in verlegenem Ton an ihn. »Hör mal ... Gonji, sprichst du bald mit Hauptmann Kel'Tekeli?«

Julian.

»Ich weiß nicht, vielleicht. Macht es dir inzwischen nichts mehr aus?«

Flavio zuckte die Achseln. »Du weißt zweifellos, was du tust, aber würdest du ihm bei eurer nächsten Begegnung bitte erklären, dass wir nach wie vor Frieden anstreben? Tust du das für einen alten Mann, dessen Einfluss auf die jungen Wölfe im Rat zunehmend schwindet?« Er lächelte müde.

Gonji verneigte sich vor ihm. »*Hai*, Meister Flavio, so wird es geschehen.«

Flavio ließ die Schultern hängen, als er ging, und wirkte wie ein Mann auf dem Weg zum Galgen.

ZEHNTES KAPITEL

Gonji empfand das Bedürfnis, allein nachzudenken, und so verzichtete er darauf, bei den Gundersens zu schlafen, und nahm sich stattdessen ein Zimmer im zweiten Obergeschoss von Wojciks Stube. Er hatte einen leichten Schlummer, stand vor der Morgendämmerung auf und wusch sich den Schlaf aus dem Gesicht. Nachdem er Tora aus dem Mietstall abgeholt hatte, ritt er durch das Westtor hinaus, vorbei an argwöhnischen Söldnern, die dort Wache schoben. Sie hielten ihn allerdings nicht auf und redeten kein Wort mit ihm; wenigstens hielt Julian sein Wort und schützte Gonji vor seinen Bluthunden.

Gonji ritt in die Berge hinauf, fand eine stille Lichtung und bremste Toras Bewegungsdrang durch einen Strick an den Vorderbeinen. Dann legte der Samurai Schwerter, *Obi* und Kimono ab und verstaute die *Daisho* hinter einem Baum am gegenüber liegenden Rand der Lichtung. Als er damit begann, im Laufschritt seine Runden um die Lichtung zu drehen, sickerte der erste rötliche Schimmer des Morgens durch Lücken, die der Baumbestand im Osten aufwies.

Nach dem Lauf absolvierte der Samurai ein Programm aus gymnastischen Übungen sowie etlichen *Kata* ohne Waffen, wobei er die linke Seite schonte, damit die genähte Wunde nicht aufriss. Die Wunden schienen alle gut zu heilen, und die Ränder der Rippenverletzung schlossen sich, ohne zu eitern. Er nahm die Schwerter wieder an sich, steckte sie in die Gürtelschärpe und übte sich in Schnelligkeit und Präzision, wobei er sich auf das Ziehen der Waffe aus der Scheide und einen sich sofort anschließenden Angriff konzentrierte. Dabei ging er all die erstaunlich vielfältigen Formen des Blankziehens durch, an die er sich aus den verschiedenen *Ryu*, den Denkschulen des Kampfes mit dem *Katana*, erinnerte: einhändig und beidhändig, Hiebe von oben nach unten, kreisförmige Hiebe, Schnitte auf kurze Distanz, Stöße gegen Angreifer von hinten. Er übte, bis er die müde Zufriedenheit spürte, die vom Ende des leichten Trainings kündete sowie von den schmerzlichen Folgen, die im Anzug waren. Er atmete schwer und schwitzte stark, und er fühlte sich fit und hungrig, begleitet von der erhöhten Wahrnehmungsschärfe und räuberischen Zuversicht eines Tigers.

Durch das funkelnde, taufeuchte Grün ritt er zurück nach Vedun. Die Feuchtigkeit der Nacht verdampfte rasch unter einer heißen jungen Sonne. Weiße Quellwolken standen über dem westlichen Horizont, bargen jedoch keinerlei Drohung von Regen.

Gonji frühstückte auf dem Markt unweit des zentralen Platzes der Stadt, und ihm fiel auf, dass Flavio in einer optimistischen Geste das riesige Kruzifix bereits erneut hatte aufrichten lassen. Durch die Reihen der Soldaten lief heute Morgen ein nervöses Summen, das Gonjis Neugier weckte.

Da drückte ihm ein vorbeikommender Söldner einen Zettel in die Hand, nickte ihm zu und fasste grüßend an die Hutkrempe. Der Mann blinzelte und nickte erneut, ehe er weiterging. Gonji faltete den braunen Zettel verstohlen auseinander und las die auf Italienisch geschriebene Nachricht:

»Um neun Uhr in der Karawanserei hinter dem Futterkorb. Der Hauptmann.«

Julian! Was hat das zu bedeuten? Eine Falle? Nein, das wäre absurd. Wozu? Er will wahrscheinlich mehr erfahren für sein Geld. Aber was soll ich ihm sagen?

Er zupfte sich nachdenklich am Ohr und versuchte sich etwas auszudenken, was nach einer nützlichen Information klang. Neun Uhr. Na ja, damit blieb ihm nur wenig Zeit. Und zumindest erfuhr er jetzt vielleicht, was die Soldaten so nervös machte.

Im Handgalopp ritt er zum Gerber und stellte fest, dass sein Kürass fertig war, ebenso die beiden Schulterstücke und Unterarmschienen. Der Kürass war gute Handwerksarbeit, eine harte Lederschale zum Schutz von Brust und Rücken und das beste Stück dieser Art, das Gonji je getragen hatte. Schulterstücke und Unterarmschienen waren aus überlappenden Schienen gehärteten Leders gefertigt und schützten so diese Körperstellen vor Schwerthieben. Gonji stellte fest, dass diese Panzerteile eng saßen, aber trotzdem bequem waren und gut geölt, um die Bewegungsfreiheit zu erhalten.

Ein guter Tag für Neuanschaffungen, stellte er fest, als er beim Schuster vorbeischaute und erfuhr, dass die neuen Reitstiefel aus weichem Leder zu seiner Begutachtung bereitstanden. Sie waren schön und bequem, aber seltsamerweise widerstrebte es ihm, sie zu tragen, und so blieb er lieber bei seinen *Tabi* und Sandalen. Als er weiterritt, ärgerte er sich ein wenig darüber, dass er sich vom unvermittelten Geldsegen der Vorwoche zu solch extravaganten Ausgaben hatte verleiten lassen, *und* überdies zu einem solch protzigen Beispiel für die Verwestlichung wie einem Paar italienischer Reitstiefel.

Er zuckte die Achseln und ritt zu den Gundersens, wo er seine neuen Besitztümer in Wilfs Schlafkammer verstaute. Nach einem kurzen Gespräch mit dem wieder mal missmutigen Wilf stieg er in den Sattel und trabte zum Futterkorb.

Um neun Uhr saß er im Hof der Karawanserei auf Tora, umgeben vom Lärm der Wagen und Zugtiere und reisender Kaufleute rings um das Gasthaus sowie von den Gerüchen der Speisen, Getränke und tierischen Exkremente. Ein Söldner zu Fuß wies Gonji auf einen geschlossenen Wagen in einer hinteren Ecke hin. Der Samurai stieg ab und kletterte argwöhnisch in den Wagen, um sich in den beengten Verhältnissen Julian gegenüber niederzulassen.

»Was reden die Leute hier seit dem Bankett auf der Burg?«,

erkundigte sich Julian ohne Umschweife. Wie ein geckenhafter Kaufmann trug er graubraune Seide und eine Hose aus Rindleder. Neben ihm lag ein dreispitziger Schlapphut. Die einzige Waffe war ein Dolch am breiten Ledergürtel.

»Die Führungspersonen wünschen sich ausnahmslos Frieden«, antwortete Gonji. »Seit ihrer Begegnung mit Klann sind sie sehr optimistisch.«

»Das ist alles?« Julian klang enttäuscht.

»Na ja ...«, fantasierte Gonji drauflos, und es gefiel ihm überhaupt nicht, von diesem verächtlichen Mistkerl zurechtgewiesen zu werden. »Da existiert schon eine unterschwellige Strömung. Bislang konnte ich jedoch noch nicht das Vertrauen der richtigen Leute gewinnen. Sie reden nach wie vor vom Wind des Todes, bezeichnen ihn aber inzwischen als verheißenen Befreier, eine Art Todesengel, der sie von Unterdrückung erlöst ...« Er schüttelte den Kopf und runzelte die Stirn, legte einen Grad von Verwirrung an den Tag, von dem er hoffte, er möge überzeugend wirken. Julians Miene verriet nichts.

»Wo warst du gestern Abend?«, fragte der Hauptmann rundheraus.

Gonjis Erinnerung raste los. Nein, er hatte nichts zu verbergen. »Bei den Gundersens. Den ganzen Abend lang. Noch mehr Leute waren dort ...« Er brach ab, war wütend auf sich selbst, weil Julian ihm einen schuldbewussten Ton entlockt hatte. Er wurde aggressiver. »Dann habe ich mir ein Zimmer in Wojciks Stube genommen ... Warum? Was geht dir durch den Kopf, Hauptmann?«

»Nun, das kommt hin.«

»*Was* kommt hin?«

»Zwei Soldaten wurden letzte Nacht umgebracht – *abgeschlachtet*, würde ich es nennen, zusammen mit ihren Pferden.« Julian lächelte sardonisch. »Dann wurde ein unbeholfener Versuch unternommen, die ... Überreste zu verstecken.«

»Und du hast mich im Verdacht?« Gonjis Augen wurden schmal.

»Nein. Nein, das war nicht dein Stil«, entgegnete Julian, lehnte sich zurück und entspannte sich. »In meiner Position habe ich jedoch gelernt, meinen Untergebenen nur begrenzt zu vertrauen.«

Gonji blickte finster und nickte knapp. »Wer hat diese – Überreste gefunden?«

»Dieselbe Person, die deinen Verbleib bestätigt – Garth Iorgens' Sohn, der Hirte.«

Strom! Der Samurai wendete diese Information in Gedanken hin und her, und sein Blick ging ins Leere, auch wenn es schien, als erwiderte er weiterhin den Blick des Hauptmanns.

»Weißt du«, erzählte Julian gemächlich, »ich habe etwas Beunruhigendes über dich gehört ...«

Gonji kehrte in die Gegenwart zurück. »*So desu?* Was soll das sein?«

»Man sagt, du hättest den toten Bruder des Ratsherrn Benedetto aus dem Wald geholt. Und um das zu tun, hättest du einige Männer töten müssen.«

Sie wussten es!

Gonji spannte sich an. Sein Herz galoppierte, und er tarnte den stockenden Atem durch ein glucksendes Lachen. »*Hai*, das ist die Geschichte, die auch *mir* erzählt wurde. Hast du dich nicht schon gefragt, warum es mir so leichtfiel, das Vertrauen dieser Menschen zu gewinnen? Die Wahrheit lautet: Die Männer, die ich an der gleichen Stelle fand wie den Jungen, waren da genauso tot wie er. Wahrscheinlich ebenfalls ein Werk deines geheimnisvollen ›Schlächters‹.«

»Na, ich weiß nicht«, sagte Julian leise. »Heb den Hut auf.«

»Hm?« Gonji zog eine Braue hoch.

»Den *Hut!*«

Gonji streckte die Hand aus und drehte den Schlapphut um. Darunter lag ein verschrumpelter Apfel, braun und runzlig.

»Was soll das?«, wollte der Samurai wissen.

»Heb ihn auf.«

Er tat wie geheißen. Der Apfel fühlte sich trocken und irgendwie zu leicht an.

»Die Nächte waren kalt, *neh?*«, fragte der Samurai.

»So kalt nun auch wieder nicht. Drücke ihn.«

Gonji stockte kurz und zerdrückte den Apfel dann in der Faust, sodass er zu Staub zerbröckelte und ihm durch die Finger rieselte. Das fühlte sich seltsam widerlich an. Gonji musterte Julian fragend.

»Heute sieht ein Drittel des Ertrags der Bauern so aus«, sagte der Hauptmann. »Was weißt du darüber? Leisten die Bauern so etwas wie ... passiven Widerstand gegen Klann?«

»*Iyé* – nein, zu welchem Zweck auch?«

»Ich weiß es nicht. Du wirst es herausfinden. Du kannst deinem Flavio ausrichten, dass Klann derzeit ebenfalls davon erfährt und dass es unangenehme Folgen haben wird.« Er stocherte mit der Stiefelspitze in dem seltsamen Pulver. »Sieht nach Zauberei aus, wie?«

Gonjis Gedanken rotierten von lauter Fragen. Vorsicht! *Denk nach!*

»Wer hat dir von diesem ›Todesengel‹ erzählt, den du erwähnt hast?«, erkundigte sich Julian.

»Eh – die Prophetin Tralayn«, antwortete Gonji zerstreut und bedauerte das unvorsichtige und unüberlegte Eingeständnis sofort. *Verdammt, was bin ich für ein Trottel!*

»Die Stadthexe – das dachte ich mir. Sagenumwobene Befreier und magische Vernichtung der Ernte. Ich werde sie verhaften lassen, damit wir sie verhören können.«

Panik bemächtigte sich Gonjis. Er umklammerte die Knie, damit nicht auffällig wurde, wie er zitterte. *Choléra – doch nicht die Hüterin der Antworten auf meine Suche ... Was kann ich nur tun?*

Er lachte schroff. »Verzeih mir, Hauptmann, aber das wäre sehr dumm!«

Julian verlor die Fassung und ereiferte sich: »Was meinst du damit?«

»Ich meine, sie ist die heilige Frau dieser Stadt. Die Menschen sind schon besorgt, weil ihre Priester nicht wie erwartet aufgetaucht sind, und Tralayn ist alles, was sie noch als geistliche Führung haben. Sie zu verhaften wäre der sicherste Weg, einen Aufstand zu provozieren. Lasse mich lieber erst herausfinden, was da vorgeht, und ergreife keine überstürzten Maßnahmen gegen führende Persönlichkeiten dieser Stadt.« Gonji erhob sich, um zu gehen, und hielt dabei in dem engen Raum den Kopf eingezogen. »Ich gebe dir Bescheid, sobald ich etwas erfahre, das vielleicht Licht auf diese Vorfälle wirft.«

Julian musterte ihn scharf. »In Ordnung. Ich warte. Oh, Samurai – du machst mir doch keine Vorwürfe wegen der Ereignisse auf der Burg? Sie dienten nur dazu, deine Tarnung zu verbessern, und ich denke, sie haben ihren Zweck erfüllt. Du hättest das Gesicht des alten Kerls – des Ratsältesten – sehen sollen, als ich dir dort einen Schnitt verpasst habe!« Er deutete auf Gonjis Rippen, und es war klar, was er damit andeuten wollte: Es war eine unverfrorene Warnung davor, ihm, Julian, in die Quere zu kommen, und sollte an den Ausgang des Duells erinnern. Hatte der Hauptmann bei dieser Begegnung keinerlei Respekt vor dem Schwert Gonjis entwickelt? Sein selbstsicheres Auftreten ließ darauf hindeuten, dass dies nicht der Fall war. Für Julian kam es nur darauf an, dass er gesiegt hatte.

Gonji grinste boshaft und presste die Zähne zusammen, verneigte sich aber knapp und brachte so Zustimmung zum Ausdruck. Dir zeige ich es schon noch ... Das Gespenst des Zweifels schwebte jedoch nach wie vor über seinen Erinnerungen.

Klann schloss seine mächtige Faust und zerdrückte das brüchige Ding, das eine reifende Aprikose gewesen war. Er warf sie nach dem Llorm-Dragoner. Dann gewann er sofort eine würdevolle Haltung zurück, ballte die Fäuste an den Seiten und wappnete sich innerlich. Der Atem eines Menschen zischte. Der Dragoner war zusammengezuckt, hatte das Gesicht abgewandt und die Augen geschlossen, dann jedoch wieder Haltung angenommen. Der König musterte die in seinem Gemach Versammelten und bedauerte sehr, dass er die Beherrschung verloren hatte.

General Gorkin starrte ihn aus großen Augen an. Gorkins Gattin, die neben ihm stand, nagte an der Lippe. Der Dragoner zeigte inzwischen wieder die Maske des professionellen Soldaten, während Hauptmann Sianno die grauen Bodenfliesen betrachtete. Mort stand mit verschränkten Armen hinter Sianno und nickte selbstgefällig mit der goldenen Maske. Am Torbogen des Schlafgemachs lehnte die Dame Thorvald, und ihre Lider zuckten gespannt. Die vollbusige Genya klapperte mit dem Geschirr und unterstrich damit nur die angespannte Stille.

Klann rang mit Vernunft, Impulsen und den chaotischen Ratschlägen seiner Brüder.

(ergreife Maßnahmen gegen sie – sofort)

(Vorsicht, Bruder, handle mit Bedacht)

(gehe der Sache auf den Grund – ergreife deine Maßnahmen – vertraue nur unserem Urteil)

»Es ist so gekommen, wie ich es gesagt habe«, meldete sich Mort zu Wort. »Sie leisten Euch unter dieser Fassade friedfertiger Religiosität fortwährend Widerstand.«

»Was sollen Wir also unternehmen, Höchst Erhabener Zauberer?«, knirschte Klann, und alle Jovialität des Festabends war entrüsteter Verwirrung gewichen. »Sie alle vernichten?«

Mort begegnete dem Sarkasmus seines Lehnsherrn mit geübtem Gleichmut. »Oh, ich denke, das ist nicht nötig, Sire. Sie benötigen vielleicht eine Lektion, mehr nicht.«

»Eine Lektion«, wiederholte der König. Er deutete auf das zerbröckelte Stück Obst. »Was ist das? Wie wurde das bewirkt? Eigentlich wird von dir erwartet, dafür zu sorgen, dass Wir solchem Verrat stets einen Schritt voraus sind. Ist es Zauberei?«

»Wohl kaum, Sire.« Mort trat vor, bückte sich und prüfte die seltsame Substanz. Er gluckte vor sich hin. »Nein, keine eigentliche Zauberei, allerdings eine sehr clevere Tinktur. Eine obskure Verbindung, die nur den seltenen Adepten unter uns bekannt ist. Hmmm ... in der Stadt lebt eine Hexe. Vielleicht hat sie ...«

Klann schwenkte einen Arm. »Genug! Wir möchten es nicht hören! Hexen und Kobolde und Dämonen und Monster – Wir sorgen Uns nur um *Menschen! Unser* Volk. Wir haben die Nase voll von Zauberei, Mort. Was Wir an Zauberkunst kennengelernt haben, war Uns entweder feindlich gesinnt oder Unfähigkeit deinerseits.«

Mort senkte den Kopf zu einer Geste der Ergebenheit. »Königlicher Herr, darf ich Euch in Erinnerung rufen, auf die Gefahr hin, unverschämt zu erscheinen ...«

»Nein, erinnere Uns nicht!«, brüllte Klann und unterbrach den *Basso profondo* des Magiers. »Sieh einfach zu, was du unternehmen kannst, um dieser ... dieser *Plage* entgegenzuwirken. Und fahre mit deinen übrigen ... Experimenten fort.« Der König wollte über dieses abstoßende Thema lieber nicht nachdenken und wandte sich also an Sianno. »Und mehr hast du nicht über diese Soldaten zu sagen, die in einen Hinterhalt geraten sind?«

»Ich fürchte, nein, Sire«, antwortete der Kommandeur der Llorm-Garnison.

»Abgeschlachtet«, sagte Klann, und sein Blick ging in die Ferne, verlor sich in den von den Äonen abgewetzten Wänden des Gemachs. »Und wie steht es um deine Patrouillen? Wurden sie nicht so eingerichtet, dass der Einzelne nie lange außer Sichtweite seiner Kameraden ist?«

Sianno nickte, die Handflächen in reumütiger Verwirrung nach oben gewendet.

»Besteht womöglich ein Zusammenhang zwischen der Obstfäule und dem Hinterhalt?«

»Beides *trug* sich in derselben Gegend zu, königlicher Herr, aber ich fürchte, dahinter steckt mehr, als auf den ersten Blick erkennbar ist. In der Bevölkerung grassieren beunruhigende Geschichten von ... Dingen, von denen Ihr lieber nicht hören möchtet, denke ich ...« Seine Worte verklangen in Gebrummel.

»Hexerei und Legenden!«, knurrte Klann.

Sianno zuckte nur die Achseln.

»Rechnest du mit aufständischen Aktionen?«, fuhr der König fort. »Kann man den Menschen hier insgesamt die Schuld geben?«

»Das ist sicherlich denkbar.«

Klann stieß einen Fluch in der Kunansprache hervor und hämmerte mit den Fäusten auf den Marmortisch, womit er das Dienstmädchen erschreckte, das ihm gerade das Mahl auftrug.

»Wir wünschen *Frieden* mit diesen Menschen – begreifen sie das nicht? Wir sind des Kampfes müde. Wir können ihn Uns kaum leisten. Einen Winter der Erholung vom Krieg – ist das zu viel verlangt? Wir werden hier Frieden haben«, sagte er mit grimmiger Entschlossenheit, »auch wenn Wir ein paar Schädel einschlagen müssen, um ihn sicherzustellen! Was verlangen diese Leute von Uns? Wir beköstigen ihre Anführer, und dann fallen sie Uns auf diese Art in den Rücken.«

»Sie sind voller Heimtücke, Sire«, bemerkte Mort.

»Findet heraus, was ihr könnt«, sagte Klann seufzend, und er fand seine Fassung zurück. »Bringt Uns Informationen. Droht den Menschen. Beschwatzt sie. Verhätschelt sie – was auch immer! Hauptsache, es zeigt Wirkung! Sagt ihnen: Falls sie planen, uns auszuhungern, werden ihre Kinder vor unseren dahinsiechen. Wir dulden keine Widersetzlichkeit. Sagt ihnen das! Verstärkt die Stadtgarnison, und weitet den Einsatzbereich der Söldner aus. Schicke mir den Zahlmeister«, setzte er dann hinzu, an Gorkin gewandt. »Wir erhöhen den Sold der freien Gefährten.« Dann trübte sich sein Blick, als eine Geschichte aus alter Zeit vor dem inneren Auge ablief, eine Geschichte aus dem verlorenen Akryllon.

»Noch ein Vorstoß«, murmelte er. »Nur noch ein Vorstoß ...«

»Sire«, meldete sich Morts dröhnende Stimme zu Wort und riss ihn aus seinem Tagtraum. »Ich benötige mehr ... Hilfskräfte für meine Arbeit. Soll ich sie ... requirieren?«

Klann bemerkte Siannos niedergeschlagenen Blick, und er wusste, dass sie beide dem gleichen grimmigen Gedanken nachhingen. Was war aus den anderen gefangenen Bürgern geworden, die Mort für seine grausigen Experimente zur Verfügung gestellt worden waren? Aber natürlich wusste Klann es. Er wusste es, nur wollte der wache Verstand sich einfach nicht mit den Folgen der entsetzlichen Versuche befassen, die Mort anstellte, um die Brüder voneinander zu trennen. Und die Abrechnung würde eines Tages erfolgen. Oh ja! Irgendwann würden sich die Menschen auf die Suche nach den Geiseln machen, und was dann? Was *dann?* Aus diesem Grund mussten Veduns skandalöse Widerstandsaktionen gleichmütig ertragen, musste Toleranz bis zum Äußersten geübt werden.

Und erneut ertönten in ihm die Stimmen seiner Brüder, schrien auf gegen diesen fatalistischen Wahnsinn, diesmal einhellig in ihrem Flehen: *Nein, nein, meine Brüder, ihr müsst das verstehen. Es muss getan werden. Falls ihr wüsstet, wie es ist, wenn man hervortritt, falls ihr selbst Luft atmen, eure Lungen mit Leben füllen könntet, würdet ihr ebenso nach Trennung lechzen wie ich ...*

»Ja, nimm sie«, sagte er mit bebender Stimme. »Nimm nur so viele, wie du brauchst, und bezeichne sie als Geiseln. Sag ihnen ... sag ihnen, sie werden zurückgegeben, sobald wir gelernt haben, ihnen zu trauen.« Und diese letzten Worte prasselten wie ein Sturzbach hervor, als könnte es sie wahr machen, wenn sie kaum noch zu verstehen waren.

Und dann redete das lebhafte Dienstmädchen auf Deutsch beruhigend auf ihn ein, und Gorkins Gemahlin und die Dame Thorvald traten vor, um sie zum Schweigen zu bringen.

Genya verstand kein Wort der Kunansprache. Sie wusste nur, dass König Klann beunruhigt war von den Nachrichten, die ihm zuerst Sianno und dann der Llorm-Reiter überbracht hatten. Sie rätselte darüber, von welcher Bedeutung die zerbröckelnde Substanz war, die Klann nach seinem Kavalleristen geworfen hatte. Und sie wusste, dass in Vedun etwas nicht in Ordnung war.

Sie musste herausfinden, worum es dabei ging.

»Mein königlicher Herr, Eure Mahlzeit wird kalt«, sagte sie in die aufgeladene Atmosphäre des Empfangsraums hinein. »Und der Wein wird Euch helfen, die schlechte Stimmung zu vertreiben. Es ist ein sehr guter Jahrgang ...«

»Still, Mädchen!«, befahl ihr die Dame Thorvald.

»Hüte deine Zunge, Küchenmagd!«, ergänzte die Dame Gorkin.

Klann gebot mit erhobener Hand Einhalt, und die beiden Damen zogen sich zurück. Genya fand den Ausdruck seiner Augen seltsam und war leicht beunruhigt. In seiner Stimme schwang ein sardonischer Unterton mit, etwas Fremdes, als wäre es die Stimme eines anderen.

»Weißt du, was geschieht, kleines Biest? Deine Landsleute untergraben die Ausführung Unserer Wünsche. Du kennst sie besser als jeder in diesem Gemach. Verrate Uns, warum sie gegen Uns kämpfen.«

»Es entspricht gar nicht ihrer Art, zu kämpfen«, antwortete sie mit gekünstelter Naivität, eifrig darauf bedacht, ihn zu beschwichtigen – jetzt, wo er ihr zuhörte. »Aber was sollen sie denn getan haben?« Klann antwortete nicht, und ihr wurde unbehaglich zumute, als sie sah, wie sich Argwohn und Zynismus in seinen Blick schlichen. »Falls Ihr mich vielleicht in die Stadt schicktet, könnte ich mit ihnen reden ...«

Aber sie wusste, dass alles falsch war, was sie sagte. Sie wich vor seinem kalten Blick zurück. Ihre ungestüme Art und ihre Sorge um ihr eigenes Schicksal hatten sein Vertrauen erschüttert.

»Verlass Uns jetzt«, befahl er barsch.

Nach einem unbeholfenen Hofknicks huschte sie hinaus und spürte, wie sich die wütenden Blicke der anderen Frauen in ihren Rücken brannten. Ein kalter Schauer durchlief Genya, als sie an dem maskierten Magier vorbeilief, und sie kam sich wieder wie in Kindertagen vor, als sie um die erschreckende schwarze Grube herumlief, die der offene Keller ihres Vaters für sie darstellte.

Mort erlebte eine Mischung aus Hochgefühl und Besorgnis.

Dass die Söldnerpatrouille, die er losgeschickt hatte, um den tödlichen Nebel auszukundschaften, in einen Hinterhalt geraten war, das brachte ihm einen Vorteil ein, mit dem er gar nicht gerechnet hatte. Der offenkundige gewaltsame Widerstand zeitigte eine absehbare Wirkung auf Klann und hätte ihn zu Gegenmaßnahmen verleiten sollen, die ihrerseits die Verzweiflung der Stadtbewohner gesteigert hätten. Trotzdem weigerte er sich weiter hartnäckig, diese verdammten Kreuzanbeter in den Würgegriff zu nehmen. Er war entschlossen, um jeden Preis den Frieden zu wahren.

Ich hätte die *ganze* Ernte vernichten sollen, dachte Mort. Nein, nein, das hätte doch zu sehr auf Erdmagie hingedeutet! Geduld. Alles zu seiner Zeit. Nicht den Argwohn des Königs wecken. Lieber ihn weiter mit diesen Teilungszaubern besänftigen. Der Narr – wenn ich genug dieser Leute als Versuchspersonen erhalte, werde ich letztlich bekommen, was ich will, egal was immer der König sonst tun mag! Aber das reicht nicht. Ich darf nicht meinen Pakt mit dem Bund der Nekromanten vergessen: Es muss so aussehen, als käme es wegen eines internen Konflikts zu einem Akt gegenseitiger Zerstörung. Was für ein faszinierendes Spiel! Und alles für den Ruhm des Bundes und des Dunklen Meisters …

Er lächelte unter der Maske, aber dann fiel es ihm wieder ein, und die Freude verging ihm: die Präsenz. Diese Aura, die ihre Spur an der niedergemetzelten Patrouille zurückgelassen hatte. Dasselbe Wesen, auf das der geheimnisvolle Schlüssel hindeutete, über dessen Natur er jedoch nichts aussagte.

ELFTES KAPITEL

Verdammt!, dachte Gonji, während er dahinritt und nach den Fliegen schlug, die aufgeregt in der feuchten Luft herumsummten.

Warum habe ich ihm nicht einfach erzählt, ich hätte diese Männer in Notwehr erschlagen? Warum habe ich mir die Mühe gemacht und ihm diese Lüge aufgetischt, ich hätte sie schon tot vorgefunden? Julian weiß doch, dass es eine Lüge ist. *Was jetzt? Reite davon, Gonji-san. Verlasse die Stadt. Du bist hier am Ende.* Du kommst hier letztlich nur auf irgendeine törichte und unwürdige Art ums Leben, genau das ist es, was passieren wird. Du stehst mit Sicherheit auf Julians Todesliste. Die Kugel eines Meuchelmörders wird dich in den Rücken treffen, oder vielleicht erwartet dich noch Schlimmeres.

Er betrachtete forschend den düsteren Himmel. Gewitterwolken türmten sich über den Karpaten auf und erstickten die Sonne. Der Tag wurde bedrohlich. *Reite davon, solange du kannst ...*

Auf der Straße der Barmherzigkeit galoppierte ihm Wilf entgegen, und die Fußgänger liefen vor seinem Ross auseinander. Er zügelte es neben Tora.

»Hast du von Strom gehört, davon, was er gefunden hat?«, fragte Wilf atemlos.

»*Hai*, das kleine Nagetier!«, fauchte Gonji. »Tut mir so leid, Wilfred-san, aber das Geschwätz deines Bruders bringt mich in große Schwierigkeiten?«

»Was meinst du damit?«

Gonji winkte ab. »Ach, vergiss es. Vielleicht war er es nicht mal. Genug Leute wissen davon. Die toten Briganten aus dem Tal sind zurückgekehrt und suchen mich heim.«

»Was wirst du unternehmen?«

Gonji stieß verärgert die Luft hervor und schüttelte ernst den Kopf. »Wo wohnt Tralayn noch gleich?«

Wilfs Miene hellte sich auf. »Also bleibst du!«

»Na ja, wir werden ohnehin abwarten, was diese Stadt vorhat, *neh?*« Der Samurai lächelte. »Du hast inzwischen bessere Laune als heute früh.«

»Sieh mal!« Wilf griff unter sein Hemd und zog das wiederhergestellte Zeremonialschwert hervor, das Julian seinerzeit zerbrochen hatte. Er grinste breit.

Gonji nahm die Waffe entgegen, zog sie aus der Scheide und nahm sie prüfend in Augenschein. »Oh, sehr schön, Wilf! Wirklich gute Arbeit. Ich stehe für immer in der Schuld deines guten Vaters.« Er steckte die Klinge in die Scheide zurück und brachte sie erneut in dem Beutel unter, der als ihr Behältnis diente.

»Darfst du noch immer nichts von den Geheimgesprächen erzählen, die gestern Abend bei uns zu Hause stattfanden?«, fragte Wilf, setzte die Mütze ab und wischte sich den Schweiß von der Stirn.

»Hm? Oh – *iyé*, das ist mir nicht gestattet, fürchte ich. Du wärst ohnehin überrascht, wie wenig es da zu erzählen gäbe, dank dieser hinterlistigen Tralayn. Dein Vater steckt allerdings voller Geheimnisse, *neh?*«

»Er wirkt auf mich heute fast wie ein Fremder«, pflichtete ihm Wilf bei.

Gonji tätschelte Toras Widerrist. »Komm, weiter.«

»Wohin?«

»Zunächst zu eurem Haus. Ist Strom jetzt dort?«

»Er war es.«

»Ich möchte mit ihm reden. Dann hinaus auf die Felder und

Obstgärten, um mal zu sehen, was es mit dieser verdorrten Ernte auf sich hat.«

»*Was?*«

»Vergiss es vorläufig. Reiten wir!« Er gab Tora die Sporen und nahm Kurs auf das Südwestviertel, und Wilf schloss sich ihm an. Im Handgalopp näherten sie sich dem Gundersen-Haus und bemerkten unterwegs, wie besorgte Gerüchte von einem Bürger zum nächsten wanderten.

Gonjis Miene verdunkelte sich, und er gab das Signal zum Halten, als er die gut gerüstete Meute entdeckte, die ihnen weiter unten auf der Straße der Barmherzigkeit entgegenkam.

Die beiden Männer verzichteten an der Plankenbrücke über eine Abwasserrinne auf das Wegerecht. Die Meute aus zehn finster blickenden Gesellen, beladen mit Waffen, die sie wie wuchernde Gewächse an Sätteln, auf dem Rücken und an den Gürteln trugen, ordneten sich zu einer Zweierreihe, um den schmalen Übergang zu passieren. Die Planken knarrten und ächzten unter dem Hufgetrappel des Haufens: österreichische Briganten, ihrer Aufmachung nach zu urteilen, frisch in Vedun eingetroffen.

Die Männer wurden langsamer, als sie an Gonji und Wilf vorbeikamen, musterten sie argwöhnisch und bellten schroffe Grußworte. Da er die beiden für Söldner Klanns hielt, fragte der Anführer sie nach dem Hauptquartier. Gonji wies ihm den Weg; die Söldner ritten weiter, und düsteres Gelächter und raue Scherze bildeten ihre Nachhut.

Da holte Wilf scharf Luft. Einer der beiden Männer am Ende des Zugs trug etwas auf der Schulter, das zunächst nach irgendeiner Stangenwaffe ausgesehen hatte. Jetzt konnte man jedoch ein gewaltiges Großschwert schottischer Machart erkennbar. Der Hochländer saß steif im Sattel; die Spitze des ein Meter achtzig langen Schwertes ruhte in einer steigbügelähnlichen Schale, die den größten Teil des Gewichts trug.

»Es wäre mir zuwider, mit diesem Ding zerhackt zu werden«, urteilte Wilf.

»Hmm.« Gonji blickte den Männern einen Moment lang nach und ritt dann über die Brücke.

Im Viertel, zu dem die Schmiede gehörte, schien wesentlich mehr Söldneraktivität zu herrschen als zuvor. Gonji betrachtete mit berechnendem Blick das zielbewusste Kommen und Gehen der Banditen, während Wilf die Werkstatt betrat. Garth mühte sich im Pferch mit einem widerspenstigen grauen Wallach ab, der frisch beschlagen werden musste. Die Tiere verhielten sich unerklärlich nervös, und ihre Stimmung übertrug sich sogar auf Tora, als Gonji ihn näher heranlenkte.

»Strom ist fort«, stellte Wilf fest, als er zum Pferch zurückkam. »Was hattest du noch über die Ernte gesagt?«

»Später. Garth!«, rief Gonji. »Was treiben all diese Söldner hier?«

Garth beruhigte das ängstliche Ross und legte ihm Zügel an. »Eine neue Garnison!«, rief er. »Sie nutzen die Kornkammer dort drüben als eine weitere Garnison freier Gefährten.«

Gonji blickte zum Südabschnitt der Außenmauer zurück, über die der oben spitz zulaufende Silo aufragte.

»Wundervoll«, flüsterte er.

Er wandte sich gerade wieder zum Pferch um, als Wilf ihn am Arm packte. Eine kribbelnde Taubheit bemächtigte sich beider. Aus dem bleiernen Himmel stieß der geflügelte Lindwurm herab, bewegte den langen Hals wie eine Schlange und kreischte herausfordernd. Die mächtigen ledrigen Schwingen ruderten durch die Luft.

»Choléra!«

Sie starrten reglos zu der Bestie hinauf, während sie über das Viertel hinwegzog und scharf nach Osten abschwenkte. Die Pferde traten aus und gingen durch, und Garth rannte zum Zaun des Pferchs und wälzte sich mit einem unbeholfenen, aber kraftvollen Sprung hinüber, um den ausschlagenden Hufen zu entgehen.

»Alles in Ordnung mit dir?«

»Ja, ja«, antwortete der große Schmied beruhigend und klopfte sich den Staub ab. Er blickte zum Himmel hinauf und kehrte mit vorgespielter Lässigkeit zum Pferch zurück. »Komisch, wie schnell man sich an solche Dinge gewöhnt«, setzte er achselzuckend hinzu, als er langsam wieder über den Zaun in den Pferch stieg, wo die Pferde nach wie vor durcheinanderrannten, mit Köpfen und Hinterteilen zusammenstießen, die Augen rollten und die Nüstern blähten. Er packte den Wallach am Zügel und führte ihn zum Gatter hinaus.

»Du verzeihst mir sicher, mein Freund«, sagte Gonji, als Garth das Tier an ihm vorbeiführte, »aber ich halte es für absolut unbekömmlich, sich allzu sehr an Lindwürmer am eigenen Himmel zu gewöhnen.«

Er und Wilf folgten Garth zur Schmiedewerkstatt.

»Wo steckt Strom?«, erkundigte sich Wilf.

»Auf der Weide, wo sonst?«, lautete Garths Gegenfrage.

Gonji bedankte sich bei dem Schmied für die Reparatur des Schwerts, das der Samurai von der eigenen Mutter als Geschenk erhalten hatte. Dabei blickte er die ganze Zeit mit einem Auge zum Himmel hinauf und folgte der Flugbahn des Lindwurms. Er spürte das unerfüllbare Bedürfnis zuzuschlagen, verbunden mit einem Gefühl erstickender Enge in Brust und Hals.

»Was tut man da nur?«, fragte er laut. Er spürte, wie die Spannung auf Wilf neben ihm übersprang und der junge Schmied die Fäuste ballte.

Der Drache zog wieder über ihnen vorbei, und Garth sprang vom bockenden Wallach zurück, redete beruhigend auf diesen ein und ignorierte das Monster am Himmel.

»Gonji bleibt hier und kämpft«, stellte Wilf in streitlustigem Ton fest.

»Wirklich?«, lautete Garths Entgegnung. Er setzte seine Arbeit fort und raspelte mit der Feile an einem Huf des Wallachs herum.

Als Wilf seinen Namen sprach, riss er Gonji damit aus seinem Zustand der Unentschlossenheit.

»Was hat Strom von diesen ermordeten Männern erzählt, die er gefunden hatte?«

»Nicht viel«, sagte Garth. »Er hat sie entdeckt und dann das Richtige getan – die Obrigkeit informiert. Dort hat man ihn befragt und wieder gehen lassen.«

»Was ist mit der zerstörten Ernte? Hast du etwas davon gehört?«

»Nur, dass es dort Ausfälle gab – mehr nicht.«

Drei Söldner trabten vorbei, unterwegs zur neuen Garnison. Dann folgten normale Bürger zu Fuß und zu Pferd, während sie aufgeregt flüsternd untereinander Neuigkeiten austauschten.

»Da ist etwas im Gang«, sagte Gonji, die Lippen geschürzt.

»Yuschak!«, rief Wilf und trat auf die Straße hinaus, um einen aufgeregten Reiter anzusprechen. »Was ist los?«

Der Reiter fuhr herum. »Die Bauern – die Bauern werden verhört. Die Soldaten haben Gornick aufgehängt!«

»Aufgehängt?«

»Das Rathaus – Flavio!«, flüsterte Gonji. Er blickte zum Himmel und bestimmte die Position des Lindwurms. Dieser schwebte jetzt irgendwo über dem zentralen Platz.

»Verdammt, ich muss etwas tun, aber ich hoffe, dass es nicht jetzt schon losgehen muss. Wilf! Hole mir diese neuen Rüstungsteile!«

Wilf lief ins Haus. Garth kniete neben der Esse und wirkte nachdenklich.

»Was hast du vor, Schmied?«, sondierte Gonji in ernstem Ton.

»Ich weiß nicht. Ich weiß nur, dass ich nicht das Schwert gegen Klann erheben kann.«

Seinem Ton mangelte es jedoch an Überzeugung, und es schwang darin etwas anderes mit, eine wehmütige Trauer, die ihm den Anschein eines hilflos in der Falle sitzenden Menschen verlieh.

Wilf kam aus dem Haus gestürmt, Gonjis Ausrüstung auf der Schulter, während er noch mit den Schnallen des eigenen Schwertgurts und Bandeliers kämpfte. Garth kniff die Augen zusammen, als er das Breitschwert am Gürtel seines Sohns erblickte, eine kurze Klinge mit handgeschnitztem Griff – ein Geschenk Garths zu Wilfs zwölftem Geburtstag.

»Wilfred?«, fragte Garth argwöhnisch.

»Ich begleite Gonji, Papa«, sagte Wilf mit einer Entschlossenheit, die den Klang des Endgültigen hatte.

»Überlege doch, Wilf!«, drängte ihn Gonji in bedächtigem Ton, während er sich die Kampfausrüstung anlegte. »Wir wissen nicht, was heute noch auf uns zukommt.«

»Ich komme mit, und dabei bleibt es. Ich möchte mitmachen, was immer geschieht.«

»Dann geh, Wilfred«, sagte Garth eisig. »Folge deinem Eigensinn bis ins Grab, aber – rechne nicht damit, dass ich dann Tränen vergieße.«

Als er sich jedoch bei den abschließenden Worten umdrehte und schweren Schritts davonging, schien es Gonji, als bebte die Stimme des Schmieds von den Tränen, die nicht zu vergießen er soeben versprochen hatte, und in diesem kurzen Augenblick erinnerte sich der Samurai an ähnliche Worte, die ein mächtiger *Daimyo* an seinen aufsässigen Mischlingssohn gerichtet hatte.

Der Lindwurm stieß in der Ferne einen schrillen Schrei aus, schraubte sich aus dem Himmel herab und landete auf einem Dach, das von der Schmiede aus nicht zu sehen war.

Gonji holte tief Luft. »Du tust heute, was ich sage. Nicht mehr, nicht weniger. *Wakarimasu* – verstanden?«

»Ja«, flüsterte Wilf.

»Dann reiten wir.«

Sie stiegen in die Sättel und ritten hinüber zum Amtsgebäude, dorthin, wo das widerwärtig fliegende Ungeheuer dem Anschein nach gelandet war.

»*Jesu Christe*, Falke – sieh nur!«

Peter Foristeks Schrei ging jedoch im Getöse der Menschenmenge unter, die sich vor dem Amtsgebäude drängte, und Vlad Dobroczy brauchte auch gar nicht dem ausgestreckten Arm des Freundes mit dem Blick zu folgen. Alle Köpfe wandten sich nach oben, als der Lindwurm in einer trägen Spirale herabsank und schließlich auf dem Dach des Amtsgebäudes hockte. Das Untier drohte der unruhigen Menge mit einem heiseren Schrei, wobei die lange schwarze Zunge aus dem messerscharfen Schnabel hervorstieß. Das gewaltige Maul war feucht und glänzte und schien mit einer zähen schwarzen Masse bestrichen zu sein.

Viele Menschen flüchteten vom Platz. Manche, die in den Fensteröffnungen der umstehenden Häuser hockten, um sich von dort aus das Verhör der Bauern anzusehen, suchten jetzt im Innern Deckung. Eine Abteilung abtrünniger deutscher Landsknechte – die inzwischen beritten waren, obgleich sie noch immer die Nietenpanzerung leichter Infanterie trugen – trieb die Bauern jetzt zu einer dichten Gruppe zusammen, damit keiner von ihnen flüchtete und in einer Nebenstraße verschwand.

»Ja, unser Freund, der Drache, hat Hunger!«, schrie Ivar, Julians Leutnant, von seiner grauen Stute herunter. Er versetzte mit der Breitseite des Schwerts seinem Pferd einen Klaps aufs Hinterteil und entfernte sich aus der Linie der Kavallerie, in deren Mitte die stolze Gestalt Hauptmann Kel'Tekelis zu sehen war. Zwei Söldner folgten Ivar mit schussbereit gezückten Pistolen. Der Leutnant wirkte gut gepanzert in seinem Westenkürass mit Panzerschurz. Vor den zusammengedrängten Bauern zügelte er sein Pferd und kam unter lautem Klirren zum Stehen. Das offene Aufklappvisier seiner flämischen Sturmhaube knarrte in den Scharnieren. »Wer möchte als Futter für den Drachen enden, hm?«

Murren und Schimpfen wurde laut. Die Menschen, die sich auf der anderen Straßenseite zusammengerottet hatten, drängten heran, angeführt von den Gildemeistern.

»Warum lasst ihr diese Bauern nicht in Ruhe?«, brüllte Phlegor aus der Menge heraus. Mehrere Äxte, eine Dexel, hier und dort ein Kampfstab – all das wippte nervös auf etlichen Schultern in ihrer Mitte.

»Na, wer sucht denn hier Schwierigkeiten?«, knurrte Ivar. »Wer möchte den Platz dieses braven Landmanns einnehmen?« Er deutete auf die Gestalt, die auf der anderen Seite des Platzes am Strick baumelte.

Der Bauer Gornick war zwar nicht direkt erhängt worden, wie der hysterische Yuschak es Wilf Gundersen erzählt hatte, er hing aber sehr wohl in der Luft. Er war auf einen Schandstuhl gebunden, der an dem Galgen hing, wo jüngst die Leichen der beiden Banditen zur Schau gestellt worden waren, nachdem Klanns Soldaten sie erschossen hatten. Gornick hatte eines der verfaulten Obststücke nach einem Soldaten geworfen, der ihn verhörte; daraufhin fesselte man ihn an den Schandstuhl, und Soldaten prügelten unter dröhnendem Gelächter mit Stöcken auf ihn ein. Gornick blutete aus zahlreichen oberflächlichen Wunden, und ein Auge war zugeschwollen. Er hing schlaff in den Seilen, nachdem die Soldaten es inzwischen leid geworden waren, ihre lebendige Übungspuppe mit weiteren Schlägen zu traktieren. Neben Gornick war eine Deutsche Dogge, die einen Maulkorb trug, am Hals aufgehängt worden und zuckte noch. Sie hatte einen Landsknecht gebissen, der ihrem Herrchen Fesseln angelegt hatte. Das Winseln des erhängten Tieres war inzwischen verstummt. Die Läufe zuckten noch krampfhaft im Tode, während Gornicks baumelnder Schandstuhl gegen den Kadaver stieß.

Flüche und Verwünschungen vereinten sich in der Hitze und dem Staub zu einem donnernden Protestgesang. Die Soldaten blickten sich vorsichtig um, die Schwerter in den schweißnassen Händen. Sie waren hoffnungslos in der Unterzahl.

»Bauern! Ihr braucht euch diesem unrechtmäßigen Verhör nicht zu beugen! Leistet Widerstand!«

Das war Paille, der sich von irgendeiner erhöhten Position aus bemerkbar machte. Es war der Glockenturm! Der Verrückte lehnte sich aus dem Gewölbebogen, hinter dem die gewaltigen Glocken hingen. Vlad Dobroczy spürte, wie ein närrisches Lachen seine Brust zu sprengen drohte, als er Zeuge dieser akrobatischen Provokation wurde.

»Holt den Idioten dort herunter!«, befahl Julian. Er hatte seinen Platz in der Reitertruppe nicht verlassen und achtete nach wie vor auf ausreichende Distanz zu der wogenden Menschenmenge.

»He, Paille!«, brüllte ein Soldat. »Komm herunter!«

»Hol mich doch, Schurke!«, brüllte Paille zurück und zog den Dolch aus dem Gürtel. Gelächter stieg aus den Reihen der Soldaten auf. Julian schürzte die Lippen und schüttelte den Kopf. Und gab den Bogenschützen einen Wink.

Zwei Pfeile zischten zu dem wütenden Dichter hinauf, prallten aber wirkungslos an der Granitfassade des Turms ab. Eine Sekunde später tauchte Paille wieder hinter dem Glockengewölbe auf, zeigte den Untenstehenden eine lange Nase und streckte ihnen die Zunge heraus.

Julian seufzte verdrossen. »Holt ihn euch! Steigt hinauf, und holt ihn runter«, sagte er leise. »Und versucht, daraus kein Spektakel zu machen. Ein Irrer, der euch aussehen lässt wie ...« Er brach ab und blickte zwei Soldaten nach, die das Erdgeschoss des Turms betraten. Wenig später tauchten sie wieder daraus auf.

»Er hat sich im Glockenstuhl eingeschlossen!«, rief einer von ihnen. Schreie und Buhrufe ertönten auf Seiten der versammelten Bürger. Die Abteilung Landsknechte trieb die Bauern zur Außentreppe des Verwaltungs- und Schatzamts.

»Läutet die Glocken«, sagte Julian einfach.

Die beiden Söldner blickten sich gegenseitig erfreut an; die Idee gefiel ihnen. Sie stürmten wieder in den Turm. Einen Augenblick später legte die Sturmglocke mit einer Wut los, als drohten sämtliche Legionen der Hölle über die Stadt hereinzubrechen.

Sekunden später tauchte Paille wieder in dem Gewölbe hoch über der Straße der Hoffnung auf und ahmte mit einer Mimik, als würden ihm die Augen hervorquellen, das ohrenbetäubende Glockengeläut nach. Dann deutete er mit den Zeigefingern auf die eigenen Ohren und machte mit ruckhaften Bewegungen, sein Publikum auf die mit Wachs getränkten Baumwollstreifen aufmerksam, die er sich zuvor in die Gehörgänge gestopft hatte.

Jubelndes Gelächter lief durch die Menge und steigerte ihren Mut, und Vlad spürte den Umschwung. In diesem Augenblick waren die Waffen der Soldaten und der gewaltige geflügelte Drache nahezu vergessen. Dann jedoch schwang sich der Lindwurm mit einem klagenden Schrei in die Luft und zog seine Bahn über den Glockenturm hinweg. Paille verschwand außer Sicht.

»Was machen wir, Falke?«, wandte sich Foristek an Vlad und verlagerte seine Sense auf die andere Schulter.

Dobroczy musterte den riesigen Mann. Er sah, dass auch die anderen Bauern auf seine Antwort warteten, und ihm wurde klar, dass die eigene Körperkraft und Kampfbereitschaft ihn trotz seiner Jugend zu ihrem Anführer gemacht hatten.

Er packte den langen Schaft seiner Heckensichel fester, knirschte mit den Zähnen und rief Ivar zu: »Wir wissen nichts über diese gottverdammte Pflanzenseuche. Warum lasst ihr uns nicht in Ruhe, ehe ihr einen Fehler zu viel macht?«

Ivar wendete das Pferd, um sich ihm zu stellen, und der abtrünnige Landsknecht, der Dobroczy am nächsten war, lenkte das eigene Pferd in die Menge und auf den Bauern zu. Widerstrebend teilten sich die Reihen vor den Hufen des Rosses, während die Bauern das gewaltige Breitschwert auf dem Rücken des Reiters im Blick hielten.

Vlad hielt die Heckensichel fest umklammert und musste in diesem Augenblick daran denken, dass er noch nie einen Menschen getötet hatte. Und dennoch ... er war überzeugt, dass er es könnte. Absolut überzeugt.

»In Ordnung, Großmaul – tritt vor!«, verlangte Ivar, der böse grinste, und winkte. »Hören wir uns mal an, wie du klingst, wenn du auf diesem Stuhl sitzt ...«

Auf der anderen Straßenseite ertönten Schreie. Ein Infanterist, der eine Stangenaxt hielt, hatte den Handwerkern den Rücken zugekehrt und steckte einen Treffer am Hinterkopf ein, der ihm den hummerschwänzigen Helm herunterriss. Er ging benommen zu Boden.

Julian schickte eine berittene Abteilung los, um den Angreifer hervorzuzerren. Die Handwerker schlossen sich zu einer festen Linie zusammen, die Werkzeuge in Abwehrhaltung, damit die Reiter ihre Formation nicht durchbrechen konnten. Als eine Pistolenkugel über ihre Köpfe hinwegzischte, liefen sie jedoch erschrocken auseinander, nur war der Angreifer von vorhin schon in der Menge untergetaucht. Der Lindwurm schrie auf und schwang sich in den Himmel, und sein Kampfruf entlockte der Menge Entsetzensschreie. Die Menschen bekamen eine Gänsehaut. Das Untier kreiste über ihnen und lauerte auf einen einzelnen, von der Menge getrennten Gegner, den es auf Julians Geheiß aufs Korn nehmen konnte.

Und in diesem Augenblick des Wahnsinns, als sich der Landsknecht gerade abwandte, um zu sehen, wie der Flüchtige verfolgt wurde, schlug Vlad Dobroczy mit der Heckensichel zu, erwischte den Soldaten heftig am Schädel und schleuderte ihn aus dem Sattel.

Dann jedoch erblickte er den Ausdruck in Ivars Augen, sah das Breitschwert in der behandschuhten Faust einen weiten Bogen beschreiben, spürte das eigene Herz rasen, den Atem stocken, die Füße zu Stein werden. *Oh nein, sie bringen mich doch nicht um – das können sie gar nicht ...*

Das Schwert sauste herab, aber Peter Foristeks Sense fing den Hieb auf und lenkte ihn ab. Der Rückprall erwischte die graue Stute, und sie stieg auf die Hinterbeine. Vlad stolperte rückwärts, und dann packten ihn derbe Hände, schlugen ihn auf Rücken und Kopf, verdrehten ihm den Arm. Er hörte – spürte –, wie rings um ihn ein wildes Gedränge einsetzte und Faustkämpfe entbrannten. Und dann wurde er auf den Platz gezerrt, getreten, gestoßen, vor der Außentreppe des Amtsgebäudes brutal zu Boden geschleudert. Hufgetrappel kam näher. Er blickte ängstlich auf und erkannte das Gesicht dieses Mistkerls Wilf Gundersen. Neben ihm ritt sein schlitzäugiger barbarischer Spießgeselle.

»Und was jetzt, Gundersen, du wunder Fleck auf einem Hundearsch?«, hörte Vlad sich selbst im erstickenden Staub rufen. »Reiten du und dein Freund jetzt mit diesen Mistkerlen?«

Aber niemand bearbeitete ihn mehr mit Tritten oder Schlägen oder schleifte ihn über die Erde.

Wilf und Gonji jagten ihre Pferde im Galopp durch die gewundenen Straßen und Gassen in Richtung des nördlichen Viertels von Vedun und drehten und wendeten ihre Tiere scheinbar bei jedem zweiten Schritt. Die Schluchten aus Sandstein und Steinquadern waren Wilf zwar vertraut wie die eigene Schlafkammer, hielten jedoch jetzt, auf dem Höhepunkt des alltäglichen Lebens und Treibens, an jeder Ecke eine neue Überraschung bereit. Kinder liefen schreiend aus dem Weg; erschrockene Hunde bellten und kläfften rings um die Hufe der Pferde; Männer und Frauen wichen in Türen und Sackgassen zurück, riefen den beiden Reitern Flüche nach und schüttelten die Fäuste. Die Sturmglocke auf dem Zentralplatz begann zu läuten.

Gonji riss Tora scharf nach links, als sie kurz vor dem Marktplatz waren. Wilf folgte ihm und lenkte das eigene Pferd dabei sicher und geschickt. Er entdeckte die Wäscheleine jedoch zu spät ...

Der Samurai hatte rechtzeitig den Kopf eingezogen, aber Wilf erwischte die Wäscheleine voll mit der Brust und zerriss sie. Der Schreck über dieses peinliche Missgeschick trieb ihm die Schamesröte ins Gesicht, als er das Tempo seines Pferdes zurücknahm und sich von den Nachthemden, Unterhosen und Unterhemden befreite, die wie Girlanden hinter ihm und dem weißen Hengst herflatterten. Als er das letzte Wäschestück abgestreift hatte, knurrte er wütend und setzte Gonji nach, den er an der Einmündung in die Straße der Hoffnung wieder einholte.

Gonji ließ sein Pferd in einen gemütlichen Trab fallen, als sie sich der Szene des Irrsinns näherten, und versuchte Wilf durch Körpersprache mitzuteilen, er solle sich um eine würdevollere, weniger verzweifelte Haltung bemühen. Sie erreichten das Amtsgebäude, als dort gerade ein Trupp Fußsoldaten mit einer Gruppe Bauern kämpfte. Wilf entdeckte die riesige Gestalt Foristeks, der abwehrend seine stets präsente Sense schwang. Auf der anderen Straßenseite war eine Rangelei zwischen Berittenen und einer weiteren aufsässigen Menschenmenge im Gange.

Es wurde geschrien und gebrüllt, und menschliche Gestalten und bockende Pferde wurden vom aufwirbelnden Staub beinahe verschluckt. Anatoli Gornick baumelte mit dem Schandstuhl am Galgen, und Leo D'Amatos Dogge hing tot neben ihm. Menschen lehnten sich ringsherum aus den Fenstern, um alles besser verfolgen zu können.

Über allem zog das gelegentlich mit den Flügeln schlagende Monster seine Bahn und reckte gerade seinen albtraumhaften Kopf mit den rot glühenden Augen vor, um anzugreifen.

Wilf schnappte nach Luft und wurde langsamer, sodass Gonji eine halbe Pferdelänge Vorsprung gewann. Der junge Schmied spürte auf einmal, wie klein und verwundbar er war, und griff mit kalter, schwitzender Handfläche nach dem Knauf des Breitschwerts. Etwa fünfunddreißig Soldaten waren auf dem Platz im Einsatz. Wilf hatte nicht die geringste Vorstellung davon, was er als Nächstes tun sollte und wozu er überhaupt fähig war. Gonji wirkte in der neuen Rüstung sehr selbstbewusst, aber Wilf sah doch das nervöse Flackern in den dunklen Augen des Samurai, als dieser den Hals reckte und zum Lindwurm hinaufblickte.

Und da entdeckte er Dobroczy vor sich am Boden. Sein Rivale rappelte sich auf und beschimpfte ihn mit schäumender Wut. Die Soldaten, die den Bauern am Kragen hielten, wichen jetzt jedoch unsicher zurück und blickten zwischen Wilf und Gonji hin und her.

»Was ist mit Petrovnas Frau?«, schrie jemand aus dem Tumult heraus. »Wer übernimmt für sie die Verantwortung?«

Wilf musterte seinen rasenden, hakennasigen Rivalen aus schmalen Augen. »Wovon zum Teufel faselst du da, Falke?«

»Was denkste wohl?«, knurrte Dobroczy, der seinen Fehler jetzt einsah, hatte er doch in namenlosem Zorn gesprochen. Er blutete aus Nase und Mund. Er klopfte sich den Staub von den Kleidern, während er sich aufrichtete. Die Knöchel der rechten Hand waren wund und blutig; er fuhr sich damit über den Mund und hinterließ dabei einen schmutzig roten Streifen.

»Was wollt ihr von diesem Mann?«, hörte Wilf sich selbst fragen.

Eine Zeit lang antwortete keiner der Söldner. Zwei von ihnen hielten den gestürzten Landsknecht fest, der benommen mit dem Breitschwert herumfuchtelte und an Vlad gerichtete Verwünschungen brummelte. Ein Söldner in Brigantine hielt drohend eine Pistole neben den Kopf, zielte damit jedoch in den Himmel. Die meisten Söldner blickten Gonji an, der gelassen auf Tora saß und kein Wort sagte. Ein kalter Herold eines schnellen Todes. Inzwischen hatte alle Welt die atemlosen Geschichten von dem Todesbann gehört, den diese beiden Schwerter weben konnten – diese fremdartigen, leicht gekrümmten Klingen, deren Griffe derzeit wie Teufelshörner von Gonjis Rücken aufragten.

»Er hat einen Soldaten niedergeschlagen«, antwortete einer der Männer endlich und deutete auf den wütenden Landsknecht.

Als man ihn wie einen Gleichgestellten anredete, einen, der nicht übergangen werden durfte, holte Wilf stolz Luft. Ihm schwoll die Brust, und die Finger der linken Hand massierten den Schwertknauf. Eine weise Stimme in ihm erinnerte jedoch daran, dass er sein neu gefundenes Ansehen ausschließlich der Gesellschaft verdanken konnte, in der er sich befand.

»Mir scheint, dass es ihm schon heimgezahlt wurde«, sagte er gelassen.

Dobroczy blickte sich besorgt um, und als er feststellte, dass das Interesse an ihm nachließ, verdrückte er sich langsam in die Gruppe der zusammengetriebenen Bauern.

Wilf saß weiter im Sattel des weißen Streitrosses, wartete auf eine Antwort und wünschte sich, Gonji möge endlich etwas tun, das die Aufmerksamkeit der Soldaten von ihm, Wilf, ablenkte. Mal angenommen, er wurde jetzt zum Kampf gefordert – was dann? Nach wie vor zog der Lindwurm seine schreckenerregenden Kreise über ihnen allen und wartete nur auf den Befehl, seine grausam tödlichen Geschosse vom Himmel herabregnen zu lassen.

Hinter Wilf stieg Gonji vom Pferd. Der junge Schmied drehte sich um und sah, dass Hauptmann Kel'Tekeli im Handgalopp zu ihnen herüberritt. Er entdeckte die Mischung aus Hass und Neugier in Julians Augen, als diese Gonjis Blick erwiderten. Der Hauptmann schwieg jedoch und sah nur zu, während der Samurai die Außentreppe des Amtsgebäudes zum offenen Eingang hinaufstieg, den Soldaten mit langen Stangenwaffen bewachten.

Hufgetrappel drang jetzt von der Ausfallpforte herüber: Hauptmann Sianno führte eine Doppelreihe aus vierundzwanzig Llorm-Dragonern in die Stadt.

Wilf gesellte sich auf den Stufen des Amtsgebäudes zu Gonji, und beide drehten sich um und blickten zu Sianno und Julian hinüber, die in eine erregte Diskussion vertieft waren. Der Inhalt war nicht zu verstehen, aber das Gespräch war erkennbar nicht freundschaftlicher Natur. Der Garnisonskommandeur der Llorm gab zweien seiner Männer einen Wink, die daraufhin von ihren Pferden stiegen und Gornick aus seiner misslichen Lage auf dem Schandstuhl befreiten.

Gonji warf Wilf von der Seite einen Blick zu, und der junge Schmied wusste, dass die eigene Miene die Verwirrung des Samurai über das unschlüssige Verhalten der Besatzungsarmee und ihre unzulängliche Organisation widerspiegelte. Beides habe Vor- und Nachteile, hatte er Gonji dazu sagen hören.

Dann stiegen sie die Treppe hinauf.

»Kein Zutritt ohne Erlaubnis«, knirschte ein finster blickender deutscher Wachmann.

Gonji blieb stehen und starrte ihn eisig an. »Ich bin der Leibwächter des Ratsältesten. Ich bin hier, um mich von seinem Wohlergehen zu überzeugen.«

»Du hast gehört, was mein Kamerad sagte«, mischte sich der zweite Wachmann ein.

Gonji trat einen weiteren Schritt vor, und die beiden Posten versperrten ihm den Weg, indem sie die Stangenäxte kreuzten. Der Samurai trat einen tödlichen Schritt weit zurück, und Wilf hielt die Luft an und rechnete damit, dass die beiden Wachtposten in einer Sekunde tot sein würden. Und dann …

»Meister Flavio!«, rief Gonji.

Das Stimmengewirr aus dem Amtsgebäude brach ab.

»Gonji?«, ertönte Flavios Stimme.

»Geht es dir gut, Flavio-san? Haben sie dir in irgendeiner Form etwas zuleide getan?«

»Nein, nein, mir geht es sehr gut, sehr gut. Bitte – mach keine Schwierigkeiten, ich flehe dich an.«

»Ich komme herein, um mich selbst davon zu überzeugen.«

Die Wächter nahmen eine angespannte Haltung ein. Der Mann, der als Erster das Wort ergriffen hatte, ein großer, muskulöser Arier in Rumpfharnisch und Scheitelkappe, gab ein Knurren von sich und legte drohend den Kopf schief. Gonji stand einen Augenblick lang stocksteif da und blickte vom einen zum anderen.

Dann ertönte Hufgetrappel. Die Wachtposten entspannten sich, als sie sahen, dass der Garnisonskommandeur erschienen war, um das Kommando zu übernehmen.

»Lasst sie passieren«, befahl Hauptmann Sianno.

Wilf erwiderte das dünne Lächeln des stämmigen Hauptmanns; er erinnerte sich noch an dessen würdiges und höfliches Auftreten bei der Durchsuchung der Schmiede, eine Geste, die im Rückblick verständlicher wurde, wenn man an die Kameradschaft dachte, die Wilfs Vater und Sianno einst unter Klanns Oberbefehl verbunden hatte.

Gonji verbeugte sich vor Sianno und betrat das Amtsgebäude, dicht gefolgt von Wilf, den die beruhigende Anwesenheit Siannos aufmunterte. Er ahmte Gonjis wichtigtuerische Haltung nach.

Im Amtsgebäude trafen sie Flavio und Lorenz an, dazu etliche Beamte niederen Ranges im Dienst der Stadt. Ein großer, hagerer Akryllonier mit dunklen Haaren und dem stechenden Blick eines Steuereintreibers ragte über Flavio auf, der an seinem Schreibtisch in der Kammer hinter der Eingangshalle saß. Der Akryllonier, einer der Ratgeber Klanns, drehte sich um und fasste die Neuankömmlinge hochmütig ins Auge. Drei Söldner, die Hände vorsichtig um Schwert- und Pistolengriffe geschlossen, näherten sich ihnen. Lorenz stemmte sich vom Amtsschalter hoch.

»Wilfred?«, fragte er verwirrt.

Wilf nickte seinem Bruder zu.

»Das Amtsbüro ist derzeit geschlossen, *edle Herren*«, stellte der Ratgeber mit unverhohlener Verachtung fest, als er aus Flavios Vorzimmer heraustrat.

»Gonji, Wilfred, uns geht es gut hier!«, rief Flavio herüber und stand auf. »Kein Grund zur Sorge.«

Gonji musterte abschätzig die schwarz-silberne Weste und den gefiederten Hut des Ratgebers.

»Tut mir sehr leid, aber das gilt nicht für mich«, informierte Gonji den Akryllonier kalt.

»Du bist der fechtende Bursche vom Bankett, hm?«, bemerkte der Ratgeber. »Der akrobatische Asiate.«

Gonji ignorierte ihn. »Was tun diese Männer hier, Meister Flavio?«

Die drei Wachleute kamen noch näher heran, als Gonji zwei weitere Schritte vortrat, die ihn vor den Amtstisch führten. Besorgt betrachteten die Söldner die Schwerter auf Gonjis Rücken und, wie Wilf zufrieden bemerkte, auch das Breitschwert des jungen Schmieds.

»Sie stellen uns Fragen. Auch den Bauern«, antwortete Lorenz ruhig. »Habt ihr von den seltsamen Missernten gehört?«

»Ein wenig«, sagte Gonji, blickte am Stadtkämmerer vorbei und musterte den niedergeschlagenen Ratsältesten.

»Und wir haben noch weitere Schwierigkeiten«, sagte Flavio.

Wilf drehte sich um, als erneut aufrührerischer Lärm auf der Straße aufbrandete. Zwei Reiter waren eingetroffen und stürmten jetzt die Treppe herauf, beides Bürger. Einer von ihnen war Aldo Monetto, der redselige Axtmacher, der der Menge etwas zubrüllte.

»Was meinst du damit, Flavio-san?«, hakte Gonji nach.

Lorenz war es, der ihm antwortete. »Eine Frau ist in den frühen Morgenstunden überfallen worden.«

Der Lindwurm stieß in geringer Höhe über der Straße einen schrillen Schrei aus. Wilf schnappte unwillkürlich nach Luft, als er den Unheil verkündenden Schatten sah, der Dunkelheit über die drohende Menschenmenge breitete. Schreie und Flüche drangen durch die Tür herein.

»Meister Flavio! Meister Flavio!« Monetto bahnte sich den Weg die Treppe herauf und wurde dann von den Posten aufgehalten. »Sie versuchen die Prophetin zu verhaften!«

Wilf schluckte und blickte erst Flavio an, dann seinen Bruder Lorenz. »Die Prophetin«, flüsterte er. Er sah, wie Gonji auf den Fersen herumwirbelte und kurz erstarrte, Feuer in den Augen; zum ersten Mal, seit dieser Zwischenfall begonnen hatte, verlor der Samurai die Selbstbeherrschung. Und Wilf fragte sich flüchtig, warum sich Gonji um Tralayn Gedanken machen sollte.

Der Samurai marschierte zur Tür. »Monetto! Was hast du gesagt?« Der Axtmacher wehrte sich gegen den Griff der Wachtposten.

»Gonji! Es geht um Tralayn – sie versuchen sie mitzunehmen! In ihrem Haus wird gekämpft. Zwei Männer sind schon tot!«

»Wer hat angeordnet, sie zu verhaften?«, wollte Gonji vom Beamten des Königs wissen.

»Ich war das«, antwortete der Mann herablassend. »Sie muss verhört werden. Als örtliche Hexe ist sie in gewisser Hinsicht verdächtiger als die Bauern.« Er holte eine knollenförmige Taschenuhr vom Typ Nürnberger Ei aus der Westentasche hervor. »Ich verschwende hier meine Zeit, fürchte ich. Ich kann mich auf der Burg mit der Frau befassen. Vergiss nicht, Flavio, kein Soldat Klanns und kein Akryllonier wird jemals Hunger leiden durch Verrat der Stadt. Nicht, ehe nicht erst jeder Mann, jede Frau und jedes Kind Veduns verhungert ist.«

»Wie ich schon sagte«, entgegnete Flavio mit erkennbarer Anspannung, »die Kornspeicher und Lagerhäuser sind voll.«

Der Beamte nickte brüsk, schob sich an Gonji vorbei in die Säulenvorhalle und rief nach Julian. Die drei Wachleute folgten ihm.

»*Choléra!*«, fluchte Gonji leise vor sich hin. »Wilfred-san, bleib hier bei Flavio.«

»Gonji, wohin ...? Ich möchte mitgehen!« Wilf zitterte, und sein Herz hämmerte, aber er sehnte sich danach, seine Angst und Enttäuschung an jemandem oder etwas auslassen zu können.

»Bleib!«, kommandierte Gonji. Dann milderte mitfühlendes Verständnis seine harte Haltung. »Du wirst Gelegenheit zum Kampf finden, Schwertbruder; zweifle nicht daran. Tu mir jedoch erst mal den Gefallen, *neh?* Es ist keine geringe Aufgabe, die ich dir hier übertrage. Falls du dabei versagst, meinen Dienstherrn zu beschützen, bin *ich* es, der sein Leben verwirkt hat.«

Wilf schluckte und nickte, nicht gänzlich überzeugt. Sie verneigten sich voreinander, und Gonji ergriff Wilfs rechte Hand – eine für ihn seltene Geste. Wilf folgte ihm die halbe Treppe hinunter zu der Stelle, wo der Ratgeber des Königs mit dem strengen Hauptmann Kel'Tekeli sprach. Wilf sah, wie Gonji dem Hauptmann einen hitzigen Blick zuwarf, ehe er auf Tora sprang und vom Marktplatz galoppierte.

Sekunden später schwang sich auch Julian wieder in den Sattel, rief zwei weiteren Soldaten einen Befehl zu und setzte mit ihnen Gonji nach. Wilf war beunruhigt, wurde sich der ernsten Gefahren bewusst, die Gonji sowohl folgten als auch ihn erwarteten. Was würde Wilf tun – was würde die Stadt tun, falls Gonji jetzt umkam? Er schüttelte den Gedanken ab.

Ohne ihn würde man schlicht gar nichts tun. Man würde sich jeder Laune der Invasoren unterwerfen.

Oder?

»In Ordnung, Hauptmann Sianno«, befahl der Beamte des Königs, »besorge dem Zauberer seine ... Hilfskräfte.«

Die Glocken schlugen jetzt misstönend, denn der Lindwurm hatte sich auf den Turm gesetzt, den Kopf in den Glockenstuhl gesteckt und bremste sie in ihrem Schwingen. Dabei stieß die Kreatur einen Jubelschrei aus, der durch einen Unterton geradezu menschlicher Vorfreude das Blut gefrieren machte. Und sogar aus der Ferne erkannte Wilf, dass die roten Augen des Drachen gar nicht mehr rot waren. Sie waren jetzt diamantschwarz, und ein grausames Versprechen glänzte in ihnen.

Hauptmann Sianno hob den Arm und gab seinen Truppen widerwillig ein Zeichen. Und der Marktplatz verwandelte sich in ein Tollhaus.

Angespornt durch die unmittelbare Gefahr, in der Tralayn schwebte, jagte Gonji auf einem Zickzackkurs durch Veduns höhlenartige Gassen und folgte damit in Gegenrichtung dem Weg, auf dem er soeben erst hergekommen war – mit ungestümer Hast zwar, aber sicheren Schritts. Der Samurai klammerte sich eng an Toras Widerrist, während sie sich einen Weg durch das Straßenlabyrinth suchten. Er verließ sich dabei auf die gründliche Ausbildung, die sein spanischer Hengst erhalten hatte, und stieß laute Rufe aus, um spielende Kinder oder neugierige Erwachsene zu warnen.

Tora stolperte einmal auf losen Pflastersteinen, fing sich aber geschickt ab, während Gonji im selben Augenblick die ersten Pistolenschüsse und den durchdringenden Kriegsruf des Lindwurms vernahm. Unweit der Stellmacherei riss Gonji scharf am Zügel und tätschelte beruhigend den Hals des bebenden Pferdes. Er blickte zum Marktplatz zurück und sah, wie sich das Flugungeheuer aus dem Himmel hinabstürzte und dabei einen Strahl Speichel ausspie. Verzweifeltes Wehgeschrei begleitete diese grässliche Attacke.

»Geister meiner Väter!«, flüsterte der Samurai, und Visionen der Gräueltat im Kloster tanzten in seinem Kopf.

Ein für ihn unsichtbarer Reiter stürmte eine angrenzende Straße entlang: »Der Drache greift an! Zurück in die Häuser!«

Gonji bekam eine Gänsehaut an Armen und Hals. Die Gewissensbisse des *Giri* – des Pflichtgefühls – drängten ihn zum Platz zurück. Flavio schwebte womöglich in Gefahr und der junge Wilfred ebenso. Außerdem hatte Gonji noch eine Rechnung mit diesem verdammten Monster zu begleichen, das die Herrschaft über den Himmel Veduns beanspruchte. Der *Ninjo* hingegen – der moralische Impuls des Kriegers, das angeborene Gewissen, dessen häufiger Konflikt mit dem *Giri* eine wohlbekannte Quelle des Leids für den Samurai bildete – bestürmte ihn mit Argumenten für die Richtigkeit seiner Suche, für die Notwendigkeit, auf dem ihm vorbestimmten Pfad zu bleiben und das Geheimnis zu lüften, das den Wind des Todes umgab. Sein Karma war es, den Wind des Todes zu suchen; gut möglich, dass Tralayn über die Kenntnisse verfügte, die er dafür brauchte.

Entscheide dich!

Aber das hatte er schon. Knurrend gab er Tora die Sporen und galoppierte weiter zum Mietstall und der Schmiede der Gundersens und verfluchte seine trüben Gedanken.

Er entdeckte Garth am Pferch und näherte sich ihm im Handgalopp. Tora schnaubte und bockte, saugte Gonjis Anspannung und Kampfeswut regelrecht auf.

»Garth, wo wohnt Tralayn?«

»Gonji!«, antwortete der Schmied mit einer Grimasse des Grauens. »Wie steht es um Wilfred und Lorenz?«

Gonji winkte ungeduldig ab. »Sie sind im Amtsgebäude – mit ihnen ist alles in Ordnung. Tralayn, wo wohnt sie, Garth?«

»Direkt hier die Gasse entlang, den ganzen Weg bis zur Stadtmauer!«, rief Garth und wies ihm den Weg mit dem Finger, als Gonji schon davongaloppierte. »Das Haus mit den durchhängenden Dachvorsprüngen – einen Bolzenschuss weit von der Gießerei ...«

»*Danke!*«, schrie Gonji in den Wind und wendete Tora scharf in die Gasse.

Sein Herz jagte, und Schweiß brannte ihm in den Augen und allmählich abheilenden Wunden, als er sich der breiteren Südgasse näherte, die an die Außenmauer grenzte. Er riss Tora nach rechts herum, und sofort geriet der Tumult, der vor Tralayns Haus herrschte, in sein Blickfeld. Zwanzig oder dreißig Bürger mit grimmigen Gesichtern verwehrten einer kleinen Abteilung berittener Söldner den Zugang. Unter den Bürgern waren auch Roric Amsgard in blutbefleckter Schürze, ein Fleischerbeil in der Hand, und Karl Gerhard, der einen Pfeil von der Länge einer Elle an den Jagdbogen gelegt hatte.

Drei Männer lagen am Boden, mindestens einer davon ein Söldner Klanns. Von der Prophetin war nichts zu sehen.

Gonji ließ Tora in einen langsamen Trott verfallen und zeigte eine Maske des Selbstbewusstseins, während er in Gedanken eine Vorgehensweise nach der anderen erwog und verwarf. Er näherte sich der durch die Toten oder Verletzten markierten Kampflinie, und die Köpfe der Versammelten wandten sich ihm zu. Jemand aus den Reihen der Stadtbewohner rief seinen Namen. Der Samurai widerstand der Versuchung, das Sagami zu ziehen; dafür lag noch kein Grund vor. Die Bürger wurden durch sein Erscheinen offenbar in ihrem Vorhaben ermutigt. Die kleine Abteilung freier Gefährten wich ein wenig zurück, hielt aber Schwerter und Pistolen bereit.

Der Samurai ritt näher heran, und Tora stieg behutsam über die Körper der Toten hinweg – zwei Bürger und ein Soldat.

»Was geht hier vor?«, knurrte Gonji auf Spanisch und mit der überheblichen Selbstsicherheit eines hohen Beamten, der sich so schnell wie möglich einer lästigen Aufgabe entledigen will.

»Die Prophetin …«

»Dieses syphilitische Gesindel möchte sie verhaften …«

»Sie haben Gyorgy erschossen und …«

Gonji forderte mit einem Wink Ruhe. »Roric?«, rief er dem Lebensmittelhändler zu, der daraufhin vortrat. Der Anführer der Söldner kam ihm jedoch zuvor und meldete sich als Erster zu Wort.

»Wir haben keinen Streit mit dir, Barbar. Wir haben nur den Befehl, die Hexe zum Amtsgebäude zu eskortieren. Und jetzt müssen wir auch noch Rebellen festnehmen!« Er lenkte das Pferd vor und deutete mit dem Säbel auf Roric. Die Männer der Stadt quittierten die Ankündigung mit trotzigem Gebrüll.

»Du nimmst hier niemanden fest, Schurke!«

Der Mob wogte vor. Gerhard spannte seinen Bogen leicht und zielte mit dem Pfeil auf den Anführer der Söldnertruppe.

»Hört sofort auf damit – ihr alle!«, befahl Gonji und glättete ein wenig die Wogen. Er ordnete seine Gedanken und versuchte die richtigen Worte zu wählen, um damit diese tödliche Situation zu entspannen. Noch immer hatte sich die Prophetin nicht außerhalb ihres Hauses gezeigt. Weitere Bürger versammelten sich jedoch auf der Straße, schwangen Stäbe, Knüppel und Äxte und drohten mit einer Eskalation der Gewalt. Jetzt war jedoch nicht der richtige Zeitpunkt dafür.

In der Ferne, im Norden, schrie der Lindwurm schrill und stieß erneut auf den Marktplatz hinab.

Choléra, alles passiert so schnell und so unorganisiert ...

Da ertönten Hufschläge von einer nahen Straße. Warnrufe erklangen, und Menschen brachten sich am Rand der Gasse vor dem Ansturm Julians und seiner Gefolgsleute in Sicherheit. Der Hauptmann ließ anhalten. Zur Nachhut seiner Truppe gehörte der neu eingetroffene Söldner, dem Gonji den Spitznamen »der Waffenmeister« verliehen hatte. Es war der mürrisch blickende Bandit auf dem gepanzerten schwarzen türkischen Wallach, jener Mann, der genug militärisches Gerät mitführte, um auf dem Schlachtfeld einen Verkaufsstand zu eröffnen: Klingenwaffen an der Hüfte und auf dem Rücken, eine vorgespannte, nach oben zielende Pistole, eine an den verwitterten Sattel gebundene Arkebuse. Der schnurrbärtige Krieger musterte Gonji höhnisch unter seiner Schaller hervor, die von Wurfmessern geziert wurde.

Vier Pistolen waren jetzt zu sehen. Zur Hölle mit den Erfindern dieser verdammten Feuerwaffen!

Julian lenkte sein Pferd im Schritt zu dem des Söldnerführers und erhielt einen knappen und einseitigen Bericht von dem Zwischenfall. Und wiewohl sich Gonji hier in einer prekären Lage sah, wusste er, dass er die Festnahme Tralayns mit allen Mitteln verhindern musste.

»Ein glückliches Zusammentreffen, guter Hauptmann«, sagte Gonji und lächelte ausdruckslos, als der Söldner seinen Bericht abgeschlossen hatte. »Falls du mir verzeihst: Ich glaube, du kommst gerade rechtzeitig, um ...«

Julian ignorierte ihn jedoch und ritt an ihm vorbei, um sich an den Mob zu wenden. »Wer hat diesen freien Gefährten getötet? Tritt vor!«

Niemand reagierte. Der Anführer der freien Gefährten erhob sich in den Steigbügeln und ließ den Blick forschend über die Menge schweifen.

»Du da!«, rief er Gerhard zu. »Was tust du mit einem Bogen?«

Er hatte Ungarisch gesprochen, und jemand übersetzte die Worte leise ins Deutsche.

»Ich habe meinen Bogen heute legal aus eurem Arsenal abgeholt, um auf die Jagd zu gehen. Der Hauptmann kann sich davon überzeugen, falls er das wünscht.« Der Jäger und Pfeilmacher blickte sich unter seinen Mitbürgern um, und falls er zuvor Angst gehabt hatte, so war diese jetzt vollständig verflogen, wie Gonji bemerkte. »Ich würde ihn jedoch sofort benutzen, falls unsere heilige Frau bedroht wird ...« Seine abschließenden Worte gingen im zustimmenden Gebrüll des wütenden Mobs unter, der sich eng zusammendrängte und seine bunte Waffensammlung hob.

Julian biss die Zähne zusammen und ließ wieder den Blick verdrossen über die Menge wandern.

Gonji lenkte Tora zum Hauptmann hinüber, und ihre Blicke trafen sich auf gleicher Höhe. Beide Pferde schnaubten in der mit Feindseligkeit aufgeladenen Luft. »Der Hauptmann wäre gut beraten, sich daran zu erinnern, dass diese Frau den Menschen hier heilig ist.«

»Der Befehl stammt nicht von mir!«, fauchte Julian abwehrend, und es ermutigte Gonji, erkennen zu können, dass die Entschlossenheit des Hauptmanns erschüttert war.

»Sie werden sie nicht ausliefern, denke ich, jedenfalls nicht ohne Blutvergießen. Und der König scheint darum besorgt zu sein, den Frieden zu wahren. Die Bürger der Stadt haben derzeit mehr Tote zu beklagen als ihr«, fuhr der Samurai mit betont ruhiger Stimme fort. »Vielleicht ...« Er verzichtete darauf, seinen Vorschlag auszusprechen.

Julian wehrte sich mühsam gegen ein durch seine hilflose Wut ausgelöstes Zittern, das zu beobachten Gonji ein sadistisches Vergnügen bereitete, weil es so selten auftrat. Julian wandte sich zu den Söldnern um, die mit der Festnahme betraut waren.

»Sammelt den Toten ein. Zerstreut die Leute«, wies er den Truppführer an.

»Und die Hexe?«

Julian musterte Gonji und schürzte die Lippen. »Lasst sie vorläufig in Ruhe.«

»Und der Befehl des Ratgebers?« Der Soldat hatte erstaunt die Brauen hochgezogen.

»Ich übernehme dafür die Verantwortung!«, raunzte Julian. »Ich lege vor Seiner Majestät Rechenschaft ab. Erledigt, was euch befohlen wurde, und meldet euch dann wieder bei mir!«

Und Julian ritt mit seiner Truppe zum Marktplatz zurück. Gonji blickte ihm nach, unterdrückte ein zufriedenes Lächeln und stieß einen langen Seufzer der Erleichterung aus.

Schreie trieben vom Marktplatz herüber. Er fluchte leise, als er sich vorstellte, welche Ursache sie haben mochten, und wollte Tora schon dorthin lenken, entschied dann aber, zuerst Tralayn aufzusuchen.

Als er aus dem Sattel stieg, klopften ihm jede Menge Leute auf den Rücken und brachten ihre Dankbarkeit zum Ausdruck, aber er winkte nur knurrend ab. Die Menschen durchschauten jedoch die Fassade, erkannten sehr wohl, dass er ihre Triumphgefühle teilte, und überschütteten ihn förmlich mit Lob und Dank.

Gonji und Roric stiegen die Treppe zum Haus hinauf und klopften an Tralayns Tür, während sich mehrere Männer der schaurigen Aufgabe zuwandten, die Toten wegzuschaffen und ihren Familien die traurige Kunde zu überbringen.

»Das wird noch schlimmer werden«, sagte Gonji ahnungsvoll und deutete auf die beiden Toten. Er betrachtete Roric forschend, um dessen Reaktion zu deuten.

Der hässliche Lebensmittelhändler und ehemalige Kavallerist aus Österreich nickte ernst. »Und wir sind bereit«, sagte er.

Gonji hörte Aufrichtigkeit und Entschlossenheit aus Rorics Worten heraus und zog den Schluss, dass dahinter der gleiche Mut steckte wie hinter der Säbelnarbe, die das Gesicht des Mannes zeichnete.

»Heute habt ihr euch erfolgreich zur Wehr gesetzt, aber ihr braucht ein gerüttelt Maß an Tapferkeit und Gemeinschaftssinn, um das durchzustehen, was noch kommen mag. Ganz zu schweigen von Ausbildung ... Planung ... Organisation ...« Gonji rieb sich nachdenklich den stoppeligen Unterkiefer und hämmerte erneut an Tralayns Tür. »Woher wisst ihr, dass sie zu Hause ist?«

Roric sah verständnislos drein. »Sie ist kurz vor dem Zwischenfall hineingegangen und hat uns gesagt, wir sollten uns ihretwegen keine Sorgen machen.«

Gonji ließ erneut den Blick forschend über die durcheinanderlaufende, summende Menge schweifen und entdeckte in den flinken Gesten und den erregt geflüsterten Bemerkungen der Leute eine Hochstimmung, die nicht mal durch die traurige Aufgabe gedämpft werden konnte, die sie zu erledigen hatten. Sie trugen die Leichen der beiden Bürger mit Anstand und Würde davon.

Das Bild Julians tauchte erneut in Gonjis Überlegungen auf. Der Samurai musste daran denken, dass der Hauptmann stets Untergebene ausschickte, um die Drecksarbeit zu erledigen, und darauf bedacht zu sein schien, einem Kampf auszuweichen. Gonji hatte Julian noch nie anders gesehen als makellos herausgeputzt, außer beim Duell auf der Burg, wo der Mann offensichtlich erwartet hatte, mühelos zu siegen, und sichtlich außer Fassung geraten war, als er sich den Sieg mühsam hatte erkämpfen müssen.

Ich frage mich, welchen Mut dieser schneidige Hauptmann wohl im Feld zeigen würde? Wie hält er sich wohl unter Schwert und Feuer? Empfindet er die gemeine Schlacht als zu pöbelhaft für sich? Hmmm. Und Klann ...

Erneut war es zu einem wahnwitzigen Ausbruch von Gewalt gekommen, anscheinend auf seinen Befehl. Dabei hatte sich der König im Grunde als ein eher heiterer Zeitgenosse gezeigt, jemand, der nicht zu solchen Schreckenstaten neigte. *Kami*, aber er ist zugleich ein unberechenbarer Mistkerl! Ob Garths Geschichte von der verzauberten Verbindung der Brüder überhaupt stimmt? Ist Klann der Launenhaftigkeit gleich mehrerer Personen ausgeliefert? *Choléra*, erneut dieses fliegende Untier – der Marktplatz!

Seine Gedanken verwehten wie Rauch im Wind. Roric hatte Tralayns knarrende Tür aufgestoßen: Das Haus war leer. Der Metzger rief ihren Namen. Keine Reaktion. Sie traten ein. Das Empfangszimmer war fühlbar wärmer, als wäre es kürzlich benutzt worden, aber jetzt herrschte hier tödliche Stille. Staub und Spinnweben tanzten im frischen Luftzug.

»Eure scheinheilige Wahrsagerin ist geflohen«, sagte Gonji auf Japanisch.

»*Was?*«

»Verschwunden, *neh?*«

Und dann entdeckten sie die Waffen: die monströse Streitaxt und das riesige Breitschwert über dem Kamin, Symbole des Fluchs einer schrecklichen Vernichtung, der drohend über Vedun hing. Gonjis und Rorics Blicke begegneten sich in einem Augenblick kalter Ehrfurcht, einem kurzen gemeinsamen Empfinden der eigenen Bedeutungslosigkeit. Und ob es nun an der apokalyptischen Symbolik dieser Waffen lag oder daran, dass sie hier im Haus der Prophetin an der Wand hingen – sie gewannen eine fast religiöse Bedeutung.

Gonji trat behutsam vor und blieb unter ihnen stehen. Er streckte die Hände aus und packte den Schwertgriff, und mit großer Mühe konnte er die Waffe vielleicht eine Handspanne weit über ihre gusseiserne Halterung heben.

Sein Name lautete William Eddings, und er war nach dem Tod seiner Mutter in England mit Vater, Bruder John und Johns Ehefrau Sarah nach Vedun gekommen. Sie suchten hier Zuflucht vor Unfrieden und religiöser Intoleranz sowie ein Ende der Mühen und des Kummers eines Wanderlebens, das ihnen nicht gestattete, irgendwo Wurzeln zu schlagen. Die Zeiten waren hart für Katholiken in England, und die Eddings stammten von einem früheren Earl of Lancashire ab, der sich gegen den verrückten Henry gestellt hatte.

Drei Tage in Vedun reichten, um den freundlichen Bruder John davon zu überzeugen, dass »hier unser Zuhause ist – der Ort, den wir gesucht haben«. Sarah und Vater Stuart stimmten ihm bereitwillig zu, aber William hatte seine Zweifel. Tatsächlich zweifelte er nach wie vor. Die kosmopolitische Bevölkerung zeigte sich nach außen freundlich, aber William, von Natur aus ein Zyniker, war viel weniger optimistisch als seine Familie – musste er doch stets an die unglücklichen Wendungen des Schicksals denken, von denen die Eddings in ihrer ganzen Geschichte verfolgt worden waren. Er konnte Johns Idee nicht zustimmen, dass »Mutter vielleicht noch lebte, wenn wir schon vor langer Zeit nach Vedun gekommen wären«. Die Mutter war William sehr ähnlich gewesen; auch sie wäre der Sprachenvielfalt, die das alltägliche Leben erschwerte, mit Argwohn begegnet. Nur wenige Menschen hier waren des Französischen mächtig, und die englischsprachige Bevölkerung war praktisch nicht vorhanden. Die Eddings waren schlicht und ergreifend Außenseiter, die keinem der ethnischen Klüngel angehörten.

Mit den selbst ernannten Aristokraten, die sich als Führer der Stadt gerierten, konnte man auch nicht so leicht Freundschaft schließen. Mit armen Schustern und Krämern wie der Familie Eddings wollten sie genauso wenig zu tun haben wie mit diesen verdammten Invasoren. Und jetzt lief das Gerücht um, dass sie Rekruten für eine Miliz anwarben, die sich dieser wilden Armee und ihren magischen Speichelleckern entgegenstellen sollte.

Also wirklich. William von Lancashire wollte verdammt sein, wenn er seinen hochwohlgeborenen Arsch für diese Leute in Gefahr brachte.

Sie waren jetzt alle hier: Vertreter des Ratsvorstandes; Interessenvertreter der Gewerbe, der Lieferanten, des Handels, all die Leute, die Vedun wirklich beherrschten. Alle standen sie da, blickten aus hohlen Augen und sperrten die Mäuler auf, starrten, längst über jedes Grauen hinaus, auf das widerwärtige Schauspiel auf den Straßen vor der Kapelle.

Sechs Menschen waren tot, ein Dutzend oder mehr verletzt. Und einer, bei dem nicht klar war, in welche Kategorie man ihn einordnen sollte …

Die Soldaten waren in die Menge gestürmt, um sich noch

mehr Geiseln für diesen verdammten »König Klown« zu greifen – oder wie immer der sich nannte. Als der rücksichtslose Brigant die Meute, zu der William gehörte, in die Enge trieb und seine glühenden Blicke sich in Williams Augen bohrten, wurden dem Krämer die Knie weich. Er betete inbrünstig darum, dass nicht er es sein möge, den sie auswählten. So verängstigt war er, dass er schon fürchtete, sich in die Hose zu machen. Aber er blieb verschont; jemand anders wurde in Ketten gelegt und fortgeschleppt, wobei er schrie und strampelte – wie es William selbst womöglich auch getan hätte. Alle hier hatten schon Geschichten davon gehört, was aus diesen verschleppten »Hilfskräften« wurde.

Dann war es vorbei. Der Platz sah aus wie ein zertretener Ameisenhügel. Fünf Tote durch Pistole und Schwert und trampelnde Hufe, ein weiterer bis zur Unkenntlichkeit versengt durch den entsetzlichen Speichel des grauenhaften Lindwurms, und dieser Mann dort – besudelt mit den abscheulichen Exkrementen der fliegenden Bestie.

Tot? Lebendig? *Was eigentlich?*

Flavio war da, ebenso Michael Benedetto. Dazu Wilfred Gundersen und sein Bruder Lorenz, der hochmütige Kämmerer. Und Phlegor, der großmäulige Gildenvorsteher, auf dessen Drängen hin der Widerstand begonnen hatte. Selbst ihm hatte es inzwischen die Sprache verschlagen, und jeder Kampfgeist hatte ihn verlassen.

Der Mann lag zitternd am Boden und stank nach dem Unrat, der ihn langsam zerfraß. Er verdrehte die Augen zum Himmel, und sie waren nun frei von jedem Schmerz. Was fühlte er wohl? Was dachte er? Er zitterte so stark. Dr. Verrico beugte sich über ihn und brummte hilflos vor sich hin, während er mit einem Instrument in den entsetzlichen Überresten dessen stocherte, was einst ein Mensch gewesen war. Der Arzt verlangte jetzt nicht mehr nach Helfern, die das Opfer wegtrugen. Niemand hier war bereit, ihm zur Hand zu gehen; alle waren wie gelähmt, glotzten wie verschreckte Kinder, bekreuzigten sich, schürzten die Lippen hinter Stofffetzen, die sie sich vors Gesicht hielten, um sich vor dem bestialischen Gestank zu schützen.

William fühlte sich kalt und taub und irgendwie unmenschlich und unsauber, schon weil er hier auf dem Platz stand, der jetzt frei war von Monstern und Soldaten und den Trauernden und Entmutigten, den Toten und Verstümmelten und Beschmutzten überlassen blieb. Und er allein sprach die Worte aus, die jeder von ihnen hätte äußern können, wäre er nur aufrichtig gewesen:

»Ich werde nie so sterben. Für niemanden …«

ZWEITER TEIL

DIE FESTEN, DIE AUFRECHTEN, DIE TAPFEREN

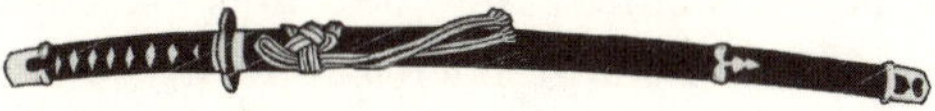

Nichts muss ein Mann fürchten,
Der diese prachtvolle Klinge an der Seite trägt.

Motto, eingraviert auf dem Sagami

ZWÖLFTES KAPITEL

»Kiyai! Kiyai! Kiyai!«

Die Doppelreihe Männer schwenkte ihre Holzschwerter. Über dem krachenden und splitternden Lärm intonierten sie ihren *Kiyai* – den energiespendenden Schrei des Kriegers, obwohl manche auch vor Schmerzen brüllten, wo die Übungspartner das Ziel verfehlt hatten, und zusammenzuckende und sich krümmende Gestalten entlang der ganzen Reihe kündeten von diesen Fehlversuchen.

Gonji und Roric behielten eine der beiden Reihen scharf im Auge; Garth und ein Grauer Ritter des Barons die andere. Immer wieder krachten die Kämpfer aufeinander, stießen zu und parierten, rückten vor und wichen zurück, und Schweiß, Blut und Flüche markierten in dem widerhallenden Getöse ihre Fortschritte. Die Offiziere korrigierten Fehler, demonstrierten die richtigen Techniken und hetzten ihre Leute dann wieder durch die monotonen Wiederholungen, vermittels derer die Fechtmanöver zu ihrer zweiten Natur werden sollten.

Die Rekruten, die eine Begabung für Klingenwaffen zeigten, wurden zusammen mit denen, die schon praktische Erfahrung mitbrachten, bald in separate Gruppen für die fortgeschrittene Schulung gesteckt. Viele dieser Männer grinsten und posierten stolz, aber ihre Freude sollte sich als kurzlebig erweisen. Schnell wurde ihnen klar, dass mit der Beförderung nur ein erhöhtes Risiko verbunden war, einen blutigen Tod zu finden. Man sah, dass sich bei manchem von ihnen Lässigkeit in seine Übungen schlich. Und ein weiterer innerer Dämon musste ausgetrieben werden: Wer einer gefährlichen Selbstüberschätzung im Hinblick auf die sich entwickelnden Fähigkeiten zuneigte, fand sich bald Seite an Seite mit denen wieder, die sich beschwerten, die harte Arbeit würde ihnen sicherlich nur den Tod einbringen.

Aber die Milizionäre übten fleißig weiter, wenn auch nicht immer in perfektem Gleichklang, und leisteten dabei doppelte Arbeit, da sie gleichzeitig ihren normalen Berufen nachgingen. Die Anführer bemühten sich, mit den Befürchtungen und Unzulänglichkeiten der Männer fertig zu werden, die Bedürfnisse jedes Einzelnen zu verstehen und sie mit denen seiner Gruppe in Einklang zu bringen. Es gab einfach keinen Platz für irgendein schwaches Glied in der Kette, aufgrund dessen die Entschlossenheit aller vielleicht zerbrach und ebenso ihre Fähigkeit, das Ziel zu erreichen.

In geheimer Versammlung hatte man Veduns militärisches Führungskommando bestimmt. Es bestand aus Baron Rorka, Michael Benedetto, Roric Amsgard, Garth Gundersen und Gonji. Die beiden Letztgenannten waren nicht beliebt. Der frühere Dienst Garths unter Klann hatte das Ansehen des Schmieds erschüttert, obwohl erkennbar wurde, dass Garths Abstieg vom Sockel nur ein kurzer war und er die Gunst der Menschen allmählich zurückgewann. Gonji andererseits behielt seine Feinde und Gegenspieler: Phlegor und viele Gefolgsleute der Handwerkergilde zum Beispiel lehnten es ab, unter Anleitung des Samurai zu üben. Und Gonji und Rorka stellten fest, dass ihre persönlichen Differenzen unüberbrückbar waren und ihre zahlreichen Meinungsunterschiede über Planung und Politik sehr tief reichten.

Der generelle Plan lief darauf hinaus, die Nichtkombattanten in die Katakomben zu evakuieren und anschließend die Besatzungstruppen in der Stadt und in der Burg gleichzeitig anzugreifen. Letzteres wurde durch den taktisch vorteilhaften Tunnel unterstützt, der bis in die Verliese der Burg reichte.

Die Katakomben waren eine erstaunliche Anlage, eine Kombination aus Naturhöhlen und beharrlicher Pionierarbeit einer vergessenen Zivilisation. Die Haupthöhle, in der die meisten Ausbildungsmaßnahmen abgehalten wurden, hatte einen Durchmesser von einigen Hundert Metern und war im Zentrum flach und eben und durch Rorkas überlebende Ritter von Felsbrocken und Geröll befreit worden. Hier und dort ragten Stalaktiten und Stalagmiten wie schartige Zähne in den Raum. An den Wänden sah man mineralische Adern, die die Höhle mit ihrer natürlichen Leuchtkraft erhellten. Zwei Zugänge innerhalb der Stadt und zwei außerhalb führten zu diesem Ausbildungsgelände. Die beiden ersten Einstiege waren Tralayns Kamin und die Sakristei hinter dem Altar der Kapelle. Getarnte Hebel aktivierten an beiden Stellen komplizierte Systeme aus Flaschenzügen, Gegengewichten und Uhrwerkmechanismen, öffneten Kaminsims und Geheimkammer und boten so Zugang zu mit Fackeln erleuchteten Tunneln, die in klammen, bedrückend engen Windungen in die Höhlen hinabführten. Von den beiden Eingängen außerhalb der Stadt befand der eine sich in den nördlichen Bergen und der andere am unteren Rande der Felswand unterhalb der Stadt im südlichen Tal.

Gonji und Rorka stritten sich wiederholt über die Intensität der Ausbildung. Der Baron sprach sich für einen langsamen und stetigen Fortschritt aus, vergleichbar dem Aufstieg eines Knappen zum Ritter. Gonji hingegen betonte die Dringlichkeit der Lage und plädierte für Schnelligkeit und Elan, um die Miliz in Form zu bringen. Seine Vorstellungen wurden einstweilen auch umgesetzt, denn die Leute waren durch ihr Entsetzen über die Gräueltaten der Besatzer hoch motiviert. Die Anführer waren sich darin einig, dass man die Furcht vor Morts übernatürlichen Handlangern in möglichst engen Grenzen halten sollte, und so übernahm Gonji die Verantwortung dafür, Morts Monster auszuschalten, sobald die Zeit gekommen war. Die Legende von Klanns mehrfacher Persönlichkeit wurde den meisten Milizionären klugerweise gleich ganz vorenthalten.

Als Gonji jedoch den Vorschlag machte, beim Angriff auf die

Burg auch die Schatzkammer in Brand zu stecken, damit das kostbare Gold und Silber für Klann unbrauchbar wurde und somit das wichtigste Hilfsmittel ausfiel, sich der Treue der Söldner zu vergewissern, sprach sich Rorka vehement dagegen aus. Das Gleiche tat er zu Gonjis Vorschlag, die Schießpulvermagazine der Burg zu sprengen.

Am schlimmsten war für Gonji, dass der Baron an der vergeblichen Hoffnung festhielt, seine verschollenen Patrouillen oder das Kloster vom Heiligen Wort würden ihnen Bundesgenossen zu Hilfe schicken.

Früher oder später, das wusste der Samurai, würde er Rechenschaft ablegen müssen, wie viel er dazu beigetragen hatte, dass diese Hoffnung vergebens war.

Am dritten Tag der Ausbildung entwickelten sich Muster, und eine neue Ordnung entstand. Die Logistik der geheimen Ausbildung blieb mühselig und wurde resigniert hingenommen. Der Nachschub gelangte langsam und unter nervenaufreibender Anspannung in die Höhlen. Getränke, Lebensmittel und medizinische Vorräte waren am leichtesten zu befördern, da man, falls man mit ihnen erwischt wurde, leicht eine Ausrede finden konnte. Meist fanden diese Artikel ihren Weg zu den Katakomben durch die Zugänge in Tralayns Haus und in der Kapelle. Besonders der letztgenannte Weg erwies sich als nützlich, da Bürger, die die Kapelle aufsuchten, nie nach ihren Absichten befragt wurden, und es geschah nur selten, dass sich ein Söldner für ein paar Augenblicke der Gewissenserforschung hineinschlich oder ein regulärer Llorm-Soldat eine Routinekontrolle durchführte. So gelangten die lebenswichtigen Versorgungsgüter mit minimalem Risiko ans Ziel; ein Teil wurde für die Ausbildung verbraucht, der Rest in den Tunneln für die Zeit gelagert, in der am Kampf Unbeteiligte hier ausharren mussten.

Gonji fand die erwähnten Tunnel – Dutzende, die sich in allen Richtungen aus der großen Höhle davonschlängelten – recht beunruhigend. Manche erwiesen sich einfach als Sackgassen und kündeten von unvollendeter Arbeit. Andere, ziellos in die Erde getrieben, schienen überhaupt kein Ende zu haben. Erkundungstrupps, die man dort hineinschickte, tauchten Stunden später verschmutzt und erschöpft wieder auf und klagten über üblen Gestank, der die Erkundung erschwerte. Und mehr als einer dieser Kundschafter berichtete von einem nicht definierbaren Unbehagen, das denjenigen befiel, der sich in diese schwarzen Tiefen vorwagte.

Beim Hineinschmuggeln von Waffen sah die Sache etwas anders aus als bei den Vorräten. Handwaffen – Schwerter, Messer, Äxte und Ähnliches – waren das geringere Problem; sie waren erlaubt und wurden offen mitgeführt. Somit fiel es nicht schwer, eine größere Anzahl davon zusammenzutragen. Die Gießer arbeiteten lange und hart; ihre Essen kochten unaufhörlich, um Klingen zu erzeugen. Der mit Kohlenstoff angereicherte Stahl wurde für Vedun aufgespart, während das brüchigere Material für die Herstellung der von Klann bestellten Waffen verwendet wurde.

Fernwaffen – Bögen und Pistolen – und Stangenwaffen waren ein ganz anderes Thema. Seit dem verhängten Verbot herrschte Knappheit an Bögen, und für die ersten paar Ausbildungstage stand keine einzige Feuerwaffe zur Verfügung. Solche Distanzwaffen waren jedoch entscheidend für das Gelingen der Angriffspläne. Die Hälfte von Rorkas Rittern besaß nach wie vor ihre Armbrüste, aber sie waren, verglichen mit den Bogenschützen der Llorm, weit in der Unterzahl. Karl Gerhard, der mürrische Jäger und Pfeilmacher, tat sich mit den beiden einzigen fähigen Bogenmachern Veduns zusammen, um Langbögen nach englischem Vorbild anzufertigen und einen Vorrat an Kriegspfeilen von Tuchellenlänge mit unterschiedlichen Spitzen anzulegen, worin Gerhard ein echter Meister war. Das erwies sich jedoch als mühselige Arbeit, und bald hatten die drei ihr Werkzeug in die Katakomben geschmuggelt und verbrachten dort ihre ganze Zeit. Die Bogenmacher gaben ihre Milizausbildung wenig später ganz auf, um sich ausschließlich ihrem lebenswichtigen Handwerk zu widmen, aber Gerhard bestand darauf, sich Zwanzig-Stunden-Tage zuzumuten, damit er die Bogenschützen schulen konnte, und schnell übertrug man ihm das Kommando über diesen Teil der Truppen.

Pferde wurden ebenfalls benötigt, um die Kavallerie zu drillen. Ein Großteil der erwarteten Schlacht um Vedun würde zwangsläufig zu Pferd ausgetragen werden. Nur ein einziger Zugang zu den Katakomben war jedoch groß genug für die Tiere – der getarnte Schacht am Fuß des Steilhangs im südlichen Tal. Als Gonji zum ersten Mal die Notwendigkeit von Pferden für die Ausbildung ansprach, wies Baron Rorka das Ansinnen kategorisch zurück. Michael und Roric unterstützten seinen Einwand, ein solches Vorgehen sei einfach zu riskant. Garth hingegen stimmte Gonji zu, und mit ihren Argumenten konnten sie die anderen schließlich überzeugen. Schnell wurde ein Pferch errichtet, in den die Pferde jeweils einzeln oder paarweise durch den Taltunnel hinuntergebracht wurden. Zum Teil geschah dies von Reitern, die zu Übungszwecken hinausritten, dabei die von Patrouillen überwachte Südstraße mieden und über tückische Hänge voller Dornengestrüpp und Rankengewächse ihren Weg ins Tal suchten. Den Rest besorgten Kleintierjäger, die nach ihren Jagdausflügen die Bögen pflichtgemäß wieder im Arsenal ablieferten; der Llorm-Waffenmeister interessierte sich nur für die Waffen, und die Söldner, die Wache an den Toren hielten, führten kein Verzeichnis darüber, ob Bürger das jeweilige Tor nun zu Fuß oder zu Pferd passiert hatten. Eines Nachts, als dichte Wolken den Himmel zusätzlich verdunkelten, führte man sogar eine ganze Pferdeherde wagemutig den langen Weg rings um die Stadt – nach Osten und über den Fluss. Dieses Unternehmen brachten die beiden Pferdeknechte des Futterkorbs Stefan Berenyi und Nikolai Nagy zuwege. Es war ein sorgfältig geplantes Unternehmen unter Ausnutzung der Flutschleusen zur Reinigung der städtischen Abwassergräben und -kanäle; die Sturzfluten des Flusswassers tarnten das Hufgetrappel entlang des Klippenfußes, sodass die Wachleute auf den Mauern nichts davon mitbekamen.

Das schwierigste logistische Problem hingegen, mit dem sich die Miliz während der gesamten Ausbildungszeit würde herumschlagen müssen, war die Bewegung der Milizionäre selbst. Die Eingänge zu den Katakomben schienen zunächst völlig ungeeignet zu sein. Wer durch Tralayns Haus einstieg – wozu noch die wenigsten eingeteilt wurden –, tat dies mit angehaltenem Atem, denn die Garnison der freien Gefährten im umgewandelten Kornspeicher befand sich ganz in der Nähe. Auch die Tunnel in den Bergen und im Tal erwiesen sich als heikel und waren ausschließlich für all jene reserviert, die legitime Gründe vorweisen konnten, um täglich die Stadttore zu passieren.

Die weitaus größte Zahl an Milizionären musste den Zugang in der Kapelle benutzen. Dazu wurden tägliche Gottesdienste unter Tralayns Leitung anberaumt, und hätten die Soldaten, die ständig an der Kapelle vorbeikamen, jemals darauf geachtet, wäre ihnen sicherlich merkwürdig erschienen, dass sämtliche Frauen, welche die Gottesdienste um acht Uhr abends und um sechs Uhr morgens besuchten, jeweils eine Stunde später mit anderen Ehemännern herauskamen als mit denen, die sie bei beim Hineingehen begleitet hatten.

Zum ersten Tag der Milizausbildung erschienen etwa zweihundert Bürger, zumeist Männer, in der Höhle. Sie kamen einzeln und in Gruppen und schrieben sich bei der Miliz ein. Die erste Lektion diente dazu, sich die Namen zu merken, Dolmetscher für die diversen Gruppen zu bestimmen, die jeweils nur eine Sprache beherrschten – was sich als quälendes organisatorisches Problem erweisen sollte –, die Regeln der militärischen Höflichkeit und Disziplin zu erlernen – ein weiterer, hart errungener Sieg, außer bei den ehemaligen Soldaten, die sich diese Regeln enthusiastisch zu eigen machten –, Ausrüstung und militärische Spezialgebiete zu verteilen, die kruden, zusammengestückelten Übungsmechanismen fertig zu stellen, sich einem anstrengenden Konditionstraining zu unterziehen und die grundlegenden Befehlsworte, Grußformen und Richtungsangaben zu verinnerlichen, einige auf Ungarisch und Deutsch, die meisten jedoch, weil Gonji darauf beharrte, auf Japanisch.

Am zweiten Tag war die Zahl der Rekruten, bedingt durch Schmerzen und Verletzungen, Erschöpfung und Ernüchterung auf ungefähr hundertfünfzig geschrumpft, die Anführer und Rorkas Ritter mitgezählt. Am dritten Tag stieg die Zahl jedoch erneut auf zweihundert, und ein tägliches Programm hatte sich entwickelt. Jetzt schlugen die Reihen der Fechter ihre Holzschwerter aufeinander, und von einer Übungsstunde zur nächsten trugen immer mehr von ihnen Panzerhandschuhe, um den häufigen Handverletzungen der ersten Tage vorzubeugen. Derweil jagten die Bogenschützen ihre pfeifenden Salven unter den oftmals verzweifelten Blicken Gerhards und der Grauen Schützen durch die Höhle, und Abteilungen von Männern ächzten und murrten, während sie Dehnübungen ausführten und Holzbalken erstiegen und sich an Seilen hinaufzogen, nur um wieder herabzuklettern und anschließend zu ringen oder zu laufen oder auf hinterrücks vorgetragene Scheinangriffe zu reagieren oder ihre Fertigkeit an einer neuen Waffe zu erproben, um sich endlich komplexeren, erschöpfenden Übungen mit ihrer Hauptwaffe zuzuwenden.

Gelegentlich läutete die Wache am Taleingang die Alarmglocke und meldete damit, dass man eine Patrouille Klanns auf der Südstraße gesichtet hatte. Der Lärm des Drills stoppte dann abrupt; die Männer griffen nach ihren Waffen und warteten geduckt und schweigend in der modrigen Höhle, und jeder fragte sich, ob sich im ersten echten Kampf auch diese kalten Schauer und diese Gänsehaut einstellen würden. Diese Augenblicke gingen jedoch stets vorüber, und man widmete sich wieder der harten Arbeit des Drills, nicht jedoch ohne Klagen und Flüche und steife Gelenke und zähneknirschenden Hass auf Klann und nervöse Magenbeschwerden, begleitet von Erbrechen. Und nicht ohne Abscheu vor der Ausbildung bei manchen, die sich dreist räusperten oder ausspuckten, wenn Gonji, dem sie die Schuld an der Planung ihrer Plackerei gaben, neue Befehle ausgab.

Gonji wusste, was sich in ihren Köpfen abspielte. Er wusste, welche Stadien ihre Gedanken zwangsläufig durchliefen, und so erduldete er ihren lautlosen Hass und die spöttischen Bemerkungen und die beleidigenden Gesten hinter seinem Rücken. Denn er wusste, dass er das alles in Würde ertragen musste; während sie auf Distanz zu ihm gingen, entstand zugleich ein Band, das sie zu einer Einheit formte, in der sich einer auf den anderen verließ und die wie ein Mann kämpfte.

»Es wird nicht funktionieren«, erklärte Rorka kategorisch, die Hände auf dem Rücken verschränkt. Er verfolgte, wie Männer beim Übungskampf gegen rotierende Stechpuppen nicht rechtzeitig parierten oder auswichen und dann von den schweren Balken Prügel bezogen, und er zuckte jedes Mal zusammen. Hinter den Offizieren ging eine bunt zusammengewürfelte Kavallerieeinheit mit großem Geschrei auf Übungspuppen los, wobei die Männer im Vorbeireiten mit den Schwertern nach ihnen schlugen. Manche lenkten aus Angst vor einem Zusammenstoß ihre Pferde zu weit an den Figuren vorbei und hackten nur in die leere Luft; andere führten ihre Klingen zu weit und wurden vom eigenen Impuls und der Bewegung ihrer Pferde aus dem Sattel gerissen, landeten krachend auf dem Boden, renkten sich Schultern aus und brachen sich Ellenbogen oder Schädel.

»Dr. Verrico!«, ertönte jeweils der Ruf nach dem überarbeiteten Arzt.

»Dein Zeitplan ist völlig falsch«, behauptete Rorka. »Die Zeit ist unser allgegenwärtiger Feind. Sieh dir die Leute nur an!«

Gonji wischte sich das schweißnasse Gesicht ab und schüttelte dann die nasse Hand an der Seite aus. Er machte eine stoische Miene zu Rorkas Behauptungen, aber die rechte Hand schloss sich fest um den Griff des Rückenspalters, wie sein Ersatz-*Katana* schon lange genannt wurde.

»Tut mir so leid, Rorka-san, aber die Zeit ist jedermanns Feind, einschließlich Klanns. Je früher wir ihn angreifen, desto weniger Söldner werden in seinem Dienst stehen. Unsere Aufgabe ist es, die richtigen Pläne für den Aufstand zu schmieden, die Milizionäre in so kurzer Zeit wie möglich so gut wie möglich auszubilden und dann ihre erlernten Fähigkeiten und ihren Zorn gegen die Marodeure zu wenden, solange ihr Blut noch in Wallung ist.«

»Oh, es wird in Wallung sein, keine Frage«, entgegnete Rorka trocken und wandte sich ab. »Es wird heiß und rot wallen … *Festina lente*, Gonji – Eile mit Weile …«

Gonjis Lippen bebten. *Dummer, träger alter Mistkerl!* Festina lente, *bei meinem Arsch! Was denkst du, wie diese Provinz im kommenden Frühling wohl aussieht? Leergepickt wie wüstenbleiche Knochen. Und es ist alles deine Schuld, du … Ahh! Vergiss es! Beherrsche dich. Der Baron ist noch immer der rechtmäßige Herrscher der Provinz …*

Gonjis Beziehung zu Rorka und dessen zweiundzwanzig überlebenden Rittern in ihren grauen Überwürfen war schon länger angespannt. Sie waren sehr erbittert über seinen schnellen Aufstieg in eine Befehlsposition und reagierten mit Widerwillen auf seine Befehle oder Vorschläge. Er und Rorka mochten sich gegenseitig nicht. In jüngster Zeit hatte er jedoch bemerkt, dass die unausweichliche Bindung, wie sie Menschen mit einem gemeinsamen Ziel entwickeln – speziell einem tödlichen Ziel –, die eisige Kluft zwischen ihm und einigen wenigen der Grauen überbrückte.

Falls sich doch Rorka nur endlich mit ganzem Herzen festlegen und aufhören würde, sich gegen jeden Vorschlag Gonjis auszusprechen und an die Heilungskraft der kostbaren süßen Zeit zu appellieren, als erwartete er ein göttliches Eingreifen, das alle ihre Bemühungen überflüssig machte ...

»Achte nicht auf ihn!«, rief Paille aus der Nische herüber, in der er arbeitete.

Gonji schlenderte zu dem Alkoven, wo sich der Künstler unter einem Ring aus blendenden Fackeln bückte. Langsam stellten sich die Augen des Samurai auf das grelle orangefarbene Licht ein.

Paille trug ein ausgefranstes Kopftuch. Dem von Farbe und Schweiß fleckigen Hemd waren die Ärmel an den Schultern ausgerissen worden. Der Künstler stank nach Ton und Öl und billigem Wein.

»Seine hochwohlgeborene Hanswurstigkeit fürchten nur den Verlust seiner erhabenen Stellung, sobald die Rebellion Vedun in die Hände des Volks gelegt hat«, sagte Paille, ohne aufzublicken.

»Vielleicht«, sagte Gonji geistesabwesend, während er verfolgte, wie Pailles talentierte Hände ihrer feinfühligen Tätigkeit nachgingen, »aber ich fürchte, wir brauchen ihn. Und ich denke, er hat vor seiner Rückkehr in die Verantwortung genauso viel Angst wie vor ... Was ist das?«

»Die Söldnergarnison«, antwortete Paille und stellte das Modell an seinen Platz, »unweit des Hauses der Wahrsagerin. Siehst du, wie leicht man diese Söldnergruppe in der Südwestecke der

Stadt zusammendrängen und so von ihren Spießgesellen abschneiden könnte?«

»Hmm.« Gonji betrachtete den Nachbau forschend und war davon gebannt. Die Miniaturausgaben der Stadt und der Burg, die Paille in Arbeit hatte, waren ein Quell grenzenloser Faszination. Oft drängten sich Neugierige in der Nische; sie konnten einfach nicht daran vorbeigehen, ohne einen Blick hineinzuwerfen und nachzuschauen, wie sich das Diorama entwickelte. Es war ein Wunderwerk aus Ton und Holz und Stein, und Paille hatte der Versuchung nicht widerstehen können und brillante Details eingearbeitet. Er war sogar so weit gegangen, winzige Menschenfiguren hinzuzufügen. Hier sollte der Militärrat seine Taktik planen.

»Und sieh mal hier«, sagte Paille und hielt die neuen Stücke hoch. »Die Fußangeln und Stachelhindernisse, die du verlangt hast. Machen äußerlich nicht viel her, nicht wahr?«

»Nicht im Miniaturformat«, pflichtete Gonji ihm bei und runzelte die Stirn, »aber im Feld habe ich schon erlebt, welchen Blutzoll sie Pferden und Menschen abverlangen.«

»Wo sollen sie ausgelegt werden?«

»In den ummauerten Gassen«, antwortete Gonji und zeigte auf die entsprechenden Punkte. »Wir locken Gruppen von Soldaten hinein und ziehen die Stacheln hoch oder rollen sie ihnen vor die Füße. Eine kurze Zeit lang macht das die Gassen zu sehr wirkungsvollen Schlachtfeldern. Bis die Verzweifelten eine Möglichkeit finden, über die Leichen der Unglücklichen zu steigen.« Er lächelte humorlos. Wütende Schreie drangen von der anderen Seite der weitläufigen Höhle herüber, und er wandte sich zum Gehen.

»Oh, Gonji – ehe du gehst, erzähle mir doch erst noch, was du davon hältst.« Paille sprang zu einer niedrigen Bank hinüber, wo sein Werkzeug und seine Rohmaterialien sowie Papier, Feder und Tinte lagen. Er hob einen fleckigen und unordentlichen Stoß Papiere hoch und hielt ihn dem Samurai hin.

Gonji blickte auf das oberste Blatt, auf dem in Pailles kunstvoller Schrift und in französischer Sprache geschrieben stand: *Der Wind des Todes, eine epische Erzählung von Alain Paille.*

»Nur zu, lies.«

»Ist es auf Französisch?«, fragte Gonji und verzog missmutig das Gesicht.

»Natürlich, *mon frère!*«

Gonji rümpfte die Nase und drehte sich zu den brüllenden Kavalleristen um, die im Zuge eines Übungsscharmützels vorbeidonnerten.

»Später, *neh?*«, sagte er, reichte dem Dichter das Manuskript zurück und steckte Rückenspalter in die Scheide. »Der Titel gefällt mir allerdings gar nicht. Woher hast du ihn?«

»*Du* hast ihn vorgeschlagen! Mit deiner Suche nach dem Wind des Todes und allem. Nur habe ich die Geschichte so interpretiert, dass sie sich auf den angekündigten Wind des Todes bezieht, der die Welt von der dekadenten Aristokratie und ihrer Tyrannei befreien wird. Und alles beginnt in Vedun ...« Eine ferne Vision gesellschaftlichen Umsturzes funkelte in den Augen des Franzosen.

»Iyé«, entgegnete Gonji kopfschüttelnd. »Mir gefällt es nicht. Warum nennst du die Erzählung nicht ... *Das Rote Schwert des Ostens?*«

Gonji marschierte davon, und ein leises Lächeln spielte um seine Lippen. Paille blieb zurück, stemmte die Fäuste in die Hüften und starrte ihm nach.

»Na, wenn *das* nicht der aufgeblasenste, eingebildetste ...!«

Die Ausbilder unterwarfen sich einem ausgedehnten und beschwerlichen Schichtdienst, und viele von ihnen verlängerten ihre Arbeitszeit dergestalt, dass sich ihr Dienstende mit dem Dienstbeginn anderer schnitt, damit die Schichtwechsel möglichst glatt verliefen. Ohne Rorka und seine Grauen Ritter wäre es nicht möglich gewesen, die Männer in mehreren Kriegskünsten gleichzeitig auszubilden. Allerdings waren sogar diese tapferen Seelen angesichts der zermürbenden Arbeitstage von um die zwanzig Stunden erleichtert, als sich manche der angehenden Milizionäre als hinreichend fähig und vertrauenswürdig erwiesen, um auch einige Führungsaufgaben wahrnehmen zu können.

Die Ritter wurden als *Rytier* (Ritter), *Tanito* (Lehrer) oder *Katona* (Soldat) angesprochen; Roric Amsgard und Karl Gerhard entschieden sich für die deutsche Anrede *Lehrer*, und Garth beharrte auf seine bescheidene Art darauf, nur mit seinem Namen angesprochen zu werden.

Niemand jedoch wurde mehr gefürchtet oder respektiert – wenn die Anerkennung auch nur missmutig oder widerstrebend ausfiel – als der oberste Anführer, der als *Sensei* angeredet wurde.

Gonji arbeitete wie ein Dämon. Seine dynamische Präsenz und überragenden Fähigkeiten in den *Bugei* – den Künsten des Kampfes – machten ihn schnell zur höchsten Autorität in allen Fragen der Ausbildung und der Taktik. Die Katakomben wurden fast sein neues Zuhause. Er arbeitete die meisten Schichten durch und mied die Straßen der Stadt, es sei denn, er hatte Begleitung, denn er wollte vermeiden, dass Julian weitere Informationen für sein Geld verlangte. Nur selten traf man ihn schlafend oder unansprechbar an, wenn es um die Bedürfnisse der Miliz ging; nur wenige wussten, wann oder wo er schlief. Und am dritten oder vierten Tag begann sein unermüdlicher Einsatz sich bei ihm bemerkbar zu machen. Seine Augen waren rot und verquollen, und die dunklen Ringe unter ihnen kündeten von der Erschöpfung, die einzugestehen er sich weigerte. Und so behielt er die Milizionäre so sorgsam im Auge wie die übrigen Anführer, begierig darauf, vertrauenswürdige Männer zu finden, die ihm einen Teil der Last abnehmen konnten. Daher nahm es nicht wunder, dass er nebenbei eine Menge über die Menschen erfuhr, die an seiner Seite kämpfen würden, falls es zum Schlimmsten kam.

Roric und Garth waren Gonjis standhafteste Bundesgenossen im Militärrat und ein Bollwerk gegen Rorka und den düsteren Michael, wenn politische Entscheidungen zu fällen waren. Außerdem boten sie auf dem Ausbildungsgelände alles, was er verlangte. Roric, früher österreichischer Kavallerist, erwies sich als solider, wenn auch unspektakulärer Kämpfer mit Falchion und Stangenwaffe. Die Standfestigkeit und Sicherheit des großen, ungehobelten Metzgers, was die Grundkenntnisse in der Anwendung der verschiedenen Waffen betraf, verschafften ihm Respekt, wozu auch seine bewundernswerte Gelassenheit und Geduld im Unterweisen der Rekruten beitrug. Er hatte ein besonderes Geschick im Umgang mit Hitzköpfen und ihren Temperamentausbrüchen. Natürlich half dabei ein wenig auch die schartige Narbe, die seinen Unterkiefer spaltete, dachte Gonji manchmal erheitert. Auch die bösartig wirkenden, gut ausgebildeten Hunde, die ihn häufig begleiteten, minderten diesen Effekt nicht.

Garth Gundersen blieb stets das sowohl sanfte als auch starke Rätsel. Der Argwohn, der ihm aufgrund seiner Freundschaft mit Klann entgegenschlug, verflüchtigte sich angesichts seiner atemberaubenden Kampfeskunst: Der Kampf mit zwei Waffen war sein Fach, ob nun mit zwei Breitschwertern, mit Schwert und Buckelschild, Axt und Schild, Schild und Hellebarde oder Axt und Schwert – Garth verkörperte einen Rückfall in heroischere Zeiten, ehe das Schießpulver das mühelose und feige Töten populär gemacht hatte. Seine Fertigkeit mit der Franziska, einer fränkischen Wurfaxt, war bemerkenswert; er konnte auf dreißig Meter eine Stange spalten oder eine Melone zertrümmern. Sehr gut verstand er sich auf kraftvolle Techniken mit den schwereren Nahkampfwaffen, und bald traf man die meisten größeren Männer der Stadt dabei an, wie sie unter Garths Anleitung den Umgang mit der Hellebarde, der Streitaxt und dem zweihändigen Breitschwert lernten. Der Schmied half Gonji dabei, den Handwerkern zu zeigen, wie sie ihr Werkzeug als Waffen einsetzen konnten. Unter ihrer beider Anleitung lernte Peter Foristek rasch, die Sense und die Heckensichel auf eine Art und Weise zu schwingen, die Ehrfurcht gebot. Und eines Tages demonstrierten Garth und Gonji im Zuge des *Jujutsu* – des Kampfes mit der bloßen Hand – einen Ringkampf, über den die Rekruten noch viele Schichten später redeten und ebenso begeistert wie verwundert die Köpfe schüttelten. Trotz des Beitrages, den der beliebte Schmied für die Ausbildung der Miliz leistete, beharrte er jedoch noch immer darauf, dass er nie wieder ein Schwert zum Kampf erheben könne.

Was Wilfred anging, so war nicht daran zu zweifeln, dass der junge Schmied nach einer Gelegenheit lechzte, die Burg anzugreifen. Sein Vorsprung vor den meisten anderen in der Fechtkunst und sein ernster Wunsch, die Methode des *Kenjutsu*-Schwertkampfs und die Lehrsätze des *Bushido* zu erlernen, machten ihn rasch zu Gonjis Stellvertreter. Am ersten Tag der Ausbildung hatte Gonji erklärt, dass er sein Ersatz-*Katana*, den Rückenspalter, demjenigen schenken wolle, der sich die von dem Samurai vermittelten Grundsätze und Praktiken der *Bugei* am besten zu eigen machte. Von Anfang an stürzte sich Wilf mit Elan in diesen Wettbewerb. Das hatte sofort zur Folge, dass seine und Gonjis Gegner und Verächter ihn den »Junior-Japs« nannten. Diese Kränkung traf Wilf, aber er widmete sich weiter seiner Ausbildung.

Eine gewisse Distanz zwischen Wilf und Gonji wurde allerdings für die erkennbar, die ihnen nahestanden. Wilf machte nicht mehr so viel Aufhebens um den Samurai wie früher und folgte ihm nicht mehr mit der alten Anhänglichkeit. Daran gewöhnt, ein Anführer und ein Einzelgänger zu sein, pflegte er nun eine förmlichere Beziehung zu Gonji, eine Beziehung zwischen Gleichgestellten. Er übte intensiv und zeigte Geschicklichkeit, Zorn und Beharrlichkeit in gleichem Maße. Und sobald der Tagesdrill für ihn beendet war, arbeitete er pflichtbewusst in der Schmiede, sehnte sich nach seiner Genya und plante und betete und entwickelte in seiner Vorstellung eine endlose Galerie grausamer Szenen, die er womöglich überleben musste, um die Geliebte schließlich zurückzugewinnen. Seinen wenigen engen Freunden fiel diese neue Niedergeschlagenheit und Eigenbrötlerei auf. Manche versuchten ihn aus diesem Zustand hervorzulocken, weitgehend ohne Erfolg.

Jiri Szabo zum Beispiel ... Jiri war ein junger Metallgießer und wahrscheinlich Veduns in jeder Hinsicht bester Sportler. Er war ein gut gebauter, wenngleich kleiner Mann mit hellbraunen Haaren und aufrichtigen blauen Augen, jederzeit zu einem Lächeln bereit. Wahrscheinlich würde er eines Tages, wenn der geliebte Schmied gestorben war, an dessen Stelle als beliebtester Bursche der Stadt treten. Jiri, ernst und arglos, stets mehr um die Gefühle eines besiegten Gegners besorgt als um den Kitzel des eigenen Triumphes, enorm lernwillig und anscheinend furchtlos, wurde zum Opfer eines Scherzes, den Gonji oft vorbrachte: »Szabo, über welche schmutzigen Dinge denkst du nach – *jetzt, in diesem Augenblick?*« Der Blick, den der Samurai dazu jeweils aus unvermittelt schmalen Augen auf Szabo warf, rief doch immer wieder herzhaftes Gelächter hervor, noch unterstützt durch das rot angelaufene Gesicht der Unschuld, das Szabo dazu zeigte. Der junge Mann war an Schnelligkeit unübertroffen. Nur Aldo Monetto konnte überhaupt mit ihm Schritt halten, wenn es darum ging, ein Seil oder eine Wand hinaufzuklettern. Jiri widmete sich mit Eifer dem *Kenjutsu* und lernte schnell. Seine Verlobte, ein reizendes Mädchen namens Greta, arbeitete als Weberin und ging dieser Tätigkeit oft in der Höhle nach, um den Drill zu unterstützen. Das Lächeln und Augenzwinkern, welches die beiden in ihren Pausen wechselten, rief viele Neckereien hervor, einige davon deutlich von Neid geprägt. Jiri hatte einfach alles, wofür es sich zu leben lohnte. »Es wäre schön, Menschen wie ihn am Leben zu halten«, stellte Rorka einmal fest. Gonji ärgerte sich über diese überflüssige Bemerkung des Barons, denn er wusste selbst nur zu gut, dass er Jiri auf einen ziemlich sicheren frühen Tod vorbereitete.

Lorenz Gundersen erwies sich als seinem Vater gewachsen, was die Aufdeckung unerwarteter Facetten seiner Vorgeschichte anging. Irgendwann im Verlauf seiner Geschäftskarriere war es dem selbstgefälligen Stadtkämmerer gelungen, passable Fähigkeiten als Rapierfechter zu erwerben. Er ging ruhig und ohne mit der Wimper zu zucken vom Holz- zum Stahlschwert über, trainierte energisch und brach sogar hin und wieder in Schweiß aus. Er blieb jedoch ein Gegner der Methoden Gonjis, besonders im Hinblick auf militärische Disziplin – entwürdigend, bei einer derart bunt zusammengewürfelten Truppe – und Sicherheitsvorkehrungen – beleidigend, da sie von einem Außenseiter eingeführt und kontrolliert wurden. Als Gonji ihn darauf hinwies, dass das Rapier allein, eine nur zum Stoßen geeignete Waffe, unzureichend war, sobald er gepanzerten Gegnern gegenüberstand, antwortete Lorenz unbekümmert: »Die Schwachstellen finden – ist das nicht der entscheidende Punkt?« Gonji zuckte die Achseln und wünschte ihm viel Glück bei der der fröhlichen Schwachstellen-Suche.

Vlad Dobroczy demonstrierte beträchtliche Fähigkeiten mit dem Schwert, war ein guter Reiter und zeichnete sich durch einen gelegentlichen Hang zum Brutalen aus, der sich im Kampf als nützlich erweisen würde. Er hatte nur einen Nachteil – einen Hass auf Gonji, der vielleicht auf Intoleranz beruhte, vielleicht auch auf Gonjis Freundschaft mit seinem alten Rivalen Wilf. Dieser Hass drückte sich jedoch in Anmaßung und Widerspruch aus, besonders wenn von Vlad erwartet wurde, Befehlen Wilfs Folge zu leisten. Gonji wusste, dass er eine solch negative Haltung nur für begrenzte Zeit dulden konnte.

Paolo Sauvini, der Stellmacher, legte eine andere Art von Unverschämtheit an den Tag. Mürrisch und in sich gekehrt, wie er war, ein eher ungeselliger Mensch und dem Anschein nach weithin unbeliebt, hatte er seit Gonjis Ankunft ständig versucht, den Samurai in Blickduelle zu verwickeln. Im Zuge der Milizausbildung verfolgte er in seinem Streben nach Anerkennung eine neue Taktik: alles tun, um Aufmerksamkeit auf sich zu lenken. Entschlossen, als überragender Schwertkämpfer abzuschneiden, legte er sich möglichst mit Gegnern an, von denen er wusste, dass er mit ihnen fertig werden konnte, und er ging häufig bei Übungskämpfen zu aggressiv ans Werk. Für schier alles meldete er sich freiwillig; erging ein Befehl, reagierte er darauf entweder als Erster oder als Letzter. Nachdem Gonji ihn drei Tage lang immer wieder zurechtgewiesen hatte – zuletzt dafür, dass Paolo Klaus, den Rekruten, der die leichteste Beute für ihn darstellte, schikaniert hatte –, wandte Paolo seine Aufmerksamkeit dem Bogen zu, einer Waffe, mit der er unter Gerhards Anleitung recht gut abschnitt. Häufig jedoch bemerkte Gonji, wie des Stellmachers hasserfüllte schwarze Augen ihn durch die Höhle anfunkelten, und endlich glaubte der Samurai, den Grund dafür zu verstehen. Als Mann an der Spitze war Gonji ein Konkurrent. Die Sehnsucht danach, ein ruhmreicher Soldat zu werden, brannte in diesen schwelenden Augen Paolos, und bis es ihm endlich wichtiger wurde, ein Soldat zu *sein*, statt als einer zu posieren, wäre er für Klanns Truppen ein leichtes Ziel.

Karl Gerhard und Aldo Monetto waren hervorragende Anführer und ausgezeichnete Vertreter ihrer Spezialgebiete: Monetto mit seiner Werkzeugaxt, seinen Konditionierungstechniken und dem, was Gonji *Karumi-jutsu* nannte – die Kunst der Beweglichkeit im Springen, Klettern und Ausweichen. Ganz besonders fiel auch Gerhard mit seinem prachtvollen Langbogen auf, für dessen Bespannung mit einer Sehne vier Männer nötig waren. Unter Gerhards Anleitung bildeten sich mehrere hervorragende

Bogenschützen heraus. Jeden Tag rückten die Übungsziele ein Stück weiter weg, aber die Männer erzielten weiterhin ungefähr die gleiche Anzahl Treffer. Und Gerhard dabei zuzusehen, wie er auf ein bewegliches Ziel anlegte und rasch hintereinander Pfeile darauf abfeuerte, das war an sich schon ein echtes Vergnügen und rief begeisterte Pfiffe und Jubelrufe hervor. Selbst die Trennung dieser beiden guten, jedoch streitlustigen Freunde trug wenig dazu bei, ihr ermüdendes Gezänk zu unterbinden. Jeden Tag hatte einer von ihnen eine Idee, wie die Lehrmethode des anderen zu verbessern sei, und schon gab es Streit. Das beruhte jedoch auf freundschaftlichem Wettstreit, auf dem Wunsch, den Respekt voreinander und die Wertschätzung füreinander zu stärken.

Was jedoch die Freundschaft zwischen Berenyi und Nagy begründet hatte, das wusste niemand.

Stefen Berenyi und Nicolai Nagy waren Pferdeknechte im Futterkorb. Damit endeten auch schon ihre Gemeinsamkeiten. Berenyi war der Witzbold der Stadt, ein Mann von zweiundzwanzig Jahren mit langen, wallenden Haaren und funkelnden Haselnussaugen und Mundwinkeln, die ständig zuckten, wie in Erwartung des nächsten Witzes, der gewöhnlich von ihm selbst stammte und zumeist auf Kosten Nagys ging. Berenyi war jemand, der stets auf die billigen Lacher erpicht war, den eher primitiven Humor, kurz, eine respektlose Stimme in einer ansonsten höflichen Gemeinschaft. Als begabter Imitator von Stimmen und Eigenarten brachte er seine Kameraden oft hemmungslos zum Lachen, nicht immer in den passendsten Augenblicken. Trotzdem war er jemand, dem man nicht lange böse sein konnte, und außerdem wäre es nutzlos gewesen, Energie darauf zu vergeuden – innerhalb von Sekunden konnte Berenyi nämlich die Stimmung mit einem weiteren albernen Scherz oder einer Hanswurstpose zum Besseren wenden. Gonji entschied, dass diese Art Unfug dringend benötigt wurde. In Japan verbargen Kämpfer ihre Angst hinter versteinerten Gesichtern; in Europa verbargen sie sie hinter Gelächter.

Als Stefan mit einer Imitation Gonjis aufwartete und dazu angestachelt wurde, sie auch vor dem Samurai aufzuführen, wusste dieser nicht recht, ob er dem Mann die Rippen brechen oder lieber schmunzeln sollte. Die anderen gluckten jedoch schon über die kaum verhohlene Heiterkeit des Samurai, und Gonji stimmte letztlich in ihr Gelächter ein. Es war das erste Mal, dass die ganze Gruppe gutmütig und lauthals lachte. Berenyi trug an diesem Tag somit dazu bei, ein wertvolles Band herzustellen. Und er beherrschte noch eine weitere Standardnummer aus dem Repertoire des vulgären Witzboldes: er konnte auf Befehl rülpsen und furzen. Wenn Alain Paille der intellektuelle Scherzbold Veduns war, dann war Berenyi der Fürst der Clowns in der Stadt.

Für alle außer Nagy.

Nick Nagy war doppelt so alt wie Berenyi. Mit seinen grauen Haaren und den verkniffen blickenden Augen verkörperte er den mit der ganzen Welt in Fehde liegenden Griesgram, der niemals versäumte, seinem Plagegeist von Partner zu erklären, wohin er sich den neuesten Witz stecken könnte – dessen Opfer er, Nagy, sehr wahrscheinlich auch war. Der immer noch kräftige Mann mit den dicken, knorrigen Händen und drahtigen Armen trainierte härter als die meist jüngeren Kameraden und weigerte sich, irgendeinem Menschen, von seiner Gattin abgesehen, von dem Tribut zu erzählen, den ihm die langen und qualvollen Tage abverlangten. Nagys beide Kinder waren erwachsen und verheiratet und hatten Vedun verlassen, und die Nagys empfingen gewöhnlich Stefan an mehreren Tagen der Woche zum Abendessen. Es hieß, dass nur Magda Nagy davon verschont blieb, Gegenstand von Berenyis Scherzen zu werden, und in seinen weniger nachsichtigen Momenten sagte Nick von Stefan, er sei »das Kind, das gestorben und wiedergekehrt war«. Berenyi und Nagy konnten gehässig zueinander sein, aber wie Paille feststellte, handelte es sich dabei um einen »für beide heilsamen Hass«.

Michael Benedetto stellte Gonji vor ein besonderes Problem.

Stets war der junge Ratsherr Gonjis Gegenspieler im Militärrat, stets gab er den Advokaten des Teufels, wenn der Samurai ein neues Ausbildungsverfahren vorschlug oder eine neue Taktik in die gegen Klann gerichteten Pläne einarbeitete. Dabei nahm Michael, was Fähigkeiten im Umgang mit der Waffe betraf, den wenig beneidenswerten letzten Platz unter den Offizieren ein. Zusätzliche Verlegenheit bereitete ihm, dass er vom Drill mit den gefährlicheren und anspruchsvolleren Stahlklingen häufig zum Drill mit dem *Bokken* zurückgeschickt wurde. Als vollendeter Renaissancemensch war Michael im Zuge seiner Ausbildung in Italien mit dem Schiavona geschult worden, dem venezianischen Breitschwert. Er wusste, dass er besser damit umgehen konnte als manche, die Gonji in einen höheren Rang erhoben hatte, als Michael ihn bekleidete. Und in seiner Verwirrung nahm sein Groll gegen den Asiaten ständig zu.

Gonji hatte jedoch gute Gründe, denn Michael war schwertscheu. Der Günstling des Ratsältesten demonstrierte hervorragende Koordination, Schnelligkeit und Balance; seine Stöße und Hiebe fielen forsch und ökonomisch aus, seine Paraden sicher, seine Riposten und Kombinationsangriffe schnell und clever. Er zuckte jedoch vor jedem Angriff zurück, sobald die Sicherungen entfernt und die Übungskämpfe im freien Stil abgehalten wurden. Er schlug sich recht gut in den klassischen Fechtstilen, wurde jedoch vor einem wild dreinschlagenden Gegner nervös und wich mit nachlassender Form vor ihm zurück – also vor genau der Art Gegner, zu der die meisten Söldner gehörten. Darum nahm Gonji ihn besonders hart ran und stufte ihn immer wieder auf die hölzernen Übungswaffen zurück, denn der Samurai wusste sehr gut, wie wichtig es war, dass Michael überlebte – nicht nur, weil er der Stolz und die Freude der Stadt war, sondern auch, weil Gonji sich schuldig fühlte. Gonji wusste, dass Michael die Anziehungskraft spürte, die von seiner Gattin auf den Samurai ausging. Zuweilen schlug Gonji vor, dass sich Michael lieber dem Bogen widmete, aber der

Ratsherr bestand unnachgiebig darauf, beim Schwert zu bleiben, der eleganten Kommandowaffe. Und immer wenn Gonji Anlass hatte, Michael durch Kritik in Verlegenheit zu bringen, schien es, als müsste Lydia in diesem Moment eine Wunde säubern oder ein Getränk servieren oder einen Ausrüstungsgegenstand reparieren. Sie bedachte Michael dann jeweils mit einem Nicken und einem sanften, aufmunternden Lächeln, worauf er mit finsterer Miene reagierte.

Gonji stand kurz davor, es mit diesem zornigen jungen Italiener leid zu sein. Wann immer er in eher düsterer Stimmung war, entschloss er sich, Michael seinen Willen zu lassen und hinzunehmen, wie sich dieser, einem wütenden Stier gleich, in seine Verabredung mit der Klinge des Scharfrichters stürzte.

Und so seine charmante Frau als Witwe zurückließ.

Und dann war da noch Klaus.

»Aua!«

Gerhard packte den Köcher voller Pfeile und schlenderte zur Schützenlinie hinüber, wo eine Meute Bogenschützen, einschließlich Berenyis, ein Kichern hinunterschluckten, als er näher kam. Klaus stand da und schüttelte die Hand aus.

»Klaus, wo liegt das Problem?«, wollte Gerhard wissen.

»Hab mir den Daumen an der Sehne wehgetan, Karl«, antwortete der tollpatschige Klaus.

»Nenn mich *Lehrer*. Da kommt Gonji.«

»Oh, tut mir leid, Ka … ich meine, Lehrer. Ich vergesse das immer wieder.« Klaus war Berenyis Favorit als *Schlemihl*, das geeignete Opfer seiner gelegentlich grausamen Scherze. Klaus war ein tumber Geselle mit ungepflegtem Haarschopf und den dünnen Fransen eines fast unsichtbaren Schnurrbarts, und körperliche Leistungen fielen ihm stets schwer. Aber er gab sich Mühe, und die Vorsehung hatte ihn mit der Geduld des sozialen Außenseiters ausgestattet. Stets aufrichtig. Immer ausgeschlossen und unaufhörlich und aufdringlich bestrebt, sich als gleichrangig zu erweisen. Immer der Letzte in einer Schlange.

Gonji marschierte herüber, eine lange, grausam aussehende Hellebarde auf der Schulter, und musterte mit schmalen Augen die Meute, die jetzt sachlich plauderte und damit beschäftigt war, ihre Bögen zu bespannen.

»Klaus, wer hat dir gesagt, dass du den Schutzring auf die Bogenhand ziehen sollst?«, fragte Gerhard und kannte dabei schon die Antwort. »Er gehört auf die Sehnenhand und soll den Daumen schützen.«

»Stefan war es«, sagte Klaus stumpf und zeigte auf Berenyi.

Gerhard und Gonji blickten einander an und wandten sich dann Berenyi zu, der eine protestierende Miene zeigte. »Ich bin sicher, dass ich es nicht getan habe«, entgegnete er. »Klaus, ich habe dir gesagt, dass der Ring auf *diese* Hand gehört.«

»Berenyi, geh und fülle Köcher«, wies ihn Gonji an.

»So, Klaus«, sagte er dann und leitete ihn mit Fingerzeigen an, »versuchen wir es noch einmal. Lege den Pfeil an – hebe die Waffe über den Kopf, während du einatmest und ziiiehst ... Dann visierst du das Ziel an, wenn du den Bogen herabschwenkst ...«

Twang!

»Vorsicht!«

Der Pfeil zischte zum Höhlendach hinauf, krachte heftig dagegen und schoss wieder zu der dicht gedrängt stehenden Gruppe der Bogenschützen hinab.

»Achtung!«, brüllte jemand, als die Meute lachend auseinanderlief.

»Seid doch vorsichtig!«, schrie Baron Rorka herüber, der eine halbe Höhlenlänge weit entfernt stand. »Falls ihr einen Stalaktiten erwischt, kracht er euch noch auf den Schädel!«

Die Männer ordneten ihre Reihen wieder, und Gonji und Gerhard trennten Klaus von den anderen.

»Tut mir wirklich leid, *Sensei*, aber ich konnte ihn einfach nicht festhalten ...«

»Vergiss das jetzt«, sagte Gonji. »Hör mal, Klaus, vielleicht finden wir eine andere Waffe für dich. Was für Werkzeug benutzt du bei der Arbeit? Was machst du?«

»Ich fertige Schnallen an«, antwortete Klaus mit schlichtem Stolz.

»Schnallen«, wiederholte Gonji niedergeschlagen. Er seufzte.

»Kann ich es noch mal versuchen?«

»Ah, Klaus«, mischte sich Gerhard ein, »warum schiebst du nicht eine Zeit lang das bewegliche Ziel – und achtest darauf, den Kopf einzuziehen?«

»Ja, *Lehrer*, was immer du sagst.« Klaus tappte pflichtbewusst davon. Von hinten schienen seine Umrisse denen einer Kirchenglocke zu ähneln.

Gonji blickte Gerhard an, der dastand und verdutzt den Kopf schüttelte.

». . . und es herrschten gute Laune und ein Geist der Freundschaft in den Katakomben, als die Streiter Veduns ihren Willen aufrafften und ihre Kraft in Harmonie und Kameradschaft befeuerten; denn durch die Geschlossenheit ihres Willens sollte es geschehen, dass sie ihre äonenalte Bestimmung erfüllten und die Seele der Menschheit den Klauen der Tyrannei entrissen . . .«

(Auszug aus dem Epos *Der Wind des Todes* von Alain Paille)

Wilf parierte Vlads *Bokken* heftig, und der Bauer drängte heran und rammte ihn frontal. Er packte Wilf am Handgelenk und drückte ihm das Holzschwert hoch über den Kopf. Sie ächzten und fluchten und knirschten in gegenseitiger Verachtung mit den Zähnen. Dann stieß Vlad seinem Gegner unvermittelt den Ellbogen ins Gesicht, sodass Wilf der Kopf auf die Seite flog.

Wilf knurrte und ließ sein *Bokken* fallen. Mit einem schrillen *Kiyai* hämmerte er Vlad eine kurze rechte Gerade an den Unterkiefer, stürmte auf ihn los und riss ihn zu Boden.

»Halt, Schluss damit!«, befahl Rorka, der herbeigelaufen kam.

Sie wurden auseinandergezerrt, und sie atmeten schwer und warfen sich gegenseitig finstere Blicke zu. Ein Rinnsal Blut lief Wilf aus der Nase.

»Sparen wir uns das für Klann auf, in Ordnung?«, empfahl Rorka und stupste beide leicht mit seinem schweren Falchion an. Er entlockte jedem von ihnen ein knappes Nicken und wandte sich wieder ab. Ehe er auch nur zwei Schritte zurückgelegt hatte, warf sich Dobroczy erneut auf Wilf, und schon wälzten sich beide auf dem Boden, wo sie fluchend aufeinander einschlugen.

William Eddings machte sich bereit. Er war als Nächster an der Reihe. Gonji erreichte den Mann neben ihm und funkelte ihn mit diesen asiatischen Teufelsaugen an, die sich bis in die Seele eines Menschen hineinbohrten. Eddings blickte nach links. Sein Bruder John lächelte und nickte ihm kurz ermutigend zu, und in diesem Augenblick erschütterte ihn der schrille Schrei des verrückten Japsen bis in die Eingeweide. Ein hässliches Krachen von Holz auf Holz ertönte, und Eddings wurden die Knie weich, als der Mann rechts von ihm mit einem beidhändigen Schwung über dem Kopf parierte.

Eddings hörte das eigene Herz pochen, und sein Atem kam pfeifend aus der Nase. Der Japaner sprach mit dem Mann, der pariert hatte, aber ob es Worte der Kritik oder des Lobes waren, das verstand Eddings nicht, und es war ihm auch egal. Er war jetzt an der Reihe.

Jesus, Maria und Josef, ich habe mir doch nie etwas anderes gewünscht als Seelenfrieden und ein bisschen Raum für mich selbst, um ...

Und in diesem Augenblick starrte der Japs *ihn* an. Vage nahm Eddings den Dolmetscher wahr, der am Rand seines Blickfelds aufgetaucht war.

»*Yoi suru* – bereit!«

Heilige Mutter Gottes ...

»*Eiiie!*«

Eddings verzerrte das Gesicht, und sein *Bokken* zuckte aufwärts.

»Ahhh!«, schrie er – aber er vermasselte die Parade. Ein heftiger Schmerz zuckte ihm durch die Schulter, ging jedoch in Sekundenschnelle zurück. Der heftige Hieb des Samurai war auf mystischem Wege irgendwie in ein bloß vorsichtiges Antippen übergegangen.

Aber Heilige Mutter Kirche, dieser Mistkerl meinte es ernst!

Dann sprach der Samurai auf Deutsch zu ihm, und sobald er fertig war, übernahm der Dolmetscher:

»Ah ... der *Sensei* sagt, dass ... es ihm sehr leidtut, du aber mausetot bist. Nicht erstarren! Entspannen! Den Verstand von bewussten Gedanken befreien. Du musst nicht nur die Parade ausführen, sondern auch den vollständigen Schwung der Waffe durchziehen und so zum Gegenangriff übergehen. Übe ...«

Eddings zitterte am ganzen Körper. Verdammte Irre!, dachte er. Sie alle! Verrückt, falls sie denken, dass ich jemals mit einem *echten* Schwert gegen *echte* Soldaten kämpfe! Oder gegen diesen Monsterdrachen, der dem Delirium irgendeines Wahnsinnigen entstammte. Den Tag möchte ich sehen, wenn ich mich der brennenden Scheiße und Spucke dieses Viechs aussetze. Ich, William von Lancashire, doch nicht ...

Dobroczy stampfte nach vorn und schützte seine Mitte durch das mit beiden Händen gehaltene Breitschwert. Er beschrieb damit eine Acht und provozierte Michael zu einer konfusen, schwachen Parade. Die Haltung des jungen Ratsherrn fiel förmlich in sich zusammen, während er der wirbelnden Schwertspitze mit dem Blick folgte. Dann täuschte Vlad einen Stoß nach Michaels behelmtem Schädel vor und setzte mit einem kurzen Hieb auf die linke Körperseite nach. Michael drehte das *Schiavona* unbeholfen nach unten, fiel auf das Täuschungsmanöver herein und brachte den Arm dadurch in eine nutzlose Stellung, so verzweifelt war er bemüht, einen Treffer abzuwehren. Und Vlads rascher Rundschlag nach rechts krachte an Michaels stark gepolsterte Jacke und raubte ihm den Atem.

Der Günstling fiel auf ein Knie und hielt sich die Rippen, und die Spitze des *Schiavona* bohrte sich in den steinigen Boden.

»*Sesshoku* – Treffer!« Gonjis Urteil, mit dem er das Duell beendete, erzeugte Echos in der ganzen Höhle.

Mehrere Männer eilten herbei, um Michael zu helfen, aber er schleuderte den Helm zu Boden und gab ihnen wütend mit den Händen fuchtelnd zu verstehen, dass sie wegbleiben sollten.

Vlad trat auf ihn zu. »Tut mir leid, Michael«, sagte er leise, aber der Günstling des Ältesten antwortete nicht.

»Miko-san«, hörte Vlad den Japaner hinter sich sagen, »tut mir so leid, aber du musst noch an deiner Form arbeiten. Zurück zum *Bokken, doso*. Dobroczy, an die Stechpuppen.«

»Ja – *Sensei*«, antworte Vlad und legte alles an Gift in den Titel des Ungläubigen, was er nur aufbrachte. Was zum Teufel hatte der eigentlich gegen Michael? Dieser war nicht so schlecht wie einige der Schwertkämpfer, die weiter mit Stahlwaffen übten. Warum musste der Japaner ihn immer wieder dermaßen heruntermachen?

Und das vor Michaels Frau!

Am sechsten Tag standen über dreihundert Rekruten auf den Listen. Der Ratsälteste Flavio und Milorad Vargo besuchten an diesem Tag die Höhle, um sich die Ausbildung anzusehen. Sie wanderten mit verschränkten Armen herum und bemühten sich um einen Ausdruck höflichen Interesses, aber die Anspannung, unter der Flavio litt, zeigte sich in seiner gebückten Haltung und den frischen Linien des Schmerzes auf der Stirn und in den Augenwinkeln. Er trug die Bürde zerstörter Hoffnungen tapfer, wurde aber doch von ihren Spuren gezeichnet.

Die Beziehung zwischen Flavio und Gonji war inzwischen belastet. Sie hatten schon einmal über Gonjis Beharren auf strikten Sicherheitsvorkehrungen gestritten, und Flavio widersetzte sich energisch dem Ansinnen des Samurai, dass jeder seinen Nachbarn im Auge behielt und jede überflüssige Fraternisierung mit Klanns Soldaten meldete. Auch war er nicht übermäßig begeistert über das Register ungewöhnlicher Bewegungen auf den Straßen, wie der alte Gort, der Torwächter, und weitere Personen es führten, die Gonji sich zu nennen weigerte.

»Tut mir sehr leid, mein Dienstherr, aber wir bereiten uns auf einen Krieg vor, falls es dazu kommen sollte, und ich habe schon zu viele Feldzüge scheitern gesehen, nur weil Verrat geübt wurde«, erklärte ihm Gonji.

»Aber falls in Vedun das Potenzial zu derartigem Verrat besteht«, entgegnete Flavio trotzig, »dann ist es nicht das Vedun, das ich gegründet habe, und deshalb auch nicht mehr das Vedun, das es wert wäre, dafür zu kämpfen.«

Und aufs Neue ertappte sich Gonji dabei, wie sehr er den Idealismus des Mannes bewunderte. Inzwischen bestand noch ein weiterer Konflikt zwischen ihnen: Gonjis Behauptung, das Engagement der Menschen auf dem Übungsplatz wäre durch eine Karnevalsatmosphäre beeinträchtigt. Überall sah man Nichtkombattanten, zum Beispiel die Frauen, die Wunden versorgten und mit Ausrüstungsgegenständen und Erfrischungen halfen. Sie wurden inzwischen durch solche verstärkt, die einfach der Unterhaltung halber kamen. Die Familien der Männer aus Rorkas Gefolge waren in die Katakomben gezogen, und manchmal liefen Kinder herum oder verirrten sich an gefährliche Stellen. Rorics Hunde hatten anscheinend ihre Freunde eingeladen, und sogar einige der Männer, die sich davor gedrückt hatten, zur Miliz zu gehen, tauchten jetzt schamlos in den Katakomben auf, um zu kichern und zu buhen. Am auffälligsten unter ihnen waren Strom Gundersen und Boris Kamarovsky. Gonjis Geduld stieß allmählich an Grenzen.

Man nahm Veränderungen vor. Die Hunde wurden verbannt, und die Familien der Ritter quartierte man wieder in der Stadt ein, wenn auch mit dem Privileg, täglich zu Besuch zu kommen. So weit, so gut.

Die erste Maßnahme Gonjis, die auf echten Widerstand stieß, war die militärische Schulung der Frauen.

»He, Nick!«, rief Magda Nagy, als sie aus der fackelerleuchteten Grotte in die eigentliche Höhle kam. »Du solltest lieber vorsichtig sein, wenn du nächstes Mal betrunken nach Hause kommst!«

Sie stieß aggressiv den Dolch vor, um ihre Warnung zu unterstreichen, und wer Ungarisch verstand, wieherte und neckte Nagy gnadenlos, Berenyi vorneweg. Nick Nagy knurrte seiner Frau etwas zu, das im Gelächter unterging, und sein wirres und verfilztes graues Haar sträubte sich wie Fingerhirse, als er sich die Sturmhaube herunterriss.

Am zweiten Tag waren bei der Ausbildung der Frauen, die trotz einer Springflut von Protesten stattfand, schon mehr als fünfzig von ihnen dabei, den Umgang mit kurzen Klingenwaffen zur Selbstverteidigung zu lernen. Obgleich einige von ihnen immer wieder verlegen kicherten, weil sie einer solch männlichen Betätigung nachgingen, und andere offen bezweifelten, dass sie jemals ein menschliches Wesen töten könnten, stimmten die meisten Frauen grimmig dem Gedanken zu, dass sie im Fall einer Gefahr für ihre Kinder oder des Todes ihrer Männer für diese tödlichen Fertigkeiten noch dankbar sein würden. Und so begannen sie jede Übungsstunde mit einem Gebet um gnädige Verschonung und moralische Führung und lernten dann, Messer und Gnadgott, Dolch und Stilett einzusetzen und zu tarnen.

Eine große, gut gebaute Frau schwedischer Herkunft, die Hildegarde hieß, trat eines Tages an Gonji heran und verlangte, dass Frauen, die es wünschten, auch der Umgang mit offensiveren Waffen gestattet würde. Viele Männer reagierten mit abfälligen Bemerkungen, aber Gonji erzählte ihnen die Geschichte Itagakis, eines sagenumwobenen weiblichen Samurai, deren Fertigkeit mit der Hellebarde, die Gonji *Naginata* nannte, ohnegleichen war. In der wichtigsten Schlacht ihrer brillanten Laufbahn führte sie eine zahlenmäßig stark unterlegene Truppe gegen eine feindliche Armee und erschlug unzählige ihrer Feinde, ehe sie unter deren Waffen fiel.

Und so bekam Hildegarde, was sie verlangte, und widmete sich zusammen mit Garth dem Umgang mit der Stangenwaffe. Sie war eine äußerst starke Frau und absolut furchtlos; außerdem legte sie eine ausgesprochene Aggressivität an den Tag, und die Männer behandelten sie in Fragen der Kriegskunst bald als Gleichgestellte. Dabei sahen sie über die entwaffnende Tatsache hinweg, dass Hildegarde mit einer weiblichen Reife ausgestattet war, angesichts derer viele Männer eingeschüchtert oder verlegen den Blick abwandten. Gonji nannte sie gern »die Frau mit dem starken Herzen und den mächtigen Brüsten«. Sie ihrerseits bezeichnete Gonji unter Hinweis auf die gemeinsame skandinavische Herkunft durch die norwegische Mutter des Samurai als »Gonji-Gunnar, den halben Wikinger«.

Gonji schloss sie sofort ins Herz und empfand tiefen Stolz und Respekt angesichts ihrer Fertigkeit mit den Waffen.

Einige Frauen wandten sich dem Bogen zu. Zu ihnen gehörte Helena, die sich auf dem Übungsplatz der Bogenschützen hervorragend schlug. Ihr Vater, ein polnischer Schütze, der in der Schlacht gefallen war, hatte sie schon gut unterwiesen, und wenn sie an der Reihe war, Pfeile auf die Zielscheiben zu jagen, war das ein beliebtes Ereignis in den Katakomben. Ob nun aus Mitleid mit ihrem Leiden oder aus echter Zuneigung aufgrund ihrer liebreizenden kleinen Gestalt, das taubstumme Mädchen schien einen besonderen Platz im Herzen Veduns zu haben. Aus diesem Grund war Gonji auch erleichtert darüber, dass sie sich der Ausbildung der Bogenschützen unterzog. Mit der Zeit empfand er ihre Gegenwart jedoch als beunruhigend.

Helena weckte in ihm eine vielschichtige Mischung von Gefühlen, die zu definieren ihm so schwerfiel wie der Umgang mit ihnen. Sein ausgeprägtes Verlangen nach einer Frau musste er zügeln, denn er hatte Flavio versprochen, sich an die Gesetze dieses Landes zu halten; der Unterhalt von Freudenmädchen war verboten, und die Pflicht verlangte von dem Samurai, sich dem zu fügen, obwohl er manchmal daran zweifelte, dass Flavio es wirklich von ihm erwartete. In jüngster Zeit gelang es ihm jedoch, seine Leidenschaften durch den erschöpfenden Drill im Zaum zu halten.

Wann immer es Helenas Mutter dem Mädchen jedoch erlaubte, in die Höhle hinabzusteigen und bei der Versorgung der Miliz zu helfen, folgte es Gonji auf Schritt und Tritt und kümmerte sich um seine Bedürfnisse. Die rehäugige Helena zeigte sich gänzlich ohne Arg, und die Koketterie romantischer Spiele war ihr völlig fremd, so sehr sie auch in Gonji vernarrt war. Dieser fühlte sich angezogen und abgeschreckt zugleich und dabei seltsam schuldig, nervös und reizbar aufgrund der widerstreitenden Gefühle, die sie in ihm weckte. Er mochte das alberne Gekicher der übrigen jungen Frauen nicht und ebenso wenig die tadelnden Blicke, mit denen sie Helena gelegentlich bedachten.

Und am wenigsten gefielen ihm die kalten Blicke bestimmter Männer. Er hatte gar nicht den Wunsch, ihre Lieblingsunschuld und seltene Blume zu verletzen, an der sie so hingen – das weibliche Gegenstück zu Michael Benedetto, wie ihm durch den Sinn ging. *Und ich kann nicht noch mehr Misstrauen aus den Reihen der Miliz brauchen* . . . Ich bin jedoch ein Mann und habe meine Bedürfnisse; also was soll ich nur mit ihr machen? *Choléra!*

Sie ist nicht mal die Frau, nach der ich verlange.

Lydia Benedetto verabscheute die Kampfausbildung als abstoßend und wenig damenhaft. Das war die Welt der Männer, kindischer Männer obendrein. Männer, die ihre Furcht vor dem Verlust der Kontrolle über diese Welt hinter einer drohend geschwungenen Schwertklinge verbargen.

Sie trat leise hinter Gonji und füllte seinen Trinkpokal mit Wasser nach. Er wollte sich schon umdrehen, aber als er sah, dass sie es war, wandte er sofort den Blick ab. Zu energisch. Niemand hielt sich in Hörweite auf, und Lydia spürte die sexuelle Spannung sofort. Sie brauchte Gonji gar nicht in die Augen zu blicken, um zu wissen, dass sich seine Gedanken um sie drehten. Sie kippte den Wasserschlauch aus Leder zu schnell, sodass Wasser auf den Boden schwappte, und warf sich förmlich herum, um zu gehen.

»Du könntest ein bisschen Schulung in Selbstverteidigung brauchen«, sagte Gonji hastig, und sein Italienisch klang unbeholfen und gezwungen. Seine Stimme bebte ganz leicht.

Sie überlegte einen Augenblick lang, ehe sie antwortete. »Ich verabscheue Gewalt«, sagte sie schließlich, und es war kaum mehr als ein Flüstern.

»Die Gewalt macht sich auch nicht viel aus dir, meine Dame«, antwortete er barsch, stand auf und stolzierte davon.

Nun, dachte sie, was zum Teufel hat er denn damit gemeint?

Gonji stürmte davon und kam sich tollpatschig und dumm vor. Er hatte das Bedürfnis verspürt, etwas zu ihr zu sagen, um die Spannung aufzulösen, und wie so oft unter derartigen Umständen erwies sich das, was ihm über die Lippen kam, gewiss nicht als Produkt seines Gehirns. Verdammt sollte diese Frau sein, dachte er. Sogar in diesem wallenden Gewand wirkt sie verlockend. Was für ein Blödsinn, den ich da …

Nicht weit von ihm mühte sich eine kleine Gruppe Pikeniere mit einem koordinierten Angriff auf einen imaginären Gegner ab. Klaus suchte sich diesen Augenblick aus, um zu stolpern und auf die Nase zu fallen. Leises Lachen der Rekruten verstummte schnell wieder, denn alle respektierten Gonjis Mitgefühl mit diesem gesellschaftlichen Außenseiter.

Es war jedoch der alberne, sinnlose, abschätzige Laut hinter ihm, der Gonji endgültig die Laune verdarb. Er zog die Schultern hoch und erstarrte auf seinem Weg. Mit entsetzlicher Bedächtigkeit drehte er sich um – wie ein Totenkopf in der Dunkelheit.

Rückenspalter fuhr singend aus der Scheide.

»Sieh dir nur den Affenmann an«, sagte Boris, der neben Strom auf dem großen Felsbrocken saß, »wie er versucht, sich an Michaels Gattin heranzumachen – ah oh! *Ts-ts*, ihm hat wohl etwas nicht gefallen, was sie gesagt hat. Muss ihn abgewiesen haben.«

»Schhh!«, mahnte ihn Strom zur Vorsicht. »Halt den Mund. Er hört es noch!«

»Ach, er versteht doch kein Russisch. Außerdem ist dein Vater hier … Uuuh, sieh dir nur Klaus an, den Volltrottel! Hihi!«

Strom holte seine Rohrblattflöte hervor und trillerte eine muntere kleine Weise, die Klaus' Tapsigkeit und seine peinlichen Bemühungen aufzustehen unterstrich. Strom brach jedoch unvermittelt ab und riss den Mund auf, als er sah, wie Gonji das

Katana zog und der Zorn in den dunklen, schmalen Augen des Samurai aufflammte.

Ein Gurgeln entwich Stroms Hals, der jetzt eng wurde. Der Hirte hörte Boris neben sich aufschreien. Gonji ging im Laufschritt auf sie los, den Arm starr hinter sich ausgestreckt, diese entsetzliche glänzende Schwertklinge mit der Spitze zur Höhlendecke weisend. Die beiden Freunde sprangen vom Felsbrocken herunter und rannten zum Tunnel, um zu fliehen.

»Strom Gundersen!«, schrie Gonji und lief ihnen nach.

Menschen riefen hinter ihm, schrien seinen Namen von einem Dutzend Stellen auf dem Übungsplatz. Er rannte, bis er den Höhlenausgang erreichte und die Schreie der Fliehenden im fahlen Laternenschein des aufwärts führenden Tunnels widerhallen hörte. Dann drehte er sich um, das *Katana* nach wie vor in Angriffsstellung seitlich hinter ihm.

»Soll er doch gehen!«, schrie Gonji der Menge zu, die brummend herandrängte, »und sollen er und dieses Rattengesicht von Freund von hier wegbleiben, bis sie bereit sind, als Milizionäre zurückzukehren! *Seht* euch nur hier um – haltet ihr das alles für ein Spiel? Möchtet ihr es so haben – dass Zuschauer sich daran ergötzen, wie ihr stürzt und blutet und zu gegebener Zeit dort oben sterbt? Und wie sie dann lustige Liedchen für eure entweichenden Seelen blasen? Dann braucht ihr mich nicht.«

Gonjis Vernunft meldete sich zurück, und allmählich wirkte seine Miene auch wieder gefasst. Er steckte Rückenspalter in die Scheide. Als die Leute sahen, dass sein Zorn sich gelegt hatte, traten einige der Anführer und seiner Freunde näher heran.

»Beruhige dich, Gonji«, drängte ihn Flavio.

»Diplomatie, mein Freund«, ergänzte Milorad. »Du brauchst nicht ...«

»Beruhige dich!«, äffte Gonji den Ältesten nach. »Das ist gewöhnlich kein Problem. Aber seht euch doch mal hier um! Es ist ein Zirkus, und ich möchte keine Schauspielertruppe leiten.

Zumindest nicht vor Publikum, ehe die Darsteller so weit sind. Ich möchte, dass alle, die hier nichts zu tun haben, vom Übungsgelände verschwinden, solange trainiert wird. Warum holen wir nicht gleich sämtliche Einwohner herunter und überlassen Klann die Stadt ganz? Ich kenne kaum ein Gesicht in Vedun, das nicht schon hier unten zu sehen war, abgesehen von Phlegor und seinen idiotischen Anhängern. Und was haben *sie* eigentlich vergangene Woche getrieben?«

»Du hast keinen Grund, die Stadt derartig zu beschimpfen«, beteuerte Milorad.

»Ach nein?«

»Die Leute haben alles getan, was du von ihnen verlangst«, setzte Lorenz hinzu, »und noch mehr, wage ich zu behaupten.«

Garth stand hinter ihm und schwieg; er wirkte aufgebracht darüber, dass einer seiner Söhne bedroht worden war. Er schien nicht recht zu wissen, wie er jetzt zu Gonji stehen sollte.

Gonji blickte finster. In diesem Augenblick schwebte Tralayn durch die Menge, die sich vor ihr teilte, und blieb mit gespitzten Lippen vor ihm stehen. Sie nickte. »Gonji hat guten Grund, zornig zu sein. Wir dürfen uns keinen weiteren Unfug leisten, und wir müssen unsere Anstrengungen verdoppeln.«

»*Aye!*«, ertönte Pailles Stimme aus der Menge.

Wilf und Monetto und Jiri und einige weitere Anhänger Gonjis umringten diesen und redeten auf ihn ein und versprachen ihm, sich aufs Neue ins Zeug zu legen, aber er schob sich zwischen ihnen hindurch und marschierte zum Tunnel, der zum Talausgang führte. Die Leute blickten ihm nach und flüsterten, als er an Lydia vorbeiging, die allein mit hochgezogenen Brauen, aber niedergeschlagenem Blick dastand, und dann an Klaus, der sich hastig von seinem einsamen Platz auf dem Boden aufrappelte, als Gonji näher kam, und sagte: »Es tut mir leid, mein Lehrer – ich meine, *Sensei*. Es tut mir leid.«

Der Samurai ignorierte ihn jedoch und betrat den Tunnel.

Manche der Anwesenden verspürten eine leichte Beunruhigung, da sie vermuteten, er wollte sie im Stich lassen, aber die ihn besser kannten, wussten, dass er zurückkommen würde. Schließlich hatte er Tora zurückgelassen und das an dessen Sattel hängende Sagami.

Gonji musste eine Zeit lang allein sein. Er war die Menschen hier leid, ihre Gesichter, ihre Einstellung. Er musste sich von der erstickenden Atmosphäre der Höhle erholen. Es war sehr schlecht, dass er dermaßen die Selbstbeherrschung verloren hatte. Der westliche und kindische Teil von mir wieder mal, *neh? Karma!*

Er saß eine Zeit lang mit übereinandergeschlagenen Beinen auf einer stillen Lichtung und meditierte. Rückenspalter lag in der Scheide an seiner rechten Seite. Gonji legte die Arme auf die Knie, ließ die Hände schlaff herabhängen und hielt den Blick auf einen Punkt in der Ferne gerichtet.

In der Höhle nahm gemächlich und in ernster Stimmung der Drill seinen Fortgang. Für die restliche Zeit dieser Lektion zeigte niemand mehr auch nur die Andeutung eines Lächelns, nicht mal Berenyi. So endete die erste Schulungswoche.

Und die ganze Zeit lang war der Verräter dort gewesen. Hatte zugesehen. Jede Einzelheit notiert …

DREIZEHNTES KAPITEL

Gonji steigerte Intensität und Umfang der Ausbildung.

Mehr kontrollierte Übungs-Kämpfe wurden jetzt mit Stahlwaffen ausgetragen. Die Techniken wurden klarer definiert und anspruchsvoller. Kampftrupps wurden gebildet. Echte Schlachtpläne wurden entwickelt und deren Ziele beschrieben. Mit Hilfe von Pailles detaillierter Miniaturausgabe Veduns nahm man mögliche Kampfschauplätze in Augenschein. Die Rekruten, die nicht so gut mit Waffen umgehen konnten, wurden zu Trupps organisiert, die die tödlichen stählernen Fußangeln auslegen und Straßen und Höfe mit Holzbarrieren absperren sollten. Dann sollten die Bogenschützen und die mit Stangenwaffen ausgerüsteten Fußtruppen den Feind wie wütende Hornissen angreifen.

Gefährliche Übungselemente landen jetzt auf dem Übungsprogramm: Reiter gegen Fußsoldat; Pikenier gegen Reiter ... In der letztgenannten Disziplin schnitt Hildegarde herausragend ab. Stark, unerschrocken und von aggresiver Hemmungslosigkeit – entstanden in Jahren voller übertriebener Geschichten von der Zähigkeit des Männerfells, die man ihr erzählte –, so wurde sie mit ihrer Stangenaxt bald für jeden Reiter, der sie angriff, zu einem furchterregenden Anblick. Garth sah sich schließlich zu der Mahnung gezwungen, sie möge nicht so wild ans Werk gehen, nachdem sie zwei schwere Schnitte durch Lederwämser ausgeführt und einen Reiter so heftig aus dem Sattel gestoßen hatte, dass er sich einen Arm brach.

Die Verletzungen wurden schwerer, proportional zur Intensität der Ausbildung. Der ältliche Arzt Dr. Verrico und seine Gehilfen waren laufend beschäftigt und nähten und schienten.

»Schlächter!«, knurrte der Arzt Gonji ins Ohr. »Jeder einzelne von euch – Klann und sein ganzes Ungeziefer eingeschlossen!« Verrico stach mit der Nadel ein bisschen heftiger als nötig in Gonjis Körperseite, um seine Worte zu unterstreichen. Die fast geheilte Duellwunde des Samurai war beim Sturz von einem einstürzenden Gerüst erneut aufgerissen.

»Sachte, sachte, alter Narr!«, schalt ihn Gonji. »Was für eine Art Heiler verschlimmert die Schmerzen eines Opfers?« Er knirschte mit den Zähnen, schürzte die Lippen und ertrug es mit stoischer Gelassenheit.

Verrico grunzte gereizt. »Was für eine Art Mann beschreibt sich selbst als Opfer?«

»Hättest du Strom etwas angetan?«, flüsterte Garth, während er Gonji bei der Arbeit zusah.

Gonji unterbrach seine Tätigkeit und blickte Garth lächelnd an. »Nein, mein Freund«, antwortete er leise. »Ich wollte ihn nur ein bisschen erschrecken.«

Garth nickte zufrieden. Unter Dr. Verricos Anleitung lernten die Milizionäre, wie man die Verwundeten im Feld versorgte. Gonji war gerade dabei, Garth das Bein zu schienen. Noch weitere Verletzungen wurden beschrieben und die jeweilige Behandlung angesprochen.

Gonji hörte die zuschauenden Milizionäre besorgt murmeln und erläuterte auf seine unnachahmliche Art aus dem Stegreif:

»Seht ihr, der menschliche Körper gleicht diesem Stück Leder ...« Mit dem Schwert stocherte er nach dem Kürass eines Mannes in der ersten Reihe. Dolmetscher übertrugen Gonjis Deutsch fast zeitgleich in ein halbes Dutzend anderer Sprachen. »Man muss ihn ausklopfen, gerben und trocknen, damit er zu voller Robustheit gelangt. So sind auch Verletzungen zu betrachten – diesem positiven Ziel dienen sie letztlich. Wenn sie behandelt wurden, wenn die Haut erneut zusammengewachsen ist, ist sie stärker als zuvor. Je mehr verheilte Wunden, desto zäher der Mensch ...«

Die etwas Gebildeteren widmeten ihm skeptische Blicke, aber die meisten lauschten gebannt. Gonji zeigte eine selbstgefällige Miene und gab sich in Gedanken selbst einen Klaps auf die Schulter für seine wohlgesetzten Ausflüchte. Verdammt, vielleicht stimmte sogar, was er gesagt hatte – die messerlange, gezackte Narbe auf dem Schulterblatt juckte zwar manchmal wie eine Kette von Milbenbissen, war aber ganz gewiss doppelt so dick wie die umgebende Haut ...

Da er schon beim Thema Verletzungen war, trug Gonji jetzt eine Schilderung vor, wie er seine diversen Narben erhalten hatte, ließ jedoch die Schulternarbe mit den dazugehörigen melancholischen Erinnerungen aus.

Dobroczy beugte sich zu Peter Foristek hinüber und flüsterte durch den Mundwinkel: »Hör ihn dir nur an! Er hält sich wohl für den Apostel Paulus ...«

Nach der Lektion in Wundbehandlung erschienen etliche neue Ausrüstungsgegenstände auf dem Übungsplatz: Schild und Buckler, Kürass und Kettenhemd, Beinschiene, Schulter- und Armschutz, Helm mit Kinnschutz und tief ausgeschnittenem Visier. Die Milizionäre Veduns hatten beschlossen, ihre Chancen zu verbessern und die ihnen geschilderten Verletzungen mit jedem nur greifbaren Mittel zu verhindern.

Die Anführer ermutigten sie dabei und unterwiesen sie in der bestmöglichen Kombination aus Beweglichkeit und Schutz. Und wiewohl Gonji selbst keinen Schild benutzte, zeigte er den Rekruten, wie manche Schilde, besonders die konkaven Rundschilde aus Metall, sogar Pistolenkugeln abwehren konnten. Am nächsten Tag wurden die längst überforderten Metallgießer mit einer Flut von Bestellungen solcher Schilde überschüttet, mehr, als sie bis zum Frühling liefern konnten. Die überwältigende Mehrheit der Rekruten trug nach wie vor nur zusammengestückelte Rüstungsteile, da solche Produkte teuer und knapp waren.

Sogar die Kinder Veduns leisteten ihren Beitrag.

Wenn Gonji mal in der Stadt übernachtete, schlich er sich im Schutz der Dunkelheit zu den Gundersens oder zu Paille und mied das Zimmer, dass er in Wojciks Stube im Norden der Stadt gemietet hatte. Morgens mischte er sich unter die Arbeiter, die zu den Frühschichten gingen, und die Milizionäre, die sich zum Übungsplatz aufmachten. Manchmal gesellte sich der Samurai zu Eduardo und den übrigen Kindern, spielte mit ihnen, machte den Clown für sie oder führte vor ihnen eine Kampfsport-*Kata* aus, was sie mit begeistertem Gejohle belohnten. Söldner aus der Garnison im umgebauten Kornspeicher fühlten sich von diesem Schauspiel unwiderstehlich angelockt, sodass die Milizionäre, die den Zugang zu den Katakomben in Tralayns Haus benutzten, dies ungehindert tun konnten.

Gonji wusste, dass er mit dem Feuer spielte. Julian verlangte es inzwischen bestimmt dringend nach neuen Informationen seines Agenten, und wahrscheinlich schäumte er vor Wut darüber, dass Gonji aus seinem Gesichtskreis verschwunden war. Gelegentlich gaben Soldaten dem Samurai durch Handzeichen zu verstehen, dass sie privat mit ihm reden wollten, und er genoss ihre Reaktionen, wenn er ihre Gesten mit kühnem Gruß erwiderte, aber dann weiter mit den Kindern herumtollte.

Bei diesen Spielen schloss Gonji die kleine Tiva immer mehr ins Herz. Sie durfte am längsten auf seinen Schultern reiten, und er behandelte sie mit besonderer Zärtlichkeit, wenn er sie hochwarf und wieder auffing. Ihr verwitweter Vater war Bogenschütze bei der Miliz, ein sehr in sich gekehrter Mann mit bekümmertem

Herzen, der den Tod seiner Frau bei Tivas Geburt nie verwunden hatte. Obwohl die Vorstellung Gonjis Sinn für Gerechtigkeit verletzte, beschloss er insgeheim, das Leben dieses Mannes zu bewahren. Tiva zuliebe. Das anbetungswürdige Gassenkind weckte in ihm eine bislang unbekannte Sehnsucht danach, Vater zu werden.

Sie hielten sich in Tralayns Haus auf, und abermals war Gonji gebannt vom Anblick der mächtigen Waffen über dem Kamin.

»Woher hast du die?«, fragte er.

Tralayn verschränkte die Hände vor dem Bauch und musterte Gonji, während sie antwortete. Ein heiteres Glitzern erschien in ihren leuchtend grünen Augen. »Als sich die ersten Pilger hier niederließen, fanden sie diese Waffen in der leeren Stadt. Derzeit sind sie nur Dekorationsstücke, die auf einen Krieger warten, der sie schwingen kann.«

»Dann werden sie noch eine ganze Weile lang warten müssen, wette ich«, sagte er und kratzte sich am Kopf. »Ich habe einmal versucht, eines davon anzuheben.«

Tralayn lächelte auf eine Art und Weise, die Gonji nicht gefiel, als betrachtete sie ein Kind, das gerade laufen lernte.

»Ich war wieder draußen, um nach Simon Sardonis zu sehen«, sagte sie, und Gonjis Gesicht zeigte Interesse, als sie den Namen des geheimnisvollen Mannes aussprach. »Ich wollte uns seiner Hilfe für unser Vorhaben versichern.«

»Und?«

Sie schüttelte den Kopf. »Leider war er fort.«

»Endgültig?«, erkundigte sich Gonji.

»Das denke ich nicht«, antwortete Tralayn und blickte in die Ferne. »Aber möglicherweise macht es das nur schlimmer.«

»Warum verhilfst du mir nicht zu einer Gelegenheit, mit ihm zu reden – von Krieger zu Krieger?«

»Ich sagte dir doch schon: Er möchte dich nicht sehen. Niemand kann ihn zu etwas zwingen, wenn er es nicht möchte.«

»Tralayn, also wirklich ...«, spöttelte Gonji.

»Denk nur an seinen Kampf gegen Ben-Draba, mein Freund. Und wirkten Klanns Soldaten nicht wie eine Schar spielender Kinder, als sie ihn einzufangen versuchten?«

»Ihn tatsächlich einfingen«, korrigierte Gonji sie ein bisschen unsicher.

»Er *wurde* zwar getroffen – aber nicht zur Strecke gebracht, das versichere ich dir.«

Gonji war ihr Gerede allmählich leid. »Es ist absurd, einem einzelnen Menschen eine solche Bedeutung beizumessen. Und warum möchte ein so kühner Streiter euch nicht unterstützen? Er *steht* doch in eurer Schuld, *neh?* Und offensichtlich ist er Klann ohnehin feindlich gesinnt.«

»Ah, aber wenn ich dir darauf antwortete, verriete ich dir zu viel. Denke an unsere Abmachung!«

»Und ich habe meinen Teil schon erfüllt«, warf Gonji verärgert ein.

»Geduld«, sagte sie entschieden. »Bald gibt es mehr zu erzählen.«

Wilf prallte mit Dobroczy zusammen, schwang das *Bokken* mit wohl berechneter Wut, jener kontrollierten Leidenschaft, von der Gonji immer wieder sprach. Aber Falke war ein aalglatter Mistkerl. Er parierte flink und kräftig, und mit seinem klassischen europäischen Kampfstil fand er gelegentlich Lücken in Wilfs Abwehr und stieß hinein. Wilf musste leidenschaftslos gegen ihn kämpfen. Leidenschaft war nötig für den Erfolg, nicht gegen den Feind persönlich. Und gegen einen Schwertkämpfer von ähnlichem Stil und ähnlicher Geschicklichkeit musste Wilf schneller und zugleich geduldiger zu Werk gehen. Mehr Gewicht auf das *Iai-jutsu* war vonnöten, auf die defensive Kampftechnik, weniger auf das aggressivere *Kenjutsu*.

Sie krachten zusammen, grunzten und fluchten, und Dobroczy rammte Wilf das Knie in die Leiste. Wilf wich aus und fing den Hauptteil des Stoßes mit dem Oberschenkel ab, aber die Luft pfiff ihm zwischen den Zähnen hervor, und er verlor die Kontrolle. Er nahm eine Hand vom *Bokken*, riss die Holzwaffe empor, knallte den Griff an Vlads Unterkiefer und schlug ihm so die Schaller vom Kopf.

Jetzt ging das Temperament auch mit Falke durch, und Wilf erstarrte einen Augenblick lang, um den Schaden zu betrachten, den er seinem Gegner zugefügt hatte. Schreckensrufe und Gemurmel liefen durch die Zuschauer, und Roric verlangte lautstark Zurückhaltung. Vlad hieb das eigene Holzschwert heftig abwärts und drückte die gegnerische Waffe, die Wilf nur noch unbeholfen hielt, auf den Höhlenboden. Wilf quollen die Augen aus dem Kopf, als Vlad sein Schwert hochriss – er würde ihm den Kopf abschlagen.

Klack!

Gonji entwaffnete beide Männer mit einem einzelnen senkrechten Hieb des *Katana*.

»In Ordnung, ihr harten Männer«, erklärte Gonji auf Hochdeutsch, »ihr habt also jede Menge Wut im Bauch, die ihr loswerden wollt, *neh?* Dann wendet sie gegen einen gemeinsamen Feind – greift *mich* an!«

Sie starrten ihn an, rührten sich nicht. Er steckte Rückenspalter in die Scheide und warf die Waffe Roric zu, der ihm seinerseits ein *Bokken* zuwarf. Schweiß glänzte auf Gonjis nacktem Oberkörper. Er führte einen bösartigen Hieb aus den Handgelenken heraus, traf beide Männer in der Körpermitte und raubte ihnen ungeachtet der dick gepolsterten Koller den Atem.

»Greift mich an! Ihr wollt kindische Wut austoben, und ich brauche das Abwehrtraining. Zeigt mir mal, wie gut ihr seid.

Wenn ihr mir einen Treffer verpassen könnt, seid ihr gut genug, um euch mit Briganten zu schlagen. *Shiai!*« Gonji nahm eine einladende Haltung mit tief angesetzter Deckung ein und zielte mit dem Holzschwert an seiner rechten Seite nach unten.

Wilf blickte Vlad an. Die gemeinsame Angst zeigte sich im Blickkontakt, und ihr Hass aufeinander schwand. Vlad grinste seinen Rivalen an, setzte die Schaller wieder auf und schloss die Schnalle.

Die aufgeregten Rufe der Zuschauer hallten von den Höhlenwänden wider, und die Leute wichen vor den Kämpfern zurück, um ihnen Platz zu machen. Alle übrige Aktivität legte sich langsam, und eine Arenaatmosphäre setzte sich durch.

Wilf griff an, einen *Kiyai* ausstoßend, und schlug nach Gonjis ungeschütztem Bauch.

Die alte Übung Meister Ogunis war Gonji in den Sinn gekommen, als er sah, wie das Übungsduell zu einer Lagerfeuerschlägerei ausartete. Es wurde Zeit, der Übung etwas Würze zu verleihen und sich in die gefühlskalte Kampfmaschine zu verwandeln, die sie brauchten, um daran ihre neuen Fähigkeiten zu erproben.

Wilfs vorhersehbaren Hieb konnte der Samurai abwehren, und der kreisförmige, aufwärts gerichtete Gegenschlag lenkte Dobroczys Waffe bis über dessen Kopf ab.

»Jaaa! He, he!«, ertönten die Rufe des Publikums, als die beiden Gegner Gonjis mit frischer Kraft erneut angriffen, aber Gonjis scheinbar mühelose, blitzartige Paraden wehrten ihre Stöße mit einer Kraft ab, die der geradezu magischen Eleganz seiner knappen Bewegungen widersprach. Immer wieder attackierten die beiden Rekruten und scheiterten. Schnell waren sie erschöpft. Ihre Schläge kamen langsamer. Gonji entwaffnete Vlad mit einer heftigen Drehung aus den Handgelenken, die an die unvermittelte Anspannung eines Seils erinnerte. Als Wilf weit

über dem Kopf ausholte, konterte Gonji mit einer atemberaubend hoch angesetzten Parade, bei der er seinem Gegner sogar den Rücken zuwandte. Aus einer kaum erkennbaren leichten Drehung, nach der Gonji dem Gegner weiterhin fast den Rücken zuwandte, stieß er Wilf voll in die Brust, tat dies mit einem kurzen, einhändigen Stoß unter der Armbeuge hindurch, wobei die linke Hand nach vorn schoss, um dem Stoß durch die Gegenbewegung zusätzlich Energie zu verleihen.

Lauter Jubel erschütterte die Katakomben, als der junge Schmied rückwärts stolperte und das Gleichgewicht verlor. Dobroczy lag neben ihm auf einem Knie und schüttelte enttäuscht den Kopf.

»In Ordnung!«, rief Gonji und brachte die Jubelrufe mit einem Wink zum Schweigen. »Es sieht so aus, als bräuchten diese Helden Hilfe! Wer möchte sonst noch versuchen, einen Samurai anzugreifen, ohne dass er Angst haben müsste, dabei seiner Gliedmaßen verlustig zu gehen? Eine seltene Gelegenheit – tretet vor!«

Paolo Sauvini näherte sich ihm, ein *Bokken* in der Hand, und bewegte dabei nervös den Unterkiefer. Er legte das Koller ab, und seine Augen glänzten. Und einen Augenblick später versuchten *drei* Männer, einen Treffer auf Gonjis ungeschütztem Rumpf und Kopf zu landen. Ohne Erfolg.

»He, Falke!«, rief Berenyi und sprang auf einen Felsen, als die Kämpfer eine Pause einlegten und Luft holten. »Stech ihn doch mit der Nase!« Gelächter auf Kosten des hakennasigen Bauern brandete auf, aber Dobroczy winkte nur müde ab. »Warum probierst *du* es nicht, Nagy, du alter Furz?«, provozierte Stefan seinen Partner.

»Rutsch mir doch den Buckel runter, junger Hengst!«, entgegnete Nick Nagy aus der Menge unter ihm.

Jiri Szabo gesellte sich zu den Angreifern, und jetzt standen drei *Kenjutsu*-Schüler Gonji gegenüber. Es war jedoch der nach europäischem Stil fechtende Dobroczy, der den ersten Treffer erzielte, indem er von unten heraus Gonjis rechte Schulter streifte. Jubel stieg vom Übungsplatz auf. Vlad sank vor Müdigkeit und Dankbarkeit auf die Knie und zeigte ein schiefes Lächeln.

Gonji schlenderte zu ihm hinüber und verbeugte sich. Dobroczy stand auf und erwiderte die Geste. »Alles in Ordnung?«, fragte Gonji.

»*Igen, jo*«, antwortete Dobroczy.

»Ich spreche kein Ungarisch.«

Der Bauer kniff fragend die Augen zusammen; dann milderte sich seine Miene. »Ja, gut«, wiederholte er auf Deutsch. Gonji lächelte, und sie verneigten sich aufs Neue voreinander.

Die Vorführung ging später weiter, und Gonji erwies sich als fast noch schwerer zu treffen. Mit heftigen Paraden zerbrach er sowohl das eigene *Bokken* als auch das Jiris. Die Miliz hatte jedoch kräftig und gut geübt und wurde täglich besser, und als der erschöpfende Kampf schließlich zu Ende ging, hatten sowohl Wilf als auch Jiri saubere Treffer gelandet.

Gonji und die übrigen Anführer spürten, dass jetzt ein guter Zeitpunkt für eine Unterbrechung des zermürbenden Drills war. Man nutzte die Pause zum Essen, und die gewöhnlich unberührt bleibenden Weinfässer wurden nun angestochen. Kameradschaft und Frohsinn regierten. Sogar Rorkas Graue erwärmten sich allmählich für Gonji, denn gut die Hälfte von ihnen kamen herüber, um mitzulachen und ein paar Worte zu wechseln, sei es in einer der hier verbreiteten Sprachen oder einer zusammengestückelten *Lingua franca*.

Es war eine Feier voller Wärme, die erste ihrer Art, die die Miliz veranstaltete. Und nicht mal Gonji schreckte vor dem herzhaften Schulterklopfen zurück, wie er es sonst tat.

Klaus hatte sorgsam auf jeden Wein verzichtet, wie er es immer tat, bewegt von der ehrlichen Absicht, sich körperlich zu verbessern. Es hatte nicht geholfen.

Er trappelte auf einem grauen Streitross heran. Eine zu große Sturmhaube hüpfte ulkig auf seinem Kopf, und Klaus schwenkte sein Breitschwert gegen Lorenz, der ihn mit einer langen, scharfen *Guisarme*, einer hakenbewehrten Stangenwaffe, erwartete.

»Schlag sie einfach zur Seite, Klaus, mehr nicht«, brummte Gonji auf Japanisch vor sich hin, während er zusah.

Klaus holte weit mit dem Schwert aus, aber Lorenz nahm seine Stangenwaffe mühelos aus dem Weg, indem er ihre Spitze absenkte. Klaus verlor durch den Schwung das Gleichgewicht, drohte aus dem Sattel zu kippen und stieß dem Pferd zu heftig die Sporen in die Flanke.

»Vorsicht!«

Ross und Reiter krachten als klirrender Haufen zu Boden. Klaus humpelte davon, auf wundersame Weise unverletzt. Das Pferd hatte sich ein Bein gebrochen und musste getötet werden.

Gonji führte Klaus von den anderen Männern weg. »Klaus, hör mal – hast du Geld?«

»Ein bisschen«, antwortete Klaus, und seine Miene erhellte sich. »Warum? Brauchst du etwas, *Sensei?*«

»Ja, ich – nein, Dummkopf! Nicht für mich, für *dich!* Ich habe eine neue Idee.«

»Neue Idee?« Klaus wirkte jetzt schon verwirrt.

»Rüstung, Klaus. Du brauchst eine Rüstung. Ich möchte, dass du dich an den Rüstungsmacher und die Leute von der Gießerei wendest. Sie werden dir erzählen, dass sie mit ihren Lieferungen schon im Verzug sind, da sie sowohl Klanns Anforderungen erfüllen als auch für den geheimen Bedarf der Stadt arbeiten müssen. Aber ich rede mit ihnen, und sie werden dich dazwischennehmen. Gib ihnen dein ganzes Geld als Anzahlung, und zerbrich dir nicht den Kopf über die Endabrechnung. Das kann warten.

Besorg dir einfach eine Rüstung, die dich von Kopf bis Fuß schützt, verstehst du?«

Der Samurai reckte die Schultern und marschierte davon. Dann fiel ihm jedoch noch etwas ein, und er drehte sich um und rief: »Und ein größeres Pferd, Klaus! Ein großes, starkes Pferd, *neh?*«

Der Schnallenmacher, der etwas schwer von Begriff war, stand da, kratzte sich am Kopf und blickte Gonji nach.

Dann wendeten sich die Dinge zum Schlechteren. Ein Gerber namens Danko verlor beim Kampf mit dem Stab ein Auge. Der Schlag wurde von dem hart trainierenden Nick Nagy im Zuge eines raschen Wechsels von Angriff und Abwehr ausgeführt; Nagy ließ den eigenen Stab fallen und brüllte um Hilfe, während Danko stürzte, sich am Boden wand und schrie und beide Hände fest auf die ausgebohrte Augenhöhle drückte. Eine Menge Kameraden versammelte sich schnell und sah mit totenbleichen Gesichtern zu, während sich Dr. Verrico durch ihre Reihen drängte. Die jüngeren Milizionäre wirkten besonders betroffen, denn obgleich sie gelernt hatten, mit täglich neuen Schmerzen und einigen ernsten Unfällen zu leben, war dies die erste dauerhafte Verstümmelung, die bei der Milizschulung entstand.

Nagy lief um die Menge herum und plapperte nervös, bat lautstark um Vergebung und wollte sich bei jedem, der bereit war zuzuhören, rechtfertigen. Roric versuchte ihn mit sanfter Entschiedenheit zu beruhigen, aber Nagy war untröstlich. Gonji stürmte heran, denn er spürte den Aufstieg eines zermürbenden neuen Feindes – der Demoralisierung.

»Nagy! Nagy! Reiß dich zusammen!«, knurrte Gonji leise. Er stieß den plappernden Pferdeknecht von den anderen weg und führte ihn zu einer Nische in der Höhlenwand. »Hör sofort damit auf …«

Nagy jammerte auf Ungarisch weiter.

»... beherrsche dich! Siehst du denn nicht, was du den anderen damit antust? Du bist älter als sie und warst mal Soldat. Du wusstest, dass ein solches Risiko besteht – und schlimmere! Menschen sterben vielleicht im bevorstehenden Kampf. Einige *werden* umkommen. Ohne die Ausbildung wären es jedoch mehr. Danko wusste, welcher Gefahr er sich aussetzte. Eine kleine Wendung des Geschehens in die andere Richtung, und es hätte *dich* getroffen.«

Dankos Schreie waren abgeklungen, und er stöhnte jetzt leise. Nagy entspannte sich, obwohl er weiterhin zu der Stelle hinüberblickte, wo Danko versorgt wurde. Endlich nickte er, gab so zu verstehen, dass mit ihm alles in Ordnung war, aber Gonji befahl ihm, für den Rest dieser Lektion die Katakomben zu verlassen. Der Drill nahm wenig später seinen Fortgang, jedoch mit merklich gemindertem Enthusiasmus.

Danko trug künftig eine Augenklappe und wurde zu so etwas wie einem örtlichen Helden, auch wenn er immer noch Unbehagen weckte, sobald er sich auf dem Übungsplatz zeigte. Er nahm nie wieder eine Waffe in die Hand. Für die Besatzungstruppen war er nur eine Kuriosität und gelegentlich das Opfer eines grausamen Witzes oder einer Beleidigung – denn keiner der Soldaten Klanns konnte die schwarze Augenklappe als das bedrohliche Zeichen erkennen, das ihre bevorstehende Auseinandersetzung überschattete.

»... und die Menschen Veduns ertrugen alle Verletzungen bereitwillig und stoisch, akzeptierten die Schmerzen, fügten sich den Mühen im Namen ihres edlen Zieles – und sie lachten ihren selbstgefälligen Unterdrückern ins Gesicht, gingen singend ihren Aufgaben nach, geschlossen in Herz und Geist ...«

(Aus dem Epos *Der Wind des Todes*)

Ein klarer, strahlender Himmel und fröhlich zwitschernde Vögel begrüßten die Rekruten, die gerade vom nächtlichen Drill kamen und aus der Kapelle strömten – wobei sie darum beteten, dass sie sich am Trog in den Katakomben gut genug gewaschen und sich den Schweiß und Dreck und die Müdigkeit aus den abgespannten Gesichtern gespült hatten und dass das Humpeln und die Schmerzen hinter dem strahlenden frühmorgendlichen Lächeln und den Grüßen verborgen blieben, damit die Llorm-Dragoner, an denen sie vorbeikamen, nicht neugierig wurden. Um ihre Blessuren zu überspielen, sangen die Rekruten auf dem Weg zu ihrer Arbeit, stimmten Volkslieder und patriotische Hymnen an, jede ethnische Gruppe in ihrer Muttersprache, mit den anderen um Lautstärke und Gefühl wetteifernd, sodass eine gewaltige Kakofonie aufstieg. Es war der Kriegsgesang Veduns.

William Eddings verließ die Kapelle allein, denn sein Bruder blieb zunächst zurück, um mit den Gerbern zu reden. Die Gerber! Danko hatte ein Auge verloren, und jetzt musste man sich nur mal das anhören – sie sangen! So gingen die verdammten Idioten wohl auch eines Tages zum Galgen. Ein Lied auf den Lippen. Slawen und Hunnen und Italiener – allesamt Bauern und Barbaren! William hasste sie, sie alle. Aber am meisten hasste er den Japs.

Grimmig marschierte er zu seinem winzigen Krämerladen und zog den Dreispitz tief in die Stirn, damit die Soldaten nicht bemerkten, wie rot seine Augen waren und wie müde er Arme und Rücken und Schultern hängen ließ. Die Rippen schmerzten ihm bei jedem Schritt, eine Folge des Schlages, den er beim Fechten eingesteckt hatte.

Verdammte Idioten. Sie hatten sogar seinem Vater und seinem Bruder das Hirn verdreht! Er hatte mit beiden darüber gesprochen, von hier fortzugehen, aber weder sein Vater noch John noch dessen sanfte Gattin wollten davon etwas hören. Aber waren sie nicht aus England geflohen, um genau solchen Dingen zu entgehen, wie sie ihnen hier jetzt widerfuhren? Konnten sie nicht einfach an einen anderen, sichereren Ort fliehen, wo mehr Verstand herrschte? Aber sein Vater sagte dazu nein; man habe hier eine Existenz aufgebaut und werde bleiben, komme, was da wolle – selbst wenn es hieß, dass man zusammen mit den Einheimischen umkam.

William erreichte den Laden und schlurfte hinein, wobei er erleichtert aufatmete, da kein Soldat ihn angehalten und verhört hatte. Wäre das geschehen, dann, davon war er überzeugt, hätte er ihnen alles erzählt und diesem Irrsinn ein Ende bereitet. Wie viele Menschenleben würden gerettet, falls man den Japs jetzt aufknüpfte, ehe er noch mehr Schaden anrichtete?

Eddings schmetterte den Hut in die Ecke und stieß dabei an einen Tisch voller bunter Kinkerlitzchen und falscher Juwelen, mit denen die Söldner so gern ihre Dirnen behängten. Tisch und Auslagen kippten als klirrender, klimpernder Haufen um. Eddings knallte die Tür zu und zog den Sonnenschutz herunter. Dann plumpste er schwer auf einen Schemel, rieb sich das verhärmte Gesicht und schluchzte auf einmal hemmungslos.

VIERZEHNTES KAPITEL

Die Tänzer wirbelten und sprangen in einem großen Kreis und klatschten fröhlich in die Hände, während die Musiker das Tempo immer weiter steigerten, bis es einen Punkt fiebriger Hast erreichte und sie kaum noch im Takt zu spielen vermochten. Flavio wurde mit Anna Vargo ins Zentrum des Kreises geschoben. Die arthritischen Gelenke bereiteten Anna beträchtliche Schmerzen, aber sie klagte nicht, so froh war sie, Flavio lachen und tanzen zu sehen. Lauter Jubel übertönte die Musik, als Flavio das Tanzbein mit einer Rüstigkeit schwang, die seine Jahre Lügen strafte.

Gonji jubelte so laut wie alle anderen, erwärmt von der Gesellschaft so vieler neuer Freunde. Er tanzte und klatschte fröhlich, denn das gesellschaftliche Ritual entsprach seinem geselligen Wesen. Der Tanz endete in einer rasanten Figur, und die Tänzer lagen auf den Knien und spendeten sich selbst Beifall, erschöpft, aber zu weiterem bereit.

Es war das alljährliche Fest des heiligen Stefan, eines ehemaligen Königs von Ungarn, und es fiel mit der Erntezeit zusammen. Ungeachtet der geheimnisvollen, aber selektiven Fruchtfäule erwies sich der Ernteertrag letztlich als ganz ordentlich, auch wenn mit Engpässen zu rechnen war. Wimpel und Banner, die das Ereignis kundtaten, schmückten den zentralen Marktplatz. Die abendliche Dunkelheit griff mit ihren kühlenden Schatten nach der Stadt, und der Mond, eine helle, an eine Kralle erinnernde Sichel, ging früh auf, dem ersten Abendstern hart auf den Fersen. Farbenfrohe Kleider rauschten vorbei, und ihre Trägerinnen plauderten und lachten. Der Duft von Speise und Trank lockte und weckte in den Menschen den Wunsch, ihre Mägen hätten das Füllungsvermögen von Wiederkäuern.

Gonji war in Hochstimmung, und seine Seelenverwandtschaft mit diesen Menschen wuchs beträchtlich. Er wischte sich den Schweiß von der Stirn, während er mit einer Gruppe zusammenstand, zu der Jiri und Greta – sie hatte Gonji zum Tanz geschleppt – sowie Monetto und seine Frau gehörten. Alle lauschten Flavio, wie er davon erzählte, die Tarantella solle den Wahnsinn heilen, der durch den Biss der Wolfsspinne hervorgerufen wurde. Michael stand mit verschränkten Armen lächelnd hinter dem Ältesten und unterstrich die Legende mit eigenen Geschichten. Der Günstling wirkte entspannt und sah in seinem beigen Damasthemd und der elegant geschnittenen Hose auf düstere Art sehr gut aus. Die Augen wirkten fast wieder normal, aber nun, da er festlich gekleidet war, erkannte man deutlicher als sonst, dass seine Nase nach dem Bruch für immer krumm bleiben würde.

Lydia stand neben Michael und hielt seine Hand, und sie zeigte das Lächeln einer wohlwollenden, allwissenden Göttin, sehr charmant in ihren rauschenden Röcken sowie Haube und Schleife. In genau den richtigen Augenblicken trug sie mit geistreichen Bemerkungen zum Gespräch bei. Gonji betrachtete sie immer wieder verstohlen, während er langsam und lässig den Blick über die Festgäste schweifen ließ, und er war entschlossen, die Frau nicht anzustarren. Ihre Blicke begegneten sich zu keinem Zeitpunkt. Lydia war eine Meisterin der gesellschaftlichen Umgangsformen; während sie anhaltende männliche Aufmerksamkeit kühl entmutigte, fühlte sie sich doch durch deren Allgegenwart geehrt. Sie wusste sehr wohl um ihre Anziehungskraft und verstand sich seit langem darauf, sie zum eigenen Vorteil zu nutzen. Ihre Lebhaftigkeit verärgerte Gonji, der sich stets geweigert hatte, auf die Bedingungen solcher Frauen einzugehen. Lydia war jedoch kaum zu übersehen, und er ertappte sich beim wohlbekannten inneren Konflikt des Samurai zwischen Pflichtgefühl und natürlicher Regung, wie er aus dem Zusammenprall von *Giri* und *Ninjo* resultierte.

Auf einmal fühlte er sich unbehaglich in dieser Gruppe, aber Greta ließ keine Verstimmung aufkommen. Jiri setzte sich, als die Musiker eine mitreißende Mazurka anstimmten, und das lebhafte Mädchen wählte Gonji zum Tanzpartner. Gonji und Greta waren eines von acht Paaren, und der Samurai lernte die Schrittfolge bereitwillig. Nach diesem Tanz setzten sie sich an eine lange Tafel, beladen mit Speis und Trank, und sie hatten von dort einen guten Ausblick auf den Marktplatz an der Straße der Hoffnung.

Das Fest des heiligen Stefan wäre beinahe abgesagt worden, da die Stadtoberen Schwierigkeiten mit der Besatzungsmacht fürchteten. Die Traditionalisten und jene, die fanden, dass die Spannungen abgebaut werden mussten – zu denen auch Gonji gehörte –, drängten darauf, das Fest trotzdem zu feiern. Man hatte Hauptmann Sianno alarmiert, dass womöglich Belästigungen durch die Söldner drohten, und er war einverstanden, die Straßenpatrouillen der normalen Llorm-Dragoner zu verdoppeln. Betrunkene Söldner mit unsittlichen Anliegen fühlten sich tatsächlich von den Feierlichkeiten angezogen, aber man hatte sie vorher gewarnt, keine Aggressionen zu begehen. So lungerten sie am Rande des Festplatzes herum, an Häuserwände gelehnt oder in mürrischen Haufen zusammensitzend, und brüllten anzügliche Sprüche und leere Drohungen, stellten aber darüber hinaus keine Gefahr dar.

Gonji sah, wie auf der anderen Seite des Platzes eine Gruppe Söldner einige Bürger anpöbelte. Eine Llorm-Patrouille zu Pferd trabte vorbei und bereitete der Sache ein schnelles Ende, indem sie den rüpelhaften Haufen auseinandertrieb.

Gonji tastete nach seinen Schwertern auf der Sitzbank, fand sie dort aber nicht. Da fiel es ihm wieder ein, und er lächelte leicht und sah sie: Wilfred hatte die *Daisho* in Gewahrsam genommen und in ein Seidentuch gewickelt. Sie wurden jetzt von dem Ende der Tafel, an dem Wilfred griesgrämig vor sich hin brütete, von einer Hand zur nächsten weitergereicht. Jiri hielt sie schließlich mit einer Verbeugung Gonji hin, zog sie aber im letzten Augenblick zurück, ehe der Samurai nach ihnen greifen konnte.

»Warte«, sagte Jiri, »gestatte mir, sie an ihren Platz zu legen.« Er ging unsicher um den Tisch herum, trat links an Gonji heran und traf Anstalten, die Schwerter dort zu deponieren. Dann stockte er jedoch. *»Iyé«*, sagte er, als er sich an die Bedeutsamkeit der Position erinnerte, und platzierte sie rechts von Gonji auf der Bank.

»Frieden, *Sensei*«, sagte er grinsend. Alle lachten.

Gonji verneigte sich. »*Hai, domo*, Jiri-san. Kein Ärger an diesem Abend!«

Ein neuer Tanz begann. Karl Gerhard nahm Sylva Monetto am Arm und ließ Aldo mit den drei Kindern des Paares zurück.

»He!«, rief Aldo. »Wenn du mit meiner Frau tanzt, benimmst du dich lieber, *si?*« Er kniff ein Auge zu, fixierte Gerhard mit dem anderen und schüttelte eine Faust.

Karl verzog das Gesicht und drohte mit der Hand zurück.

»Jemand sollte diesen tückischen Hunnen im Auge behalten«, erklärte Monetto und führte die Kinder zu den Imbissständen. Gonji fiel in das Lachen der anderen ein und kippte den letzten Schluck Wein herunter. Sein Kopf schwamm allmählich, während er sich sanft im Rhythmus der Musik wiegte. Es war eine fantastische Zeit für Gemeinsamkeit, und er fühlte sich durch und durch erwärmt von der guten Laune seiner Freunde und dem Lächeln auf hübschen Gesichtern.

Nick und Magda Nagy setzten sich an den Tisch, zusammen mit Stefan Berenyi und dem Mädchen in seiner Begleitung. Bald waren die beiden Stallknechte in ein lebhaftes Gespräch vertieft;

es drehte sich um die Frage, ob der Pferch am Futterkorb auch verschlossen worden war und wer dafür die Verantwortung trug. Es kulminierte darin, dass die beiden Streithähne ihre Frauen im Stich ließen und davonstürmten, um nachzusehen, wobei sie fluchten und mit anklagenden Fingern aufeinanderzeigten. Die Frauen seufzten und unterhielten sich verärgert auf Ungarisch.

Eine weitere Frau kam mit einem kleinen Fass vorbei und füllte die leeren Pokale nach. Gonji lächelte dankbar.

»Wann heiratest du ihn endlich?«, fragte sie auf Deutsch, als sie neben ihm stand. Adressatin war das Mädchen Berenyis, das anstelle einer klaren Antwort kicherte und etwas flüsterte.

Heiraten! Gonji lächelte hohl und trommelte im Takt der Musik mit den Fingern auf den Tisch. Er fühlte sich langsam gelangweilt und nervös. Etwas beschäftigte ihn, das er nicht so recht definieren könnte, während er inmitten der Begleiterinnen anderer Männer saß und sich nach lebhafter Konversation sehnte.

Zu schade, dass Wilf wieder über Genya nachsann. Der junge Gundersen saß an einem Kopfende der Tafel und ließ den Wein in seinem Pokal kreisen. Ein hübsches Mädchen, das Gonji schon mal irgendwo gesehen hatte, saß hinter ihm und redete mit ihm über seine Schulter hinweg. Wilf erzählte immer wieder die Geschichte vom letztjährigen Fest des heiligen Stefan, als er und Falke Dobroczy sich wegen Genya geprügelt hatten. Das Mädchen gab Laute des Mitgefühls von sich, während es sich verführerisch die Haare um den Finger wickelte.

Am Nachbartisch standen die meisten Männer auf, darunter Flavio, Roric, Milorad und Michael, und gingen zu den Imbissständen. Die Frauen blieben sitzen. Gonji, um Disziplin bemüht, war entschlossen, nicht ein einziges Mal Lydia anzublicken, solange ihr Gatte nicht da war.

Gonji schaute über den Festplatz hinweg zu Phlegor und seinen Handwerksbrüdern hinüber, die inzwischen vorbeigehenden Soldaten trunkene Beschimpfungen hinterherbrüllten. Eine seltsame Umkehrung dessen, was in Vedun üblich war. Diese Idioten würden bald richtig Schwierigkeiten machen. Der Samurai schüttelte finster den Kopf und ließ die Augen über den Platz schweifen. Er stockte, als er Helena erblickte.

Das taubstumme Mädchen erwiderte seinen Blick, und ihre Augen wurden groß, als sie bemerkte, dass er sie ansah. Sie war in Begleitung der Mutter, die unweit der Kapelle mit einigen Leuten plauderte. Gonji empfand einen Stich des Begehrens angesichts der dunkelhaarigen Schönheit Helenas, noch verstärkt vom sinnlichen Licht der Abenddämmerung. Er winkte dem Mädchen zu und verneigte sich, und sie erwiderte den Wink diskret. Da kam sich Gonji auf einmal albern vor bei diesem bedeutungslosen Flirt, und er unterbrach den Blickkontakt.

Jiri beugte sich über Greta hinweg und flüsterte Gonji zu: »Da ist dein Freund!«

Gonji folgte Jiris Finger mit dem Blick und sah Julian auf einem schwarzen Streitross vorbeitraben. Die Farbe des Pferdes entsprach der des polierten Kürasses und des Schlapphuts. Julian gab eine imposante Figur ab, und der nachtfarbenen Erscheinung standen als scharfe Kontrapunkte das Blitzen des Säbels und der Pistole mit dem Silbergriff gegenüber. Hinter ihm ritt der Waffenmeister, neuerdings sein ständiger Begleiter, der weiterhin genug Waffen mitführte, um eine Galeone zu versenken. Die Art und Weise, wie die beiden arrogant ihre Bahn durch die Menge zogen, erinnerte Gonji an das prahlerische Auftreten Navarez' und Estebans.

Der Samurai sah Julians finsteren Blick, als er ihn in der Menge der Festgäste erkannte, und vor lauter Zorn und Verachtung für diesen Mann, noch angeheizt durch Erheiterung über Julians Enttäuschung, weil Gonji sich nicht mehr bei ihm gemeldet hatte, brüllte er unvermittelt: »Zum Gruß, Hauptmann!«

Alle am Tisch merkten auf und folgten Gonjis Wink.

Julian und sein Begleiter wurden langsamer, und der Waffenmeister traf Anstalten, sein Pferd zu dem Samurai zu lenken, aber der Hauptmann hielt ihn mit einer knappen Kopfbewegung davon ab, und sie setzten ihren Weg fort.

Blödmann!, dachte Gonji. Mach nur weiter damit, mich so anzusehen und nach Osten zu reiten, bis du in den Fluss fällst. Und nimm dieses gepanzerte Stachelschwein mit ...

Gonji galten jetzt ein paar besorgte Blicke, doch seine Freunde feierten bald weiter. Gonji wusste, dass er sich rüpelhaft benommen hatte, aber seine Stimmung war ins Aggressive umgeschlagen. Er konnte an nichts anderes mehr denken als daran, dass Julian ihn beim Bankett auf der Burg zu beleidigen versucht hatte, um die eigene Reputation zu steigern. Jetzt hatte er diese Rechnung beglichen.

Nagys und Berenyis Freundinnen entschuldigten sich und verließen die Tafelrunde. Gonji nickte ihnen zu und entdeckte hinter ihnen die trüben Augen Paolo Sauvinis, der, nur in Begleitung seiner Frau, auf der Mauer des Springbrunnens saß. Verdammt, sogar *dieser* übellaunige Trottel hat eine Frau. Hätte nie gedacht, dass *er* verheiratet sein könnte. Sie macht allerdings nicht viel her, oder?

Gonji rieb sich kräftig das Gesicht und kratzte sich unter dem Haarknoten. Reiß dich zusammen, Gonji-san. Sinnlos, wenn du versuchst, dein Karma mit anderen zu teilen, *neh?* Deine Bitterkeit ist ...

Das Rauschen der Röcke und der Hauch des Parfüms gingen ihr voraus, aber trotzdem wurde Gonji von ihrem unvermittelten Auftritt überrascht.

»Darf ich?«, fragte Lydia und deutete auf die Bank.

»*Hai*, natürlich«, antwortete er, beugte sich vor und klammerte sich an den Trost, den ihm die Solidität des Weinkelchs spendete. *Choléra* ... Er trank einen Schluck, der aber nur schwer hinunterging.

»Genießt du das Fest?«, fragte sie und lächelte sanft. Es war ein

Lächeln, das er als mütterlich geschildert hätte. In seinem Innern herrschte Aufruhr.

»*Hai*, wieso nicht?« Verschwinde, meine Dame – *iyé*, bleib hier!

Sie verschränkte die Hände auf dem Schoß, sog die weichen roten Lippen ein und starrte eine Sekunde lang zu Boden. »Gut«, sagte sie schlicht, und eine Spur ungewohnter Nervosität schwang in ihrem Ton mit. »Du hast es ebenso verdient wie jeder andere – und *mehr*.«

Was führst du im Schilde, meine Dame?

»*Domo, Signora*, du schmeichelst mir zu sehr. Ich tue nur meine Pflicht.«

»Oh nein, ich ... wir ...«, stammelte sie, blickte erneut auf die Fliesen und zupfte verlegen an ihren Röcken. Gonji genoss allmählich ihr seltenes Unbehagen, so verwirrt er auch war. »Ich denke, du hast eine Eroberung gemacht.«

Diese schlichte Aussage traf ihn wie ein Hammerschlag. Sein Herz hämmerte, und die Ohren fühlten sich heiß an.

»*So desu?* Wirklich? Was meinst du damit?« Die Worte entwichen seinem Mund als gehauchtes Flüstern, das er gleich bedauerte.

»Helena.«

Oh.

»Sie ist ... sehr in dich verliebt, Gonji. Ich – ich hoffe nur, du verstehst, dass sie ... nur ein Kind ist ... Siehst du, und ...«

»Und asiatische Briganten sind wohlbekannt für ihre Lüsternheit«, knurrte er zähneknirschend, »für ihre zügellosen ...«

»Es tut mir leid«, hauchte sie, stand auf und eilte davon.

Bei allen sieben Teufeln! Gonji fühlte sich wie ein Kalb auf dem Fleischspieß. Er trank den Wein mit einem einzigen Schluck aus. *Vorsicht, Gonji-san!* Ein Blick in die Runde zeigte ihm, dass nur Jiri und Greta Lydias überstürzten Aufbruch bemerkt hatten. Sie blickten einander seltsam an und verabschiedeten sich wenig später ebenfalls. Jetzt leisteten Gonji nur noch Wilf und das Mädchen Gesellschaft.

Du kannst jedenfalls gut eine Menschenmenge verscheuchen, Samurai . . .

Er stand schwankend auf, hatte genug für heute Abend. Ein bisschen unsicher packte er seine Schwerter. *Muss den Kopf wieder freibekommen . . .*

»Vive le samurai!«

Paille kam hinter ihm heranmarschiert, eine junge Frau im Schlepptau, und rief nach einem Fass Wein. Er war völlig betrunken und gab Gonji einen Klaps auf die Schulter.

»Setz dich, *mon frere!* Ich habe schon nach dir gesucht.« Paille drückte das Mädchen neben Gonji auf die Bank und wandte sich hinter vorgehaltener Hand an ihn. »Erinnerst du dich an die reizenden Torok-Töchter?« Er blinzelte angestrengt und deutete ganz unverblümt auf das Mädchen. Dieses sah zu Gonji auf und lächelte kokett.

Natürlich, dachte der Samurai, *die Tochter des Sattlers*. Das Mädchen, das bei Wilf saß, war ihre Schwester.

Paille versetzte ihm ärgerlicherweise einen Klaps auf den Rücken.

»Mein Freund, der Dichter *manque*«, sagte Gonji undeutlich im geliebten Französisch des Künstlers. »Und was kann ich für dich tun?«

»Manque?«, schrie Paille. »Eure Ausdrucksweise ist fürchterlich, *Monsieur!* Benutzt entweder die *Langue d'oc* oder die *Langue d'oil* – und mischt keine Dialekte! Wo sind die Mundschenke?« Er stolperte davon, um nach ihnen zu suchen, stieß mit einem zusammen und brachte ihn beinahe zu Fall, ohne zu erkennen, mit wem er es zu tun hatte, lief dann weiter und grummelte die ganze Zeit. Der Mundschenk kam herüber und füllte zwei Pokale.

»Worum ging es denn dabei?«, fragte Pailles Begleiterin lächelnd. »Du sprichst doch Deutsch, nicht wahr, Gonji?«

»Ja – nichts Besonderes. Dein Freund hat ein lebhaftes Temperament«, antwortete er und trank von dem Wein. Seine Augen brannten allmählich.

»Ja, und die Hände eines Künstlers.«

Gonji stutzte, zuckte zusammen und blickte sie dann mit hochgezogenen Brauen an. Er wusste nicht recht, was sie damit gemeint hatte, und ob die Worte, die er eben vernommen hatte, wirklich von ihr stammten.

Sie lachte. »Du kannst mich Jana nennen. Mein voller Name ist zu mühselig, die Idee meiner lieben Mutter.«

Gonji lächelte und nickte, und seine Stimmung schwenkte erneut um. Das Mädchen war sehr hübsch, und der Wein war sehr gut.

»Meine Schwester versucht wieder mal, Wilf von Genya loszueisen.« Sie schüttelte wissend den Kopf. »Das wird ihr nie gelingen. Genya ist eine Zauberin.«

»Das habe ich selbst gesehen. Sie ist wirklich eine Mordsfrau«, sagte er und grinste schief. Und sofort war er entsetzt über den Stolz und die Vertraulichkeit, die er mit dieser albernen Äußerung ausgedrückt hatte. Er machte auf intime Vertrautheit mit der modischen Jugend – ein Spiel, das er seit Jahren nicht mehr gespielt hatte. Er rieb sich das Gesicht und stieß die Luft hervor. Atmete dann tief ein.

Lorenz Gundersen näherte sich dem anderen Torokmädchen und verneigte sich elegant. Die Musiker spielten inzwischen einen würdevollen Tanz, wie er an französischen Höfen sehr beliebt war.

»Ich denke wirklich, dass ich dir deine Dame stehlen werde, Bruder Wilfred«, hörte Gonji ihn sagen.

Das Mädchen folgte Lorenz widerstrebend, und Wilf brummte seinem Bruder irgendetwas zu, aber beides sah Gonji nicht mehr. Er starrte aufs Neue Lydia an, die mit Michael tanzte.

»Nein«, sagte Jana schroff und nippte an ihrem Wein.

»Hm?«

»Sie ist nicht für dich. Für niemanden außer ihren Ehemann.« Sie starrte in ihren Krug, während sie sprach.

»Erkennt man es?«, fragte Gonji gequält. Er wusste, dass er zu viel getrunken hatte.

»Ja.«

Paille kam wieder herangestapft, drei Weinkelche in den Händen. Die beiden, die er vor Gonji und Jana abstellte, hatte er schon so durchgeschüttelt, dass sie praktisch leer waren.

»Ah, endlich gefunden!«, erklärte Paille.

Gonji stand auf, um zu gehen, steckte sich die Schwerter hinter die Schärpe und schwankte doch ein bisschen auf den Beinen. »Ich gehe zu Bett, denke ich.«

»Aber du hast noch nicht mal deinen Wein ausgetrunken!«

Gonji blickte auf den Kelch hinab, den der Künstler gebracht hatte. Etwa eine Daumenhöhe Wein stand noch darin. Er trank ihn aus.

»*Merci*«, sagte er, »und *sayonara*.« Er verbeugte sich vor ihnen und marschierte davon. Seine Gedanken bildeten ein Gemenge aus konfusen Überlegungen, durch Zorn und Enttäuschung bis zum Siedepunkt erhitzt. Das war ein schlechtes Zeichen, wenn er getrunken hatte, ein klarer Hinweis darauf, dass er über die Grenzen des Vernünftigen gegangen war. Ein Samurai wusste stets, wie viel er vertrug, und dieses Maß schrumpfte jeweils noch, wenn die Laune, die beim Trinken entstand, eine düstere war.

Zu schade, dass Paille zurückgekehrt war. Gonji war im Begriff gewesen, im Hinblick auf das Torok-Mädchen die eine oder andere Idee zu entwickeln. Er gluckste freudlos vor sich hin, während er Tora vor dem Amtsgebäude losband und aufstieg, und er war sich vage der Gefahr einer Konfrontation mit Julians Handlangern bewusst, falls er allein auf sie stoßen sollte.

Ein zweifaches, scharfes Händeklatschen lenkte seine Aufmerksamkeit auf eine schattige Tür an der Westflanke des Amtsgebäudes. Helena stand dort allein und schlug sich die Hände vor den Mund, als sie sah, wie ihn ihre kühne Geste erschreckt hatte. Halb eingetaucht in die tiefen Schatten der Nacht, während die Kapuze des Umhangs sich um ihr glänzendes schwarzes Haar blähte, wirkte sie ätherisch, strahlend, eine Erscheinung.

»Was tust du hier allein? Wo ist deine Mutter?«

Er hatte für einen Augenblick vergessen, dass sie seine besorgten Worte gar nicht hörte. Er lächelte und winkte sie heran. Sie nahm die Hände vom Gesicht, und ein Lächeln unverhohlener Zuneigung kam zum Vorschein. Sie wirkte atemlos, als sie auf Tora zutrat, die großen Augen von Verlangen erfüllt, von einer tiefen Schutzlosigkeit, die ihre Seele offenlegte.

Gonji bewegte nervös den Unterkiefer. Etwas Wildes und Trotziges rührte sich in ihm. Er versuchte etwas über ihre Mutter zu erfahren und benutzte dazu stockende Handzeichen, die deren Leibesumfang und Matronenbusen andeuteten. Helena lachte schelmisch, sobald sie ihn verstanden hatte, und brachte ihm ihr Zeichen für »Mutter«, bei. Sie gab an, dass Sophia nach Hause und zu Bett gegangen sei, wo sie selbst eigentlich auch erwartet werde. Sie fügte eine Geste hinzu, die entweder bedeutete, dass sie in Schwierigkeiten oder sehr unartig sei – vielleicht beides.

Der Samurai blickte sich forschend um und sah, dass niemand sie beobachtete. Die Fackeln auf der anderen Straßenseite tauchten die Festlichkeiten in grelles Licht, aber diese Straßenseite lag in Dunkelheit. Gonji streckte die Hand aus und zog Helena vor sich in den Sattel. Ihre Blicke begegneten sich in einem Augenblick tiefen Verlangens; ihre Atemzüge mischten sich, und Gonji bemerkte eine Spur von Weingeruch in ihren. Er schlang die Arme um Helena, packte den Zügel und spornte Tora an, im Schritt weiterzugehen. Das Streitross schnaubte missbilligend über die zusätzliche Last, trabte aber doch mit mäßigem Tempo los.

Gonji wandte sich in eine Seitengasse, die nach Süden zum

Stall führte. Die hohen Rückwände von Steinhäusern überragten sie auf einer Seite; eine bröckelige Mauer aus uralter Zeit säumte die andere. Toras Hufschläge hallten laut wider und verloren sich auf halber Strecke durch den dunklen Tunnel in konfusem Klappern.

Gonji zog Helena an sich, zunächst zu gierig, und sie erstarrte sittsam und rückte von ihm weg. Dann wurde seine Berührung sanfter, obgleich zudringlicher, und sie gab letztlich mit einem Verlangen nach, das seinem entsprach. Ihre Lippen wurden feucht und öffneten sich. Sie küssten sich verzweifelt und hungrig, saugten einander förmlich aus und gaben dabei zugleich von sich selbst. Tora wieherte und warf den Kopf unter der Hitze dieser fremden Emotion hin und her. Wärme und Süße lagen in der traumartigen Atmosphäre, die beide aus ihrer gemeinsamen Leidenschaft schufen.

Schließlich lösten sie die Umarmung, und Gonji deutete Helena mit einer Hand auf dem Herzen und gesenktem Kopf an, wie sehr er sich schämte, ihre Situation so ausgenutzt zu haben. Vielleicht verstand sie diese Geste jedoch anders und hob sein Kinn mit den Fingerspitzen an. Er sah den Glanz der Zustimmung, die unschuldige Hingabe in ihren ausdrucksvollen Augen, und er drückte ihre Hand fest und brachte die Stimmen der Weisheit und Vorsicht, die sich zu Wort melden wollten, zum Schweigen.

Sie verließen die Gasse, ritten an Stall und Stellmacherei vorbei und setzten den Weg nach Westen zum Tor fort. Llorm-Bogenschützen, die von den Wällen kamen, entdeckten sie, wurden langsamer und musterten den Samurai argwöhnisch. Zwei Söldner am Tor wurden aus ihrer Lethargie gerissen, als sich ihnen das Paar auf Tora näherte, und schienen Fragen stellen zu wollen, gaben dann jedoch widerwillig den Weg frei, als sie die Herausforderung in Gonjis zusammengekniffenen Augen sahen. Als Helena und Gonji die Stadt verlassen hatten und der Straße folgten, auf der Gonji zum ersten Mal nach Vedun gekommen war, hörte er den plötzlichen Wortschwall der Söldner. Sie hatten nicht mal anzüglich gegluckst, als sie ihn mit dem Mädchen sahen, und als ihm klar wurde, worin der Grund lag, lachte er innerlich über ihre Verwirrung: Sie hatten vielleicht den Befehl erhalten, ihn zum aufgebrachten Julian zu bringen, falls sie ihn allein erwischen konnten, und jetzt hatte Helenas Gegenwart ihre Pläne vereitelt.

Ehe sie die erste Kontrollstelle erreichten, wendete Gonji das Pferd nach Norden von der Straße und auf einen Feldweg, der in die Vorberge führte. Helena stellte keine Frage, lehnte sich nur an ihn und seufzte. Sie stiegen auf derselben Lichtung ab, wo er und Wilf vor vielen Tagen den Schwertkampf geübt hatten. Aufgekratzt und aufgrund der Anwesenheit Helenas in Hochstimmung, setzte Gonji sie auf einen umgestürzten Baum und sprach auf Japanisch zu ihr, wobei er wie ein Bühnendarsteller ausladend gestikulierte, um ihr zu verdeutlichen, was er meinte. Er erzählte ihr die Geschichte vom Leben eines Samurai, eines Lebens voller Schmerz und Kummer, aber auch des Glücks und der Liebe zum Leben mit all seinen Höhen und Tiefen und seiner Vergänglichkeit.

Es schien, als teilten Gonji und Helena miteinander eine verzauberte, stumme Sprache, denn die Frau zeigte sich erstaunlich bewegt von den Wendungen seiner Erzählung und lächelte über die Indiskretionen eines eigenwilligen jungen Mischlings; sie spannte sich an, wenn er von Gefahren für Leib und Leben erzählte; empfindsam und einfühlsam vergoss sie dicke Tränen, wenn Gonjis eigene Augen vor nostalgischen Gefühlen schimmerten.

Und als der Samurai mit seiner Geschichte fertig war, baute er sich vor Helena auf, zog sie hoch und drückte sie fest an sich – ob es nun an der Stimmung lag, dem Wein oder Helenas berauschender Nähe. Sie küssten einander heftig und voller Verlangen und wiegten sich sachte, sodass sie schließlich beinahe das Gleichgewicht verloren und sich aus der Umarmung lösten, um nicht hinzufallen. Sie lachten und fassten sich gegenseitig an den Armen und blickten sich inbrünstig in die Augen, als fürchteten sie, der verzauberte Augenblick könnte vorbei sein, sobald sie die Blicke voneinander lösten.

Dann lehnten sie am Baumstamm, und ihrer beider Leidenschaft entflammte aufs Neue, umso heftiger jetzt, da sie sich mit dem liebkosenden Empfinden des weichen Grases mischte sowie mit den süßen Düften der Wildblumen und des Kiefernharzes im Wind aus den Bergen. Die beiden betasteten einander zärtlich und verzweifelt zugleich, während sich der Atem beschleunigte und die Herzen rasten. Bald war der Augenblick der Entscheidung erreicht. Sie lösten die Umarmung in beiderseitigem Einvernehmen, und die Sterne über der Lichtung funkelten verstehend herab. Helena lag da, eine Hand auf Gonjis nackter Brust, die großen, zutraulichen Augen sanft und feucht, eine Einladung.

Sie unterbrach den Blickkontakt und zeigte eine Handbewegung über dem Herzen, die nur ein Versprechen der Liebe sein konnte. Sie blickte ihm erneut in die Augen und wiederholte das Zeichen, mit mehr Sicherheit diesmal. Und Gonji überging einfach den Stich des Schuldgefühls, reagierte auf das eigene ungestüme Verlangen und betrog sie, indem er mit derselben Geste antwortete.

Sie legten sich auf Gonjis Kimono, verbanden ihr Begehren und ihr Fleisch, und eine Zeit lang trat alles andere hinter der Ekstase zurück.

Helena lag in der Beuge von Gonjis linkem Arm und schlief, und der Klang ihres gleichmäßigen Atems erreichte sein Ohr. Eine prickelnde Brise aus den Bergen raschelte durch die Stille auf der

Lichtung. Der Samurai stützte den Kopf mit der anderen Hand und blickte zu den Sternen hinauf. Er war leicht beunruhigt, nachdem der Exzess des Liebesaktes vorüber war. Die Elemente hatten ihre geheime Zustimmung zurückgezogen; die Nacht war tief und voller harter Kanten. Die Wirklichkeit hatte Gonji wieder erreicht, streng und unerbittlich.

Der Nachklang des Erlebnisses war bittersüß. Gonji wurde sich traurig darüber klar, dass er diese Frau nicht liebte, und er bedauerte, dass er sie in diesem Punkt belogen hatte. Er wusste, dass er dafür einen Preis würde entrichten müssen. Das Schuldgefühl, das er empfand, konnte er gar nicht ausloten. Es war ihm zuwider. Es hätte keinen Grund dafür geben sollen. Sie hatten einfach ein natürliches Verlangen gestillt, sie beide. Aber unter diesen Christen war es nie einfach.

Gonjis Gedanken verdüsterten sich. War es nicht ein seltsames Schicksal? Er hatte eine Frau, die er nicht wollte, und sehnte sich nach einer Frau, die er nicht haben konnte ... Aber ein positiver Gedanke kam ihm doch: Der Bann Reikos war gebrochen. Reiko. Seine erste Liebe, die Frau, die er nie haben konnte, die geschworen hatte, ihn ungeachtet ihrer einstigen Liebe zu töten. Jetzt eben hatte zum ersten Mal eine Frau, mit der er schlief, nicht das Traumgesicht Reikos angenommen, während sie in seinen Armen lag.

Helenas Gesicht leuchtete im Schlaf mit kindlicher Unschuld.

Ich habe die kleine Lotosblüte gepflückt ...

Er seufzte unruhig. Etwas bohrte sich in seine Seite. Er tastete unter sich herum und fand den Klumpen in der eingenähten Kimonotasche. Neugierig fummelte er zwei Gegenstände heraus: das Kruzifix des gefallenen Hawkes, des Söldners, der mit Gonji Freundschaft geschlossen hatte, während sie mit der Dritten Freien Kompanie ritten, und das zusammengefaltete Pergament mit Morts »Glaubensgesang«. Eine Gänsehaut lief über Gonjis

Arme – die Form des Kruzifixes hatte sich sauber durch die Lagen des Pergaments gebrannt.

Er schleuderte beide Gegenstände auf die Erde, legte Helena sanft ab und kleidete sich an. Von Toras Sattel holte er eine Decke, mit der er das Mädchen zudeckte, ehe er mit Feuerstein und Zunder ein Feuer entfachte. Als es kräftig loderte, faltete er das verhasste Stück Pergament auseinander und legte es in die Flammen.

Es wollte nicht brennen.

Er stocherte mit einem Stock daran herum, hob es heraus und legte es wieder hinein. Aber es schien unangreifbar durch die reinigenden Flammen zu sein.

Auf eine Eingebung hin warf er das Kruzifix seines toten Freundes auf das verzauberte Pergament. Ein lauter Knall ertönte, und eine orangefarbene Stichflamme versengte ihm beinahe die Haare …

Beide Gegenstände lösten sich sofort im Feuer auf. Und Gonji saß da und sann über die Bedeutung des unheimlichen Vorfalls nach.

FÜNFZEHNTES KAPITEL

Am nächsten Tag traf ein reisender Oblat in Vedun ein, und die Stadtoberen bewegten ihn dazu, eine Zeit lang zu bleiben und in Abwesenheit der Mönche aus dem Kloster vom Heiligen Wort für die geistlichen Bedürfnisse der Stadt zu sorgen. Inzwischen vermuteten alle außer den Jüngsten, was mit den Mönchen geschehen war, und man diskutierte nicht mehr darüber. Dankbar legten die Menschen in der Kapelle die Beichte ab und empfingen die heilige Kommunion. Zum ersten Mal seit einem Monat wurde dort die Messe gefeiert, und wer die Sterbesakramente benötigte, erhielt sie von dem Wanderpriester gespendet.

Als Gonji sah, wie aufrichtig der Glaube dieser Menschen war und wie tief ihre religiösen Bedürfnisse reichten, da erkannte er die zentrale Bedeutung des Kults als Brennpunkt für die große Mehrheit der Milizionäre. Um ihre Religiosität mit dem kriegerischen Denken zu versöhnen, das sie benötigten, um die Invasoren aus Vedun zu vertreiben, und um seinen Respekt vor dem Glauben der hiesigen Menschen zu demonstrieren, trug er ihnen folgendes selbstverfasste Gebet vor:

»Vor jeder Form des elenden Todes und grausamer Verwundung bewahre mich, o Herr, aber vor allem verschone mich davor, den Tod eines Feiglings zu erleiden.«

Fortan rezitierten die Rekruten das Gebet zu Beginn und Ende jeder Lektion.

Die Anführer versammelten sich im mit Geröll übersäten Tunnel mit den aufgeregten Milizionären.

»Was ist denn so wichtig ...«, legte Rorka los.

»Seht mal!«, unterbrachen ihn mehrere Männer.

Jiri Szabo faltete den zum Bündel gerollten Lappen auseinander, den er mitgebracht hatte. Eine neue Pistole kam poliert und glänzend zum Vorschein. Greta begleitete Jiri. Aus einem Beutel, den sie sich unter den Röcken ans Bein gebunden hatte, holte sie Pulver, Pistolenkugeln und einen Schlüssel zum Spannen der Radschlossfeuerwaffe hervor.

»*Yoi!* Gut!«, sagte Gonji und griff nach der Pistole.

»Woher hast du sie, Jiri?«, erkundigte sich Roric Amsgard.

»Von meinem Vater. Er hat sie gestern Abend von einem der reisenden Händler erworben, der sie in seinem Wagen in die Stadt geschmuggelt hatte.«

»Ihr werdet noch viel mehr von diesen Dingern benötigen, fürchte ich«, sagte Gonji.

»Ich dachte, du wärst gegen Feuerwaffen«, wandte Michael ein.

»Ich mache mir nichts aus ihnen, das stimmt. Sie sind unzuverlässig und unehrenhaft, und eines Tages werden Kämpfer von Ehre auf sie verzichten und sich lieber der Eleganz von Schwert und Bogen zuwenden, dem starken Arm und dem starken Herzen.«

Rorka schnaubte. »Bist du wirklich so naiv, mein Freund?«

»*Iyé*, aber ich darf doch träumen, nicht wahr?« Er lachte freudlos. »Nein, Männer mit Geld, die nach Macht streben, werden dafür sorgen, dass die Feuerwaffen verbessert werden, und eines Tages sind es dann die Reichen, die Kriege gewinnen. Ein trauriger historischer Umstand. Ich bin Idealist, seht Ihr, und die Entwicklung ist an mir vorbeigegangen. Ein Relikt aus früherer Zeit bin ich – nicht so viel anders als Ihr selbst, Herr Baron.« Er kehrte zum Übungsplatz der Bogenschützen zurück.

Rorka strich sich nachdenklich das Kinn, dachte über die Worte des Samurai nach und bewunderte dessen Auffassungsgabe.

In den beiden folgenden Tagen tauchten drei weitere Pistolen in den Katakomben auf.

Mitte der dritten Woche konnte man sich darauf verlassen, dass über dreihundert Männer und vierzig Frauen am Ausbildungsprogramm jedes Tages teilnahmen. Die anfänglichen Ausfälle durch häufige Verletzungen, schlechte Konditionierung, Furcht, Desillusionierung und Konflikte über Prinzipien waren überstanden. Sogar Strom und Boris waren zur Ausbildung zurückgekehrt, wenn auch halbherzig. Sie übten unter Garths Anleitung mit dem Kampfstab, hielten sich jedoch von Gonji fern.

Inzwischen wuchs auch die Zahl von Überläufern aus Phlegors Lager. Sie übten in kleinen Gruppen in Kellern und in einem geheimen Waffenlager in den Bergen. Man bot Phlegor großzügig eine Kommandoposition im Militärrat an, aber er lehnte nach wie vor ab und bestand darauf, dass der Einsatz, für den sie übten, zu weit in der Zukunft lag, um etwas zu bewirken.

»Er sagt, er wird nicht den ganzen Winter lang Waren für diese Mistkerle herstellen, während sie die Knochen Veduns kahlfressen«, sagte der Gildenkurier, der ihm das Angebot überbracht hatte.

Die Sorgen im Militärrat nahmen zu. Was führte der Gildenmeister im Schilde? Gonji fand die Situation unhaltbar. Die einzige sichere Lösung hätte darin bestanden, Phlegor zu beseitigen, was er den anderen auf Umwegen zu verdeutlichen versuchte; denn das Thema direkt anzusprechen, das hätte seine prekäre Stellung bei einigen der Stadtoberen gefährdet. Der Vorschlag wäre als moralisch abstoßend und inakzeptabel gebrandmarkt worden, und Gonji hätte in ihren Augen erneut als barbarischer Wilder dagestanden.

Das war ein weiteres Dilemma auf Gonjis wachsender Liste.

Michael steckte einen kräftigen Hieb auf seinen Morionhelm ein und sank auf ein Knie. Paolo wich zurück, als mehrere Leute heranstürmten, um nach dem benommenen jungen Anführer zu sehen, der jedoch ihre besorgte Hilfe abwies.

Gonji kratzte sich unter dem Harnisch, aber der nervöse Juckreiz zeigte sich hartnäckig. Michael war wieder mal zusammengezuckt, hatte auf eine Finte reagiert und somit die Lücke geschaffen, die es dem Angreifer ermöglicht hätte, ihm den Schädel zu spalten. Lydia blickte forschend aus der Grotto der »Hospitaliterinnen«, wie sich die Helferinnen inzwischen nannten, auf ihren auf die Knie gesunkenen Gatten, blieb aber bei ihrer Arbeit und wusch weiter die Oberschenkelwunde eines Schildknappen.

Der Samurai stieß die Luft hervor. »Paille, wie war noch mal diese Geschichte von David – *König* David aus der christlichen Bibel?«

Paille blickte von seinem Diorama Veduns auf, wo er gerade eine Figur, die ihn selbst darstellte, auf dem Amtsgebäude platziert hatte, während auf den Straßen darunter eine Schlacht tobte.

»Meinst du die Geschichte von David und Goliath? Möchtest du Tumo mit einer Schleuder angreifen? Ich weiß nicht recht, ob Gott dich auf die gleiche Weise unterstützen würde, du Heide«, sagte der Künstler scherzhaft.

»*Non*, ich meine die Geschichte mit ... der Frau«, entgegnete Gonji, während sein Blick in die Ferne ging und auf etwas außerhalb der Höhle ruhte.

Paille warf ihm einen schlauen Blick zu. »Du meinst Batseba, die er heiratete, nachdem er ihren Ehemann losgeschickt hatte, auf dass er erschlagen würde? Das ist eine der ... Woran denkst du, *Monsieur le samurai?*«

»Nichts«, antwortete Gonji, wandte sich erneut der Gegenwart zu und ließ Paille stehen.

»Nichts Gutes, das kann ich dir jedenfalls verraten!«, rief ihm Paille nach und runzelte besorgt die Stirn.

Auf dem Übungsplatz bildeten sich Muster heraus, wer welche Rüstung und Bekleidung trug.

Die Rekruten, die sich um Rorka und seine Ritter zu scharen gedachten, ahmten durch allmählichen Erwerb und durch Improvisation deren Ausstattung nach: leichte stählerne Feldrüstung, Morions und Schilde oder Buckler. Diese Art Rüstung wurde nur bei Feldmanövern getragen, und ihr Schwerpunkt lag auf Schutz. Beim üblichen alltäglichen Drill trugen sie Hemden, ärmellose Jacken oder gesteppte Gambesons, viele davon mit Rorkas Wappen geschmückt, dem Löwen und dem Kreuz. Diese Milizionäre nannte man mit der Zeit Schildknappen.

Wer sich für Gonjis *Kendo*, den japanischen »Weg des Schwerts«, entschied, erwarb eine noch leichtere Rüstung aus Leder, Schuppen oder dünner Stahlplatte, die vor allem die Vorderseite schützte und der Beweglichkeit viel Spielraum ließ. Beim Drill verzichteten diese Männer wie der Samurai auf ihre Hemden, lernten viel von der japanischen Sprache und Lebensart und gewöhnten sich daran, etwas zu tragen, das Gonji ein *Hachimaki* nannte, ein »Stirnband der Entschlossenheit«. Das aus Leder gefertigte Schwertgehänge für den Rücken entwickelte sich ebenfalls zu einem populären Stück Ausrüstung, da auch viel Kampf zu Pferd geübt und erwartet wurde. Diese Rekruten nannten sich mit der Zeit *Bushi*, »Krieger«, und es herrschte ein scharfer Wettbewerb zwischen *Bushi* und Schildknappen.

Zum Ende der zweiten Woche veranstaltete die Miliz ihren lang erwarteten Bogenschützen-Wettkampf. Die Grauen Ritter demonstrierten ihre Fertigkeit mit der Armbrust auf kurze Distanzen, aber der prachtvolle englische Langbogen trat immer mehr in den Vordergrund, je weiter die Zielscheiben versetzt wurden.

Für jede gewählte Distanz schoss der Teilnehmer drei Pfeile ab, woraufhin die Zielscheiben zwanzig Meter weiter fortgerückt wurden. Die Zahl der Teilnehmer schrumpfte rapide, und bald blieben nur Gonji und der hervorragende Karl Gerhard auf der Schützenposition zurück. Sie zogen Treffer auf Treffer, Fehlschuss auf Fehlschuss miteinander gleich, und die Menge sah ihnen atemlos zu. Wenn Gonji jeweils eine perfekte Runde absolvierte, legte Gerhard nach, und seine liebenswert trübselige Miene verriet keinen Kitzel des Triumphs, der über ein kurzes Nicken nach jedem Treffer hinausgegangen wäre. Wenn einer von beiden das Ziel verfehlte, erging es dem anderen ebenso. Auf einhundertneunzig Meter brachte Gonji nur noch einen Randtreffer zuwege und verfehlte beim zweiten und dritten Schuss. Er löste die Sehne vom Bogen und verneigte sich vor Karl, aber Gerhard wies sein Angebot zurück und trat nun an, verfehlte beim ersten Schuss knapp, erzielte mit dem zweiten einen Treffer und zeigte seinen schlechtesten Versuch überhaupt beim dritten; der Pfeil schrammte weit vor dem Ziel über den Boden.

»Spielst du mit mir, Herr Bogenschütze?«, fragte Gonji.

»Nein«, entgegnete Gerhard, »aber wir könnten das noch den ganzen Tag lang fortsetzen, und ich langweile mich. Gehen wir lieber gleich aufs Ganze.«

Die Milizionäre bewegten sich aufgeregt, als sich die beiden Wettkämpfer voreinander verbeugten und die Zielscheibe bis an die hinterste Wand versetzt wurde. Für manche war sie dort kaum noch zu sehen; die Kurzsichtigen winkten resigniert ab und spazierten lachend und scherzend davon.

»He, alter Mann!«, schrie Berenyi Nagy zu. »Warum stellst du dich nicht direkt vor die Scheibe und kneifst die Augen zusammen, damit du sie noch erkennst?«

»Lass mich doch in Ruhe, die junger Hengst, oder du erhältst einen dieser Pfeile dorthin, wo du am meisten davon hast.«

Berenyi furzte, und seine Gefährten schrien auf und rannten in Deckung.

»*Da*, du weißt also, wovon ich rede!«, brüllte Nagy.

Wilf half Gonji dabei, seinen Bogen neu zu spannen.

»Ein Schuss pro Runde; der erste Treffer bringt den Sieg«, erklärte Gonji. Gerhard nickte und forderte ihn auf zu beginnen.

Der Samurai schoss daneben und jagte den Pfeil hoch an die Höhlenwand gegenüber. Gerhards Schuss entlockte dem Publikum ein hoffnungsvolles Stöhnen – aber die Späher gaben weiter, dass er knapp dreißig Zentimeter weit links vorbeigeschossen hatte. Gonji feuerte als Nächstes einen elegant ballistischen Schuss ab, der jedoch einen Meter zu hoch einschlug. Eine elektrisierte Stimmung breitete sich im Publikum aus, während die Menschen ächzten und die Köpfe schüttelten. Gerhards zweiter Schuss stimulierte die Späher, die hoch in die Luft sprangen, was sich in einer allmählich nachlassenden Welle durch die Menschen in der Höhle ausbreitete. Der Jubel tönte donnernd.

Man schleppte die Zielscheibe eilends heran. Gerhard hatte den Mittelpunkt um gerade mal eine Handbreit verfehlt. Dann maß man die Entfernung nach, über die die beiden geschossen hatten: dreihundertzwanzig Meter.

». . . und die Standhaften lernten gut unter Anleitung des Roten Schwerts und trafen mit ihren unfehlbaren Bögen schließlich über mehr als sechshundert Meter Entfernung . . . und das Rote Schwert vermittelte ihnen seine erhabene Weisheit vom Kriege . . .«

(Aus dem Epos *Der Wind des Todes*)

»Was ist mit den Monstern?«, fragte eine weinerliche Stimme aus der Menge, die sich zur taktischen Unterweisung hingesetzt hatte.

»Du und die Monster!«, schrie Gonji, der zu der Stimme herumwirbelte und auf den Mann zeigte. »Lass dich nicht von ihnen fangen, und sie werden dir nichts tun!« Nervöses Gelächter lief durch die Menge.

»Mal ernsthaft, *Sensei*«, meldete sich Jiri Szabo zu Wort, »hast du einen Plan für den Lindwurm und den Riesen oder sonst etwas, das Mort womöglich gegen uns ins Feld führt?«

»Natürlich«, antwortete Gonji entschieden, »das habe ich doch schon erklärt. Nächste Frage!« Er wich dem Blick Wilfs aus, mit dem er seinen »Plan« diskutiert hatte. Die simple Realität dieses Vorhabens war allzu leicht erkennbar für jeden, der sich die Mühe machte und darüber nachsann.

Die Skeptiker, die das schon getan hatten, schüttelten missmutig die Köpfe.

»Denkt daran: Ein Feind, der euch allzu gelassen mustert, hat vermutlich Komplizen, die außerhalb eures Blickfelds die Schwerter wetzen und ihre Schusswaffen anlegen. Seid wachsam! Sie sind in der Überzahl, aber wir sind besser. Und wir kämpfen für eure Lieben, euer Zuhause, eure Art zu leben. Unsere Gegner sind nicht leicht zu erschüttern, aber wie ihr erstarren sie einen Augenblick lang, wenn etwas sie anknurrt. Also knurrt!« Gonji stolzierte vor ihnen auf und ab, das blanke Schwert in der Hand, während er seine Vorlesung hielt. »Blickkontakt!«, rief er. »Starrt durch sie hindurch. Posiert wie Helden, tretet auf, als hättet ihr sie schon besiegt. *Kiyai! Kiyai! Kiyai! – Heult*, wenn ihr zuschlagt! Man kann sie einschüchtern.«

»Was ist mit ihren Feuerwaffen?«

»*Choléra* und Syphilis auf ihre Feuerwaffen!« Totenstille. »Ihr habt ebenfalls Feuerwaffen, und ihr werdet mehr davon haben. Und ihr verfügt über die Langbögen – *und* die Langschwerter, die immer besser sind als Feuerwaffen, *neh?* Sie erlöschen nicht, wenn es regnet – und wir schlagen wahrscheinlich los, wenn es regnet. Außerdem muss man sie nicht spannen und laden …«

»Mit allem gebührenden Respekt, *Sensei*«, unterbrach ihn Vlad Dobroczy, »mal angenommen, du greifst einen Söldner im Regen an, und du heulst und markierst den Starken und schwingst richtig dein Schwert, aber weder der Mut noch seine Pistole lassen ihn im Stich? Was dann?«

Gonji verschränkte die Hände auf dem Rücken. »Dann bist du mit der Tatsache des Todes konfrontiert, die uns stets begleitet, und du greifst auf deine letzte Waffe zurück.«

»Was ist das?«

»Dein Glaube.«

Rorka, der hinter der Gruppe stand, wandte sich ab, ging davon und schüttelte dabei traurig den Kopf.

Sie saßen in Tralayns Empfangszimmer und nippten an dem Jasmintee, den Flavio zu Gonjis großer Freude von einem reisenden Händler erworben hatte.

»Tralayn«, fragte Gonji in unvermittelt ernstem Ton, »was, denkst du, ist mit der Ernte geschehen?«

»Mort«, antwortete sie schlicht. »Mort hat sie zerstört.«

»*So desu ka?* Zu welchem Zweck?«

»Um einen Aufstand zu provozieren, der zur Vernichtung der Stadt führt.«

»Klann wäre das nicht recht«, erklärte Garth.

»Vielleicht nicht«, entgegnete sie. Dann richtete sie den Blick auf Gonji. »Gonji, ich hege einen entsetzlichen Verdacht, begründet in einem Zeichen von übler Vorbedeutung. Etwas Grauenhaftes ist im Kloster geschehen. Du hast selbst zugegeben, dass du es nach Eintreffen der Invasoren aufgesucht hast. Du musst es mir jetzt erzählen – in welchem Zustand ist das Kloster vom Heiligen Wort?«

»Du warst im Kloster?«, fragte Roric überrascht. Er war der Einzige hier, der nichts von Simon Sardonis oder dessen Verbindung zu Pater Dobret wusste. »Warum hast du nichts gesagt? Menschen haben versucht, dorthin vorzudringen und zu sehen, was mit den Mönchen geschehen ist, aber niemand kommt an der Straßensperre auf dem Borgopass vorbei, jedenfalls nicht ohne Kampf.«

Gonji verlor den Mut. Die Information konnte die Moral seiner Gefährten zerstören und dem prekären Einfluss, den er auf sie hatte, die Grundlage entziehen. Er entschied jedoch, die Lage zu klären, und erzählte ihnen, was mit dem Kloster und dem nahen Bauerndorf geschehen war und welche Rolle er bei diesen Gräueltaten gespielt hatte.

»Gott im Himmel!«, flüsterte Flavio. Tiefe Bestürzung bemächtigte sich aller.

»Zarnesti. Bei dem Dorf muss es sich um Zarnesti handeln«, sagte Michael mit bebender Stimme und starrte in seine Trinkschale.

»Ja«, pflichtete ihm Roric bei.

»Es tut mir leid«, sagte Gonji schließlich. »Diese Ereignisse waren der Grund, warum ich Klanns freie Gefährten verließ. Ich möchte es wenigstens teilweise wiedergutmachen, indem ich helfe, eure Stadt zu befreien.«

Die anderen nickten mitfühlend und brummten halbherzig, er solle sich nicht mit Schuldgefühlen über etwas belasten, was sicherlich ohnehin passiert wäre. Aber Michael und Roric verabschiedeten sich wenig später, nachdem sie widerstrebend zugestimmt hatten, es Gonji zu überlassen, dass er den Vorfall zu gegebener Zeit Rorka berichtete.

»Ich hatte es schon vermutet«, erklärte Tralayn, als die beiden gegangen waren.

»Also wird keine Hilfe der Kirche eintreffen«, ergänzte Flavio ernst, »es sei denn, Rorkas vermisste Patrouillen finden sie in Österreich.«

»*Iyé.* Ich fürchte, es ist ihnen nicht gelungen, überhaupt die Provinz zu verlassen«, setzte ihnen Gonji auseinander. Seine Gefährten bekreuzigten sich.

Stefan Berenyi kam durch den breiten Tunnel vom Tal gestürmt und erreichte atemlos den Mittelpunkt des Übungsplatzes. Ein Harnischmacher und ein Metallgießer blieben am Tunneleingang zurück und warteten auf ein Signal von ihm. Die drei benahmen sich schon seltsam, seit die Pause zwischen zwei Übungseinheiten begonnen hatte, und hatten geheimnistuerisch Bündel aus anderen Tunnels durch die Höhle getragen.

Jetzt formte Berenyi mit den Händen einen Schalltrichter vor dem Mund und tutete wie die Fanfare eines Herolds. Er deutete zum breiten Taltunnel hinüber ...

Klirrend erschien Klaus in der Höhle. Er saß auf einem riesigen Streitross von achtzehn Hand Schulterhöhe und steckte selbst vollständig in einer Plattenrüstung alten Stils. Er trug einen gewaltigen Schild und eine mächtige Streitaxt, und das Klappvisier seiner Sturmhaube schwenkte am Scharnier auf und gab den Blick auf sein breites Grinsen frei.

Jubel und Gelächter hallten in den Katakomben wider.

Die Mitglieder des Militärrats saßen tief in der Nacht rings um einen Tisch versammelt. Die letzte Übungseinheit war eine Stunde zuvor zu Ende gegangen. Die Anführer waren müde und reizbar, und wie immer bei solchen Gelegenheiten waren es die wundesten Punkte ihrer Planungen, die zur Sprache kamen.

»Also bleibt Phlegor ein Problem«, sagte Garth nachdenklich.

»Was schlägst du vor, im Hinblick auf Phlegor zu unternehmen, Gonji?«, erkundigte sich Michael. »Du hast doch immer eine Antwort auf politische Fragen.«

Gonji zuckte die Achseln. »Ich denke, mein Vorschlag wäre – unannehmbar.«

»Machen wir ihn doch … *hors de combat*, kampfunfähig«, schlug Garth vor und starrte stur geradeaus, die Arme verschränkt.

»Ihn töten?«, fragte Roric erschrocken.

Michael schauderte. »Aber das wäre – Mord!«

»Wir müssten nicht so weit gehen«, korrigierte ihn Gonji.

Tralayn lehnte sich auf ihrem Stuhl zurück. »Falls wir nur den bösen Zauberer vernichten könnten!«, dachte sie laut nach.

»*Hai*, klingt einfach, nicht wahr?«, sagte Gonji und verzog dabei das Gesicht. »Mähen wir einfach seine Monster nieder und … Jedenfalls bin ich nicht überzeugt, dass Klann tun wird, was er sagt. Darüber hinaus halte ich den König nicht für vertrauenswürdiger als das alte Goldgesicht. Und seine angeworbenen Mörder werden aus Vedun eine Hölle für die Lebenden machen.«

»Was ist mit diesen Monstern?«, fragte Rorka. »Jetzt mal die Karten auf den Tisch: Was tun wir? Gonji, wie lauten deine großen Pläne für den geflügelten Lindwurm und wer weiß was sonst noch …«

»Was denkt Ihr denn, was ich wohl geplant habe? Ist es nicht offenkundig?« Er deutete zur Waffenkammer. »Langbogen, Speer, was wir an Pistolen haben, Stangenwaffen und Schwerter gegen den Riesen und diesen fliegenden Unrat, sobald er sich in die Lüfte schwingt. Die Herzen der Männer! Welche anderen Mittel stehen uns denn sonst zur Verfügung, da wir keine eigenen Zauberkräfte haben? Glaube und Stahl und Rechtschaffenheit …« Der Baron erhob sich verdrossen, und Gonji wurde lauter. »Und Ihr wart, tut mir sehr leid, mit Eurer defätistischen Haltung überhaupt keine Hilfe. Ihr wisst, dass die Menschen auf Eure Unterstützung warten, und was bekommen sie zu sehen? Einen alten Mann mit gesenktem Haupt, der sich davonschleicht …« Er riss sich zusammen, bedauerte im ersten Moment, dass er diese Worte ausgesprochen hatte, war aber dann doch froh, offengelegt zu haben, was er dachte. Die anderen waren sprachlos.

»Ja, ein alter Mann«, sagte Rorka und griff nach dem Umhang, »aber zumindest wird sich dieser alte Mann nicht den Tod vieler junger Männer aufs Gewissen laden, die an das Unmögliche glauben. Du hast sehr wirkungsvoll ihr Denken geformt und sie für eine Art zu sterben bereitgemacht, die sie sich nicht mal vorstellen können. Deine *Bushi!*«

»Tut mir sehr leid, Herr Baron«, entgegnete Gonji, der jetzt ebenfalls auf den Beinen stand, »aber Ihr habt Eure Burg sehr wirkungsvoll in unerhört kurzer Zeit verloren und hervorragende Arbeit dabei geleistet, Eure Stadt herzugeben. Jetzt ist ein Kampf die einzige Möglichkeit, sie zurückzugewinnen, und manche werden dabei fallen. Sie müssen das wissen und es akzeptieren, oder sie können gar nicht zum Kampf antreten. Und das tut mir *sehr* leid!«, schrie Gonji, dessen Groll mit jedem Wort stärker wurde und der jetzt die letzte Selbstbeherrschung verlor. »Ich denke jedoch, Ihr solltet erst gehen, wenn Ihr Euch alles angehört habt, was hier zu sagen ist, wo wir schon mal ehrlich zueinander sind!«

Rorka entfernte sich weiter durch die Höhle, und Gonji wurde noch lauter. Seine Worte warfen Echos.

»Die Hilfe, die Ihr erhofft, wird nicht kommen! Versteht Ihr?«

Der Baron blieb stehen und drehte sich langsam um, wie ein Mann, der sich hilflos das eigene Todesurteil anhörte. Er schlurfte zu ihnen zurück, und die Falten um seine Augen verrieten das Grauen, das ihm dämmerte.

Roric stand auf und räusperte sich. »Gonji, vielleicht sollte ich lieber ...« Der Lebensmittelhändler übernahm es, die Geschichte von Gonjis grausigen Pflichten bei der Dritten Freien Kompanie Klanns zu erzählen. Gonji und Rorka funkelten einander die ganze Zeit über den breiten Tisch hinweg an.

»Dann ist alles verloren«, meldete sich Rorka mit erkennbarer innerer Qual zu Wort, als die Ausführungen beendet waren.

»Iyé«, entgegnete Gonji, »es hat gerade erst begonnen. Was ich getan habe, das ist mein eigenes schlechtes Karma. Ihr tragt den Schmerz und ich die Schuld. Wir beide haben Gesicht verloren, wir teilen die Schande. Jetzt müssen wir uns bemühen, sie zu tilgen. Wir schulden es den Menschen hier, dass wir ihnen helfen, diese Briganten hinauszuwerfen. Es ist unsere Pflicht.«

»Pflicht!«, fauchte Rorka. »Bewegt dich jemals auch ein Gefühl zum Handeln?«

»Häufiger, als ich gern zugebe«, antwortete Gonji. »Aber beides ist hier ein und dasselbe. *Sayonara.*«

Das Treffen war beendet, und die beiden stolzierten in entgegengesetzte Richtungen davon.

Wilf spürte den blitzenden Bogen von Gonjis *Katana* mehr, als dass er ihn sah, wartete, verfolgte den Angriff und hielt das eigene *Bokken* zurück, bis seine Reflexe den richtigen Augenblick zum Gegenschlag erkannten. Er konzentrierte sich auf Gonjis Augen, wie man es ihn gelehrt hatte, denn er wusste, dass sich darin die Seele des Gegners spiegelte. Seine Bewegungen waren auf diese Weise sparsamer geworden, rascher, Explosionen einer Energie, die zurückgehalten wurde, bis sie sich ausschließlich im richtigen Augenblick des Kampfes entlud. Er wusste, dass Gonji besonderes Gewicht auf ihn legte, denn Michaels und Jiris Schläge bereiteten dem Samurai weniger Schwierigkeiten, stellten seine Abwehr weniger wirkungsvoll auf die Probe. Wilf musste die Angriffe dieser beiden jedoch zum eigenen Vorteil nutzen, falls er jemals einen Treffer landen wollte.

Sie drehten sich immer wieder, kreuzten in einem fort die Schwerter, während sich die Minuten dahinschleppten. Wilf befreite sein Denken von jeder Absicht, damit ihm nicht der eigene

Körper ein Bein stellte – *jetzt!* Michael und Jiri griffen fast gleichzeitig an, durch Gonjis blendend schnelle Paraden abgewehrt, aber da erfolgte Wilfs Ausfall, überbrückte die Distanz in einem Bogen von rechts nach links. *Twack!* Unglaublich, aber Gonji hatte das *Bokken* irgendwie innerhalb eines Augenblicks abgefangen und abgewendet. Sofort holte Jiri zum Schlag von oben aus, und die bissige, hoch angesetzte Parade des Samurai spaltete Jiris Holzschwert, während Wilf mit der gut geölten Eleganz ständiger Übung die Handgelenke und Unterarme drehte …

»*Sesshoku!*«, rief Gonji.

»Halt!« Roric stürmte sofort heran.

Wilfs horizontaler Hieb hatte Gonjis genähte Rippenwunde erneut geöffnet, und Blut sickerte aus der Verletzung, die noch auf Julian zurückging.

Sie verbeugten sich voreinander, während sich die Rekruten angeregt über diesen Wettkampf unterhielten. Trotz seines Schrecks darüber, dass er Gonjis Wunde aufgerissen hatte, erlebte Wilf eine Flut von Wärme und Stolz. Er kam sich nicht mehr wie ein törichtes Kind vor, das sein Vorbild durch Posen nachzuahmen versuchte. Er war ein *Krieger.* Ein *Bushi.* Als er bei dem früheren Kampf Gonji getroffen hatte, blieb der nagende Argwohn zurück, dass der Samurai dem Rekruten im Interesse der Moral diesen Treffer gegönnt hatte. Diesmal jedoch wusste Wilf, dass sein Angriff wirklich gesessen hatte.

Und er wusste, dass es auch den anderen klar war.

Bald würde er bereit sein, Genya zu holen …

»Komm schon, Klaus! Du schaffst es! Du hast ihn gleich!«

Der tollpatschige Schnallenmacher, den die meisten Milizionäre inzwischen als ihr liebstes Besserungsprojekt betrachteten, klirrte aggressiv heran und schwang die Streitaxt in mächtigen Kreisen über dem Kopf. Paolo Sauvini, der von einer Minute zur nächsten wütender wurde, fintierte und lockte ihn, stampfte vor und schwang unsicher das Breitschwert, mal mit einer Hand, mal mit beiden Händen. Er fand jedoch keine Öffnung, kam nicht dagegen an, dass Klaus bestimmt, stetig, sehr direkt gegen ihn vordrang und dabei aus den ermutigenden Rufen seiner Anhänger Kraft zu gewinnen schien.

Es war eine gefährliche Übung, die von Gonji und Roric gutgeheißen wurde, während sich Rorka und Garth dagegen ausgesprochen hatten. Klaus trug siebzig Pfund Rüstung, verschwand geradezu darunter, wenn das Visier der Sturmhaube geschlossen war. Die Klinge der Streitaxt war mit Sackleinen umwickelt, um die Schneide zu polstern, und der Griff war mit einem Lederriemen an Klaus' Handgelenk gebunden, damit er sie nicht fallen ließ. Paolo trug eine leichte Teilrüstung und eine Schaller mit tiefem Rand. Ziel des Wettkampfs bestand darin, einen wirklich schmerzhaften Treffer zu erzielen. Klaus hatte sich ihm bereitwillig, aber besorgt gestellt, war eifrig bedacht, seinem *Sensei* Ehre zu machen. Paolo war zuversichtlich und arrogant an die Sache herangegangen.

Das lag lange fünfzehn Minuten zurück.

»Schwinge, Klaus!«, schrie Gonji. »Lasse ihm keine Öffnung!«

Der Spangenmacher ließ die schwere Axt rotieren, und am schrumpfenden Radius des Kreises konnte man erkennen, wie die Kraft ihn allmählich verließ. Der schweißgebadete Sauvini, der jeden seiner Tricks vereitelt gesehen hatte, ging nun zu spöttischen Bemerkungen über. Durch die Atemlöcher des Visiers hörte man Klaus stöhnen, so sehr schmerzten ihn die schwer arbeitenden Arme.

Während er noch eine Schmähung ausstieß, sprang Paolo vor, passte den richtigen Zeitpunkt ab und legte seine ganze verbliebene Kraft in einen tief angesetzten Stoß. Er erwischte Klaus am Brustpanzer, und das Schwert glitt quietschend davon ab – einen

Augenblick, bevor die Axt auf die Schulter des Stellmachers krachte und ihn von den Beinen riss. Der Schulterschutz war zertrümmert.

Dreihundertfünfzig Stimmen brüllten beifällig.

»Gewonnen!«, schrie Paolo, als er sich wieder aufrappelte und sich dabei die pochende Schulter hielt. »Ich habe gesiegt – ich habe zuerst getroffen!«

Gonji trat vor, und auf sein Handzeichen hin wurde die Menge leiser.

»*Hai*, ich sehe, dass du eine Delle in Klaus' Rüstung geschlagen hast«, stellte Gonji fest und rieb sich das Kinn, »aber ich fürchte, *du* hast einen Arm verloren. Der *Sieger!*«

Während der Jubel durch die Katakomben hallte, sank Klaus auf die Knie und konnte einfach nicht wieder aufstehen. Mehrere Personen halfen ihm auf die Beine und hoben einen seiner Arme zum Siegeszeichen. Sie öffneten sein Helmvisier und gaben den Blick auf eine schweißnasse rote Maske frei, die jedoch in glücklichem Schmerz grinste.

Was den Ausdruck anging, der über Paolos Gesicht lief, als er sich entfernte – so wusste nur der Stellmacher selbst, welche hässliche Quelle ihn speiste.

Aber dieser Augenblick gehörte Klaus, und obwohl er noch weit davon entfernt war, als erfahrener Krieger betrachtet zu werden, strahlte Gonji doch vor Stolz über die Leistungen seines Schützlings. Der Stadttölpel hatte gezeigt, was man mit Schlichtheit und Aufrichtigkeit, Wunsch und Übung erreichen konnte.

Das Unmögliche.

Obwohl es sich Gonji mit Rorka und den Grauen verdorben hatte, lief das Ausbildungsprogramm in den Tagen nach dem Fest des heiligen Stefan reibungslos. Erst zur morgendlichen Übungseinheit des dritten Tages danach tauchte Helena wieder in den

Katakomben auf, und ab diesem Zeitpunkt nahmen die Dinge eine Wendung zum Schlechteren.

Sie kam flink aus dem Tunnel von der Kapelle getrippelt, warf kaum einen Blick auf Gonji und nahm ihren Platz unter den Hospitaliterinnen ein. Ihre Augen waren rot und verquollen, und sie wischte sich die Tränenspuren ab. Ihr galten besorgte Blicke und ein paar fragende Handzeichen, die sie jedoch ignorierte. Nur Lydia und Greta kamen auf die Idee, fragend zu Gonji hinüberzublicken.

Wilf wies Gonji lautlos darauf hin, dass Helena eingetroffen war. Der Samurai warf ihr nur einen kurzen Blick durch die Höhle zu und schluckte seine Schuldgefühle herunter. Er nickte einmal ruckartig und fuhr mit dem Drill fort. Er lehrte gerade *Karumi-jutsu*, die Technik der Samurai für Geschmeidigkeit in Sprung und Ausweichen. Dazu lief er auf dem Gerüst für Beweglichkeitsübungen entlang, während die Milizionäre ihn mit Speeren und Stäben zu treffen versuchten. Seine Konzentration galt ganz der Arbeit, und so bemerkte er erst, dass Helenas Mutter Sophia die Höhle betreten hatte, als sie mit ihrem Wutausbruch alle anderen auf sich aufmerksam machte.

Sophia stürmte auf den Übungsplatz und stieß auf Polnisch Flüche aus, während sie die Faust nach Helena schüttelte, sobald sie sie unter den Frauen entdeckt hatte. Sie deutete, während sie nach wie vor fluchte, auf den Tunnel, und als eine der anderen Frauen Helena darauf hinwies, dass ihre Mutter da war, breitete sich ein Ausdruck entsetzter Verlegenheit auf Helenas Miene aus, und ihre Tränen flossen erneut.

Gonji sprang vom Gerüst, als die zornige Frau auf ihn zustürmte. Er spürte, wie sich Hunderte bohrender Blicke auf ihn richteten. Er spürte, wie ihm die Verlegenheit brennend in Hals und Ohren stieg, während seine verblüfften Freunde zurückwichen, um der wütenden Frau Platz zu machen. Bebend vor Wut schüttelte sie weiter die Faust und ging auf den Samurai los. Von den hitzigen Worten, die sie hervorstieß, verstand er nur »*Choléra*« und »*Svina*« – Schwein.

Er starrte sie nur an und ertrug stoisch den Zorn einer gekränkten Mutter, und sogar mit dem Schwert in der Hand kam er sich ohnmächtig vor. Einen Augenblick lang glaubte er, sie würde ihn schlagen, und war bereit, es zu akzeptieren, denn er wusste, wie gerecht ihr Zorn war und welche Schande er in den Augen der hiesigen Menschen über Mutter und Tochter gebracht hatte. Aber dann geschahen zwei Dinge: Sophias Wut war schließlich verbraucht, und als sie mit zusammengepressten Lippen bebend zurückwich, stürzte Paille auf sie zu und putzte sie auf die absurdeste und idiotischste Art und Weise herunter:

»Verschwinde von hier, *Fischweib!* Wie kannst du es *wagen*, den Befehlshaber der Miliz so anzusprechen, den Befreier, der euch vor einem Schicksal retten wird, das schlimmer ist, als ihr euch vorstellen ...«

Das war nur törichtes Gefasel, wie Gonji wusste, aber er war dankbar dafür, dass Paille so die atemlose Leere in der Höhle füllte.

Helena rannte weinend in den Tunnel. Ihre Mutter folgte ihr wenig später, und die Milizionäre wichen vor ihr zurück und ließen ihr viel Raum.

Ein scheußlicher, peinlicher Augenblick. Leises Füßescharren. Gedämpftes Klirren von Stahl. Blicke, die nach Rückzugsmöglichkeiten suchten. Die privaten Sorgen einer Frau hatten das Zielbewusstsein Hunderter zertrümmert.

Gonji sagte nichts, sondern marschierte davon, suchte eine dunkle Grotte auf und saß dort lange allein mit gekreuzten Beinen. *Die kleine Lotosblüte gepflückt ...*

Roric und Garth brüllten jetzt Befehle und sorgten dafür, dass die Ausbildung ihren Fortgang nahm. Nach einiger Zeit suchten einige der engsten Freunde Gonjis die Grotte auf und knieten oder setzten sich dort schweigend hin, ein enger Kreis von Männern, die nicht recht wussten, in welcher Stimmung er war und wie sich seine Gefühle womöglich manifestierten. Er schien zu meditieren, starrte auf eine Stelle am Boden, lehnte dabei an einer von mineralischen Adern durchzogenen Felswand. Die sich hier zu ihm gesellten trugen wie er keine Hemden und hatten sich das *Hachimaki* um die Köpfe gebunden. Unter ihnen waren Wilf und Jiri Szabo, Aldo Monetto und einige weitere. Überraschte Blicke waren die Reaktion, als einige Zeit später auch Michael Benedetto die Grotte betrat und am Rand des Kreises stehen blieb.

Dann begann Gonji auf einmal zu reden, wie in Trance, zunächst auf Japanisch. Später wechselte er so unvermittelt, dass seine Zuhörer erschraken und nervös wurden, ins Hochdeutsche. Er sprach von seiner gequälten Seele und dem eigenartig tragischen Karma, das sich auf all seine Bemühungen um Liebe erstreckte. Er erzählte ihnen von seiner angebeteten Reiko, mit der ihn von Jugend an ein Pakt tiefster Liebe verband. Er erzählte davon, wie es seinen verhassten Halbbruder Tatsuya, zweiter Sohn des gemeinsamen Vaters, aber Erstgeborener von rein japanischer Abkunft, nach Reiko und nach Gonjis Erbe gelüstete. Wie Tatsuya den Vater durch heimliche Machenschaften manipulierte, sodass dieser eine Spaltung des Clans herbeiführte, indem er Tatsuya mit Reiko verlobte und die Ehe ungeachtet der verzweifelten Bemühungen Gonjis geschlossen wurde. Reiko – das hilflose Opfer, jetzt durch *Giri* und ihr Samurai-Erbe dazu verpflichtet, die Ehre des neuen, verabscheuten Gatten zu wahren. Das heimliche Stelldichein, der letzte Kuss einer hoffnungslosen Liebe, die Falle und die Aufdeckung durch den triumphierenden Tatsuya.

Das Duell. Gonji, wie er den lebenslangen Rivalen, den eigenen Bruder tötete. Die daraus entstehende Entfremdung, der Tod der Mutter an gebrochenem Herzen, die von Reikos Familie geschworene Rache. Aber am schlimmsten von allem – Reikos von der Ehre gebotener Versuch, ihn mit dem Schwert des niedergestreckten Gatten zu erschlagen, was zu der hässlichen Schulternarbe führte, dem ewigen Andenken.

Dann die Worte eines sterbenden Shintopriesters, seines Lehrers und Vertrauten, und die bizarre Suche, die Gonji, das verlassene und enterbte Kind von anrüchiger Geburt, kreuz und quer durchs verrückte Europa führte. Die Suche nach dem *Shi-kaze*, dem Wind des Todes.

Und jetzt Vedun …

Nach langem Schweigen gingen seine Gefährten einer nach dem anderen, bis nur Wilfred und Michael in seiner Gesellschaft zurückblieben. Jetzt tauchte der Samurai aus seiner ernsten Meditation auf und erhob sich.

»Kommt«, sagte er seufzend. »Viel ist zu tun.«

Im Schutze der Nacht und des Regens ritten sie aus den Katakomben; tintenschwarze Wolken bedeckten den Mond, und die Hufe der Pferde waren durch Sackleinen gedämpft. Fünfzig Mann unternahmen diese Übung in Heimlichkeit – bei der jede Entdeckung zum unerwünschten Kampf gegen Klanns Soldaten geführt hätte. Sie übten in den bewaldeten südlichen Vorbergen den Kavalleriekampf und setzten sich dabei auch mit Strapazen und Enttäuschung auseinander.

Sie griffen an und schlugen zu, weit von der Stadt und den ausgespähten Vorposten Klanns entfernt. Sie jagten Pfeilsalven durch die Kälte und den Nieselregen, rutschten aus und fielen, krachten unter Geschrei und Flüchen in den Matsch, begleitet vom Klirren der Rüstungen und dem Wiehern der Pferde. Gonji, Roric und drei Graue Ritter führten die Truppe immer wieder durch ihre Übungen und erstickten jede frische Hoffnung, das Manöver hätte ein Ende gefunden, mit scharfen Befehlen zum erneuten Angriff auf eine eingebildete Kampflinie oder einen monströsen Widersacher.

Gonji wusste, dass er nicht nur die Kampffertigkeiten der Miliz auf die Probe stellte, sondern auch ihre Loyalität, und jetzt, da die Erinnerung an die beschämende Szene in den Katakomben noch frisch war, bot sich dafür der ideale Zeitpunkt.

Neugierig verfolgte Gonji, wie sich das Geflüster durch die Linien ausbreitete, ausgehend von Berenyi und Wilf, wann immer eine Pause ausgerufen wurde. Roric hatte keine Ahnung, was die Leute im Schilde führten, und ebenso ging es den Grauen.

Als schließlich die Übung für beendet erklärt wurde, quittierte die Truppe dies nicht, wie erwartet, mit Jubel und Erleichterung, sondern irrte nervös durcheinander. Hufe trappelten; Wilf und Berenyi gaben halblaute Kommandos, und die fünfzig Mann formten eine einzelne lange Reihe. Die beiden Anführer ritten an die Rückseite in die Mitte der Reihe, die den fünf überraschten Ausbildern gegenüberstand. Rorkas Graue blickten einander unbehaglich an, hielten aber neben Gonji und Roric die Position, als die Miliz jetzt in Zweiergruppen vorrückte und sich von der Mitte der ursprünglichen Reihe ausgehend zu einer Doppelreihe umformierte. In zwanzig Metern Entfernung trennte sich das Paar an der Spitze der Kolonne und strebte auseinander. Die Reihen folgten dem jeweiligen Anführer, bis die Truppe eine Art V bildete, dessen Arme die fünf Ausbilder umfassten. Wilf und Berenyi platschten nebeneinander von der Spitze des Vs heran. Regen tropfte von ihren Helmen, Rüstungen und Rössern, und sie trugen ein Banner zwischen sich. Es war weiß und zeigte Rorkas Wappen auf der linken Seite und die Darstellung eines *Katana* auf der rechten. Unter dem Schwert stand eine lateinische Inschrift: *»Nichts muss ein Mann fürchten, der diese prachtvolle Klinge an der Seite trägt.«*

Gonji lächelte, als er das las. Dieses Motto hatte er für sie aus den Schriftzeichen übersetzt, die in den Griff seines Sagami eingraviert waren.

Wilf und Stefan verbeugten sich und salutierten. »Die Ersten

Rumänischen Husaren melden sich zum Dienst, *Sensei*«, sagte Berenyi und verkniff sich sein sonst ständig sichtbares verschmitztes Lächeln.

Roric und die Grauen lachten, und ihre gute Laune steckte die »Husaren« schnell an. Gonji bewegte wiederholt ruckartig den Kopf, und der Regen strömte von der Schaller und seinen Rücken hinab.

»In Ordnung, meine Husaren«, erklärte der Samurai, »kehren wir jetzt in die Katakomben zurück und feiern die Aufstellung dieser neuen Abteilung.«

Gedämpfte, aber begeisterte Rufe ertönten, und die Truppe machte sich sogleich auf den Rückweg. Man schickte Späher voraus, um die Straße durchs Tal auszukundschaften, die man überqueren musste, um den Tunnel zu erreichen. Ein Reiter kehrte bald mit der Nachricht zurück, dass eine Streife aus vier Söldnern auf der Straße unterwegs sei. Die Feststimmung ließ nach und machte der Wachsamkeit Platz. Als eine Anhöhe erreicht war, die einen ungehinderten Blick auf die Straße erlaubte, gab die Truppe ein geisterhaftes Bild ab, wozu die Dunkelheit, die Bäume und der rauschende Regen beitrugen, dank dessen die Männer vor neugierigen Augen verborgen, ja buchstäblich im freien Blickfeld versteckt blieben. Die vier Söldner ritten in Wurfweite eines Dolches vorbei; sie fühlten sich beobachtet – das war nicht zu übersehen –, fürchteten sich jedoch davor, die Betrachter zu provozieren. Stattdessen gaben sie ihren Pferden die Sporen und verzichteten darauf, weitere Blicke in den dräuenden Wald zu werfen.

Gonji betrachtete das zuversichtliche Lächeln seiner Truppen, spürte ihre gemeinschaftliche Freude über den psychologischen Sieg. Für den Fall, dass sie womöglich bei der gemeinsamen Aufgabe versagten, hatten sich Gonji, Roric und die Grauen bereitgehalten, hinter der Patrouille herzustürmen und sie so schnell und so leise wie möglich zu erledigen. Die Miliz war jedoch zu einer Einheit verschmolzen; wie ein einzelnes Wesen war sie aufgetreten, eine verstohlene, zusammengerollte Schlange, die einen Feind allein durch ihre gefährliche Ausstrahlung in Schach hält. Einen Augenblick lang hatte sich das Blatt für die Invasionsarmee gewendet; ihre Angst war angefacht worden, und die sich daraus ergebende Lektion für die Miliz war viel wertvoller, als es der gewaltsame Tod der zahlenmäßig unterlegenen feindlichen Patrouille gewesen wäre.

Gonji schwoll der Kamm vor Stolz. Veduns Miliz ähnelte allmählich echten Soldaten.

In der Höhle wurden Wein und Bier ausgeschenkt. Erschöpft vom Manöver aßen und tranken die Leute und sangen herzhaft und versprachen Kameradschaft und Entschlossenheit. Wie üblich, beteiligte sich Paille mit Eifer an den Trinksprüchen und las in seiner einmaligen Stentorstimme aus einem Romanauszug vor, den ihm ein Freund in Spanien geschickt hatte. Es dauerte jedoch nicht lange, und die anderen schrien ihn nieder. Berenyi und seine Kumpane fesselten und knebelten den renitenten Künstler schließlich, lockerten aber den Knebel hin und wieder, damit er aus seinem Pokal trinken und eine oder zwei Verwünschungen brüllen konnte.

Wilf hatte den Dämon des Selbstzweifels ausgetrieben, der ihn jüngst heimgesucht hatte, und tauchte selbstbewusst und voller Eifer wie früher aus Gonjis Schatten auf. Er zeigte sich stärker denn je darauf erpicht, in die Burg Lenska einzudringen und die Dame seines Herzens zu befreien. Er und Karl Gerhard übergaben Gonji ein Geschenk der Miliz: einen prachtvollen Drei-Mann-Langbogen und einen Köcher voller Kriegspfeile von dreizehn Hand Länge mit panzerbrechenden Spitzen.

Gonji bedankte sich mit seltener Gefühlswärme und überreichte indes Wilf im Gegenzug den Rückenspalter, das Ersatz-*Katana*, das er bei den Übungen benutzt hatte. Niemand konnte Wilfs Anrecht auf die schöne Klinge bestreiten, denn er hatte lange und hart gearbeitet und in seiner Schwertkunst enorme Fortschritte gemacht. Wilf plumpste schwer auf seinen Platz, blickte mit großen Augen auf das Schwert in seiner Hand, das einzige seinesgleichen in Europa, von Gonjis legendärem *Sagami* einmal abgesehen.

Nicht überraschend kam, dass sich das Gesprächsthema dem Umgang mit dem Schwert zuwandte.

Ein Mann namens Tadeusz brachte eine Befürchtung zur Sprache, die alle Rekruten nach wie vor hegten:

»Die Übungen mit dem Schwert sind eine beglückende Erfahrung, und die Freude an alldem ...«, begann er und bildete die Worte dabei auch mit den Händen. »Aber einen *Menschen* mit dem Schwert zu töten, zu spüren, wie sich sein Fleisch öffnet – ich ...«

Gonjis Miene verdüsterte sich. »Nicht *einen* Menschen – *viele* Menschen. Wer von euch *nicht* töten kann – oder nur *einen* Feind tötet und sich dann zurücklehnt und die Leiche anstarrt – der ist so gut wie tot.«

»Mein Gott!«, sagte Tadeusz matt und schüttelte den Kopf. Die anderen starrten zu Boden und scharrten unbehaglich mit den Füßen. Einige standen auf und entfernten sich, denn das Eindringen der grausigen Wirklichkeit hatte ihnen die Feierlaune verdorben.

Gonji betrachtete ihre Gesichter, die im Fackellicht der Höhle geisterhaft hervortraten, und fragte sich, wer von diesen Menschen wohl in den künftigen Tagen umkommen würde.

»Falls Flavio oder Baron Rorka hier wären, würden sie nicht gern hören, wenn ich das sage, aber ... aber so muss ein Krieger denken, meine Freunde. Denkt an den Himmel – oder die Hölle –, die letzte Ruhestätte. Früher oder später kommt der Tod. Ihr glaubt an das Leben nach dem Tode. *Vertieft* euch in euren Glauben. Ihr habt geliebte Menschen, für die ihr kämpfen könnt. Falls der Kampf beginnt, wird er euch aufgezwungen worden sein.« Er stand auf und wandte sich mit geballten Fäusten ab. Seine Stimme wurde leise. »Gebt Klann die Schuld, falls ihr jemanden braucht, dem ihr sie geben könnt ... oder mir ...«

Er schob das *Sagami* hinter die Schärpe und ging zu den Tunneln hinüber.

Die Blitze eines Hitzegewitters knisterten am Himmel des späten Vormittags, als Gonji das verlassene Haus im südöstlichen Quadranten der Stadt betrat, um sich dort Julian zu stellen. Donnerschläge dröhnten in den Bergen.

»So kehrt der verlorene Sohn also zurück«, spottete Julian. Er erinnerte an eine Katze, die gerade ein hilfloses Beutetier in die Enge getrieben hatte. Gonjis selbstbewusste Haltung passte jedoch ganz und gar nicht zu einer Maus, als er sich verbeugte.

Julian befahl den Söldnern in seiner Begleitung, sie allein zu lassen. »Weißt du«, sagte er dann, als sie in dem staubigen Haus voller Spinnweben unter sich waren, »in letzter Zeit habe ich über verschwendetes Geld nachgedacht.«

»Ich habe dein Geld nicht verschwendet, sondern etwas in Erfahrung gebracht: Die Handwerkergilde – sie ist es, die einen Aufstand plant. Diese Leute üben mit ihrem Anführer Phlegor an einem geheimen Platz. Sorge dafür, dass deine Leute ihn im Auge behalten und beschatten; das wird eine Mahnung für seine Anhänger sein, und sie werden nichts unternehmen. Du könntest Phlegor auch unter irgendeinem Vorwand verhaften lassen. Auf Grund eines Verdachts, schätze ich.«

Julians spöttischer Tonfall verflüchtigte sich. »Bist du sicher?«

»Natürlich. Ich nehme schließlich meine Arbeit ernst. Es hat einfach nur Zeit gekostet. Dieser Phlegor ist ein misstrauischer Bursche.«

»Wer ist er? Wie sieht er aus? Wo wohnt und arbeitet er?«

Gonji beschrieb den aufbrausenden Gildenmann, und sein

Magen verkrampfte sich vor Unbehagen darüber, dass er sich gegen Bürger der Stadt wenden musste, um den Verdacht der Besatzungsarmee von seinen eigenen Leuten abzulenken. Er war jedoch zu dem Entschluss gelangt, dass ihm nichts anderes übrig blieb.

»Wenn ich so darüber nachdenke: Ich würde ihn nicht verhaften, solange er mir keinen guten Grund dafür gibt«, fügte Gonji hinzu, bewegt von seinen Schuldgefühlen. »Er ist ziemlich beliebt ...«

Julian blickte Gonji forschend in die Augen, die hart und abweisend funkelten und nichts von dem verrieten, was hinter ihnen vorging.

»Mehr habe ich derzeit nicht. Ich bin nach wie vor diesem Wind des Todes auf der Spur. Das ist eine sehr merkwürdige Geschichte und ziemlich furchterregend ...«

»Ich glaube, dass demnächst *einige* Festnahmen erfolgen werden«, unterbrach ihn Julian und ignorierte seine jüngsten Worte. »Noch mehr Söldner sind abgeschlachtet worden, während sie auf Streife unterwegs waren.«

Gonji nickte und tat so, als wäre er sehr besorgt. Dann hellte sich seine Miene auf, und er konnte sich den Seitenhieb einfach nicht verkneifen: »Oh, Hauptmann – ich hoffe, du warst nicht gekränkt darüber, dass ich dich beim Fest auf so unwirsche Art gegrüßt habe. Du hättest mal die Gesichter der jungen Leute sehen sollen – es hat meine Tarnung verbessert, *neh?*«

Julian zog eine Braue hoch, und seine Miene verdunkelte sich, als er sich an ähnliche Worte erinnerte, die er früher zu Gonji gesagt hatte. Er musterte den Samurai aus schmalen Augen: »Wo treibst du dich herum, wenn man dich so lange Zeit nirgendwo sieht? Du scheinst förmlich aus unserem Blickfeld zu verschwinden.«

Gonji kratzte sich betreten. »Na ja, siehst du – ich habe eine Frau, *zwei* im Grunde, und, ah ...«

»Von der einen weiß ich. Wie viel Zeit kann eine Taubstumme schon beanspruchen?«, fragte Julian, und der Tonfall fiel beleidigender aus als die taktlosen Worte selbst. »Was ist mit der anderen?«

Gonjis Gedanken überschlugen sich. *Woher wusste er davon?* Oh, *hai*, die Torwächter am Abend des Festes! Aber was jetzt?

»Die andere sollte lieber mein Geheimnis bleiben, tut mir sehr leid. Die Gattin eines Stadtoberen, verstehst du? Wäre ungünstig, wenn es bekannt würde. Im Augenblick«, flüsterte Gonji und gab den verschwörerischen Hanswurst, »werde ich sogar erwartet. Also, wenn du erlaubst?« Er verbeugte sich.

Als Gonji durch die Tür hinausging und in die schwüle Düsternis des späten Vormittags trat, rief Julian ihm nach: »Befrei dich hin und wieder mal aus der Umarmung deiner Frauen und arbeite ein wenig für mich, ja? Und horte diese Frauen nicht – ich habe noch genug andere Männer, die ihrer liebevollen Fürsorge bedürfen.«

Gonji spannte sich innerlich, als Julian seine Arroganz und seine Gefühllosigkeit so unverblümt kundtat, und es war umso erschütternder, als die Frauen, auf die er anspielte, Gonji jetzt konkret vor Augen standen. Der Samurai spazierte jedoch ins graue Licht hinaus, ohne zu reagieren, und sah sich einer Schurkengalerie rings um Tora gegenüber. Er schlenderte gelassen durch die Reihen der Männer und stellte einen Fuß in den Steigbügel, da packte ihn jemand an der Schulter, und er blickte wütend in die blassen Augen des Waffenmeisters, der diesmal keinen Helm trug.

»Kennst du mich?«, knurrte der Brigant. »Man nennt mich Salavar den Schlächter.«

»*Ah, so desu?* Das ist ja interessant! Nie von dir gehört.« Er schwang sich in den Sattel und entzog sich so Salavars Griff. Luba stand auf der anderen Seite Toras und funkelte zu Gonji hinauf, und sein Kahlkopf glänzte in der unangenehmen drükkenden Hitze.

»Hast du nicht, wie? Nun, vielleicht bist du ja gar nicht so viel herumgekommen, wie man sagt, *Herr* Rotes Schwert aus dem verdammten Osten ... Ja, ich habe von *dir* gehört!«

Gonji zog angesichts dieser seltsamen Ironie die Brauen hoch. Der Einzige in dieser Gegend, der je den weithin bekannten Spitznamen des Samurai gehört hatte ...

»Außerdem habe ich gehört, was du angeblich mit diesen Schwertern und Füßen anstellen kannst. Ich frage mich, ob das alles stimmt ... und wozu du sonst noch fähig bist.« Der Brigant war zu seinem eigenen Ross hinübergetrottet und versetzte der tödlichen Hakenbüchse, die am Sattel des gepanzerten Streitrosses hing, einen Klaps. Ein Breitschwert und eine kurze gefiederte Lanze ragten auf der anderen Seite über den Rücken des riesigen Kavalleriepferdes.

»Oh, gar nicht so viel«, antwortete Gonji. »Außerdem bin ich mit diesen Dingen fertig. Zu gefährlich, *neh?*«

Luba packte Toras Zaumzeug, als Gonji losreiten wollte. Das Pferd wieherte und schwankte. »Machst du dich über Salavar lustig, Schlitzauge?«

Gonji ließ Tora auf die Hinterbeine steigen, und Luba stolperte vor den drohenden Hufen zurück. »Hör mal, Glatzkopf ...«

»Luba!«, schrie Julian, der am Türrahmen lehnte. »Deine Pflichten warten auf dich!«

Gonji musterte finster erst Julian und dann den sich zerstreuenden Soldatenhaufen. Ein Donnerschlag grollte, und ein greller Blitz zuckte durchs Tal. Gonji hatte eine Eingebung und lenkte Tora zu Salavar hinüber, der gerade die zahlreichen Gurte von Sattel und Rüstung seines Streitrosses straffte.

»Du solltest vorsichtig sein, wenn der Sturm ausbricht«, sagte er und deutete zum zornigen Himmel hinauf. »Der Feuergott findet Gefallen am Geschmack von Metall, *neh?*«

Er entfernte sich im Handgalopp, und Salavar nickte entschlossen vor sich hin, ohne ein Wort zu sagen.

Sobald Gonji außer Hörweite war, trat Julian zwischen die angebundenen Pferde vor. »Umberto!«, rief er.

Ein dunkler, bärtiger Söldner näherte sich ihm, und Schwert- und Pistolengriff ragten aus dem offenen Koller hervor.

»Behalte ihn im Auge, Umberto«, befahl der Hauptmann, dessen Blick noch auf dem Weg ruhte, auf dem sich der Samurai entfernt hatte. »Behalte ihn im Auge, als wäre er deine nächste Mahlzeit.«

SECHZEHNTES KAPITEL

Die Nacht, der Sturm, die zerklüfteten Gipfel der Karpaten hielten die Provinz in bösartigem Griff. Regen und Wind peitschten die Zinnen, während eine einsame Gestalt den heiklen Aufstieg an der Außenmauer der Burg Lenska wagte.

Die Mauerwachen schlenderten in Kapuzenmänteln einher, während sie unter diesen schauderhaften Umständen den Wachdienst leisteten. Als der kalte Schatten an ihnen vorbeiglitt, reagierte jeder mit der nur allzu bekannten Spannung in Bauch und Hals, mit der man gewöhnlich einer zwielichtigen Erscheinung in einem abgedunkelten Raum auf den Grund geht. Die Männer zögerten und versagten in ihrem Auftrag – wiewohl sie dies später bestritten –, und sie leckten sich die trockenen Lippen und umklammerten den kalten Trost ihrer regennassen Waffen.

Hunde bellten auf den Burghöfen, und einmal wurde auch der schwachsinnige Riese Tumo unter dem flatternden Baldachin wach, der seine Schlafstelle bedeckte, kroch ins Freie und schnupperte mit den winzigen Nasenlöchern. Gurgelnd stieß er ein leises Knurren aus und legte sich wieder schlafen.

Als der Schatten von den Wällen verschwand, sprach jeder Wachtposten auf seine persönliche Art ein lautloses Dankgebet und redete sich ein, sein urtümliches Grauen wäre nichts weiter gewesen als eine Auswirkung der tobenden Elemente.

»Uuh!«, rief Genya, erschrocken nach einem Donnerschlag und einem Blitz. Die hohen Fenster von Klanns Empfangszimmer flammten auf wie mit Erzadern durchsetzte Gestirne.

Der König lachte. »Ein beherztes Mädchen wie du, das sogar dem drohenden Schwert trotzen würde – hat Angst vor einem kleinen Gewitter!«

Sie legte eine Hand anmutig auf ihre Brust. »Ich fürchte mich von jeher vor Gewittern, königlicher Herr.«

»Du brauchst dich nicht zu fürchten. Und fahre doch mit der amüsanten Erzählung von den Eskapaden deines Geliebten Wilfred fort. Wilfred, der Sohn von Garth Iorgens – *das* ist ein Mann, auf den sich ein König verlassen kann! Aber leider können wir niemals wieder gemeinsam reiten ... nie wieder ...«

Genya bemerkte, wie sich die Stimmung des Königs verdüsterte, und fuhr sofort mit den fröhlichen Erzählungen über ihre Jugend in Vedun fort. Es war wichtig, Klann bei Laune zu halten. Furchtbar wichtig! Früher am Abend hatte dieser abstoßende Hexenmeister den König entsetzlich deprimiert. Genya hatte sich in dessen Privatgemächern herumgetrieben und ihre Arbeit ausgenutzt, um die hitzige Diskussion der beiden kühn zu belauschen. Mehr als einmal hatte Mort vorgeschlagen, sie wegzuschicken, aber Klann beruhigte ihn jeweils mit dem Hinweis, dass sie kein Kunan spreche.

Aber das tat sie sehr wohl. Sie nutzte die Tage, um gewissenhaft so viel von dieser schwierigen Sprache zu lernen, wie sie nur konnte, hauptsächlich vom Oberkämmerer. Sie war sehr zufrieden damit, dass sie sogar diese giftige alte Seele dazu bringen konnte, ihr zu helfen. Und sie beherrschte inzwischen genug Kunan, um den Gesprächen zu entnehmen, dass sich Klann vor irgendeinem raubtierhaften Ding in der Provinz fürchtete, das nach seinem Blut lechzte. Mort schien überzeugt, dass sich tatsächlich eine solche Kreatur in der Nähe herumtrieb, aber dass er fähig sein *müsste*, ihre Unterstützung zu gewinnen. Er schien von dem großen Schlüssel besessen zu sein, den er ständig mitführte und von dem er stur behauptete, dass er etwas mit der Präsenz dieser Kreatur zu tun habe.

Die Vorstellung von dieser gespenstischen Erscheinung war für Genya neu und ängstigte sie auf eine Art, die sie nicht beschreiben konnte. In Vedun hatte sie nie eine solche Angst erlebt, und sie verstand einfach nicht, wie Mort beteuern konnte, dass die Präsenz mit der besetzten Stadt in Verbindung stand.

Noch weitere Dinge machten Genya zu schaffen. Dinge, die sie im Schlaf verfolgten: die unheimlichen Gerüchte, die unter den Dienstboten kursierten, das Gerede von mysteriösen Ernteschäden in Vedun, von Soldaten, niedergemetzelt durch unsichtbare Gegner; von aufsässigen Aktionen der Bürger. Und am schlimmsten war das Verschwinden der beiden Dienstmägde, die Mort mit einer roten Markierung auf der Stirn gezeichnet hatte, einer Markierung, die sie trotz aller tränenreichen, panischen Versuche nicht zu entfernen vermochten.

»Unsere Männer werden nachts im Wald umgebracht«, hatte König Klann ihr aufgebracht erzählt, als sie ihm Hammelfleisch und Wein brachte. »Warum tun die Leute so etwas?«

Ihre einnehmende Art beruhigte ihn, und ausnahmsweise mischte sich diesmal keine der Hofdamen ein. Schnell gelang es Genya, seinen Argwohn gegenüber den Menschen Veduns mit ihren Geschichten von deren Glück und Brüderlichkeit zu zerstreuen. Sie kam sich sehr schlau vor und war überzeugt von dem, was sie tat. Überzeugt davon, dass sie, ob nun durch gewiefte Argumente oder unumwundene Täuschung, einen Weg zurück nach Vedun finden würde, gepflastert mit jener stets wohldosiert eingesetzten Verführungskunst, die sie noch nie im Stich gelassen hatte. Falls der König ihr jedoch seine väterliche Gunst noch viel länger vorenthielt, würde sie einfach einen anderen Fluchtweg finden – vielleicht durch das Müllertor, dessen Verwalter sie riskanterweise schon auf dieses Thema angesprochen hatte, obgleich sie noch nicht verzweifelt genug war, um den Preis zu entrichten, den er verlangte …

»Wir sind müde und müssen noch über vieles nachdenken«,

erklärte ihr Klann schließlich. »Geh jetzt.« Er tätschelte ihr die Wange auf diese sanfte Art, die er nur bei ihr an den Tag legte, wandte ihr den Rücken zu und schritt auf und ab.

Genya durchquerte die Doppelflügeltür des Gemachs und anschließend die schwerere, getäfelte Tür des Vorzimmers, vorbei an den Wachtposten. Die Flure waren kalt und feucht und leer, abgesehen von dem einen oder anderen Llorm-Soldaten, der ihr begegnete, und hier und da einem herumwieselnden Hund oder einer Katze.

Die Feuerschalen waren heruntergebrannt, manche ganz erloschen. Im Licht jeder flackernden Flamme glaubte Genya die brennenden Augen Morts zu erkennen und erinnerte sich daran, wie er sie gelegentlich gemustert hatte, und sie dachte dabei an die vermissten Dienstmägde.

Es heißt, er täte das Unaussprechliche mit ihnen, hatte die Kammerzofe Yola gesagt.

Genya schloss den Kragen fester und eilte um die zweite Biegung ihres Wegs zu den Unterkünften des Küchenpersonals. Sie hielt an, als sie das gedämpfte Klirren hinter sich hörte. Sie wusste nicht recht, wie weit hinter ihr oder in welcher Richtung es ertönt war. Sie drückte sich beide Hände fest auf Mund und Nase, als sie sich an die kalte Mauer lehnte und lauschte. Sie versuchte, nicht zu atmen, und kämpfte gegen das Zittern an.

Nichts. Stille. Nein … *Atemlosigkeit!* Das Geräusch, das ihr folgte, war verstummt, kurz nachdem sie selbst stehen geblieben war.

Sie ließ einen einzelnen heißen Luftstoß heraus und riss sich zusammen, ärgerte sich über die Angst, die sie in der vertrauten Umgebung der Burg befiel. Sie ging weiter, hoffte dabei, jemandem zu begegnen, und war froh darüber, dass ihre raschelnden Röcke die allzu tiefe Stille im Labyrinth der Flure vertrieben.

Da – ein Soldat! Gut …

Sie schenkte dem Llorm-Dragoner, der ihr entgegenkam und dabei an den Rand des Helms fasste, ein noch süßeres Lächeln, als man es bei ihr gewohnt war. Sie lächelte vor sich hin und schalt sich leise dafür, dass sie sich wie ein Kind benommen hatte, und sie hörte dabei, wie die tröstlichen Stiefelschritte hinter ihr leiser wurden …

Und ganz verstummten, begleitet von einem Scharren, als hätte etwas den Soldaten von oben gepackt und hochgerissen.

Genya schnappte nach Luft und zitterte, blieb erneut stehen und lauschte. Wieder verstummten die Geräusche, kaum dass sie sich anstrengte, etwas zu hören. Sie murmelte ein inbrünstiges Gebet und lief weiter, die Stirn in Falten und die Hände ins Mieder gekrallt, und die Angst hielt ihr Herz noch fester umfasst.

Sie bog nach rechts in den Flur ab, der an den Speisekammern vorbei zu den Unterkünften der Dienstboten führte. Sie sperrte den Mund auf: alle Lampen waren erloschen. Aber sie hatte keine Ahnung, wohin sie sich sonst hätte flüchten sollen. Jetzt vernahm sie die weichen Laufschritte, die in den Gängen widerhallten. Wo? Hinter ihr? Vor ihr? Sie konnte es nicht bestimmen.

Vorwärts! Sie musste zu den Unterkünften rennen – rennen! Sie stürmte in die Dunkelheit, und ihre klatschenden Schritte und raschelnden Röcke übertönten jedes andere Geräusch. Das Ding war vielleicht schon hinter ihr, streckte die Klauen aus, griff nach ihr, berührte sie jetzt jede Sekunde. Sie musste einfach hinter sich blicken – nein! Heilige Mutter Gottes, *nein!*

Sie stolperte im Dunkeln über einen Eimer und stürzte der Länge nach hin. Sie spürte kaum die Schmerzen im Schienbein, als sie sich in die Sitzhaltung aufrappelte und – das Lachen hörte. Nervös starrte sie in den verdunkelten Korridor, durch den sie gelaufen war, und erblickte das matte Licht vom Quergang. Dann vernahm sie die tröstlichen Stimmen von Soldaten.

»Ah – Hiiilfe!«, rief sie zaghaft mit schwacher, klagender Stimme und kam sich dabei albern vor. Sie lachte, als sie die Soldaten in den Flur einbiegen und rufend auf sich zulaufen sah. Zwei Llorm-Wachtposten, deren Schwertgriffe und Sturmhauben im Licht glänzten, bis Schatten sie umfing.

Ein riesiger, gedrungener Schatten, der über ihnen aufragte und sie niederstreckte. Beide stürzten fast gleichzeitig auf den Steinboden.

Ein Helm rollte klappernd über den Boden an die Wand. Und der Schatten kam weiter auf Genya zu, streckte die Hand aus, durchbohrte mit seinen nichtmenschlichen Augen ihre Seele.

Sie wollte schreien, aber der Laut blieb ihr im Hals stecken. Sie lag auf dem Boden, der Tür zur Wäschekammer gegenüber. Sie konnte an nichts anderes denken, als zu dieser Tür zu stürmen, sich in der Kammer einzuschließen und dann in einem fort zu schreien, bis sie notfalls sogar die Toten geweckt hatte. Und wenn die Kammer verschlossen war?

Das war sie jedoch nicht. Die Tür ging auf, kaum dass Genya am Griff rüttelte. Sie lief hinein, knallte die Tür zu und tastete nach ... *Da war kein Riegel!* Sie plumpste schlaff zu Boden, den Rücken am unzulänglichen Schutz, und schluchzte, während sie sich an die Tür drängte und mit der übermenschlichen Kraft der Todgeweihten die Füße in den Boden zu graben versuchte.

»Pssst!«, knirschte die Stimme heiser durch den Türspalt. »Sei still! Hab keine Angst vor mir, Mädchen. Ich bin nicht deinetwegen hier. Schlag jetzt keinen Alarm!« Sie sprach Ungarisch. Eine Stimme, die Genya noch nie vernommen hatte, aber seltsam tröstlich fand.

Sie blieb zitternd in der Wäschekammer liegen, für eine Zeit, die ihr lang erschien, aber das Gefühl der Bedrückung schwand beinahe sofort, denn diese Präsenz war nicht mehr da.

Mort erstarrte in seinem Verlies, als hätte ihn ein Bolzen durchbohrt. Er packte den übersinnlich aufgeladenen Schlüssel, und ein Ausdruck des Triumphs brannte in den rabenschwarzen Augen. »Also bist du zu mir gekommen ...«

Er stürmte aus dem Raum, vorbei an den Zellen jammernder, geistloser, kaum noch menschlicher armer Teufel, dann zwei Abschnitte einer halb zerfallenen Treppe hinauf, um sich schließlich durch eine Eisengittertür zu schieben, die in altersschwachen Angeln quietschte ...

»Wachen! Alarmiert die Garnison! *Jemand ist in die Burg eingedrungen!*«

Die Burg erwachte schlagartig zu einem Chaos gebrüllter Befehle und stampfender Füße, klirrenden Stahls und verwirrter Fragen der jäh aus dem Schlaf Gerissenen.

»Seht nur! Der Mann ist tot!«

Menschen schnappten nach Luft und schrien. Sie hatten die Leiche eines Llorm-Infanteristen entdeckt – jenes Mannes, an dem Genya auf ihrer panischen Flucht vorbeigelaufen war.

»Der König! Beschützt den König!«

Sowohl Soldaten als auch Zivilisten strömten durch die Flure zu Klanns Privatgemächern und zündeten unterwegs Lampen und Fackeln an. Andere durchsuchten Burg Lenska von oben bis unten, ließen keinen Flur und keinen Trommelturm aus, keine Küche und keine Speisekammer, kein Verlies und keine rattenverseuchte unterirdische Zelle, abgesehen von jenen, die nur Mort kannte.

Draußen erwachte der gefürchtete Lindwurm und grüßte das Gewitter mit einem schrillen Schrei, während er seine Bahn um die Turmspitzen und Wälle der Burg zog und dabei sein Suchgebiet allmählich ausweitete. Zweihundert Söldner schimpften und fluchten in ihren Lagern im äußeren Burghof und außerhalb des Burggrabens auf den kiefernbewachsenen Hängen, als auch sie sich im heftigen Regen der Suche anschlossen.

»Wonach, zum Teufel, suchen wir eigentlich?«

»Das ist doch verrückt!«

Tumo brüllte und deutete immer wieder nach Westen in den Wald. Er zog seinen mächtigen, stachelbewehrten Knüppel unter dem Baldachin hervor, legte ihn sich auf eine gewaltige Schulter und deutete erneut nach Westen, und Hundegewinsel und lautes Stöhnen entwichen den schlaffen Lippen. Er blickte zu seinem Gebieter Mort hinauf, der auf dem Wall stand und seltsam gebannt in den Wald starrte. Neben ihm herrschte hektische Aktivität; ein Soldat plapperte über eine Erscheinung, die er gesehen, nicht aber hatte aufhalten können, und sein toter Kamerad wurde von der besorgten Gruppe untersucht. Ein Dolch steckte noch in der Brust des Toten.

»Nein, Tumo«, knirschte Mort in seiner düsteren Stimme. »Jetzt nicht.« Der Zauberer wirkte ausgesprochen verwirrt. Er hob den Schlüssel, die Hand wie üblich im Handschuh.

In den Gemächern des Königs: der nackte Wahnsinn. Die beiden Wachtposten vor der Tür des Königs waren erstochen worden. Niemand hatte den Angreifer gesehen. König Klann lehnte an der Wand und konnte einfach nicht mehr aufhören zu zittern, seit er die Tür geöffnet hatte, um zu sehen, warum die Wachleute nicht auf einen Befehl reagierten.

»Wir haben ihn gesehen …«, sagte Klann in einem fort geistesabwesend, verstörend für alle, die zuhörten. »Wir *glauben*, dass Wir ihn gesehen haben … Er demonstrierte Uns, dass er Uns vernichten kann, wann immer er möchte. Er hätte es diesmal schon tun können, wenn – wenn …«

»Beruhigt Euch, königlicher Herr!«, flehte die Dame Thorvald. »Gestattet mir, Euch in …«

Er schob ihre helfende Hand grob weg. »Was müssen Wir tun, um hier in Sicherheit zu sein?«, schrie er mit rauer Stimme. »Ein ganzes Regiment neben dem Bett aufmarschieren lassen, wenn Wir schlafen gehen?«

Er zeigte noch immer die Spuren des Schreckens: ein bleiches Gesicht, die Haare gesträubt.

»Noch ein toter Posten auf dem mittleren südlichen Zwischenwall, aber *dieser* Mann hier sagt, er hätte den Eindringling verletzt, Sire!«, ertönte die Stimme eines Offiziers.

Man schubste den plappernden Llorm-Gardisten vor, und sein schweißnasses Gesicht war eine beinahe spaßige Maske der Angst. Er trug keinen Helm und zitterte.

»Nun – *rede!*«

»Ich – ich – habe ihn getroffen, Sire, hab ihn angegriffen, als er vorbeigelaufen ist ... Er – er – hat Kirka niedergestochen, und dann hab ich ihm den Arm aufgeschlitzt, aber – dann war er *verschwunden!*«

»Dann hast du ihn verfehlt, Idiot!«

»Nein, Sire, ich hab ihn wirklich erwischt. Seht her – sein *Blut!*«

Unvollständig bekleidete Soldaten und Zivilisten in Nachthemden drängten heran, um das blutige Schwert des wackeren Wachmanns zu betrachten, und sie seufzten und murmelten beeindruckt.

»Wir möchten nicht sein Blut, Wir möchten seine *Leiche!*«, wetterte Klann.

»Gib mir das!« Mort schob sich durch die Menge und nahm das Schwert an sich. »Hol dir beim Waffenschmied ein neues.«

»Du, Mort!«, schrie Klann anklagend und zeigte auf ihn. »Wo hast du die ganze Zeit gesteckt? Man erwartet von dir, derartigen widernatürlichen Angriffen auf Uns immer einen Schritt voraus zu sein!«

»Ich war es, der Alarm geschlagen hat, königlicher Herr, sobald ich die Präsenz spürte ...«

»Was eine tolle Hilfe war!« Klann zitterte noch immer.

»Aber ja doch, es gelang mir, eine Verbindung zu dem Ding

herzustellen.« Die Zuschauer schnappten nach Luft. »Ich hatte recht, als ich davon ausging, es könnte etwas sein, was uns womöglich hilfreich ist. Ich habe nach ihm gerufen, und es hat versucht zu kommen, aber ... wurde irgendwie zurückgehalten. Ich begreife noch nicht alles, was mit diesem Wesen zu tun hat ...«

»Na, dann *tu* etwas! Unterwirf es deinem Willen, vertreibe es, vernichte es, aber *tu deine Arbeit!* Es geht nicht an, dass Wir vom Übernatürlichen bedroht werden, solange du wagst, dich als Zauberer in Unseren Diensten zu bezeichnen!« Klann war inzwischen nicht mehr bleich, sondern tiefrot angelaufen. Mort verbeugte sich vor ihm und entfernte sich, wobei er das Schwert mitnahm.

»Gorkin«, wandte sich Klann an seinen Burgvogt, »hole einen Schreiber.«

»Königlicher Herr?«

»Einen Schreiber und einen Kurier. Wir müssen diese Leute aufsuchen. Als Erstes soll morgen früh Unsere Nachricht nach Vedun geschickt werden. Diese Zwischenfälle müssen aufhören! Wir können nicht unter dieser Bedrückung leben, und sie wissen – oh ja, Gorkin, sie wissen, worum es hier geht.«

Donner krachte in den Bergen wie das Getrommel einer anrückenden Armee, und Klann fasste sich an den Kopf, als die zornigen Ratschläge seiner Brüder immer lauter wurden, ihm die Ohren volldröhnten und den Blick trübten. Die Dame Thorvald und General Gorkin und zwei oder drei Gefolgsmänner fingen ihn auf, als er ohnmächtig zu werden drohte, und führten ihn in seine Gemächer zurück.

»Garth«, murmelte er in seinem Delirium, »Wir müssen mit Garth reden ...«

Im flackernden Licht der Fackel untersuchte Mort konzentriert das Schwert des Wachtpostens.

Das Blut, über das Dutzende Menschen noch Augenblicke zuvor gestaunt hatten – war verschwunden. Und auf einmal fühlte sich diese schlichte Waffe unheilbringend an, strahlte eine Drohung aus, wie sie Mort seit Jahrhunderten nicht mehr begegnet war.

SIEBZEHNTES KAPITEL

Der nächtliche Drill war lang und hart gewesen, und die Stimmung der Milizionäre war düster. Mehrfach riss jemandem der Geduldsfaden, und es herrschte ein allgemeiner Mangel an Harmonie. Gonji kannte den Grund.

Man hatte Radetzky den Sattler dabei erwischt, wie er eine Pistole für die Miliz zu schmuggeln versuchte. Als er gerade mit dem versteckten Schmuggelgut zur Kapelle huschte, stieß er zufällig auf eine Gruppe scharfsichtiger Söldner; entweder wurden sie durch die übervorsichtige Art argwöhnisch, mit der er sich bewegte, oder durch seine schuldbewusste Miene, als man ihn entdeckt hatte. Niemand wusste es genau, und es kam auch nicht darauf an. Die Söldner verprügelten Radetzky unweit der Tribüne und traten ihn und schlugen auf ihn ein, bis seine Zähne ringsherum verstreut lagen und er Blut aus einem Mund hustete, der gar nicht mehr nach einem Mund aussah. Und schließlich luden die Söldner die Pistole und verhöhnten ihn damit. Kurz bevor Hauptmann Sianno eintraf, um ihrer Brutalität Einhalt zu gebieten, jagte einer von ihnen ein großes Loch in Radetzkys Stirn.

Er hatte ihnen nichts verraten.

Die Menschen Veduns betrachteten den Sattler als ihren ersten gefallenen Soldaten und bestatteten ihn im Rahmen einer ernsten Trauerfeier in den Katakomben.

Seit diesem Vorfall schien die Stadt unter unerklärtem Kriegsrecht zu stehen. Bürger wurden grundlos verhört und durchsucht, und dadurch eskalierte die Aggressivität allgemein. Widerstand stieß auf brutale Gegengewalt, die sich bald zu einem beliebten

Vergnügen entwickelte, wann immer die Söldnertruppen damit durchkamen. Und dieser Spaß führte schnell zu weiterer leidenschaftlicher Begehrlichkeit: Frauen ohne Begleitung waren auf der Straße nicht mehr sicher – ungeachtet der Tatsache, dass gleichzeitig mit neuen Söldnern, die in unregelmäßiger Folge in die Stadt kamen und in Klanns Dienste traten, auch immer mehr Frauen von fragwürdiger Tugend eintrafen – angelockt von der sich schnell verbreitenden Nachricht, dass in Vedun viel Geld zu verdienen sei.

Flavios Traum entwickelte sich vor seinen gepeinigten Augen zu einer Schlangengrube. Und die Miliz, die man aufgestellt hatte, um den Heuschreckenschwarm der Invasoren zu zerschmettern, war ganz wild darauf, ihre Muskeln zu betätigen. Was Klann auch immer mit der Provinz im Sinn hatte, so waren seine regulären Llorm-Soldaten doch weit in der Unterzahl, verglichen mit den Söldnerkompanien, und hatten das Regiment über die Stadt an sie abgetreten.

Nur drei Personen vermochten die Söldner noch zu zügeln, soweit es die Schikanen und die Einschüchterung anbetraf. Hauptmann Sianno, Befehlshaber der Garnison von Llorm-Elitesoldaten, konnte jedoch nicht überall zugleich sein, auch wenn er sich verpflichtet fühlte, in Klanns Sinn den Frieden zu wahren. Julian konnte sich zwar selbst aus nichtigen Gründen als grausam und sadistisch erweisen, aber es gelüstete ihn nach dem freien Posten des Feldkommandeurs, und so bemühte er sich um die Gunst des Königs, indem er dafür sorgte, dass Vedun heil und ganz blieb. Und dann war da noch Gonji, obschon dessen Status rasch dahinschmolz, während die freien Gefährten an Zahl und Kühnheit zunahmen.

»Kommt schon«, sagte Gonji, als sie aus Tralayns Haus in eine relativ friedliche Morgendämmerung hinausschlichen, »reiten wir erst aus und versammeln dann den Rat. Ich möchte etwas mit euch besprechen.«

Wilf und Garth willigten ein, obwohl man den Schmied in der Metallgießerei erwartete und sich für seinen Sohn an der Esse einiges an Arbeit angesammelt hatte. Das Gewitter hatte sich ausgetobt. Die Wolken waren weit nach Osten getragen worden und schmolzen jetzt im Licht der aufgehenden Sonne. Schon patrouillierten viele Söldner auf den Straßen.

»Es wird schwerer, sich in die Katakomben zu schleichen«, stellte Gonji fest. Die Anzahl der zur nächtlichen Ausbildung erscheinenden Milizionäre war auf die Hälfte geschrumpft, was an der Furcht vor der gesteigerten Wachsamkeit der Invasoren lag. »Wie viele, hast du gleich gesagt, sind es inzwischen, Garth?«

Der Grobschmied schüttelte den Kopf und runzelte unsicher die Stirn. »Schwer zu sagen.«

»Nach dem zu urteilen, was ich gehört und gesehen habe«, riskierte Gonji selbst eine Spekulation, »denke ich mir – dass es vielleicht sechshundert sind. Und es werden mehr.«

Wilf stieß einen leisen Pfiff aus. »Nun, wann fegen wir sie weg, damit ich es mit Burg Lenska aufnehmen kann?«

Gonji lachte leise, und Garth schnalzte missbilligend mit der Zunge. »Das wird überhaupt nicht nötig werden, Wilfred«, erklärte der Schmied seinem Sohn. »Früher oder später findet *sie* den Weg zurück nach Vedun. Sie bekommt doch immer, was sie möchte, nicht wahr?«

»Warum verabscheust du sie so?«, fragte Wilf.

»Das haben wir doch schon tausendmal besprochen. Sie ist nicht das richtige Mädchen für dich. Du findest eine Bessere, glaub mir, wenn du nur ...«

Während die Gundersens ihren Familienstreit austrugen, betrachtete Gonji die sich ausbreitende Aktivität. Trotz der geheimnisvollen Fäule war eine gute Ernte eingebracht worden. Schwer beladene Wagen voller landwirtschaftlicher Erzeugnisse schlossen sich anderen an, die mannigfaltige Waren für die Burg beförderten.

Die drei Männer frühstückten in Wojciks Stube, wo sich Lorenz zu ihnen gesellte und ihnen die aufmunternde Nachricht mitteilte, dass kaum mit Engpässen zu rechnen sei. Sowohl die Königlichen als auch die Menschen der Stadt würden den kommenden Winter überleben. Lorenz wirkte ausgeruht, nachdem er die nächtliche Ausbildung ausgelassen hatte, um für die reichliche Arbeit bereit zu sein, die ihn heute auf dem Amt erwartete.

Als sie gerade zu Pferd steigen und aufbrechen wollten, näherte sich ihnen Eduardos und Tivas kleine Meute von Gassenkindern.

»Heh, Samurai!«, rief Eduardo, lief herbei und verneigte sich eindrucksvoll. Auch die anderen traten dazu, und Gonji bückte sich und nahm Tiva auf die Arme.

»*Ohayo*, meine Kleinen. Habt ihr auch nichts angestellt?«

»Vergiss das«, sagte Eduardo. »Ich weiß etwas, was dich bestimmt interessiert.«

»*Ah, so desu ka?* Was ist das?«

»Tut mir sehr leid, aber zuerst brauche ich Geld«, entgegnete Eduardo und wedelte bei nach oben gewendeter Handfläche mit den Fingern.

Gonji runzelte in gespieltem Groll die Stirn. »Oh, meine Herren, ich denke, ich soll hier übers Ohr gehauen werden. Aber in Ordnung.« Die Kinder grinsten und stießen sich gegenseitig an, als Gonji Tiva absetzte, unter seinen Kimono griff und eine Goldmünze hervorholte. Sie schnappten erschrocken nach Luft, als ihnen deren Wert klar wurde. »Ah, ah …« Gonji zog die Münze jedoch zurück, als Eduardo danach griff. »Gib mir erst diese wertvolle Information.«

»Ein Mann ist dir gestern den ganzen Tag lang gefolgt.«

»Hm? Ist er gerade in der Nähe?«

»*Si*, vor dem Gasthaus gegenüber. Sieh jetzt nicht hin! Warte erst, bis wir fort sind! Er hat einen schwarzen Bart und trägt einen

Topfhelm, ein Schwert und eine Pistole. Er hat eure Pferde die ganze Zeit lang im Auge behalten, während ihr gegessen habt. Ist das genug für dein Geld?«

»Oh, gewiss! *Hai, domo arigato, kiku-san.*« Er schnippte Eduardo die Münze zu, und die Kinder hüpften mit ihrem frisch erworbenen Reichtum fröhlich davon. »Und achte gut auf Tiva, du Schlingel!«

Gonji blickte Garth und Wilf an. »Ist er dort?«

»Ja«, antwortete Garth müde.

»Für mich ist es jetzt nur noch eine Frage von Tagen«, sagte Gonji. »Vielleicht Stunden ... Versammeln wir lieber den Militärrat, damit ich ihm meinen Vorschlag unterbreiten kann.«

Sie machten sich auf den Weg zum Amtsgebäude. Unterwegs wurden sie auf einen lautstarken Streit aufmerksam, der in einer Seitengasse der Straße der Hoffnung ausgetragen wurde. Sie näherten sich dem Ring aus schreienden Männern, um zu sehen, ob Bürger Veduns beteiligt waren. Gonji forderte Wilf mit einem Blick auf, sich bereitzuhalten, denn das Klirren von Stahl wurde aus der Gasse vernehmbar. Als sie im Rücken der Söldnermeute eintrafen, stellten sie gleich fest, dass keine Unschuldigen in Gefahr schwebten. Zwei freie Gefährten hatten bei einer Unstimmigkeit im Rahmen eines Würfelspiels die Waffen gezückt. Gonji erkannte in einem von ihnen Stanek wieder, unter dessen Unterlippe die hässliche Narbe von Julians Säbelhieb verlief.

Die Schwerter krachten kreischend und klirrend aufeinander, und Funken flogen, während sich die Streithähne eifrig, aber mit nur geringer Kampfeskunst schlugen. Jedes Mal, wenn die Waffen ohrenbetäubend aufeinandertrafen, zuckten beide Männer zusammen und wichen wieder ein Stück weit zurück. Säbel stand gegen *Schiavona*. Ein interessanter Kampf, bis – eine zufällige Wendung den Männern erst jede Feindseligkeit raubte und sie dann in eine neue Richtung wandte: Ein heftiger Hieb Staneks erwischte das Schwert italienischen Stils, das sein Gegner schwang, an der flachen Seite, der so genannten »Stärke«, dem oberen Drittel der Klinge, und trennte es sauber in zwei Hälften.

»He! Ich habe dieses gottverdammte Schwert gerade erst gekauft! Was für einen Schrott verhökern die Leute hier denn als Waffe?«

Die anderen drängten murrend näher heran. Gonji, Garth und Wilf wendeten die Pferde und trabten langsam aus der Gasse.

»Gute Handwerkskunst«, sagte Gonji schalkhaft.

»Ja, wir haben unsere Arbeit *zu* gut getan, fürchte ich«, ergänzte Garth.

»Sagt den Schwertschmieden in der Gießerei, dass sie sich mächtig aufregen sollen, falls man sie befragt. Es sollte so klingen, als wäre das ein seltener Unfall, der auf Unreinheiten des Stahls zurückgeht. Und weist Lorenz an, er soll sich gebührend entrüstet zeigen, falls die Soldaten eine Gutschrift fordern.«

»Das dürfte meinem arroganten Bruder nicht zu schwer fallen«, warf Wilf bissig ein.

»Dieser Vorfall stärkt nur meinen Entschluss, was jetzt zu tun ist.« Gonji spornte Tora zu einem scharfen Handgalopp.

Einige Zeit später saßen die drei am Tisch in Flavios Empfangszimmer, gemeinsam mit dem Ältesten, Roric Amsgard und Michael Benedetto. Gonji unterbreitete seinen Vorschlag.

»Zarnesti. Wir werden Zarnesti befreien.«

»*Cui bono?* Wem sollte das nützen?«, protestierte Flavio.

Garth war seiner Meinung. »Das wäre viel zu leichtfertig.«

»Nichts, was wir tun, kann noch als leichtfertig betrachtet werden«, entgegnete Gonji, »und was die Frage angeht, wer davon Nutzen hätte: natürlich zunächst mal Zarnesti. Ich war dort. Ich kenne die Lage im Dorf. Die Aktion würde meine Schuldgefühle mindern, denn ich habe schließlich zu dem beigetragen, was dort geschah. Am wichtigsten jedoch schlägt zu Buche, dass die Miliz einen echten Kampf benötigt – tut mir sehr leid, aber ein kleiner Ausfall ist nötig, um ihre Leistungsfähigkeit zu erproben und ihr Selbstbewusstsein zu stärken. Garth, wie schätzt du derzeit die Chancen der Miliz gegen die Besatzungsmacht ein?«

Der Schmied breitete die Hände auf dem Tisch aus und schien unter einer schweren Last zusammenzusinken. »Nicht gut, fürchte ich. Wir haben vielversprechende einzelne Kämpfer – einige der Drills in Einheiten sehen gut aus, aber ...«

»Du weißt es nicht«, folgerte Gonji, »und ich weiß es ebenfalls nicht. Wie du auch, Roric, und dieser Grund ist so gut wie jeder andere, um es herauszufinden.«

»Klingt gefährlich«, fand Michael, der mit sich zu kämpfen schien. »Ich meine, es könnte Klann in Rage bringen. Was tut er womöglich zur Vergeltung?«

Gonji schnaubte. »Welche Gräueltat hat er in eurer Stadt nicht ohnehin schon geduldet? Wer wird als Nächster zu Tode geprügelt? Wessen Frau wird als Nächste verschleppt, hm? Wir müssen uns in jedem Fall auf das Schlimmste vorbereiten. Wie wir alle wissen, ist von den Bundesgenossen des Barons keine Hilfe zu erwarten. Der Baron selbst scheint sich dem ganzen Vorhaben nur halbherzig verschrieben zu haben. Das ist schlecht. Außerdem wird die Lage für mich schwieriger. Meine Zeit hier läuft ab. Ich musste schon Schritte unternehmen, um mir mehr Zeit zu erkaufen. Julian hat nach mehr Informationen verlangt. Mir fiel nichts weiter ein, als ihm zu empfehlen, er solle Phlegor und seine Leute im Auge behalten ...«

Sie wirkten überrascht und durchaus feindselig.

Sogar Wilf zog die Brauen hoch. »Das war nicht sehr freundlich!«

»*Hai*«, seufzte Gonji, »deshalb musste ich es auch selbst tun. Niemand von euch hätte es getan. Tut mir sehr leid, aber nach dem zu urteilen, was ich gehört habe, führt Phlegor etwas im Schilde, *neh?* Der falsche Schritt zur falschen Zeit ...« Er schüttelte ernst den Kopf. »Und ich habe mir Julian damit für kurze Zeit vom Hals geschafft. Er vertraut mir jedoch nicht. Er lässt mich inzwischen beschatten.«

»Mir tut Phlegor trotzdem ein bisschen leid«, unterbrach ihn Roric mit seiner sowohl sanften als auch kraftvollen Stimme. »Sollten wir ihn nicht warnen?«

»Falls du das tust, gehe ich jede Wette ein, dass er in Panik gerät und etwas Verrücktes tut. *Iyé*. Wenn er schon unabhängig vom Rat etwas plant, dann fürchte ich, dass ihr ihn allmählich als militärisch entbehrlich einstufen müsst.« Er brach ab und senkte den Blick, und ein grimmiger Zug breitete sich um seine Lippen aus. Als niemand etwas sagte, fuhr er fort: »Inzwischen ist auch aufgeflogen, dass wir für Klann minderwertige Waffen hergestellt haben. Jetzt ist es nur noch eine Frage der Zeit, bis sie das, was sie in Vedun kaufen, erst mal prüfen. Damit entwickelt sich die Lage gegen uns. Deshalb schlage ich den Ausfall nach Zarnesti vor. Das ist womöglich der abgelegenste Außenposten, und das Risiko von Vergeltungsmaßnahmen bleibt somit gering. Wir brauchen nicht mehr als fünfundzwanzig oder dreißig Freiwillige aus der Miliz ... Mehr habe ich dazu nicht zu sagen. Sollen wir abstimmen?«

Eine Zeit lang blieb es still. Dann räusperten sich einige.

»Ich neige dazu, Gonji beizupflichten«, meldete sich Roric als Erster zu Wort.

»Das sind zwei Jastimmen!«, stellte Wilf begeistert fest.

»Ja, und eine Gegenstimme«, setzte Garth sogleich nach. »Derlei Aktionen sind nicht erforderlich, bis wir wenigstens einmal versucht haben, die Sache mit Klann zu besprechen und aus der Welt zu schaffen.«

»Ich bin mit dir einer Meinung, dass wir das versuchen sollten, mein Freund«, sagte Gonji, »obwohl ich im Hinblick auf das Ergebnis deinen Optimismus nicht teilen kann. Warum hast du es nicht schon probiert? Ich könnte mir denken: Falls

Klann bereit ist, jemanden aus Vedun zu empfangen, dann dich.«

Das schien zu sitzen. »Ich mache es«, sagte Garth abwehrend.

»Nun, ihr alle wisst, wofür ich stimmen würde, falls ich noch etwas zu sagen hätte«, meldete sich Flavio mit ungewohntem Zorn zu Wort. Alle schlugen die Augen nieder, verlegen darüber, wie viel Einfluss auf die Entwicklung der Dinge der Älteste verloren hatte. Flavio rief einen Dienstboten herein und erteilte ihm den Auftrag, die Höhle aufzusuchen und Baron Rorka erst gründlich zu unterrichten und dann seine Meinung einzuholen. Ein weiterer Bediensteter trat ein und brachte Wein und Käse, und die Männer vertrieben sich die angespannte Wartezeit, indem sie weiter über Gonjis Vorschlag diskutierten.

Als sie sich gerade fragten, wo denn der Dienstbote blieb, erschien der Sekretär des Amts atemlos in der Eingangshalle.

»Meister Flavio, Meister Flavio – der König – König Klann kommt her! Michael – der König kommt!«

»Was?«

Sie stürmten auf ihn zu, um die Einzelheiten zu erfahren.

»Hier, beruhige dich, Vito«, redete ihm Flavio zu. »Was sagst du da?«

»Der König wird Vedun besuchen«, sagte der Bote mit hervorquellenden Augen. »Ein Kurier ist erschienen und hat eine Nachricht überbracht. Milorad ist auf dem Amt und hat sie. Klann wünscht eine Zusammenkunft mit allen Stadtoberen und möchte vielleicht über ein Bankett hier als Gegenleistung der Stadt reden ...«

»In Ordnung, in Ordnung, jetzt mal langsam. Wann gedenkt er zu kommen – heute? Morgen?«

»Übermorgen. Milorad und Lorenz und die anderen haben schon mit den Vorbereitungen begonnen. Wir *brauchen* euch, werte Herren, bitte kommt!« Vito stürmte hinaus und kehrte im Laufschritt zum Amt zurück.

»Na, das ändert alles, was?«, sagte Flavio und zeigte sich selbstzufrieden und erleichtert.

»Vielleicht«, wandte Michael unsicher ein.

»Doch, das tut es«, stimmte Garth dem Ältesten rundheraus zu.

»Nein«, erwiderte Gonji, und sie wurden still. »Es macht uns die Sache sogar leichter.«

»Wir könnten Klann während seines Aufenthalts umbringen!«, sagte Wilf mit leuchtenden Augen.

»*Nein!* Ich untersage derartiges Gerede!«, brüllte Garth und deutete mit dem kräftigen Arm auf seinen Sohn. »Wilfred, du hast hier nichts zu suchen. Verlasse uns!« Wilf funkelte ihn an und traf keinerlei Anstalten zu gehen.

»Ich denke auch, dass so etwas nicht in Frage kommt«, sagte Flavio. »Wilfred, du erstaunst mich.«

»Beruhigt euch«, verlangte Gonji von ihnen. »Das hatte ich nicht gemeint. Es ist unnötig, und außerdem wäre die Miliz einem solch ehrgeizigen Unternehmen ohnehin noch nicht gewachsen. Tragt Klann auf jeden Fall eure Bitten um Frieden und Vernunft vor. Flavios Traum hat jede Chance verdient, lebendig erhalten zu werden. Ich denke jedoch, dass der König euch zu drohen plant, dass er sich mächtig aufspielen und seine königliche Gleichgültigkeit gegenüber euren Versuchen herauskehren wird, die Ernte zu retten. Und sicher wird man ihn stark bewachen. Dadurch werden die Patrouillen ausgedünnt, die sonst in der Provinz unterwegs sind, was unseren Ausfall nach Zarnesti erleichtert – vorausgesetzt, wir unternehmen ihn, solange sich der König in Vedun aufhält und er hier sämtliche Stadtoberen antrifft. Das bietet umso geringeren Anlass, der Stadt eine Beteiligung an einem so weit entfernten Zwischenfall zu unterstellen.« Sein Blick wurde grübelnd. »Das größte Problem besteht nur darin, dass der Leibwächter des Ältesten nicht präsent ist – aber das kann man nicht ändern. Ich muss es darauf ankommen lassen und mir Ausflüchte überlegen. Ihr anderen könnt einfach vorgeben, ihr wüsstet nicht, wo ich stecke.«

»Warum kannst du nicht warten, bis Klanns Besuch vorüber ist?«, fragte Garth mit gequälter Miene.

»Weil es nur seinen Argwohn fördern würde, falls wir später handeln, nachdem seine Worte es womöglich nicht vermocht haben, euch zu beschwichtigen. Trägt sich dann etwas zu, wie weit entfernt auch immer, wird er mit Sicherheit die Stadt verdächtigen.«

»Ich muss euch daran erinnern, dass die Abstimmung noch nicht beendet ist«, wandte Flavio ein. So widmete man sich erneut dem Wein, begleitet von nichts sagender Plauderei.

Der Dienstbote kehrte aus den Katakomben zurück und schien betreten. Baron Rorka hatte sich gegen den Vorschlag gewandt. Ihn regelrecht zerfetzt, um es genauer zu sagen. »Man hätte fast denken können, es wäre *meine* Idee!«, beschwerte sich der Sendbote.

»Damit ist die Sache erledigt, nicht wahr, Michael? – Michael?« Flavios Erleichterung schwenkte sofort in Besorgnis um. Michael starrte hinter geballten Fäusten hervor über den Tisch.

»Gonji«, sagte der Günstling des Ältesten nachdenklich, »ich stimme für das Unternehmen, wenn eine Bedingung erfüllt wird: dass ich mitkommen darf.«

Flavio schnappte nach Luft. Garth starrte Michael mit offenem Mund an. Roric prallte überrascht zurück. Wilfs Atem ging so schnell, dass er pfeifend aus der Nase kam.

»Klann wird erwarten, dass er die Stadtoberen hier antrifft, Michael«, erinnerte ihn Gonji.

»Das ist meine Bedingung.«

Gonji blickte sich am Tisch um. »Dann muss ich nachgeben, denke ich.« Gonjis Herz raste, und seine Gedanken überschlugen sich. *Was versucht er zu beweisen? Ich muss mir schon genug Sorgen machen, auch ohne dass er . . .*

Michael nickte. »Das sind drei gegen zwei Stimmen zugunsten der Befreiungsaktion.«

»Michael«, fragte Flavio stirnrunzelnd, »was ist aus dir geworden, dem Jungen, den ich früher kannte? Der Erziehung, der sorgsamen Ausbildung zu einem vielversprechenden jungen Staatsmann? Ich dachte, du seist inzwischen Herr dieser gottlosen Leidenschaft für Rache.«

»Menschen ändern sich«, entgegnete Michael, aber er blickte dem lebenslangen Freund seines Vaters dabei nicht in die Augen.

»*Si*, aber man hofft doch stets, dass die Veränderung zum Besseren ausfällt ...«

»Du solltest jetzt lieber das Zusammentreffen mit dem König planen«, sagte Garth zu Flavio. »Das wird gewiss zu unserem Vorteil sein, mein Freund. Wir vergeuden diese Gelegenheit nicht!« Der bullige Schmied beugte sich entschlossen vor und stützte sich auf die fleischigen Fäuste.

»Geh du an meiner Stelle, Garth«, erwiderte Flavio und ging langsam aus dem Empfangszimmer. »Ich fürchte, ich kann mich nicht mehr überwinden, an diesen betrügerischen Vorbereitungen mitzuwirken. Ich möchte vorläufig einfach allein sein. Macht es euch in meinem Heim gemütlich, edle Herren.«

Als er an Gonji vorbeiging, erhob sich der Samurai und verneigte sich tief. »Es tut mir wirklich leid, Ältester.« Flavio ignorierte ihn jedoch und verließ das Zimmer. Gonji knirschte mit den Zähnen, als er sah, wie stark der Älteste verletzt war, und auch in seinen Gefühlen herrschte Aufruhr.

Lydia sichtete die Kleider im Schrank des Schlafzimmers und sortierte die aus, die ihr für das Bankett unpassend erschienen. Die drei abschließenden Kandidaten legte sie aufs Bett. »Würde und Anmut. Ich benötige die beste Kombination ...«

Der Streit war vorbei, und wie üblich hatte sie gesiegt, selbst wenn der Anschein für das Gegenteil sprach. Die Art, wie sie das Thema arrogant abtat, ärgerte Michael. Er konnte es einfach nicht dabei bewenden lassen.

»Ich nehme also am Ausfall teil, und damit ist die Sache erledigt«, sagte er mit dem Nachdruck des Siegers, wenngleich er sich nicht im Geringsten so fühlte.

»Dumm von dir«, sagte sie geziert, ohne von den Kleidern aufzublicken. »Was möchtest du beweisen? Deine Mutter hat dich enterbt, weil du lieber eine abgelegene Bauernsiedlung führen als eine aussichtsreichere Laufbahn anstreben wolltest, und jetzt möchtest du gar als Wilder umkommen.«

»Wir leben in einer Zeit der Gewalt, Lydia. Warum ist es richtig, wenn andere Männer dem Wandel der Gesellschaft folgen, aber nicht, wenn ich es tue? Und denke bloß nicht, dass ich nicht bemerkt habe, wie du das Können anderer Männer in der Höhle bewundert hast! Wenn ich jedoch meine Fertigkeit mit dem Schwert zeige, ist es etwas anderes, nicht wahr?«

Sie begann sich auszuziehen.

»Wovon redest du da? Wen auch immer du erblickt hast, der mit Herzklopfen zusah, ich war es nicht. Denkst du, ich sollte das Chemisett tragen, oder wären die Hofdamen schockiert, falls ich ...«

»Ich gebe einen Dreck auf die Kleider! Ich bin ohnehin nicht dabei.« Er fiel in einen Sessel und grübelte.

Sie betrachtete ihn forschend. »Sei doch vernünftig! Du bist kein Mörder, sondern ein Staatsmann. Die Zukunft gehört Männern, die ihren Verstand gebrauchen, nicht nur ihre vulgären Muskeln. Der Kampf hat seine Zeit und seinen Platz, und es gibt die Männer dafür, aber ...«

In ihrer Gefasstheit und Selbstbeherrschung begriff sie von jeher nicht, dass sie eine bestimmte Gabe hatte: die Macht, Männer zu bewegen, dass sie sich als etwas ausgaben, was sie nicht wirklich waren; die Macht, sie zur Unaufrichtigkeit zu bewegen und affektierte Spielchen zu spielen. Sogar ihren Mann brachte sie dazu.

Sie dachte nach. *Si*, jetzt war der richtige Zeitpunkt.

»Männer sind solche Dummköpfe«, sagte sie erheitert. »Sieh mich mal an.«

Er blickte verächtlich hinüber. Sie stand nackt im weichen Licht der flackernden Lampe. Grinsend wandte er sich ab.

»Was hast du denn jetzt vor? Willst du mich verführen und so in meinem Entschluss unsicher machen?«

»Das wäre unfair. Und ich denke, auch unnötig. Sieh mich an!«

Ein mädchenhafter Schalk schwang in ihrem Ton mit, und er musterte sie forschend. Sofort spürte er Verlangen. Lydia zeigte sich ihm in sinnlichem Profil. Sein Blick wanderte über ihr wunderschönes Haar, die stolz vorgereckten Brüste, umschmeichelt vom verführerischen Flackern der Öllampe.

»Du wirst dick«, neckte er sie.

»*Si* – sehr.«

Er sah genauer hin. »Oh – *Sancta Maria!* Lydia, du – *wann?*« Er stürmte auf sie zu und umarmte sie.

Sie lachte leise. »Im Frühling.«

Er wich ein Stück weit zurück und hielt sie auf Armeslänge, und dieses Geschenk quälte ihn. »Das ist noch lange hin, nicht wahr?«

Ihre Miene wurde hart. »Du wirst Vater – falls du dann noch lebst.«

Er zitterte auf einmal und konnte nur noch mühsam sprechen. »Lydia, ich habe mich verpflichtet, und mehr ist dazu nicht zu sagen.« Er wandte sich ab.

»Hör mir zu, Michael! Wir dürfen dieses grauenhafte Vorhaben nicht in die Tat umsetzen. Das Leben muss weitergehen wie immer. Das *wird* es auch, wenn wir es nur zulassen. Falls du losziehst und bei diesem verrückten Abenteuer umkommst, ich – dann kann ich dir nicht versprechen, dass ich unserem Kind gegenüber dein Andenken ehren werde.« Sie schluchzte leise. »Gott vergebe mir, aber du weckst manchmal die Schlange in mir.« Sie wickelte sich in einen Morgenmantel und stolzierte aus dem Schlafzimmer.

Michael hielt sich am Bettpfosten fest und durchforstete seine gepeinigten Gedanken. Auf einmal wurde ihm klar, wie viele vernünftige Gründe gegen Gonjis Ausfall sprachen und wie viele Gründe dafür sprachen, dass er, Michael, lieber nicht daran teilnahm.

»... ein schwacher Beschwörer von Schlangen aus Rauch, als ich dich fand ...«

Ganz recht, dachte Mort und lächelte vor sich hin, wie er dort mit verschränkten Armen in seinem unterirdischen Privatgemach saß, tief unter den Sälen und Wällen der Burg. Ja, das solltest du glauben: ein untauglicher Zauberer mit unzuverlässigem magischem Potenzial; jemand, der für dich auf deiner endlosen Suche nach dem Akryllon, das dich verabscheut, von begrenztem Nutzen sein könnte. Sind das Eure Gedanken, *Euer Majestät?* Gut! Deine Torheit hilft dem Großen Plan. Und jetzt – ist es Zeit für eine neue Wendung der Dinge, der du selbst auf die Sprünge geholfen hast, oh Allerhöchster Einer-aus-Fünfen! Ich wusste nicht recht, was ich tun sollte. Mein Mana wird schwach. Ich kann dein Volk nicht *zu* schnell aussaugen, um nicht in Verdacht zu geraten, und du stellst mir diese Provinzler nur widerwillig und in unzureichender Anzahl als Opfer zur Verfügung. Bald – in wenigen Tagen – ist Vollmond ... Dann ist der Gesang des Glaubens am wirkungsvollsten. Und bis dahin hast *du* es mir leicht gemacht! Deine Dummheit hätte nicht besser gelenkt werden können. Nach der Zusammenkunft in der Stadt bin ich sowohl einen schwachen, ängstlichen König los als auch den Ort, den ich verabscheue.

Mort dachte an seine Eltern, Anbeter des Schlangendämons. Ob sie je geahnt hatten, zu welch machtvoller Statur unter den Akolythen des Dunklen Meister er sich eines Tages emporschwingen würde? Und er dachte an die seit langem toten Priester des antiken Vedun – lange tot, während *er* noch auf Erden wandelte, unsterblich! –, die ihn als ein Monster in der Welt der Menschen bezeichnet hatten.

Und letztlich schmiedete er entsetzliche Pläne, was er mit der neuen Kolonie von Kreuzverehrern anstellen würde, die zahllose Qualen erleiden sollten für jedes einzelne Verbrechen, das die Priester an ihm verübt hatten.

ACHTZEHNTES KAPITEL

Gonji fuhr erschrocken aus dem Schlaf hoch und sah, dass Tralayn neben seinem Bett saß und matt lächelte.

Es fiel ihm wieder ein: Mehrere Rekruten hatten hier vor der morgendlichen Ausbildung übernachtet, einer wichtigen Lektion, in deren Rahmen die Pläne für den Überfall auf Zarnesti tags darauf geschmiedet werden sollten. Inzwischen waren alle Männer außer ihm schon gegangen.

Neun Glockenschläge ertönten in der Ferne.

»Geister der Toten, neun Uhr!« Er schwenkte die Beine aus dem Bett und zuckte leicht zusammen, als er bemerkte, dass er Kopfschmerzen hatte. »Ich habe mich schon oft gefragt, wie es sein würde, zu erwachen und dein Gesicht zu sehen. Jetzt weiß ich es ... Warum hast du mich früher geweckt?«

»Du hast noch Zeit. Heute Morgen musst du dich um andere Dinge kümmern«, antwortete sie rätselhaft.

Der Samurai war noch in den Spinnweben des Schlafs gefangen, die sich nur widerstrebend auflösten, und dachte dumpf über ihre Worte nach.

»Ich habe mit dem Frühstück gewartet, bis du endlich wach wirst. Gesellst du dich zu mir?«

»Hmm«, brummte er unverbindlich. Sie deutete es als Zustimmung und brachte ihm Brot, Obst und frische Milch. Er rieb sich die Augen und streckte sich leicht, ehe er sich wusch und zum Essen setzte.

»Hier geht es heutzutage zu wie in einem Bordell«, fand Gonji, und ein respektloses Funkeln im Blick unterstrich die Worte an genau der richtigen Stelle.

Tralayn lächelte, was nur selten geschah, wenn er danach urteilte, wie sich dabei frische Falten in ihren Augenwinkeln bildeten. Sie war auf ihre eigene Art hübsch, entschied Gonji. Ihr Alter war nicht einmal zu schätzen.

»Weißt du, du versuchst immer wieder, mich zu ärgern«, sagte sie. »Das wagst du als Einziger in dieser Stadt – natürlich abgesehen von den Soldaten. Mache ich dir Angst?« Ihre Augen blitzten wie ein stürmisches grünes Meer.

»Sei nicht albern«, erwiderte Gonji leise und blickte sie schief an. »Noch Milch, *doso.*«

Sie schenkte nach. »Weißt du, warum ich dich mag? Du erinnerst mich an das Kind, das ich nie hatte und von dem ich mir vorstelle, dass es sich in meiner Gesellschaft genauso verhalten würde. Von einem Kind können Eltern immer zuletzt Respekt erwarten. Ich denke«, fuhr sie fort und stützte das Kinn auf die gefalteten Hände, »dass du unter dem Deckmantel deines Hochmuts im Grunde einsam bist und dich verzweifelt danach sehnst, geliebt und angenommen zu werden, vielleicht ein bisschen …«

Gonji knallte den Kelch auf den Tisch und kratzte sich die Bartstoppeln. »Ich denke, das reicht, hm? Es ist noch zu früh am Tag, um von einer Wahrsagerin zerpflückt zu werden. Was ist das für eine Sache, um die ich mich heute kümmern soll?«

Sie lehnte sich zurück und spreizte die Hände auf dem Tisch. »Heute gebe ich dir die Antwort auf deine Frage. Alles, was ich dir dazu sagen kann. Ich erfülle meinen Anteil an dem Geschäft.«

Gonji versuchte, seine Aufgeregtheit zu zügeln. »Ah, *yoi!* Es wird aber auch Zeit, *neh?* Aber – warum jetzt auf einmal?«

»Weil ich gestern, als ich Nachricht von Klanns Besuch in Vedun erhielt, erkannte, dass mein Tod in die Wege geleitet wurde.«

Gonji stellte ihr keine weiteren Fragen, bis sie in die Katakomben hinabgestiegen waren, wo Tora gesattelt bereitstand, dazu ein brauner Junghengst für die Prophetin.

»Wohin reiten wir?«, fragte der Samurai.

»Ich bringe dich zu Simon Sardonis. Wir werden ihm gegenübertreten, *falls* er bereit ist, dich zu sehen – was immer das für dich bedeuten mag.«

Gonjis Herz raste. Er nahm sich kritisch in Augenschein. Er trug nur das fleckige Hemd. Es musste reichen. Gewöhnlich trug er zu gesellschaftlichen Anlässen am liebsten den Kimono, aber dieser lag bei den Gundersens, und seine leichte Rüstung hielt er für zu aggressiv. Wieder einmal überwältigte ihn ein Gefühl der Bestimmung, die sich immer mehr vor ihm abzeichnete.

Sie ritten hinaus ins südliche Tal und überquerten vorsichtig die stark patrouillierte Straße. Als sie tief genug auf den Waldpfaden vorgedrungen waren, um wieder ein normales Gespräch führen zu können, erzählte ihm Tralayn die erschreckende Geschichte jenes Wesens, das man Simon Sardonis nannte und das vielleicht – vielleicht aber auch nicht, wie Tralayn feststellte – der legendäre Wind des Todes war, nach dem Gonji suchte.

Als Simons Mutter mit ihm schwanger war, wurde ihr Gemahl vom Anführer eines Teufelskults ermordet und sie von diesem Mann entführt. Es handelte sich bei ihm um einen dämonischen Mittelsmann, der sich Grimmolech nannte. Der böse Priester schändete die junge Frau im Zuge eines grausigen Rituals und führte so eine *sekundäre* Empfängnis in ihrem Leib herbei, eine dämonische Besessenheit, wobei ein tierhafter Körper und eine tierhafte Seele mit Simon Seite an Seite existieren würden. Priester unter der Führung Pater Dobrets retteten die Frau und brachten sie für die Dauer der qualvollen Schwangerschaft in einem Konvent unter, wo sie schließlich starb, während sie in einer Vollmondnacht ein tobendes Wolfskind gebar – einen *Werwolf* –, dessen einzige erkennbare Verwandtschaft mit der Menschheit im zweibeinigen Körperbau bestand. Ohne das Eingreifen Pater Dobrets hätten die Mönche das unheilige Ding sofort umgebracht, sobald sie seiner ansichtig wurden.

Nachdem Dobret betend über dem knurrenden Welpen gewacht hatte, verwandelte sich dieser am Morgen mitleiderregend qualvoll in ein blondes Kind, stark und gesund, und als einziges übernatürliches Merkmal zierte unübersehbar ein reines weißes Kreuz dessen linke Handfläche. Dobret deutete es als Zeichen göttlichen Wohlwollens dem unglücklichen, unschuldigen Kind gegenüber. Der junge Priester nannte das Kind Simon Sardonis und verband so den Taufnamen des menschlichen Vaters mit einem boshaften Nachnamen, der Dobret in einem Augenblick des Zorns kam, als er mit Gott darüber rechtete, eine solch verfluchte Geburt zuzulassen. Er nahm das Waisenkind als Mündel der Kirche auf und erzog es zu einem Christen.

Simon legte schon bald außergewöhnliche körperliche und intellektuelle Fähigkeiten an den Tag sowie ein Interesse an religiösen Fragen. Jeden Monat jedoch, wenn der Vollmond am Himmel stand, brach sich die dämonische Besessenheit eine Nacht lang Bahn und platzte die wölfische Erscheinung aus dem Menschenkörper hervor, eine schmerzhafte Umwandlung, die Simon selbst, angeregt von einer seltsam primitiven Erinnerung an die Geburtsschmerzen seiner Mutter, als so etwas schilderte wie Wehen, die durch den ganzen Körper liefen.

Die Mönche fanden heraus: Wenn man den Werwolf davon abhielt, in dieser Nacht irgendeine warmblütige Kreatur zu töten und deren Fleisch und Blut zu verzehren, dann war er bis zum nächsten Vollmond frei von der Gefahr, dass der wilde Geist den Körper übernahm. Sollte er jedoch in einer Vollmondnacht töten, dann fand die Transformation den ganzen folgenden Monat lang in jeder Nacht statt – mit der wichtigen Besonderheit, dass *er* selbst, Simon, dann über die verlockende körperliche Präsenz der dämonischen Besessenheit gebot. Er verabscheute das jedoch, denn es bedeutete, dass er ein Lebewesen getötet hatte. So zog er es vor, sich bei Vollmond mit speziell gefertigten Ketten fesseln zu lassen, und nannte dies die Nacht der Ketten.

Als man ihm an seinem einundzwanzigsten Geburtstag die ganze Geschichte seiner erschreckenden Abkunft erzählte, reagierte Simon mit Bitterkeit darauf, dass Gott ihn so verflucht hatte. Er verließ das Kloster, besessen von der rachsüchtigen Absicht, Grimmolech aufzuspüren und zu vernichten. Dobret begleitete ihn, war sein einziger Vertrauter in der Welt der Menschen und bemühte sich fortwährend, Simon Zorn und Rachestreben auszureden und den Werwolf lieber dafür zu gewinnen, dass er über die großen Absichten nachsann, mit denen Gott ihm diese unglaublichen Kräfte verliehen haben musste.

Dobret betrachtete Simon als einen zornigen Geist, der gegen die bösen Geschöpfe der Nacht eingesetzt werden musste, als den Zorn Gottes. Simon selbst erblickte in sich nur eine verwünschte Seele, aus der Welt der Menschen ebenso ausgeschlossen wie aus jener der Tiere, die in ihm sogar dann das nichtmenschlich Fremde spürten, wenn er in Menschengestalt war. In ihren gemeinsamen Wanderjahren fiel es Simon und Dobret sogar schwer, ein Kloster zu finden, das ihnen Unterkunft bot.

Vor etwa einem Jahr hatte ihre Reise sie zu Tralayn nach Vedun geführt. Und obwohl die Mönche des Klosters vom Heiligen Wort es ablehnten, Simon aufzunehmen, da sie ihn als von dem Dämon besessen erachteten, der seinen Körper neben der eigenen Seele bewohnte, fand der Ausgestoßene dann doch mitfühlende Aufnahme bei Flavio, Garth, Michael und dessen jüngerem Bruder Mark, mit dem er die engste Freundschaft seines Lebens schloss. Dobret überzeugte Simon davon, dass eine geistlich geprägte Ruhepause ihnen beiden guttun würde, ein Sabbatjahr, das Simon Gelegenheit geben würde, bei Tralayn die Heilige Schrift und die übrigen alten Texte zu studieren, die ihm vielleicht Aufschluss über seine Bestimmung geben könnten.

So hatte Simon das zurückliegende Jahr direkt neben der ahnungslosen Stadt Vedun verbracht: Er wohnte allein in einer Höhle am Fuß der bewaldeten Berghänge, wurde bei jedem Vollmond mit schweren Ketten gefesselt, die Garth geschmiedet hatte, und am folgenden Morgen mit Hilfe des Schlüssels befreit, den ihm Mark brachte. Er reagierte jedoch allmählich unruhig und enttäuscht über seine fruchtlosen Studien und war schon beinahe entschlossen gewesen, mit Dobret wieder fortzugehen und seine Suche fortzusetzen, sobald der Priester zu seinem nächsten monatlichen Besuch nach Vedun kam. Inzwischen hatte er zweifellos selbst das Kloster vom Heiligen Wort aufgesucht und die Gräuel gesehen, die man dort angerichtet hatte, und aus den Meldungen über auf Patrouille niedergemetzelte Soldaten Klanns schien deutlich zu werden, dass Simons Rachsucht frisch entfacht war.

Gonji musste lachen, und es klang verbittert und freudlos. »Du bist vollkommen verrückt, Frau, weißt du das?« Zorn und Schmerz schwangen in seinem Ton mit. Er schien verwirrt, fühlte sich betrogen von den Wendungen des Schicksals.

Sie warf ihm einen Blick voller Mitleid zu. »Das – entspricht genau dem, was Simon selbst mir erzählt hat«, entgegnete sie nachdrücklich. »Es tut mir leid – aber es ist alles wahr ...«

Gonji spuckte aus. »Irre Frauen, fanatische Priester – zuerst Garths verrückte Geschichte von Klann, und jetzt ...« Er wedelte ziellos mit der Hand. »Ihr Veduner seid doch nur durchgedrehte Geschichtenerzähler.« Allmählich entstand in ihm jedoch die Bereitschaft, das Gehörte zu akzeptieren, gespeist aus den eigenen Erfahrungen mit übernatürlichen Dingen, und er wurde bitter, wenn er an die Ironie der eigenen Suche dachte.

»Bin ich wirklich so weit gereist und habe die Jahre meiner Jugend vergeudet, um – nach einem *Monster* zu suchen?«

»Urteile nicht so hart über ihn. Niemand unter den Menschen leidet so wie er.« Sie schloss die Augen und seufzte tief. »Ich schelte ihn, wenn er mich daran erinnert, aber ich fürchte, es ist nur allzu wahr.«

»Jeder trägt seine Last«, sagte Gonji heftig. »Das ist Karma. Wir alle müssen es tragen, jeder auf seine Art. Warum sollte er sich für etwas Besonderes halten?«

»Seine Bürde ist einzigartig. Er ist ein treuer Diener des Herrn, und zugleich bleibt ihm versagt, seinen Glauben auszuüben. Die Dämonenseele hängt an seiner Seele wie Aussatz, verspottet ihn unaufhörlich von innen heraus, lenkt ihre bösen Impulse in jede seiner menschlichen Schwächen. Unter diesem Einfluss hat er oft getötet; das Böse liegt nicht allein an ihm, und doch trägt er die Last der Schuld, als wäre es so. Er kann niemals im Frieden mit sich oder der Welt leben.«

»Du verteidigst ihn immer wieder – warum?«, fauchte Gonji. »Ihr alle habt ihm Unterschlupf gewährt, ihn verhätschelt, unter seiner – menschenfeindlichen Art gelitten. Jetzt zieht er auf eigene Faust los und sorgt dafür, dass Klann euch das Messer an den Hals legt. Trotzdem hast du Mitleid mit Simon. *Warum?*«

»Er tut mir leid. Er tut uns allen leid. Und sein Potenzial als Krieger gegen das übernatürliche Böse ist enorm.«

Gonji schnaubte und rang mit seiner Wut, seinem Abscheu vor dem Karma, mit dem er geschlagen war. Es fiel ihm schwer, klar zu denken. »Denkst du, er ist der Wind des Todes?«, fragte er mit einer seltsamen Eindringlichkeit.

»Ich weiß nicht recht. Die andere Bezeichnung dafür, Grejkill, entstammt der nordischen Legende von einem Tiermenschen, an den manche Menschen dort glauben. Sie handelt von einem eisigen Teufelswind, der die Geburt des Grejkill begleitet. Dobret erzählte: Als Simon in Burgund zur Welt kam, riss ein gewaltiger

Sturm das Kloster beinahe vom steinernen Fundament. Der Herr sandte jedoch nach dem Sturm eine tiefe Ruhe, und Simons Mutter starb friedlich bei ...«

»*Iyé*, Tralayn, ich denke, du liegst falsch, was ihn angeht«, unterbrach Gonji sie und gab seine stoische Haltung zugunsten eines seltenen Anflugs von Selbstmitleid auf. »Ich denke, *ich* bin der Wind des Todes. Meine Suche hat mich im Kreis geführt, wie es im Zyklus des Lebens immer geschieht. Ich war ein Narr. Habe die ganze Zeit nach mir selbst gesucht und bin hinter dem eigenen, nie zu fassenden Schweif hergehetzt. Ein todbringender Wind ist mir gewiss auf Schritt und Tritt gefolgt, während ich durch euer Europa zog ...« Seine Worte verklangen, und eine Zeit lang schwiegen beide und gönnte Tralayn seinen missmutigen Gedanken Raum.

Sie bogen auf einen Waldweg ab, den Gonji vom nächtlichen Drill mit der Kavallerie her kannte.

»Wir haben hier neulich nachts geübt. Im Regen.«

»*Ja*, ihr wart seiner Höhle nahe«, sagte sie. »Wahrscheinlich hat er sich die ganze Übung angesehen.«

»Ich hoffe, das Spektakel hat ihm gefallen.«

Tralayn lächelte nur. Aus seinem Versuch in trockenem Humor schloss sie, dass er seine Enttäuschung allmählich in den Griff bekam.

Sie ritten durch den frisch duftenden Kiefernwald, und die Hufe der Pferde quatschten in den Schlammpfützen und sumpfigen Stellen, die vom kürzlichen Regen zurückgeblieben waren. So näherten sie sich den Nordhängen der Südkarpaten.

»Hat er derzeit nächtens die tierische Gestalt?«, fragte Gonji, das Gesicht erneut eine reglose Maske.

»Nein«, antwortete die Frau. »Als Mark gefangen genommen wurde, wollte er ihm gerade den Schlüssel bringen, um ihn freizulassen.« Sie sah Gonjis überraschte Miene. »Ja, er ist ungewöhnlich begabt, sogar ohne die wilde Kraft der Wolfskreatur. Seine

Stärke ist der jedes Menschen überlegen, und deshalb konnte er Klanns Patrouillen auch solche Verluste zufügen und ihre Herzen mit Furcht erfüllen. Er kann mit der nächtlichen Dunkelheit verschmelzen. In einem bestimmten Umkreis scheinen ihm die Elemente zu gehorchen oder zumindest seine Stimmung widerzuspiegeln. Nicht mal er selbst kann das richtig erklären. Und sein Heilungsvermögen ist erstaunlich. Jedoch – gelegentlich denke ich, dass er sich wünscht, es wäre nicht so. Ich fürchte, Simon sehnt sich nach dem Frieden des Todes.« Sie holte tief Luft. »Ich glaube, dass er sich mehr als einen Sieg über diese Briganten wünscht, im Grab zu enden und dabei so viele wie möglich von ihnen mitzunehmen.« Sie blickte aus dem Augenwinkel zu dem Samurai hinüber. »Verstehst du, was ich damit sagen möchte?«

Gonji wandte den Blick von der Prophetin ab und richtete ihn auf den Weg vor ihnen. Er schien hindurchzusehen und endlich eine Brücke von der Unruhe der eigenen Seele zu der des geheimnisvollen Höhlenbewohners zu bauen.

»*Hai*, ich kenne das Gefühl.«

Sie erreichten eine Lichtung, die überwuchert war von dichtem Gras und Unkraut. Ihnen gegenüber ragte steil ein Felshang auf, bedeckt mit Gestrüpp und Dornensträuchern. Ihre Pferde wieherten, schienen aber nicht beunruhigt. Tralayn und Gonji stiegen ab.

»Er ist vielleicht hier«, flüsterte Tralayn und lauschte in die unnatürliche Stille hinein. Nicht ein einziger Vogel zwitscherte in den Baumwipfeln ringsherum, und kein einziger Landbewohner huschte durch das Unterholz.

»Vielleicht haben wir selbst die Tiere so erschreckt, dass sie sich versteckten. Wo ist seine Höhle?« Gonji brachte seine Schwerter in die korrekte Position und straffte den *Obi*. Dann strich er sich die Zweige und Kiefernnadeln aus den Haaren und rückte den Haarknoten zurecht. Er klopfte sich den Staub ab und beeilte sich dann, Tralayn einzuholen, die schon durch das weiche Gras schritt.

Für Gonji hatte es den Anschein, als stünde ihnen zwangsläufig eine Kletterpartie bevor; vor ihnen war nichts weiter zu sehen als eine Felswand voller Rankengewächse und Dornensträucher. Dann jedoch standen sie direkt vor der Felswand, und Tralayn schob einen Vorhang aus Ranken zur Seite und legte so den getarnten Höhleneingang frei. Gonji blieb stehen und blickte forschend in die abweisende Schwärze. Eine innere Stimme rief ihm zu, er möge wachsam sein, denn vielleicht war dies eine Falle. *Nein, sei nicht so argwöhnisch.* Eine Geschichte von der Art, wie sie ihm Tralayn eben erzählt hatte, war kein geeigneter Weg, um ein Opfer in falscher Sicherheit zu wiegen.

Tralayn holte Feuerstein und Zunder unter ihrem Umhang hervor und entzündete eine Fackel im Eingangstunnel.

»Simon!«, rief sie. »Verzeih mir. Du hast uns keine andere Wahl gelassen, als unseren feierlichen Eid zu brechen.«

Der Samurai spürte einen kalten Schauer, als er diese Worte vernahm. *Choléra*, sie behandelten Simon ja wie einen kleinen Gott! Der Kampf jedoch ... Er durfte nicht vergessen, wie leicht Simon mit Ben-Draba fertig geworden war. Und diese Augen – diese so gar nicht menschlichen silbrigen Augen ...

»Komm«, sagte Tralayn und forderte ihn mit einer Geste auf, ihr in den Tunnel zu folgen.

Gonji tat wie geheißen, wobei er beinahe die Luft anhielt und die Hand auf dem Griff des Sagami liegen hatte. Dann atmeten beide gemeinsam zischend aus. Die Höhle war leer. Nur die karge Ausstattung von Simons Unterkunft zeichnete sich im grellen Fackellicht ab: ein niedriger Eichentisch und Stuhl, zwei Öllampen, mehrere Bücher und Schriftrollen sowie vereinzeltes Schreibgerät, eine aufgeschlagene Schlafdecke, einige Kleiderbündel, ein Eimer Wasser und ein paar Lebensmittel.

Tralayn hob ein abgegriffenes Gebetbuch auf. Eine beinahe

mystische Atmosphäre herrschte hier, und Gonji vermied es, irgendeine der persönlichen Habseligkeiten Simons anzufassen, wenn auch aus keinem anderen Grund als der Fremdartigkeit all dessen.

»Nein, er ist nicht fortgegangen«, sagte Tralayn. »Er ist noch hier – aus seinem ganz persönlichen, eigennützigen Grund. Um Rache zu nehmen.«

»Zuweilen ist das eine so bedeutsame Pflicht wie nur irgendeine.«

»Nein. Nicht für jemanden, der mit den Lehren Christi erzogen wurde.«

»Hmm. Bei einem ungläubigen Samurai ist es jedoch in Ordnung, *neh?*«, ertappte er sich selbst bei einer Provokation, um mal zu hören, wie sie darauf reagierte. Ihre Antwort bereitete ihm jedoch Unbehagen.

»Du hast andere Gründe, wie du sehr gut weißt. Deine Suche – die Freunde, die du hier gefunden hast – und Helena ... Du machst dir etwas aus ihr, nicht wahr?«

Er schluckte. *Diskretion!*

»Hai ...«

DRITTER TEIL

»LE ROI EST MORT!«

NEUNZEHNTES KAPITEL

Am Tag des Ausfalls nach Zarnesti fand keine Ausbildungsstunde statt. Der Rat entschied, dass es am besten wäre, wenn die Bevölkerung für das Bankett dieses Tages mit Klann in der Stadt bliebe. Die Miliz trat zu einem Morgenappell in der Haupthöhle an, um die Teilnehmer an dem Ausfall zu bestimmen. Obwohl die Milizionäre den Angriffsplan freudig begrüßt und begeistert dafür geübt hatten, zeigten sie sich bei der Nennung der Freiwilligen an diesem Morgen seltsam zaghaft.

Alle standen nur herum und schienen darauf zu warten, dass sich andere vor ihnen meldeten.

Gonji und Roric standen vor ihnen, gemeinsam mit Wilf, der schon die Pose des Anführers einnahm und Rückenspalter in der Schärpe, die er neuerdings trug, stolz zur Schau stellte. Etwa zweihundert Männer scharrten unbehaglich mit den Füßen, begleitet von nervösem Kichern und nervösen Scherzen, da ihre neuen Kampffertigkeiten jetzt zum ersten Mal auf die Probe gestellt werden sollten. Mehrere ehemalige Soldaten mussten zunächst zurückstehen, da Männer ohne militärische Erfahrung vorrangig berücksichtigt werden sollten.

Baron Rorka stand mit einigen seiner Grauen in der Nähe und verfolgte das Geschehen in gebieterischer Haltung, ein süffisantes Lächeln um die Lippen angesichts der anfänglichen Schwierigkeiten bei der Auswahl der dreißig Krieger, die Gonji brauchte. Michael war bei ihm. Flavios Günstling legte an diesem Morgen eine völlig andere Haltung an den Tag. Zu Gonjis Erleichterung lehnte er es jetzt ab, sich an dem Ausfall zu beteiligen, und räumte ein, dass man ihn tatsächlich bei der Begegnung mit dem König erwartete. Trotzdem weigerte er sich, seine entscheidende Stimme für dieses Vorhaben zurückzunehmen, und zum ersten Mal, seit Gonji zurückdenken konnte, schien Michael entspannt.

»Also, wer kommt mit?«, rief Gonji auf Deutsch, und die anderen Offiziere übersetzten seine Worte, während er vor den Männern auf und ab marschierte, die Hände auf dem Rücken verschränkt.

Paolo Sauvini trat als Erster vor. Er sagte kein Wort, blickte nur Gonji offen an, die Hand auf dem Schwertgriff. Gonji musterte ihn eine Sekunde lang, nickte und gab ihm zu verstehen, dass er zu den Offizieren herüberkommen sollte.

»Ach, zum Teufel – ihr Jungs braucht schließlich irgendjemanden, der für Stimmung sorgt.« Entspanntes Lachen begleitete Stefan Berenyi, als er nach vorn stolzierte und jene tiefe Verbeugung ausführte, mit der er Gonji so präzise nachahmte.

Gonji lächelte trocken. »Nun, da haben wir also einen Mann, der Räder repariert, und einen, der sich über ihn lustig macht! Nur weiter, tretet vor!«

Jiri Szabo meldete sich als Nächster, die Augen weit aufgerissen und angespannt. Bereit, aber nervös. Gonji hieß ihn willkommen. Ein paar weitere Männer folgten zögernd. Man konnte erkennen, dass nur wenige so weit von der Stadt entfernt ihr Leben riskieren wollten.

»Wie wäre es mit mir, *Sensei?*«, fragte Klaus.

»Diesmal nicht, Klaus«, entgegnete er sanft. »Bald, *neh?*«

Wilf ging zu Vlad Dobroczy hinüber und redete leise mit ihm. Der Bauer stand mit verschränkten Armen in der ersten Reihe, machte aber keine Anstalten, sich zu melden.

»Wie steht es mit dir, Falke?«, fragte Wilf. »Du bist doch sonst immer auf einen Kampf erpicht.«

»Oh, klar doch!«, erwiderte der Bauer verächtlich. »Kommt ihm so gut zustatten, nicht wahr? Er führt die besten Kämpfer hinaus, kehrt als Einziger zurück und behauptet, sie wären überfallen worden, ehe sie überhaupt bemerkten, wie ihnen geschah. Nein danke! Ich warte lieber ab, wie das ausgeht.«

Wilf funkelte ihn an. »Du hast nicht zugehört! Er fordert nicht die Besten auf, sondern die, die es am dringendsten brauchen.«

Vlad spannte sich an, als wollte er gleich auf den Schmied losgehen, entspannte sich aber und wirkte überrascht, als Peter Foristek an ihm vorbeiging. Der riesige Bauer schloss sich dem Überfallkommando an.

»Willkommen, Großer«, sagte Gonji lächelnd. Peter schüttelte ihm fest die Hand und gesellte sich zu den anderen Freiwilligen.

Als es etwa zwanzig waren, trat Nick Nagy vor. »Als ich noch jung war, bin ich mit der ungarischen Reiterei in die Schlacht gezogen, aber du nimmst mich lieber auch mit, oder dieser Klugscheißer Berenyi wird bis zum Nimmerleinstag darauf herumhacken.« Gonji lachte und willigte ein.

Berenyi furzte. »Na ja, dann können wir diesen Einsatz als Niederlage abhaken.« Sie fingen gleich an zu zanken, und die Anspannung unter den Männern löste sich. Ein paar weitere meldeten sich.

»Ich komme auch mit, hm?«, fragte Karl Gerhard, der sich auf seinen tödlichen Vier-Mann-Bogen stützte.

»*Hai*, wir benötigen deine Zielgenauigkeit, um mit den Pistolen fertig zu werden. Wir selbst nehmen keine mit.«

»Na, dann müsst ihr auch mich mitgehen lassen«, empfahl Monetto kopfschüttelnd. »Und zwar aus dem gleichen Grund wie Nick – außer du möchtest Gerhard und Berenyi irgendwo in den Bergen loswerden!«

»In Ordnung«, erklärte Gonji. »Geht zu euren Pferden und sattelt sie.«

Einunddreißig Freiwillige schlenderten durch die Höhle davon, erfüllt von einer Mischung aus Stolz und Sorge.

»Warum so viele für vielleicht fünfzehn Banditen?«, rief jemand aus der Menge.

Gonji rieb sich den Hals. »Unser Ziel heißt Sieg, nicht Demonstration unserer Tapferkeit. Man entwickelt Schlachtpläne nicht auf Grundlage der Fairness gegenüber dem Feind. Schleppe noch zwei Riesen an, und ich reduziere das Überfallkommando auf die Hälfte!« Viele lachten gut gelaunt.

Als die Freiwilligen instruiert und ausgerüstet waren und im Sattel saßen, wurden Abschiedsgrüße und gute Wünsche ausgetauscht. Viele Ehefrauen gesellten sich zu den Reitern, um sie zu ermutigen und ihnen zu versichern, dass sie für sie beten würden. Man sprach ein kurzes Gebet in der Gruppe, darunter auch die Worte, die Gonji verfasst hatte.

Hildegarde tauchte neben Tora auf und versetzte Gonji einen Klaps auf den Oberschenkel. »Du weißt, dass Hildy mitkäme, Gonji-Gunnar«, sagte sie mit ihrem schweren skandinavischen Akzent, »aber ich vergeude meine Zeit nicht mit diesen kleinen Scharmützeln!« Beide lachten herzlich.

Wilf lenkte sein Pferd neben den Samurai und ließ es einmal im Kreis tänzeln. Gonji hatte ihm geraten, auf das sonst bevorzugte weiße Streitross zu verzichten, weil es ein zu auffälliges Ziel bot. Wilfs neues Pferd war ein pechschwarzer Wallach. Gonji nickte.

»*Bona fortuna*«, wünschte ihnen Flavio, der in Garths Begleitung vor ihnen stand. »Und reitet mit Gott.«

Gonji verbeugte sich vor ihm. Wilf und Garth verabschiedeten sich unbehaglich voneinander, während die Versammlung zu den Tunneln geführt wurde, um vorsichtig an die Oberfläche zurückzukehren.

»Und euch allen meine guten Wünsche«, rief Gonji, »für euren Versuch, euch mit Klann friedlich zu einigen! Ich hoffe, du kannst retten, was von deinem Traum übrig ist, Meister Flavio.«

Der Samurai wies Roric an, den Trupp zu einer Doppelreihe zu ordnen. Er lenkte Tora vor ihnen hin und her und nahm sie gründlich in Augenschein. Er sah die Anspannung, die sich in zuckenden Muskeln und Unruhe, in schwitzenden Handflächen und Gesichtern sowie in nervösen Pferden zeigte. Die meisten Männer trugen Rüstung und Helme der unterschiedlichsten Art. Ein großes Waffenarsenal war zu sehen. Gonji selbst trug den Kürass sowie Schulter- und Armschützer, aber keinen Helm, sondern nur sein *Hachimaki*.

»Wir brechen auf, sobald die Abwassertore geöffnet werden und wir das Wasser an der Felswand herabstürzen hören. Dämpft alles, was Lärm macht, so gut ihr könnt.« Erneut planten sie, die Öffnung der Abwasserschleusen zu nutzen, damit die Wachtposten auf der Stadtmauer hoch über ihnen nichts von ihrem Aufbruch mitbekamen.

Ein Ritter Rorkas namens Anton, ein Mann in mittleren Jahren, dessen Haar sich lichtete, ritt auf Gonji zu, kampfbereit ausgestattet mit seiner Oberkörperrüstung und dem grauen Überwurf mit dem Wappen des Barons.

»Ich komme mit«, erklärte er barsch. »Ich habe Verwandte in Zarnesti – oder *hatte* welche, als ich zuletzt von ihnen hörte.«

Gonji erwiderte den Blick der glühenden Augen und nickte. »Aber du stehst dabei unter meinem Kommando und folgst meinen Befehlen.« Anton zuckte mürrisch die Achseln, salutierte dann jedoch und gliederte sich an einem Ende der vorderen Reihe ein.

Das Rauschen des Wassers wurde von draußen vernehmbar, als die stinkenden Abwässer mit dem Unrat des Tages in der Nähe der Höhle niedergingen.

»Los geht es – aber leise!«

Dann verschwanden sie im Schutz dichten Laubs. Sie schickten Späher voraus, um nach Patrouillen auf der Südstraße Ausschau zu halten. Noch war der Trupp nicht lange unterwegs, da näherte sich eine kleine Gruppe Söldner von Süden her. Die Milizionäre teilten sich und versteckten sich beiderseits der Straße im Wald, und sie warteten atemlos, bis die Söldner vorbeigezogen waren.

»Wahrscheinlich die Ablösung für die Wachtposten«, sagte Gonji, als der Trupp die Reihen wieder geschlossen hatte. »Die auf dem Borgopass. Damit wurde ihnen soeben ein Aufschub ihrer Hinrichtung gewährt.«

Einige Männer schluckten und kämpften mit heimlicher Angst, als sie diese Worte hörten. Den Ersten kamen allmählich Zweifel, wenn man ihre bleichen Mienen richtig deutete. Sie ritten jedoch weiter.

Am frühen Nachmittag trafen sie in Sichtweite des Borgopasses ein und hielten an, um schweigend eine Mahlzeit einzunehmen. Sogar Berenyis heitere Gesten und Attacken wirkten gezwungen und ernteten nur einen Anflug höflichen Lächelns. Gonji saß abseits in der Lotoshaltung, die Arme verschränkt, und betrachtete ausdruckslos das besorgte Gebaren der anderen.

Sie banden die Pferde im sumpfigen Tal an und näherten sich dem Pass zu Fuß. Aus der Deckung an der Ostseite sahen sie die riesige Felsformation, die an eine gebückte Krähe erinnerte. Drei Söldner in Kollern – die sie in der Mittagshitze geöffnet hatten – lungerten auf einer Erhebung zwischen zwei Findlingen, und von einem Kochfeuer zwischen ihnen stiegen Hitzewellen auf. Welche Waffen sie bei sich hatten, konnte man aus dieser Entfernung nur vermuten. Ein Bogen mit abgespannter Sehne ragte von einem Sattel auf.

Gonji überlegte eine Zeit lang, während er am Rand des Gestrüpps hockte. Gerhard kletterte zu ihm hinauf.

»Wir könnten sie von hier aus mit Pfeilen erledigen, oder?«, schlug der Bogenschütze mit dem langen Gesicht vor.

Gonji grunzte. »Wäre nicht gut. Wenn sie Pistolen haben, können sie womöglich einen Warnschuss abgeben, der Wegstunden weit zu hören ist. Außerdem möchte ich möglichst einen Anfänger dabeihaben.« Er verfolgte, wie einer der Briganten das Koller ablegte und sich mit bloßem Oberkörper an den Felsbrocken lehnte, das Essen in der Hand. »Komm mit.«

Sie huschten zu den anderen zurück. »Jemand soll mir ein Pferd bringen – aber nicht Tora!«, befahl Gonji. Ein Mann hastete davon. »Ich brauche einen Freiwilligen, der mir hilft, diese Wachen auszuschalten. Jemanden ...« Paolo Sauvini stand auf und trat auf ihn zu. Gonji musterte ihn von Kopf bis Fuß und blickte dann an ihm vorbei zu den anderen. »Jemanden, der gut klettern kann und sich nicht vor einem Sprung von diesem Felsen dort fürchtet. Er wird auf einem der Söldner landen, während ich die anderen ...«

»Ich bin der richtige Mann dafür, *Sensei*«, unterbrach ihn der prahlerische Stellmacher. Seine Stärke war der Bogen. Durch besondere Beweglichkeit war er nie aufgefallen.

»Das denke ich nicht«, entgegnete Gonji leise. »Sonst jemand?«

Paolo schluckte schwer und hatte Schwierigkeiten, sich mit der Zurückweisung abzufinden. Er rieb sich heftig die Nase und schlurfte davon, wobei er sich von den anderen fernhielt.

»Jiri?«, fragte Gonji voller Hoffnung. Ein unsicheres Lächeln spielte um die Lippen des gut aussehenden jungen Sportlers. Er schüttelte ganz leicht und schnell den Kopf und zeigte damit verlegene Ablehnung.

»Noch nicht«, antwortete er, schluckte und senkte den Blick, wobei er nervös die Schultern wiegte.

Gonji zupfte nachdenklich an einem Ohr. Monetto sprang auf. »Dann nimm lieber mich.«

Gonji musterte ihn aus dem Augenwinkel. »Schon jemals einen Menschen getötet?«, fragte er leise auf Italienisch.

»Musstest du mich das fragen?« Monetto zuckte zusammen.

Das von Gonji angeforderte Pferd – eine Rotschimmelstute –

wurde herangeführt. »Ich muss diese Schönheit hier vielleicht als Deckung benutzen«, erklärte er dem Besitzer. »Tut mir leid, aber Tora ist zu wertvoll für mich. Doch mach dir keine Sorgen. Mein Plan besteht darin, den Verlust des Pferdes um jeden Preis zu vermeiden.«

Gonji nahm die Schwerter aus dem Rückengeschirr und schob sie hinter den *Obi*, den er nach wie vor fest um die Taille gebunden trug. Dann rückte der ganze Trupp heimlich vor, um den Einsatz aus einem Versteck zu verfolgen. Monetto umging die Felsbrocken und erstieg den Findling hinter dem Lager der Söldner. Als er oberhalb der Briganten war, gab er mit der Hand ein Zeichen. Die Sonne blendete von ihrer Position zwischen den Bergen die durch das Gestrüpp spähenden Milizionäre, während Gonji mit der Stute ein paar Hundert Meter weit durch den Wald zurückging, bis er die Straße erreicht hatte. Dann führte er das Pferd am Zaumzeug auf die Wachtposten zu.

»Komm schon, verdammter Gaul!«, rief er der Stute verdrossen zu, während er sie hinter sich herzerrte und sich dabei weit nach vorn lehnte und angestrengt keuchte. »Komm!« Er bewegte sich jetzt im Dauerlauf, wobei er sich ab und zu umdrehte und dem Pferd mit der Faust drohte, wenn er nicht gerade stehen blieb und sich das Gesäß rieb oder an der Kleidung zupfte, als verschaffte er sich Erleichterung von Hitzebläschen.

Als er sich mit den versteckten Milizionären ungefähr auf einer Höhe befand, hörten ihn die Söldner, und zwei traten vor, um nach dem Rechten zu schauen.

»Du blödes Mistvieh!«, keuchte Gonji, winkte den Söldnern zu und lächelte leicht, während er nach Luft rang. Er fasste sich an den Hals, während sich seine Brust heftig hob und senkte.

Der vordere Söldner zog eine Pistole, spannte sie und prüfte Pulver und Kugel. Steckte sie in den Gürtel zurück. Die verborgenen Milizionäre hielten die Luft an. Der Söldner, der noch am Boden saß, hatte inzwischen den Teller beiseitegestellt, blieb jedoch im Rücken seiner Kameraden sitzen und war für Gonji nach wie vor nicht zu sehen. Der Mann beugte sich vor und griff ebenfalls nach einer Pistole, machte sie schussbereit und steckte sie am Rücken in den Gürtel.

»Sie werden ihm ein neues Loch in den Hintern jagen!«, flüsterte Anton heiser.

»Psst!«, befahl Roric, und der Ritter blickte finster.

Gonji winkte freundlich und täuschte schwer atmend weiter Erschöpfung vor, während er sich den Söldnern näherte.

»Julian – ich – er ...«, krächzte er und hielt sich die Brust. »Verdammtes Pferd – Julian ...«

»Was möchtest du, Gelbling?«, wollte der Pistolenträger wissen. Sein Kamerad packte argwöhnisch das noch in der Scheide steckende Breitschwert.

»Ohhh!« Gonji klopfte sich, noch zwei Meter von ihnen entfernt, den Staub ab. Sein Atem ging nach wie vor schwer, als er sich vorbeugte. »Ich ... soll ...«

»Ich habe gefragt: *Was willst du?*«

»... Euch ablösen«, sagte Gonji und blickte auf. Der Bandit zog eine Braue hoch und legte die Pistole an.

Die Milizionäre schnappten nahezu alle gleichzeitig nach Luft und sprangen vor.

In diesem Augenblick riss Gonji das Sagami aus der Scheide, und Monetto sprang auf den am Boden sitzenden Söldner herab. Mit dem gleichen Schwung, der die Klinge aus der Scheide zog, trennte Gonji seinem Gegner den Arm am Ellbogen ab. Blut spritzte aus dem Armstumpf, und die Pistole und der abgetrennte Unterarm hatten noch nicht den Boden erreicht, als die Gegenbewegung des Sagami schon dem Schwertkämpfer den Bauch aufschlitzte, ehe dieser die eigene Klinge auch nur auf halbe Länge hatte ziehen können. Die beiden Männer wälzten sich vor Schmerzen am Boden, als Gonji ihnen ein Ende bereitete. Der Samurai drehte sich sofort um und blickte Monetto an, der sich gerade zitternd vor dem zusammengesunkenen Söldner am Findling aufrichtete. Blut klebte am Hemd des Axtmachers. Es war nicht seins.

»Aldo – alles in Ordnung mit dir?«

Monetto winkte matt und nickte. Der Rest des Trupps stürmte aufgeregt heran, und Roric schickte mehrere Männer los, damit sie die Pferde einfingen. Gonji sah, dass die Gesichter seiner Leute vom Entsetzen über das Blutbad gezeichnet waren.

»Es darf keine Zeugen geben, nicht wahr?« Mehrere Männer nickten wortlos.

Monetto schlurfte unsicher herbei. Vom Adrenalinschub glänzten seine Augen noch, und das Blut pulsierte in den Schläfen. Er stieß pfeifend die Luft aus und lächelte Gerhard schief an. »Einer geht auf mich, *neh?*«

»Eine tolle Einstellung für einen Christen, sich vor dem Herrgott dermaßen aufzuplustern«, entgegnete Gerhard finster.

»Das waren *böse* Menschen!«

»Wie kannst *du* ein Urteil über sie fällen?«

»Schluss damit!«, befahl Gonji. »Ziehen wir weiter. Holt die Pferde, und lasst uns dann wie die Teufel reiten. Nur noch eine Kontrollstelle dürfte zu überwinden sein.«

Roric und Anton nahmen die Pistolen der Toten an sich. Dann packte man den Rest ihrer Waffen auf ihre Pferde und nahm diese am Zügel mit.

»Sollten wir die Männer nicht begraben?«, fragte Jiri.

Gonji warf einen Blick in die besorgten Gesichter. »*Hai*. Wir gehen zivilisiert vor, solange wir können. Aber rasch! Keine Zeit, um Gräber auszuheben – dort drüben unter den Steinen.«

Sie fanden eine Spalte unter dem Schnabel des großen Krähenfelsens am Borgopass. Dort übergaben sie die Leichen der Söldner der Erde und bedeckten sie mit Steinen, um die Aasfresser fernzuhalten. Gebete wurden gemurmelt und Kreuzzeichen gemacht, als sich die Milizionäre wieder von dem Gemeinschaftsgrab abwandten und aufstiegen. Sie galoppierten nach Westen die Bergstraße entlang.

Wilf knirschte beim holprigen Ritt mit den Zähnen und fragte sich, ob es sich wohl jemals legte: die Anspannung im Bauch, der eingeschnürte Hals, der ausgedörrte Mund, die feuchten Hände und das Kribbeln im Rücken – diese Symptome, die zusammen genommen für die Angst vor der Schlacht standen, vor dem Tod durch eine brennende Wunde von Pistolenkugel oder Schwert. Er fragte sich, wie sich diese Unglücklichen gefühlt hatten, die Gonji so rasch erledigt hatte, so kalt. Gonji hatte ihm keinerlei anklagenden Blick zugeworfen, als er sich nicht für den Einsatz gegen die Wachtposten meldete, aber Wilf glaubte, eine gewisse Enttäuschung bei dem Samurai auszumachen.

Du musst das überwinden, Wilf, wies er sich an. *Es ist ein langer Weg nach Burg Lenska – und zu Genya …*

Der Alte war wie jedes Jahr mit seinem klapprigen Karren nach Vedun unterwegs, um dort den bescheidenen Überschuss seines kleinen Stücks Land zu verkaufen. Und um mit dem Geld Wintervorräte zu erwerben. Nicht, dass er sich noch besonders dafür interessierte. Nichts war seit dem Tod seiner Frau mehr wie früher.

Es waren die Türken. Die Angst vor den verflixten Türken und den Banditen, die das Land ausplünderten, hatte sie schließlich ins Grab gebracht. Seitdem spürte der alte Mann, wie ihn die Freude am Leben allmählich verließ, und mit ihr schwanden gewisse andere Dinge. Er wusste nicht mehr recht, was das war, aber einst war es wichtig gewesen – dachte er. *Boh* – Gott, aber er erinnerte sich kaum noch an seine geliebte Frau!

Als er sah, wie die Teufel das kleine Lager angriffen, lenkte er das kreuzlahme Zugpferd von der Straße. Ängstlich versteckte er sich, bis die Teufel fort waren. Banditen, das war mal sicher! Sie hatten alles mitgenommen. Er hasste Banditen. Er hatte ihren Anführer gesehen – einen Mongolen, und er hasste Mongolen. Er musste es der Obrigkeit melden, genau das musste er! Aber wem genau? Wer regierte dieses Gebiet noch gleich? Irgendein …

Baron. Ein Baron, das war es! Baron – Ruka oder Hrurka. So ähnlich jedenfalls. Der in der Burg bei Vedun hauste.

Dorthin gedachte sich der Alte zu wenden. Um dem Baron von dem Mongolen zu erzählen, der sich die Haare zu einer Tulpenzwiebel auf dem Scheitel gebunden hatte. Dem Mann, der die Männer umgebracht hatte, die auf dem Borgopass lagerten.

»Bin ich jetzt an der Reihe?«, fragte Paolo sarkastisch.

Der Samurai musterte ihn von Kopf bis Fuß. »Geh«, sagte er schlicht. »Und kein unnötiges Heldentum. Erledige es einfach lautlos.«

Der Stellmacher antwortete nicht, sondern grinste wie ein Fuchs und schlenderte in Siegerpose davon. Er verschwand hangaufwärts, während die Übrigen warteten – einen halben Kilometer von einem der beiden Pässe ins Tal von Zarnesti entfernt. Sie kauerten sich mit ihren Rössern an die windgeschützte Seite einer Felswand neben dem Bergpfad und harrten dort für eine Zeitspanne aus, die ihnen zu lang erschien. Andere beteten derweil, das Warten möge ewig dauern, falls es sie nur vor dem bewahrte, was anschließend bevorstand.

»Monetto, du bist doch auch Italiener«, sagte Gonji und hockte sich neben den Axtmacher. »Was ist mit Sauvini los? Welche Ziele verfolgt er bei alldem?«

»Ruhm«, antwortete Monetto.

»Er möchte sich in der Stadt einen Namen machen«, ergänzte

Nagy auf Deutsch, »wie dieser grinsende Heini da drüben.« Er deutete auf Berenyi.

Berenyi verzog verächtlich die Miene. »Falle du nur tot um, alter Mann, und ich häufe Steine auf dich, wie wir es mit diesen Briganten gemacht haben. Höre nicht auf ihn, Gonji. Sauvini ist nur ... jemand, den niemand leiden kann. Immer tönt er herum, dass er eines Tages eine wichtige Persönlichkeit sein wird. Denkt auch, dass alle Frauen ihn lieben, obwohl es im Grunde dieser alter Furz hier ist, in den sie verliebt sind.« Er wies mit dem Daumen auf Nagy.

»Du meinst, er ist gar nicht so ruhig und bescheiden, wie er während der Ausbildung tut?«, fragte Gonji leicht überrascht.

Einige der Männer lachten vielsagend.

»Nur, wenn du in der Nähe bist«, sagte jemand weiter unten in der Reihe.

Jiri Szabo meldete sich zu Wort. »Gewöhnlich stellt er zu viele Fragen. Immer neugierig: ›Was tut ihr? Was geht da vor? Erzählt mir, was läuft.‹«

»*Ah, so desu ka?* Wie Klaus, hm?«, fragte Gonji und lachte freundlich. Seine Offenherzigkeit übertrug sich auf die anderen, die nur zu gern ihre eigene Angst lindern wollten. Auf eilige Übersetzungen folgte nervöses Lachen. »Klaus ist allerdings ein feiner, ehrlicher Bursche, *neh?* Ein liebenswerter Tollpatsch.«

»Ihn kann man wenigstens zum Schweigen bringen, wenn man ihm zeigt, dass man sich über ihn ärgert«, bemerkte Monetto.

»Ja«, stimmte ihm Gerhard zu. »Paolo will immer gleich kämpfen.«

»Mir tut allerdings seine Frau leid«, sagte Roric traurig. »Eine gute Frau. Hat den Fehler gemacht, sich in den richtigen Paolo zu verlieben statt in das, was er gern wäre. Sie ist zu schade für jeden Mann, der die eigenen Träume für zu hochfliegend und bedeutend hält, um sie darin einzuschließen.«

In diesem Augenblick zischte ein Pfeil durch die Luft und bohrte sich mit einem trockenen *Twack* in die Straße. Alle verstummten zugleich und starrten den Pfeil an. Etwas war darangeheftet. Ein Stück Stoff.

Gonji lenkte sein Pferd auf die Straße und blickte nach oben. Da stand Sauvini und grinste selbstgefällig. Der Samurai blickte auf den Pfeil, stieg ab und zog ihn aus der Erde. Ein blutiges Stück von einem Halstuch hing daran, ein Souvenir von Paolos Einsatz. Gonji schüttelte den Kopf.

Sekunden später folgten sie wieder im Galopp der Straße. Sie kamen an der Position des jetzt toten Wachtpostens sowie an der Höhle im Berghang vorbei, wo Gonji in jener Nacht zitternd ausgeharrt hatte, als die Dritte Freie Kompanie ihn beinahe umgebracht hatte. Wie lange lag das zurück? Ah – der Vollmond, der letzte Vollmond. *Die Nacht der Ketten . . .*

Sie fanden den Graben, durch den Hauptmann Navarez Klanns Söldnerkompanie geführt hatte, und nahmen den zerklüfteten Anstieg, wobei ihre Pferde protestierend wieherten. Und wenig später ging es über den tückischen Schiefer- und Gestrüpphang hinab ins neblige Gebirgstal. Gonji mahnte die Männer, ihre Tiere vorsichtig zu führen, denn er erinnerte sich noch an den hässlichen Sturz eines Pferdes an dieser Stelle. Abendliche Dunkelheit lag über dem Tal, als sie abstiegen und sich berieten. Sechs Männer wurden ausgewählt, um den Rand des Dorfs mit Bögen, Stangenwaffen und einer Pistole zu überwachen, damit kein Söldner entkam.

Sie hockten sich an den Südrand von Zarnesti, direkt hinter die Wiese. Gonjis Herz hämmerte, als er an den Sturmlauf im Regen und in der Dunkelheit dachte, in jener Nacht, die von den jüngeren Ereignissen so sehr überdeckt wurde. Er kniff die Augen zusammen, als er sich an Navarez erinnerte, den Mann mit dem dunklen Gesicht, und seinen kriecherischen Gefährten Esteban, an die Beleidigungen, die der Samurai hatte ertragen müssen, sowie an Riemann, der versucht hatte, ihn zu erschießen.

Und an Jocko. Diesen verrückten alten Bastard Jocko! Am besten erzählte er den Männern, was sie erwartete ...

Hauptmann Francisco Navarez plumpste im zwei Zimmer umfassenden Natursteinhaus des ehemaligen Bürgermeisters auf einen Stuhl. Er legte die Füße auf den Kiefernholztisch, und das dunkle Gesicht war verzerrt von der betrunkenen Dumpfheit, die sein ganzes Wesen niederdrückte. Er fühlte sich träge und nutzlos, abgestumpft von den fleischlichen Exzessen in diesem abgelegenen Dreckloch über einen Zeitraum von – wie viel war es? Drei Wochen? Ein Monat? Er blickte zu der Frau hinab, die schlaff auf dem deckenübersäten Fußboden lag – und schnarchte. Auf der Gesichtsseite, die sich seinem Blick darbot, war das blau angelaufene Auge zu erkennen. *Hure!* Er hatte das alles so satt, war die leicht zu habenden Frauen leid und die deprimierten Männer, die auf Kommando niederknieten oder unter vorgehaltener Pistole gegen ihre Nachbarn kämpften, um die eigene wertlose Haut zu retten. War des Weins und der schlampigen Frauen und der Pferdescheiße und der kalten, stillen Nächte im silbernen Mondlicht der Berge überdrüssig.

Heute Abend tanzte der Mond hinter tief dahintreibenden Wolken, und ein pfeifender Wind suchte sich den Weg zwischen den Bergen hindurch. Gut. In einigen Augenblicken wollte Navarez hinausgehen, um den Kopf freizubekommen. Dann – dann was? Vielleicht ging er gleich ganz von hier weg. *Si*, wieso nicht? König Klann hatte sie im Stich gelassen. Keine Ablösung, keine Nachricht ... *Dios*, vielleicht waren Klann und die ganze Armee in ...

Die Schreie und Rufe verjagten seine konfusen Überlegungen, aber zunächst rührte er sich nicht. Wahrscheinlich war es nur die Kompanie, die ihre Langeweile bekämpfte. Dann weitere Schreie – er glaubte, dass sein Name dabei gefallen war. Er setzte sich kerzengerade auf und lauschte.

Die Pistolenschüsse waren der Grund, warum er schließlich doch zur Tür torkelte, nachdem er Pistole und Munition vom Tisch genommen hatte.

Peter Foristek griff als Erster an.

»Ich möchte den dort übernehmen, *Sensei*«, hatte der große Bauer Gonji gebeten, als sie bei Einbruch der Nacht in einem Graben hockten. Sie sahen, wie sich der Brigant im hohen, sich wiegenden Gras hinter einer Scheune mit einem jungen Mädchen vergnügte.

»Nenn mich Gonji«, lautete die Antwort des Samurai. »Du bist hier nicht auf dem Übungsplatz.« Peter deutete das Grinsen als Zustimmung.

Die Männer vereinbarten, ihre Angriffe zeitlich aufeinander abzustimmen. Sie alle zählten, während sie rings ums Dorf in Stellung huschten und sich bereitmachten. Zuerst waren jene Banditen an der Reihe, die sich einzeln oder zu zweit bewegten. Dabei sollte vor allem auf die Pistolen geachtet werden. Möglichst sollte kein Schuss fallen. *Was noch?* Oh, der Alte, erinnerte sich Peter. Das ist richtig. Und den Spanier mit dem großen schwarzen Schnurrbart sollten sie für Gonji übrig lassen …

Dann war Peter mit dem Zählen fertig und inzwischen auch bis zur Ecke der Scheune gekrochen. Der Wind seufzte in den Bergen. Gelächter und Rufe drangen von der Straße herüber, begleitet von den Schmerzensschreien von Männern: Dorfbewohner, die man zwang, zur Unterhaltung der Söldner gegeneinander zu kämpfen.

Da wimmerte das Mädchen leise. Und Peter blickte forschend

um die Ecke, packte dabei den Schaft seiner mächtigen Hellebarde nur noch fester, und er sah alles. Das Mädchen konnte nicht älter als dreizehn sein. Sie wehrte sich nicht mal, denn die Brutalität, denen die Menschen des Dorfes ausgesetzt waren, forderte inzwischen ihren Tribut. Sie gab nur leise Klagelaute von sich, während der Bandit auf ihr lag, die Hose um die Knöchel, und stieß und grunzte. Und Peter konnte an nichts anderes denken als daran, wie sehr das Mädchen ihn an seine Schwester erinnerte, die die Besatzungstruppen auch einmal zu vergewaltigen versucht hatten …

Phuu! Ein kleiner Atemhauch entfuhr seinem erhitzten Hals, obwohl er ihn aufzuhalten versuchte. Der verzückte Bandit hörte jedoch nichts. Da ragte Peter schon über ihm auf und legte ihm die messerscharfe Hellebardenspitze an die Rippen.

»Jiau!«, schrie der Bandit, wälzte sich vom Mädchen herunter und griff sich an die Seite. Er starrte ungläubig zu dem zornigen Riesen hinauf, atmete schwer und verzog vor Schreck und Verwirrung das Gesicht.

Dann wollte er nach seiner Pistole greifen, aber Peter kam ihm zuvor, spaltete ihm mit einem kurzen Hieb der Hellebarde die Hand, sodass die Pistole herabfiel. Der Mann schrie nicht, sondern kam mit einem Ruck auf die Beine, starrte entsetzt auf die Hand und atmete würgend, während er die verletzte Hand mit der anderen hielt.

Peter knurrte und warf die Hellebarde hin, packte dann den Hals des Gegners mit beiden Händen und hob den Mann von den Beinen. Er knallte ihn heftig an die Scheunenwand und drückte mit diesen Händen zu, die fähig waren, junge Bäume auszureißen. Der Bandit ruderte mit den Armen und versuchte um sich zu treten, wurde jedoch von der heruntergelassenen Hose behindert. Foristek hob ein Knie und drückte den Kerl gegen das raue Holz. Der Bandit lief erst rot an, dann dunkelrot, und seine blutige Hand verschmierte Peter das Gesicht und den Kürass.

Der Bauer knirschte mit den Zähnen und drückte grunzend noch fester zu. Etwas zerbrach, und ein Blutschwall blubberte zwischen den Lippen des Mannes hervor, als Peter den Todesgriff lockerte. Dem Banditen quollen die Augen aus den Höhlen, und der Kopf kippte wie ein Sack auf seine Brust. Im Tode gab der Dickdarm seinen Inhalt her.

Inzwischen warf sich das Mädchen schreiend auf dem Boden hin und her, überwältigt vom Grauen all dessen und von bislang verschütteten Gefühlen, die jetzt nach außen drängten. Peter rief ihr zu, sie möge bitte still sein, denn er fürchtete, sie könnte die Banditen frühzeitig vor dem Überfall warnen. Schon drang jedoch Kampflärm von der Straße herüber. Und Pistolen krachten.

Jiri huschte wendig und wachsam zwischen den Hütten herum. Mit einer Hand hielt er den Griff des Schwerts umklammert, das er sich auf den Rücken geschnallt hatte. Er wusste, dass er vorsichtig sein und sich Gegner und Kampfschauplatz sorgfältig aussuchen musste. Er fürchtete, dass er einen Kampf womöglich nicht überstand, falls die Bedingungen nicht optimal waren. Das Grauen floss durch ihn wie eine Schlange und drohte seinen Willen und, schlimmer noch, seine Muskeln zu lähmen.

Verschone mich davor, den Tod eines Feiglings zu erleiden …

Denke einfach daran, was dir Gonji beigebracht hat: entspanne dich, leere den Geist …

Er hörte das boshafte Lachen und die Rufe von der Straße. *Da*, ihr werdet erst richtig lachen, wenn wir … Vor den Hütten erblickte er Wassertröge und Teile eines überdachten Brunnens. Der Wind trug lose Gegenstände vorbei. Alles erschien sicher. Forschend blickte er um die Ecke.

Ein Söldner stieß fast mit ihm zusammen und knurrte überrascht. *Oh mein Gott!* Jiris erster Gedanke war davonzurennen, als er sah, wie der Mann an seinen Gürtel griff. Dort steckte jedoch keine Pistole, sondern nur Säbel und Dolch. Jiri sprang aus der Deckung der Hütten und zog blank. Die Augen quollen ihm schier aus den Höhlen, als er die Waffe mit beiden Händen in einer Abwehrhaltung auf Körpermitte nahm.

»Du möchtest dich also schlagen, wie, Kleiner?«, fragte der Söldner auf Deutsch. »Heh, Eugie, sieh mal her!« Der Kamerad, den der Mann mehrere Hütten weiter an der Straße zurückgelassen hatte, war jedoch schon tot. Zwei Milizionäre standen mit blutigen Schwertern über ihm.

Der Zweikampf begann. Der Söldner sondierte mit dem Säbel Jiris Fähigkeiten. Jiri parierte forsch jeden Angriff, aber seine *Iaijutsu*-Technik war nicht gänzlich ausgereift: Er vollendete den Kreis nicht, ging nicht aus der reinen Parade in die Riposte über. Er kämpfte völlig defensiv und wich immer weiter zurück, zu zaghaft, um selbst anzugreifen und dem gegnerischen Schwert zu trotzen.

Dann bemerkte er, wie sich jemand von hinten an seinen immer zuversichtlicheren Gegner heranschlich. Jiri blickte dem Mann weiter fest in die Augen, überzeugt davon, dass er in Sekunden tot sein würde, falls es ein weiterer freier Gefährte war, der sich da näherte.

Das war jedoch nicht der Fall. Es war Paolo Sauvini. Der Stellmacher pirschte mit katzenhaften Schritten heran. Das Weiße seiner Augen schimmerte in der Dunkelheit, und mit beiden Händen hielt er das Schwert horizontal in einer Stoßhaltung, wie sie der Samurai lehrte.

Mit einem Übelkeit erregenden Geräusch zerrissen Fleisch und Innereien, als Paolo den Rumpf des Söldners mit einem ungestümen Stoß komplett durchbohrte. Und beim Anblick dessen, was mit der Schwertspitze aus dem Bauch hervorkam, schnitt Jiri eine Grimasse.

Würgend wandte er sich ab, als der erschütternde Schrei des Briganten die Nacht zerriss.

In Zarnesti begann eine Orgie der Gewalt.

Einige der Briganten sahen, mit wie vielen Angreifern sie es zu tun hatten, erkannten ihre hoffnungslose Lage und rannten zu den Ställen.

Viele Milizionäre setzten ihnen nach. Die meisten versuchten, die flüchtigen Söldner niederzustrecken, ehe diese auf ihre Pferde steigen konnten; andere hofften, dass ihre Kameraden den Gegner zuerst erreichten.

Schreie und Flüche ertönten überall im Dorf. Türen knallten.

Der Soldat Riemann wälzte sich in der Hütte, die er in Besitz genommen hatte, aus dem Bett und tastete nach seiner Hose. Die Frau plärrte leise, und ihr Kind begann quengelig zu schreien.

»Bring dieses Kind zum Schweigen, oder ich mache es selbst!«, knirschte er. Die Frau verstand die Sprache nicht, konnte aber dem Tonfall entnehmen, dass ihr Kind in Gefahr schwebte und dass, falls sie es nicht beruhigen konnte, dieses Monster sie ebenso umbringen würde wie ihren Ehemann.

Riemann brummte Flüche, während er das Lederwams liegen ließ, die Radschlosspistole lud und spannte und schließlich Schwertgürtel und Rapier an sich nahm und in die Nacht hinaustrat. Er wartete, bis sich seine Augen an die Dunkelheit angepasst hatten, und versuchte, aus dem Gemetzel und den umherhuschenden Gestalten und trommelnden Hufschlägen schlau zu werden.

»Möchtest du noch mal einen Schuss probieren, Riemann?«, fragte jemand aus der Dunkelheit heraus, und er warf sich herum, sank auf ein Knie und zielte mit der Pistole auf – was eigentlich? *Wo hatte er diese entsetzliche Stimme schon mal gehört?*

Ein Dolch grub sich mehrere Fuß rechts von ihm in den Boden. Er stand auf und richtete die Pistole dorthin. Zu spät hörte er das leise Tappen hinter sich. Wirbelte herum. Sah das Mondlicht auf seinem Todesurteil aufblitzen …

Der Japaner – dieses fürchterliche Schwert hoch über den Kopf erhoben … Riemann fand nicht mal Gelegenheit, die Pistole anzulegen. Der Schuss, der zu seiner Totenglocke wurde, bohrte sich in die Erde.

Gonji holte einmal tief Luft und ging weiter. Er knallte die Tür des Hauses zu, in dem Frau und Kind kreischten, und eilte auf die Hauptstraße.

Menschen rannten inzwischen verwirrt durcheinander. Türen und Fensterläden flogen auf oder knallten zu. Das scharfe Krachen von Pistolenschüssen drang aus einer Seitengasse herüber …

Er sah einige der eigenen Milizionäre in panischer Verwirrung herumlaufen und die harte Invasionstruppe mimen, indem sie knurrten und ihre Schwerter und Stangenwaffen schwenkten, obschon die Männer nicht wirklich auf einen Kampf erpicht waren. Gonji rief ein paar barsche Befehle und schickte sie zu den Ställen, wo sich etwas rührte.

Dann entdeckte er Esteban. Navarez' Speichellecker, der Mann mit den vorstehenden Zähnen, lief die Straße entlang, gefolgt von drei weiteren Söldnern, von denen einer eine brennende Fackel trug. Esteban blickte mit dem gesunden Auge zum äußeren Ende der Hauptstraße. Er hielt eine Pistole schussbereit, und einer seiner Gefolgsleute hatte eine weitere Pistole, deren Lauf nach oben zeigte. Gonji versteckte sich an einer Tür und wartete, bis die Männer vorbei waren. Dann rannte er ihnen nach.

»*Konban wa* – guten Abend, syphilitischer Abschaum!«, schrie er. Die vier wirbelten herum und starrten ihn mit großen Augen an, in denen sich Grauen breitmachte.

»Du – *Barbaro!*«, keuchte Esteban. »*Francooo!*«

Und dann sprang Gonji mitten zwischen sie. Sein *Katana* sang und fraß sich durch Fleisch und Knochen. Ein Mann mit Pistole versuchte panisch auf Gonji anzulegen und schoss dabei einem Spießgesellen in den Rücken. Esteban selbst fand keine Gelegenheit, sich von seinem Schrecken über diese Erscheinung zu erholen. Er lag bereits tot auf seiner noch immer nicht abgefeuerten Radschlosspistole.

Gonji sah Reiter aus dem Stall hervorkommen, und einige Milizionäre stellten sich ihnen in den Weg. Er kannte die Gefahr, die sich daraus ergäbe, wenn auch nur einer von ihnen entkam. Gerhard und Roric waren jedoch zur Stelle, und so wandte sich der Samurai dem Haus des Bürgermeisters zu, wo sich, wie er wusste, Navarez einquartiert hatte.

Da stand der verhasste Hauptmann, der Gonjis Dienstzeit bei seiner Truppe so brutal gestaltet hatte. Er hielt eine gespannte Pistole auf den Bauch des Japaners gerichtet.

Anton setzte den flüchtenden Banditen nach und stürmte in den Stall, wo die Männer auf wiehernde, durchgehende Pferde sprangen, einige davon ungesattelt. Zwei Reiter streiften ihn und schleuderten ihn zur Seite. Er rutschte aus und landete im Heu. Ein dritter Bandit war jedoch vom Pferd geflogen. Anton blickte auf, legte die Pistole an, spannte sie. Zielte in der Dunkelheit auf seinen gestürzten Gegner. Zu spät – in einem verirrten Mondstrahl glomm der Pistolenlauf des anderen auf.

Beide Waffen krachten gleichzeitig und spien Rauch. Anton schrie bei dem sengenden Schmerz auf, als sein Bein einen brutalen Schlag erhielt, drehte sich und stürzte auf den feuchten, stechend riechenden Stallboden. Er hörte jedoch den anderen Mann stöhnen und blickte zögernd durch den Pulverqualm. Obwohl er vor Schmerzen schwer atmete, seufzte er erleichtert auf: Seine Pistolenkugel hatte den Schädel des Briganten durchschlagen.

Er sackte zusammen, ergab sich dem Schock und den Schmerzen.

Draußen ging ein schwertschwingender Söldner zu Pferd auf den gewieften Roric los, der mit seiner Pike stetig auf die Brust des angreifenden Reiters zielte. Der Schwertkämpfer heulte seinen Berserkerschrei und schlug zu. Aber Roric wich mit einem Schritt zur Seite aus und stieß selbst die Waffe nach vorn …

Ein grauenhafter Schrei ertönte, und geschliffener Stahl krachte so heftig auf Plattenrüstung und Knochen, dass andere Kämpfer in der Nähe die Köpfe drehten. Der freie Gefährte wurde durch den eigenen Schwung auf die Pike gespießt und aus dem Sattel gerissen. Das Pferd galoppierte ohne Reiter davon, und Roric spürte, wie das schwere Gewicht seines Gegners das Ende seiner Waffe langsam herabdrückte. Die Stahlspitze hatte den Brustkorb des Mannes fast komplett durchstoßen.

Monetto lief mit offenem Mund herbei. »Du – du …« Er fand einfach keine Luft.

»Pass auf!«, brüllte Roric.

Zwei weitere Reiter hatten sie erreicht und trennten sich, um den Schauplatz des Blutbades zu umgehen. Einer wirbelte ein Entermesser, und der andere legte die Pistole an, um im Vorbeireiten einen Schuss zu wagen.

Nirgendwo bot sich Deckung.

Wilf hörte die Schreie hinter sich, während er sich zwischen den Hütten mit seinem Gegner schlug. Rückenspalter blitzte und heulte und trieb den österreichischen Straßenräuber zurück. Die Verzweiflung dieses Mannes wuchs, obwohl er Wilf verspottete. Der junge Schmied blieb jedoch konzentriert.

Klank-klank-sisss! Auf eine rasche Folge von Angriffen und Riposten folgte ein Sprung Wilfs, mit dem er über das Schwert des Gegners hinwegsetzte, als der Straßenräuber ihm die Achillessehnen zu durchtrennen versuchte. Durch die Ausbildung im *Karumi-jutsu* erfolgten Wilfs Manöver rechtzeitig und mühelos. Sein Selbstbewusstsein nahm beträchtlich zu.

Er trieb den Mann die Gasse entlang, und Stahl, Zähne und Augen glänzten im Dunkeln. Wilf spürte, wie sich seine Bauchmuskeln allmählich verkrampften. *(Muss die Sache zu Ende bringen!)* Sie erreichten einen Spalt gelben Lichts, das aus einem Fenster mit offenen Läden fiel, und ihre schwitzenden Gesichter traten kurz aus dem Schatten hervor, ehe sie wieder in tiefer Dunkelheit verschwanden. *(Für die Stadt, für Genya!)*

Er scheiterte mit einer Parade, und der Säbel prallte an seiner Schaller ab, die ihm jetzt schief auf dem Kopf saß. Er riss den Helm herunter, als der Brigant einen Schritt zurückwich und dann ermutigt zu einem direkten Angriff ansetzte. Rückenspalter schlug den Säbel jedoch zur Seite, rutschte daran entlang, schoss im zweihändigen Griff nach vorn …

Ein feuchtes Gurgeln ertönte, gefolgt von einem Schwall dunklen Bluts.

Wie der Blitz zog Wilf die Schwertspitze aus dem Hals des Mannes, als hätte man ihn dabei ertappt, wie er etwas Verbotenes tat. Der Soldat stürzte schwer zu Boden.

»Duck dich, Wilf!«

Der Ruf war hinter ihm ertönt; der Pistolenschütze stand keine zehn Schritte vor ihm. Wilf ließ sich fallen wie ein nasser Schwamm. Hörte die Pistole krachen und etwas über sich vorbeipfeifen. Jemand stürzte – der Bandit.

Er blickte erst auf und dann hinter sich. Karl Gerhard stand dort und nickte ihm knapp zu, hielt dabei den Bogen an der Seite, nachdem der Pfeil abgeschossen war. Wilf stieß einen Schwall heißer Luft hervor.

»Bist du in Ordnung?«

»Ja, danke«, antwortete Wilf.

»Dann komm – zum Stall!«

Gerhard rannte los, griff dabei über die Schulter und zog einen weiteren Pfeil aus dem Köcher. Wilf stand auf, nahm die Schaller wieder an sich und starrte den Banditen an, den er niedergestreckt hatte. Ging ungläubig zweimal um ihn herum.

»*Choléra!*«

Nick Nagy ging von der ungedeckten Seite aus auf den Reiter mit der Pistole los und schlug nach dessen ungeschützten Rippen. Dabei streifte ihn die Flanke des Pferdes, und er stolperte fluchend rückwärts. Der verletzte Bandit stürzte mit einem hässlichen Klatschen neben ihm zu Boden. Nick hatte das Schwert verloren und griff danach, während sich der stöhnende Söldner aufzurappeln versuchte und sich dabei die aufgerissene Seite hielt. Da stürmte jedoch Paolo Sauvini heran und erledigte den Mann mit einem wütenden Hieb auf Hals und Schultern.

Nick wich zurück, als der Brigant beinahe auf ihn fiel. Roric und Monetto liefen herbei, als Paolo zurücksprang, schwer atmend eine geduckte Haltung einnahm und nach weiteren Gegnern Ausschau hielt, denen er sich stellen konnte.

»Heiliger Mist! Halte ihn doch irgendjemand auf!«, schrie eine Stimme.

Alle blickten die Straße entlang: Der andere Reiter war Roric und Monetto ausgewichen, während sie angesichts seiner Pistole in Deckung zu springen versuchten. Jetzt näherte sich der Mann dem Tor weit unten an der Hauptstraße des Dorfs. Falls er entkam und Klann Nachricht von diesem …

Roric griff sich die Pistole des Gefallenen, zielte sorgfältig, schoss – und verfehlte das Ziel. »Die Wachen draußen am Dorfrand werden ihn aufhalten müssen«, sagte der Metzger, während sie alle besorgt dem flüchtenden Banditen nachblickten.

Da wurde inmitten des Geschreis und trappelnder Füße ein pfeifendes Zischen vernehmbar. Ein Pfeil bohrte sich dem fliehenden freien Gefährten voll in den Rücken. Die Männer blickten zur anderen Straßenseite hinüber. Dort stand der schweigsame Gerhard. Sein mächtiger Langbogen vibrierte noch von dem prachtvollen Schuss, der den Briganten auf den Widerrist seines Pferdes geschleudert hatte. Das Tier galoppierte weiter zum Tor hinaus, trug jedoch nur noch eine baumelnde Leiche.

Ein Dutzend Männer jubelten, aber Karl nickte einfach nur entschieden, wie er es auch auf dem Übungsplatz der Bogenschützen tat. Dann dämpfte Roric die Freudenstimmung.

»In Ordnung, in Ordnung, beruhigt euch! Wir müssen noch ...«

Das meiste schien vorüber zu sein. Zwei Dinge verlangten weiter nach Aufmerksamkeit: Hilferufe hinter dem Stall und die Menge, die sich vor dem Haus des Bürgermeisters versammelte. Die Milizionäre teilten sich auf, um beidem nachzugehen.

Gonji ging auf Navarez los, das Sagami hinter sich in der rechten Hand starr aufgerichtet. Er forderte die gespannte Pistole des Hauptmanns heraus, stürmte auf ihn zu, die Nasenflügel gebläht, und bewegte sich dabei geschmeidig wie ein Leopard im Zickzack.

»*Barbaro!*«, flüsterte Navarez matt und kniff im grellen Licht windgepeitschter Fackeln die Augen zusammen. »*Barbaro!*«, schrie er schließlich, als sich bei ihm die Erinnerung mit der Unerbittlichkeit eines Gottesgerichts einstellte.

Er wedelte mit der Pistole und feuerte, aber der Schuss ging weit daneben.

»*Barbaro* – Gon-schiie – ich ...«, stotterte er und wollte den Angriff mit erhobenen Händen abwehren.

Dann war Gonji über ihm. Das *Katana* beschrieb einen eleganten Bogen und trennte den Kopf des Hauptmanns von den Schultern. Der Kopf mit dem spinnenhaften Schnurrbart plumpste auf die Treppe des Hauses, und der Mund klappte noch stumm auf und zu.

Einer der Milizionäre lief von hinten auf Gonji zu, sah das Blut aus Navarez' Halsstumpf schießen, den Kopf rollen. Er sank auf die Knie und erbrach sich. Weitere Menschen liefen zusammen. Die Dorfbewohner kamen jetzt aus ihren Behausungen und versammelten sich vor dem Haus des Bürgermeisters. Allmählich wurde ihnen klar, dass sie frei waren.

Paolo trat in der stolzen Haltung des Siegers an Gonjis Seite. Als er das Grauen auf einigen Gesichtern seiner Kameraden sah, tönte er: »Na ja, so sieht es aus, Jungs.« Dann wandte er sich an Gonji. »Was unternehmen wir als Nächstes, Gonji? Wie sieht der Plan aus? Jetzt Vedun, hm?«

Gonji antwortete nicht. Auf einmal gab sich Paolo als Gleichgestellter, voller taktischer Fragen, und die verdrossene, in sich gekehrte Haltung war dahin. *Hast dich bewiesen, wie?*

»Sorgen wir für Ordnung!«, rief Gonji über ihn hinweg. »Kümmert euch um unsere Leute. Ich möchte wissen, wie viele überlebt haben. Kontrolliert den Dorfrand. Jemand sollte anfangen, die Toten zu zählen und ...«

Geschrei aus dem Stall schnitt ihm das Wort ab. »*Kami!* Ich ...«

Gonji stürmte dorthin, und alle, die neugierig und besorgt waren, folgten ihm. Als er dort eintraf, stellte er fest, dass vier seiner Männer den grantigen alten Koch und Pferdeknecht Jocko in Schach hielten. Zumindest so gut sie konnten ...

»Pilger!«, schrie Jocko, als er Gonji entdeckte. »Hurensohn! Da haste mir erklärt, du kämst irgendwann als Eroberer zurück, und verdammich, wennste nicht Wort gehalten hast! Hihi!« Er rannte herbei, vorbei an der jetzt erleichterten Gruppe, die er mit dem rostigen Entermesser bedroht hatte. »Königsmörder!« Und er umarmte Gonji wie einen Sohn.

»Was für'n toller Tag! Wie wär's mit Wein für dich und deine

Jungs? Weißte …«, fuhr er dann leise fort, »ich will ja nix sagen, aber du solltest dir lieber 'n paar gute Leute besorgen. Mann, wenn ein alter Knacker wie ich vier davon in Schach halten kann, na ja …«

Sie sprachen Italienisch, und einige der Männer kapierten überhaupt nicht, was hier geschah.

»Ich habe sie angewiesen, dir nicht wehzutun, du altes Relikt. Aber nur zu, stich die Weinfässer an. Später schwelgen wir dann in Erinnerungen. Meine Freunde, das hier ist Giacomo Battaglia …«

»Einfach Jocko«, knurrte der Alte.

»… der vor einiger Zeit mein Leben vor diesen Briganten gerettet hat.«

Angelo, Jockos Muli, stimmte jetzt in der Schmiede sein Geschrei an und trat aus.

»Oh, sei doch still, Ange! Ich komm ja, ich komm ja, verdammt!«

»In Ordnung, *Bushi*«, sagte Gonji. »Sehen wir uns mal an, wie es gelaufen ist.«

Sie gingen los, um sich einen Überblick über die Lage im Dorf zu verschaffen. Dolmetscher waren schon dabei, Berichte von dem Getümmel weiterzugeben. Für die meisten hier war es eine neue Erfahrung gewesen.

Antons Bein war verbunden. Er würde eine Zeit lang nicht mehr zu Fuß kämpfen können. Stefan Berenyi hielt einen blutigen Lappen fest in der Hand und war bleich wie der Herbstmond. Als jemand den Lappen aufwickelte, war zu erkennen, dass Stefan einen Finger verloren hatte. »Oh, ist das alles?«, scherzte er, um nicht ohnmächtig zu werden. Schnell sorgten die Männer dafür, dass er sich betrank, damit die alte Frau, die hier im Dorf als Heilerin arbeitete, die Wunde kauterisieren konnte. Die ganze Zeit saß Berenyi da, bedeckt von kaltem Schweiß, zitterte und erzählte Witze, die Nagy diesmal widerspruchslos über sich ergehen ließ.

Darin erschöpften sich jedoch auch schon die Verluste der Miliz – kein einziger Todesfall, und die meisten Milizionäre wirkten zuversichtlich, wenn auch ein wenig erschüttert, nachdem sie Gonjis Grausamkeit im Kampf zum ersten Mal miterlebt hatten. Dem Samurai wurde seinerseits klar, dass einige der Männer gar nicht mitgemacht hatten. Er glaubte jedoch, dass sie der grausige Anblick zumindest etwas gelehrt hatte.

»Ich war heute nicht sehr gut«, sagte Jiri zu ihm, als niemand anderes in Hörweite war.

»Vergiss es, Jiri. So ist es eben manchmal.«

»Schreib mich nicht ab, ja? Mir ist jetzt wohler, was das Kämpfen angeht. Ich brauche nur noch mehr Übung im *Kenjutsu* ...«

»Jiri, hier geht es nicht darum, es mir recht zu machen. Wir sind im Krieg. Tue das Nötige, damit du mit dir selbst im Reinen bist.« Und damit überließ Gonji es ihm, aus diesen Worten schlau zu werden.

Später verfolgte Gonji an Wilfs Seite, wie die Leichen der letzten fünfzehn Angehörigen von Klanns Dritter Königstreuer Freier Kompanie auf Wagen geladen wurden, um sie zum Begräbnis zu fahren. Der Samurai säuberte die Klinge des Katana mit einem Seidenhalstuch, das er dem toten Esteban abgenommen hatte. Er sah, wie Wilf den Mann anstarrte, den er erschlagen hatte. »Ist alles in Ordnung mit dir, Wilf?«, fragte der Samurai behutsam.

»Ich denke, ja«, flüsterte Wilf.

Navarez' eingewickelte Leiche wurde als letzte herbeigetragen, und Paolo brachte den Kopf, den niemand sonst anfassen wollte. Die Art, wie der Hauptmann gefallen war, erweckte nach wie vor Grauen und Abscheu bei einigen Milizionären, wie Gonji wusste, und er entschied, einmal auf den Busch zu klopfen.

»Dieser Mann hat mich schwer beleidigt. Er hat mich umzubringen versucht ...«

Einer der Milizionäre, deren Mienen man den Schrecken entnehmen konnte, sprach die eigenen Gedanken auf eine Art aus, die angespanntes Schweigen auslöste:

»Wer bist du? *Was* bist du? Bist du ein Gott oder ein Geist oder ein Dämon, dass du derart zu kämpfen verstehst? Du – du ...«

»Ich bin sowohl sehr gut als auch vom Glück begünstigt«, antwortete Gonji gelassen, »aber trotzdem ein Mensch. Wenn meine Zeit gekommen ist, werde ich fallen wie jeder andere auch. Vielleicht falle ich etwas würdevoller ...«

Der verschmitzte Ton, in dem er das letzte Wort aussprach, entlockte dem einen oder anderen ein leises Lachen, aber sein Kritiker fuhr jetzt hitziger fort:

»Du machst auch noch Scherze darüber! Ich spreche von deiner Art zu töten. Du bringst Menschen um wie ... wie ... als würdest du Ähren von einem Feld lesen. Als ob sie ...«

»Tut mir leid, dass du nicht damit einverstanden bist, mein Freund. Der Krieg ist so. Ich schreibe nicht die Regeln dafür. Ich überlebe einfach nur. Dass Menschen sterben, wenn ich sie mit dem Schwert treffe, heißt noch nicht, dass mir ihre Würde nichts bedeutet. Tut mir leid, dass ich so gut zu kämpfen verstehe. Ich bin das geworden, was mein Vater von mir erwartete. Kannst du das Gleiche von dir sagen? Was hattest du erhofft – dass ich hier sterbe? Dass einer dieser Banditen mich übertrumpfen würde? Deine Hoffnung hat dich getrogen. Du solltest allmählich lieber hoffen, dass sich niemand, der dir auf dem Schlachtfeld begegnet, als besser erweist ...«

»Das ist nicht von Belang, denn ich betrete kein Schlachtfeld mehr.« Damit wandte sich der Mann ab und ging weg, und ein weiterer folgte ihm. Sie verließen das Dorf und kehrten zu ihren Pferden zurück.

»Sollten wir sie nicht aufhalten?«, fragte Paolo.

»*Iyé* – es ist ihr gutes Recht zu gehen. Vielleicht erweisen sie sich letztlich ohnehin als die Klügeren.«

Ein neuer Bürgermeister wurde für Zarnesti ernannt. Gonji erkannte in ihm den stämmigen Dorfbewohner wieder, dessen Leben er verschont hatte, als damals die Söldner das Dorf besetzten. Der Mann bedankte sich mit Hilfe eines Dolmetschers bei Gonji und ließ ihm ausrichten, dass er ihn schon als guten Menschen eingeschätzt hatte, als er sah, wie der Haufen den Samurai in jener unglückseligen Nacht umzubringen versucht hatte. Die Miliz überließ dem Dorf etliche Klingenwaffen und die Hälfte der von den Banditen erbeuteten Pistolen, damit sich die Menschen hier künftig verteidigen konnten.

Gonji ging allein zur Witwe des Schmieds, den er getötet hatte, um ihr seine tiefe Trauer auszurichten, aber sie wollte ihn nicht empfangen; sie war nicht mal bereit, sich über einen Vermittler anzuhören, was der Samurai zu sagen hatte, und ließ ihm mitteilen, sie wünschte, er wäre tot wie ihr Mann, und gedachte dafür zu beten, dass ihn dieses Schicksal bald ereilen möge.

Gonji empfand tiefen Schmerz darüber, und das Herz war ihm schwer von Schuldbewusstsein. Er konnte jedoch nichts tun. *Karma*.

Als die Milizionäre tief in der Nacht auf ihre Pferde stiegen, um Zarnesti zu verlassen, verabschiedete sich Gonji vom alten Jocko, nachdem sie ein paar Becher auf ihrer beider Wohl geleert hatten. »Und was hast du jetzt vor, alter Griesgram?«

»Na ja – wenn man bedenkt, dass ihr mir grade die Anstellung genommen habt ...« Jocko schüttelte den Kopf.

»Du wirst nicht zur Burg gehen und Klann erzählen, was wir getan haben?«

Jocko bellte sein raues Lachen. »Das wär ganz schön dumm – ich hab dir dein verdammtes Leben gerettet! Nein, ich find's irgendwie komisch, dass 'n kleiner Mistkerl wie du Klanns ganzer Armee und sein' Monstern und Gott weiß was sonst noch so zusetzt! Sei jetzt nur vorsichtig. Was ihr hier erledigt habt, das war 'n nur kleine Fische. Nein, ich denk irgendwie, ich bleib inner Gegend. Du hast 'n einzigen Pferdeknecht umgebracht, dense hier hatten, du Blödmann! Aber das gibt mir Arbeit. Und danach – keine Ahnung. Ich habe so 'ne Idee, dass ich nich' mehr allzu lange auf dieser Welt bin, und ich hab 'nen Enkel, den ich noch nie gesehen hab. Vielleicht verbring ich 'nen Teil dieser Zeit mit ihm. Wer weiß?«

»Nun, gib gut auf dich acht, mein Freund, und mögen die Geister deiner Ahnen dich zu einem Ort friedlicher Ruhe geleiten, wenn deine Zeit gekommen ist.«

»Na, ich weiß nix, was das angeht, Söhnchen, aber achte du auf dein' eigenen Arsch. Haste verstanden, Pilger?«

»*Sayonara*, alter Mann.«

Sie ritten aus Zarnesti hinaus, erschöpft und verletzt, aber in Hochstimmung. Anton lenkte sein Pferd neben Gonji, als sie langsamer wurden. Er sah nicht gut aus.

»Meinem Vetter geht es gut. Dachte, du möchtest es vielleicht wissen.«

Gonji blickte zu dem glatzköpfigen Ritter hinüber. »Das freut mich.«

Eine Zeit lang ritten sie schweigend dahin, und Anton ging noch etwas anderes durch den Kopf als seine Schmerzen. Endlich fand er die richtigen Worte: »Sie haben dort etwas verloren, deine *Bushi*, nicht wahr?«

»Hm? Und was?«

»Ihre Unschuld. Sie sind nicht mehr die Gleichen, nachdem sie jetzt Blut vergossen haben. Der Krieg hat begonnen.«

Gonji nickte, aber nicht die Miliz war es, die ihn beschäftigte.

Sollte er jedoch töten, dann fand die Transformation in jeder Nacht statt ...

ZWANZIGSTES KAPITEL

Am frühen Abend ritten sie nach Vedun hinein, König Klann unter schwerem Geleitschutz durch die Llorm-Garde, aber anscheinend bei bester Laune. Die Haupthalle war zur Feier des Tages geschmückt worden, und die Bürger hatten sogar für ein bescheidenes Maß an feierlichem Pomp gesorgt. Eine Kapelle auf dem Podium stimmte einen Militärmarsch an, als Klann vorbeiritt. Die Menschen, die beiderseits der mit Bannern geschmückten Straße der Hoffnung Aufstellung genommen hatten, trugen ihre besten Sachen und verfolgten den Zug in respektvoller Haltung. Manche streuten sogar – als Symbol ihrer Hoffnung auf Frieden – vor der Kolonne Blumen auf die Straße.

Wir werden sehen, dachte Hauptmann Sianno. Er saß im Putz eines Würdenträgers auf seinem Streitross, trug aber griffbereite Waffen. Verstohlen wischte er sich den Schweiß von der Stirn und leckte ihn von den Lippen, als der Zug vor der Versammlungshalle der Stadt eintraf. Ihm gefiel das hier überhaupt nicht. Der König verhielt sich sehr töricht, und was konnte er in der Stadt überhaupt erreichen? Je mehr Distanz er zu den Menschen hier wahrte, desto besser für ihn.

Die Truppe stieg ab, und Sianno wies die Sänftenträger an, das Vehikel abzusetzen, damit Mort aussteigen konnte. Der verdammte Hexenmeister trat auf, als wäre *er* der König! Hätte sich Klann nicht auf Morts Hilfe verlassen, was die Frühlingsfahrt nach Akryllon anging, dann hätten seine Berater ihn vielleicht überreden können, sich des Zauberers zu entledigen. Irgend etwas an diesem stimmte ganz und gar nicht – nämlich diese Art, wie er Dinge im Voraus wusste.

Während das gesamten Rituals des Eintretens und Platznehmens, das damit verbunden war, blieb Sianno an Klanns Seite. Die Essensdüfte hingen verlockend in der Luft. In aller Stille, aber gründlich durchsuchten die Llorm die Umgebung nach Hinweisen auf Verrat und mögliche Gefahren für Klanns Wohlergehen. Ein Netz aus Dragonern und Infanteristen der Llorm ging draußen Streife und sicherte den Saal ringsherum ab. Niemand – und nichts – konnte herein- oder herausgelangen.

Die Begrüßung zog sich ermüdend in die Länge. Sianno fasste sämtliche Festgäste scharf ins Auge, ob er nicht Hinweise auf versteckte Waffen entdeckte, irgendeine Hinterlist, den Hauch eines Muskelzuckens, das nervöse Anspannung über einen tückischen Plan verriet, gegen den König vorzugehen.

Flavio; Milorad; der Günstling Michael; Tralayn, die heilige Frau der Stadt, die ausnahmsweise einmal beherrscht wirkte; Garth Iorgens und sein Sohn, der Stadtkämmerer – eine ermüdende Parade der örtlichen Würdenträger. Und nur Garth erweckte beim König einen Hauch echten Interesses.

»Eine prachtvolle Auswahl von Gütern für die Burg«, sagte Klann gerade zur Versammlung. »Ihr habt wirklich gute Arbeit geleistet. Ihr habt die Ernteausfälle, was immer sie verursacht haben mag, sowohl durch euren Fleiß ausgeglichen als auch, davon sind Wir überzeugt, durch enger geschnallte Gürtel.« Angespanntes Lachen. »Wir wissen das sehr zu schätzen, das versichern Wir euch.«

Die Stadtoberen schienen sehr darauf bedacht, die Festlichkeiten hinter sich zu bringen und mit Verhandlungen zu beginnen. Klann seinerseits machte den Eindruck, als hätte er sehr gern mit Garth gesprochen, dem er häufig nervöse Blicke zuwarf. Was immer er dem Schmied zu sagen hatte, es schien ihm wichtig genug, um das Risiko einzugehen, sich in die Gesellschaft dieser heimtückischen Menschen zu begeben. Ob er wohl plante, Garth wieder einen Offiziersposten anzubieten?

Nein. Niemals. Sie konnten sich nie wieder verbünden.

Frauen in bunten Kleidern, die die Speisen zubereitet hatten, veranstalteten wegen des Königs einen großen Wirbel und schleppten ihre Kreationen für die Tafel der Oberen heran, an der Klann, seine Vasallen und die Führungspersonen der Stadt saßen. Quicklebendige, frisch geschrubbte Kinder aus der Stadt vollzogen das Ritual des Vorkostens aller Speisen – eine traditionelle Maßnahme, um dem König zu demonstrieren, dass er nicht befürchten musste, möglicherweise vergiftet zu werden. Währenddessen entschuldigte sich Sianno, ging an das Ende der Tafel, wo Garth saß, und verwickelte den ehemaligen Feldkommandeur in ein gedämpftes Gespräch.

»Iorgens, alter Gunstbeweise zuliebe sage ich dir Folgendes: Seine Majestät ist hauptsächlich hier, um mit dir zu reden. Ich denke, dass er von dir erfahren möchte, was in Vedun geschieht. Wirst du ihm wahrheitsgemäß antworten?«

Iorgens wirkte bei seiner Antwort leicht verärgert, fand Sianno. »Was hier geschieht: Die Menschen verzehren sich regelrecht danach zu erfahren, was aus ihren Lieben geworden ist. Jenen, die ohne Anlass verschleppt wurden und als Geiseln festgehalten werden. Was geschieht mit diesen Menschen, Sianno?«

Das saß. Der Hauptmann argwöhnte wie alle auf der Burg, dass der verfluchte Hexenmeister diese Menschen für üble Zwecke missbrauchte. Jedoch verfolgte Mort damit ein Ziel, das für den König vorteilhaft war, und handelte mit dessen Zustimmung. Und sie alle schuldeten Klann Treue – das Einzige, wofür Menschen leben konnten, die kein eigenes Land hatten.

»Sie werden im Dienst des Königs gebraucht«, antwortete Sianno streng. »Mehr braucht ein unterworfenes Volk nicht zu wissen. Des Königs Wille ist Gesetz, und seine Gefolgsleute werden es mit ihrem Leben verteidigen. Auch du hast einmal daran geglaubt, Garth. Einst warst auch *du* bereit, für Klanns Willen zu sterben, nicht wahr?«

»Das war vor langer Zeit ... der König war ein anderer ... und ich auch.« Garth wandte sich ab, und die Last der Jahre und anderer Dinge – an die Sianno lieber nicht rühren mochte – furchte seine Stirn.

Der Hauptmann kehrte an seinen Platz zurück.

»... hat meine Mutter selbst gemacht!«, erzählte ein sommersprossiger rothaariger Junge gerade dem König, als Sianno sich setzte.

Ja, das ist wundervoll, Kind, dachte Sianno, *aber sehen wir zu, dass wir weitermachen, hm?*

Sogar der Zauberer wirkte nervös, während sein Blick forschend durch den Saal schweifte. Wie üblich war für ihn nicht gedeckt worden. Wovon er sich wohl ernährte?

Sianno verbannte den Gedanken.

Dann wurden die Speisen von den Tabletts der Kinder aufgetragen, »... von denen keines in der großzügig bemessenen Zeitspanne tot umgefallen ist«, wie des Königs Oberkämmerer auf seine sardonische Art zu sagen pflegte. Klann kostete ein wenig von allem und äußerte sich darüber zu jedem Kind und häufig zu der jeweiligen Köchin. Die seltenen Anlässe, bei denen Klann seinen Großmut gegenüber unterworfenen Menschen ausdrückte, waren immer die Tage des ermüdendsten Dienstes überhaupt, entschied Sianno. Und heute Abend spielte er den wohlwollenden Monarchen durch und durch. Ich frage mich, was ...

Der durchdringende Schrei aus der Küche, die an den eigentlichen Saal grenzte, traf jeden völlig unvorbereitet, so sehr war die ganze Festgesellschaft eingelullt. Die Llorm-Gardisten packten ihre Waffen, als sie von den Stühlen hochfuhren.

»Der König!«, schrie Sianno. »Umringt den König!«

Die Mistkerle benutzten ein Ablenkungsmanöver, um ...

Zwei mit den Armen rudernde und ineinander verschlungene Gestalten kamen aus der Küche zum Vorschein. Die ihnen am nächsten stehenden Wachtposten verzogen die Gesichter, als sie sahen, was von der gedrängt stehenden Gruppe rings um Klann nicht deutlich zu erkennen war. Der König schubste seine Gefolgsleute zu Seite, wollte selbst nachsehen, was da geschah, und erklärte mit Nachdruck, dass ihm keine Gefahr drohe.

Es war der rothaarige Junge. Seine Mutter kämpfte darum, ihn stillzuhalten, und schluchzte und murmelte dabei unzusammenhängende Worte in einer slawischen Sprache. Das Kind drehte sich wie verrückt in ihren Armen und stieß grauenhafte, trockene, würgende Laute aus. Die Frau schrie nach einem Arzt und rief immer wieder den Namen »Verrico«.

Dann stieß der Junge an einen Tisch ihnen gegenüber, und sie sahen – das stark dunkelrot angelaufene Gesicht, aus dem die dunkle Zunge hervorhing. Der Bauch schien aufgebläht. Kein Atem strömte mehr über die Lippen. Und doch schien es, als grinste der Junge inmitten der Todeszuckungen irgendwie böse. Er stolperte über den Tisch und stürzte, und wer sich in seiner Nähe befand, wich ihm hastig aus. Die Mutter stieß den Tisch zur Seite, um den Jungen wieder zu erreichen, aber dessen Körper sank im Tode in sich zusammen, und zischend entfleuchte ihm der letzte Atemzug.

Soldaten strömten in den Saal, während den Vasallen Klanns das Grauen in den Gesichtern stand. Sie wichen wie hilflose Kinder zurück, blickten sich um, suchten irgendeine Möglichkeit, etwas zu tun, während sich der König an den Bauch griff und darauf hinabstarrte, entsetztes Begreifen in den Augen. Er blickte um sich, die Miene eine verzerrte Maske der Schmerzen und des Flehens. Er gurgelte kurz und schwankte, als er unvermittelt einen Anfall bekam und dem nächsten Vasallen eine schallende Ohrfeige versetzte. Dann fiel er hinter dem Tisch zu Boden, und Llorm rannten herbei, um ihn wegzutragen. Manche riefen nach dem Arzt der Stadt, während Mort Befehle herausschleuderte.

»Vergesst ihren Arzt! Sie selbst haben das getan. Weicht zurück – lasst eurem König Raum zu atmen!«, schrie der Zauberer.

»Bereitet unseren Aufbruch vor! Die Garde zu Pferd! Verhängt das Kriegsrecht über die Stadt!«

Dann wies Mort alle einschließlich Siannos an, vom gestürzten König zurückzuweichen. Er bückte sich, um nach Klann zu sehen.

»Wird er – wird er sterben, Mort?«, krächzte Sianno.

»Er stirbt«, ertönte Morts Bassstimme, als würde eine Gruft geschlossen. »Aber er wird aufs Neue leben.« Er richtete sich auf und begann, in einer Haltung andächtiger Verzückung im Kreis um den liegenden Klann herumzugehen. »Schafft sie hier raus – sie alle!«

Die Llorm-Pikeniere trieben die jammernden und verwirrten Bürger hinaus, und das Gleiche geschah mit dem Küchenpersonal. Sianno fing für eine Sekunde Garths Blick auf, als der Schmied auch schon hinausgebracht wurde. Der harte Ausdruck in den Augen des Hauptmanns weckte jedoch keinerlei schuldbewusste Reaktion beim führenden Schmied der Stadt. Sianno rief seine Befehle. Dann befanden sich nur noch er und einige wenige Ratgeber gemeinsam mit Mort und der Leiche des Königs in dem verstummten Saal.

Sianno sah, wie sich Morts diamantschwarze Augen weiteten. Er trat zwei Schritte weit vor, als er den ersten tiefen Atemzug hörte.

»Bleibt zurück, Sianno!« Der Hauptmann kam trotzdem näher und spürte, wie er eine kalte Gänsehaut bekam, als die Hand über der Tischkante auftauchte und sich die neue Gestalt unsicher aus der Leiche des Königs erhob. Sianno hielt die Luft an.

Ja, ja, es war ein Mann. Ein neuer König für Akryllon. Zumindest in der Zukunft. Er war noch nicht fertig gestaltet, schien von unscharfen Umrissen, das Gesicht noch im Begriff, sich zu formen. Sianno hatte die letzte Auferstehung nicht miterlebt. Es war wirklich so Ehrfurcht gebietend, wie die Leute erzählten …

»Ohhh …« Der neue Klann atmete in langen, tiefen Zügen,

dankbar für den stärkenden Hauch des Lebens, den er zum ersten Mal kostete. »Mo... Mort... ich... Wir... wir sind *vier!*«

»Vergeudet den frisch erlangten Atem nicht, mein Lehnsherr. Bald schon ist viel zu tun.« Der Zauberer bückte sich und wickelte die Überreste der Umwandlung ein.

Klann betastete sein neues Gesicht. »Ah, dieses Leben ist so wundervoll, wie die Brüder es verheißen haben, aber – ich verändere mich noch immer, bilde mich erst noch heraus. Mort, schnell! Besorgt mir einen Umhang, damit ich mein Gesicht verhüllen kann! Niemand darf mich sehen, bis ich selbst es tue! Ja, ja, meine Brüder, es ist wahrhaftig so herrlich, wie man immer sagt. Bald – bald müsst ihr alle die Freiheit erlangen...« Klann versank in jenem nahezu katatonischen, tranceartigen Zustand der Kommunikation mit den Brüdern, wie ihn seine Gefolgsleute so gut kannten.

Mort erteilte Anweisung, dem König einen Umhang zu bringen, und wickelte ihn darin ein. »Die verdammten Kanaillen!«, knurrte der Zauberer. »*Sie* haben Euch das angetan! Ich hatte Euch davor gewarnt. Sie werden schon noch dafür sorgen, dass die Suche nach Akryllon scheitert!«

»Genug!«, befahl Klann. »Zur Burg, schnell!«

Auf den inzwischen von Laternenlicht erhellten Straßen trieben zig Llorm-Dragoner eine verängstigte Menge zurück. Beide Garnisonen waren ausgerückt. Hunderte Soldaten liefen chaotisch durcheinander und warteten auf die Befehle, die den Untergang Veduns besiegelten. Die Söldner, die schon lange danach lechzten, dass sie etwas zu tun bekamen, rieben sich in ihrer Blutgier die juckenden Handflächen, hatten aber keine Ahnung, was geschah. Rasch verbreitete sich die Nachricht, dass der König ermordet worden war, aber die alten Hasen seiner Krieger beschwichtigten die Furcht der anderen vor Soldausfall, und Julian und Ivar sorgten dafür, dass alle in ihrem Pflichtbewusstsein standhaft blieben.

Alle verfolgten vor dem Saal die geheimnisvollen Vorgänge, und in einem halben Dutzend Sprachen machten ängstliche Spekulationen die Runde. Der König sei tot, sagten einige. Menschen bekreuzigten sich und beteten unter Tränen darum, dass sie von Vergeltungsmaßnahmen verschont blieben. Mort führte die verhüllte Gestalt rasch aus dem Saal, und mehrere Gardesoldaten umringten sie, bis sie die Sänfte erreicht hatten. Mort hieß die getarnte Gestalt, darin Platz zu nehmen, und forderte unverzüglich den schönsten Landauer der Stadt für den eigenen Gebrauch an. Die Sänfte mit Klann brach sofort mit der gesamten Llorm-Eskorte auf, während Mort noch auf die Kutsche wartete.

Der Zauberer bedrohte die Menschen der Stadt mit allen Schrecknissen der Hölle und empfahl ihnen, die ihnen verbleibenden Stunden des Lebens als kostbares Gut zu würdigen.

»Denkt ihr, Klann wäre tot?«, brüllte er, als er sich der eilig herbeigeschafften Kutsche näherte. »Klann ist der Unbezwingbare – *lang lebe Klann!*« Und damit ratterte der Landauer davon, geschützt von einer Söldnereskorte unter Julians Kommando, und ließ eine atemlose Stadt zurück ...

Hauptmann Sianno blieb als Befehlshaber der Stadtgarnisonen zurück. Er saß jetzt zu Pferd und hielt vor Garth an, der ihn ausdruckslos musterte. »Das wird furchtbaren Ärger geben. Empfindest du denn nichts?« Aber Garth gab keine Antwort.

Tralayn und Flavio musterten einander lange und vielsagend im Licht der Fackeln und sprachen dabei kein Wort. Michael stand in Begleitung Lydias vor dem Springbrunnen und sann über sein Vorgehen als militärischer Berater nach, wobei er letztlich zu dem Schluss gelangte, dass es nicht möglich war, einen Vorteil aus dieser Desorientierung von Klanns Truppen zu ziehen. Man musste abwarten, was diese unternahmen. Aber – was in Gottes Namen sollte man dann *tun?* Lydia drückte sich nur ängstlich an ihn, die blauen Augen geweitet vom unschuldigen Grauen drohender Lebensgefahr.

Garth blickte der Sänfte noch lange nach, als diese fortgetragen wurde, und verstand alles, stellte sich Fragen, fürchtete die anstehenden Veränderungen – Veränderungen, zu denen es unweigerlich kommen würde. Und Lorenz stand an seiner Seite und folgte seinem besorgten Blick.

Paille betrachtete alles aus dem Glockenturm der Kapelle, und in seinen Augen loderte das Feuer der Erwartung epochaler gesellschaftlicher Umwälzungen.

»*Le roi est mort . . .*«, erklärte er der gleichgültigen Nacht.

Strom Gundersen saß auf den sanften Erhebungen, die das Lieblingsweideland seiner Herde waren, und war unbeeindruckt von den Kämpfen und Wirrnissen politischen und gesellschaftlichen Aufruhrs. Er blickte der langen Reiterkolonne der Llorm nach, deren Fackeln die Nacht erhellten. Während die Kolonne vorbeizog, saß er mit übereinandergeschlagenen Beinen da, spielte verträumt auf der Rohrblattflöte und wippte mit einem Fuß im Takt der Melodie. Als die Reiter außer Sicht waren, steckte er die Flöte weg und gab der Gestalt, die im Gebüsch hockte, mit einem Wink zu verstehen, dass sie beruhigt herauskommen könne.

EINUNDZWANZIGSTES KAPITEL

Die *Bushi* kehrten wie erfahrene Eroberer in die Katakomben zurück und vergaßen sehr schnell die Verwirrung, die sie befallen hatte, als sie äußerst wachsam einzeln hatten hineinschleichen müssen, da sich die Abwassertore nicht zum erwarteten Zeitpunkt öffneten.

Sogar Baron Rorka hörte sich die Berichte Gonjis und Roric Amsgards mit Herzklopfen an, und sein Blick verriet frische Hoffnung. Während die Angehörigen der Überfalltruppe auf ihren Erfolg tranken und sich beim Austausch ihrer Geschichten gegenseitig auf die Schultern klopften, drückte der Baron Gonji die Hand und sprach ihm aufrichtige Glückwünsche aus.

»*Prosit! Na sdarowje!*«

»Wo steckt Doktor Verrico?«, fragte Gonji. »Anton hat starkes Fieber. Auch Berenyis Wunde sollte sich wohl lieber jemand ansehen.«

»Er hat sich nicht blicken lassen. Keiner der Stadtoberen ist aufgetaucht«, antwortete Rorka ernst und nahm Gonji mit auf die Seite.

»Niemand?«, hakte der Samurai nach.

»Nicht mal Tralayn. Wir haben nichts von dem Treffen mit Klann gehört. Ich fürchte, dass es Schwierigkeiten gegeben hat.«

»Hmm.« Gonji wurde nachdenklich und runzelte vor Sorge und Unentschlossenheit die Stirn, während er sich die Erschöpfung aus dem tauben Gesicht massierte. »Wir steigen lieber mal hinauf und sehen nach. Bereitet Ihr schon mal die morgendliche Übung vor. Diese Männer hier nehmen sich den Tag frei, um sich zu erholen; sie haben es sich verdient. Ich komme später zurück und berichte, was ich über die Stadtoberen herausgefunden habe. Zuerst nehmen wir eine Einschätzung dessen vor, was Klann zu sagen hatte, und planen dann die nähere Zukunft.« Baron Rorka nickte, und Gonji kehrte zu der lebhaften Feier zurück. Berenyi, der noch immer recht bleich war, erzählte gerade zum dritten Mal, wie er den Finger verloren hatte.

»Einige von euch sollten eine Trage für Anton holen. Er und Stefan kommen sofort zu Verrico, sobald wir die Katakomben verlassen haben.«

»*Da*, Gonji-Gunnar«, antwortete einer der Männer gutmütig, als einige seiner Kameraden losgingen, um Gonjis Befehl auszuführen.«

»Lass das lieber«, entgegnete Gonji mit gespielter Entrüstung. »Rede nicht so vertraulich mit mir, solange du nicht kämpfen kannst wie Hildegarde.«

Anton wurde auf die Trage gelegt, und die Gruppe aus etwa fünfundzwanzig Männern durchquerte das massive, eisenverstärkte Tor in die kleine Höhle, wo inzwischen Vorräte lagerten. Von hier zweigten die Tunnels ab, die zur Erdoberfläche führten. In ihrer geschwächten Verfassung fiel den Männern der Aufstieg schwer, aber die Stimmung war ungeachtet aller Sorgen um die Stadt unbeschwert. Und mit Gesprächen über ihren Sieg und das, was ihnen an Speisen und Getränken bevorstand, hielten sie sich auch weiterhin bei Laune.

Endlich erreichten sie die Rückwand von Tralayns breitem Kamin, und Gonji hämmerte mit einem Stein gegen den Eisenrahmen und gab so das Signal, dass jemand den Einstieg benutzen wollte. Sie warteten ungeduldig auf eine Reaktion, wie sie im Rahmen der Sicherheitsmaßnahmen vorgesehen war. Der Gang hinter dem Kamin war schmal und zwischen zwei niedrigen Kammern des Hauses eingezwängt, und er fiel fast sofort zu einer steilen, aus dem Gestein gehauenen Treppe ab. Darauf drängten sich jetzt die meisten Männer und starrten nach oben in den rußigen

Lampenschein. Jetzt, da hier so viele Menschen standen, fiel ihnen das Atmen in der Enge bald schwer.

»Sie ist wohl nicht zu Hause – gehen wir einfach hinaus ...«

»Nein!«, rief Gonji und erschreckte damit alle. »Mittlerweile bewacht so gut wie immer jemand diesen Einstieg, ob Tralayn nun zu Hause ist oder nicht. Irgendetwas stimmt hier nicht.« Er überlegte einen Augenblick lang und hob den Stein, um erneut anzuklopfen.

Da nahmen die Flaschenzüge und Gegengewichte ihre glatte, gut geschmierte Tätigkeit auf, und alle holten scharf Luft. Gonji griff nach dem Sagami an seiner Seite.

Tralayns geisterhaft wirkendes Gesicht tauchte in dem Spalt auf, als sie die Drehung des Kamins stoppte. Luft schoss herein und brachte die altertümlichen Gerüche des Empfangszimmers mit.

»Nein, bleibt, wo ihr seid!«, befahl sie, als die Männer herausdrängten. Deren Erleichterung verflüchtigte sich schlagartig.

»Was ist denn los, Tralayn?«, fragte Roric Amsgard.

»Das Schlimmste – Klann wurde in Vedun ermordet.«

»Klann – *getötet?* Wie? Was ist passiert?«

»Still! Soldaten bewachen das Haus. Bald werden sie mich holen kommen. Ihr dürft hier keinesfalls herauskommen. Ich bin nicht mal sicher, ob ihr die Katakomben überhaupt verlassen könnt.«

»Wie ist es dazu gekommen, Tralayn?«, fragte Gonji. »Was ist passiert? Ist er ...?«

»Ich weiß es nicht genau, aber es hat den Anschein«, antwortete sie auf Gonjis verschleierte Andeutung, dass ein neuer Klann wie der Phönix aus der Leiche seines toten Vorgängers erstanden war. »Mort hat nicht zugelassen, dass irgendjemand sah, was direkt nach dem Tod des Königs geschah. Dann tauchte Mort mit einer verhüllten Gestalt auf, die vielleicht der neue

Klann war. Der alte wurde beim Bankett vergiftet – genau wie der Junge aus der Stadt, der für ihn vorgekostet hatte ...«

»O Gott!«, sagte jemand, und alle senkten angesichts dieser ernsten Information sorgenvoll die Köpfe.

»Wir unterliegen jetzt dem Kriegsrecht. Ich weiß nicht, was geschehen wird. Die Menschen sind verwirrt und verängstigt ...«

»Was hat diese Geschichte von einem ›neuen‹ Klann zu bedeuten?«, wollte Monetto wissen.

»Am besten erklärst du es ihnen«, empfahl Tralayn.

Gonji und Wilf gaben die Erzählung von dem akryllonischen Pergament wieder. »Niemand weiß, ob das der Wahrheit entspricht«, schloss Gonji. »Wir hielten es für das Beste, diese Geschichte geheim zu halten. Jetzt allerdings – kann sich diese Entscheidung zu unserem Nachteil auswirken, falls die Menschen in ihrer Verwirrung davor zurückschrecken, etwas zu tun. Nach wie vor wissen wir jedoch nicht, ob dieser Mythos zutrifft.«

»Ich muss sagen, dass ich inzwischen dazu neige, ihn zu glauben. Zumindest müssen wir davon ausgehen, dass die Geschichte wahr ist. So sagen es die Llorm. Mort hat seine Leute wirkungsvoll manipuliert. Satans Handlangern mangelt es nicht an List. Für Klann hat der Zauberer den Eindruck einer Stadt heraufbeschworen, deren Bewohner kalt und grausam genug sind, um Königsmord hinter dem Opfer der eigenen Kinder zu verstecken. Und er hat der Bevölkerung noch mehr Angst eingeflößt, indem er ihr weismachte, er übte Macht über Leben und Tod aus, und er allein hätte Klann aus dem Grabe erweckt.«

»*Mort* hat ihn ermordet?«, fragte Gonji, und seine Miene verzerrte sich.

»Natürlich – wer sonst?«

»Aber *warum*, Tralayn? Wie kommt er damit seinem Ziel näher, die Stadt zu vernichten?«

Die *Bushi* standen daneben und dolmetschten flüsternd für die, die das Gespräch anders nicht verfolgen konnten. Die Männer murmelten erschrocken untereinander, als sie von diesen schicksalhaften Dingen erfuhren.

»... aber den obersten Befehlshaber ermorden?« Gonji schüttelte ungläubig den Kopf.

»Wer weiß schon, welchen Bahnen die Gedanken eines diabolischen Geistes folgen?«

»Damit kommt er doch nicht durch – oder?«, fragte Wilf, der an Gonjis Seite stand, voller Hoffnung.

»Vielleicht nicht«, sagte Tralayn nachdenklich. »Vielleicht ist er diesmal zu weit gegangen. Das ist jedoch nicht von Belang, es sei denn, ihr könnt die Stadt zum Widerstand aufrufen. Und *jetzt* ist die Zeit dafür gekommen, Gonji – jetzt muss es geschehen! Die Soldaten – sogar die Llorm – sind verwirrt. Die Söldner murren, fürchten das Ausbleiben ihres Solds. Die Moral der Armee ist auf einem Tiefpunkt angelangt. Ihr müsst den Rat einberufen! Ihr müsst eure Pläne schnell ausarbeiten und die Menschen in die Katakomben schaffen, während die Schlacht schon tobt. Und Gonji ...« Sie stockte und holte Luft. »... du *musst* dich dem Befreier stellen, von dem wir gesprochen haben. Sag ihm, er muss uns um jeden Preis helfen. Sag ihm, es wäre mein letzter Wunsch ...«

»Vergiss deinen widerstrebenden Helden!«, wetterte Gonji. »*Ich* bin euer Befreier, *neh?* Wer hat für dieses blutige Unternehmen am meisten geopfert und dadurch am wenigsten zu gewinnen?« Dann beruhigte er sich wieder. »Was meinst du mit deinem – ›letzten Wunsch‹?«

»Ich werde nicht mehr unter euch weilen«, antwortete sie gelassen. »Der Zauberer wird seinen Zorn an mir auslassen. Nur noch eine einzelne Konfrontation. Vielleicht kann ich Klann von der Wahrheit überzeugen, falls Garths Meinung von ihm zutrifft. Mort möchte unsere Stadt vernichten. Er hegt einen Groll, den Jahrhunderte des Hasses nur weiter vertieft haben. Schriftrollen, die in der Kapelle versteckt aufgefunden wurden, berichten von großen, bösen Mächten, die schon zweimal zuvor christliche Gemeinschaften in Vedun angegriffen haben. Und beim letzten Mal wurde ein dämonischer Hexenmeister von kriegerischen Priestern entstellt, mit einem Brandmal gezeichnet, damit die Menschen ihn erkennen, wo immer er auftaucht. In ihrem Eifer bekämpften sie jedoch das Böse mit bösen Mitteln und wurden letztlich auch von bösen Kräften überwältigt. Sie sind dahingegangen, aber der Gebrandmarkte lebt weiter und versteckt sein Mal unter einer Maske. Er ist *Mort*, und er wird nicht ruhen, solange in Vedun noch ein Stein auf dem anderen liegt.«

»*Jesus* . . . «, flüsterte jemand. In der abgestandenen Luft konnten die Männer inzwischen nur noch mühsam atmen.

»Geht jetzt und tut, was nötig ist«, sagte Tralayn. »Seid standhaft in Glauben und Mut und der Kraft eurer Arme.«

Anton gab irgendwo weiter unten ein tiefes Stöhnen von sich.

»Wir können nicht zurückgehen und einen anderen Ausgang benutzen«, erklärte Gonji. »Wir haben Verwundete, die versorgt werden müssen.« Er kratzte sich heftig an mehreren Stellen; Nervosität und Zorn breiteten sich in seinem ganzen Körper aus. »In Ordnung – zwei Drittel von euch kehren in die Höhle zurück und unterrichten den Baron. Sagt ihm, dass ich später, sobald ich mit den anderen Stadtoberen gesprochen habe, zurückkehre und unseren Plan mit ihm bespreche. Gebt die Nachricht weiter, dass wir Evakuierungsalarm haben, aber alle weiter ihrer alltäglichen Arbeit nachgehen müssen, bis sie . . . anderweitig informiert werden. Falls nichts weiter geschehen ist, erwartet mich heute Abend in der Höhle zurück. Der Rest von euch kommt mit mir – wer irgendwelche Waffen mitführt, hier entlang. Bringt Anton herauf!«

Lähmende Furcht packte sie, und niemand rührte sich.

»Gehen wir!«, befahl Roric. »Wir haben jetzt nicht die Zeit für Schwäche. Darüber seid ihr alle hinaus.«

Durch die Männer ging ein Ruck. Es erwies sich als schwierig, aber sie schafften Anton herauf.

»Ich sagte doch schon, dass der Weg hier versperrt ist«, warnte Tralayn. »Das Haus wird ...«

»Dann musst du gehen«, sagte Gonji leise. »Tut mir sehr leid, meine Dame, aber wenn du das Haus verlässt, werden dir deine Bewacher folgen. Danach können wir uns vielleicht einzeln oder zu zweit hinausschleichen. Natürlich verletzt du damit die Ausgangssperre ...« Er verstummte.

Sie dachte einen Augenblick lang nach und senkte dann den Kopf. Sobald Gonjis Gruppe im Empfangszimmer der Prophetin versammelt war – neun Personen, den verletzten Ritter mitgezählt –, verschlossen sie den Kamin wieder. Tralayn verabschiedete sich und verschwand in der Nacht, wo sie den Weg zur Kapelle einschlug. Sie wusste, dass Flavio dort sein würde.

Die Männer blickten ihr verstohlen durch die Fenster nach. Und klar doch, einige Reiter folgten ihr in größerem Abstand, sodass sie sie gerade noch im Blick behielten. Ein Söldner spazierte auf das Haus zu und erstieg die Außentreppe. Gonji mahnte seine Leute, sich ruhig zu verhalten. Der Soldat blieb auf halber Höhe der Treppe stehen, holte eine Pfeife hervor und zündete sie an.

Sekunden später blickte Gonji forschend um eine der rückwärtigen Hausecken und nahm die Umgebung sorgfältig in Augenschein. Er berechnete die Zeit, die die Llorm-Armbrustschützen für ihre Runden auf der Mauer brauchten, und kehrte ins Haus zurück.

»Gehen wir«, befahl er. »Wenn ihr es schafft, ungesehen in den Gassen zu verschwinden, seid ihr eine Zeit lang sicher. Vergesst nicht, dass eine Ausgangssperre verhängt wurde. Falls man euch anhält, solltet ihr entweder eine verdammt gute Geschichte parat haben oder müsst versuchen, die Streife irgendwie auszuschalten. Bringt Anton und Stefan zu Verrico. Haltet die Ohren offen, um möglicherweise etwas über den Rat zu erfahren. Wenn ihr nichts hört, treffen wir uns heute Abend wieder in der Höhle.«

Sie schlüpften zum Fenster hinaus und machten es Anton dabei so bequem wie noch möglich. Foristek streifte eine lose Fliese von der Fensterbank, und sie zerschellte auf dem Pflaster draußen. Alle erstarrten und blickten sich angespannt um, und sie hörten das Scharren von Stahl auf der Außentreppe. Falls der Wachmann losschrie ...

Der Söldner erreichte die Ecke des Hauses, das Schwert über den Kopf erhoben. »Na schön ...«, knurrte er leise.

Da legte sich Gonjis Hand um seine Kehle und entlockte dem aufklappenden Mund ein leises Wehklagen. Dann flog der Wachmann über Gonjis Hüfte und krachte zu Boden, begleitet vom Klirren der Rüstung und des aufprallenden Schwerts. Der Mann war innerhalb von Sekunden tot. Gonji zerrte die Leiche tiefer in den Schatten des Hauses.

Zwei Pferde kamen vom Getreidespeicher, der inzwischen freie Gefährten beherbergte, und trabten die Straße entlang. Barsche Stimmen stritten sich in der Stille.

»Los!«, flüsterte Gonji. Die anderen huschten in die Dunkelheit, und zwei trugen den stöhnenden Anton. Nur Wilf blieb zurück und schlich sich an Gonjis Seite.

Beide machten sich zum Sprung bereit, die Hände auf den Schwertgriffen. Das Hufgetrappel zog an ihnen vorbei, und Funken stiegen dabei von den Pflastersteinen auf – keine sieben Meter von den beiden versteckten Kämpfern entfernt. Ein Pistolengriff funkelte in einem breiten Gürtel. Die Söldner diskutierten weiter in einer Sprache, die Gonji nicht kannte. Dann verschwanden sie in östlicher Richtung.

Gonji tippte den Schmied an, und sie zerrten die Leiche des Söldners in die Gasse hinter dem Haus und hielten dabei verzweifelt Ausschau nach einem passenden Versteck. Diesen Versuch gaben sie sofort auf, als ein Armbrustbolzen unmittelbar über Wilfs Kopf gegen eine Hütte prallte. Ein scharfäugiger Wachmann hatte die Schattengestalten tief unterhalb seiner Position erkannt und machte jetzt einen Kameraden auf sie aufmerksam.

»Lieber Gott im Himmel!«, gurgelte Wilf.

»Lauf!«, fauchte Gonji.

Und sie rannten in geduckter Haltung los, als wären ihnen alle Sieben Teufel auf den Fersen.

»Genya – Genya, ich muss mit dir reden!«

»Sei still, Richard«, entgegnete sie, »irgendwas geht hier vor.« Sämtliche Dienstboten waren von dem furchtbaren Tumult geweckt worden, der in der Burg ausgebrochen war. Richard hatte sich Genya in der Gewölbehalle des zentralen Bergfrieds genähert, wo inzwischen hektische Aktivität herrschte.

»Genya – Lottie ist verschwunden!«, gab der Bäcker keine Ruhe. Schmerz schwang in seiner Stimme mit.

»Was? Verschwunden? Wohin?« Sie schenkte ihm jetzt ihre ungeteilte Aufmerksamkeit.

»Ich – ich weiß es nicht. Sie ist fort. Ich habe sie seit zwei Tagen nicht mehr zu Gesicht bekommen. Gestern am frühen Vormittag hat einer der Küchenjungen sie auf einem Flur im südöstlichen Trommelturm gesehen und ...«

»Dort, wo der Hexenmeister haust?«, fragte Genya und schnitt eine Grimasse.

»*Da* – und es war das letzte Mal, dass jemand sie gesehen hat. Genya, du musst mir helfen, nach ihr zu suchen. Ich habe *Angst!*«

»In Ordnung, in Ordnung, beruhige dich! Wir suchen sie, sobald wir dazu Gelegenheit finden.«

»Ich habe schon die Vorratskammern und Ställe kontrolliert – die Gärten, um die sie sich manchmal kümmert – und ich bin sogar hinüber zum Waffenturm und zum Gefängnisturm gegangen, aber ich ... ich ...«

»Warum hast du es nicht in Morts Turm versucht, wo man sie gesehen hat?«, fragte Genya angespannt.

»Du weißt, dass ich dort nichts verloren habe. Ich hatte gehofft ...«

»Dass *ich* es dort probieren würde, ja?«

»Da«, sagte er aufgeregt. »Könntest du?«

Das hatte sie sich gleich gedacht. Richard war nicht gerade berühmt für seine Tapferkeit. Genya fasste sich an den Kragen ihres Kleids und zog ihn fest zu, als sie sich an die hungrigen Blicke des bösen Magiers erinnerte.

»Nun, ich ... ich denke schon.«

»Oh, Genya, du bist wundervoll!«

Da, vielen Dank auch, dachte sie, als er sich vorbeugte und sie auf die Wange küssen wollte, aber sie verhinderte das mit einer Hand auf seiner Brust. Sie trat einen Schritt weit vor und starrte wie die anderen die seltsame Gestalt an, die den Raum betrat. Die durcheinanderlaufenden Dienstboten gaben dem Mann den Weg frei.

Der Burgvogt, General Gorkin, weckte seine Gattin. »Steh auf, gute Dame, und warte uns auf – schnell!«

Sie rieb sich die müden Augen. »Hast du den Verstand verloren? Wie spät ist es?«

»Vergiss es, komm einfach hoch – eine neue Auferstehung hat stattgefunden.« Beinahe Ehrfurcht klang in seinen Worten mit.

»Wa-a-a-s?« Sie war jetzt ganz wach. »Der König ist *tot?*«

»Ja – er wurde in Vedun vergiftet. Wir haben einen neuen Herrscher, den wir ... einarbeiten müssen. Vielleicht sorgen wir diesmal dafür, dass wir von Anfang an in seiner Gunst stehen, hm?«

»*Ich* habe damit keine Schwierigkeiten«, erklärte sie hochnäsig. »*Du* bist der Tölpel, der die Laune des Königs nicht richtig deuten kann. Ah, ich wende mich sogleich an Thorvald, damit sie ihre ›Reize‹ einsetzt und den König dafür gewinnt, dass wir auf Dauer hierbleiben können – das wird ein Kinderspiel.«

»Pass auf, was du sagst«, warnte Gorkin, der sich vor dem Spiegel Haare und Bart kämmte. »Hast du denn kein Herz? Der Spross des Throns von Akryllon hat erneut ein Leben geopfert, um sein Volk zurück in die Heimat zu führen.«

»Oh, vergiss dein Akryllon! Wer kann schon eine Heimat lieben, die er nie erblickt hat?«

»Sei vorsichtig, meine Dame!«, warnte er sie. »Die Dienstboten sind überall. Ich muss jetzt gehen und die Kammerdiener des Königs wecken.«

»Kammerdiener!«, höhnte sie. »Hat jemand Thorvald informiert? Bel! Allein beim Gedanken an die neuen Möglichkeiten, die sich ihr bieten, wird sie schon einen Orgasmus bekommen!«

»Still! Mach dich bereit.«

»Oh, halt die Klappe und tu, was du tun musst, Sten. Ich folge dir mit meiner ganzen höfischen Anmut ...«

Klann starrte nacheinander in jeden Spiegel im Ratssaal, den sein toter Bruder zum Thronsaal umfunktioniert hatte. Er berührte sich an jeder Stelle, die er im Spiegelbild erblickte, und betrachtete sich mit der unschuldigen Verwirrung eines Menschen, der gerade erst von seiner Blindheit erlöst wurde.

Das Haar war pechschwarz, hier und dort von grauen Strähnen durchzogen, die er nicht unattraktiv fand. Es war lang und wirr und verfilzt und hing ihm nach dem ungehinderten Wachstum eines ganzen Lebens über den Rücken hinab. In ähnlicher Weise reichte auch der wallende Bart bis zur Taille. Die eng stehenden schmalen Augen waren von einem tiefen, durchdringenden Braun. Das Gesicht war scharf geschnitten und geprägt von

Adlernase und spitzem Kinn. Klanns Körper war größer und schlanker als der seines Vorgängers, aufrecht und würdevoll, die ganze Haltung kerzengerade. Die langen, gekrümmten Fingernägel an beiden Händen verliehen ihm eine unheimliche orientalische Ausstrahlung, obwohl sie inzwischen zur Hälfte abgebrochen waren in seinem Eifer, den Stoff des körperlichen Daseins zu berühren.

»Alles neu«, sagte er, und die Dutzende von Menschen, die sich im Thronsaal drängten, folgten jeder Bewegung, die er ausführte, hingen an jedem seiner Worte. »Alles neu – alles nur übernommen – wie zuvor aus zweiter Hand. Ohhh – mir wird dieses neue Leben gefallen!«

Für alle, die ihm zuhörten, klang diese Aussage unheilverkündend.

»Ihr ahnt ja nicht – niemand von euch ahnt es –, wie das ist, wenn man *spürt*, wie der eigene Bruder stirbt, wenn man seinen Schmerzensschrei vernimmt, wenn er nach deiner Lebenskraft greift, um ...« Unvermittelt brach jedoch der Bann, und Klann fuhr fort: »Bringt mir zu essen – ich bin heißhungrig! Etwas von allem, was die Küche kurzfristig liefern kann. Der König verlangt danach!« Dienstboten beeilten sich, seinem Befehl nachzukommen, und stießen in ihrer Hast zusammen. Klann lachte, als er sah, welche Auswirkungen es hatte, wenn er irgendeine seiner Launen kundtat. Alle außer seinen Ratgebern verließen nun den Raum.

Jetzt erschienen die Kammerdiener, um ihm aufzuwarten. Diese persönlichen Dienstboten des Königs entstammten dem Volk Akryllons, und man hatte sie von Geburt an darin geschult, einem neu erstandenen König Klann zu huldigen. Die ihnen vorangegangene Generation hatte keine Gelegenheit gefunden, dieses traditionelle Ritual auszuführen. Viele Generationen waren schon gekommen und wieder gegangen, ohne einen Tod und eine Auferstehung Klanns zu erleben. Die jetzigen Kammerdiener würden noch lange stolz davon erzählen, wie sie dem neu erstandenen König Haar und Bart gestutzt und ihn manikürt hatten, wie sie ihn gebadet und in sein schönstes Gewand gekleidet hatten, ehe sie ihm zu guter Letzt das Diadem des Hauses Bel auf die Stirn setzten.

Die verlangten Speisen wurden aufgetragen, und der König verschlang sie ohne jede Rücksicht auf Tischmanieren, denn es verlangte ihn, so schnell wie möglich die Fülle des Lebens zu kosten. Der Oberkellermeister brachte ihm eine Auswahl Weine, um davon zu kosten, und sorgte diskret dafür, dass der König nicht zu viel trank und sich an seinem ersten ausschweifenden Abend nicht blamierte.

Ratgeber, Astrologen und Vertreter des Heeres trafen ein; die Hofdamen hatten sich aufs Vorzüglichste herausgeputzt und wetteiferten miteinander um den prachtvollsten Auftritt, um die Gunst des Neuerstandenen zu erlangen. Niemand rief jedoch einen größeren Tumult hervor als die verführerisch gekleidete Dame Thorvald, die an der Wand des Thronsaals entlangschwebte und am Kopfende der Tafel vor dem Podium stehen blieb. Dort lehnte sie sich mit wogendem Busen und gespannter Erwartung in den stark geschminkten Augen an eine Marmorsäule. Sie hatte das Abendkleid gut gewählt, um ihre üppigen Reize und ihre nach wie vor verführerische Anziehungskraft herauszustreichen.

Sobald Klann sein Mahl beendet hatte, stieß er den Tisch von sich weg – zu heftig jedoch. Der Tisch kippte krachend um, und noch ehe die Schreckensrufe verstummt waren, eilten Dienstboten herbei, um die Sudelei aufzuwischen. Die neu erstandene Persönlichkeit Klanns des Unbezwingbaren betastete die Muskeln der eigenen Arme.

»Ja ... ich bin der Starke. Derjenige, auf den ihr alle diese vielen Jahre und verzweifelten Generationen lang gewartet habt. Der euch letztlich in eure Heimat führen wird ... nach Akryllon. Dinge werden sich ändern, achtet auf meine Worte! Ich gleiche nicht meinem weichen Bruder, der sich vor Schatten auf den Gängen fürchtete und der es hinnahm, wenn seine Männer von unterworfenen Völkern niedergemetzelt wurden. Jetzt werden sie erfahren, was *Furcht* bedeutet! Sie werden lernen, was *Gehorsam* bedeutet. Wir – dulden – keine – Widersetzlichkeit!«

Klann zeigte das Zittern und den glasigen Blick, worin seine engsten Vertrauten den tranceartigen Zustand erkannten, in dem die Brüder ihre Ratschläge erteilten. Allerdings knurrte der König jetzt auf die für einen Herrscher unschicklichste Art, sodass die zaghafteren Gemüter vor ihm zurückwichen. Die alten Gelehrten und Bewahrer der Geschichte Akryllons verstanden dies als die primitive Wut des Unreinen, nunmehr noch weniger gemildert durch die abwägende Vernunft der verbliebenen Brüder. Kurz ertönte auch eine Frauenstimme aus Klanns Mund und sagte etwas in der Kunansprache, aber die Worte klangen zu wirr und blieben unverständlich. Der ganze Hofstaat befand sich in einem Zustand andächtigen Staunens. Bald ließ jedoch die Starre des Anfalls nach, und Klanns Blick kehrte in den Thronsaal zurück.

Zu diesem Zeitpunkt geschah es, dass der Zauberer in der goldenen Maske den Saal mit seiner furchterregenden Präsenz erfüllte. Die Höflinge beeilten sich, ihm Platz zu machen. Er verneigte sich vor dem neu erstandenen Klann.

»Ich erwarte Euren Befehl, mein Lehnsherr. Welche Strafe sollen wir der frechen Stadt auferlegen, die Euch so viel Leid bereitet hat?«

Klann musterte ihn einen Augenblick lang argwöhnisch; dann wurde sein Blick weicher. »Vorläufig wird es genügen, sie härter in den Griff zu nehmen. Vielleicht ein Austausch der örtlichen Verwaltung ...«

Morts unergründliche Augen signalisierten eine gewisse Enttäuschung. »Wahrscheinlich war es diese heimtückische Hexe, die Euch das angetan hat ...«

»Ja«, unterbrach ihn Klann. »Lass sie festnehmen. Ich möchte mir gern mal diese abergläubischen Ideen anhören, die ihr über die Lippen gehen, ehe ich diese Lippen versiegele. *Und* ich möchte ihre Erwiderung auf deine Anschuldigungen hören.«

Die Menge summte, als sie diesen kühnen Befehl vernahm, und die Weiseren unter den Anwesenden wussten aus eigener Erfahrung, welche Gefahr eine solch drastische Maßnahme barg.

»Sire«, meldete sich ein Ratgeber zu Wort, »ist das nicht ein sehr radikales Vorgehen, solange die Fakten nicht bekannt ...«

»Radikal?«, explodierte Klann und ging auf den Mann los. »Was ist radikal? Ist dein König nicht in ihrer Stadt *umgekommen?* Haben sich die Menschen der Stadt nicht jedem einzelnen unserer Wünsche widersetzt? Ich habe einen Plan, wie mit diesen militanten Menschen umgegangen werden soll, und er beginnt damit ... Was soll *das* denn? Was bringt ihr mir denn da?«

Ein Korporal der Llorm-Wache trat vor, kniete nieder und deutete auf den zahnlosen alten Mann, den er mitgebracht hatte. »Königlicher Herr, dieser alte Narr überbringt, wie ich denke, geheime Informationen von größter Dringlichkeit.«

Der Alte trat schlurfend vor und musterte Klann aus zusammengekniffenen Augen. Der König machte ein Gesicht, bei dessen Anblick ein leises Lachen durch die Versammlung lief. »Komm, komm, komm, worum geht es hier?«

»Seid Ihr – Baron Rumka?«, fragte der zitternde Alte unsicher und knetete seine Mütze in den verwitterten braunen Händen.

Gelächter und scharfes Luftholen folgten auf diesen senilen Fauxpas, als die Worte ins Kunan übertragen wurden. Der Llorm-Wachmann versetzte dem Alten einen Klaps auf den Kopf. »Ich habe dir schon erklärt, vor wem du hier stehst, du Idiot! Wiederhole nur, was du mir schon erzählt hast!«

»Das sollte unsere Zeit lieber wert sein!«, warnte Klann.

Angespornt von dem Llorm, gab der Mann die Geschichte

von dem Hinterhalt der Miliz wieder, den er miterlebt hatte. Klanns Ohren wurden rot, während er ihm zuhörte. Die Stimmen der Dolmetscher summten im ganzen Saal.

»Banditen!«, rief der König schließlich. »Banditen – habt ihr das gehört, ihr Militärexperten? Warum arbeiten sie nicht für *uns?* Ist die ganze Provinz verrückt geworden? Was für Banditen waren das, alter Narr? Türken?«

»Oh nein, Sire«, jammerte der alte Knacker, »einfach nur – Banditen.« Er grinste und legte den Kopf schief, einen dumpfen Ausdruck in den alten Augen.

»Wo liegt dieser Außenposten?«, wandte sich Klann an seine Ratgeber.

»Ich denke, der Anführer war ein Mongole – *da*, das war er«, schwafelte der Alte weiter, nur hörte ihm jetzt niemand mehr zu, da sich der König mit seinen Heerführern besprach. Der Korporal der Wache schubste den Alten inzwischen wieder zur Tür.

»Es muss der Borgopass sein, Sire.«

»Ja, das ist es. Ist er strategisch nützlich für uns?«

»*Da*, ein Mongole ...«, fuhr der Alte fort, während der Llorm bemüht war, ihn zum Schweigen zu bringen.

»Sei endlich still, du dummer alter Mistkerl. Seine Majestät spricht!«

Klann spazierte auf und ab, die Hände auf dem Rücken verschränkt. »Am besten sichert ihr den Pass wieder, aber diesmal mit besseren Männern. Und überprüft sämtliche Außenposten in der Grenzmark. Erhöht den Sold für den Dienst auf den Außenposten, um bessere Soldaten dafür zu gewinnen. Sicherlich können wir uns die höheren Zahlungen inzwischen leisten ...«

»Ein Mongole – die Haare hochgebunden – wie eine Tulpenzwiebel ...« Der Llorm verdrehte dem Alten den Arm und trug ihn förmlich fort.

»Warte!«

Klann hatte es gehört. Und verstanden.

Er ließ den Bauern wieder zu sich bringen, damit dieser wiederholte, was er eben gesagt hatte. Auf Geheiß des Königs gab ein Dolmetscher alles auch auf Kunan wieder. Die Zuhörer flüsterten untereinander oder schnappten hörbar nach Luft. Klann starrte Julian an und lächelte böse.

Der Hauptmann der Söldner war bleich geworden. Er schluckte krampfhaft und zitterte.

»Sooo, Kel'Tekeli«, sagte Klann, während er langsam auf ihn zuging. »Der Mann, der seine Haare zu so etwas wie einer Tulpenzwiebel flicht. Dein Spion, wie? Ja, mein toller Hauptmann hat gutes Gold an den Anführer dieser Spitzbuben gezahlt, die plündernd über die Straßen und durch die Marken ziehen! Ganz wie dein Vater, nicht wahr? Man kann sich stets darauf verlassen, dass ein Kel'Tekeli Vernunft und Logik an jeden verkauft, der ihm Macht verspricht! Ah, du brauchst keine weiteren Informationen von deinem getreuen Spion Gonji zu kaufen. Ich denke, du hast den Gegenwert für dein Gold erhalten.« Er musterte Julian finster, und dieser sah aus, als hätte er eine Ratte verschluckt. »*Schafft diesen verdammten Asiaten herbei!* Und hängt den Alten, diesen ach so *ehrwürdigen* Ratsältesten. Ausgerechnet sein *Leibwächter!*«, höhnte Klann.

»Habe ich etwas gesagt, das den Herrn Baron erzürnt?«, fragte der Alte mit leiser, matter Stimme. Er hatte nichts von diesem Wortwechsel verstanden.

»Still, du Narr!«

»Nein, er soll reden«, widersprach Klann. »Er ist der Einzige hier, der Antworten liefert, und ihr Idioten habt nicht mal genug Verstand, um ihm zuzuhören. Männer wie dieser alte Bauer schlagen euch an Grips um Längen. Speist ihn, gebt ihm Wein! Siehst du, Julian, was ich erfahren habe, ohne mich von einem einzigen Goldstück zu trennen?«

Julian war in all der Zeit treuen Dienstes für seinen Lehnsherrn nie eine größere Peinlichkeit widerfahren. Als er an diesem Abend die Burg verließ, hatte er Blut im Blick und trug das Gesicht Gonjis in seinen Gedanken, und er fügte dem Samurai in seiner Fantasie Folterqualen zu, die so ungreifbar wie unaussprechlich waren.

Mort leistete als Einziger dem König in dessen Privatgemächern Gesellschaft; die rothaarige Magd war fortgeschickt worden, sobald Klann sich mit ihr vergnügt hatte. Der Zauberer verfolgte den erneuten Anfall des Königs mit ausgeprägtem Interesse und erblickte in seinen Augen und hörte in seinen Schreien Dinge, die Mort sowohl vielversprechend als auch beunruhigend erschienen.

Ihr Ratschlag – jener der kommenden Löwin – war gefährlich für die Pläne des dunklen Hexenmeisters. Das Geschrei des Geistlosen war womöglich ein Hinweis auf potenzielle Unterstützung für den Großen Plan von dort, wo am wenigsten damit zu rechnen gewesen war: aus den Reihen der Klann-Personen selbst ...

Später redeten sie miteinander.

»Jetzt, wo mir mein schwacher Bruder nicht mehr im Weg steht, denke ich, dass wir einer Meinung sind, was den Umgang mit diesen aufsässigen Menschen anbetrifft, Mort.«

»Oh, das sind wir tatsächlich, Sire.«

»Mort, ich wünsche alsbald Ergebnisse des Zaubers der Teilung zu sehen, an dem du arbeitest. Die Brüder müssen getrennt werden. Ich möchte erfahren, wie sich das kostbare Alleinsein anfühlt. Ich möchte nur die eigenen Ratschläge im Kopf haben ...«

Oh ja, du hoffnungsloser Narr, die Brüder werden vollständig hervortreten. Auf die eine oder andere Weise. Unter der Goldmaske spielte ein entsetzliches Lächeln um den lippenlosen Mund Morts.

In dem Keller, wo sie seit Tagen ihre Kampffertigkeiten geschult hatten, trafen sich Phlegor und seine getreuen Gildenmitglieder zu einer geheimen Versammlung.

»Klann ist tot«, verkündete der streitlustige Gildenmeister. »Dessen können wir sicher sein. Jetzt ist die Zeit gekommen, um zuzuschlagen.«

Zuerst pflichtete ihm ein Mann bei, dann ein weiterer, und bald brannte der ganze Keller von Entschlossenheit und blutrünstigem Zorn.

ZWEIUNDZWANZIGSTES KAPITEL

Lydias Köchin zuckte erschrocken zusammen, als jemand gegen die Hintertür trommelte. Die Köchin fuhr sich mit den Händen an den Hals, während sie sich an den dickbäuchigen Herd lehnte, sich dabei das Hinterteil verbrannte und einen scharfen, erstickten Schrei ausstieß.

»Was ist los?«, fragte Lydia, als sie die Küche betrat. Ihr Gesicht wirkte abgespannt von Schlaflosigkeit, aber jetzt hellwach vor Sorge.

Das heftige Klopfen ertönte aufs Neue an der unteren Türhälfte, und die Köchin konnte nichts weiter tun, als völlig erstarrt dastehen und glotzen. Lydia näherte sich mit staksigen Schritten der Tür und riskierte einen Blick durch den Fensterladen. Mehrere Pferde waren auf dem Hinterhof angebunden, aber sonst war niemand zu sehen; das Tor war geschlossen. Sie öffnete die Tür einen Spalt breit und atmete zischend ein, als zwei Gestalten hereinstolperten – Wilf und Gonji, deren Schwertscheiden über den Fußboden scharrten. Hufgetrappel ertönte auf der Gasse hinter dem Haus.

»Bitte schließ die Tür!«, befahl Gonji.

Lydia gehorchte. Dann stürzten alle Schrecknisse der Nacht erneut auf sie ein. »*Oh mein Gott!* Habt ihr gehört, was passiert ist? Michael!«, schrie sie und weckte so ihren Gatten, der mit dem Kopf auf den Armen im Esszimmer schlief.

Verschlafene Stimmen plapperten durcheinander, als sich alle im Empfangszimmer versammelten.

»Wir haben es schon gehört«, antwortete Wilf knapp.

»Michael«, wandte sich Gonji an den Günstling des Ältesten,

»schnell, bring mich über die militärische Lage auf den aktuellen Stand! Und tut mir sehr leid, werte Dame«, wandte er sich an Lydia, »aber wir haben seit gestern nichts gegessen. Wenn du vielleicht ...«

»*Si*, natürlich.« Sie erteilte der erschrockenen Köchin eine Flut von Anweisungen. Während Michael die aktuelle Lage erläuterte, wobei sich die Zuhörer die müden Gesichter rubbelten und eine ängstliche Haltung zeigten, wurden Speisen aufgetragen. Mehrere Personen saßen entmutigt im Empfangszimmer, sowohl Männer als auch Frauen, darunter einige Gäste des tragischen Banketts und ein paar Milizionäre, die zu Michaels Freundeskreis gehörten. Am Morgen hatte es keine Milch gegeben, also sprachen alle dem Ale und dem Wein zu.

Gonji hörte zu, während er sich den Bauch füllte, und dachte dabei nach und kalkulierte. Alle fuhren erschrocken hoch, als jemand an die Vordertür klopfte, aber Gonji befahl ihnen, sich zu beruhigen und auf ihren Plätzen zu bleiben. Er und Wilf versteckten ihre *Katanas* hinter dem Sofa. Dann forderte der Samurai Michael mit einem Wink auf, die Tür zu öffnen. Die ersten weichen Farbtupfer der Morgendämmerung strömten zur Tür herein und hüllten im Zusammenspiel mit dem Vogelgezwitscher die dort stehende Gestalt in eine himmlische Aura.

Paille platzte in die Eingangshalle.

»Welche Nachrichten liegen vor, Michael? Gonji! Ich dachte mir schon, dass ich dich hier antreffe. Ich habe mit einigen Männern der Überfalltruppe gesprochen. Sie haben mir erzählt, dass ihr einen großartigen Sieg errungen habt. *Vive la liberté!*«

»Beruhige dich, Paille. Auf den Straßen wimmelt es von Soldaten«, ermahnte ihn Michael zur Vorsicht.

»*Oui*, ihr Angsthasen«, erklärte der Künstler und Dichter, setzte sich und schenkte sich selbst Wein ein. »Wisst ihr, was die Invasoren erzählen?«

»*Hai*. Und unser Überfall auf Zarnesti war tatsächlich ein

Erfolg, wie man dir erzählt hat«, sagte Gonji. »Alle sind lebend zurückgekehrt. Aber dafür haben wir jetzt keine Zeit. Michael, erzähle mir, was du und Garth entschieden habt? Was sagen die Leute?«

»Was erwartest du? Der ganze Irrsinn hat ihre Entschlossenheit erschüttert. Niemand weiß auch nur andeutungsweise, was derzeit geschieht. Ich selbst habe keine Ahnung, außer dass ...«

»Du meinst, du und Garth, ihr habt gar nicht daran gedacht, wie angreifbar die Besatzungsarmee derzeit ist, während die Nachricht von Klanns Tod die Runde macht?«

»Angreifbar?« Michael lachte unsicher. »Das ist lächerlich. Du kannst doch nicht ernsthaft daran denken, sie *jetzt* anzugreifen!«

Gonji setzte heftig den Pokal ab. »Natürlich jetzt! Sie müssen ...«

»Hör dir doch mal selbst zu!«, unterbrach ihn Lydia entgeistert. »Das ist völliger *Irrsinn!*«

»Irrsinn schon«, mischte sich Paille ein. »Möchtest du hören, was deine tollen Oberen die ganze Zeit erzählen, Gonji? Garth verbreitet eine Geschichte, Klann sei praktisch *unsterblich*. Er sagt, der König wäre gestern Abend umgekommen, wie der Zauberer es sagte, wäre dann aber als neue Person auferstanden – sie reden von ihm, als sei er der leibhaftige *Christus*, um Gottes willen!«

Gonji zuckte zusammen und rieb sich die Schläfen, wo er inzwischen ein Pochen spürte.

»Da, siehst du«, sagte Michael anklagend. »Das ist *dein* Werk, Gonji. So rächt sich deine Entscheidung, den Menschen Garths Geschichte von Klanns verzauberter Herkunft zu verschweigen.«

»Warte mal eine Minute!«, knurrte der Samurai. »Warum ist es allein meine Schuld? Tut mir sehr leid, aber wir waren uns einig, dass wir diese Geschichte am besten zurückhalten. Wer hätte ahnen können, dass es so kommen würde? Und kann überhaupt jemand mit Gewissheit sagen, dass es so geschehen ist, auch auf das Wort unseres guten Schmieds hin?«

»Heilige Mutter Gottes!«, flüsterte einer der Freunde Michaels. »Der König ist unsterblich?« Er bekreuzigte sich. »Warum hat man uns nicht erzählt, welch böser Zauberkunst wir ...«

»Dann *stimmen* also die Legenden, die wir gehört haben?«

»Hört mit diesem Gerede auf!«, fauchte Paille.

»Niemand weiß wirklich, *was* für einen Schwindel unsere Feinde da durchziehen«, ermahnte sie Gonji und schenkte sich Wein nach. »Michael, wir müssen einen Plan schmieden, um ...«

»Hört auf, euch immer mehr Feinde zu schaffen!«, befahl Lydia. »Ihr macht euch Feinde, weil ihr sie einfach überall antreffen möchtet.«

Wilf schnaubte und verschüttete ein wenig von seinem Wein. »Oh nein, sie sind gar nicht unsere Feinde! Sie haben Radetzky und all die anderen umgebracht, weil sie uns mögen!«

»Vergiss es, Wilf«, sagte Gonji leise.

»Wilfred Gundersen, wenn ich deinen guten Vater nicht so respektierte«, sagte die Frau des Ratsherrn, »würde ich dich aus dem Haus jagen, weil du in diesem Ton mit mir redest.«

»Niemand wird hinausgeworfen«, wies Paille sie zurecht. »Hier tagt jetzt der Militärrat, und er ruft hiermit das Kriegsrecht aus.« Er prostete Lydia mit dem Weinbecher zu.

»Paille, vor dir habe ich nicht den geringsten Respekt! Du darfst jetzt gehen!«

Michael trat vor und schürzte die Lippen. »Lydia, das reicht. Halte dich heraus.«

»Ich kann gar nicht glauben, dass Garth diese entmutigende Legende verbreitet«, sagte Gonji verwirrt.

»Er entschied, es sei am besten, wenn es alle erführen – und zwar *jetzt*, ehe Mort mit noch Schlimmerem aufwartet. Der Magier hat den Anschein erweckt, *er* wäre es, der Klann von den Toten zurückrief.«

»Was denken sich diese heimtückischen Menschen eigentlich?«, fragte sich Gonji laut. »Das ist alles Unfug! Hat irgendjemand – irgendjemand, dem man glauben kann, diese Transformation miterlebt? Diesen neuen Klann *gesehen?*«

Alle blickten sich gegenseitig an. Schüttelten unsicher die Köpfe.

»Dann ist es ein Schwindel, um genau den Effekt zu erzielen, den wir hier erleben. Damit die Menschen aus einem falschen Schuldbewusstsein heraus verzagen. Was für ein toller Schwindel!«, sagte er schleppend, blickte sich verdrossen im Zimmer um und hob den Kelch, und seine rot unterlaufenen Augen brannten. »Und ihr seid alle darauf hereingefallen.«

»Richtig«, pflichtete ihm Paille bei. »Ich habe die Soldaten gesehen – sie fürchten sich. Man hat sie bislang auch nicht eingeweiht. Aber die Menschen der Stadt krümmen sich regelrecht – ein Wettstreit der Feigheit, und die Niederlage als Siegespreis für den, der sich am längsten verkriecht! Jetzt ist die Zeit gekommen, um zu kämpfen, solange die Besatzer noch den verbissenen Kampfgeist der Stadt fürchten!«

»Hört, hört!«, sagte Wilf.

Michael runzelte die Stirn, während er darüber nachdachte, was hier vorgeschlagen wurde. *Was für eine Entscheidung ...*

»Sollte ...«, leitete Michael seine Stellungnahme zögernd ein, »sollte nicht der gesamte Rat eine derart bedeutsame Entscheidung fällen?«

»*Hai ...*«

»Michael, das kannst du nicht ernst meinen!«, flüsterte Lydia.

»Lydia, *bitte!*«

»Ich bin deiner Meinung«, sagte Gonji, »aber es wäre nicht zu viel, wenn wir beide die Miliz wenigstens informierten, dass ein Zusammenstoß im Bereich des Möglichen liegt. Und dann das Problem der Evakuierung – wir müssen sie zweifellos unter Beschuss durchführen. Das ist nicht zu ändern. Wir müssen jedoch *bald* etwas unternehmen, ehe der Feind die Garnison erneut verstärkt. Er hat einen großen Fehler gemacht, als er so viele Männer aus der Stadt abzog, falls eure Beobachtungen zutreffen. Fast scheint es ... « Gonji wurde nachdenklich und kämpfte zugleich gegen die Erschöpfung an und die Trägheit, die aus dem Weingenuss resultierte. »Fast scheint es, als wollten sie, dass die Stadt etwas tut. Aber warum?«

»Ich kann nicht glauben, dass ihr alle das ernsthaft in Erwägung zieht«, sagte Lydia und setzte sich, fast wie in Trance.

»Ich auch nicht«, ergänzte jemand.

»Wirklich nicht«, pflichtete ihr ein Dritter bei.

»Ah – Feiglinge!«, sagte Paille undeutlich. Sein Atem war nach der durchzechten Nacht eine alkoholgesättigte Brise. Er trank seinen Krug leer und füllte ihn wieder auf, während er sich in gespielter Ritterlichkeit vor Lydia verneigte.

»Was denkst du?«, fragte Michael den Samurai und wollte hören, was diesem Sorgen bereitete.

Gonji wischte sich die Feuchtigkeit von den Lippen. Er entwickelte seinen Gedankengang, während er ihn aussprach. »Wenn sie ... wenn sie die Stadt vernichten wollten, bräuchten sie nicht auf solche Tricks zurückzugreifen, um einen Aufstand zu provozieren ... Also ist Klann wohl nicht eingeweiht ... Er wurde vergiftet, und entweder vertuschen sie das ... Gab es eine Leiche? Haben sie irgendetwas aus dem Saal getragen?«

»Nein – *nem* – *non* ...«

»In Ordnung, in Ordnung, dann – wurde er vergiftet, aber hat es überlebt, und dann beschlossen sie, ihn als Unsterblichen darzustellen, um damit die Moral der eigenen Leute zu stärken ... Oder sie haben ihn eilig auf die Burg gebracht, *ehe* er starb, und es wird uns auf die eine oder andere Art teuer zu stehen kommen, sobald sich die Aufregung gelegt hat ... Oder – oder er ist gestorben – und Garth hatte recht.« Er blickte mit unsteten Augen auf, und seine Gedanken rasten. »Falls er jedoch umgebracht wurde, dann gibt es einen Mörder. Tralayn sagte, es wäre Mort ...«

»Mort? Aber warum?«

Gonji hob die Hand. »Ich weiß es nicht. Ich kann nicht erkennen, welchem Zweck das dienen sollte, es sei denn, Tralayn lag mit der Behauptung richtig, dass Mort Vedun in Schutt und Asche sehen möchte. Auch Garth müsste recht behalten. Der Zauberer könnte Vedun nicht ohne eine Armee zerstören. Kein König, keine Armee. Es sei denn, er dächte, dass sich die Soldaten um ihn scharen würden. Ich bezweifle jedoch, dass die Llorm es täten. Sie scheinen nur Klann loyal ergeben zu sein. Und könnte Mort Vedun so sehr hassen, dass er ein solches Risiko einginge?« Er schüttelte heftig den Kopf und bat um Wasser, um sich das Gesicht zu waschen. »Ah, Schweine-*Karma!* Ich wünschte, wir alle könnten erst mal schlafen, ehe wir eine endgültige Entscheidung treffen ...«

»Ja«, stimmte ihm Wilf zu. »Ich kann nicht behaupten, dass mir derzeit der Sinn nach Taten steht. Ich bin so müde ...«

»Michael – könnte Tralayn Klann umgebracht haben?«, fragte Gonji unvermittelt.

»Das erscheint mir möglich«, fand Lydia. »Seit Beginn der Besetzung spricht sie sich für einen gewaltsamen Umsturz aus.«

»Aber würde sie eines unserer eigenen Kinder umbringen?«, hielt ihr Michael entgegen. Er schüttelte den Kopf, weigerte sich, so etwas zu akzeptieren.

»*Iyé*«, hieb Gonji in die gleiche Kerbe. »Ich denke auch nicht, dass das nach ihr klingt.«

»Nun, was tun wir jetzt, werte Damen und Herren?«, fragte Paille, der schwankend vor ihnen stand.

»Michael?«, fragte Gonji. »Es ist deine Stadt.«

Michael ließ sich in einen Sessel plumpsen. Seine Stimme klang resigniert. »Ich denke nicht, dass wir irgendetwas tun können, solange die Burg nicht den nächsten Zug macht.«

»Das wär's dann«, sagte Gonji und verzog die Lippen. »Lassen wir das Thema. Mehr Wein, *doso.*« Paille kam seinem Wunsch nach. Lydia musterte sie voller Abscheu.

Gonjis Verwirrung über den mysteriösen Mordanschlag auf den König verband sich mit seiner Enttäuschung über die in der Stadt vorherrschende Haltung, sodass er auf Schlaf verzichtete und sich lieber verdrossen dem Trinken widmete. Paille und Wilf schlossen sich ihm eifrig an, obwohl der junge Schmied alsbald einschlief. Sogar Michael flüchtete sich lieber in die Betrunkenheit, als sich mit klaren Gedanken die grausige Zukunft seiner Stadt auszumalen, die schrecklichen Verhältnisse, in die sein Kind vielleicht hineingeboren wurde. Bald schon war der Gedanke an das Kind jedoch Anlass für ihn, sich aus dem Trinkgelage zurückzuziehen. Flavios Günstling verfiel dem stillen Brüten.

Paille und Gonji plauderten miteinander und redeten dabei immer sinnloseres Zeug, je mehr Stunden vergingen. Der Samurai erzählte noch einmal von dem Überfall auf Zarnesti.

Lydia ging von einem Zimmer ins andere, rang nervös die Hände, betrachtete die Männer finster, wenn sie an ihnen vorbeikam, und warf gelegentlich einen forschenden Blick durch die Fensterläden in das grelle blaue Tageslicht. Der Himmel war wolkenlos, die Stadt ungewöhnlich still. Viele Menschen waren zur Arbeit gegangen, ein hoffnungsvoller Versuch, das normale Leben fortzuführen, aber nur wenige Geschäfte wurden getätigt. Die übrigen Gäste der Benedettos entschuldigten sich einer nach dem anderen, lechzten einfach danach, sich zu bewegen, und riskierten es, hinaus auf die Straßen der Stadt zu gehen. Immer mehr Soldaten ritten vorbei, und um drei Uhr nachmittags zog Lydia den Schluss, dass ihr Haus überwacht wurde, ebenso das Flavios näher am zentralen Platz.

Gonji gab sich abwechselnd rührselig, mürrisch und vulgär, und diese Stimmungsschwankungen bereiteten Lydia Sorgen.

Niemand hatte ihn jemals derart seiner viel gepriesenen Selbstbeherrschung beraubt gesehen.

»Feiglinge!«, grölte Paille durch die Fenster.

»*Hai*. Und mein schlechtes Karma hat mich dazu geführt, mich ihnen anzuschließen«, sagte Gonji düster. »Ihr eigener Gott müsste darüber lachen, wie kindisch sie sind. Doppelt verflucht in der Vergangenheit und dreifach in der Zukunft – so steht es um dich bestellt, Gonji-san ... Die Lerche erinnert mich an meine Pflichten ... Der Unreine – was war das noch gleich?«, fragte sich Gonji matt. »Paille, wer hat über den ›Unreinen‹ geschrieben?«

»Ich nicht, *Monsieur* – ich nicht.«

Lydia spähte erneut durch die Ritzen der Fensterläden. Kein Zweifel – das Haus wurde überwacht. Zumindest vier Männer. Voll bewaffnet. Der Ausdruck, mit dem sie das Haus betrachteten, war stocknüchtern.

»Sieht alles ruhig aus«, sagte der freie Gefährte in Schlapphut und Lederwams zu seinem Kameraden.

Der Dicke, der neben ihm ritt, schnaubte. »Ja klar, denen geht der Arsch auf Grundeis. Ich mache ihnen keinen Vorwurf daraus. Wer könnte hier schon leben? Was ist mit diesen Geschichten, die die Hauptleute erzählen?« Sie lenkten ihre Rösser durch eine ummauerte Gasse. »Denkst du, da oben auf der Burg ist alles in Ordnung? Das sind schon einige wilde Geschichten, die diese Armee umschwirren. Ich schätze jedoch, die Leute wissen, was sie sagen, wenn ...«

Die Marodeure griffen sie aus dem Nichts heraus an und stießen sie mit Stäben und Piken von den wiehernden Pferden. Der Bandit mit dem Schlapphut war tot, ehe er am Boden aufschlug. Die schrillen Schreie des Dicken endeten unter dem einzelnen Hieb einer Holzfälleraxt. In Sekunden hatten die Angreifer sich in den Besitz der Waffen und der Pferde gebracht.

Phlegor sprang auf eines der Pferde, das Gesicht gerötet vor Aufregung über den Erfolg des kühnen Angriffs bei Tageslicht.

»In Ordnung«, sagte er atemlos, »weiter! Verteilt euch und nehmt diese Gassen dort. Pistolen- und Bogenschützen sichern sie. Falls ihr auf starken Widerstand stoßt, lockt ihr sie in eine unserer Fallen. Kapiert?« Sie stimmten prompt zu. »Dann los!«

Etwa vierzig Mitglieder der Handwerkergilde unter Phlegors Kommando teilten sich jetzt in kleine Einheiten auf und begannen ihre Blitzüberfälle auf vereinzelte Söldner. Ermutigt durch ihren frühen Erfolg weiteten sie ihre Einsätze schnell vom Stadtzentrum zu den Randgebieten hin aus, wobei sie lediglich den zentralen Platz und die Truppengarnisonen ausließen, Letztere dicht am östlichen und westlichen Stadtrand gelegen.

Bald schlossen sich ihnen ein Dutzend Milizionäre unter dem Kommando Paolo Sauvinis an, wobei Paolo der Einzige unter ihnen war, der am Überfall auf Zarnesti teilgenommen hatte. Paolo war zunächst nach Hause gegangen, hatte seiner geduldigen Gattin die Geschichte seiner persönlichen Tapferkeit erzählt und dann ihren nachdrücklichen Wunsch ignoriert, er möchte sich doch zu Hause bedeckt halten. Lieber ging er in die Stadt hinaus, um mal zu sehen, welche Auswirkungen der angebliche Mord an Klann hatte. Er schloss sich mit neugierigen, wenn auch sehr aufgewühlten *Bushi* und Schildknappen zusammen, inspirierte sie mit seiner Geschichte vom Zarnesti-Überfall und traf schließlich in der Nähe des Bezirks der Lebensmittelhändler und Metzger auf Phlegor und etwa zehn weitere Männer. Die Handwerker hatten drei österreichische Straßenräuber aus dem Hinterhalt überfallen und sie kurzerhand grausam niedergemacht.

Phlegor warf Paolo eine Pistole zu. »Wie sieht es aus, Sauvini? Bist du bereit, die Freiheit deiner Stadt zu erstreiten?«

Paolo fing die Waffe auf. »Was sagen die Milizoffiziere dazu? Gonji und die anderen?«

Der Gildenvorsteher deutete mit dem Daumen über die

Schulter. »Euer Affenmann hält sich unten im Südviertel auf. Ich selbst habe ihn dort gesehen. Er hat uns die harte Arbeit hier oben überlassen. Bereit zu kämpfen?«

Paolo nickte entschlossen. »In Ordnung, dann wagen wir den Aufstand«, sagte er zu seinen Mitstreitern. »Tod den Invasoren!«

Sie stiegen auf und galoppierten mit Blutgier in den Augen in die gewundenen, schmalen Gassen. Bald tobte ein ausgewachsener Aufstand.

Phlegor hatte sein Schlachtfeld eilig bestimmt, aber es erwies sich zunächst als effektiv. Kleine Gruppen von Söldnern wurden in Gassen und auf Kanalbrücken gelockt, durch Stricke oder Schutt aufgehalten und in ihrer Panik mit Pfeilen und Bolzen eingedeckt. Dann brachten sich die Aufständischen in den Besitz der Waffen und setzten diese gegen andere Gruppen ein.

Die Nachricht vom Aufstand verbreitete sich in der Stadt, und die Menschen schlossen ihre Geschäfte und brachten sich in ihren Häusern in Sicherheit. Chaos herrschte. Einige Milizionäre zogen los, um der Sache auf den Grund zu gehen, denn sie wussten nicht recht, ob sie sich beteiligen sollten. Zwar galt ein Alarmplan für einen solchen Aufstand, aber bislang hatte kein einziger Sendbote die Nachricht übermittelt, dass diese Aktion vom Militärrat angeordnet worden wäre. Die Kämpfe waren jedoch heftig und nahmen an Häufigkeit und Intensität zu.

Bald tobten offene Schlachten auf den Hauptstraßen. Überall in der Stadt wurde geschrien.

Die Wendung des Kriegsgeschicks erfolgte rasch. Es begann mit einem Sendboten der Söldner, der Hauptmann Sianno in der Llorm-Garnison alarmierte. Der Hauptmann sandte seine erfahrenen Truppen aus, um die Stadttore für jeden Verkehr zu sperren. Die disziplinierten Suchverfahren der Llorm-Dragoner verbanden sich mit ihrer Taktik der harten Schläge und ihrer überlegenen Feuerkraft, um das Kampfesglück gegen die Aufständischen zu wenden. Die unzureichende Bewaffnung, die zu geringe Anzahl und die unzulängliche Planung der Gildenleute wirkten sich jetzt aus.

Sianno stellte seine Dragoner in langen Schützenreihen auf den breiten Straßen auf, und seine Infanterie erklomm Mauern und Dächer, um sich den Höhenvorteil zu Nutze zu machen. Die abtrünnigen deutschen Landsknechte, die ihre Stangenwaffen sehr wirkungsvoll einsetzten, bezogen zusammen mit Bogen- und Pistolenschützen stabile Verteidigungsstellungen. Berittene Söldner führten jetzt ein Eindämmungsmanöver aus und durchkämmten die Stadt gründlich und methodisch von Ost nach West, umzingelten die Rebellen und trieben sie dann erneut ins Stadtzentrum. Salvenfeuer der Bogen- und Pistolenschützen scheuchte die Aufständischen, die in Hinterhalten lauerten, aus ihren Verstecken; manche suchten klugerweise Unterschlupf in Häusern, Geschäften und möglichst unzugänglichen Nischen; andere liefen auf die Straßen hinaus, wo die von Sianno aufgestellten Truppen sie niedermetzelten.

Die wilde Flucht begann.

Lorenz zügelte sein Pferd vor dem Stall, als Julian gerade mit einer Söldnergruppe abmarschieren wollte. Der Hauptmann musterte Lorenz scharf und erkannte ihn als Garths ältesten Sohn. Als er auch keinerlei Waffen an ihm entdeckte, gab er ihm mit einer Kopfbewegung einen Wink.

»Geh in dein Haus, und bleib dort!«, kommandierte der Hauptmann. Lorenz lüftete stutzerhaft den Hut zum Gruß, stieg ab und betrat die Werkstatt durch die Tür hinter dem Vordach, während die Söldner nach Osten davondonnerten.

Das Empfangszimmer war leer, und Lorenz fand seinen Vater nirgendwo sonst im Haus. Dann weckte ein leises Scharren im Keller seine Aufmerksamkeit. Vorsichtig stieg er in den feuchten

Raum hinab und entdeckte seinen Vater, der im matten grauen Licht auf der Kiste saß. Mit einer dicken Hand hielt er den Griff seines alten Breitschwerts, während er mit der anderen dessen Schneide abtastete. Der Schmied zeigte eine seltsame Miene, versteinert und grimmig.

»Was wollten sie?«

Garth blickte nicht von dem Schwert auf. »Gonji«, sagte er schlicht.

Lorenz kniff die Augen zusammen. »Sie möchten ihn verhaften?«

»Ja.«

»Was geht dir durch den Kopf, Vater? Hast auch du vor, dich an diesem Irrsinn zu beteiligen?«

»Könige können ein ganzes Leben verändern, das eigene und das anderer Menschen«, antwortete Garth ausweichend. »Warum sollten einfache Menschen dann nicht ihre Meinung ändern?«

»Kann ein Christ seine Meinung zur Gewalt ändern?«

»Ich weiß es nicht. Ich denke nicht, dass unser Glaube hier Anwendung findet. Außerdem habe ich nicht von meinem Glauben gesprochen ...«

Lorenz musterte ihn eine Zeit lang. »In Ordnung«, sagte er schließlich, eilte die Stufen hinauf und kehrte nur Augenblicke später zurück, während er sich gleichzeitig das Rapier umschnallte. »Vielleicht ist der Zeitpunkt gekommen – ziehen wir mit den anderen hinaus.« Und damit ging Lorenz und überließ es Garth, weiter seine zwiespältigen Gedanken zu sortieren und sich über seine Gefühle klar zu werden.

Seine Söhne hatten sich in die Gewalt auf den Straßen gestürzt. Wilfred war zweifellos irgendwo bei Gonji, den die Besatzer verhaften wollten. Garth hielt sich das Schwert vor die Augen und starrte in den matten Schimmer der Klinge. Das verzerrte Gesicht spiegelte seinen inneren Aufruhr wider. Dann schleuderte er die

Waffe gegen die Wand, beugte sich vor und vergrub das Gesicht in den Händen.

Die Ausrufer verkündeten inzwischen auf den Straßen die Verfügung: Für alle Bürger bestand Ausgangssperre, bis die Rebellion niedergeschlagen war.

Vlad Dobroczy gehörte zu den Ersten, die es hörten.

Er kniete in einer Schreinerwerkstatt nahe der Kapelle, das Schwert an ein Knie gelehnt, und blickte mit zusammengekniffenen Augen durch eine Ritze im Fensterladen. Er hörte den durchdringenden Schrei des Lindwurms, der über ihn hinwegbrauste, und hielt dann angestrengt Ausschau nach der Quelle dieses Knurrens, das das Bild eines riesigen Hundes heraufbeschwor, begleitet von galoppierenden Hufschlägen, die ihre Bahn durch die Ausfallpforte zogen.

Eine lange Doppelreihe Söldner marschierte hindurch und begleitete den Landauer, in dem Mort die Stadt am Abend zuvor verlassen hatte.

Und der Kutsche folgte der schwachsinnige Riese Tumo. Er trug auf der Schulter die furchterregendste Waffe, die Dobroczy je gesehen hatte – einen gewaltigen, stachelbewehrten Baumstamm.

Paolo ritt an der Spitze von zwölf Mann, sowohl Milizionäre als auch von Phlegor ausgebildete Handwerker, die in panischer Angst im Süden der Stadt hin und her galoppierten und dem Netz aus Soldaten zu entkommen versuchten, das sie zunehmend einschnürte. Mal ritten die Männer nach Westen, nur um vor einer dichten Formation Bogenschützen anzuhalten, die sich zum Salvenfeuer anschickten. Die Gesichter verzogen vor Grauen über die unentrinnbare Falle, rissen die Rebellen die Pferde hart herum und stürmten wie verrückt nach Osten zurück, wo ihnen berittene Pistolenschützen nicht weniger bedrohlich den Weg versperrten.

»Hier entlang!«, schrie Paolo schließlich verzweifelt und deutete mit dem Kopf in eine lange, gewundene Gasse zwischen hohen Mauern. Das andere Ende entzog sich dem Blick. »Dort hinein, und dann zerstreut euch – und geht in Deckung.«

»Wo?«

»Irgendwo – jeder ist jetzt auf sich gestellt!«, schrie Paolo und steckte die abgefeuerte Pistole hinter den Gürtel.

Sie galoppierten in die Gasse und folgten ihren Windungen, vorbei an Fässern und stinkenden Nachttöpfen, Werkzeug und zum Trocknen aufgehängter Wäsche. Ein Pferd stolperte in einer Rinne und rammte den Reiter gegen die harte Mauer. Der Mann war benommen und hatte schlimme Abschürfungen an Arm und Gesicht. Die Pferde wieherten schrill und behinderten sich gegenseitig, als sich die übrigen Reiter rings um ihn zu einem unruhigen Haufen sammelten. Dann ging es mit der Suche nach Unterschlupf weiter. Sie näherten sich der Futtergasse, der breiteren Straße, auf die sie bald stoßen würden und die am Gasthof Futterkorb endete. Als die Männer Hufgetrappel und Kommandorufe auf einer angrenzenden Gasse hörten, wussten sie, dass sie in tödlicher Gefahr schwebten.

Sie verloren das Rennen.

Aus einer Nebengasse direkt vor ihnen tauchte eine Gruppe Söldner auf und versperrte ihnen den Weg, ihre Pferde dicht an dicht, Schwerter und Lanzen aufgerichtet in den gepanzerten Fäusten. Die flämischen Briganten trugen Schilde und bildeten mit diesen einen Schutzwall, und sie lächelten bedrohlich, was irgendwie etwas Schlimmeres andeutete als ein Scharmützel.

Die Rebellen zerrten an den Zügeln und betrachteten den Gegner prüfend, und Paolo wollte ihnen gerade mit einem Wink zu verstehen geben, dass sie die Blockade durchbrechen sollten, als die eindrucksvolle Gestalt Salavars des Schlächters vor ihren Soldaten auf den Weg einschwenkte. Salavar saß dort auf seinem riesigen Streitross und musterte die Rebellen finster durch die Sehschlitze seiner Schaller, und er gab in den schwülen Hitzewellen eine schimmernde Erscheinung des Todes ab, geschmückt mit seinem Waffenarsenal.

»Wir verschwinden lieber«, flüsterte Paolo. »Wir legen uns besser nicht mit ...«

Von hinten ritt langsam Julian heran, eine entsetzliche Gelassenheit im Blick.

»Willkommen bei der Jagd, meine Herren ...«

Einige der Männer jammerten jetzt. Zwei stiegen von den Pferden, flehten um Schonung und stürmten zu den Hintertüren von Wohnhäusern, die die Gasse säumten.

»Beruhigt euch!«, rief Paolo, den jedoch selbst die Panik ergriff.

Eine Tür ging vor einem der panischen Rebellen auf, aber ehe er ins Haus drängen konnte, zog Julian eine Pistole und schoss ihm in den Rücken. Eine Frau kreischte im Haus und knallte die Tür zu. Bei dem Pistolenschuss und seinen Echos wieherten die Pferde und bockten und warfen die Reiter ab.

Julian und Salavar lenkten ihre Rösser im Schritt auf die zwölf Rebellen zu, die jetzt in der Falle saßen.

»Wir können – wir können es mit ihnen aufnehmen!«, schrie Paolo, obgleich er sich unter dem kalten Lächeln Salavars regelrecht krümmte, ging ihm dieser Ausdruck doch durch Mark und Bein. Der Schlächter zog und spannte zwei Pistolen und streckte die Männer zu beiden Seiten Paolos nieder. Sie stürzten schwer, und die grauenhaften Schreie, die einer von ihnen ausstieß, erschütterten Paolos Mut.

Ein Reiter zog das Schwert und griff Julian an, und der Hauptmann feuerte gelassen seine zweite Pistole auf das Pferd ab, das sofort auf die Knie sank, als ihm die Kugel den Schädel zertrümmerte. Der Reiter stürzte auf die Pflastersteine und landete beinahe unter den stampfenden Hufen von Julians schwarzem Streitross.

Jetzt stiegen weitere Rebellen aus den Sätteln, und einige von ihnen warfen ihre Waffen weg, als die beiden Mörder näher kamen. In rasendem Entsetzen kletterten die Aufständischen an den Mauern der Häuser empor. Paolo sah, wie der Kopf eines der Männer förmlich verschwand, kaum dass sich Salavars Hakenbüchse donnernd und qualmend entladen hatte, und der kopflose, blutspritzende Leichnam wurde durch den Einschlag der Kugel von der Wand gerissen. Zwei weitere Kletterer reagierten wie gelähmt auf diesen Anblick und verloren den Halt. Der Letzte der Flüchtenden hatte schon das Dach erreicht, als Salavars gefiederte Lanze durch die Luft pfiff, ihm ins Kreuz drang und am Bauch wieder austrat.

Julian war inzwischen abgestiegen und zog schon den Säbel aus der Leiche des Mannes, der zuvor aus dem Sattel des toten Pferdes geschleudert worden war.

Paolo blickte sich um, erstickt vor Angst. Sie waren jetzt nur noch zu sechst. Er erteilte heiser einen Befehl, und alle stiegen ab und zogen blank, und sie teilten sich, um sich diesen beiden entsetzlichen Feinden zu stellen. Salavar lachte gurgelnd, schwang ein Bein über den Kopf seines Streitrosses und sprang lässig zu Boden. Er riss eine Streitaxt aus ihrer Scheide und holte mit ihr in weitem Bogen aus, wobei er mühelos den Griff wechselte, wie es ihm beliebte. Dann ging er auf die drei bleichen Rebellen los, die sich ihm entgegenstellten. Den ersten von ihnen schlug er mit für sein Gewicht erstaunlicher Schnelligkeit nieder, und die beiden Kameraden seines Opfers wichen zurück. Die wirbelnde Axtklinge durchschnitt Fleisch und Sehnen und grub sich zwanzig Zentimeter tief in den Rumpf eines brüllenden Rebellen. Der zweite Mann, ein Schildknappe der Miliz, wandte sich zur Flucht, aber die durcheinanderlaufenden Pferde versperrten ihm den

Weg. Ein Marktstand besiegelte dann sein Schicksal. Ein Hieb der messerscharfen Axt trennte ihm den Kopf von den Schultern. Der dritte Aufständische ließ das Schwert fallen und sank auf die Knie, geriet vor Grauen in ein unkonrtolliertes Plappern und bettelte Salavar um sein Leben an. Der Schlächter senkte den Axtkopf zu Boden und trat auf diesen Rebellen zu, dessen Mut gebrochen war. Angesichts der gesenkten Axt erlebte dieser einen Augenblick der Hoffnung und bot seine Kapitulation an. Salavar akzeptierte und verneigte sich mit der Würde des Kavaliers, trat dann mit dem durchgedrückten, muskulösen Bein grausam heftig zu und schleuderte den knienden Mann der Länge nach zu Boden.

Die Streitaxt pfiff von hoch über Salavars Kopf herab und zerhackte den brüllenden Rebellen an der Taille in zwei Hälften.

Paolo hatte nichts davon gesehen. Sein eigener Kampf wurde zu einem verschwommenen Albtraum. Als Erster steckte er einen Schwerthieb des mit ihm spielenden, arroganten Hauptmanns ein, der mit dem Säbel in der Hand zwischen den Rebellen agierte und sie nach Belieben mit der Klinge verletzte. Und dann ertappte sich Paolo dabei, wie er unter Schmerzen die hintere Treppe zu einem Haus hinaufrannte und sich am Türsturz festhielt. Er stöhnte unter den Schmerzen in seinen Rippen, und seine Füße schlurften über raue Fliesen. Er hörte Schreie und Pistolenschüsse. Kugeln und Pfeile zischten rings um ihn durch die Luft.

Er konnte nichts anderes tun als laufen und laufen und sein Grauen hinausschreien, bis er endlich auf einem Dach erschöpft zusammenbrach. Er hatte keine Ahnung, wo er war, und es interessierte ihn auch nicht.

Der Metallgießer lag am Boden zwischen Julians Beinen und blutete am ganzen Körper aus zahlreichen Wunden. Der Hauptmann drückte ihm die Säbelspitze an die Kehle.

»In Ordnung, Handwerker«, sagte Julian affektiert. »Du möchtest am Leben bleiben? Dann sag mir, wo ich den Asiaten finde. Wo steckt Gonji?«

»Ich … ich weiß es nicht. Ich habe ihn nicht gesehen. Ich schwöre bei Gott; Ihr müsst mir glauben! Sie haben mich gezwungen, das zu tun – sie …«

»Na komm. Du schützt ihn doch nicht, oder? Er hat mir erzählt, wer ihr seid. Er hat die Handwerker als Rebellen angeschwärzt. Er hat euch für *Gold* an mich verkauft!«

Der Gießer schluckte. »Bei den Gundersens. Er wohnt bei den Gundersens.«

»Hmm, ich fürchte, du bist nicht auf dem Laufenden. Diese Nachricht ist überholt. Ah, na ja – ich vermute, von dir kann ich nichts weiter erfahren«, sagte der Hauptmann mit einem falschen Grinsen und zuckte die Achseln.

Dann stieß er dem Mann die Säbelspitze durch die Kehle.

Der Marktplatz hatte sich zu einem Schauplatz grausigen Vergnügens entwickelt.

Rebellengruppen, die man aus den Gassen gejagt hatte, wurden auf die Hauptstraßen getrieben, wo frische Söldnerformationen auf sie warteten. Die Briganten hielten sich jedoch merkwürdigerweise zurück, und die Rebellen stockten. Verzweiflung ergriff von ihnen Besitz, als ihnen klar wurde, dass man sie in eine tödliche Falle gelockt hatte. Trotzdem waren sie noch immer nicht auf die volle Tragweite ihrer Lage vorbereitet. Als etwa zwanzig Gildenmänner, teils beritten, teils zu Fuß vor den Marktständen versammelt waren, latschte der geifernde Riese zwischen zwei Geschäften hervor. Den beängstigenden Stachelknüppel trug er vier Meter über dem Erdboden auf einer schwabbeligen Schulter.

Jetzt begriffen die Männer. Und nahmen panisch in alle Richtungen Reißaus.

Die zuschauenden Soldaten brüllten voller Vorfreude, als der Riese vorsprang und seine furchterregende Waffe schwang. Mit den mächtigen Hieben des Prügels verwandelte er Menschen in Brei. Pferde wieherten entsetzt und warfen ihre Reiter ab, die von Soldaten dann zurückgeschubst wurden, als sie zu fliehen versuchten.

Tumo plärrte den Rebellen ins Gesicht vor lauter Aufregung, die sich stetig steigerte, seit die Soldaten ihn in seine mächtige Plattenrüstung gehüllt hatten. Den kesselgroßen Helm zierten ein Paar Tierhörner, die Tumos urtümliche Erscheinung noch unterstrichen.

Er schleuderte ein Pferd mit Reiter, auf den Stacheln aufgespießt, in die Luft, lief einem weiteren schreienden Mann nach und quetschte ihn, bis ihm Blut aus Mund und Ohren lief. Dann schleuderte er ihn zu Boden und stampfte auf ihm herum, und bei diesem Anblick zuckten sogar die Söldner zusammen.

Wer sich einen Weg durch den Soldatenkordon freizukämpfen versuchte, wurde durch Bogen- und Pistolenschüsse niedergestreckt. Und der Lindwurm zog seine Bahn über dem Geschehen, griff einzelne Flüchtlinge an und stieß in seinem Triumph schrille Schreie aus, wann immer sein brennender Speichel und die Strahlen ätzender Exkremente Mann oder Ross zeichneten.

Und als im Stadtzentrum kein Aufständischer mehr am Leben war, verteilten sich die Söldnerkompanien, um verbliebene Widerstandsnester auszuräuchern, und Mort hetzte den Riesen auf Menschen, die aus Fenstern blickten. Die plärrende Kreatur schlug Fenster und Türen ein, griff mit den mächtigen Armen in Wohnhäuser und Geschäfte und zermalmte und durchbohrte sogar die Friedfertigen, die Unschuldigen.

Dann strömte zur Überraschung der ausgedünnten Truppen auf dem leichenübersäten Marktplatz eine Gruppe von Milizionären und Zivilisten, angeführt von Aldo Monetto, aus dem Granithaus hervor, in dem die Webstühle untergebracht waren. Sie schrien auf den Riesen ein. Einige feuerten mit Bögen und geraubten Pistolen auf ihn, während andere Steine warfen oder Werkzeug schwangen. Ein Pfeil traf den Riesen im dichten Fett eines Oberschenkels, und er heulte auf und ging auf den Angreifer los.

Monetto sah in hilflosem Entsetzen zu, wohl wissend, dass seine Axt gegen das Monster nutzlos war. Söldnertrupps kehrten inzwischen auf den Marktplatz zurück, angelockt vom Lärm dort. Und der Lindwurm stürzte sich auf einmal herab, um auf den auseinanderlaufenden Mob zu spucken. Aldo glaubte Roric zu sehen, aber dann war die Gestalt verschwunden. Er wusste nicht, was der Rat beschlossen hatte. Nur wenige Milizionäre schienen sich an den Kämpfen zu beteiligen, und doch hatte der Aufstand begonnen. Wo war Gonji? Er musste ihn finden! Ohne Gonji konnten sie mit diesem wahnsinnigen Ausbruch ungerichteten Zorns nichts erreichen.

Hauptmann Sianno kehrte zu den Marktständen zurück und ging zu dem hämisch grinsenden Zauberer, der auf dem Landauer stand.

»Mort, das reicht!«, rief der Hauptmann.

»Sie brauchen eine ordentliche Lektion«, entgegnete der Hexenmeister.

»Es reicht, sage ich! Ihr Mut ist gebrochen. Sie haben genug gelitten. Das ist kein Krieg mehr, sondern nur ein grausames Vergnügen. Nicht mal Tiere würden sich zu solcher Brutalität erniedrigen. Rufe deine Monster zurück!«

Mort betrachtete ihn mürrisch. Er verbeugte sich steif und nicht ganz ohne Spott.

Er gebot Tumo Einhalt und zeichnete ein Befehlssymbol für den Flugdrachen in die Luft, und dieser schwenkte mit einem abschließenden heiseren Schrei zum Fluss hin ab. Anschließend stieg Mort von der Kutsche. Sianno packte den Zügel seines

Pferds und führte es weg. Er betrachtete das Gemetzel mit traurigem Herzen, und sein militärischer Verstand sagte ihm, dass der Punkt ohne Wiederkehr überschritten war.

Der Zauberer blickte ihm nach, als er davonstapfte. So knapp – so nahe war Mort seinem Ziel gewesen. Noch immer bot sich ihm die Gelegenheit – der Lärm einzelner Kampfschauplätze drang von überall in der Stadt herüber. Nein. Nein, bald war die Sache unter Kontrolle, und der verdammte Hauptmann hatte eingegriffen, ehe es Mort gelungen war, die Menschen zu ausreichender Wut zu provozieren. Er war darauf angewiesen, das gegenseitige Metzeln anzufachen. Zerschmettere Vedun; zerbrich Klann!

Tumo lief auf allen vieren zur Kutsche und weinte wie ein ängstliches Kind über seine oberflächlichen Verletzungen.

»Aber aber, mein großer Junge, nicht weinen! Zieh ihn heraus – zieh den Pfeil aus dem Schenkel! Mach es jetzt, du wimmernder Feigling, oder es schmerzt später nur umso mehr!«

Tumo packte den Jagdpfeil am Schaft und zog daran. Die Widerhaken an der Spitze rissen ihm das Fleisch auf, als er sie herauszog, und er jammerte und schluchzte vor Schmerzen. Er plumpste mit klirrendem Getöse zu Boden, als wäre der Wagen eines Eisenwarenhändlers umgekippt.

Flavio und Tralayn drehten sich ebenso um wie die übrigen Betenden in der Kapelle, als die Türen aufflogen und ein Llorm-Trupp hereinmarschiert kam. Einige nervöse Schreie ertönten. Manche der Anwesenden schluchzten offen vor Todesangst. Frauen zogen ihre Kinder an sich. Mehrere Personen standen auf und bildeten einen entschlossenen Wall um den Ältesten und die Prophetin, aber Tralayn schickte sie wieder weg.

Flavio und Tralayn blickten sich tief in die Augen und nickten sich zu und drückten damit den festen Entschluss aus, friedlich mitzugehen, falls sie von den Soldaten festgenommen würden.

Tralayn ergriff die Hand des Ältesten und drückte sie voller Wärme und Zuneigung.

Julians Leutnant Ivar leitete eine Gruppe Söldner, die nach Tralayn suchten. Sie versuchten es zuerst in ihrem Haus, wo sie mit gezückten Schwertern durch die Tür platzten, und in ihrer Angst vor dem Ruf der Hexe waren sie ausgesprochen nervös. Einige von ihnen murrten. Sich mit einer Hexe anzulegen war eine extrem gefährliche Aufgabe, für die sie eigentlich einen Bonus erhalten müssten.

Ihre Angst erwies sich schnell als unbegründet: Das Haus stand leer.

Dann entdeckten sie jedoch die Ehrfurcht gebietenden Waffen über dem Kaminsims. Die Männer musterten einander sprachlos, denn die mächtigen Waffen weckten eine urtümliche Furcht in ihnen, über die später keiner von ihnen reden wollte. Als ihr Anführer betrachtete es Ivar als seine Pflicht, solchen Unfug, wie er ihn jetzt in ihren Augen las, zu ersticken. Er reckte die Brust vor und marschierte zum Kamin.

»Das wären die richtigen Waffen für Tumo, wie? Genau seine Größe ...«

In genau diesem Augenblick gaben die Halterungen nach, und die riesigen Stücke fielen zu Boden und erzeugten ein krachendes Echo. Die sich anschließende Stille im Empfangszimmer war beinahe greifbar.

»Ich – komme sie lieber später holen, hm?« Die Söldner zogen sich schon aus dem Haus zurück, als die unsicheren Worte über Ivars bebende Lippen gingen.

DREIUNDZWANZIGSTES KAPITEL

Das Getöse der Rebellion stieg zum Himmel Veduns auf und erreichte auch Michaels Haus an der Via Fidei, der Hauptstraße der Stadt unweit des Zentrums. Ungeachtet der hektischen Aktivität auf allen Seiten war es im Haus noch recht ruhig, sodass es wie das Auge des Sturms im Getümmel ruhte.

Im Benedetto-Haus: Entsetzung und Verwirrung der Flüchtlinge, die sich hier sammelten; Sorge wegen all der Ereignisse draußen und im Haus. Denn Gonji und Paille waren inzwischen rettungslos betrunken. Gonji gab sich ganz ungehobelt und in sich gekehrt und knurrte jeden an, der ihn in seinem rührseligen Selbstmitleid zu stören versuchte. Paille polterte im Haus herum und plärrte Heroldsworte. Wilf lümmelte auf einem Sofa, ein Bein über dessen Rückenlehne. Er wirkte krank; sein Gesicht war verzerrt. Mal versank er in kurzem, unruhigem Schlaf, mal starrte er mit glasigen Augen auf Rückenspalter, der quer über ihm lag.

Lydia rang die Hände, während sie suchend durch einen Fensterladen des Obergeschosses blickte. Michael stand neben ihr, sein Gesicht eine Maske der Furcht und Unentschlossenheit. Lydia wimmerte leise, und eine Träne des Zorns lief ihr übers Gesicht, als sie sah, wie ein Suchtrupp in Flavios Haus eindrang, das ein Stück weiter an der Via Fidei lag.

»Das habt ihr nun mit euren militärischen Vorbereitungen über uns gebracht!«, sagte sie anklagend, zog die Nase hoch und wischte sich die Träne von der Wange.

Michael antwortete nicht, sondern starrte nur hinaus, während der Suchtrupp der Söldner Flavios Haus verließ und laut johlend zum Marktplatz galoppierte, von wo noch immer Kampfeslärm zu hören war.

Als jemand an die Hintertür in der Küche hämmerte, lief das Ehepaar die Treppe hinunter. Michael stellte sein Schwert in eine Speisekammer nahe der Tür und öffnete diese ein paar Zentimeter weit. Mehrere Milizionäre standen draußen.

Monetto führte sie herein. Ihm folgten Roric Amsgard, Jiri Szabo und drei weitere.

»Wo steckt Gonji?«, schrie Monetto atemlos. »Der Aufstand hat begonnen. Von wem stammt der Befehl?«

»Von mir nicht«, stellte Michael fest.

»Auch nicht von uns«, ergänzte Roric. »Phlegor hat das angerichtet, da wette ich! Wir müssen entscheiden, was wir jetzt tun. Die meisten Milizionäre warten auf einen Befehl, und ich bezweifle, dass Rorka schon von den Ereignissen erfahren hat, es sei denn durch jemanden, der in der Kapelle war, als ...«

»Roric – sieh nur!«, rief Galioto der Milchbauer. Er stand an der Tür zum Empfangszimmer und zeigte eine ungläubige Miene. Galioto war ein empfindsamer und ernsthafter Sizilianer, der ständig über Kopfschmerzen klagte, da die Welt so eine Art hatte, anders zu funktionieren, als er es für richtig hielt. Er war der Erste, der Gonji in seinem jämmerlichen Zustand erblickte. Galioto griff sich an den Kopf und schüttelte diesen hoffnungslos. »Oh nein, Gonji ...«

Die anderen drängten sich ins Empfangszimmer.

»Ihr habt euren Anführer gefunden, wie?«, fragte Lydia hinter ihnen.

Monetto lief zu dem sitzenden Samurai. »*Gonji* – es hat angefangen, Gonji! Wir brauchen dich auf dem Platz, eigentlich überall. Die Leute kämpfen und sterben planlos und unorganisiert ...« Er packte Gonji am nassen Hemd und zog ihn in eine aufrechte Haltung.

Der Samurai funkelte ihn aus wässrigen roten Augen an. »Was

machst du denn hier?«, fragte er lallend und packte ihn am Handgelenk. »Warum bist du nicht auf dem Übungsplatz?«

»In die Katakomben!«, brüllte Paille.

»Mach in meinem Haus nicht so einen Lärm, du betrunkener Trottel!«, kommandierte Lydia und stürmte mit ausgestrecktem Zeigefinger auf ihn zu. Paille blickte ihr finster entgegen.

Der schrille Schrei des Lindwurms zerriss den Himmel über der Stadt. Von irgendwo ertönte das plärrende Idiotengebrüll des schwachsinnigen Riesen.

»Hör mal, Gonji«, drängte Roric, »die *Ungeheuer* sind hier. Morts Vertraute! Sie bringen die Menschen auf den Straßen um. Wir müssen etwas unternehmen!« Im ganzen Haus vernahm man das Flüstern und die scharrenden Füße der Entsetzten.

»Beruhigt euch!«, verlangte Michael. »Durch Panik erreicht man gar nichts.«

Wilf zog sich hoch und hörte zu, und er sah sich nach etwas um, das anscheinend nicht da war. Das *Katana* fiel ihm vom Schoß. Er schien sich gleich übergeben zu wollen.

»Der grausige Drache!«, flüsterte Gonji ehrfürchtig. Dann knurrte er und sprang auf. »Kommt, *Bushi* – die Zeit zu kämpfen ist da!« Er wankte zwei Schritte weit, stolperte und stürzte schwer. Die Umstehenden blickten sich gegenseitig verzweifelt an, während sie dem Samurai vom Boden aufhalfen.

»Oh, Gonji ...!«, wimmerte Galioto, der sich noch immer an den Kopf fasste.

Paille sprang auf den Esstisch der Benedettos. »Zu Pferde! Sammelt die Husaren! Führt die Freiheit zum Sieg! Jemand bringe mir Feder und Schriftrolle!«

»Runter vom Tisch, du Idiot!«, schrie Lydia.

»Gonji, komm, wir müssen dich ...«

Der Samurai stieß die anderen heftig weg und schlug mit der Rückhand nach Jiri, der sich duckte und rückwärts über einen Schemel fiel.

»Reiß dich zusammen, um Gottes willen!«, schrie Roric den Samurai an. »Hole mir ein Brechmittel!«, brüllte er dann die zitternde Köchin an, die auch gleich davontappte.

Roric umklammerte Gonji von hinten und rief um Hilfe. Der Samurai knurrte und befreite sich mit einer heftigen Bewegung von Armen und Hüften aus dem Griff, stieß dabei Roric zurück und hämmerte diesem die Luft aus dem Leib. Monetto packte Gonji am Arm und hielt sich daran fest, als ginge es um sein Leben, während der Samurai nach dem Sagami tastete. Jiri packte ihn am anderen Arm. Gonji trat nach ihm, aber der Gleichgewichtssinn hatte ihn schon lange im Stich gelassen.

»Was sollen wir denn jetzt tun?«, schrie Galioto, fiel auf einen Stuhl und sank in sich zusammen.

Drei Mann hielten Gonji inzwischen fest und schleppten ihn rings in dem Durcheinander in Michaels Empfangszimmer hin und her. Der Lindwurm rauschte über das Haus hinweg. Eine Frauenstimme sprach in einem anderen Zimmer weinend ein Gebet. Paille stampfte auf dem Tisch hin und her und sang ein französisches Schlachtenlied, wobei er anstelle eines Schwerts eine Kerze vor sich hielt.

Die Köchin brachte das zusammengebraute Brechmittel aus der Küche.

»Paille, steig da herunter, oder ich erledige das mit der Faust!«, schrie Michael und ging auf ihn zu.

»Benedetto ist zum Feind übergelaufen!« Der Künstler sprang vom Tisch, stolperte hinter das Sofa und reckte die Kerze trotzig vor. »Ich ergebe mich nicht kampflos!«

Roric schüttete Gonji das Brechmittel in den Hals, während die anderen den Samurai festhielten. Gonji würgte und schnappte nach Luft. Wilf stand jetzt hinter ihnen und machte ein schiefes Gesicht. Er starrte matt in die Gegend und versuchte aus der Umgebung schlau zu werden. »Genya!«, flüsterte er belegt. »Muss Genya retten …«

»Du gehst nirgendwohin!«, befahl Monetto. »Jemand sollte Wilfred festhalten.« Zwei Männer packten diesen an den Armen und redeten sanft auf ihn ein, und er setzte sich, ohne Widerstand zu leisten.

Gonji würgte den letzten Schluck des Brechmittels hinunter. Erneut führten ihn die anderen durch das Zimmer, wobei er die Arme um Jiris und Monettos Schultern legte. Lydia stand unter der Tür und betrachtete die Szene angewidert. In ihrem Haus stank es wie im Futterkorb beim Erntedankfest.

»Gebt mir mein Schwert, ihr Feiglinge!«, ereiferte sich der Samurai, der schlaff zwischen den beiden *Bushi* hing. Monetto und Jiri hatten Mühe mit seinem Gewicht, denn seine Füße schleiften nur über den Boden.

Erneut hämmerte jemand an die Hintertür.

»Barmherziger Himmel!«, schrie die Köchin.

Lydia verzog das Gesicht. »Das ist *Irrsinn!* Michael, das ist dein Haus – *unternimm etwas!*«

Michael drehte sich einmal um, zweimal, hin- und hergerissen zwischen dem Wunsch, bei der Ausnüchterung Gonjis zu helfen, und einer Reaktion auf das Klopfen, das jetzt erneut ertönte, beharrlicher diesmal. Er ging zu einem Wandschrank, riss ihn auf und schob Tischtücher und Geschirr zur Seite. Dann öffnete er ein Geheimfach an der Rückwand und holte daraus eine Pistole hervor. Lydia erschrak beim Anblick der Waffe, von der sie nichts gewusst hatte.

Michael spannte die Pistole und durchquerte die Küche, Roric und Lydia auf den Fersen. »Öffne bitte«, wandte er sich an Roric.

Lydia bekreuzigte sich, als der Metzger dem Wunsch Folge leistete. Die Tür ging auf, und da stand Karl Gerhard, den englischen Langbogen an der Seite.

Michael seufzte erleichtert und senkte die Pistole.

»Michael – Roric«, sagte der mürrische Bogenschütze überrascht. »Es herrscht Aufruhr – und niemand führt die Menschen ...«

»Ist die Miliz ausgerückt?«, fragte Michael.

»Die meisten Milizionäre warten noch auf den offiziellen Befehl, denke ich. Die Handwerker haben den Aufstand begonnen und – es scheint jetzt, als gäbe es keinen Weg zurück.« Gerhard trat ein, und die Tür fiel hinter ihm ins Schloss. Er fuhr grimmig flüsternd fort: »Die Ungeheuer sind da, werte Herrschaften. Sie bringen Menschen auf dem Marktplatz um. Wir *müssen* etwas tun!«

Schreie drangen aus dem Empfangszimmer herüber. »Einen Nachttopf bitte!«

Die Köchin stürmte herbei, holte den Topf von der Latrine und rannte damit zurück – zu spät jedoch. Man hörte, wie sich Gonji erbrach. Lydia kehrte langsamen Schritts in die Küche zurück, die Augen geschlossen, und ihr Unterkiefer zitterte.

»Gonji ist da drin«, erklärte Michael.

»Was?«

»Unpässlich, fürchte ich.«

Gerhard packte Michael am Arm. »Er soll verhaftet werden. Soldaten unter Julians Befehl suchen nach ihm. Sie bringen ihn um, wenn sie ihn hier versteckt finden!«

»Heilige Mutter Gottes!«, betete Galioto, der von der Tür her zuhörte.

»Wir müssen ihn wegschaffen«, sagte Gerhard. »Michael, du und Roric, ihr müsst zum Markt gehen und den Menschen so etwas wie Führung bieten. Sie sterben dort – wie die Tiere.« Karl schob sich zwischen den anderen hindurch zum Empfangszimmer und erblickte das groteske Spektakel dort. »Himmel!«, brummte er.

Michael und Roric sahen sich gegenseitig an, und der Günstling des Ältesten steckte sich die Pistole langsam hinter den Gürtel. Sie nickten entschlossen und schnallten sich die Schwertgurte und Wehrgehänge um.

»Michael!«, schrie Lydia entsetzt. »Michael, geh nicht – *bitte!*«

»Es ist unsere Pflicht«, erwiderte er. »Wir haben keine andere Wahl. Ich ... werde versuchen, der Sache ein Ende zu bereiten.« Lydia starrte durch die Stelle hindurch, wo Michael eben noch gestanden hatte, als dieser und Roric in den Keller hinabstiegen und mit Helmen und Brustpanzern zurückkehrten, die sie anlegten. Einen Augenblick später waren sie auf zwei Rössern, die auf dem Hinterhof bereitstanden, in der Nacht verschwunden.

Gerhard und Monetto betrachteten verblüfft das erbärmliche Bild, das der erstaunliche asiatische Krieger abgab. Er lag mit dem Gesicht am Boden und schnarchte lautstark, komplett mit dem eigenen Erbrochenen vollgeschmiert. Schon aus dem wenigen, was beide über die Lehrsätze des *Bushido* gelernt hatten, wussten sie, dass ein furchtbarer Preis für den Verlust an Selbstbeherrschung in dieser Nacht zu zahlen sein würde, selbst wenn Gonji sie überlebte ...

»Wir müssen ihn säubern, Aldo, ihn dann von hier wegschaffen. Er ...«

»Soldaten im Anmarsch!«, schrie ein Mann, der an einem Fenster stand. »Sie durchsuchen ein Haus nach dem anderen!«

Gerhard spannte sich an. »Ich habe sie eben schon gesehen – hatte aber nicht erwartet, dass sie diese Straße so schnell erreichen würden.«

»Was sollen wir tun?«, fragte Monetto und atmete schwer vor Angst. »Wir können nicht zulassen, dass sie ihn in diesem Zustand erwischen!«

»Ich weiß, ich weiß – Lydia, habt ihr hier eine Möglichkeit, ihn zu verstecken?«

»Nein«, antwortete sie. »Ihr müsst verschwinden – ihr alle. Geht hinaus und helft Michael!«

Monetto blickte sich um: von den anderen war keine Hilfe zu erwarten. Paille war hinter dem Sofa an der Wand zusammengesunken, und der Kopf hing ihm auf die Brust. Wilf schlief tief und fest.

»Der Keller!«, sagte der Axtmacher, der unvermittelt eine Eingebung hatte. »Sehen wir mal im Keller nach, welche Möglichkeiten wir haben.«

Sie polterten die Treppe hinunter und durchstöberten den Keller.

»Hier unten können wir ihn nirgendwo verstecken!«, beklagte sich Gerhard.

»Ich suche nicht nach einem Versteck für ihn, du Idiot! Wir brauchen etwas, womit wir ihn wegtragen können.« Er strich mit der Hand über den Deckel der klobigen alten Kiste.

Gerhard schüttelte den Kopf. »Verdammt, das Ding ist zu schwer! Wir könnten es nicht mal *leer* durch die Straßen schleppen.«

»Wie wäre es hiermit?« Monetto kramte einen Stoß alter Kleider Lydias aus einer Kiste. »Wir könnten ihn verkleiden ...« Er sah Karls spöttische Miene und ließ die Kleidungsstücke fallen.

Dann entdeckten sie das Fass mit Salzlake. Man hatte es zum Einlegen benutzt, und als sie den Deckel öffneten, stieg der überwältigende Gestank zu ihnen auf.

»Puuh!«, keuchte Gerhard. »Vergiss es.«

»Nein nein, das ist genau, was wir brauchen! Hilf mir, es die Treppe hinaufzutragen.«

Mit finster-skeptischer Miene leistete der Jäger der Aufforderung Folge. Sie schütteten die stinkende Salzlake auf den Kellerboden und trugen das Fass ohne nennenswerte Schwierigkeiten hinauf. Unter Lydias verdutztem Blick schleppten sie dann Gonji in die Küche, wuschen ihn und stopften ihn ins Fass, wo er in der Haltung eines Fötus hockte. Dann steckten sie die Schwerter neben ihm hinein.

»Schnell – der Suchtrupp kommt als Nächstes hierher!«

Gerhard klopfte den Deckel fest. Gonji stöhnte darunter. Dann wurde aufs Neue an die Hintertür gehämmert. Karl legte rasch einen Pfeil an und spannte die Sehne. Der Erste, der eintreten würde, war so gut wie tot. Als dann Monetto jedoch die Tür aufriss und mit der Axt ausholte, stand dort ein Bürger der Stadt und zuckte zusammen.

»Bist du verrückt, Monetto? Signora Benedetto – Michael wurde verwundet!«

»Wa-a-as?«, schrie Lydia und stürmte herbei. »Oh lieber Gott – wo? Wie?«

»Durch einen Pfeil, denke ich. Er ist bei Signor Vargo.«

»Geh, Lydia«, drängte Monetto sie und schob sie zur Tür. »Dort, bei Milorad, stoßen wir wieder zu euch.«

Michaels Gattin stürmte mit dem Sendboten los, aber dann hielten sie abrupt wieder an: Zwei Söldner ritten durch das offene Tor auf den Hof, die Schwerter gezückt.

»Wohin wollt ihr?«, rief eine barsche Stimme.

»Mein Gemahl!«, schrie Lydia ihn an. »Er ist verletzt worden!«

Aber noch ehe sie die Worte zu Ende gesprochen hatte, zischte der erste Pfeil durch den einen Spalt breit geöffneten Fensterladen und schleuderte einen der Söldner rücklings aus dem Sattel. Der zweite Soldat riss sein wieherndes Pferd zum Tor herum. Gerhard sprang hinaus auf den Portikus, und im Sprung legte er einen Pfeil an und spannte den Bogen. Der zweite Mann kippte auf den Hals seines Pferdes, als es hinaus auf die Straße rannte.

»Schleift diese Leiche auf die Gasse hinaus!«, flüsterte Karl schroff. Zwei Männer gehorchten, während ein dritter Lydia auffing, als sie in Ohnmacht zu fallen drohte; er führte sie eilig zum Tor.

»Los, macht schon!«, kommandierte Galioto vom Türbogen des Empfangszimmers aus. »Ich versuche die Soldaten abzulenken, wenn sie kommen.« Er schüttelte den schmerzenden Kopf und zuckte zusammen.

Gerhard und Monetto hoben ächzend ihre Last auf und schleppten das Fass zum Tor. Die anderen waren schon auf halber

Länge der Straße, über die vordersten Linien der Suchtrupps hinaus, die man auf der Via Fidei schreien hörte. Zweimal mussten Gerhard und Monetto Gonji abstellen und sich verstecken; einmal, als ein Trupp Llorm vorbeiritt, und ein zweites Mal für eine galoppierende Reitermeute von Rebellen, denen ein Trupp Söldner hart auf den Fersen war. Beide Male wurde das Fass beinahe zum überraschenden Stolperstein.

Endlich erreichten die beiden Männer den Hinterhof des Hauses, das dem Milorads gegenüberstand. Von dort aus mussten sie allerdings noch die Straße des Glaubens überqueren, wo es inzwischen lebensgefährlich war. Ein kurzer Sprint – jedenfalls ohne das Fass und seinen kostbaren Inhalt.

Sie knieten im Schatten zwischen den Häusern und schnappten nach Luft.

»Vielleicht müssen wir ihn einfach – hier irgendwo zurücklassen«, sagte Gerhard verzweifelt, »und ihn später holen.«

»Sei nicht albern«, entgegnete Monetto. »Was, wenn er zum falschen Zeitpunkt erwacht und aus dem Fass steigt?«

»Er hat das Sagami, Dummkopf!«

»Gegen all diese Soldaten? Komm schon, Karl, *so* müde sind wir noch nicht!«

»Wir können trotzdem nicht einfach über die Straße rennen, und *rennen* müssen wir. Was soll außerdem aus meinem Bogen werden? Den entdecken sie mit Sicherheit.«

Eine Gruppe Llorm stürmte vorbei, und ihre Armbrüste schnalzten, als sie sie auf ferne Rebellen abfeuerten.

»Ich hoffe, sie haben es geschafft«, flüsterte Karl und meinte damit Lydias Gruppe. Plötzlich kam ihm eine Idee: »Ich weiß, wie wir es machen – wir wälzen das Fass hinüber!«

Monetto verzog das Gesicht, und sein Magen drehte sich um, als er an Gonjis Lage dachte. »Du bist verrückt!«

»Nein, das ist die einzige Möglichkeit. Einmal kräftig anstoßen – *richtig* gut anstoßen, denn er darf nicht mitten auf der

Straße liegen bleiben. Und dann folgen wir ihm. Wie sieht es aus?«

»Torheit!«, lautete Monettos Einschätzung. Letztlich musste er jedoch einräumen, dass es die einzige Möglichkeit war.

Gonji stöhnte mitleiderregend in dem Fass. »Schlaf, *Sensei*. Alles wird gut«, sagte Monetto und versetzte dem Deckel dabei einen Klaps.

Sie warteten auf den richtigen Augenblick. Dann rollten sie im Laufschritt das Fass vor sich her und versetzten ihm einen Stoß, in den sie ihre ganze verbliebene Kraft legten. Gonji hüpfte und scharrte quer durch den Tumult auf der Via Fidei. Die beiden Männer hielten die Luft an und verzogen jedes Mal, wenn das Fass holperte, die Gesichter, während das Behältnis übers Kopfsteinpflaster rollte, dann auf die Abwasserrinne in Straßenmitte stieß, mit erhöhtem Schwung darüber hinwegholperte und den leichten Anstieg zur anderen Straßenseite nahm. Schon langsamer geworden, prallte es auf den winzigen Randstein und sprang auf den Gehweg aus Naturstein, wo es zur Ruhe kam. Weitere Soldaten donnerten vorbei. Gerhard und Monetto warteten besorgt eine ganze Weile lang, oder zumindest empfanden sie es so. Endlich konnten sie jedoch ungefährdet über die Straße sprinten.

Erneut hoben sie das Fass auf und schleppten es mühsam auf den Hinterhof, wo eine Schar grimmiger Bürger auf sie wartete und ihnen half.

Phlegor wurde auf den Marktplatz geschleift. Er war gefesselt und blutete.

»Kämpfe weiter, Vedun!«, schrie der Gildenvorsteher. »Kämpft gegen die Invasoren, bis keiner von ihnen mehr am Leben ist! Ihr König ist tot!« Ein Llorm-Infanterist versetzte ihm eine heftige Ohrfeige. Man schleppte Phlegor zu dem bedrohlichen schwarzen

Landauer, in dem Mort mit verschränkten Armen saß. Sogar in seiner Wut und Resignation wurde der Handwerker noch bleich, als er den Riesen im Springbrunnen sitzen und seine Wunden waschen sah. Die lange rote Zunge des Monsters fuhr über wabbelige Lippen, während ein tiefes, polterndes Knurren verriet, welche Schmerzen Tumo litt. Söldner verbanden seine Wunden, während er Phlegor mit finsterer Miene musterte.

»So, du denkst also, König Klann wäre tot, wie?«, sagte Mort. »Da du nicht an den Unbezwingbaren glaubst, sollst du ihn mit eigenen Augen erblicken. Zunächst jedoch darfst du dich am Schicksal deiner tapferen Gefolgsleute ergötzen.« Der Zauberer wies auf die über den ganzen Platz verteilten Schauplätze hin, wo sich die Soldaten mit den festgenommenen Rebellen befassten. Manche waren erhängt worden, andere erschossen. Andere hatte man zusammengeschlagen, und weitere saßen dicht gedrängt und erwarteten die Strafe für ihre Verbrechen. Bislang zählte man siebzig tote Bürger und sechsundzwanzig tote Soldaten der Besatzungsmacht. Niemand konnte auch nur schätzen, wie viele Menschen verwundet worden waren.

»Bringt ihn, sobald ihr mit ihm fertig seid«, wies Mort Julian an, »gemeinsam mit der Hexe.« Er deutete auf Tralayn, die in Ketten in der Nähe stand, den Kopf stolz erhoben, die blitzenden grünen Augen anklagend auf Mort gerichtet. Julian nickte, und Morts Kutsche entfernte sich unter dem Geleitschutz von Söldnern, gefolgt von seinen Monstervertrauten. Tumo trug den Topfhelm in einer Hand und den inzwischen zersplitterten Prügel in der anderen. Wie ein Affe schwankte er hinter dem Landauer her, während der Lindwurm aus dem Norden heranflog und Vedun mit einem letzten unheilverkündenden Schrei bedachte.

»Wo steckt Gonji?«, wollte Julian von Phlegor wissen, während er arrogant um ihn herumschritt, den Säbel in der Hand.

»Ich weiß es nicht, und es ist mir auch egal«, knirschte Phlegor.

»Es sollte dir nicht egal sein – denn er hat dich verraten.« Julian grinste ihn verächtlich an, hielt ihm sein Gesicht vor die Nase. »Er war es, der mir erzählt hat, dass du der Anführer dieser … gescheiterten Aktion wärst.«

Phlegor hustete und spuckte aus und hielt sich gerade noch zurück, mit dem Speichel auf Julian zu zielen. »Erwähne den gelben Affenmann mir gegenüber nicht! Er hat immer nur geredet. Wahrscheinlich ist er inzwischen schon mit dem Geld der Stadt auf halbem Weg nach Wien.«

Julian dachte über diese Worte nach. Er war überzeugt, dass sich Gonji noch immer irgendwo in der Stadt aufhielt, war aber außerdem ziemlich sicher, dass die Menschen Veduns den Samurai nicht mehr schätzten. *Keinen Mumm für einen richtigen Kampf* … Dreißig gegen drei, das war ein Zahlenverhältnis, wie Gonji es liebte. Julians erste Einschätzung des Barbaren war schon zutreffend gewesen: nichts weiter als ein egoistischer Schurke, der davon lebte, eine Seite gegen die andere auszuspielen.

Phlegor und Tralayn wurden in Richtung der Burg abgeführt. Julian erteilte Befehl, Gonji aufzustöbern und lebend zu ihm zu bringen. »Schießt ihn notfalls nieder, aber er sollte noch Leben in sich haben, wenn ihr ihn heranschafft. *Ich* möchte das Privileg genießen, ihm den Tod zu geben.«

Und als Phlegor durch die Ausfallpforte verschwand, trat Boris Kamarovsky ins Freie, ungehindert von den Soldaten – denn er hatte verraten, wo sich der Gildenvorsteher versteckt hielt.

Ein Unruhestifter weniger, dachte Boris. *Und als Nächstes dieser dreckige Barbar* … Ein selbstgefälliges Lächeln spielte um seine Lippen.

»Hängt ihn«, befahl Julian gelassen. »An dem Kreuz, das er so liebt.«

Und so wurde das mächtige Kreuz, das sich auf dem Marktplatz im Schatten des tröstlichen Kapellenturms erhob, zum Galgen, von dem aus der Ratsälteste Flavio sein geliebtes Vedun zum letzten Mal erblickte, jene Stadt, die nun nur noch ein zertrümmerter Rest der Träume und Arbeit eines ganzen Lebens war. Er klagte nicht, sondern sprach nur ein letztes Gebet für den Frieden, ehe er den Hals in die Schlinge steckte, beinahe erleichtert darüber, aus einer derart gepeinigten Welt zu scheiden.

Der Aufruhr der schreienden, mit Steinen werfenden Menge war kurz. Nur wenig Schaden entstand, da Hauptmann Sianno und die Kompanie Llorm-Dragoner, die die Verantwortung übernahmen, sehr bemüht waren, die aufgebrachten Bürger mit einem Minimum an Gewalt im Zaum zu halten. Schließlich betrachtete der Hauptmann den Leichnam des freundlichen Ältesten und wurde sich mit tiefem Schmerz darüber klar, dass die letzte Bastion eines friedlichen Nebeneinanders gefallen war.

VIERUNDZWANZIGSTES KAPITEL

Wenn das Leben eine Wendung zum Schlechteren nimmt und das heraufziehende Versprechen eines neuen Tages durch unmittelbare Gefahr abgelöst wird, eilen alle Kräfte eines Menschen zu seinem Schutz. So kam es, dass tief in der Nacht Gonjis Schlaf allmählich wich, als höbe sich ein Vorhang nach dem anderen, und hinter jedem träten Schuldgefühle, Verzweiflung und Grauen in vagen neuen Gestalten hervor ...

... Es scheint still geworden zu sein ...

Kopfschmerzen machten sich bemerkbar, und er kniff die Augen nur umso fester zu und verzog das Gesicht, so stark pochte es in Kopf und Hals. Bestimmte üble Gerüche durchdrangen allmählich den Schleier des Schlafs ...

... Nein, meine Dame, er wird das Bein nicht verlieren ...

Wer wird das Bein nicht verlieren? Von welchem Bein reden wir? *Kami*, was zum Teufel ist heute mit mir geschehen? Oder war es gestern?

»Sieh nur – er kommt zu sich!«

Füße schlurften.

»Gonji ...« Das war Wilfs Stimme.

Stöhnend drehte sich der Samurai auf dem Bett um und erhob sich in eine Sitzhaltung, die Hände auf den Knien, und er zuckte unter dem Protest der Schmerzen zusammen. Er atmete tief und streckte sich; dann blinzelte er, bis er richtig wach wurde.

»Was ist los?«, fragte er, blickte sich in dem kleinen, feuchten Zimmer um und fasste nacheinander jeden der etlichen Menschen ins Auge, die hier versammelt waren. »Wo zum Teufel sind wir?«

»In Milorads Keller«, antwortete Wilf. »Wir mussten dich hier verstecken.«

»Du sollst verhaftet werden«, erklärte Gerhard.

Gonji stand auf, war über all das verwirrt. »Was? Wartet mal einen ...« Dann sah er Michael auf dem Bett an der Wand gegenüber liegen. Er hatte ein Bein stark verbunden. Lydia saß bei ihm und weinte leise. Michael schien Schmerzen zu haben. Dr. Verrico richtete sich gerade von ihm auf und warf einen missbilligenden Blick auf Gonji.

»Das ist alles, was ich derzeit tun kann«, sagte der Arzt. »Er wird eine Zeit lang nicht mehr in dieser großspurigen italienischen Haltung einherstolzieren, möchte ich sagen – falls überhaupt wieder.« Er musterte Gonji. »Ich muss jetzt gehen. Ich habe schon viele Menschen vernachlässigt, die mich dringender brauchen.« Er sammelte seine Utensilien ein und stieg müde die Kellertreppe hinauf.

»Was geht hier vor, Garth?«, fragte Gonji, hob seine Schwerter auf und steckte sie hinter die Gürtelschärpe.

»Gonji«, sagte der stämmige Schmied mit seiner kindlichen Stimme, »ein Aufstand ist ausgebrochen. Ein schrecklicher Fehler ...«

»Ein *Aufstand?* Wer hat den Befehl gegeben? Warum wurde ich nicht informiert?« Aber die spöttische Stimme im eigenen Hinterkopf beantwortete diese letzte Frage mit schmachvoller Gewissheit, noch unterstützt dadurch, dass die Umstehenden die Blicke senkten.

»Was bedeutet es schon, wer angefangen hat?«, hielt ihm Garth entgegen. »Es ist vorbei. Der Aufstand wurde niedergeschlagen. Mort erschien mit seinen Monstern ...«

»Hier in der Stadt?«, knirschte Gonji mit finsterer Miene.

»Ja. Ich fürchte ... dass viele Menschen umgekommen sind. Vielleicht Hunderte. Niemand weiß es bislang genau.«

»Erzähle ihm auch das Schlimmste, Garth«, verlangte Lydia

mit feindselig bebender Stimme, den Blick auf ihren fiebernden Gatten gerichtet, während sie ihm die Stirn abwischte.

»Tralayn wurde festgenommen ... und auf die Burg gebracht. Phlegor ebenso.« Aber sogar diese Worte klangen ausweichend.

»Er hatte angefangen, erzählt man«, ergänzte Wilf.

Gonji kniff die Augen zusammen und sah nichts mehr in diesem Raum. »Und die *Bushi?*«

»Vergiss deine *Bushi!*«, fauchte Lydia. »Wahrscheinlich wurden sie längst alle abgeschlachtet ...«

Roric schnitt ihr das Wort ab. »Ich war dort, Gonji. Ich denke nicht, dass viele von ihnen mitgemacht haben. Meistens waren es Handwerker – alles war so schnell vorbei ...«

»Geister meiner Väter!«, flüsterte Gonji, und seine entsetzliche Angst, etwas Grauenhaftes angerichtet zu haben, bestätigte sich schließlich. »Während ich betrunken war ...«

»Zum Teufel mit deinem Selbstmitleid!«, schrie Lydia. »Erzähle ihm das *Allerschlimmste*, Garth. Sag ihm, wie gut er sich seiner vielgepriesenen *Pflicht* entledigt hat.« Sie sank verzweifelt schluchzend in sich zusammen und vergrub das Gesicht an Michaels Brust.

Gonji spürte, wie ihm erneut übel wurde. »Garth? Was sagt sie da?«

Sie blickten einander an, und keiner traute sich zu sprechen.

Wilf holte tief Luft. »Flavio wurde *gehängt*, Gonji. Auf dem Marktplatz, an dem großen Kruzifix.« Er riss die Augen auf, als er den *Sensei* schwanken sah.

Gonjis Unterkiefer klappte auf, als er langsam aufs Bett zurücksank. In seinem Kopf hämmerte es. Er verzog das Gesicht, und die undeutbaren schwarzen Augen spiegelten ein Grauen wider, das niemand der anderen zuvor darin erblickt hatte. Er fuhr sich mit einer Hand durchs Haar und atmete jetzt keuchend. »*Iyé!*«, sagte er kopfschüttelnd. »Das kann nicht sein ...«

Eine Zeit lang sagte niemand etwas. Dann erhob sich Lydia von der Bettkante. Michaels Atem ging mühsam.

»Ich gehe hinauf«, verkündete sie. »Möchte jemand irgendetwas?« Niemand reagierte. »Ich hole Wasser und etwas zu essen …« Auf halber Höhe der Treppe blieb sie stehen. »All diese männliche Prahlerei, dieses Gerede vom Krieg den zurückliegenden Monat über, hat zu dem hier geführt – Tod und Grauen.«

Eine grauenhafte Stille breitete sich für einige Zeit aus, als sie ins Haus hinaufgestiegen war. Dann blickte Gonji auf. Eine Ruhe lag in seinen Zügen, die irgendwie bedrohlicher wirkte als die finstere Miene, die er in der Schlacht zeigte.

»Wilfred-san, hole mir Schreibmaterial.«

Wilf gehorchte sofort, und die anderen musterten Gonji neugierig.

»Was hast – du vor?«, fragte Gerhard aus der Ecke, in der er zusammengekauert und niedergeschlagen saß. Gonji antwortete jedoch nicht, sondern verfolgte, wie Lydia mit einem Tablett herabstieg.

Der Samurai wusch sich an einem Becken und trocknete sich ernst ab, nahm dann mit einer Verbeugung Papier und Federkiel von Wilf entgegen und reichte ihm das schmutzige Hemd. Gewaschen und ohne Hemd begann er dann, japanische Schriftzeichen auf das Papier zu zeichnen. Alle sahen ihm lautlos und gespannt zu, sogar Lydia. Auch Michael war wieder bei Bewusstsein und nahm gerade die düstere Stimmung im Keller in sich auf.

Endlich wurde Gonji fertig.

»Wilfred-san, sieh bitte zu, dass Paille das hier erhält, *doso.*«

»Was ist es?«

»Mein Todesgedicht. Er wird es verstehen. Ich möchte es als Inschrift auf meinem Grab haben, und ich möchte mit dem Sagami zusammen bestattet werden.«

Alle erschraken. Gerhard rappelte sich langsam vom Boden auf.

»Gehst du hinaus?«, fragte Lydia nicht ohne Sorge. »Gibst du auf?«

Er lächelte humorlos. »*Iyé*, das entspricht nicht meiner Art.« Dann zerrte er eine Matte in die Mitte des Kellerraums und legte das Sagami in der Scheide darauf. Er begab sich in die Lotusstellung und legte das *Ko-dachi*, das Kurzschwert, sorgfältig vor sich auf die Matte.

»Oh mein Gott!«, flüsterte Garth.

Lydia blickte von einem zum anderen, aber niemand erwiderte ihren Blick. »Was hat er vor?«, fragte sie, während ihre Augen immer größer wurden. »Barmherzige Mutter Gottes, was hat das zu bedeuten?«

Gonji richtete sich in eine kniende Haltung auf. »Wilfred-san, ich benötige deine Mithilfe.«

Wilf schluckte und sah seinen Vater an.

»Wilfred, ich verbiete es!«, rief der Schmied.

»O lieber Gott, *nein!*«, schrie Lydia. »Bist du *verrückt?*«

Ohne auf ihren Schrei zu achten, sprach Gonji in rituellem Tonfall: »Da ich in meinem Dienst an Meister und Stadt versagt habe und da ich zahllose Male den Kodex des *Bushido*, nach dem ich lebe, zu ehren versäumt habe, biete ich mein Leben im Seppuku ...«

»Bist du wahnsinnig?«, beharrte Lydia. »Du – du – hier, in Milorads Haus? Das ist reinste Barbarei!«

»Es muss hier geschehen«, entgegnete Gonji gelassen. »Könnte ich es auf dem Marktplatz unter dem Leichnam meines Meisters tun, wäre das meine Wahl. Ich würde jedoch nie dorthin gelangen. Bitte versagt mir nicht diesen letzten Akt der Würde in meinem unsteten Leben. Wilfred?«, bat er den zögernden Schmied. »Bist du mein bester Freund?«

»J-ja«, antwortete Wilf bebend und trat näher.

»Ich lasse nicht zu, dass du das tust!«, knurrte Garth und baute sich zwischen ihnen auf.

»Du musst mir beistehen«, sagte Gonji zu Wilf. »Sollte ich schreien oder den Schnitt nicht vollenden können, musst du mir sofort den Kopf abschlagen. Hast du das verstanden?«

»Jesu Christe!«, betete jemand.

»Gonji, das kannst du von niemandem hier verlangen«, mischte sich Roric ein.

Der Samurai zog das Seppuku-Schwert aus der Scheide, packte es mit beiden Händen und zielte mit der Spitze auf die Unterseite des Unterleibs, mit der Absicht, es dort hineinzustoßen, dann den Leib aufwärts und quer zu durchschneiden und so im altehrwürdigen Stil des rituellen Selbstmords seine Eingeweide zu verstreuen.

»Nein!«, schrie Lydia und lockte damit Anna Vargo ein Stück weit die Treppe herunter. Milorads Gattin zitterte, als sie sah, was in ihrem Keller vor sich ging, und ihr Gesicht verriet abgründiges Entsetzen.

»Stell dich hinter mich, Wilfred-san!«, befahl Gonji.

Garth packte seinen Sohn und hielt ihn fest. Sie rangen miteinander. »Gonji, ich lasse das einfach nicht zu!«, tobte Garth, während er mit seinem Sohn kämpfte. Er rang ihn zu Boden. Wilf stieß sich den Kopf an der Bettkante und hämmerte seinem Vater wütend die Faust seitlich an den Kopf. Garth wich sofort vor ihm zurück, und als Wilf sich darüber klar wurde, was er getan hatte, schnappte er nach Luft und sackte am Bett zusammen.

Garth rappelte sich wieder auf und funkelte seinen Sohn und Lehrling an. Zum ersten Mal erblickte Wilf Abscheu in der Miene des Vaters. Das erschreckte ihn auf eine Art und Weise wie nie etwas zuvor. Er lehnte sich zurück und rührte sich nicht.

»Es tut mir leid, Papa«, bat er ihn mit bebender Stimme um Vergebung.

»Halt die Klappe, du dummer Grünschnabel!«, entgegnete Garth gehässig. »Was für ein Gefühl war es, deinen Vater zu schlagen?« Er richtete den zornigen Blick auf Gonji. »Warum verlässt du uns nicht einfach? Er ist vorbei, dieser ganze Wahnsinn, dass friedliebende Menschen bis zum Tode kämpfen sollen – und das nur wegen anmaßender Prinzipien! Ich habe selbst einmal gekämpft, weil ich glaubte, damit zur Erfüllung von Träumen beizutragen, und es hat mein Leben zerstört. Jetzt habe ich mich dazu breitschlagen lassen, dass ich helfe, Schwertfutter für Soldaten heranzuziehen, und was hat es mir gebracht? Der eigene Sohn hebt die Hand gegen mich – und meine beiden übrigen Söhne habe ich heute Nacht noch gar nicht gesehen. Sie sind wahrscheinlich tot! Wie viele Väter trauern heute noch um verlorene Söhne?

Du hast uns nie richtig verstanden. Hast einfach versucht, die Stadt in die seltsame Vision dessen zu verwandeln, was sie deiner Meinung nach sein sollte. Du kannst die Welt jedoch nicht in dein ... dein verlorenes Land der Götter umformen. Warum kehrst du nicht einfach dorthin zurück ... statt ...?«

Er wandte sich ab, schien seine Worte zu bedauern, rieb sich das Gesicht im nervösen Bemühen, sich zu beruhigen.

Lydia ging an ihm vorbei. »Vielleicht ist es am besten«, sagte sie sanft, »wenn du jetzt fortgehst. Es ... ist nicht nötig, dich umzubringen, um uns zu zeigen, wie du dich fühlst. Wir wissen es auch so zu würdigen. Du brauchst dich nicht schuldig zu fühlen ...« Sie brach ab, als sie sah, wie Gonjis Lippen vor Abscheu zitterten. Er stand auf, die Zähne zusammenbeißend.

»Ihr versteht, wie ich mich fühle?«, fragte er mit kaum beherrschter Wut. »Ihr wisst nichts darüber! Keiner von euch. Ihr gönnt mir nicht mal die Würde, mein elendes Leben auf die Art zu beenden, die man mich von Geburt an gelehrt hat. Habe ich jemals eure Art zu leben verunglimpft? Oder das, woran ihr glaubt? Trotzdem verwehrt ihr mir den Frieden, nach dem ich strebe. Ihr verlangt, dass ich mit dieser unerträglichen Schande weiterlebe ...«

Er brach jedoch ab, spürte, wie vergeblich und unfair es war, es ihnen begreiflich machen zu wollen. Ein flüchtiger Gedanke ging ihm durch den Kopf, etwas, was der verrückte Künstler und Dichter einmal gesagt hatte. Etwas darüber, dass Verpflichtungen, die man aus seiner Kultur mitbrachte, nicht mehr so schwer wogen, wenn man sich unter fremden Menschen bewegte. Jetzt klammerte er sich daran und hoffte sehnlichst, seine Ahnen möchten ihm diesen sich aus seinem Streben nach Anpassung ergebenden Kompromiss zugestehen ...

Nach außen hin wirkte Gonji bald wieder gefasst. Was sollte er angesichts der ihm versagten Ehre jetzt jedoch tun? Da bestand nur eine Möglichkeit: Er musste fortgehen, wie man es auch von ihm verlangte. Von all denen, die im Keller versammelt waren, erwiderte nur Wilf seinen Blick, und das Verhalten des jungen Schmieds verriet seine verletzten Gefühle, seine ernsten Bedenken über das, was gerade geschehen war und, vielleicht noch schlimmer, über das, was jetzt geschehen würde. Denn Gonjis Auftreten war unterschwellig verändert. Zum ersten Mal seit fast einem Monat bewegte er sich wie ein Fremder unter ihnen.

Gonji verneigte sich ernst vor den anderen. Garth brummte eine kaum verständliche Entschuldigung und fasste ihn dann an den Schultern, als wollte er ihn umarmen, aber Gonjis eisige Fassade schreckte ihn letztlich doch davon ab. Garth wich zurück und verbeugte sich unbehaglich. Von seinem Bett aus grüßte Michael müde. Gonji schlurfte die Treppe hinauf, gefolgt von allen außer Lydia, die bei ihrem verletzten Gemahl zurückblieb.

Paille schlief noch in einem Sessel neben der Vordertür. Als er jetzt gestört wurde, fuhr er mit großen Augen hoch. Er hob den Dolch, da sein trüber Blick eine Gefahr zu erkennen glaubte. »*Qui va là?* Wer geht da?«, fuhr er die Leute an, lehnte sich aber sofort zurück und stöhnte, einen solchen Kater hatte er.

»Ein toller Wachtposten!«, knurrte Gerhard ihn an.

Anna schwirrte erleichtert um alle herum und bereitete eine leichte Mahlzeit zu, die Gonji dankend annahm. Alle Versuche, ein Gespräch mit ihm zu beginnen, wehrte er mit einsilbigen Bemerkungen ab. Milorad war nicht zu Hause und war hinausgegangen, um bei der Versorgung der Verwundeten und der Bergung der Toten zu helfen und dabei die Opfer zu zählen, die das Blutbad dieser Nacht gefordert hatte. Als das Mahl fertig war, traf Helena mit einem Bündel unter dem Arm ein, das sie bei den Gundersens abgeholt hatte: Gonjis Kimono und die italienischen Reitstiefel, die er gekauft hatte. Als sie Gonji so bedrückt und wortkarg erlebte, noch so erschüttert vom Erlebten, brach sie in Tränen aus.

»Sie war fast die ganze Nacht hier«, flüsterte Anna Gonji zu. »Helena, was bist du nur für ein Risiko eingegangen ...« Sie ignorierte wie immer die Taubheit des Mädchens, führte es zu einem Platz am Tisch und nahm ihm das Bündel ab. Gonji nickte Helena zu, und sein kalter Blick wurde eine Spur milder.

»Du gehst doch nicht wirklich?«, fragte Wilf und hoffte verzweifelt auf eine beruhigende Antwort.

»Ich muss«, sagte Gonji. »Wie spät ist es?«

»Zuletzt habe ich, denke ich, den vierten Glockenschlag des Morgens vernommen«, antwortete Garth.

»Ich möchte die Leiche meines Meisters sehen, ehe ich in die Katakomben hinabsteige und die Reste der Miliz Rorka anvertraue.«

»Du kannst nicht dorthin gehen«, mahnte ihn Garth sanft. »Rings um die Kapelle summt es wie in einem Bienenstock.«

»Es muss sein. Falls sie die Toten einsammeln, werden auch viele Bürger unterwegs sein. Ich mische mich kurz unter sie ...«

Gonji wusch sich erneut, zog den Kimono an und steckte sich mit bedrohlicher Geste die Daisho hinter die Schärpe.

»Du gehst hinaus, um zu sterben, nicht wahr?«, fragte Wilf, eine Spur Feindseligkeit im Ton. »Du möchtest so viele mitnehmen, wie du kannst, und mit einer großen Demonstration des Muts in den Tod gehen – und es wird allen wirklich toll nützen!

Die Soldaten schießen dich einfach in Fetzen und spucken auf deine Leiche, und was bleibt dann von dir zurück?«

»Beruhige dich, Wilf«, ermahnte ihn Garth.

»Nein, ich beruhige mich nicht – du hast versprochen, mir bei der Rettung Genyas zu helfen!«, sagte Wilf anklagend zu dem Samurai. »Was wird aus diesem Versprechen?«

Gonji stockte und dachte kurz nach, wich jedoch Wilfs Blick aus und ging zum Fenster, um auf die Straße hinauszublicken.

»Falls du hinausgehst, folge ich dir«, verkündete Wilf.

»Du bleibst hier!«, befahl Garth.

»Nein, ich tue, was mir gefällt!«, widersprach Wilf zornig. »Sag nichts – hör mir einfach zu. Ich werde nie die Schande vergessen, dich geschlagen zu haben, Papa. Es war unverzeihlich. Trotzdem bin ich ein Mann. Ich hege eigene Gedanken, und ich glaube, dass wir noch nicht erledigt sind. Haben wir so lange geübt, so viel erlitten, um jetzt alles aufzugeben, weil Gonjis Stolz verletzt wurde?« Er sah, wie der Samurai, hinter dem er stand, erstarrte, fuhr jedoch fort: »Ja, das ist genauso ein Grund für dein Fortgehen wie alles andere. Du weißt: Die Menschen hier möchten nicht, dass du gehst, was immer sie sagen. Mein Vater hat aus Zorn und Erschöpfung und Angst gesprochen. Niemand weiß, was wir jetzt unternehmen sollen, aber wenn du fortgehst, wird nichts verhindert. Die Prophetin hatte recht. Mort wird nicht aufhören zu töten, bis wir alle tot sind, und einige von uns werden nicht aufhören zu kämpfen, bis wir gesiegt haben oder bei dem Versuch umgekommen sind. Ich werde nicht aufhören – selbst wenn niemand mir hilft ...« Er brach in Tränen des Zorns aus. »Ich werde in die Burg gelangen«, tobte er, »ob nun mit dir oder ohne dich!« Er ging in ein anderes Zimmer, knallte die Tür hinter sich zu und ließ tödliche Stille zurück.

Inzwischen war auch Paille wach, und durch die wenigen Brocken der Gespräche, die er aufgefangen hatte, war ihm klar geworden, wie traurig es um Vedun stand und dass Gonji sie verlassen wollte. Er gab seinen Protest mit einer wirren Tirade kund, die im Großen und Ganzen ignoriert wurde.

Gonji näherte sich Helena, die noch immer leise weinte. Sie schüttelte den Kopf, als er auf sie zukam, und deutete damit an, dass er nicht fortgehen sollte. Per Zeichensprache signalisierte sie ihm, dass sie ihn nach wie vor liebte. Er umfasste ihre Hände und legte sie auf den Tisch, nickte sanft und zeigte ihr damit, dass er verstand. Er schloss jedoch die Augen, eine Miene von beredter Entschiedenheit, und Helenas Tränen flossen aufs Neue.

Lydia kam die Treppe herauf. Gonji bedachte sie mit einem vielsagenden Blick, erfüllt von der seltsamen Ambivalenz, mit der er diese Frau schon während seines ganzen Aufenthalts in der Stadt betrachtete. Als jemand an die Vordertür klopfte, war der Bann gebrochen.

»Monetto«, sagte Garth, als er öffnete. Der bärtige Axtmacher trat ein, war außer Atem.

»Ich grüße euch, werte Herrschaften«, sagte er. »Gonji – schön zu sehen, dass du wieder auf den Beinen bist. Hört mal alle her: Sie säubern die Stadt. Die Zahl toter Bürger liegt bei etwas über fünfzig – nur sehr wenige Milizionäre darunter, soweit ich verstanden habe. Aber es ist entsetzlich … Gott, es ist entsetzlich, was sie getan haben! Ich habe einige aus der Zarnesti-Gruppe getroffen und noch einige andere, die wissen möchten, was sie jetzt tun sollen. Viele von ihnen schleichen sich gerade in die Katakomben, denke ich. Was nun?«

Gonji war sprachlos.

»Ich steige auch hinab, sobald ich nachgesehen habe, wie es meiner Familie geht«, tat Roric kund.

Endlich meldete sich Gonji zu Wort. »Signora Vargo, leiht mir die Kapotte Eures Gemahls, *doso*, damit ich mich verhüllen kann, so gut es geht.« Sie nickte und brachte ihm den Kapuzenumhang. »Die Stiefel lasse ich hier; wer möchte, kann sie an sich nehmen. Weiß gar nicht, warum ich sie überhaupt angeschafft habe«, setzte er zerstreut hinzu.

»Ich begleite dich«, sagte Wilf, der gerade wieder das Zimmer betrat, und der entschiedene Tonfall erstickte den Widerstand seines Vaters. Garth wandte sich ab.

»Sayonara«, sagte Gonji zu allen Versammelten, und Widerstreben schwang in seiner Stimme mit. »Tut, was ihr tun müsst.«

Er und Wilf schlichen in das fahle Licht unmittelbar vor der Morgendämmerung hinaus, und Nebelschwaden halfen ihnen dabei, sich zu tarnen. Augenblicke später gingen Gerhard und Monetto in eine andere Richtung, kurz darauf gefolgt von Roric.

»Nun«, sagte Paille, der Gonji und Wilf durch die Fensterläden nachblickte, während sie auf der schmalen Gasse hinterm Haus verschwanden, »da geht der beste unserer Kämpfer.«

»Und der beste Anführer.«

Alle drehten sich um, als sie Michaels Stimme hörten. Der Günstling des Ältesten lehnte am Pfosten der Kellertür und hielt sich dort mit beiden Händen fest. »Aber trotzdem ein Mensch, der Verständnis gebraucht hätte wie jeder andere auch ...«

Sie huschten durch die dunklen Gassen und suchten sich unter Ausnutzung von Schatten und Nebel ihren Weg zum nicht weit entfernten zentralen Platz.

»Du darfst nicht fortgehen!«, flüsterte Wilf immer wieder, und der Tonfall verriet, dass er kurz davorstand, in Tränen auszubrechen. »Ich hätte nie gedacht, dass du dich von diesen Feiglingen beeinflussen lässt.«

»Still, Wilf.«

»Was ist mit denen, die angestrengt geübt haben, um Bushi zu werden? Wir brauchen nach wie vor Ausbildung. Falls wir den

Gegner jetzt nicht schlagen können, wieso dann nicht nächste Woche, nächstes Jahr – irgendwann?«

»Hör auf damit, ehe dich noch jemand hört, verdammt!«

Wilf zog die Nase hoch. »Ich gebe dieses Schwert nicht wieder her. Du musst mich schon umbringen, um es dir zurückzuholen.«

»Oh, halt doch die Klappe ... Rückenspalter gehört dir für immer. Das weißt du genau.«

Wilf packte ihn an der Schulter, als sie sich in eine Sackgasse hockten und abwarteten, bis eine Gruppe Reiter vorbeigezogen war. »Woher sollte ich mir da sicher sein? Kann ich an irgendeines deiner Versprechen glauben? Du hast mir auch versprochen, mir zu zeigen, wie ich in die Burg gelangen und Genya befreien kann.«

Gonji schüttelte seine Hand ab und erwiderte seinen Blick finster, aber Wilf wich nicht zurück. Gonji wandte sich ab, bewegt von innerem Zwist. »Komm, sie sind weg.«

Zwischen zwei Marktständen hervor betrachteten sie die furchtbaren Folgen des nächtlichen Gemetzels auf dem Platz. Leichen lagen vor der Kapelle aufgehäuft, um von den Überlebenden identifiziert zu werden. Die Leichen der Soldaten wurden auf Karren geladen. Auf dem Platz wimmelte es von Truppen. Die beiden Männer sahen keine Chance, den Eingang zu den Katakomben in der Kapelle zu erreichen, aber Gonjis Gedanken drehten sich derzeit auch nicht um dieses Problem. Sein grimmiger Blick ruhte auf der im Wind schwankenden Leiche Meister Flavios, aufgehängt an dem ironischen Galgen des großen Kruzifixes zwischen Springbrunnen und Podium.

Gonji nickte. »Möge Iasu ihm den Lohn schenken, für den er gelebt hat. Gehen wir.«

»Wohin?«

»Tralayns Haus.«

FÜNFUNDZWANZIGSTES KAPITEL

Mort hatte die Nacht hindurch fieberhaft gearbeitet, seit er aus der Stadt zurück war, nachdem der Aufstand dort allzu leicht hatte niedergeschlagen werden können. Mort war gescheitert, was vor allem daran lag, dass der Verräter ihn nicht früher erreicht hatte. Der Grund dafür wiederum bestand zum großen Teil in den Sicherheitsvorkehrungen des verdammten Asiaten; Mort hatte ihm viel heimzuzahlen, sobald der Kerl ihm nicht mehr nützlich war. Derzeit konnte der Zauberer nichts anderes tun, als einen Ausweichplan voranzutreiben. Um dessen Einzelheiten würde er sich später kümmern. Jetzt erst mal – die Grundlagen.

Eilends bereitete er das Thema der dramatischen Präsentation vor, die er für Klann plante. Er musste den König für seine neuen Forderungen geneigt stimmen. Und das, was er ihm zu zeigen gedachte, überlegte Mort, dürfte sehr überzeugend wirken. Was verstand denn schließlich irgendeiner dieser gewöhnlichen Sterblichen von der schwarzen Kunst?

Als Nächstes – eine frische Zuweisung an Mana für seine weitere Arbeit. In Kürze stand die Anrufung bei Vollmond bevor, und solch extreme Maßnahmen zum Erwerb dunkler Macht waren dann nicht mehr nötig. Und dieser Vollmond versprach etwas Besonderes zu werden, dessen war sich Mort gewiss. Das Ereignis würde die Verwirklichung von Morts Großem Plan bedeuten, wobei sich der Hexenmeister das aneignen konnte, was sowohl an Menschen als auch an Reichtum nach dem Massaker verblieb. Aber vorläufig …

Er lockte fünf akryllonische Kinder in den Turm und benutzte dafür die seltsamen beherrschbaren Gestalten, die »Puppen«, mit denen die Kinder so gern spielten und die sich bewegten, wenn die Kinder sie dazu aufforderten. Daraufhin erzählte Mort den Kindern eine Geschichte – und wie gebannt sie seiner Erzählkunst lauschten! Sie saßen Hand in Hand in einem Kreis, während er die Fäden der Beeinflussung und Kontrolle um sie wob und den Kindern dabei die Lebensessenz aussaugte, aus ihnen das Mana bezog, das er für seine Zauberkünste benötigte. Bald schon schliefen sie alle erschöpft ein. Die Eltern würden es darauf zurückführen, dass die Kinder zu lange aufgeblieben waren, oder sie schoben es dem elenden Wanderleben zu, einem Wechsel der Ernährung oder den Geistern, die von den verachteten Menschen Veduns durch Flüche auf die Akryllonier herabgerufen worden waren. Kurz gesagt: Die Eltern würden allem und jedem die Schuld geben, nur nicht dem gefürchteten Zauberer, der natürlich in ihrem Interesse tätig war. Und die Kinder würden auch nicht verraten, wo sie gewesen waren, denn es war allen streng verboten, den Zauberer in seinem Turm zu stören.

Mort ließ sie in ein ungenutztes Zimmer bringen, von Söldnern, die sowohl vom König als auch von ihm bezahlt wurden, wenngleich Klann von ihren Verpflichtungen Mort gegenüber nichts ahnte. Dann verlangte Mort von den Söldnern – nach einigen Vorhaltungen aufgrund ihrer ängstlichen Reaktion –, ihm den eingewickelten Gegenstand zu bringen, der Klann gezeigt werden sollte.

Jetzt musste er sich noch der schwierigsten aller Aufgaben stellen: sich mit der heiligen Frau zu befassen, der man eine Anhörung zugestanden hatte, statt sie kurzerhand hinzurichten, wie Mort gehofft hatte.

»Seht, wie der Hexenmeister Euer Volk ausblutet!«, rief Tralayn, hob die gefesselten Hände und schwenkte sie über der Versammlung im Thronsaal. »Er hat Euch vergiftet, Klann, und jetzt tötet er Euer Volk!«

»Ja, redet unbedingt weiter!«, schmetterte Mort von der Galerie herunter, wo er in Begleitung seiner Söldner stand. »Das ist alles sehr faszinierend sowohl für den König als auch seine Untertanen, Hexe! Wachleute dort unten, sorgt dafür, dass sie nicht die Arme hebt und jemanden in diesem Saal mit einem Zauber belegt! Wir haben in jüngster Zeit genug von ihrer Macht kennengelernt.«

Ein Murmeln lief durch die Menge. Die Menschen hatten für kurze Zeit den gefährlichen Ruf Tralayns vergessen, so erschrocken waren sie von ihren Anschuldigungen gegen Mort und der Denunzierung des Königs.

»Richtig, erzählt Uns mehr«, befahl Klann und warf Mort einen argwöhnischen Blick zu.

»Ich habe Euch nichts weiter zu sagen«, entgegnete sie, denn sie hatte ihre leidenschaftliche Anklage abgeschlossen, »außer noch dies: Ihr wart der Narr, Klann. Ihr habt Euch dem Dunklen als Werkzeug angeboten und das Böse als schnelleren Weg zu der Macht gewählt, die Euch versperrt bleibt. Und Eure Torheit wird noch Euer Leben zerstören.« Die Versammelten begannen jetzt, sie niederzuschreien und verlangten nach ihrem Blut, so sehr brachte sie die Verunglimpfung des Königs auf. »Der Herrgott wird Vedun seinen Befreier schicken!«, fuhr Tralayn fort und übertönte mit ihren lauten Worten das Geschrei. »Ihn, der mit seinem bloßen Anblick euer Blut in Eis verwandeln wird!«

Ein Llorm-Pikenier stürmte auf sie zu und rammte ihr die Lanze durchs Herz, und ein blendender Lichtblitz fuhr durch den Saal, bei dem die Menschen aufschrien und die Gesichter in den Händen vergruben. Als sie die Augen ängstlich wieder öffneten, war alles wie sonst.

Tralayn lag über dem Tisch. Ihr Gesicht war vom Frieden des Todes geprägt.

Der König und seine Gefolgsleute reckten auf ihrer Seite der Galerie die Hälse. »Was war das, Mort?«, fragte Klann.

Mort stand reglos da und drückte sich die Hände auf die Brust. Einen Augenblick zuvor hatte er dort einen brennenden Schmerz und die Angst vor entfachtem rechtschaffenem Zorn gespürt. Es war die gleiche Angst, die er schon einen Monat zuvor flüchtig empfunden hatte, als österreichische Truppen unter dem Kreuz Christi ihnen nachsetzten, ihm die geballte Kraft ihres Glaubens entgegenstellten und seine nachlassende Zauberkraft durch die Macht der Waffen jener überwanden, die wahrhaft glaubten …

»Es war … ihr letzter verzweifelter Angriff auf Euer Leben, Sire. Ich … habe ihn zum Glück im letzten Augenblick abwehren können. Vergebt mir, dass ich ihn nicht zeitig vorhergesehen habe. Es liegt daran, dass einige meiner Kräfte nachlassen, Eure …«

»Es ist deine Pflicht, solche Dinge vorherzusehen, Magier!«, tobte Klann. »Ich dulde nicht, dass man mich in der eigenen Burg noch mal bedroht, oder dein Kopf wird zur Strafe rollen!«

»Ihr habt recht, Sire«, antwortete Mort und verbeugte sich unterwürfig. »Männer!«, rief er zum Saalboden hinab. »Verbrennt die Leiche dieser Hexe und alle ihre Habseligkeiten! Und brennt morgen auch ihr Haus in der Stadt nieder.«

»Julian!«, rief Klann hinunter. »Tretet vor!« Der Hauptmann trat vor die versammelten Soldaten.

»Sire?«

»Was ist mit dem asiatischen Schurken? Wurde er inzwischen festgenommen?«

Julian erbleichte. »Nein, Sire, ich fürchte, das wurde er nicht. Er …«

»Ist dir erneut entwischt, wie?«, spottete der König.

»Nein, königlicher Herr«, erwiderte Julian abwehrend. »Der Aufstand hat uns den ganzen Tag lang in Atem gehalten, und er schien daran nicht beteiligt zu sein.«

»Tatsächlich?«, fragte Klann skeptisch.

»Wirklich, mein Lehnsherr. Er war nirgendwo zu finden, und die Rebellen sagen, er sei nicht ihr Anführer, sondern sei geflohen. Ich habe jedoch die Truppen alarmiert. Falls er sich noch hier herumtreibt, wird man ihn schnappen. Habt keine Furcht. Ich befasse mich mit ihm.«

»Sorge dafür. Was möchtest du denn jetzt, Kurier?«

Mort lauschte erheitert, während der Llorm-Sendbote meldete, dass die Verbindung zu Patrouillen abgebrochen sei, die man ausgeschickt hatte, um nach den Außenposten in der Provinz zu sehen. Wahrscheinlich wieder ein Werk des Asiaten oder des neuerlich befreiten und wachsameren Bauerndorfes. Oder vielleicht war es das Werk jener rätselhaften Präsenz, die man den Wind des Todes nannte …

»Mort?«

»Ja, Sire?«

»Der Zauber der Teilung – haben sich neue Entwicklungen ergeben?« Klann deutete mit anklagendem Finger auf ihn. »Du hast geschworen, du könntest alsbald Ergebnisse vorweisen.«

Mort verneigte sich und schnippte mit den Fingern. Drei Söldner in seiner Begleitung leckten sich die trockenen Lippen und schlurften zu dem Zimmer zur Linken des Zauberers. Augenblicke später kamen sie wieder zum Vorschein und trugen die schlanke, eingewickelte Gestalt, die sich in ihrem vorsichtigen Griff wand. Ein unirdisches Stöhnen drang unter der Umwicklung hervor. Die Menge in der Halle flüsterte und deutete nach oben.

Mort öffnete die Schnüre und wickelte das Tuch auf.

»Seht!«

Schreie und Schimpfworte stiegen von der Versammlung im Saal auf. Frauen hielten sich die Augen zu, wandten sich ab und suchten Zuflucht in tröstenden Armen. Was dort oben sichtbar wurde, bot einen grauenhaften Anblick: Es war das Fragment eines einst menschlichen Wesens, in der Körpermitte senkrecht gespalten, ohne dass eine Narbe zurückblieb, und das Fleisch in dem Riss zwischen Kopf und Leiste wirkte wie geschmolzener Talg. Das Ding war nackt. Eine einarmige, einbeinige Monstrosität mit nur halbem Kopf war hier von den bibbernden Söldnern getragen worden, denen schier der Atem stockte, da sie sie hatten anfassen müssen.

Die Kreatur erzeugte mit dem verbliebenen Mundwinkel ein grausiges Geplapper.

»Das jüngste Experiment, Sire«, gab Mort stolz kund. »Eine lebende, atmende Teilung.«

Die Menge überwand ihren Schrecken. Viele zeigten erste Ansätze vulgärer Erheiterung über diese Erscheinung, und ihre Wertschätzung der Fähigkeiten des Zauberers wuchs ebenfalls.

»Sorge nur dafür, dass ich nicht so ende!«, brüllte Klann.

»Oh, gewiss nicht, königlicher Herr. Das hier war nur ein einzelner kleiner Mann, während Ihr viele seid. Bald werde ich den Zauber der von Euch erstrebten Vollendung zuführen können.«

»Nun, dann schaffe dieses ... Monster hier raus!«, befahl Klann. »Lasse es in die Stadt bringen, als zusätzliche Warnung vor den Folgen, falls uns die Menschen dort erneut angreifen sollten.«

Die Menge verlief sich jetzt, und die Menschen schüttelten erstaunt die Köpfe angesichts dessen, was sie gerade erlebt hatten, und froh darüber, dass die Macht Morts sie vor den Zauberkünsten ihrer Feinde bewahrte.

»Etwas zu trinken?«, bot Klann lauernd an. Dann lächelte er. »Nein, natürlich nicht. Du trinkst nichts, was Wir schmackhaft fänden, nicht wahr?«

Morts lippenloser Mund lächelte unter der Prunkmaske. »Ihr

seid so geistreich, wie es einem Spross Akryllons gemäß ist, Sire.«

»Wahrhaftig? Weißt du denn wirklich, was es bedeutet, Erbe des Throns von Akryllon zu sein?«

Mort spannte sich unmerklich an, da er nicht recht wusste, was dieser trockene Humor Klanns zu bedeuten hatte. »Königlicher Herr?«

»Weißt du – falls ich auch nur eine Sekunde lang glauben könnte, die Anschuldigungen der Hexe träfen zu …«

Mort seufzte tief und geduldig und verschränkte die Hände lose vor seinem Bauch. »Demnach hat sie also, königlicher Herr, gute Arbeit geleistet und genau die Spaltung zwischen uns erreicht, auf die sie sicher gehofft hat. Irgendwo amüsiert sich ihr Geist jetzt über die Auswirkungen der eigenen Taten … Ich antworte nicht auf ihre Anschuldigungen, falls es Euch darum geht. Schon dass Ihr ihnen einen möglichen Wahrheitsgehalt zugesteht, verhindert eine Stellungnahme. Was sollte ich denn zu solch irrwitzigen …«

»Sage nichts«, unterbrach ihn Klann barsch. Eine seltsame Heiterkeit funkelte in seinen Augen. »Es genügt wohl, wenn ich sage: Was geschehen ist, ist wahrhaftig geschehen.« Er wurde leiser, flüsterte jetzt nur noch. »Jedoch wirst du verhindern, dass sich so etwas je wiederholt. Habe ich mich verständlich gemacht?« Der Magier nickte langsam. »Und du wirst unsere Persönlichkeiten trennen, damit es nie wieder zu … solch einem Tod und einer Auferstehung kommt.«

Morts Gedanken überschlugen sich. Erklärte ihm Klann hier, dass er den Verdacht hatte, tatsächlich von ihm, Mort, umgebracht worden zu sein? Und hieß diese Persönlichkeit es gut, weil sie sich so darüber freute, freigesetzt worden zu sein?

Die unheilige Seele des Zauberers kicherte. Die Dinge entwickeln sich wirklich zum Guten …

»Euer Wunsch, königlicher Herr, ist mir wie immer Befehl.«

Genya wusste, dass Mort derzeit von der Anhörung der Prophetin in Anspruch genommen wurde, und sie spürte, dass jetzt vielleicht ihre einzige Chance gekommen war. So schlich sie sich in die Erdgeschossflure von Morts Trommelturm, um ihr Versprechen an Richard einzulösen.

Sie musste einfach Lottie finden, und dann mussten sie zu dritt von diesem entsetzlichen Ort fliehen.

Alles war verkehrt. Etwas in ihr hatte Lottie schon aufgegeben und flüsterte ihr zu, dass die Freundin tot war – oder Schlimmeres. Aber Genya hatte es versprochen, und auch die eigene Entschlossenheit trieb sie an zu erfahren, was aus ihrer langjährigen Gefährtin geworden war.

So weit, so gut. Sie hatte das Erdgeschoss abgesucht, die leeren Zimmer überprüft, soweit sie nicht abgeschlossen waren, und hatte nichts gefunden. Nirgendwo hielt jemand Wache. Die meisten Soldaten der Garnison verfolgten auch die Anhörung, sodass Genya bislang nicht auf ihre fragwürdige Ausrede hatte zurückgreifen müssen. Morts Zuversicht war wirklich entwaffnend. Und als Genya die erste kalte Treppe zum dunkleren, muffigeren ersten Obergeschoss erstieg, wurde ihr eins klar: Falls Lottie im Turm nicht zu finden war, dann würde sie, Genya, niemals, niemals zu den unterirdischen Stockwerken hinabsteigen, zu diesem Höllenloch, aus dem das ferne Stöhnen gepeinigter nichtmenschlicher Dinge heraufdrang …

Das erste Obergeschoss. Sie durchsuchte es vorsichtig von einem Ende bis zum anderen – gut möglich, dass der Turm leer stand. Oder man hielt sie zum Narren. Die Vorstellung erzürnte sie, weckte den Mut der Entrüstung in ihr, und sie wagte sich weiter vor. Und weiter hinauf.

Als sie dem umlaufenden Korridor des zweiten Obergeschosses etwa bis zur Hälfte seiner gesamten Länge gefolgt war, fiel ihr das Offensichtliche ein – was man sehr leicht übersah, wenn man sich unter einem gewissen Druck befand und die Urteilskraft beeinträchtigt wurde. Warum rief sie nicht einfach Lotties Namen? Warum sollte sie eigentlich nicht aus ernster Sorge nach ihrer vermissten Freundin suchen? Sogar der abstoßende Hexenmeister würde …

Als sie die Trippelgeräusche aus dem Gemach zu ihrer Linken vernahm, stockte ihr der leise Atem so abrupt, als hätte sie einen Stöpsel verschluckt. Es war sehr dunkel, stellte sie auf einmal fest. Nur das Sternenlicht bemühte sich, den Flur durch die Gitterfenster ein wenig zu erhellen. Warum habe ich keine Lampe mitgenommen? Ich kann nicht mal eine Fack–

Erneut das leise Trippeln. Direkt hinter der rostigen Zimmertür. Genyas Augen hefteten sich auf jeden Zoll des abschreckenden Portals. Die Geräusche gingen vielleicht auf jemanden zurück, der gefesselt und geknebelt auf dem Boden herumzappelte. Vielleicht …

Sie streckte die Hand nach dem von Grünspan fleckigen Griff aus, schloss sie darum. Sie zog sie wieder zurück, als sie die gedämpften Stimmen durch die dicken Steinquader der Wand hörte. In diesem Zimmer? Nein, nein, sie kamen aus dem angrenzenden Raum.

Madonna, mache ich nun weiter, oder kehre ich um oder … Pssst!

Schritte stiegen die Wendeltreppe herauf. Leise Stimmen. Stiefelschritte und das Klirren von … Barmherziger Vater! Es waren Schlüssel, die da klirrten – der Schlüsselbund, den Mort im Turm immer mitführte!

Genyas Gesicht verzog sich wie das eines Kindes, das Schmerzen litt, aber sie schrie nicht. Stattdessen tat sie das Einzige, was ihr noch blieb: Sie probierte den Türgriff, und er gab nach. Aber die Schritte kamen schnell näher – Mort … Morts Stimme mit ihrem typischen Grabesklang war zwischen den Stimmen anderer Männer zu hören, und inzwischen sah Genya auch das rötliche Glimmen der Fackeln, die zum zweiten Obergeschoss hinaufgetragen wurden. Sie kamen, sie kamen, und Genya konnte nichts anderes tun als …

Quietsch …

Genya stieß die Tür so sachte auf, wie es ging, aber trotzdem erzeugten die rostigen Angeln das verräterische Geräusch, und ihr fiel nichts weiter ein, als das inbrünstigste Gebet ihres jungen Lebens zum Himmel hinaufzuschicken. Dann war sie von Dunkelheit umgeben, mit dem Rücken zur Tür, die Augen fest zugekniffen, die Lippen eingesogen und zwischen den Vorderzähnen eingekniffen, wobei sie weiterzitterten.

Und die Trippelgeräusche waren jetzt rings um ihre Füße zu vernehmen.

Ratten!

»Bleibt hier!«, dröhnte das Echo von Morts Stimme. »Lasst niemanden passieren.«

Sie biss sich auf die Lippe und wurde am ganzen Leib taub, als sie ihn an ihrem Versteck vorbeigehen hörte. Sie betete darum, er möge keine speziellen Fähigkeiten besitzen, mit deren Hilfe er ihre Anwesenheit in der übelriechenden Dunkelheit erkennen könnte.

Sie erschauerte in dem stinkenden Raum, als sie hörte, wie Mort durch die Tür eintrat, hinter der sie zuvor die Stimmen vernommen hatte. Ungeachtet der Umstände war jetzt jedoch ihre unverwüstliche Neugier geweckt. Wer verbarg sich in jenem Zimmer? Fahles Licht sickerte hier und dort durch Risse im brüchigen Mörtel der Wand, die die Räume trennte. Sie hörte eine Frauenstimme – dann die eines Mannes – und Morts tiefen Bass, doppelt so laut wie die beiden anderen. Etwas kam Genya an der Frauenstimme bekannt vor, aber Mort übertönte sie wieder, als Genya gerade glaubte, den singenden Tonfall zu erkennen. Alles war ärgerlicherweise stark gedämpft. Vielleicht, wenn sie näher herankam …

Die Ritzen leuchteten grell auf. Jemand hatte eine Wandlaterne angezündet. Dicht unterhalb der niedrigen Decke: eine ansehnliche Ritze, durch die gelbes Licht ungefiltert hereinfiel. Wenn es Genya gelang, dorthin zu gelangen, konnte sie vielleicht …

»… besser, nicht wahr?«

Genya schnappte nach Luft. Das war die Stimme des zweiten Mannes gewesen. Dicht an der Wand. Er musste es sein, der die Lampe angezündet hatte, und jetzt hatte sein Tonfall einen bemerkenswert vertrauten Klang. Genya juckte der Kopf; ihre Nervenenden kribbelten. Sie musste es herausfinden!

Langsam pirschte sie durch das unordentliche Zimmer und demonstrierte dabei einen Gleichgewichtssinn und eine Körperbeherrschung, die jeden Bushi mit Stolz erfüllt hätte. Feinfühlig ertastete sie sich den Weg mit den Händen – da war so etwas wie ein Pranger aus den Zeiten plündernder Banditen; an einer Wand lag der mächtige Wurfarm eines Katapults oder Mangonels, zerlegt und allmählich vom Rost zerfressen …

Die Wand. Und erneut diese vertraute Frauenstimme.

Die Ritze klaffte etwa dreißig Zentimeter über ihrem Kopf. Genya hob eine Hand und spürte den Zug wärmerer Luft durch die Öffnung. Der Mann – eine grauenhafte Ahnung. Nein, vergiss es, das kann einfach nicht sein …

Sie tastete weiter unten an der Wand herum. Hier musste irgendetwas herumstehen, worauf sie steigen konnte. Ihre Hand bewegte sich am klammen Gemäuer abwärts. Eine Ratte lief direkt an der Wand über ihren Fuß, und Genya prallte zurück, stieß mit dem Wurfarm des Katapults zusammen und presste sich die Hand auf den Mund, als sie zischend Luft holte. Sie erstarrte und lauschte. Eine quälende Minute lang. Das Gespräch auf der anderen Seite wurde ohne Unterbrechung fortgesetzt.

Als sie erneut umhertastete, entdeckte sie etwas, das kalt und überkrustet war, einen Gegenstand aus Eisen, der ihr massiv und nahezu glatt und eben erschien. Er gab nicht nach, als sie daran rüttelte.

Ihr Herz klopfte heftig, als sie mit einer Behutsamkeit auf den Gegenstand stieg, die ihre Muskeln schmerzhaft vibrieren ließ. Ihre Finger fanden Halt in Mauerritzen, und sie legte ein Auge an den Spalt und blickte hindurch.

Einen Moment lang wurde sie vom Lampenlicht geblendet, aber noch ehe ihre Augen sich an die Helligkeit auf der anderen Seite der Wand angepasst hatten, erfasste ihr Verstand, was ihre Ohren ihr verraten hatten.

Sie zitterte wie ein im Winter geborenes Fohlen und hörte nur wenig von dem, was die anderen sagten, so verwirrt und erschrocken war sie vom Anblick der Gestalten, die sie dort versammelt sah.

Der Mann, die Frau, Mort. Die Frau – der Mann – worin bestand ihre Verbindung? Warum hatten sie sich mit dem bösen Hexenmeister verschworen? Allmählich formte sich ein Bild in Genyas Gedanken, und sie erkannte, worin die Verbindung bestehen musste. Und die Identität dieser Personen entsetzte Genya im Zusammenhang mit dem, was dort drüben gesagt wurde, so sehr, dass ihre Konzentration für einen Augenblick nachließ. Eine Hand rutschte ab, und voller Eifer, sich abzufangen, griff Genya nach einer Stelle vom Schimmel verrotteten Mörtels, der unter ihrer Hand zerbröckelte und zu Boden regnete.

Zu ihren Füßen huschten pelzige Körper herum. Und im angrenzenden Raum wandten sich drei Köpfe der Wand zu.

Morts Lachen dröhnte. »Wir sind ganz schön nervös, wie? Ratten, seht ihr?«

Die Frau seufzte erleichtert. »Natürlich bin ich nervös. Mich unter diesen Umständen mit dir zu treffen – den König zu hintergehen ... Warum nur arbeitest du weiter im Geheimen? Warum setzt du Klann nicht ins Bild über das, was wir wissen? Hast du dich nicht jener Menschen in der Stadt entledigt, die du so gehasst hast?«

»Alles sehr schlau in die Wege geleitet, falls ich das sagen darf«, warf der Mann ein und spielte geistesabwesend mit dem Schwert in der Scheide.

»Nein, und ich bin noch nicht mit ihnen fertig«, erwiderte Mort. »Und es bleibt ein Vorteil für mich, dass du in meinem Auftrag handelst. Ich bemühe mich nach wie vor um die Gunst des Königs, siehst du, indem ich ihn von Zeit zu Zeit mit Informationen versorge, die auf keinem anderen Weg zu erhalten wären.«

Der Verräter aus Vedun lachte auf eine Art und Weise in sich hinein, die Mort zu einem leisen Zischen veranlasste. »Ich dachte mir eigentlich, dass deine Zauberkünste wohl ausreichen müssten, derartige Informationen zu beschaffen, hm?«

Mort ertrug die Beleidigung wortlos. Dieser Narr würde noch bezahlen. »Hmm, vielleicht, aber es gibt vieles an der Zauberei, was du nicht verstehst. Vergesst nur nicht, dass wir jetzt alle zusammen in der Sache stecken, jeder in Verfolgung seiner – oder ihrer – ganz persönlichen Absichten. Wo waren wir stehen geblieben? Ah, ja – die Katakomben. Wie vorteilhaft die sein werden! Rorka und seine Männer sind dort inzwischen allein, ja?«

»Vorläufig ja, denke ich«, antwortete der Verräter.

Mort nickte. »Gut. Je schneller er erledigt wird, desto besser.«

»Warum?«, wollte der Mann wissen.

Mort zögerte, ehe er antwortete. Allmählich stellten sie zu viele Fragen.

»Weil ich auch ihn hasse«, sagte er schließlich. »In mancher Hinsicht mehr als die anderen. Er könnte uns beträchtliche Schwierigkeiten machen – mit seinen Bundesgenossen und so weiter.«

»Ich denke nicht, dass das noch möglich ist«, wandte der Verräter ein.

»Falls du das denkst, hast du deine Arbeit vielleicht nicht gut genug getan«, sagte Mort hochnäsig. Beide starrten ihn nachdenklich an. »Klann rechnet ohnehin schon damit, dass Rorka tot ist, nicht wahr?« Sie blickten sich gegenseitig an. Die Frau nickte langsam, war unsicher, aber der Mann warf den Kopf in den Nacken und kicherte, jedoch nicht lange, und er wurde wieder ernst.

»Machtspiele!«, sagte der Mann. »Wie aufregend sie doch sein können!«

Mort betrachtete ihn nachdenklich. Allmählich wurde dieser Mann richtig verrückt, und das konnte sich als gefährlich erweisen.

»Was ist mit Gonji?«, erkundigte sich Mort. »Ist er wirklich fortgegangen, wie die Leute erzählen?«

»Natürlich nicht«, antwortete der Verräter.

»Warum hat er keine umfassende Revolte angezettelt? Dann hätten Klanns Streitkräfte nämlich sämtliche Rebellen vernichten können.«

»Die Leute hatten keinen Plan. Es waren die Gildenmänner, die sich auflehnten.«

So, dachte Mort, also habe ich den falschen Zeitpunkt erwischt. Falls jedoch die Schraube im richtigen Augenblick angezogen wird ...

Er verschränkte die Arme. »Denken diese Emporkömmlinge wirklich, die Einnahme eines Bauerndorfes bewiese, dass sie würdig sind, Klanns Armee und meine Macht herauszufordern?«

Der Verräter zuckte die Achseln. »So scheint es.«

Ausgezeichnet, entschied Mort. Dieser asiatische Gauner – als Doppelagent! Der Zauberer musste die Schläue und Selbstüberschätzung dieses Narren bewundern, fürchtete allerdings, dass der gescheiterte Aufstand den Kampfgeist der Stadt gebrochen hatte und deren Vernichtung erschwerte, umso mehr, als Klann stur darauf beharrte, die Stadt friedlich unter Kontrolle zu halten. Ein interessantes Problem: Wie beseitigte man die Gefahr, die von Rorka ausging, während man zugleich die Miliz dazu provozierte, so zu handeln, dass sich Klann zum umfassenden Krieg mit der Stadt genötigt sah? Wenn Mort dabei zu durchschaubar agierte, geriet er in gefährlichen Verdacht und setzte womöglich den Großen Plan aufs Spiel. Aber welches Risiko wäre denn nicht lohnend, nachdem ich schon Klann selbst ermordet habe?

»Die Legende vom Todeswind – was hat sie zu bedeuten? Was erzählt man inzwischen darüber?«, schnauzte Mort. »Und wer soll dieser Befreier sein?«

Der Verräter lehnte sich zurück. »Es … ist nur eine Legende, mit deren Hilfe die Menschen abergläubischen Soldaten Angst einjagen.«

»Oh, es steckt viel mehr dahinter, dessen kannst du sicher sein. Viel mehr!« Mort unterbrach sich und dachte kurz an das, was ihm die größte Sorge bereitete. Er musste schneller handeln, sagte ihm die Intuition. »Die Hexe wusste es. Zu schade, dass sie tot ist. Ah – sie hätte jedoch nie geredet. Aber es ist mehr als eine Legende, dieses … verwirrende Ding, das vom Zusammenprall kosmischer Kräften hin und her gerissen wird.«

Er fuhr aus den Tagträumen hoch, als er sah, wie die beiden Gesprächspartner ihn anstarrten. Und da wusste er es.

»Mir ist gerade eingefallen«, sagte Mort erheitert, »was ich mit diesem nur schwer zu fassenden Baron mache. Die Gespenster vergangener Dinge ruhen im Erdboden zu unseren Füßen, wusstet ihr das? Man weiß nie … Ich verabschiede mich jetzt von euch.«

»Und ich folge deinem Beispiel«, sagte der Verräter. »Man wird mich bald vermissen.«

Mort verbeugte sich vor ihnen und schritt dann rasch die Flure entlang, gefolgt von seinen Wachen. Er stieg in die Verliese hinab und sammelte dort leise lachend die Homunkuli ein, mit denen die Kinder so gern spielten. Kurze Zeit später wickelte er – wobei er die Worte des Zauberspruchs einer ganz spezielle Verbindungen schaffenden Magie rezitierte – all diese Figuren mit einer Ausnahme in Gegenstände, die von den Leichen während der Belagerung der Burg erschlagener Ritter stammten. Die letzte Figur wickelte er in ein Kleidungsstück aus Rorkas Schlafgemach. Dann stimmte er einen Singsang an, und die Figuren begannen sich langsam und gespenstisch zu bewegen und sich in seinem Rhythmus zu wiegen. Dann nahm Mort eine Hand voll derselben Substanz, aus der auch die Figuren bestanden, und knetete und walkte und rollte sie in den Händen, zog sie in die Länge und formte sie.

Bald nahm das schlangenhafte Etwas eine erkennbare Gestalt an, die Bewegung, Leben imitierte. Mort platzierte das Ding zwischen die menschenähnlichen Figuren auf der Steinplatte, und dort verrichtete es sein grausiges Werk.

Als das komplexe, ermüdende Ritual eine Stunde später abgeschlossen war, eilte Mort in das tiefe Verlies unter dem Keller, das ihm der Verräter geschildert hatte. Das Licht einer Fackel hob die Umrisse der steinernen Geheimtür hervor – Umrisse, die sich verfärbt hatten, da Feuchtigkeit durch die schmalen Ritzen gesickert war. Es fiel Mort nicht besonders schwer, den versteckten Hebel zu finden und zu betätigen. Der Mechanismus aus Stein und Metall scharrte und ächzte nach Jahren der Untätigkeit, aber die Tür öffnete sich, und der Zauberer warf den Kopf zurück und stieß ein raues Lachen aus, das im weitläufigen Keller widerhallte.

Sekunden später eilte er schon durch den Tunnel, unterwegs zur Ausbildungshöhle, um sich anzusehen, was er vollbracht hatte.

Mehrere Etagen weiter oben verließ Genya eilig den Turm nur wenige Minuten nach Morts Mitverschwörern. Sie war bis ins Mark erschüttert, und ihre ganze Welt löste sich auf. Was zum Teufel lief hier ab? Welches Schicksal stand Vedun bevor in Anbetracht der grauenhaften Dinge, die sie gehört und gesehen hatte? Sie konnte nicht mal mehr den Menschen trauen, auf die sie sich bislang verlassen hätte.

Es war später Abend, aber noch immer summte die Burg von Aktivität. Niemand hielt Genya auf, während sie durch die Höfe und Hallen lief. Sie schnappte sich den Sack aus den Unterkünften des Küchenpersonals, reagierte mit ausweichenden Worten auf die neugierigen Fragen der Kammerzofe und verweilte nicht mal lange genug, um die anderen von dem bösen Omen reden zu hören, das den entsetzlichen Tod der Prophetin begleitet hatte.

Allein eilte sie durch den zentralen Bergfried und durch den Tunnel des inneren Zwischenwalls, der sie zum Müllertor zwischen den westlichen Türmen der Burg führte. Dieses unüberwindliche, selten genutzte Tor war in den Westabschnitt der Außenmauer eingefügt worden und führte in eine befestigte Kasematte, ein Verteidgungsvorwerk auf einem Damm, der den Burggraben überspannte. Dahinter kampierte eine Söldnerkompanie. Man hatte Genya jedoch sicheres Geleit versprochen, falls sie …

Das war das letzte Mittel, vor dem es ihr graute, wenn sie darüber nachsann, während sie sich in einem düsteren, unordentlichen Korridor mit Hose, Hemd, Wams und Schlapphut als Mann verkleidete. Der undenkbare letzte Ausweg. Ursprünglich hatte sie einen anderen Weg hinaus geplant, um diesen zum richtigen Zeitpunkt zusammen mit Richard und Lottie zu benutzen. Das war jetzt jedoch nicht mehr möglich. Sie musste allein fliehen, musste es schnell tun, obwohl sie wusste, dass sie Tomas' Preis nicht zahlen konnte. Tomas – der anzügliche Torwächter an der Müllerpforte. Wie abstoßend er war! Sie kannte all die verstörenden Geschichten, die über ihn kursierten, aber sie musste das alles jetzt hinter sich lassen, so drängend war ihr Anliegen. Sie musste auf ihre gewinnenden Reize setzen und sich durch Täuschung einen Weg hinaus bahnen.

Sie verstaute ihre Kleider in einem Kasten und wartete ab, bis eine Gruppe Soldaten vorübergegangen war. Dann holte sie Luft, wappnete sich für die Konfrontation mit Tomas und rannte zum Wachhäuschen vor dem Müllertor. Klopfte an, wie man sie angewiesen hatte – zwei mal lang, zwei mal kurz.

»Herein!«

Die Eisentür schwang knarrend auf, als sie dagegendrückte, und sie schlüpfte hinein und erblickte Tomas' anzügliches Lächeln. Er lümmelte vor dem Tor auf einem Stuhl mit gewölbter Rückenlehne und hatte die Füße auf ein staubiges Mehlfass gelegt. Als er Genya eintreten sah, machte er gerade mit einer kurzen Reitgerte Jagd nach Fliegen, die um ihn herumsummten. Er war allein.

Neugierig betrachtete er Genyas Gesicht unter dem Schlapphut, den sie sich tief ins Gesicht gezogen hatte, und grinste leicht überrascht. »Na, Genya – hätte nie gedacht, dich hier zu sehen. Das Müllertor ist heute eine ganz schöne Attraktion, nicht?« Er nahm die Füße vom Fass und schlenderte lässig auf sie zu, die Reitgerte auf der Schulter.

»Tomas, wir sind seit langem Freunde ...«

»Freunde?«, fragte er abschätzig.

Sie schluckte. »I-in Ordnung – Bekannte, Dienstkollegen – nenne es, wie du möchtest. Aber wir sind doch beide Bürger der Provinz und ...«

Er schlug ihr den Schlapphut mit der Gerte vom Kopf, und Genyas dunkle Locken ergossen sich auf ihre Schultern wie schäumende Meereswogen auf eine mondbeschienene Sandbank.

Er kicherte, während er um sie herumschlenderte. »Immer noch eindrucksvolle Brüste und ein schöner Hintern, sogar in Männerkleidern. Weißt du, was das bedeutet?« Sie wurde steif, als er ihr mit der Gerte einen Klaps auf den Hintern gab. Sie blieb jedoch stehen und beklagte sich nicht.

»Tomas, ich muss die Burg verlassen. Jetzt, heute Abend noch. Ich werde hier verrückt. Ich muss einfach für einige Stunden nach Hause. Ich will nach meinen Eltern sehen, mich selbst davon überzeugen, dass es ihnen noch gut geht nach all diesem …«

»Doch wohl eher, um dich mit deinem Freund zusammenzukuscheln, äh – Wilbert? Wilhelm?«

»Wil*fred*«, korrigierte sie ihn streng, »und ich schwöre dir, dass ich das nicht vorhabe. Du weißt, dass ich bis spätestens morgen Mittag zurück sein muss, andernfalls mir der König Soldaten nachschickt. Ich bin seine persönliche Dienerin, wie du ja weißt.«

Tomas grinste bösartig. »Das habe ich gehört. Sorgst für die Bedürfnisse Seiner Majestät, nicht wahr? Erzähl mir – wie ist es denn so – wenn man mit Königen herumspielt?«

Er tastete ihre Brüste mit dem Griff der Reitgerte ab. Der Abscheu stieg in ihr wie Galle auf. Sie hätte ihm am liebsten ins Gesicht gespuckt oder ihm ein Auge ausgestochen, aber stattdessen rang sie sich ein unsicheres Lächeln ab und ertrug es, begrapscht zu werden.

»Hör mal, Tomas, ich kann dir heute Abend nicht den Preis zahlen, den du verlangst. Ich muss einfach nach Hause und nach meinen Eltern sehen, wieder die Luft außerhalb dieser Mauern atmen, ehe ich noch verrückt werde.« Sie hob die Hand und streichelte ihm das Gesicht. »Aber morgen …«

Er hielt ihre Hand fest und drückte sie. »Ich muss heute Abend hinaus, aber morgen bezahle ich«, äffte er sie durch zusammengebissene Zähne nach und erschreckte sie damit. »Hätte ich nur jedes Mal, wenn ich das hörte, einen Taler bekommen, dann wäre ich jetzt König und Klann hier unten und würde um Gefälligkeiten betteln.« Dann ließ er unvermittelt ihre Hand los und wurde ernst.

»Warte hier«, sagte er nur und ging durch die Tür hinaus, durch die sie eingetreten war.

Beißende Kälte breitete sich in Genya aus, als sie hörte, wie der Schlüssel im Schloss gedreht wurde. Oh nein – er wird den Bestechungsversuch melden! Ich streite es ab, ich ... Nein, sie war ihnen ausgeliefert. Was sollte sie tun, was sagen? Sie fühlte sich schutzlos. Entsetzen brodelte in ihrer Magengrube, und ihr wurde richtig schlecht vor Aufregung.

Minuten später kehrte Tomas zurück, aber nicht in Begleitung von Soldaten. Bei ihm war der grobe Oberküchenmeister, den die Leute Tschuch nannten. Genya bemühte sich sehr, ihn zu ignorieren und sich nur an den aufgeblasenen Tomas zu wenden, denn sie erinnerte sich noch gut daran, dass Tschuch einmal ausgepeitscht worden war und öffentlich Abbitte hatte leisten müssen, weil er gegenüber einem Milchmädchen zudringlich geworden war.

Genya spürte, wie sie in Panik geriet. Sie musste hier herauskommen!

»In Ordnung, Tomas«, sagte sie mit gespielter Gelassenheit, »wenn du mich heute Abend nicht gehen lässt, zahle ich auch deinen Preis heute Abend nicht. Vielleicht siehst du die Sache ja ein anderes Mal mit ... meinen Augen.«

Mit flatternden Wimpern wandte sie sich zur Tür um, aber Tschuch postierte seine massige Gestalt zwischen ihr und dem Ausgang und knallte die Tür dabei zu. Ihre Augen wurden groß, und ihre Zuversicht lag in Trümmern.

Hinter ihr lachte Tomas in sich hinein, ging dann um beide herum und verschloss die Tür, wobei Metall quietschend über Metall fuhr.

»Du verstehst das ganz falsch, meine Liebe. Nicht ich bin es, der dich möchte. Tschuch ist dein Tor in die Freiheit. Ich werde einfach meinen Aussichtsposten beziehen und die Vorgänge von dort aus verfolgen – hätte keinen Sinn, Zeit auf Hintergedanken zu verschwenden, während wir hier versammelt sind. Nur zu«, schloss er mit heiterer Gleichgültigkeit, setzte sich und schlug wieder mit der Gerte nach den Fliegen, die in der drückenden Hitze, die in dem stickigen Raum herrschte, einen wilden Tanz aufführten.

Der große Kerl pirschte sich lüstern grinsend an Genya heran, und ob es nun an den dicken Mauern lag oder dem alltäglichen Charakter dieser Laute, Genyas Schreie erregten jedenfalls außerhalb des Pförtnerhauses keinerlei Aufmersamkeit.

Später – eine zeitlose, entsetzliche Schmach später – lag sie auf dem staubigen Boden, das Gesicht von Tränen gezeichnet, die jetzt nicht mehr fließen mochten. Der grausame Torwächter ragte über ihr auf, nachdem sich sein bestialischer Gefährte erschöpft von ihr zurückgezogen hatte.

»Gut gemacht«, sagte Tomas grinsend und klatschte in die Hände. »War es wirklich so schlimm?«

Sie rollte sich wie ein in die Enge getriebenes Tier zusammen, als er mit der Reitgerte über ihren nackten Körper strich.

»Wie alles andere«, spottete er, »hat die Freiheit ihren Preis. Aber würde es Wilbert nicht freuen, wenn er wüsste, wie sehr du dich nach ihm verzehrst?«

»Mistkerle!«, flüsterte sie mit unverhohlenem Abscheu, und für kurze Zeit flossen die Tränen wieder. Jetzt waren es jedoch Tränen der Wut, und zum ersten Mal in ihrem Leben wusste Genya, wie sich Hass anfühlte.

Tomas schleuderte ihre Kleider mit dem Fuß zu ihr herüber. »Zieh dich an und verschwinde. Allmählich langweilst du uns.«

Sie stand sofort auf und zog sich an, wobei sie es vermied, die beiden Männer anzublicken. Ein kaltes, scheußliches Gefühl erzeugte in ihr einen Zustand toter Empfindungslosigkeit, der sie vage beunruhigte. Sieh einfach zu, dass du hier herauskommst und es hinter dir lässt, das war alles, was sie denken konnte.

»Wer von euch … führt mich durch das Lager der freien Gefährten?«, fragte sie mit versagender Stimme, während sie sich den Schlapphut wieder auf den Kopf stülpte. Das tote kalte Gefühl hatte inzwischen auch ihre Augen erreicht.

Tomas tat überrascht. »Oh, was ist nur mit mir los, Tschuch? Ich habe doch glatt vergessen, es der Dame zu sagen. Siehst du, die Nachfrage nach Freiheit ist so groß, dass unser Risiko jüngst gestiegen ist. Wir mussten den Preis anheben. Drei Nächte sind es jetzt – verstehst du?« Er schlug mit der Peitsche nach den Fliegen, die sich auf den Wänden drängten. »Die Tür ist offen. Guten Morgen.«

Sie schluckte die aufsteigende Galle hinunter und schlurfte zurück durch die Eisengittertür, folgte benommen dem Tunnel und bog in den Korridor ab, in dem sie ihre eigenen Kleider zurückgelassen hatte. Als sie neben dem Kasten auf den Boden gesunken war, flossen die Tränen in der freudlosen Dunkelheit erneut, diesmal begleitet von heftigem Schluchzen.

Zwei Soldaten wurden auf das Weinen aufmerksam, aber sie schickte sie weg, und sie entfernten sich, verwirrt durch Genyas wütende Reaktion. Das hatte ihr jedoch anscheinend gut getan. Sie hegte nicht mehr nur hasserfüllte, rachsüchtige Gedanken; die Sinnlosigkeit des Vorhabens, erst diese perversen Schweine und dann sich selbst umzubringen, wurde ihr bestürzend klar. Was geschehen war, war geschehen. Auch die Überlegungen, Klann und/oder Mort zu ermorden, schmolzen in der heißen Glut der wiedererwachten Vernunft dahin: Klann würde nur aufs Neue von den Toten auferstehen, und der böse Zauberer erkannte ihre Absichten womöglich, ehe sie sie durchführen konnte. Nein, wie schrecklich ihre Stadt auch litt, Genya bezweifelte, dass sie derzeit helfen konnte.

Aber kein Mann würde ihr je wieder eine solche Schmach antun. Dessen war sie absolut gewiss. Sie würde sich einen Dolch besorgen. Und sie würde ihn notfalls benutzen …

O Madonna, ich war eine furchtbare Frau, einfach furchtbar, betete sie. So von mir überzeugt! So schnell bereit, meine Reize einzusetzen. Meine Reize ... Und dann betete sie für Wilf, betete um himmlischen Beistand, damit dem Geliebten die Gräuel erspart blieben, die gewiss geschehen würden.

SECHSUNDZWANZIGSTES KAPITEL

Die dunstige graue Morgendämmerung war längst angebrochen, als Wilf und Gonji auf heimlichen Wegen endlich Tralayns Haus erreichten. Die Nähe zur Söldnergarnison hatte sie nur langsam und vorsichtig vorankommen lassen, aber sie gelangten letztlich ohne Zwischenfall zum Haus der erschlagenen Frau und stiegen durch das Fenster ein, durch das sie es zuvor verlassen hatten.

Sie benutzten die Geheimtür im Kamin und stiegen eilends in die Katakomben hinab. Wilf war schweigsam geworden und dachte über Gonjis Weigerung nach, sein Versprechen zu erfüllen. Bald schon erblickten sie das Licht der Fackeln in der Verbindungshöhle zwischen den Tunneln und dem Übungsplatz. Beim Näherkommen hörten sie viele besorgte Stimmen, und als Gonji den Tunnelausgang erreichte, begrüßten ihn etliche Leute aufgeregt.

Der Samurai empfand eine Mischung aus Wärme und Schuldbewusstsein, als er sah, wie viele Bushi treu geblieben waren und sich in der kleinen Höhle drängten. Etwas mehr als fünfzig Mann versammelten sich um ihn und redeten dabei wild durcheinander. Die meisten Teilnehmer am Überfall auf Zarnesti waren hier – Gerhard, Monetto, Nagy, Foristek, dazu Jiri Szabo, der atemlos und besorgt wirkte. Auch Paille war gekommen, nüchtern diesmal und voller nervöser Energie. Die verlegenen Mienen einiger Männer verrieten Gonji, dass sich die Geschichte seines schmachvollen Pflichtversäumnisses schon verbreitet hatte. Als er nach den richtigen Worten suchte, um sich bei den treuen Milizionären zu entschuldigen, entging ihm, was sich in der Vorhöhle verändert hatte und die allgemeine Unruhe auslöste.

Er verbeugte sich vor allen. »Hört mir zu, ihr alle ...«

»Vergiss das erst mal«, schnarrte Paille schroff auf der anderen Seite der Höhle, »hier stimmt etwas ganz und gar nicht – sieh nur!« Er deutete auf die eisenverstärkte Tür, und die anderen wurden still. Die Tür war verschlossen. Das war sie bislang nie gewesen.

»Abgeschlossen«, flüsterte der Künstler vernehmlich. »Von innen versperrt.«

Gonji eilte hinüber, während die anderen herandrängten. In der kleinen Vorrats- und Empfangshöhle herrschte eine drangvolle Enge, weil vereinzelt weitere Männer eintrafen. Ihre Körperwärme erzeugte eine drückende Hitze. Gonji wies die Versammlung an, still zu sein, und lauschte angestrengt an den Ritzen, wobei er die Nase bei dem Gestank verzog, der dort hereinsickerte.

»*Q'est-ce que c'est?* Was ist da los?«, staunte Paille.

»Psst!«, befahl Gonji und lauschte weiter. Wiehern und Hufgetrappel – die Pferde waren aus dem Pferch befreit worden. Laute von Menschen waren jedoch nicht zu vernehmen. Eine Hand auf dem Sagami, probierte Gonji die Tür, aber sie gab nicht nach. Eine Woge nackter Angst lief durch die Reihen der Männer.

Der Samurai blickte sich suchend um, die Gedanken in totalem Aufruhr. »Was haben wir an Waffen?«

»Kaum etwas«, antwortete Monetto.

»Hier liegt Werkzeug!«, rief Peter Foristek.

Gonji dachte kurz nach und nickte dann. »In Ordnung«, sagte er auf Deutsch. »Machen wir die Tür auf – und sehen mal nach ...«

Foristek leitete eine kleine Gruppe mit Stemmeisen dabei an, die Angeln auf ihrer Seite der Tür aus dem Gestein zu hebeln und anschließend ein Loch in den steinernen Türpfosten zu schlagen, damit man nach der Türkante greifen konnte. Wie Monetto schon gesagt hatte, verfügten die Männer hier kaum über Waffen; diese lagerten zumeist in der Grotte, die als Waffenkammer diente. Einige Leute hatten ihre Schwerter dabei, und ein paar Kampfstäbe wurden von schweißglänzenden Fäusten umklammert, aber die Versammlung verfügte insgesamt bloß über drei Pistolen, und nur Gerhard hatte es gewagt, einen Langbogen hereinzuschmuggeln.

Während die Arbeit an der Tür weiterging, sprang die Anspannung derer, die dort zu Werke gingen, auf die anderen über. Männer standen kurz davor, in ängstliches Schluchzen auszubrechen, und versuchten es zu unterdrücken, indem sie mit Werkzeug oder Schwertern gegen die Felswände hämmerten.

»Nur Mut!«, redete ihnen Gonji sanft zu, während er langsam durch die Höhle schritt, die Hand auf dem Griff des Sagami. »Jetzt ist der richtige Zeitpunkt für ein Gebet oder die Meditation ...« Er wischte sich den Schweiß ab, der ihm auf der Stirn stand und den dünnen Bart durchnässte. Einige hatten Wasserschläuche mitgebracht und reichten diese jetzt herum. Die Schläuche, die Wein enthielten, wurden am schnellsten geleert.

»Auf der anderen Seite – könnte so ziemlich alles auf uns warten«, sagte jemand mit bebender Stimme.

»Auf jeden Fall werden wir dort niemanden überraschen«, meinte Szabo in einem matten Versuch, die Stimmung ein wenig aufzulockern.

»Vielleicht – hält sich dort eine ganze Armee bereit«, fuhr der Erste fort.

»Und falls das so ist«, sagte Gonji, »dann könnt ihr sicher sein, dass auch welche am anderen Ende der Tunnels lauern. Also hat es keinen Sinn, sich verrückt zu machen. *Karma.*«

Einige Männer, besonders solche, die verheiratet waren, sorgten sich nach dieser Andeutung um die Sicherheit ihrer Familien. Falls das Geheimnis der Katakomben aufgedeckt worden war ... Manche konnten diese Vorstellung nicht ertragen und stürmten in die Tunnel zurück, um wieder in die Stadt hinaufzusteigen. Wilf und einige andere versuchten sie aufzuhalten.

»Nein!«, rief Gonji und hob eine Hand. »Lasst sie gehen.«

Auf der anderen Seite der Tür löste sich quietschend ein Stift aus dem Holz – nur ein einzelnes Verbindungsstück hielt die Tür jetzt noch am Rahmen. Die Männer der Arbeitsgruppe blickten Gonji an.

»Haltet euch bereit!«, befahl er leise. Er und Wilf zogen die Katanas und hoben sie in eine Angriffshaltung. Weitere Männer bezogen hinter ihnen beiderseits der Tür Stellung und zückten ihre Schwerter. Gerhard und die Pistolenschützen nahmen die Tür ins Visier und hielten Langbogen und Feuerwaffen für eine Salve auf alles bereit, was dort vielleicht hindurchkam. Ein Tisch wurde umgekippt und als behelfsmäßige Deckung nach vorne geschoben.

Gonji nickte. »Jetzt!«, flüsterte er.

Peter und die anderen lehnten sich auf der Seite mit dem restlichen Verbindungsstück kräftig gegen ihre Stemmeisen. Die eisenverstärkte Tür schwankte und kippte dann nach innen.

Entsetzensschreie ertönten, als die Männer das Ding auf der anderen Seite erblickten, und ein Pistolenschütze feuerte in Panik darauf. Es ruckte unter dem Einschlag der Kugel, kippte ihnen entgegen und blieb über dem horizontalen Türbalken liegen, der in massivem Gestein verankert war.

»O Jesus! – Heilige Mutter Gottes! – Verdammt sollst du sein, Sklarz!«

»Es ist der Baron!«

Es hatte einige Sekunden gedauert, ihn in seinem Zustand zu erkennen. Sklarz, der Mann, der geschossen hatte, schlug sich die Hand vor den Mund und ließ die Pistole fallen.

»Du dummer Mistkerl!«

»Haltet die Klappe, ihr alle!«, knurrte Gonji. »Der Schuss hat ihn nicht umgebracht. Seht doch!«

Sie hoben die Leiche behutsam vom Balken und legten sie auf den Boden.

»Seht euch nur seinen Rücken an ...«

Die Leiche war aufgequollen, die Haut zu einem fleckigen Blau-Schwarz verfärbt, der ganze Körper ein einziger großer blauer Fleck. Sie legten ihn mit dem Gesicht nach unten hin und untersuchten die tiefen Einschnitte am Rücken sowie das aufgerissene Fleisch rings um sie herum.

»Fasst das nicht an!«, warnte Paille. Etwas Bläuliches sickerte aus den Wunden und mischte sich mit den inzwischen getrockneten Blutflecken. Rings um diese Substanz waren die Schwellungen am stärksten ausgeprägt. Der Rücken wies die Konturen eines Ameisenhügels auf.

»Gott im Himmel – was ist das?«

»Eine Art – Gift, denke ich«, überlegte der Künstler.

Ein paar weitere Männer wandten sich von der grauenerregenden Szene ab und flüchteten in die Tunnel.

»In Ordnung«, sagte Gonji und richtete sich auf. »Zieht ihn herein, und berührt dabei die Wunde nicht. Jeder, der nicht weiter mitkommen kann, sollte jetzt lieber gehen.«

»Wir gehen hinein?«, fragte Vlad Dobroczy und trat an den Samurai heran. »Aber das könnte Selbstmord bedeuten! Wer weiß schon, was ...«

»Alles, wofür wir geübt haben, ist da drin«, hielt ihm Gonji entgegen. »Unser Hauptwaffenlager. Womöglich warten dort sogar Überlebende, die Hilfe brauchen. All die besten Pferde ... Selbst wenn niemand sonst geht, möchte ich doch erfahren, was hier passiert ist.«

»Nun«, sagte Gerhard, während er zur Tür ging. Er küsste seinen Langbogen und rückte den Köcher auf dem Rücken in eine bequeme Position. »Wir vergeuden Zeit, nicht wahr?«

»Wartet nur, bis ich eine Hellebarde in die Hände bekomme«, knirschte Foristek mit zusammengebissenen Zähnen und starrte dabei auf die Leiche des Barons.

In diesem Augenblick hörten sie etwas, das in der Höhle schwache Echos warf: ein Zischen, dann ein Knirschen von Gestein. Dann ging das Geräusch im angespannten, heftigen Atem der Bushi unter.

Gonji schob den Querbalken aus dem Weg und ging in die Haupthöhle hinüber.

Als die Männer dort eintraten, spiegelte sich das Grauen in den starr aufgerissenen Augen. Noch mehr Tote, ähnlich aufgedunsen und verfärbt. Drei Ritter – zwei Milizionäre – die Waffen ringsherum verstreut: Sie hatten den Rückzug des Barons gesichert. Oder war es eher eine Flucht gewesen?

»Warum ist der Baron nicht entkommen, nachdem er es bis hierher geschafft hatte?«, flüsterte Wilf hinter Gonji. »Warum hat er ...«

»Ich ... denke nicht, dass er noch die Kraft dazu hatte, Wilf. Ich denke, euer Baron ist als Held gefallen. Mit letzter Kraft hat er versucht, uns vor ... dem zu schützen, was immer hierfür verantwortlich war.«

Sie drangen tiefer in die Haupthöhle, wo die ungesattelten Pferde panisch durcheinanderliefen. Eine wild gewordene Herde. Gonji blickte sich nach Tora um, konnte den Hengst aber nirgendwo sehen. Der Übungsplatz sah stellenweise aus wie ein Schlachtfeld; der Pferch für die Pferde war an zwei Seiten niedergerissen. Zwei tote Pferde lagen auf den Trümmern.

»Holt die Waffen!«, rief Gonji unterdrückt, und eine große Gruppe löste sich von den anderen und begab sich zur Waffenhöhle.

»Gonji, sieh nur«, sagte Monetto mit Schmerz in der Stimme. Er deutete zu einer Stelle mit Unterkünften für die Grauen Ritter Rorkas hinüber. Die Unterkünfte waren verwüstet worden. Leichen lagen in den Trümmern verstreut, aufgedunsen und aufgerissen wie die anderen, manche nackt, da sie im Schlaf überwältigt worden waren.

Gonji massierte sich den Nacken und fragte sich, was dieses

Gemetzel zu bedeuten hatte. Wer oder was hatte ein solches ...? Da entdeckte er die Schleifspuren im Staub, die langen Fährten, die alle ... zu dem flachen Felsvorsprung nahe der Höhlenmitte führten, auf dem viele Übungen für die Rekruten stattgefunden hatten. Und ungefähr zur gleichen Zeit, als auch die anderen darauf aufmerksam wurden und zischend die Luft einsogen, hörten sie die Rutschgeräusche im Boden unter ihren Füßen.

»Haltet euch von Felsen und Tunneln fern!«, befahl Gonji. Alle erstarrten und blickten sich mit großen Augen vorsichtig um. Die Männer, die auf dem Weg zur Waffenkammer waren, wurden langsamer, lauschten, ermahnten sich gegenseitig zur Stille, als das Geräusch näher kam ...

Mit lautem Krachen brachen Erde und Gestein auf. Und das Grauen erhob sich mitten unter den Männern und verspritzte Steine und Schiefer und brüllende Männer in alle Richtungen, während es aus den Eingeweiden der Erde hervorplatzte und ein Wimmern hervorstieß, das schrille Echos warf, als jaulten tausend Katzen in einer Kathedrale. Abgesehen von diesen Lauten besaß es keinerlei Ähnlichkeiten mit etwas, das natürlichen Ursprungs gewesen wäre.

Innerhalb von Sekunden hatte die monströse Kreatur einen kreischenden Mann gepackt und zerrte ihn mit sich zurück, um dann, wie eine Schlange davongleitend, im Schoß der Erde zu verschwinden. Die benommenen Überlebenden dieser Eruption krochen davon, und manche stöhnten vor Schmerzen, da sie sich bei einem Sturz verletzt hatten.

»Choléra – was in allen Höllen war das denn?«, flüsterte Gonji. Dann brüllte er: »Holt die verdammten Waffen! Verteilt euch! Lauft zu den Wänden! Schnell – wir brauchen Bögen und Feuerwaffen ...«

»Es ist eine Schlange«, sagte jemand hinter ihm ehrfürchtig.

»*Njet*, es hatte Klauen.«

»Wir müssen uns in die Tunnel zurückziehen, Gonji!«, rief Wilf. »Wir können nicht gegen dieses Ding kämpfen!«

»Reiß dich zusammen!«, rief der Samurai zurück.

»Hier ist niemand mehr, den wir retten können!«, brüllte jemand. »Lasst uns abhauen, ehe wir die Nächsten sind!«

Eine grollende Eruption meldete sich aufs Neue, diesmal aus Richtung des Tunnels, der zum Ausgang in den Bergen führte. Dann ertönte erneut das unterirdische Scharren im Höhlenboden. Rasant und bedrohlich. Unglaublich schnell glitt die Kreatur unter ihren Füßen vorbei.

»Dann verschwinden wir lieber sofort«, pflichtete Gonji den Sprechern jetzt bei und schluckte den Kloß im Hals herunter. »Ihr Männer an der Waffenhöhle – schnappt euch, was ihr zu fassen kriegt, und zieht euch ...«

»Gonji!«, brüllte Paille in diesem Augenblick und kam, gefolgt von drei Männern, aus dem Tunnel gerannt, der ins südliche Tal führte. »Gonji, das Ding ist in den Tunneln zum Vorschein gekommen und hat sie mit Tonnen von Erde versperrt! Wir kommen auf diesem Weg nicht hinaus!«

»Dann zurück zu den Stadttunneln!«, befahl Gerhard und gab allen mit ruderndem Arm zu verstehen, sie sollten den Weg zurückgehen, den sie gekommen waren. Die Felsexplosion an der Tür, durch die sie zuvor durchgebrochen waren, hielt sie sofort auf. Das Monster erschien dort und klapperte triumphierend mit den krallenbewehrten Tentakeln, wobei sich der in Segmente unterteilte Wurmkörper – zehn Meter aus Ringen, die sich zusammenzogen und ausdehnten – auf unheimliche Art und Weise krümmte und streckte, bis er im Freien war. Dabei schob er die Gesteinsmassen hinter sich und versperrte innerhalb von Sekunden wirkungsvoll das Portal, das in die Stadttunnel führte.

Das Untier richtete sich auf und fuhr mit dem schnabelbewehrten, augenlosen Kopf vogelgleich hin und her, als lauschte es. Die Männer in der Höhle standen allesamt nur da und glotzten völlig entsetzt, gelähmt von einem namenlosen Schrecken. Jeder hier wusste, was geschah. Die Ausbildungshöhle war zu einer Vorratskammer geworden, einem Viehpferch, in dem die Wurmkreatur nach Lust und Laune ihren Hunger stillte.

Die beiden Greifarme, die aus dem Körper hervorragten, erreichten ein Drittel von dessen Länge. Sie waren in ähnlicher Weise untergliedert und endeten in bösartigen Klauen, mit denen sich das Monster jetzt den Schnabel rieb, wie um diesen zu reinigen, während es mit lässiger Sorglosigkeit zusammengerollt dalag.

»Keiner rührt sich!«, rief Gonji. Seine Stimme hallte von den Höhlenwänden wider, und das Monster drehte wieder den Kopf. Es spannte sich an, streckte die grauenhaften Tentakel aus und glitt ein Stück weit vor. »Wartet auf meinen Befehl, ehe ihr etwas unternehmt.« Das Tier glitt eine halbe Körperlänge weit, und seine Bewegungsweise über der Erde ähnelte der einer Spannerlarve.

»Karl«, flüsterte Gonji, »versuche es einmal.«

Gerhard spannte seinen mächtigen Bogen und schoss – und der Pfeil grub sich mit einem matschigen Laut in den weichen grauen Bauch des Monsters. Es stieß wie ein erschrockener Vogel einen schrillen Klagelaut aus und fuhr erneut mit dem Kopf durch die Luft, ehe es weiter heranrutschte. Eine Gruppe Männer geriet in Panik und stürmte zur Höhlenmitte, und das Monster folgte ihnen auf seine schlangenhafte Art.

»Bleibt stehen, ihr Narren – es kann euch nicht sehen!«, rief Gonji. »Es muss eure Schritte spüren!«

Der Wurm war für seine Größe erschreckend schnell. Ein Mann stolperte, und die Kreatur wurde vom Geräusch seines Sturzes unfehlbar angelockt. Sie stieß auf ihn herab, während er wie ein Irrer brüllte, packte ihn mit den Klauen und lähmte ihn mit dem Gift aus den Sporen, die aus den Ansätzen der Klauen ragten. Dann riss sie ihm mit dem Hakenschnabel den Bauch auf, und das entsetzliche Saugen begann.

Auf einmal rannten überall in der Höhle panische Milizionäre dorthin, wo sie Deckung zu finden hofften. Der Wurm fraß derweil gelassen von seiner frisch getöteten Beute.

»Kommt schon, Männer!«, rief Gonji den glotzenden Bogen- und Pistolenschützen zu, und sie gehorchten seinem Befehl. »Folgt mir«, sagte er dann zu allen, die sich in Hörweite befanden.

»Wohin?«

»Wir holen uns Waffen und Pferde.« Er rannte los.

»Aber dieses Ding verfolgt uns!«, schrie Wilf ihm nach und hielt den Blick im Laufen auf den Wurm gerichtet.

»Bleibt einfach hinter mir!«

Etliche Männer leisteten der Aufforderung Folge, und Gerhard schickte noch einen Abschiedspfeil auf die Reise, der die Haut des Monsters durchbohrte und es bei seiner Mahlzeit störte. Es peitschte eine Sekunde lang blindlings um sich und setzte dann den Schrittgeräuschen der Fliehenden nach, wie Wilf es befürchtet hatte.

»Feuer!«, befahl Gonji, und eine Salve aus Pistolenkugeln und Pfeilen jagte pfeifend los und grub sich ins weiche Fleisch des Monsters. Es wurde vom Aufprall erschüttert und stieß einen unheimlichen Klagelaut aus. Sein hypnotischer Bann war gebrochen, und Schreie kündeten von der gelösten Anspannung, aber die Pistolenschützen mussten jetzt zurückweichen und nachladen, und das Monster stürzte sich auf die schreiende Meute der Bogenschützen, die panisch durcheinanderliefen und die Flucht ergriffen, statt erneut zu schießen.

Die aufgebrachte Kreatur ringelte sich zusammen und warf sich erneut hinter Gonjis flüchtender Gruppe her. Der Wurm drohte ihnen den Weg abzuschneiden, ehe sie die Höhle durchquert hatten. Gonji rief einigen Männern zu, sie sollten Pferde und Waffen holen, und führte dann seine Gruppe zu den Übungsanlagen im Zentrum der Höhle. Sie erreichten die Stechpuppen und Turnierpfosten in genau dem Augenblick, als sich der Wurm zum Angriff aufbäumte, und verteilten sich zwischen den Geräten.

Gonji hieb bei seinem Lauf über den Übungsplatz mit dem Katana nach rechts und links und versetzte so die Apparate in quietschende Rotation, und die anderen folgten seinem Beispiel. Der Wurm zögerte, verwirrt von dieser Kakofonie. Dann zuckte er vor, packte eine Stechpuppe und riss sie in Fetzen. Er drang weiter zwischen die Übungsapparate vor und wurde dabei abgebremst, verhedderte sich im Holz und Sackleinen und den Stricken der rotierenden Geräte.

Jetzt trafen Dobroczy und Nagy auf ungesattelten Pferden ein, denen sie jedoch Zügel angelegt hatten, und sie führten zwei weitere Tiere im Schlepptau. Gonji und Gerhard duckten sich unter dem Karumi-jutsu-Gerüst hindurch und sprangen auf die nervös trippelnden Pferde. Gonji fing Bogen und Köcher auf, die ihm ein Mann zuwarf. Monetto erstieg das Gerüst, eine Lanze in den Händen, und erwartete den Angriff der Kreatur.

Die Bogenschützen formierten sich erneut und jagten eine weitere Pfeilsalve zwischen die schleimigen Ringe des Wurms. Vergeblich versuchte dieser, sich mit den Tentakeln von diesen Ärgernissen zu befreien. Die Pistolenschützen rückten aufs Neue an und jagten einen Hagel aus Bleikugeln durch seine Flanke, sodass die Bestie einen wilden Tanz aufführte und kreischend auf die Stechpuppen kippte.

Gonji und Gerhard galoppierten im Kreis um das Monster herum und schossen Kriegspfeile darauf ab. Die Kreatur verlor jetzt dunkles Blut aus hundert Wunden.

»Gebt's ihm reichlich!«, brüllte Gonji und ritt in seiner Kampfeswut immer näher an das Tier heran.

Jetzt erschienen Pikeniere auf dem Kampfschauplatz und

rammten ihre Waffen in das verwirrte Wurmwesen, das wirkungslos mit seinen scharfen Krallen um sich schlug. Die Geräusche, die seine Peiniger machten, verwirrten es völlig. Eine Verteidigungshaltung war dem Raubtier aus den Tiefen der Erde neu, denn seine natürliche Beute zeigte sich in der Regel friedfertig und harmlos.

Sklarz und Foristek machten sich zu Fuß mit Hellebarden ans Werk und durchschlugen die gallertartigen Ringe mit messerscharfem Stahl. Sie kamen dem Monster jedoch zu nahe – Sklarz verhedderte sich in einer zerfetzten Stechpuppe, und das Monster hörte ihn darunter schreien. Mit einem Hieb des Schnabels trennte es ihm den halben Kopf ab. Bei diesem Anblick wurde Foristek schier wahnsinnig, brüllte den Namen seines Freundes, jagte die Hellebarde dreißig Zentimeter tief in den Leib des Monsters und traf dadurch lebenswichtige Organe. Es ruckte hoch in die Luft, bis es die Männer überragte. Sie liefen auseinander, um dem Angriff von oben zu entgehen. Wie der Blutschwall aus einer durchtrennten Arterie verlängerte sich das Monster zu einem grausigen Stoß in die Richtung, aus der es gerade angegriffen worden war. Es landete auf dem großen Bauern und schlug ihn dabei bewusstlos. Dann hob es ihn mühselig hoch, behindert von den eigenen Todesqualen, und zerriss ihn vor den Augen seiner entsetzt starrenden Schwertbrüder.

»*Sado-wa-raaa!*« Gonjis Schrei hallte durch die weitläufige Höhle, als er vom Pferd sprang und wie ein Beserker brüllend einen Satz auf den Rücken des Monsters machte. Er hatte inzwischen beide Schwerter gezückt und hackte wiederholt auf Rücken und Hals des Wurms ein. Dieser zuckte, aber Gonji rammte ihm beide Klingen ins weiche Fleisch und hielt sie darin fest, während das Tier in seinen panischen Versuchen, den Samurai abzuschütteln, Peters Leiche fallen ließ. Das schrille Katzengejaule steigerte sich, während sich der Wurm hin und her wälzte und Gonji endlich abwarf. Die Pferde im Umkreis wieherten, zu

Tode erschreckt von den heftigen Zuckungen des Monsters, und befreiten sich mit wilden Bocksprüngen von ihren Reitern ...

Dann ragte das Monster, während die lebenswichtigen Körpersäfte aus ihm hervorrannen, vor Gonji auf und wusste nicht recht, wo er sich befand, da er starr stehen blieb, jetzt nur noch das Sagami in der Faust. Das Seppuku-Schwert war im Fleisch des Tiers stecken geblieben. Es beugte sich in Richtung auf das Gerüst für Beweglichkeitsübungen, und Monetto stieß ihm die Lanze in den Ohrenschlitz und damit in sein empfindlichstes Organ. Das Tier griff blitzartig zur Seite hin an, aber der gelenkige Axtmacher war längst vom Gerüst gesprungen.

Mit dem anderen Tentakel scharrte das Monster unter sich herum, und ein scharfer Hieb des Sagami trennte seine Klaue ab, sodass Flüssigkeit hervorspritzte.

»Vorsicht vor dem Gift!«, schrie jemand, aber Gonji hatte sich da schon vom Schwung des Schwerthiebs weitertragen lassen und so in Sicherheit gebracht.

Als er aufblickte, sah er, wie eine frische Salve Pistolenschüsse aus kurzer Distanz Fetzen grau-grünen Fleisches zur Höhlendecke hinaufschleuderte. Dann stieß das Monster ein letztes, durchdringendes Jaulen aus, stürzte wie ein gefällter Baum und spießte sich dabei auf einem Zielpfosten für Lanzenübungen auf.

Die Männer rappelten sich langsam auf. Reiter stiegen ab. Es dauerte lange, bis sie damit innehielten, um das Monster herumzugehen und die hart errungene Beute anzustarren, und noch länger, bis die letzten Siegesschreie verstummten und die Männer – deren Anspannung sich nach und nach löste – sich nicht mehr gegenseitig umarmten und auf den Rücken klopften.

Am Ende konnten einige nur noch erschöpft zusammenbrechen und den Tränen ihren Lauf lassen. Die Leichen der Gefallenen lagen überall herum und erinnerten sie an den Preis, den sie hatten zahlen müssen.

Gonji zog das Seppuku-Schwert aus dem verendeten Ungeheuer und reinigte die Schwerter. Seine Augen waren nach wie vor rot unterlaufen und glasig. Er blickte zu dem Pfeil hinüber, der in den Unterkiefer des Monsters gedrungen war und gleichzeitig den Oberkiefer durchbohrt hatte, sodass der Schnabelansatz gespaltet worden war. Gonji konnte sich nicht an den Schuss erinnern.

Gerhard und Wilf kamen auf ihn zu. »Mein Abschiedsgruß«, erzählte Karl, »unmittelbar bevor das Ding beinahe auf mich kippte. Nicht schlecht, hm?« Gerhard grinste unsicher und atmete schwer. Es war das erste Mal, dass Gonji hörte, wie sich der Mann voller Stolz zu einem Bogenschuss äußerte. »Weißt du, was das alles bedeutet?«, fragte der Bogenschütze und wechselte unvermittelt den Tonfall.

Gonji schüttelte den Kopf, sein Verstand ein Tumult aus eigenen Überlegungen, Motiven, Vermutungen.

»Dass die Prophetin recht hatte, als sie sagte, Mort wollte uns alle tot sehen«, knurrte Nick Nagy mit finsterer Miene und zog sich das verschwitzte Hemd aus.

»Schlimmer«, berichtigte ihn Gerhard. »Es bedeutet, dass wir einen Verräter in den eigenen Reihen haben.«

Diese Aussage raubte ihnen den Atem. Gonjis Augen wurden schmal, und er dachte über etwas nach, das seine Lippen zu einem schmalen Strich werden ließ.

»Wieso, Karl?«, fragte Monetto.

Gerhard zuckte die Achseln. »Die Katakomben, hm? Ich glaube nicht, dass der Zauberer zufällig darüber gestolpert ist, welche Kräfte er auch immer hat. Und dieses … Ding hier ist auch nicht zufällig hereingeraten. Selbst Tralayn hat noch nie davon gesprochen, dass sich jemals zuvor eine solche Kreatur gezeigt hätte.« Mit Hilfe einiger Kameraden nahm er die Sehne vom Bogen.

Die Männer dachten darüber nach, und jeder gab seine eigene Meinung zum Besten, während Gonji weiterhin in den Tunnel starrte, der zur Burg führte.

»Jedenfalls ist das mein Verdacht«, schloss Gerhard schließlich zu denen, die nicht seiner Meinung waren.

»Setzt euch, ihr alle«, sagte Gonji ernst. »Ruhen wir uns aus und … denken mal gründlich darüber nach.« Sie taten wie geheißen, und Speisen und Getränke aus dem Vorratslager wanderten von Hand zu Hand und wurden müde, aber dankbar angenommen.

»Ich glaube es einfach nicht«, sagte Wilf kopfschüttelnd und trank von seinem Wein. »Klann hätte schließlich eine ganze Armee hergeschickt, um uns zu vernichten, neh?«

»Es sei denn, dein Vater hätte recht«, hielt ihm Gonji entgegen, »und Tralayn desgleichen. Mal angenommen, Klann ist uns gegenüber ehrlich, wie dein Vater eisern behauptet, aber Mort würde gegen den König arbeiten, wie wir alle Tralayn tausendmal haben sagen hören. Also benutzt Mort einen Verräter …«, er spuckte das Wort förmlich aus, denn es hatte für ihn einen bitteren Geschmack, »wie Karl angedeutet hat. Jemanden, der genug Hass empfindet, der wahnsinnig genug ist, um Mord und Grausamkeit und das Abschlachten seiner Nachbarn hinzunehmen …«

»Oder ihrer Nachbarn«, mahnte Paille.

Köpfe wurden geschüttelt.

»Wer hat sich gegen alle unsere Bemühungen ausgesprochen?«, fragte Gonji. »Sich ihnen von Anfang an vehement widersetzt?«

»Himmel – das gilt zunächst mal für eine Menge Nichtkombattanten«, warf Gerhard ein.

»Vielleicht müssen wir aber auch vom Gegenteil ausgehen«, sagte Nagy und kratzte sich am Kopf. »Vielleicht ist es jemand, der allzu militant auftrat. Das würde Mort schließlich wollen, nicht wahr? Jemand, der Unruhe erzeugt, damit der Zauberer einen Grund findet, uns zu vernichten.«

Alle blickten ihn grimmig und nachdenklich an.

»Phlegor?«

»Er wurde verhaftet.«

»Das könnte eine List sein.«

»Wozu? Was könnte er jetzt noch ausrichten, wo er fort ist und niemand seine Rückkehr erwartet?«

»Wartet mal!«, sagte Gonji, und alle wurden still. »Es fällt mir wieder ein – Jocko, der gute, alte Jocko, der mir erzählte, in dieser Armee Klanns gäbe es zu viele Kommandeure. Er sagte mehrfach, es wäre üblich, dass Befehle von Klann eintreffen, dann andere Befehle von Mort, und diese wären immer für die Söldner gedacht. Aufgrund solcher Befehle haben wir die Gräueltat im Kloster verübt ... Große Kami – Morts Absichten könnten sogar denen Klanns zuwiderlaufen!«

»Was redest du da?«

Gonji stand auf, die Augenbrauen zusammengekniffen. »Zählt mal alles zusammen, werte Herren: was Jocko mir erzählt hat ... die geheimnisvolle Erntefäule ... die Vergiftung Klanns ... dieser ... dieser widerliche Wurm aus der Tiefe ... Und da ist noch etwas zu bedenken. Ich erinnere mich, wie Tralayn von Mana gesprochen hat, einer Kraft, die den Lebenden entzogen wird, damit der Hexenmeister seine Zauberkunst ausüben kann. Tralayn sagte, für schwarze Magie sei immer ein Preis zu zahlen. Diese Söldner, die unter Klanns Banner reiten – ich kann euch erzählen, dass es ihnen mehr an Menschlichkeit mangelt als irgendwelchen anderen Banditen, die mir je begegnet sind. Ob Mort sie möglicherweise durch diesen ›Glaubensgesang‹, den sie für ihn anstimmen, innerlich entleert? Und die Kinder der Akryllonier – nie zuvor habe ich so mitleiderregend aussehende ... Verdammt sollst du sein, Mort!«

Er eilte zum Burgtunnel, und die anderen sprangen auf und folgten ihm besorgt.

»Falls die Ausbildungspläne der Miliz bekannt sind, dann bestehen sicherlich wirkungsvollere Methoden, um uns niederzuwerfen«, sagte Gonji, voller Wut nach der Aufdeckung dieser Dinge. »Er wollte Rorka vernichten, weil er Rorkas Verbindungen zur Kirche fürchtet. Deshalb war sie auch auf der Flucht, diese Dritte Freie Kompanie ...«, er holte bebend Luft, »als ich ihr begegnete.«

Vor Wut quollen ihm inzwischen fast die Augen aus dem Kopf. Seine Freunde hatten ihn noch nie so rasend gesehen, nicht mal beim Kampf um Zarnesti.

»Er möchte die Stadt zerstört sehen und hat Spione, die ihm jeden unserer Schritte melden«, fuhr der Samurai zornbebend fort. »Er muss alles über uns wissen – als ob es ihm nützen würde ...« Sein Ton war zu einem brodelnden Flüstern herabgesunken.

»Also bleibst du!«, sagte Wilf hinter ihm, dessen Augen vor frischer Hoffnung leuchteten.

Gonji drehte sich zu ihm um, nahezu überwältigt von Gefühlen, die kurz vor einem Ausbruch standen, und in diesem Augenblick scherte er sich nicht um diese eines Japaners unwürdige abendländische Verhaltensweise.

»Hai, Wilfred-san«, flüsterte er und ergriff die Hand des jungen Schmieds, »an diesem guten Ort muss Böses vernichtet werden. Und es gilt, eine Burg zu erobern.«

Wilfs Unterkiefer drückte Entschlossenheit aus, während er und Gonji sich in die Augen blickten. Dann schaute die ganze Meute in den Burgtunnel.

»Setzt diesen Tunnel in Brand!«, befahl Gonji. »Bringt ihn zum Einsturz. Er kann uns jetzt nur noch schaden. Alle unsere Pläne wurden durch einen Verräter kompromittiert – mögen die Großen Kami mich am Leben halten, bis ich Gelegenheit finde, ihn zu stellen.«

»Oder sie«, erinnerte ihn Karl erneut.

»Ob er oder sie, die Zeit wird kommen«, sagte Gonji entschieden. »Es gefällt mir nicht, wenn man mit mir spielt. Es gefällt mir nicht, wenn man mich als Narren betrachtet, dessen Bemühungen fruchtlos bleiben. Und ihr Bushi werdet Mort eines Besseren belehren. Er denkt, wir würden nur Ritter spielen und Rorka wäre seine einzige Sorge gewesen. Noch immer können wir ihm eine oder zwei Überraschungen bereiten.« Er wurde nachdenklich, als sie ins Zentrum der Höhle zurückkehrten, um aufs Neue den Kadaver der Kreatur zu betrachten.

»Er war irgendwie leicht zu besiegen, wenn man es genau nimmt«, dachte Wilf laut nach. »Ich meine, obwohl ...«

»Hai«, pflichtete ihm Gonji bei, »das hatte ich mir auch überlegt. Es war nicht seine Aufgabe, die Miliz zu vernichten, sondern es sollte uns provozieren, vor lauter Panik einen Aufstand mit allen Kräften zu wagen. In Ordnung ... Mort soll kriegen, was er sich wünscht – und mehr.«

Der Tunnel zur Oberfläche war frei geräumt, und der Läufer, den sie ausgeschickt hatten, um sich in Vedun umzusehen, bestätigte, dass im Verlauf des Tages nichts Ungewöhnliches vorgefallen war. Die übereinstimmende Auffassung von der tatsächlichen Lage wurde dadurch bestärkt.

Zu diesem Zeitpunkt begab es sich, dass Paille wie ein Irrer aus der Nische gestürmt kam, die sein kostbares Diorama beherbergte. Er überschüttete das erschlagene Wurmding mit Verwünschungen und reckte den Dolch in die Luft. Als er den Kadaver erreichte, machte er sich daran, auf die Tentakel einzuhacken.

In der Nische fanden die anderen den Grund für den unvermittelten Wutausbruch des Künstlers: Seine mühsam konstruierte Miniatur der Stadt war zerstört worden. Die Männer schüttelten in gemeinsamer Enttäuschung die Köpfe und wollten gerade gehen, als Monetto Gonji auf die Schulter tippte.

Die winzigen Figuren zerschmetterter Milizionäre wanden sich in hypnotischer Weise, als zuckten sie in Todesqualen.

»Verbrennt das!«, befahl Gonji. Sein Ton war jetzt frei von Emotionen, denn er hatte die Selbstbeherrschung zurückerlangt.

Tora war nicht aufzufinden, und viele Pferde waren nach wie

vor in den Tunneln verstreut. So erhielt Gonji ein anderes Pferd, eine graue, für den Kavalleriedienst ausgebildete Stute, die gesattelt für ihn bereitstand. Er erteilte den Männern Anweisung, in die Stadt zurückzukehren und Waffen, Rüstungen und andere nützliche Ausrüstungsgegenstände vorsichtig an die Oberfläche zu schaffen.

»Berichte deinem Vater, was geschehen ist, Wilf«, sagte Gonji. »Sag ihm: Falls überhaupt noch jemand Mort aufhalten kann, ohne dass Blut vergossen wird, dann er. Er ist vielleicht der Einzige, der Klanns Vertrauen gewinnen kann. Führt die Pferde langsam zurück – und findet Tora für mich und sorgt gut für ihn, *doso* ...«

Wilf nickte zwar gehorsam, unterbrach ihn aber trotzdem. »Wohin gehst du?«

Gonji steckte die Schwerter hinter den Obi und wählte seine Worte sorgfältig, ehe er antwortete. Sein schmales Lächeln drückte keinerlei Humor aus. »Sagen wir einfach, dass ich losziehe, um einer Legende zu begegnen.« Er lachte leise, als er sah, wie Wilf verwirrt die Stirn runzelte, und gab ihm einen Klaps auf die Schulter. »Falls ich Erfolg habe, erfährst du es recht bald. Falls nicht – kommt es auch nicht mehr darauf an.«

Sie fühlten sich von einer Gruppe angelockt, die sich um den toten Riesenwurm drängte.

»Verbrennt dieses üble Ding, ja ...?«

Gerhard hob einen panzerbrechenden Pfeil hoch, dessen Spitze seltsam verfärbt war. »Sieh dir das mal an, hm? Das stammt von der Stelle, wo Paille das Monster aufgeschlitzt hat. Das Gift – es durchtränkt und zerstört alles, womit es in Berührung kommt. Denkst du ...«

»Ist das mein Köcher?«, fragte Gonji.

»Ja.« Gerhard lächelte nachdenklich. »Ist vielleicht einen Versuch wert, neh?«

Gonji warf ihm einen verstohlenen Blick zu und nickte. »Bringt das hier zu Ende. Ich muss jetzt losreiten.«

Wenig später saß Gonji auf dem Streitross, die Schwerter an der Taille, den Drei-Mann-Bogen an den Sattel gehängt, den Köcher voller vergifteter Pfeile hinter ihm festgebunden. Er wendete das Pferd zum Ausgangstunnel, in dessen Eingang die letzten Strahlen des Abendlichts verblassten.

Der Blick des Samurai wanderte über die Schar seiner Krieger. Ihre Gesichter drückten eine Angst aus, die jede Hoffnung zu verschlingen drohte. Gonji knurrte und spuckte knapp am Widerrist des Pferdes vorbei.

»He!«, fauchte er. »Wer seid ihr denn? Säuglinge, die nach ihrer Mutter schreien, damit sie ihre Kratzer küsst? Oder Krieger, die an meiner Seite gekämpft haben? Reißt euch zusammen und schärft eure Waffen!« Er deutete zum Ausgangstunnel. »Sie bedrohen eure Stadt, eure Familien und bieten dazu ihre feigen Bestien und idiotischen Riesen auf. Ihren fliegenden Unrat und ihre ... ihre Würmer. Würmer! Und noch immer seid ihr unbesiegt. Denn ihr – ihr alle – seid der Drache! Und der Drache wird seine Stunde erleben!

Sayonara!«, rief er, verbeugte sich knapp, spornte sein Pferd an und ritt ins Tal hinaus.

Sie blickten ihm nach, und ihre Befürchtungen und Hoffnungen vermischten sich wortlos. Dann schlurften sie müde in die Höhle zurück, um die schwierige Aufgabe, die vor ihnen lag, in Angriff zu nehmen. Jeder war in seine eigenen Gedanken versunken, und die Gebete, die sie sprachen, waren für alle ein offenes Buch.

PERSONENVERZEICHNIS

Alain Paille – ein Künstler und Dichter, Veduns bizarres Genie
Aldo Monetto – Axtmacher, Freund Karl Gerhards
Anna Vargo – Gattin des Ratsherrn Milorad
Anton – ein Ritter Baron Rorkas
Anton Torok – ein Sattler und Ledermacher

Ben-Draba – Feldkommandeur König Klanns
Boris Kamarovsky – Holzschnitzer und Freund Strom Gundersens

Dame Gorkin – Gemahlin des Burgvogts
Dame Thorvald – eine Mätresse des Königs
Danko – Gerber in Vedun

Eduardo – Anführer einer Bande Straßenjungen
Esteban – stellvertretender Hauptmann der Dritten Freien Kompanie

Flavio – Ratsältester von Vedun
Francisco Navarez – Hauptmann der Dritten Freien Kompanie
Frantisek – Dienstbote auf Burg Lenska

Galioto – ein Milchbauer und Milchviehzüchter
Garth Gundersen – oberster Schmied von Vedun
Geflügelter Lindwurm – grausige Flugschlange, Vertraute Morts
General Gorkin – Klanns Burgvogt

Genya – Dienerin auf der Burg Lenska, Geliebte Wilfred Gundersens

Giacomo Battaglia (Jocko) – Koch der Dritten Freien Kompanie

Gornick – ein Bauer

Gort, der alte – greiser Torwächter von Vedun

Greta – Verlobte Jiri Szabos

Hawkes – englischer Söldner bei der Dritten Freien Kompanie

Helena – eine junge taubstumme Frau aus Vedun

Hildegarde – eine Kriegerin aus dem Norden

Ivar – ein Leutnant der Llorm im Dienst Hauptmann Julian Kel'Tekelis

Jacob Neriah – ein reisender Kaufmann

Jana Torok – Antons Tochter

Jiri Szabo – ein junger Milizionär, Verlobter Gretas

John Eddings – Bruder von William Eddings

Julian Kel'Tekeli – Hauptmann der Freien Gefährten unter den Besatzungstruppen in Vedun

Karl Gerhard – ein brillanter Bogenschütze, Pfeilmacher und Jäger, Freund Aldo Monettos

Klann der Unbezwingbare – verzauberter König, der Vedun besetzt hat

Klaus – Schnallenmacher in Vedun

Ladislas – städtischer Ausrufer in Vedun

Lorenz Gundersen – ein Sohn Garths, Stadtkämmerer von Vedun

Lottie Kovacs – Dienerin auf der Burg, Geliebte Richards

Luba – ein bösartiger Söldner

Lydia Benedetto – Frau des Ratsherrn Michael

Michael Benedetto – Günstling des Ratsältesten Flavio
Milorad Vargo – Flavios Freund und Ratgeber, Ehegatte Annas
Mort – Klanns Zauberer

Nikolai Nagy (Nick) – Pferdeknecht, Freund Stefan Berenyis

Paolo Sauvini – ein Stellmacher
Pater Dobret – wandernder Priester und Vertrauter des Simon Sardonis
Peter Foristek – Bauer aus Vedun
Phlegor – ein militanter Gildenmeister

Radetzky – ein Sattler
Richard – Bäcker auf der Burg, Liebhaber Lottie Kovacs
Roric Amsgard – wichtigster Lebensmittelhändler Veduns, ehemaliger österreichischer Soldat
Rorka, Baron Ernst Christophe – abgesetzter Baron der Provinz

Sabataké Gonji no Sadowara – reisender Samurai auf einer Suche, die ihn quer durch Europa führt
Salavar der Schlächter – bösartiger Söldner
Sarah Eddings – Ehefrau von John Eddings
Sianno – Llorm-Hauptmann, Befehlshaber der regulären Besatzungstruppen in Vedun
Simon Sardonis – geheimnisvoller Einzelgänger, der sich in der Umgebung Veduns aufhält
Sophia – Helenas Mutter
Stanek – Söldner, der unter Julian dient
Stefan Berenyi – Pferdeknecht, Freund und Partner Nagys
Strom Gundersen – Schafhirte, jüngster Sohn Garths
Stuart Eddings – Vater von William Eddings
Sylva Monetto – Frau von Aldo Monetto

Tadeusz – ein Mann aus Vedun
Tiva – ein kleines Mädchen aus Eduardos Meute
Tomas – Wachmann am Müllerstor der Burg Lenska
Tralayn – Prophetin und Ratsfrau von Vedun
Tschuch – Oberküchenmeister auf Burg Lenska
Tumo – schwachsinniger Riese, der Klanns Armee begleitet

Verrico, Doktor – Arzt von Vedun
Vlad Dobroczy (Falke) – ein Bauer

Wilfred Gundersen (Wilf) – ein Sohn Garths, selbst Schmied und Liebhaber Genyas
William Eddings – englischstämmiger Händler in Vedun

Ein prächtiges Fantasy-Epos um einen tapferen Samurai-Krieger.

Ted C. Rypel
GONJI - DER WIND DES TODES
Fantasy Roman
Aus dem amerikanischen Englisch von Thomas Schichtel
400 Seiten
ISBN 978-3-404-20603-2

Sein Name ist Gonji Sabataké, und er ist ein Samurai. Fern von seiner Heimat sucht er nach Vedun, der mythischen Stadt in den Karpathen. Dort, so glaubt er, erfüllt sich sein Schicksal. Doch die Suche birgt viele Tücken: Dämonen und Drachen, Magier und Bestien trachten ihm in den eisigen Ebenen und zerklüftenten Bergen nach dem Leben. Und Gonji hat nur einen Verbündeten: sein Schwert.

»GONJI ist die wichtigste Wiederentdeckung klassischer Fantasy seit CONAN. Düster, komplex und fantastisch geschrieben.«
KAI MEYER

Bastei Lübbe Taschenbuch